Le retour d'Ayla

DU MÊME AUTEUR
CHEZ POCKET

Les enfants de la terre

1. Le Clan de l'Ours des Cavernes.
2. La Vallée des Chevaux.
3. Les chasseurs de Mammouths.
4. Le Grand Voyage.
5. Le retour d'Ayla.

Jean M. Auel

Les Enfants de la Terre

* * * * *

Le retour d'Ayla

PRESSES DE LA CITÉ

A la fin de la glaciation du Würm, de 35 000 à 25 000 avant nos jours, l'Europe largement recouverte de glaces et dont le tracé des côtes était différent de celui d'aujourd'hui connut une période de réchauffement de 10 000 ans. C'est à cette époque que se déroule l'histoire des

Enfants de la Terre

25

— Regarde, Ayla, dit Jondalar, qui avait mis un genou à terre pour examiner les empreintes de sabots. La bande est passée par ici la nuit dernière. La piste est claire. Je t'avais dit qu'on les retrouverait facilement dès qu'il ferait jour.

Ayla observa les empreintes, et scruta l'horizon dans la direction où elles semblaient mener. Ils se trouvaient à l'orée du petit bois et la vue sur la vaste plaine était dégagée. Mais elle eut beau se crever les yeux, elle ne vit pas l'ombre d'un cheval. Les traces étaient nettes pour l'instant, mais pourraient-ils les suivre longtemps ?

La jeune femme n'avait pas fermé l'œil de la nuit. Et à peine le ciel s'éclaira-t-il, passant de l'ébène à l'indigo, qu'elle se leva, bien qu'il fût encore trop tôt pour distinguer les contours du paysage. Elle avait attisé le feu, mis des pierres chaudes dans l'eau pour préparer leur infusion matinale, pendant que la voûte céleste pâlissait graduellement vers le bleu.

Absorbée dans ses pensées, elle s'était attardée devant le feu et Loup, qui avait rampé près d'elle, avait dû aboyer pour attirer son attention. Elle en avait profité pour examiner sa blessure, et avait constaté avec soulagement qu'aucun os n'était brisé. Un vilain hématome était déjà assez douloureux. Jondalar s'était levé dès l'infusion prête, bien avant qu'il fît assez jour pour suivre la piste des chevaux.

— Dépêchons-nous, qu'ils ne prennent pas trop d'avance, déclara Ayla, impatiente. Nous pouvons tout entasser dans le canot et... ah, non, suis-je bête... c'est impossible.

Elle venait de se rendre compte qu'en l'absence de la jument, les préparatifs du départ n'étaient plus aussi simples.

— Rapide ne sait pas tirer le travois, nous ne pouvons donc pas prendre le bateau, poursuivit-elle. Ni même emporter le porte-paniers de Whinney.

— D'autant que si nous voulons avoir une chance de rattraper les chevaux, nous devrons monter Rapide à deux. Ce qui signifie que nous ne pourrons pas prendre non plus son porte-paniers. Nous ne devrons emporter que le strict nécessaire.

Ils s'arrêtèrent pour évaluer la nouvelle situation à laquelle les condamnait l'absence de la jument. De graves décisions s'imposaient.

— Les fourrures de couchage et le tapis de sol que nous pourrions utiliser comme tente tiendraient roulés ensemble sur le dos de Rapide, suggéra Jondalar.

— Oui, un simple abri suffira, approuva Ayla. Nous n'emportions que ça avec les chasseurs du Clan. Nous maintenions la bâche levée sur le devant avec un piquet, et calions les côtés avec de grosses pierres ou des os pour l'empêcher de s'envoler.

Elle se rappela les expéditions de chasse auxquelles participaient des femmes.

— Les femmes portaient tout, excepté les lances, et devaient marcher vite pour suivre les hommes. Alors, nous nous chargions le moins possible.

— Qu'emportiez-vous d'autre ? demanda Jondalar, piqué par la curiosité. Comment être le moins chargé possible ?

— Nous aurons besoin de la trousse à feu et de quelques outils. Une hachette à couper le bois et briser les os des animaux pour découper la viande. Nous pourrons faire brûler des herbes et des crottes séchées, mais il nous faut un outil pour couper les tiges.

Elle se basait aussi sur son expérience de solitaire, après son bannissement.

— Je porterai ma ceinture avec les boucles pour

ranger ma hache et mon couteau à manche d'ivoire, décida Jondalar. Tu devrais aussi emporter la tienne.

— Un bâton à fouir est toujours utile, et il peut servir à supporter la bâche. Emportons des vêtements chauds au cas où il se mettrait à faire vraiment froid, et aussi des protège-pieds.

— Ça c'est une bonne idée. Des protège-pieds, et nous pourrons toujours nous envelopper dans nos couvertures de fourrure.

— Il nous faut aussi une ou deux outres...

— Attachées à la ceinture, avec une cordelette assez longue pour les serrer contre notre corps, cela empêchera l'eau de geler.

— J'ai besoin de mon sac à médecines, et peut-être de mes outils de couture, cela ne prend pas de place. Ah oui, ma fronde, bien sûr !

— N'oublie pas le propulseur et quelques sagaies, ajouta Jondalar. Crois-tu que je devrais prendre des outils pour tailler le silex, et des morceaux de silex, au cas où un couteau se casserait ?

— Quoi qu'on emporte, il faut que ça tienne sur mon dos... J'y pense ! Je n'ai même pas de panier à charger sur mon dos.

— C'est à moi de porter les charges, rétorqua Jondalar. Mais je n'ai pas de panier non plus, hélas.

— Oh, nous devrions pouvoir en fabriquer un. Mais comment pourrai-je m'asseoir derrière toi si tu portes le panier sur ton dos ?

— Mais, c'est moi qui serai derrière ! s'exclama Jondalar.

Ils échangèrent un sourire étonné. Il leur fallait même décider comment monter l'étalon, et chacun avait envisagé sa propre solution ! Jondalar remarqua qu'Ayla venait de sourire pour la première fois de la journée.

— Tu conduis Rapide, c'est à moi de m'asseoir derrière, insista-t-elle.

— Pas du tout. Je peux le diriger avec toi devant moi, protesta le géant. Si tu t'assieds derrière, tu ne verras que mon dos, et je crois que nous ne serons pas trop de deux pour repérer les empreintes. Elles seront certainement plus difficiles à distinguer sur le sol dur, ou si elles se mêlent à d'autres traces ; or tu es un excellent traqueur.

— Oui, tu as raison, admit Ayla dont le sourire s'accentua. Je ne supporterais pas de ne rien voir.

Sensible à tant de sollicitude de la part de Jondalar, Ayla se mit soudain à pleurer à chaudes larmes.

— Ne pleure pas, Ayla. Nous retrouverons Whinney.

— Ce n'est pas à cause d'elle. C'est parce que je t'aime tellement !

— Moi aussi je t'aime, dit-il, la gorge serrée.

Elle se jeta dans ses bras, et sanglota sur l'épaule de Jondalar.

— Oh, Jondalar ! Il faut que nous retrouvions Whinney.

— Nous la retrouverons, ne t'inquiète pas. Nous prendrons tout le temps qu'il faudra. Maintenant, voyons comment fixer le panier sur mon dos. Il faut que je puisse mettre aussi mon propulseur et mes sagaies sur le côté, de façon à les atteindre rapidement.

— Cela ne devrait pas poser de problèmes. Nous emporterons aussi des provisions de route, naturellement, dit Ayla en s'essuyant les yeux d'un revers de main.

— Il nous en faut beaucoup ?

— Ça dépend. Combien de temps serons-nous partis ?

La question les fit réfléchir. Combien de temps partiraient-ils ? Combien de temps faudrait-il pour retrouver Whinney et la ramener ?

— Nous devrions rejoindre la bande en peu de jours, mais comptons tout de même une demi-lune.

Ayla compta mentalement sur ses doigts.

— Cela fait plus de dix jours, jugea-t-elle. Et même, presque trois mains, c'est-à-dire quinze jours. Crois-tu vraiment que ce sera aussi long ?

— Non, mais mieux vaut prévoir large.

— Mais nous ne pouvons pas abandonner le campement si longtemps ! s'exclama Ayla. Les bêtes vont le détruire ! Les loups, les gloutons, les hyènes ou les ours... non, pas les ours, ils dorment. Ils vont déchiqueter tout ce qui est en cuir, la tente, le canot, et mangeront les réserves de nourriture. Comment protéger ce que nous laisserons ?

— Loup pourrait garder le camp, proposa Jondalar, le front plissé. Si tu le lui ordonnais, crois-tu qu'il t'obéirait ? De toute façon, il est blessé. Ce serait mieux qu'il reste tranquille ici.

— Oui, il vaudrait mieux qu'il se repose, mais il ne restera pas. Il attendra un peu et puis en ne nous voyant pas rentrer, il partira à notre recherche.

— Et si on l'attachait ?

— Ah, non ! Il n'aimerait pas cela du tout ! s'exclama Ayla. Tu n'aimerais pas non plus qu'on t'oblige à rester quelque part si tu n'en as pas envie ! Et s'il se faisait attaquer, il ne pourrait pas se défendre, ni s'enfuir ! Non, cherchons une autre solution.

Ayla était soucieuse et Jondalar contrarié ; ils rentrèrent au campement en silence, chacun réfléchissant à ce qu'ils pourraient faire de leur matériel. Comme ils atteignaient la tente, Ayla se rappela quelque chose.

— J'ai une idée, déclara-t-elle. Pourquoi ne pas tout ranger dans la tente et la fermer ? Il me reste encore du baume anti-Loup que j'avais fabriqué pour l'empêcher de mâcher nos affaires. Je peux le ramollir et l'étaler sur la tente, ça maintiendrait les bêtes à l'écart. Qu'en penses-tu ?

— Oui... à condition qu'il ne pleuve pas. Mais ça n'empêchera pas certains de creuser le sol pour entrer par en dessous. Nous pourrions regrouper tout le matériel et l'envelopper avec la tente. Là, ton anti-Loup serait utile... mais il ne faudrait pas laisser le paquet n'importe où.

— Non, il faudrait le surélever, comme la viande, acquiesça Ayla. Et si nous l'accrochions aux perches ? Nous le recouvririons avec le canot pour le protéger de la pluie.

— Ah, ça c'est une trouvaille !... Oui, reprit-il après réflexion, mais un lion des cavernes peut très bien renverser les perches. Même une bande de hyènes déterminées, ou encore des loups. (Il promena son regard autour de lui, l'air songeur, et remarqua un buisson de ronces aux tiges dénudées et plantées d'aiguillons menaçants.) Regarde, Ayla. Nous pourrions peut-être planter les trois perches au milieu de ces buissons et les attacher à mi-hauteur pour poser dessus le paquet enroulé dans la tente et le recouvrir du canot ?

Ayla sourit.

— Oui, en faisant attention, nous pourrions couper quelques tiges pour entrer dans les ronces sans nous piquer, et ensuite refermer le passage. Les petits animaux pourraient encore approcher la tente, mais ils dorment tous à cette saison ou ne quittent pas leurs terriers. Et les ronces arrêteront les plus gros. Même les lions. C'est une idée merveilleuse, Jondalar !

Le choix de ce qu'ils emporteraient demandait réflexion. Ils se décidèrent pour quelques silex de rechange et les outils indispensables à la taille, des cordages, et le plus de nourriture possible. En triant ses affaires, Ayla tomba sur la ceinture spéciale et la dague en défense de mammouth que Talut lui avait offerte à la cérémonie d'adoption, au Camp du Lion. La ceinture était tressée de boucles pour y suspendre des objets, notamment la dague, qu'on souhaitait avoir à portée de main.

Elle attacha la ceinture sur ses hanches par-dessus sa tunique de fourrure, et soupesa la dague qu'elle hésitait à emporter. La pointe était très effilée, mais c'était tout de même un objet plus rituel que pratique. Mamut s'en était servi pour inciser le bras d'Ayla et marquer la plaque d'ivoire qu'il portait autour du cou avec le sang qui avait coulé. La trace de sang permettait de compter Ayla parmi les Mamutoï.

Ayla avait déjà vu utiliser une dague semblable pour les tatouages. On gravait de fines lignes dans la peau. On déposait ensuite sur les blessures le charbon noir d'un frêne calciné. Elle ignorait que les frênes produisaient un antiseptique, et il était peu probable que Mamut, qui lui avait enseigné cette technique, sût que ce bois possédait une telle vertu. Mais on avait bien recommandé à Ayla de n'utiliser que du bois de frêne pour noircir les cicatrices des tatouages.

Ayla rangea la dague dans son étui de cuir. Elle prit

ensuite un autre étui qui protégeait le silex extrêmement aiguisé d'un couteau à manche d'ivoire que Jondalar lui avait fabriqué. Elle le passa dans une boucle de sa ceinture, et enfila dans une autre boucle le manche de la hachette qu'il lui avait offerte et dont la tête en pierre était enveloppée dans un morceau de cuir qui protégeait son tranchant.

Elle y accrocha aussi son propulseur, passa sa fronde sous la lanière, et y noua la bourse où elle rangeait ses pierres de jet. Le poids l'encombrait, mais c'était malgré tout une manière pratique de porter les objets quand on voulait se charger le moins possible. Elle ajouta ses sagaies à celles que Jondalar avait déjà rangées dans le panier dorsal.

Le tri des affaires à emporter et le camouflage de la tente leur avaient fait perdre beaucoup de temps et le soleil était haut dans le ciel lorsqu'ils enfourchèrent enfin Rapide et s'éloignèrent.

Au début, Loup courait à leur hauteur, mais retardé par sa blessure, il fut vite distancé. Malgré son inquiétude, et bien qu'elle ne sût pas s'il pouvait marcher longtemps, ni à quelle vitesse, Ayla décida de le laisser suivre à son rythme en espérant qu'il les rejoindrait quand ils s'arrêteraient. Elle était déchirée par ses préoccupations pour ses deux compagnons. Mais Loup n'était pas loin, et elle était confiante en sa guérison rapide. En revanche, elle ignorait où se trouvait Whinney, et plus ils tardaient, plus les chances de la retrouver diminuaient.

La piste les entraîna d'abord vers le nord-est, mais les traces bifurquèrent bientôt inexplicablement. Ayla et Jondalar dépassèrent ce point sans le voir et crurent qu'ils avaient perdu la piste. Ils revinrent en arrière, mais ne la retrouvèrent qu'en fin d'après-midi, et arrivèrent près d'une rivière à la tombée de la nuit.

De toute évidence, les chevaux avaient traversé le cours d'eau, mais il faisait trop sombre pour distinguer les empreintes, et ils décidèrent de camper au bord de l'eau. Oui, mais sur quelle rive ? S'ils traversaient maintenant, les vêtements seraient secs le lendemain, mais Ayla craignait que Loup perdît leur trace. Afin de l'attendre, ils dressèrent donc leur campement sur la rive où ils se trouvaient.

A part les empreintes, ils n'avaient vu aucun autre indice, et Ayla commençait à croire qu'ils n'avaient pas suivi le bon troupeau. Elle s'inquiétait aussi pour Loup. Jondalar s'efforça de la rassurer, mais à l'heure où toutes les étoiles scintillaient déjà dans le ciel, le quadrupède ne s'était pas encore montré. Ayla devenait inconsolable. Elle veilla tard et quand Jondalar réussit à la convaincre de venir se coucher, elle ne put s'endormir malgré sa fatigue. Elle allait s'assoupir lorsqu'un museau froid et mouillé vint se frotter contre sa joue.

— Loup ! Enfin, te voilà ! Regarde, Jondalar, Loup est là ! s'écria Ayla en secouant son compagnon.

Soulagé, Jondalar fut content de revoir l'animal, mais il était surtout heureux pour Ayla qui put enfin trouver le sommeil après s'être relevée pour donner à Loup la portion qu'elle lui avait gardée : un ragoût de viande séchée avec des racines, et une galette.

Dans la soirée, elle avait aussi préparé une infusion d'écorce de saule qu'elle avait mise de côté, et il eut assez soif pour laper entièrement le bol de potion calmante qu'elle lui présenta. Rassasié, il vint se rouler en boule contre leurs fourrures de couchage. Ayla s'endormit en l'enlaçant, et Jondalar se colla contre elle en l'entourant de ses bras. La nuit était claire mais glaciale, et ils s'étaient couchés tout habillés, n'ayant ôté que leurs bottes et leurs fourrures. Ils n'avaient même pas pris la peine d'installer l'auvent.

Le lendemain, Ayla trouva Loup en meilleure forme, mais prit néanmoins de l'écorce de bouleau dans son sac à médecines en peau de loutre et prépara une décoction qu'elle mélangea dans sa nourriture. Il leur fallait maintenant traverser la rivière, et les conséquences d'un bain glacé sur la santé de l'animal l'inquiétaient. Allait-il prendre froid, ou l'eau glacée en décongestionnant l'hématome serait-elle bénéfique ?

L'idée de mouiller ses vêtements n'exaltait pas Ayla. Plonger dans de l'eau froide ne l'effrayait pas — elle se baignait souvent dans des rivières gelées — ce qui la retenait, c'était d'avoir à porter par la suite des vêtements humides par ce temps glacial. Elle commença par remonter le cuir de ses jambières au-dessus de ses mollets.

— Non, je préfère les enlever, décida-t-elle soudain en délaçant ses jambières.

A la vue d'Ayla, jambes nues sous sa tunique, Jondalar ne put réprimer un sourire et l'envie le brûla de se livrer à une occupation plus agréable que traquer des chevaux. Mais il savait Ayla trop préoccupée par Whinney pour penser à folâtrer.

D'ailleurs, pour drôle que fût l'accoutrement d'Ayla, il dut admettre que l'idée était excellente. La rivière n'étant pas très large bien que le courant fût rapide, ils pourraient donc traverser à deux sur Rapide, jambes et pieds nus, et remettre leurs habits secs de l'autre côté.

— Tu as raison. Evitons de mouiller nos jambières, approuva Jondalar en se mettant jambes nues.

Il attacha le panier sur son dos et Ayla souleva les fourrures de couchage pour s'assurer qu'elles ne trempaient pas dans l'eau. Jondalar se sentit un peu ridicule en enfourchant le cheval les jambes nues, mais la peau d'Ayla collée contre ses cuisses lui fit oublier sa gêne. Si elle n'avait été aussi impatiente de retrouver Whinney, Ayla aussi aurait été tentée de s'attarder davantage, et elle se promit de remonter un jour nue à cheval avec Jondalar. Pour le plaisir.

L'étalon dut briser la couche de glace pour pénétrer dans l'eau. Le courant était vif et la rivière assez profonde. Ils eurent bientôt de l'eau jusqu'à mi-cuisse et le cheval avait toujours pied. D'abord, Ayla et Jondalar remontèrent leurs jambes pliées hors de l'eau, mais elles furent bientôt engourdies et ils ne sentirent plus le froid. Arrivés à mi-parcours, Ayla se retourna et vit que Loup était resté sur la rive. Fidèle à lui-même, l'animal marchait de long en large, hésitant à se lancer. Ayla lui siffla des encouragements. Finalement le loup plongea bravement dans l'eau.

Ils atteignirent la rive opposée sans incident, et frigorifiés. Le vent qui mordit leurs jambes mouillées à leur descente de cheval n'arrangea rien. Avec leurs mains, ils essorèrent l'eau qui dégoulinait sur leurs cuisses et se hâtèrent d'enfiler leurs jambières et leurs bottes. Elles étaient fourrées de peaux de chamois feutrées, cadeau d'adieu des Sharamudoï particulièrement appréciable dans de telles circonstances. En se réchauffant, leurs membres fourmillèrent de picotements.

Dès qu'il atteignit la rive, Loup s'ébroua, et après l'avoir examiné, Ayla constata avec satisfaction que le bain glacé n'avait pas aggravé sa blessure.

Ils retrouvèrent facilement la trace des chevaux et remontèrent sur le dos de Rapide. Encore une fois, Loup tenta de les suivre, mais fut vite distancé. Ayla se retournait souvent et le voyait avec inquiétude rapetisser rapidement. Qu'il les eût retrouvés la nuit dernière apaisait ses craintes, et en outre, lorsque Loup partait chasser de son côté, il les rattrapait toujours. Elle n'aimait pas qu'il restât à la traîne, mais il était impératif de retrouver Whinney.

Ce ne fut que vers le milieu de l'après-midi qu'ils aperçurent enfin les chevaux dans le lointain. A mesure qu'ils se rapprochaient, Ayla se crevait les yeux à chercher sa jument. Elle crut entrevoir la robe louvette de Whinney, mais n'aurait pu l'affirmer tant cette couleur était répandue dans la bande. Le vent en tournant renseigna les chevaux sur leur présence, et ils s'enfuirent.

— Ces chevaux-là ont déjà été chassés, remarqua Jondalar.

Il se retint à temps d'ajouter ce qui lui traversa l'esprit : il y a par ici des gens qui apprécient la viande de cheval. Inutile d'affoler Ayla.

Le troupeau distança rapidement le jeune étalon et ses deux cavaliers. Ils continuèrent à le pister. C'était tout ce qu'ils pouvaient faire pour l'instant.

Pour une raison connue d'eux seuls, les chevaux obliquèrent au sud vers la Grande Rivière Mère. Le relief s'éleva, le sol devint rocailleux et l'herbe plus rare.

Ils parvinrent alors à un vaste pré surplombant le paysage. De l'eau miroitait en contrebas, et ils découvrirent qu'ils se trouvaient sur un plateau dont ils avaient contourné la base quelques jours auparavant et que la rivière qu'ils avaient traversée enserrait de ses bras avant de se jeter dans la Mère.

Voyant que les chevaux se mettaient à brouter, ils s'approchèrent.

— Regarde, Jondalar, la voilà ! s'écria Ayla

— Comment peux-tu en être aussi sûre ? Il y a tellement de chevaux de cette couleur.

C'était la vérité, mais Ayla connaissait trop bien sa jument pour avoir l'ombre d'un doute, et lorsqu'elle siffla, Whinney leva la tête.

— Tu vois, c'est elle !

Au deuxième sifflement, Whinney s'avança. Mais la femelle dominante, une puissante et élégante jument à la robe gris tourdille s'élança pour lui barrer la route. Le mâle se précipita à la rescousse. C'était un extraordinaire cheval clair, à la crinière argentée, avec une raie grise le long de l'échine, et une queue argentée qui paraissait presque blanche lorsqu'il l'agitait. Les canons étaient également argentés. Il obligea Whinney à réintégrer la bande en lui mordillant les jarrets, sous le regard intéressé des autres femelles qui observaient la scène avec nervosité. Sa tâche accomplie, il revint au galop provoquer le jeune étalon. Il frappa du devant, rua et hennit, défiant Rapide en combat singulier.

Intimidé, le jeune étalon recula et au grand désespoir de ses cavaliers, aucun encouragement, aucune cajolerie ne l'incitèrent à s'approcher. Parvenu à distance respectable, il appela sa mère et le hennissement familier de Whinney lui répondit. Ayla et Jondalar descendirent de cheval pour examiner la situation.

— Qu'allons-nous faire ? gémit Ayla. Ils ne la laisseront jamais partir.

— Ne t'inquiète pas, il y a un moyen. S'il le faut, nous utiliserons nos propulseurs, mais je ne crois pas que ce sera nécessaire.

Sa froide assurance calma Ayla qui n'avait même pas pensé aux propulseurs. Elle ne voulait pas tuer de chevaux, mais elle était prête à tout pour récupérer son amie.

— Tu as un plan ? s'enquit-elle.

— Oui. Je suis sûr que ces chevaux ont déjà été chassés. Ils doivent donc craindre les humains, ce qui nous donne un avantage. A mon avis, le mâle dominant pensait que Rapide voulait lui prendre une femelle et il cherchait à l'empêcher d'approcher. Nous devons donc éloigner Rapide, expliqua Jondalar. Whinney accourra quand tu la siffleras. Pendant que j'occuperai l'étalon, toi, tu éloigneras la femelle. Dès que tu seras près de Whinney, saute sur son dos. Si la femelle dominante essaie d'empêcher Whinney de te rejoindre, menace-la avec ta sagaie ou hurle-lui après, elle se tiendra à distance le temps que tu t'enfuies avec Whinney.

Ayla se rassérénait.

— Ça a l'air facile, mais que faire de Rapide ?

— J'ai repéré des buissons près d'un rocher, un peu plus loin. Je vais l'attacher à une branche. Ce ne sera pas bien solide, mais je ne crois pas qu'il cherchera à se libérer. Il a l'habitude d'être attaché.

Il empoigna la bride du jeune étalon et l'emmena à grandes enjambées.

— Voilà, dit-il en arrivant au rocher. Prends ton propulseur et une ou deux sagaies. Je laisse mon panier ici, je serai plus libre de mes mouvements. (Il sortit son propulseur et quelques sagaies.) Quand tu auras récupéré Whinney, viens chercher Rapide et rejoins-moi.

Le plateau était orienté du nord-est au sud-ouest. La déclivité douce vers le nord s'accentuait vers l'est. Au sud-ouest, un précipice le bordait. A l'ouest, on pouvait rejoindre par une pente assez abrupte la rivière qu'ils avaient traversée plus tôt, mais au sud un haut précipice les séparait de la Grande Rivière Mère. Le temps était clair et le soleil encore haut. Ayla et Jondalar longèrent prudemment le flanc ouest, le moindre faux pas risquant de les précipiter dans le ravin.

Lorsqu'ils furent assez près du troupeau ils s'arrêtèrent pour chercher Whinney. La bande, constituée de juments et de poulains, paissait au milieu d'un champ d'herbe sèche d'un mètre de haut. L'étalon dominant broutait légèrement à l'écart. Ayla crut apercevoir sa jument et la siffla. Whinney leva la tête et trotta à leur rencontre. Son propulseur armé, Jondalar s'avança lentement pour s'interposer entre l'étalon clair et le reste du troupeau. Pendant ce temps-là, Ayla avança vers les femelles, prête à enlever Whinney.

Soudain, les chevaux s'arrêtèrent de brouter et levèrent la tête. Mais ils ne regardaient pas dans sa direction, et Ayla eut la brusque impression que quelque chose n'allait pas. Elle chercha Jondalar et aperçut une mince volute de fumée, puis une autre. Le feu avait enflammé le champ desséché en plusieurs endroits. Soudain, derrière l'écran de fumée, elle aperçut des silhouettes qui couraient vers les chevaux en hurlant et en brandissant des torches ! Ils chassaient les chevaux et Whinney vers le précipice !

La panique s'empara de la bande. Tout à coup, au milieu des cris affolés des chevaux, Ayla entendit un hennissement familier qui provenait de derrière. Elle se retourna et vit Rapide qui galopait vers les chevaux, traînant sa longe après lui. Pourquoi s'était-il enfui ? Et où pouvait être Jondalar ? Ayla sentait l'odeur de peur suintant des chevaux terrorisés qui fuyaient dans la direction opposée au feu.

Les chevaux se bousculaient autour d'elle et Ayla avait perdu Whinney de vue, mais Rapide, saisi à son tour par la panique, galopait dans sa direction. Elle siffla le plus fort qu'elle put et se précipita à sa rencontre. Il ralentit et vint vers elle, les oreilles couchées, le regard fou. Elle réussit à attraper sa longe qui pendait de son harnais, et la tira d'un coup sec. Il hennit et se cabra. D'autres chevaux terrorisés le dépassaient en le frôlant. Ayla se brûla en serrant la corde qu'il faillit lui arracher des mains, mais elle tint bon et dès que ses antérieurs touchèrent le sol, elle empoigna sa crinière et l'enfourcha.

D'une nouvelle ruade, Rapide manqua désarçonner Ayla qui se rétablit de justesse. L'animal avait toujours peur, mais il avait l'habitude de porter un poids sur son dos, et la présence familière de la jeune femme le rassura. Lorsqu'il se mit à courir, Ayla eut d'abord du mal à le contrôler. Elle l'avait déjà chevauché et connaissait les signaux que Jondalar utilisait pour le guider, mais elle n'avait pas l'habitude de se servir des rênes. Rapide n'obéit pas aussitôt aux premières tentatives hésitantes d'Ayla, plus occupée à chercher Whinney qu'à maîtriser l'étalon.

Ils étaient engloutis dans la bousculade des chevaux qui galopaient en hennissant, et Ayla respirait la puissante odeur de peur. Elle poussa un long sifflement perçant, craignant que Whinney ne pût l'entendre dans ce vacarme. Elle savait combien il était difficile d'arrêter un cheval dans sa fuite.

Soudain, dans le brouillard de poussière et de fumée, Ayla vit un cheval ralentir et essayer de faire demi-tour, résistant tant bien que mal à la peur que les chevaux lui communiquaient dans leur fuite éperdue. Ayla reconnut Whinney malgré la couleur poussiéreuse de son pelage. Elle siffla pour l'encourager, et vit sa jument tant aimée hésiter. L'instinct profondément ancré de fuir avec la bande luttait contre l'envie d'obéir au sifflet qui signifiait sécurité et amour. De plus, le feu ne l'effrayait pas autant que les autres chevaux. Elle avait été élevée dans les odeurs de fumée qui témoignaient pour elle de la présence rassurante d'humains.

Whinney hésitait. Des chevaux au galop la frôlaient, d'autres la bousculaient en essayant de l'éviter. Ayla talonna Rapide qui s'élança. La jument allait à leur rencontre quand un cheval clair surgit de la poussière. Le grand mâle tenta de couper la retraite de Whinney et lança à Rapide un hennissement menaçant. Même dans son affolement, il refusait d'abandonner sa nouvelle jument au jeune étalon. Mais cette fois Rapide releva le défi. Il hennit, piaffa, frappa du devant et s'avança finalement au-devant du puissant mâle, oubliant d'un coup sa jeunesse et son manque d'expérience.

Changeant brusquement d'avis, ou poussé par la panique, le grand mâle fit volte-face et détala. Whinney le suivit, et Rapide se lança à sa poursuite. Les chevaux approchaient dangereusement du précipice et de la mort certaine qui les attendait. La jument louvette et le jeune étalon qu'elle avait mis bas, portant Ayla sur son dos, étaient entraînés dans leur sillage ! Avec la détermination du désespoir, la jeune femme poussa l'étalon qu'elle fit stopper devant sa mère. Rapide hennit de terreur, et voulut rejoindre les autres, mais la femme le tenait bien et le dressage qu'il avait subi le força à obéir.

Tandis que Rapide et Whinney, immobiles, tremblaient de peur, tous les chevaux les avaient dépassés et ils disparurent dans le précipice. Ayla frissonna en entendant des hennissements lointains, suivis d'un silence encore plus effrayant. Rapide, Whinney, et elle-même, n'avaient échappé que de justesse à la chute. Ayla en tremblait encore. Elle poussa un profond soupir et se mit à chercher Jondalar.

Elle ne le vit nulle part. Le vent changeait, les flammes avançaient maintenant vers l'est, mais le feu avait atteint son but. Jondalar restait introuvable. Ayla était seule avec les deux chevaux dans le champ enfumé. Sa gorge se serra. Qu'était-il arrivé à Jondalar ?

Elle mit pied à terre et, sans lâcher la longe de Rapide, enfourcha Whinney. Ils retournèrent à l'endroit où elle avait quitté Jondalar, l'examina soigneusement à la recherche de traces. Mais le sol était couvert d'empreintes de sabots. Un objet accrocha son regard. Elle se précipita le cœur battant, et ramassa le propulseur de Jondalar !

En y regardant de plus près, elle remarqua des traces de pieds. C'étaient, à n'en pas douter, des pieds humains, et elle reconnut parmi eux les empreintes plus larges des bottes usées de Jondalar. Elle les avait vues tant de fois autour de leurs campements qu'elle ne pouvait se tromper. Elle se baissa, toucha l'empreinte du doigt. Elle le retira taché de sang !

La peur lui noua la gorge. En prenant soin de ne pas piétiner les traces, elle regarda autour d'elle, essayant de reconstituer ce qui avait pu se passer. Ayla était un traqueur émérite, et son œil exercé ne tarda pas à découvrir qu'on avait blessé Jondalar et qu'on l'avait ensuite traîné. Elle suivit quelque temps les traces qui la menaient vers le nord, et nota les détails des environs pour être sûre de retrouver la piste le moment venu. Elle remonta sur Whinney, et retourna chercher leurs affaires, tenant toujours Rapide par sa longe.

Tout en chevauchant, Ayla réfléchissait, inquiète et révoltée en même temps. On avait blessé et enlevé

Jondalar, et personne n'avait le droit d'agir ainsi. Elle ne connaissait peut-être pas toutes les coutumes des Autres, mais ça, elle le savait. Elle savait autre chose encore : d'une manière ou d'une autre, elle le retrouverait.

Elle constata avec soulagement que leurs affaires étaient toujours dans le panier adossé au rocher, tel qu'ils l'avaient laissé. Elle déballa le contenu, entreprit d'installer quelques paquets sur le dos de Rapide, et réunit le reste dans le panier. Le matin, elle avait ôté sa ceinture, trop lourde, et l'avait laissée avec les autres paquets. Elle s'en empara et en examina la dague de cérémonie, toujours accrochée dans la boucle, et se piqua par mégarde. Saisie, elle regarda la goutte de sang perler, et fut sur le point d'éclater en sanglots. Elle se retrouvait seule encore une fois. Et on avait enlevé Jondalar.

D'un geste décidé, elle attacha sa ceinture autour de sa taille et y accrocha sa dague, son couteau, le propulseur et les sagaies. Jondalar ne resterait pas prisonnier longtemps ! Elle entassa la tente sur la croupe de Rapide, mais garda les fourrures de couchage en cas de mauvais temps. Elle conserva aussi une outre d'eau. Elle s'assit ensuite et mangea une galette, moins par appétit que pour emmagasiner le maximum d'énergie. Elle en aurait besoin si elle devait pister ceux qui avaient capturé Jondalar.

Son deuxième souci majeur concernait Loup. Elle ne voulait pas partir à la recherche de Jondalar avant d'avoir retrouvé son loup. D'abord parce qu'elle l'aimait, mais aussi en prévision de la traque : Loup avait un flair remarquable. Elle espérait de tout cœur qu'il réapparaîtrait avant la nuit, mais hésita à partir à sa rencontre. S'il s'était écarté de la piste pour chasser, ils risquaient de se manquer. Quelle que fût son impatience, elle décida donc de l'attendre.

Elle essaya de bâtir un plan d'action, mais son cerveau se refusait à toute analyse. Le simple fait de blesser quelqu'un et de l'enlever lui semblait si aberrant qu'elle était incapable de réfléchir. Cela défiait toute logique !

Un gémissement suivi d'un petit jappement la sortirent de sa torpeur. Loup courait vers elle, tout content de la retrouver.

— Oh, Loup ! s'écria-t-elle, joyeuse. Tu as fait plus vite qu'hier, c'est bien. Ta blessure va mieux ?

Après les traditionnelles embrassades, elle l'examina et put vérifier qu'il n'avait rien de cassé. L'hématome se résorbait normalement.

Elle décida de partir sur-le-champ afin de repérer les traces pendant qu'il faisait encore jour. Elle attacha la longe de Rapide à la courroie qui maintenait la couverture sur le dos de Whinney, et enfourcha la jument. Elle dit à Loup de la suivre, et conduisit la jument à l'endroit où elle avait découvert les empreintes de Jondalar parmi une foule d'autres, son propulseur et la tache de sang, qui n'était plus qu'une mince traînée brunâtre. Elle descendit de cheval pour examiner attentivement les traces.

— Loup, il faut absolument retrouver Jondalar, expliqua-t-elle à l'animal qui l'observait d'un air perplexe.

Accroupie, elle étudia les empreintes en s'efforçant de les identifier pour connaître le nombre des agresseurs, et pour les graver dans sa mémoire. Assis sur son arrière-train, Loup attendait patiemment, devinant que quelque chose de nouveau et d'extraordinaire se préparait. Finalement Ayla lui montra la tache de sang.

— On a blessé Jondalar, et on l'a enlevé, annonça-t-elle. Il faut qu'on le retrouve.

Loup flaira le sang séché, remua la queue et jappa.

— Ça, c'est l'empreinte de Jondalar, expliqua Ayla en désignant une trace plus large que les autres.

Loup la renifla. Il regarda ensuite Ayla comme s'il attendait de nouvelles instructions.

— Ce sont ceux-là qui l'ont enlevé, reprit-elle en lui montrant les empreintes plus petites des autres humains.

Ayla se releva soudain et marcha sur Rapide. Elle saisit le propulseur de Jondalar et s'agenouilla pour le faire sentir à Loup.

— Loup, nous devons retrouver Jondalar. On l'a enlevé, et nous allons le reprendre !

26

Jondalar émergea lentement d'un profond sommeil, mais resta immobile. Prudent, il fit le mort en attendant de comprendre ce qui était anormal, et de toute évidence, quelque chose n'allait pas. Pour commencer, une douleur lancinante lui martelait le crâne. Il risqua un œil. L'endroit baignait dans une lumière blafarde qui lui permit à peine de voir sur quoi il gisait. Lorsqu'il voulut porter la main à son visage, où une sorte de croûte le gênait, il s'aperçut que ses mains étaient liées derrière son dos. Ses pieds étaient également entravés.

Il roula sur le côté et scruta la pénombre. Il se trouvait dans une pièce ronde construite sur une armature en bois recouverte de peaux. L'absence de vent et de courant d'air, qui auraient dû gonfler les peaux, lui donnait à penser que la petite pièce faisait partie d'un ensemble plus vaste. D'ailleurs, bien qu'il fît froid, il ne gelait pas. Il se rendit alors compte qu'il ne portait plus sa pelisse.

Comme il se tortillait pour s'asseoir, la tête lui tourna. La douleur lancinante se localisa près de sa tempe gauche, là où il avait senti la sorte de croûte. Il abandonna ses efforts en entendant des voix approcher. Deux femmes parlaient dans une langue qu'il ne connaissait pas, bien que certains sons lui eussent vaguement rappelé le mamutoï.

— Hé, vous là-bas ! Je suis réveillé, cria-t-il dans la langue des Chasseurs de Mammouths. Allez-vous me détacher ? Ces liens sont inutiles, il y a eu méprise. Je ne voulais blesser personne.

Les voix cessèrent un instant avant de reprendre leur conversation, mais personne ne lui répondit.

Etendu, le visage dans la poussière, Jondalar essayait de se rappeler comment il avait échoué ici, et ce qu'il avait bien pu faire pour mériter un tel traitement. D'après son expérience, les seules personnes qu'on attachait étaient celles qui s'étaient mal conduites et en avaient menacé d'autres. L'image d'un mur de feu lui revint, avec des chevaux galopant aveuglément vers le précipice qui bordait un champ. Il avait certainement été capturé au cours d'une chasse.

Il se souvint ensuite d'Ayla qui montait Rapide au milieu des chevaux sans parvenir à le contrôler. Il ne comprenait pas comment l'étalon s'était retrouvé au milieu de la bande de chevaux, alors qu'il l'avait attaché à un buisson.

Il avait eu très peur que Rapide, obéissant à son instinct, ne suivît les autres par-dessus bord, entraînant Ayla dans le précipice. Il se revoyait encore, son propulseur à la main, courant vers eux. Malgré toute son affection pour le bel étalon, il n'aurait pas hésité à le tuer pour l'empêcher de sauter. Ensuite, il ne se souvenait plus de rien, si ce n'est d'une vive douleur suivie d'un grand trou noir.

On a dû me frapper, se dit-il. Et il fallait que ce fût un coup violent parce que je ne me rappelle pas qu'on m'ait amené ici. Et ma tête me fait toujours mal. Ils ont certainement cru que j'avais gâché leur chasse. C'était dans des circonstances analogues qu'il avait rencontré Jeren. Thonolan et lui avaient malencontreusement fait fuir une bande de chevaux que les chasseurs poussaient dans un piège. Mais sa colère passée, Jeren avait compris que c'était involontaire, et ils étaient devenus amis. Aurais-je gâché leur chasse ? s'inquiéta-t-il.

Il tenta encore de s'asseoir. Il replia les genoux en s'arc-boutant, roula sur lui-même en s'efforçant de se redresser dans la position assise. Après plusieurs tentatives, et malgré la violente douleur qui lui battait la tempe, il finit par réussir. Il ferma les yeux, espérant que la douleur s'atténuerait, mais quand elle se fit moins vive, son inquiétude pour Ayla et les chevaux s'accrut d'autant. Whinney et Rapide étaient-ils tombés dans le précipice ? Rapide avait-il entraîné Ayla dans sa chute ?

Etait-elle morte ? Son cœur se serra soudain. Ayla et les chevaux étaient-ils partis dans l'autre monde ? Et Loup, qu'était-il devenu ? Quand l'animal rejoindrait enfin le pré, il ne trouverait plus personne. Jondalar l'imaginait reniflant partout, suivant une piste, puis une autre. Que deviendrait-il ? Loup était un bon chasseur, mais il était blessé. Pourrait-il chasser avec sa blessure ? Il n'avait pas l'habitude de vivre seul, Ayla et sa « bande » lui manqueraient. Comment parviendrait-il à se débrouiller ? Et que se passerait-il s'il tombait sur une bande de loups sauvages ? Serait-il capable de se défendre ?

Quelqu'un va-t-il enfin venir ? J'aimerais boire un peu d'eau. On a pourtant dû m'entendre. J'ai faim, mais j'ai surtout très soif. Sa bouche devenait de plus en plus sèche, et sa soif grandissait.

— Hé, là-dedans ! J'ai soif ! Y a-t-il quelqu'un pour m'apporter à boire ? cria-t-il. Qu'est-ce que c'est que ces manières ? Qui êtes-vous donc pour attacher un homme et lui refuser à boire ?

Aucune réponse. Après d'autres essais infructueux, il décida d'économiser son souffle. Il se desséchait la bouche inutilement, et sa tête lui cognait. Il pensa à s'allonger, mais après les efforts qu'il avait fournis pour s'asseoir, il y renonça.

Comme le temps passait, il devenait morose. Il était faible, au bord du délire, et des images frappantes de réalisme défilaient dans sa tête meurtrie. Il se persuadait qu'Ayla était morte, et les deux chevaux aussi. Quant à Loup, il le voyait errant, affreusement blessé, incapable de chasser, cherchant désespérément Ayla, à la merci d'une bande de loups ou de hyènes... ce qui valait peut-être mieux que de crever de faim. Il se demandait si on allait le laisser mourir de soif, il le souhaitait même, puisque Ayla était partie. S'identifiant à la situation misérable de Loup, il songea qu'ils étaient les deux seuls survivants d'une bande de voyageurs hors du commun, sur le point de disparaître à leur tour.

Un bruit de pas le tira du désespoir. Le rabat de l'entrée s'ouvrit, et une silhouette se découpa dans la lumière d'une torche. Campée sur ses jambes écartées, mains sur les hanches, elle aboya un ordre. Deux femmes s'avancèrent alors dans la petite pièce, le soulevèrent et le traînèrent à genoux aux pieds de l'apparition. Le sang battait dans sa tempe, avivant la douleur, et il s'appuya en chancelant contre l'une des deux femmes. Elle le rejeta brutalement.

Celle qui avait lancé l'ordre abaissa son regard sur lui, et éclata d'un rire mauvais. On aurait dit le ricanement discordant d'une démente. Jondalar ne put s'empêcher de sursauter, parcouru d'un frisson de peur. La femme lui cracha quelques mots à la face. Jondalar titubait, sa vue s'embrouilla. La femme aboya d'autres ordres, tourna les talons et sortit. Les deux femmes qui le maintenaient le lâchèrent pour la suivre. D'autres les accompagnaient. Jondalar s'écroula, au bord de l'évanouissement.

On coupait les liens qui lui serraient les chevilles, et quelqu'un versait de l'eau dans sa bouche. Il faillit s'étrangler, mais s'efforça de boire quelques gouttes. La femme qui tenait l'outre proféra des paroles de dégoût et jeta la poche d'eau à un vieil homme. Celui-ci s'avança et leva l'outre au-dessus de Jondalar. Sans douceur, mais avec plus de patience, il fit couler le précieux liquide de sorte que Jondalar pût enfin étancher sa soif brûlante.

Mais avant qu'il fût rassasié, la femme éructa un son bref et l'homme emporta l'outre d'eau. Elle tira ensuite Jondalar, le fit lever, et le poussa dehors. Toujours étourdi, il avança en chancelant, et la femme le poussa parmi un groupe d'hommes. Il faisait froid mais personne ne daigna lui rendre sa pelisse, ni lui délier les poignets pour lui permettre de se réchauffer en se frottant les mains.

L'air glacial le réveilla, et il remarqua que d'autres hommes portaient comme lui les mains attachées derrière le dos. Il examina plus attentivement le groupe auquel on l'avait mêlé. Il se composait d'hommes de tous âges, du plus jeune — des enfants, même — au plus vieux. Tous étaient maigres, hirsutes, faibles et sales, vêtus d'habits disparates. Certains avaient des plaies couvertes de sang coagulé et de poussière.

Jondalar tenta d'engager la conversation en mamutoï avec son voisin, mais l'homme ne semblait pas comprendre. Jondalar essaya le sharamudoï, mais l'homme détourna la tête lorsqu'une femme menaça Jondalar d'une sagaie en hurlant un ordre qu'il ne saisit pas. Mais le geste était éloquent et Jondalar commençait à se demander si l'homme avait eu peur de lui parler, ou s'il n'avait réellement pas compris son langage.

Plusieurs femmes armées de sagaies entourèrent le groupe d'hommes. L'une d'elles aboya un ordre et la petite troupe s'ébranla. Jondalar en profita pour examiner les lieux. Le camp, composé de plusieurs habitations circulaires et semi-souterraines, lui parut familier bien qu'il ne reconnût pas le paysage. Ces abris ressemblaient en fait à ceux des Mamutoï. La construction était analogue : charpente en os de mammouth, recouverte de chaume, de mottes de gazon, et enduite d'argile.

Ils gravirent ensuite une colline d'où la vue était plus étendue. C'était une région de toundra — steppes dépourvues d'arbres, dont le sol reste gelé en profondeur une partie de l'année et se transforme en boue noire en été. Seules des herbacées naines y poussaient. Au printemps elles coloraient les plaines de leurs floraisons éclatantes et nourrissaient des cohortes de bœufs musqués, de rennes, ou autres animaux capables de les digérer. Par plaques, on voyait aussi des forêts de petits conifères de hauteur si uniforme qu'on les aurait cru taillés par quelque couteau gigantesque, ce qui était d'ailleurs le cas. Le vent glacial, charriant de la neige fondue ou des particules de lœss caillouteux, rasait impitoyablement tout rameau qui osait dépasser ses semblables.

Ils poursuivaient leur pénible ascension. Jondalar aperçut au nord un troupeau de mammouths qui paissait, et plus près, une bande de rennes. Il savait que les chevaux vivaient dans la région, et il se doutait que les bisons et les ours s'y aventuraient à la saison chaude. Ce pays était plus proche du sien que les gras pâturages des steppes, bien que la végétation dominante fût différente, de même que le mélange de bêtes.

Jondalar surprit un mouvement sur sa gauche. Un lièvre blanc s'enfuyait devant un renard polaire. Le gros lièvre changea brusquement de direction, passa devant le crâne en décomposition d'un rhinocéros laineux, et se faufila dans une orbite vide.

Là où l'on trouvait des rhinocéros et des mammouths, on trouvait aussi des lions des cavernes, et en considérant la profusion d'herbivores, probablement des hyènes et certainement des loups. Jondalar s'étonnait de l'abondance de viande, d'animaux à fourrure et de plantes. Voilà une terre riche, songea-t-il. Evaluer les ressources d'une contrée était pour lui une seconde nature, comme pour la plupart des humains. Ils vivaient de la terre et ce genre d'observation était indispensable à leur survie.

Le groupe atteignit une terrasse à flanc de colline, et s'arrêta. Jondalar constata que les chasseurs qui habitaient cette région possédaient un avantage incomparable. Non seulement ils pouvaient voir les animaux venir de loin, mais les troupeaux qui parcouraient la région étaient obligés de passer par un étroit défilé entre une paroi calcaire et la rivière. Quelles proies faciles! Jondalar n'en était que plus surpris par la chasse aux chevaux près de la Grande Mère Rivière.

Des cris de douleur le tirèrent de sa contemplation. Une femme aux longs cheveux gris ébouriffés, soutenue par deux femmes plus jeunes, gémissait et pleurait. Elle se libéra soudain, tomba à genoux et s'allongea sur une forme étendue au sol. Jondalar s'avança pour mieux voir. Dépassant d'une bonne tête ses compagnons, il découvrit aisément la cause de cette douleur.

C'était un enterrement. Trois corps étaient étendus sur le sol. Deux d'entre eux étaient manifestement des hommes, identifiables à leur barbe. Le plus grand, les joues couvertes d'un duvet épars, semblait le plus jeune. La femme aux cheveux gris pleurait sur le corps de l'autre homme, dont la courte barbe châtaine était plus fournie. Le troisième corps était assez grand et mince, et la façon dont il était étendu suggérait une certaine difformité. Jondalar ne lui vit pas de poils sur la figure et il pensa d'abord à une femme. A moins que ce ne fût un jeune homme qui se rasait la barbe. Tous trois n'avaient pas vingt ans.

Les vêtements ne fournissaient pas beaucoup d'indications. Les trois corps étaient vêtus de jambières et de larges tuniques qui ne laissaient rien deviner. Les habits semblaient neufs, mais dépourvus de décorations. Comme si on s'était efforcé de les rendre anonymes pour l'autre monde.

Les deux femmes qui l'avaient soutenue relevèrent la femme aux cheveux gris, et la traînèrent presque — mais sans brutalité — loin du corps du jeune homme. Une autre femme s'avança. Son visage était curieusement asymétrique et déformé, un côté plus petit que l'autre et légèrement en retrait, mais elle ne faisait aucun effort pour le cacher. Ses cheveux clairs, peut-être même gris, étaient tirés en arrière et retenus en chignon sur le sommet de sa tête.

D'après Jondalar, elle devait avoir le même âge que Marthona, sa mère, et bien qu'elle ne lui ressemblât pas, elle se déplaçait avec la même grâce et la même dignité. Elle ne manquait pas de charme en dépit de sa légère difformité, et son visage commandait le respect. Lorsqu'elle croisa son regard, il se rendit compte qu'il l'avait dévisagée avec insistance, mais elle détourna précipitamment les yeux, du moins lui sembla-t-il. Elle prit la parole pour conduire la cérémonie funéraire. Jondalar pensa qu'elle devait être une mamut, une femme qui communiquait avec le monde des esprits, l'équivalent d'une zelandoni, une chamane.

Quelque chose attira son attention et lui fit tourner la tête. Il vit une femme qui ne le quittait pas des yeux. Grande, musclée, solidement charpentée, mais d'un physique agréable, avec des cheveux châtain clair et, chose curieuse, des yeux très noirs. Elle ne détourna pas son regard sous celui de Jondalar, mais le toisa au contraire sans vergogne. D'ordinaire, il aurait été attiré par une aussi belle femme, mais son sourire le mit mal à l'aise.

Alors, il remarqua qu'elle se tenait campée sur ses jambes écartées, les mains sur les hanches, et il la reconnut soudain : c'était cette femme qui lui avait ri au nez d'un air si menaçant. Il réprima l'envie de se reculer et de se cacher au milieu des autres malheureux, sachant très bien que c'était impossible. Il n'était pas seulement plus grand que les autres, il était le seul qui paraissait encore solide et en bonne santé. On le reconnaîtrait où qu'il se cachât.

La cérémonie se déroulait comme une nécessité déplaisante plutôt que dans la solennité. Sans linceul, les corps furent portés un par un dans une simple tombe peu profonde. Jondalar nota leur aspect flasque, indice de leur mort récente. Leurs membres n'avaient pas encore eu le temps de se raidir, ni l'odeur d'empuantir. On déposa le long corps mince en premier, allongé sur le dos, on saupoudra de l'ocre rouge sur son visage, et, bizarrement, sur son bassin, la puissante zone reproductrice, ce qui incita Jondalar à penser que c'était bien une femme.

Les deux autres furent disposés différemment mais de manière encore plus étrange. On allongea de profil l'homme à la barbe châtaine, à la droite du premier cadavre, et on posa sa main sur la région pubienne de celui-ci. On jeta presque le troisième corps dans la tombe, face contre terre, à la gauche du premier. On saupoudra ensuite de l'ocre rouge sur leurs deux têtes. D'évidence, la poudre sacrée avait un pouvoir protecteur, mais lequel ? Jondalar était perplexe.

On commençait à reboucher la tombe de terre lorsque la femme aux cheveux gris se libéra de nouveau, et courut y jeter des objets. Jondalar reconnut deux couteaux en pierre et quelques pointes de silex.

La femme aux yeux noirs s'avança, visiblement outrée. Elle désigna la tombe du doigt et éructa un ordre. L'homme à qui elle s'était adressée parut effrayé mais ne broncha pas. La chamane prit alors la parole sur un ton désapprobateur. La femme lui cria sa colère et sa frustration, mais la chamane tint bon. La femme autoritaire la gifla d'un revers de main. Tout le monde retint son souffle, mais celle qui était en colère battit en retraite, suivie d'une coterie de femmes armées de sagaies.

La chamane ignora la gifle. Pourtant, d'où il était, Jondalar put voir sa joue s'empourprer. On combla la tombe à la hâte avec de la terre mêlée de morceaux de charbon de bois et de fragments de bois calciné. On avait dû faire de fameux feux de joie par ici, pensa Jondalar. Il jeta un coup d'œil dans le défilé en contrebas et comprit immédiatement : la position offrait un point de vue idéal pour surveiller l'approche d'animaux — ou de qui que ce soit — et les feux servaient de signaux...

Dès que les corps furent recouverts, on fit redescendre les hommes et on les conduisit dans un enclos fermé par une haute palissade construite avec des troncs d'arbres taillés et liés entre eux. Jondalar remarqua des os de mammouth curieusement empilés contre la clôture. Peut-être la soutenaient-ils ? On le sépara des autres, et on le ramena dans la bâtisse principale qu'il étudia soigneusement avant d'entrer.

La lourde charpente avait été construite avec des pieux taillés dans de jeunes arbres, la plus grosse extrémité fichée dans le sol. Leurs sommets avaient été courbés et joints. Des peaux de bêtes recouvraient la charpente, et le rabat de l'entrée se fermait de l'extérieur avec des lanières.

Puis on le poussa à l'intérieur de sa cellule nue, sans même une paillasse. On n'y tenait debout qu'au milieu, et Jondalar fit le tour de l'endroit en courbant la tête. Il remarqua que les peaux étaient vieilles et déchirées, pourries par endroits, et grossièrement reprisées à d'autres. Les coutures étaient si lâches qu'on voyait au travers et il s'accroupit pour surveiller l'entrée restée ouverte. Quelques personnes passèrent, mais personne ne s'arrêta.

Au bout d'un certain temps, il eut une forte envie d'uriner, mais ses mains liées l'empêchaient de tenir sa verge. Si personne ne venait rapidement le détacher, il serait obligé de se souiller. De plus, le frottement des liens écorchait ses poignets. Jondalar sentit la colère monter. Tout ceci était ridicule ! La plaisanterie avait assez duré !

— Ohé ! cria-t-il. Pourquoi me garde-t-on captif comme un animal pris au piège ? Je n'ai fait de mal à personne. Détachez-moi les mains ! Sinon, je vais me pisser dessus... Mais quel genre d'humains êtes-vous donc ? reprit-il après avoir vainement attendu une réponse.

Il se leva et s'appuya contre la paroi de sa cellule qui bougea légèrement. Voyant cela, il prit son élan et se rua sur la charpente, l'épaule en avant. L'ébranlement s'accentua. Il recommença et entendit le bois craquer. Il jubila. Il se reculait pour reprendre son élan quand des bruits de pas l'arrêtèrent.

— Ah, enfin ! cria-t-il. Laissez-moi sortir ! Laissez-moi sortir tout de suite !

On détachait les lanières de l'entrée. Le rabat s'ouvrit à la volée, et des femmes surgirent, leur sagaie pointée vers lui. Jondalar les ignora et se fraya un passage vers la sortie.

— Détachez-moi ! ordonna-t-il en leur tournant le dos pour leur présenter ses liens. Otez-moi ces cordes !

Le vieil homme qui l'avait fait boire s'avança.

— Zelandonii ! Toi... loin... du pays, articula-t-il en cherchant ses mots.

Dans sa colère, Jondalar ne s'était pas rendu compte qu'il avait parlé dans sa langue maternelle.

— Tu parles zelandonii ? s'étonna-t-il. (Mais son besoin urgent reprit vite le dessus.) Dis-leur de me détacher avant que je n'urine sur moi !

L'homme s'adressa à l'une des femmes. Elle fit un signe de refus, mais l'homme insista. Finalement, elle sortit un couteau de l'étui qu'elle portait à la ceinture, et ordonna aux guerrières d'encercler Jondalar. Puis elle s'approcha de lui et lui fit signe de se retourner. Il lui présenta son dos et attendit qu'elle coupât ses liens. Ils auraient besoin d'un bon tailleur de silex, ne put-il s'empêcher de penser, son couteau est émoussé.

Après ce qui lui parut une éternité, les cordes cédèrent enfin. Il s'empressa de délacer sa braguette et, trop pressé pour s'embarrasser de bienséance, sortit sa verge et chercha frénétiquement un endroit à l'écart où se soulager. Mais les femmes armées ne voulaient pas le laisser sortir. Fou de rage, il se retourna, et urina face à elles en poussant un profond soupir de soulagement.

Il les observait pendant que le long jet jaunâtre se répandait en fumant sur le sol gelé, exhalant une forte odeur acide. La femme qui commandait parut consternée, bien qu'elle s'efforçât de le cacher. Certaines détournèrent les yeux ou se voilèrent la face, d'autres contemplaient le membre, fascinées, comme si elles n'avaient jamais vu d'homme uriner. Le vieil homme réprimait un sourire sans parvenir à masquer sa joie.

Lorsque Jondalar eut terminé, il se rhabilla et affronta ses tortionnaires, bien décidé à ne plus se laisser attacher.

— Je suis Jondalar des Zelandonii, déclara-t-il en s'adressant au vieil homme. J'entreprends le Voyage.

— Tu voyages loin, Zelandonii. Trop loin... peut-être.

— J'arrive de plus loin encore, répliqua Jondalar. J'ai passé l'hiver chez les Mamutoï, et je rentre chez moi.

— Ah, j'avais bien deviné que tu avais parlé en mamutoï ! s'exclama le vieil homme, qui en profita pour répondre dans cette langue qu'il maîtrisait mieux. Ici, certains connaissent la langue des Chasseurs de Mammouths. Mais dis-moi, d'habitude les Mamutoï viennent du nord. Toi, tu viens du sud.

— Puisque tu m'as entendu parler en mamutoï, pourquoi ne t'es-tu pas déplacé plus tôt ? Je suis sûr qu'il y a eu méprise. Pourquoi m'a-t-on attaché ?

Le vieil homme hocha la tête d'un air malheureux.

— Tu le découvriras bien assez tôt, Zelandonii, soupira-t-il.

La femme qui commandait la petite troupe cracha un ordre et le vieil homme sortit en claudiquant, appuyé sur un bâton.

— Eh, attends ! Ne pars pas ! Qui es-tu ? Qui sont ces femmes ? Et celle qui leur a ordonné de m'amener ici, qui est-elle ? demanda Jondalar.

Le vieil homme s'arrêta et lui jeta un dernier regard.

— Ici, on m'appelle Ardemun. Ce peuple est le S'Armunaï. Quant à la femme dont tu parles... c'est... c'est Attaroa.

Il avait prononcé ce mot avec une intensité que Jondalar ne releva pas.

— S'Armunaï ? Attends, où ai-je déjà entendu ce nom-là ?... Ah, oui, je m'en souviens. C'est Laduni, le chef des Losadunaï...

— Laduni est devenu chef ? s'étonna Ardemun.

— Oui. Il m'a parlé des S'Armunaï quand nous voyagions vers l'est, mais mon frère n'a pas voulu s'arrêter.

— Il a bien fait. Dommage que tu sois ici, maintenant.

— Pourquoi ?

La femme qui commandait aux gardes les interrompit encore d'un cri bref.

— Autrefois, j'étais un Losadunaï, mais j'ai eu le malheur d'entreprendre le Voyage, acheva Ardemun avant de sortir en clopinant.

La femme jeta quelques mots à la figure de Jondalar qui devina qu'elle voulait l'emmener quelque part, mais feignit l'incompréhension.

Elle répéta ses paroles avec colère, et le piqua de la pointe de sa sagaie.

Une fine traînée de sang coula sur le bras de Jondalar. L'œil étincelant de rage, il toucha la plaie et regarda ses doigts rougis de sang.

— Ce n'était pas la... commença-t-il.

Elle lui coupa rageusement la parole. Les autres encerclèrent Jondalar et le poussèrent à suivre la femme au-dehors. Le froid le glaça. Ils longèrent l'enclos. Sans voir ce qui se passait de l'autre côté, il sentait qu'on l'observait par les fentes de la palissade. Tout cela lui semblait complètement saugrenu. On poussait parfois des animaux dans ce genre d'enclos, c'était un moyen de les capturer. Mais pourquoi y enfermer des humains ? Et combien étaient-ils là-dedans ?

Sûrement assez peu, se dit-il, ce n'est pas très grand. Il imagina tout le travail qu'avait coûté la clôture. Les arbres étaient rares dans ces collines. Ils devaient provenir de la vallée. Il avait fallu les abattre, les élaguer de toutes leurs branches, transporter les troncs jusqu'en haut, creuser des trous assez profonds pour les faire tenir debout, fabriquer des cordes pour les attacher ensemble. Pourquoi tant d'efforts pour construire un enclos qui n'avait aucun sens ?

On l'amena près d'un ruisseau entièrement gelé, où Attaroa et plusieurs femmes surveillaient de jeunes hommes qui transportaient d'énormes os de mammouth. Les hommes semblaient à moitié morts de faim, et Jondalar se demandait où ils trouvaient l'énergie pour porter de si lourdes charges.

Attaroa le toisa, puis l'ignora. Jondalar attendit, déconcerté par le comportement de ce peuple étrange. Transi, il se mit bientôt à gesticuler et à se battre les flancs pour essayer de se réchauffer. Devant tant d'absurdité, la colère s'empara de lui. Il n'en supporterait pas davantage. Il tourna les talons et revint au campement. Là-bas, il serait au moins à l'abri du vent. Sa décision inattendue prit les gardes par surprise. Elles tentèrent de s'interposer, mais il les écarta du bras et continua sa route, poursuivi par des cris qu'il ignora.

Il regagna sa cellule et chercha comment se réchauffer. Il fit le tour de l'abri circulaire, arracha la peau tendue sur la charpente et l'enroula autour de lui. Au même moment, plusieurs femmes surgirent en brandissant leurs armes, conduites par celle qui lui avait infligé une coupure au bras. Visiblement furieuse, elle lui porta un coup de sagaie qu'il évita. Il réussit à attraper l'arme mais la bagarre qui s'ébauchait fut stoppée net par un éclat de rire sinistre.

— Zelandonii ! ricana Attaroa, ajoutant d'autres mots qu'il ne comprit pas.

— Elle veut que tu sortes, traduisit Ardemun que Jondalar n'avait pas entendu approcher. Je crois qu'elle te trouve trop audacieux et trop intelligent. Elle veut que tu sortes pour que ses gardes puissent t'encercler.

— Et si je refuse ?

— Alors elle te fera tuer où tu es, immédiatement.

Ces derniers mots avaient été prononcés en zelandonii sans une trace d'accent! Jondalar chercha qui avait parlé. C'était la chamane!

— Si tu sors, Attaroa te laissera encore vivre un peu. Tu l'intéresses. Mais elle finira par te tuer quand même.

— Pourquoi? Que lui ai-je fait?

— Tu représentes une menace.

— Moi, une menace? Mais je ne l'ai jamais menacée!

— Tu menaces son pouvoir. Elle veut que tu serves d'exemple.

L'intervention d'Attaroa mit un terme aux explications, et bien que Jondalar ne comprît pas ce qu'elle disait, il lui sembla que les paroles, lourdes de colère contenue, étaient dirigées contre la chamane. La vieille femme lui répondit d'un ton mesuré mais sans crainte puis elle se tourna vers Jondalar.

— Elle voulait savoir ce que je te disais, expliqua-t-elle. Alors je le lui ai dit.

— Dis-lui aussi que je vais sortir.

Lorsque la chamane eut traduit les mots de Jondalar, Attaroa partit d'un grand rire méprisant, ajouta quelques mots, et s'en alla d'un pas nonchalant.

— Qu'a-t-elle dit? demanda Jondalar.

— Elle a dit qu'elle l'aurait parié, que les hommes étaient prêts à tout pour prolonger leur misérable existence.

— Peut-être pas à tout, justement, répliqua Jondalar en faisant quelques pas vers la sortie avant de se raviser. Quel est ton nom? demanda-t-il alors à la chamane.

— On m'appelle S'Armuna.

— Je m'en doutais. Mais où as-tu appris à parler si bien ma langue?

— J'ai vécu parmi ton peuple. Mais c'est une longue histoire, soupira-t-elle, coupant court à la curiosité de Jondalar.

Il s'était attendu à ce qu'elle lui demandât son nom en retour, mais S'Armuna lui tourna le dos.

— Je suis Jondalar de la Neuvième Caverne des Zelandonii, annonça-t-il malgré tout.

— La Neuvième Caverne ? répéta S'Armuna, les yeux agrandis d'étonnement.

— Oui...

Il allait décliner toute sa filiation mais l'expression énigmatique de la chamane l'en dissuada. S'Armuna se recomposa vivement un visage impassible et Jondalar se demanda s'il n'avait pas rêvé.

— Elle attend, annonça S'Armuna en quittant la bâtisse.

Dehors, Attaroa était assise sur un trône recouvert de fourrure, dressé sur un monticule de terre à l'entrée de la grande maison semi-souterraine, en face de l'enclos. Jondalar sentit de nouveau des yeux l'épier à travers les fentes de la palissade.

En s'approchant, il découvrit que la fourrure du trône d'Attaroa était une peau de loup, que le capuchon de sa pelisse rejetée en arrière était aussi garni de peau de loup, et qu'elle portait autour du cou un collier composé de canines de loup et de renard polaire. Jondalar identifia aussi une dent d'ours des cavernes. Attaroa tenait un bâton sculpté semblable au Bâton Qui Parle qu'utilisait Talut pour orchestrer les discussions et garantir l'impartialité des délibérations. Celui qui tenait le bâton avait la parole, et si quelqu'un voulait intervenir, il devait d'abord demander le Bâton Qui Parle.

Le bâton d'Attaroa lui parut familier pour une autre raison qu'il n'arrivait pas à définir. Etait-ce la sculpture ? Elle représentait la forme stylisée d'une femme assise, avec des cercles concentriques figurant le ventre et les seins, une drôle de tête triangulaire dont le menton formait la pointe inférieure, et un visage aux traits énigmatiques. Cela ne ressemblait pas aux sculptures mamutoï, mais Jondalar avait le sentiment de l'avoir déjà vue quelque part.

Attaroa était entourée de plusieurs femmes, dont certaines qu'il n'avait encore jamais vues, et que quelques enfants accompagnaient. Attaroa jaugea longuement Jondalar, puis lui parla en le regardant dans les yeux. A côté, Ardemun traduisait à grand-peine. Jondalar allait lui proposer de parler en mamutoï, mais S'Armuna le devança en s'adressant à voix basse à Attaroa.

— Je vais traduire, annonça-t-elle ensuite.

Attaroa fit un commentaire méprisant qui déclencha l'hilarité générale, mais que S'Armuna s'abstint de traduire.

— Elle s'adressait à moi, dit-elle pour seule explication, le visage impassible.

Attaroa reprit la parole, toisant toujours Jondalar.

— Je parle maintenant pour Attaroa, prévint S'Armuna. Pourquoi es-tu venu ?

— Mais je ne suis pas venu, on m'a transporté ici pieds et poings liés, protesta Jondalar pendant que S'Armuna traduisait presque simultanément. J'entreprends le Voyage, et je ne comprends pas pourquoi on m'a ligoté. Personne n'a daigné me l'expliquer.

— D'où viens-tu ? demanda Attaroa par la bouche de S'Armuna qui avait négligé de traduire le commentaire de Jondalar.

— J'arrive de chez les Mamutoï où j'ai passé l'hiver.

— Tu mens ! Tu venais du sud.

— J'ai fait un long détour. Je voulais rendre visite à des parents près de la Grande Rivière Mère, à la pointe sud de ces montagnes.

— Tu mens encore ! Les Zelandonii vivent loin à l'ouest, et tu prétends avoir des parents à l'est ?

— Ce n'est pas un mensonge. Je voyageais avec mon frère, et contrairement aux S'Armunaï, les Sharamudoï nous ont bien accueillis. Mon frère s'est uni avec une femme de chez eux et, par lui, je leur suis maintenant apparenté.

— Ça suffit, dit la femme.

Il s'emporta. Pour une fois qu'il avait l'occasion de s'exprimer !

— Ignorez-vous que ceux du Voyage ont des droits de passage ? Tous les peuples accueillent les Voyageurs avec bienveillance. Ils échangent leurs histoires, partagent leurs biens. Partout, sauf ici ! On m'a frappé, on n'a pas soigné mes blessures, on ne m'a offert ni eau ni nourriture. On m'a volé ma pelisse, et on ne me l'a pas rendue quand il a fallu que je sorte dans le froid glacial.

Plus il parlait, plus il fulminait.

— On m'a traîné dehors pour me laisser geler ! Jamais tout au long du Voyage on ne m'a traité de cette façon ! Même les animaux des plaines partagent leur pâturage et leur eau. Quelle sorte de peuple êtes-vous donc ?

— Pourquoi as-tu essayé de voler notre viande ? l'interrompit Attaroa.

Elle enrageait, mais essayait de garder son sang-froid. Elle savait parfaitement qu'il avait raison, mais elle ne supportait pas qu'on l'accuse d'être inférieure aux autres, surtout devant son peuple.

— Je n'essayais pas de voler ta viande, protesta Jondalar avec véhémence.

La traduction de S'Armuna était si fluide et si rapide et son besoin de s'exprimer si violent, que Jondalar en oubliait l'interprète. Il avait l'impression de parler directement à Attaroa.

— Tu mens ! On t'a vu courir au milieu de la bande de chevaux avec une sagaie.

— Non, je ne mens pas ! J'essayais de secourir Ayla. Elle était sur le dos d'un de ces chevaux, et je voulais l'empêcher de tomber dans le ravin.

— Ayla ?

— Oui, tu ne l'as pas vue ? C'est la femme avec qui je voyage.

— Ainsi, tu voyages avec une femme qui monte sur le dos des chevaux ! s'esclaffa Attaroa. Si tu n'es pas un conteur errant, tu as manqué ta vocation. Tout ce que tu dis est mensonge ! martela-t-elle. Tu es un menteur et un voleur.

— Je ne suis ni un menteur ni un voleur ! J'ai dit la vérité. Je n'ai rien volé ! affirma Jondalar avec force.

Pourtant, il ne pouvait pas la blâmer. A moins d'avoir vu Ayla, qui croirait qu'ils voyageaient à dos de cheval ? Il commençait à désespérer de convaincre Attaroa de sa sincérité. Comment lui faire comprendre qu'il n'avait pas prémédité de déranger leur chasse ? S'il avait pu apprécier tout ce que sa situation avait de critique, il aurait été encore plus désespéré.

Attaroa étudiait le beau géant blond à la puissante musculature, drapé dans la peau de bête qu'il avait arrachée de sa cage. Elle nota que sa barbe était un ton plus foncé que ses cheveux, et ses yeux, d'un bleu d'une incroyable intensité, envoûtants. Il l'attirait irrésistiblement, mais la violence de son trouble réveilla des souvenirs enfouis depuis longtemps, et provoqua en elle une réaction incohérente. Elle ne se laisserait séduire par aucun homme. Il était hors de question que quiconque, et surtout pas un homme, pût la dominer.

Elle lui avait enlevé sa pelisse et l'avait laissé dans le froid pour la même raison qu'elle l'avait privé de nourriture et d'eau. Tant qu'ils avaient la force de résister, mieux valait attacher les hommes. Mais le Zelandonii, drapé dans les peaux qui ne lui appartenaient pas, ne montrait aucune peur. Regardez-le ! Quelle arrogance !

Fier et sûr de lui, il avait osé la critiquer en public, devant les hommes enfermés dans l'Enclos. Il refusait de l'implorer, de s'humilier, de chercher à lui plaire, comme tous les autres. Elle se jura de l'y forcer. Elle était fermement décidée à le faire plier. Elle leur montrerait comment maîtriser ce genre de mâle ! Ensuite... il mourrait !

Avant de le briser, je vais m'amuser avec lui, se dit-elle. Il est fort, et s'il lui prend l'envie de résister, il sera difficile à soumettre. Pour l'instant, il se méfie, je dois d'abord lui faire baisser sa garde. Il faut l'affaiblir. S'Armuna connaît certainement un moyen. Attaroa fit signe à la chamane et lui murmura quelques mots à l'oreille. Elle regarda ensuite Jondalar en souriant. Et ce sourire contenait tant de perfidie que Jondalar frémit.

Jondalar ne menaçait pas seulement le pouvoir d'Attaroa. C'était le monde fragile que son esprit malade avait eu tant de mal à créer qui risquait de s'écrouler. L'homme avait ébranlé ses propres certitudes, déjà chancelantes ces derniers temps.

— Suis-moi, ordonna S'Armuna.

Jondalar obtempéra.

— Où allons-nous ? demanda-t-il, alors que deux femmes armées de sagaies lui emboîtaient le pas.

— Attaroa veut que je soigne ta blessure.

Elle conduisit Jondalar à une habitation semi-souterraine à l'autre bout du Camp, semblable à celle devant laquelle trônait Attaroa, mais de taille plus petite avec un dôme plus prononcé. Une entrée étroite et basse ouvrait sur un couloir menant à une autre porte. Jondalar se baissa et avança courbé, puis descendit trois marches. Seul un enfant aurait pénétré aisément dans cet abri mais, une fois à l'intérieur, Jondalar put se redresser et sa tête était loin d'atteindre le plafond. Les deux femmes qui les avaient accompagnés restèrent dehors.

Une fois ses yeux habitués à la pénombre, Jondalar remarqua contre le mur du fond une plate-forme où une couche était installée. Une fourrure blanche la recouvrait... les animaux à poils blancs étaient rares et son peuple, comme la plupart de ceux qu'il avait rencontrés au cours de son long Voyage, les tenait pour sacrés. Des herbes séchées pendaient du plafond, et remplissaient des paniers et des jattes qui encombraient les étagères accrochées aux murs. N'importe quel zelandoni ou mamut se serait senti chez lui, avec une seule réserve. Chez presque tous les peuples, la caverne de Ceux Qui Servent la Mère était un lieu de cérémonie, ou adjacent à celui-ci. C'était aussi l'habitation la plus grande du Camp, celle où on recevait les visiteurs et les hôtes. Celle de S'Armuna était petite et presque secrète. Jondalar devina que la chamane vivait seule et recevait rarement.

Il la regarda ranimer le feu, ajouter des excréments séchés, quelques morceaux de bois, et verser de l'eau dans une sorte de poche noircie, faite d'un estomac de bête et attachée à un éperon en os. Elle prit ensuite une poignée d'herbes séchées dans un des paniers, la jeta dans l'outre, et quand l'eau commença à suinter, elle la plaça au-dessus des flammes. Tant qu'elle contenait du liquide, même bouillant, l'outre ne pouvait prendre feu.

Jondalar ignorait quelle recette elle préparait, mais

l'odeur lui parut familière. Il se sentait chez lui. Et soudain, il comprit pourquoi. C'était exactement l'odeur qui émanait du feu d'une zelandoni. Elle utilisait la même décoction pour soigner les plaies et les blessures.

— Tu parles bien notre langue, remarqua Jondalar. As-tu vécu longtemps chez les Zelandonii ?

S'Armuna le regarda et parut réfléchir.

— Plusieurs années, répondit-elle enfin.

— Alors tu connais l'hospitalité des Zelandonii. Je ne comprends pas ton peuple. Qu'ai-je fait pour mériter un tel traitement ? Toi qui as vécu chez les Zelandonii, pourquoi n'expliques-tu pas aux tiens les droits de passage, et le respect de la courtoisie ? C'est plus que de la simple courtoisie, d'ailleurs, c'est un devoir.

Pour toute réponse, S'Armuna lui lança un regard narquois.

Jondalar se rendait compte qu'il s'y prenait mal, mais ses récentes mésaventures l'avaient tellement abasourdi qu'il éprouvait le besoin infantile d'expliquer comment les choses devraient être, comme si cela suffisait à les arranger. Il décida d'adopter une autre méthode.

— Si tu as vécu là-bas si longtemps, tu as dû connaître ma mère. Je suis le fils de Marthona...

Il allait poursuivre, mais l'expression qu'il lut sur le visage de S'Armuna l'en dissuada. Son air bouleversé accentuait encore sa difformité.

— Tu es le fils de Marthona, du foyer de Joconan ? réussit-elle à articuler.

— Non, ça c'est mon frère, Joharran. Je suis né dans le foyer de Dalanar, l'homme avec qui elle s'est unie par la suite. Tu connais Joconan ?

— Oui, avoua S'Armuna en baissant les yeux.

Elle s'absorba dans la contemplation de l'outre où l'eau commençait à bouillir.

— Alors, tu as forcément rencontré ma mère ! s'exclama Jondalar avec fièvre. Puisque tu connais Marthona, tu sais que je ne suis pas un menteur. Elle n'aurait jamais accepté cela de ses enfants. J'admets que cela paraît invraisemblable — j'ai moi-même du mal à le croire — mais la femme avec qui je voyage était sur le dos d'un des chevaux que vous poussiez vers le précipice. C'est un cheval qu'elle a élevé, il n'appartenait pas à la bande. Et maintenant, je ne sais même pas si elle est encore en vie. Il faut absolument que tu expliques à Attaroa que je ne mens pas ! Il faut que je retrouve cette femme. Que je sache si elle vit toujours !

Le plaidoyer passionné de Jondalar ne provoqua aucune réaction chez la femme. Elle ne détourna même pas les yeux de l'eau en train de bouillir. Mais contrairement à Attaroa, elle ne mettait pas sa parole en doute. Et pour cause : une des chasseresses d'Attaroa lui avait rapporté une histoire de femme chevauchant parmi la bande de chevaux. Elle craignait que ce fût un esprit et voulait que la chamane la rassure. S'Armuna se demandait s'il ne s'agissait pas d'un phénomène surnaturel.

— Tu as connu Marthona, n'est-ce pas ? insista Jondalar, en s'approchant du feu pour attirer son attention.

Devant le succès de sa première évocation de Marthona, il essayait de faire réagir la chamane.

— Oui, j'ai connu Marthona, admit-elle en le regardant de son air impassible. Lorsque j'étais jeune, on m'a envoyée pour être instruite par la zelandoni de la Neuvième Caverne. Assieds-toi ici.

Elle ôta l'outre du feu et prit une peau bien douce. Il tressaillit quand elle lava sa blessure avec la solution antiseptique qu'elle avait préparée, mais il avait confiance en sa médecine. Après tout, elle la tenait de son peuple.

Après l'avoir nettoyée, S'Armuna examina la plaie.

— Tu es resté évanoui assez longtemps, mais la blessure n'est pas grave. Elle cicatrisera toute seule. Mais tu souffriras certainement de maux de tête, ajouta-t-elle en détournant les yeux. Je vais te donner quelque chose pour les calmer.

— Non, je n'en ai pas besoin maintenant, mais j'ai encore soif. Puis-je me servir ? demanda Jondalar en marchant vers la grosse outre d'où S'Armuna avait puisé l'eau pour la préparation. Je te la remplirai, si tu veux. Aurais-tu un bol ?

Après avoir hésité, elle prit un bol sur une étagère et le lui tendit.

— Où puis-je remplir ton outre d'eau ? demanda-t-il après s'être abreuvé.

— Ne t'inquiète pas pour l'eau.

Comprenant qu'elle ne le laisserait pas sortir librement, même pour aller puiser de l'eau, il s'approcha d'elle et la dévisagea attentivement.

— Nous n'étions pas en train de chasser les chevaux que vous poursuiviez, assura-t-il. Et même si nous l'avions fait, Attaroa devrait savoir que nous aurions offert quelque chose en échange. De plus, avec tous les chevaux qui sont tombés dans le précipice, la viande ne doit pas manquer. Tout ce que je souhaite, c'est qu'Ayla ne soit pas tombée avec eux. S'Armuna, il faut que je la retrouve !

— Tu l'aimes, n'est-ce pas ?

— Oui, je l'aime.

Il vit son expression changer. Un éclair de triomphe teinté d'amertume passa dans ses yeux, en même temps qu'un sourire très doux éclairait son visage.

— Nous rentrions chez moi pour nous unir, reprit-il. Je dois aussi raconter à ma mère comment est mort mon jeune frère, Thonolan. Nous voyagions ensemble, mais il... il est mort. Elle aura de la peine. C'est triste de perdre un fils.

S'Armuna approuva d'un air grave, mais s'abstint de tout commentaire.

— Les funérailles de tout à l'heure... qu'est-il arrivé aux trois jeunes gens ?

— Ils étaient beaucoup plus jeunes que toi, mais assez vieux pour prendre de mauvaises décisions.

Sa gêne n'échappa pas à Jondalar.

— Comment sont-ils morts ? insista-t-il.

— Ils ont mangé quelque chose qui était mauvais.

Jondalar savait qu'elle lui cachait quelque chose, et il allait la questionner quand elle lui tendit sa peau de bête et le raccompagna dehors où les deux femmes montaient la garde. Elles l'emmenèrent cette fois en direction de la palissade. La porte s'ouvrit et on le poussa dans l'Enclos.

27

Ayla contemplait le paysage verdoyant. Lorsqu'elle s'était arrêtée pour permettre à Loup de se reposer, elle avait remarqué de gros rochers qui se découpaient contre le ciel, au nord-est, mais ils se fondirent bientôt dans la brume et les nuages, et elle les oublia. Elle était bien trop préoccupée par le sort de Jondalar.

Forte de son expérience de la chasse et aidée par le flair de Loup, elle avait réussi à suivre la piste laissée par les ravisseurs de Jondalar. Après être descendue du haut plateau par une pente douce au nord, elle avait bifurqué à l'ouest et rejoint la rivière qu'elle avait traversée avec Jondalar la veille. Là, la piste repartait vers le nord, laissant des empreintes faciles à repérer.

La première nuit, Ayla campa près du cours d'eau, et reprit sa traque le lendemain. Elle ne savait pas combien d'agresseurs elle poursuivait, mais elle commençait à reconnaître certaines traces laissées sur les bords boueux de la rivière. Toutefois, aucune d'elles n'appartenait à Jondalar, et elle se demanda s'il était toujours avec eux.

Elle se souvint alors avoir remarqué plusieurs fois l'empreinte d'un objet lourd qu'on avait posé sur le sol, et qui avait aplati l'herbe, ou bien laissé une marque dans la poussière, ou dans le sol humide. Et aussi que cette empreinte avait accompagné la troupe depuis le début. Ce ne pouvait pas être une carcasse de cheval, les chevaux étaient tombés au fond du ravin ; or elle avait vu cette empreinte en haut du plateau. Elle en déduisit qu'on transportait Jondalar sur une sorte de litière, ce qui la soulagea sans pour autant la rassurer complètement.

S'ils le transportent, c'est qu'il ne peut pas marcher, raisonna-t-elle. Donc le sang indique une blessure grave, mais ils ne s'embarrasseraient pas d'un cadavre. Elle en conclut qu'il était vivant, mais blessé, et elle espérait qu'on l'emmenait dans un lieu où il serait soigné. Mais alors pourquoi l'avoir blessé ?

Ceux qu'elle suivait devaient marcher vite parce que les traces se refroidissaient de plus en plus, et Ayla se rendait compte qu'elle perdait du terrain. Les indices n'étaient pas toujours faciles à repérer, elle prenait du retard. Loup avait du mal à suivre. Pourtant, sans lui, elle n'aurait peut-être pas su se guider à travers les passages rocheux où les empreintes étaient quasiment inexistantes. Mais surtout, elle voulait que Loup restât avec elle pour ne pas risquer de le perdre. Cependant, elle sentait confusément que le temps pressait, et elle voyait avec soulagement la santé de Loup s'améliorer chaque jour.

Ce matin-là, elle se réveilla avec un fort pressentiment et fut heureuse de constater que Loup avait hâte de se mettre en chasse. Mais l'après-midi, il était déjà fatigué. Elle décida de s'arrêter et de préparer un bol d'infusion pendant qu'il se reposerait, et que les chevaux iraient paître.

Puis, elle repartit et parvint bientôt à une fourche de la rivière. Elle avait déjà traversé sans difficulté plusieurs petits cours d'eau qui descendaient des hauts plateaux, mais elle s'interrogeait sur l'opportunité de franchir cette rivière. Elle n'avait pas vu de traces depuis longtemps, et elle hésitait. Fallait-il suivre le bras à l'est ou traverser et longer le bras ouest ? Finalement, elle décida de suivre la rive est à la recherche d'autres empreintes. A la tombée de la nuit, elle aperçut quelque chose d'insolite qui lui indiqua clairement la route à suivre.

Dans la lumière crépusculaire, elle distingua des pieux qui émergeaient de l'eau et devina leur usage. On les avait plantés dans l'eau près de plusieurs rondins fichés dans la berge. Instruite par son séjour chez les Sharamudoï, Ayla reconnut un ponton grossier permettant à quelque embarcation d'accoster. Elle allait installer son campement à proximité du ponton, mais se ravisa. Elle ignorait tout des gens qu'elle suivait, si ce n'était qu'ils avaient emmené Jondalar après l'avoir blessé, et elle voulait éviter qu'ils la surprennent dans son sommeil. Elle choisit donc un emplacement protégé par un coude de la rivière.

Le lendemain matin, elle examina soigneusement Loup avant d'entrer dans l'eau. La rivière n'était pas très large, mais assez profonde et l'eau était froide. Loup devrait nager et ses blessures n'étaient pas cicatrisées. Pourtant, il ne tenait pas en place et semblait aussi impatient qu'elle de retrouver Jondalar.

Ayla ôta ses jambières avant de monter Whinney, pour ne pas avoir à les faire sécher plus tard. A sa grande surprise, Loup entra dans l'eau sans l'ombre d'une hésitation. Au lieu d'arpenter la rive en couinant comme à son habitude, il sauta d'un coup et se hâta de rattraper Ayla, comme s'il craignait de la perdre de vue.

Sur la rive opposée, Ayla se recula pour éviter les éclaboussures du loup qui s'ébrouait, et remit ses jambières. Elle examina de nouveau Loup pour se rassurer, mais il ne paraissait pas souffrir, et il se dégagea rapidement pour chercher la piste. Un peu plus bas, il découvrit l'embarcation que les chasseurs avaient empruntée pour traverser la rivière. Ayla ne comprit pas tout de suite à quoi servait l'étrange assemblage de rondins.

Elle s'attendait à ce que ceux qu'elle poursuivait utilisent un bateau comparable à ceux des Sharamudoï — splendides embarcations sculptées, proue et poupe effilées — ou au moins un canot plus grossier, tel celui fabriqué par Jondalar. Mais ce que Loup avait découvert était une simple plate-forme de rondins, et Ayla n'avait encore jamais vu de radeau. Lorsqu'elle en eut compris le principe, elle le trouva très judicieux, malgré son aspect disgracieux. Loup se mit à renifler le radeau avec frénésie. Soudain, il s'arrêta et poussa un grognement sourd.

— Qu'est-ce que c'est, Loup ?

Ayla s'approcha et son cœur flancha en découvrant une traînée brune sur l'un des rondins. Pas de doute, c'était bien du sang séché, celui de Jondalar, probablement. Elle flatta la tête de l'animal.

— Nous le trouverons, Loup, ne t'en fais pas, promit-elle, autant pour se rassurer que pour rassurer l'animal.

Mais serait-il encore en vie ?

La piste qui les conduisit à travers des champs de hautes herbacées desséchées parsemées de buissons était beaucoup plus facile à suivre. Mais elle était tellement fréquentée qu'Ayla se demandait si elle avait été empruntée par les agresseurs de Jondalar. Loup menait le train, et Ayla eut bientôt l'occasion de s'en féliciter. Ils marchaient dans le sentier depuis peu lorsqu'il s'arrêta et grogna en montrant les crocs.

— Loup, qu'y a-t-il? Tu as entendu quelqu'un? s'inquiéta Ayla en conduisant Whinney à l'abri d'un fourré.

Elle fit signe à Loup de les rejoindre, descendit de la jument, attrapa la longe de Rapide qui portait tout le chargement et le guida près de sa mère. Cachée entre les deux chevaux, elle s'agenouilla, enlaça le cou de Loup afin de le calmer, et attendit.

Elle avait eu raison de se cacher. Bientôt, deux jeunes femmes apparurent, qui couraient vers la rivière. Ayla ordonna à Loup de ne pas bouger, et, comme elle avait appris à le faire en chassant les carnassiers, elle les suivit furtivement. Elle se faufila en silence dans les herbes hautes, et se blottit derrière un buisson lorsque les deux jeunes femmes s'arrêtèrent près du radeau.

Les deux étrangères se parlaient tout en tirant le radeau de sa cachette, et bien qu'Ayla entendît cette langue pour la première fois, elle lui trouva des similitudes avec le mamutoï. Elle ne comprenait pas ce que se disaient les deux femmes, mais elle parvint à saisir quelques mots.

Elles poussèrent le radeau dans l'eau et tirèrent deux longues perches du dessous de l'embarcation. Elles attachèrent ensuite l'extrémité d'une corde à un arbre et montèrent sur le radeau. Pendant que l'une poussait sur sa perche, l'autre déroulait la corde. Arrivées de l'autre côté, où le courant était moins fort, elles remontèrent jusqu'au ponton en appuyant sur leurs perches. Elles s'amarrèrent à l'un des pieux qui émergeaient de l'eau, et sautèrent sur le ponton. De là, elles repartirent en courant sur le sentier par où Ayla était arrivée plus tôt.

Ayla retourna à sa cachette en réfléchissant sur la conduite à adopter. Elle se doutait que les femmes reviendraient bientôt, mais bientôt pouvait aussi bien signifier aujourd'hui que demain ou après-demain, et elle voulait retrouver Jondalar le plus vite possible. D'un autre côté, elle n'osait pas s'aventurer sur la piste des agresseurs de crainte que les deux femmes ne la rattrapassent. Elle hésitait aussi à les aborder avant d'en savoir plus sur leur compte. Elle décida finalement de les attendre dans un endroit d'où elle pourrait les voir sans être vue.

Fort heureusement, les deux femmes revinrent bientôt dans l'après-midi, accompagnées d'autres personnes qui portaient des litières croulant sous le poids de carcasses de chevaux. Elles se déplaçaient bien vite, compte tenu de leur charge. Lorsque la petite troupe approcha de la rive, Ayla s'aperçut avec étonnement que pas un homme n'en faisait partie. Les chasseurs étaient donc des femmes ! Elle les observa empiler la viande sur le radeau et le manœuvrer ensuite avec les perches en s'aidant de la corde pour le diriger. Elles dissimulèrent le radeau après l'avoir déchargé, mais laissèrent la corde en travers de la rivière, ce qui laissa Ayla perplexe.

Lorsqu'elles repartirent sur le sentier, Ayla fut de nouveau surprise par la vitesse de leurs foulées. Le groupe disparut avant même qu'elle s'en fût rendu compte. Elle lui laissa de l'avance, puis se mit en marche en prenant soin de garder une certaine distance.

Jondalar découvrit avec effroi les misérables conditions de vie à l'intérieur de l'Enclos. Les seuls abris étaient un vaste auvent grossier qui offrait une protection insuffisante contre la pluie ou la neige, et la palissade qui coupait le vent. Il n'y avait ni feu ni nourriture, et très peu d'eau. Tous les occupants de l'Enclos étaient de sexe masculin, et présentaient des signes de malnutrition. Ils s'avancèrent pour observer le nouvel arrivant, et Jondalar constata à quel point ils étaient maigres, sales, et mal habillés. Aucun d'eux n'avait de vêtements assez chauds pour affronter les rigueurs de l'hiver, et Jondalar comprit qu'ils devaient se blottir les uns contre les autres sous l'auvent pour ne pas mourir de froid.

Il reconnut un ou deux hommes qui avaient assisté aux funérailles, et se demandait pourquoi ils habitaient un tel endroit. Il commença à assembler un à un les différents morceaux du puzzle : l'attitude des femmes armées de sagaies, les étranges commentaires d'Ardemun, le comportement des hommes aux obsèques, la réticence de S'Armuna, les soins tardifs de ses blessures. Le mauvais traitement général auquel il était soumis n'était peut-être pas le résultat d'un malentendu qui se clarifierait dès qu'il aurait convaincu Attaroa de sa bonne foi.

Tout cela était absurde, mais bientôt la perception de la réalité implacable le frappa de plein fouet et ruina ses dernières illusions. C'était si évident qu'il se demanda pourquoi il avait mis tant de temps à comprendre. Ces hommes étaient les prisonniers des femmes !

Mais pourquoi ? Quel gâchis de garder tant d'inactifs alors qu'ils pourraient contribuer à la prospérité et au bien-être de la communauté tout entière ! Il repensa à la richesse du Camp du Lion où Talut et Tulie organisaient les activités du Camp pour le bénéfice de tous. Tous apportaient leur part de travail et il leur restait assez de temps pour s'occuper de leurs projets personnels.

Attaroa ! Etait-ce elle l'instigatrice de tant d'absurdité ? A l'évidence, c'était la responsable du Camp. Si elle n'était pas à l'origine de cette situation, du moins s'efforçait-elle de la maintenir.

Ces hommes devraient être en train de chasser ou de cueillir des plantes, pensait Jondalar, ou de creuser des fosses à provisions, de construire de nouveaux abris, de réparer les anciens, au lieu de s'agglutiner pour se tenir chaud. Pas étonnant qu'elles aillent chasser les chevaux si tard dans la saison. Ont-elles seulement assez de vivres pour tout l'hiver ? D'ailleurs, pourquoi chasser si loin quand il y a tant de gibier à portée de main ?

— C'est toi qu'on appelle le Zelandonii ? demanda un homme en mamutoï.

Jondalar crut reconnaître l'un de ceux qui avaient les mains liées aux funérailles.

— Oui. Je suis Jondalar des Zelandonii.

— Je suis Ebulan des S'Armunaï, répondit l'homme, qui ajouta avec un ricanement sardonique : Au nom de Muna, la Mère de toutes les Créatures, permets-moi de t'accueillir dans cet Enclos, comme l'appelle Attaroa. Il possède bien d'autres noms : le Camp des Hommes, l'Enfer Glacial de la Mère, le Piège à Hommes d'Attaroa. Vas-y, fais ton choix.

— Je ne comprends pas. Tous les hommes... tous sont ici ? s'étonna Jondalar.

— C'est une longue histoire, mais nous avons tous été piégés d'une manière ou d'une autre, expliqua Ebulan. Nous avons même été assez naïfs pour construire ce camp nous-mêmes, ou en tout cas la plus grande partie, ajouta-t-il avec une grimace ironique.

— Alors pourquoi ne pas escalader la palissade et vous enfuir ?

— Pour être abattu par les sagaies d'Epadoa et de ses gardes ? intervint un autre.

— Olamun a raison. D'ailleurs, nous n'aurions même plus la force à présent, déclara Ebulan. Attaroa s'amuse à nous affaiblir... ou pire encore.

— Pire ? C'est-à-dire ?

— Montre-lui, S'Amodun, demanda Ebulan à un homme de haute taille d'une maigreur cadavérique.

Un visage rude et émacié aux arcades sourcilières saillantes, un long nez busqué, des cheveux gris hirsutes et une longue barbe presque blanche, l'homme frappait surtout par ses yeux. Ils étaient irrésistibles, aussi noirs que ceux d'Attaroa, mais on y lisait toute la profondeur d'une sagesse ancestrale, le mystère et la compassion, au lieu de la cruauté. Etait-ce à cause de son port altier ou de son attitude, Jondalar était impressionné par le respect qu'imposait le personnage malgré des conditions aussi misérables.

Le vieil homme approuva d'un air grave et les précéda sous l'auvent où certains s'étaient réfugiés. Jondalar dut courber la tête pour entrer et fut aussitôt assailli par une puanteur épouvantable. Un homme était allongé sur une planche qu'on avait dû arracher du toit, et couvert d'une simple peau de bête déchirée. Le vieil homme souleva la peau, dévoilant une plaie en putréfaction.

— Pourquoi cet homme est-il ici ? demanda Jondalar, horrifié.

— Les gardes d'Epadoa lui ont infligé cette blessure, expliqua Ebulan.

— S'Armuna le sait-elle ? Elle pourrait le soigner.

— Bah, S'Armuna ! s'exclama Olamun, l'un de ceux qui les avaient suivis. Pourquoi le soignerait-elle ? Qui, crois-tu, a aidé Attaroa à devenir ce qu'elle est ?

— Mais enfin, c'est elle qui a nettoyé ma blessure ! s'étonna Jondalar.

— C'est donc qu'Attaroa a des projets pour toi, affirma Ebulan.

— Des projets ? Que veux-tu dire ?

— Tant que les hommes sont jeunes et forts, elle aime les faire travailler. A condition qu'elle puisse les garder sous sa coupe, expliqua Olamun.

— Et si quelqu'un refuse de travailler ? Comment peut-elle l'y obliger ?

— Oh, les moyens ne lui manquent pas ! Elle le prive d'eau, ou de nourriture. Si ça ne suffit pas, elle menace ses proches, dit Ebulan. Si tu sais qu'elle est prête à enfermer l'homme de ton foyer, ou ton frère dans la cage, sans boire et sans manger, tu cèdes vite à ses caprices.

— La cage ?

— Oui, là où tu étais. Là où tu as trouvé cette cape magnifique, déclara Ebulan avec un sourire désabusé.

Les hommes regardaient Jondalar en souriant, eux aussi. Jondalar baissa les yeux sur la peau de bête qu'il avait arrachée du revêtement de la cage et dont il s'était enveloppé.

— Félicitations ! s'exclama Olamun. Ardemun nous a raconté comment tu avais presque démoli la cage. Attaroa a dû être surprise.

— Autrefois, elle construira cage solide, dit un autre, moins familier de la langue des Chasseurs de Mammouths.

Ebulan et Olamun parlaient couramment mamutoï et Jondalar avait oublié que ce n'était pas leur langue maternelle. Mais apparemment, d'autres en maîtrisaient quelques mots, et tous pouvaient suivre la conversation.

L'homme sur la litière de fortune gémit et le vieil homme s'agenouilla près de lui pour le réconforter. Jondalar remarqua d'autres silhouettes qui s'agitaient sous l'auvent, un peu plus loin.

— Ça ne changera rien. Si elle n'a plus de cage, elle menacera de torturer tes proches pour t'obliger à faire ce qu'elle te demande. Supposons que tu aies été uni avant qu'elle devienne la Femme Qui Ordonne, et que pour ton malheur la Mère ait fait naître un garçon dans ton foyer, elle t'obligera à te soumettre, expliqua Ebulan.

— Pourquoi serait-ce un malheur d'avoir un garçon dans son foyer ? s'étonna Jondalar, choqué.

Ebulan interrogea le vieil homme du regard.

— Je vais leur demander s'ils acceptent de rencontrer le Zelandonii, déclara alors S'Amodun.

C'était la première fois que Jondalar entendait le vieil homme parler. Qu'une voix si profonde et si riche émanât d'un corps si maigre le surprit. Le vieil homme retourna sous l'auvent et se pencha pour parler avec deux silhouettes blotties près de l'endroit où le toit incliné s'appuyait sur le sol. On entendait sa voix grave et douce et quelques bribes de réponses provenant de voix plus jeunes. Aidée par le vieillard, l'une des silhouettes se leva et avança vers Jondalar en boitant.

— Voici Ardoban, annonça le vieil homme.

— Je suis Jondalar de la Neuvième Caverne des Zelandonii, et au nom de Doni, la Grande Terre Mère, je te salue, Ardoban, déclara Jondalar avec cérémonie, tendant ses deux mains au jeune garçon, devinant que ce dernier avait besoin d'être traité avec dignité.

Le garçon essaya de se redresser et de saisir les mains que Jondalar lui offrait, mais il grimaça de douleur. Jondalar voulut le soutenir, mais se ravisa.

— Je préfère qu'on m'appelle Jondalar, reprit-il avec un sourire forcé, essayant de détendre l'atmosphère.

— Moi, Doban. Pas aimer Ardoban. Attaroa toujours dire Ardoban. Elle veut moi appeler elle S'Attaroa. Moi plus le dire.

Jondalar prit un air perplexe.

— C'est difficile à traduire, intervint Ebulan. C'est une forme de respect qu'on utilise quand on s'adresse à quelqu'un qu'on estime.

— Et Doban ne respecte plus Attaroa ?

— Doban déteste Attaroa ! s'exclama le jeune garçon au bord des larmes, et il retourna sous l'auvent en claudiquant.

Le vieil homme aida Doban à regagner sa place.

— Que lui est-il arrivé ? interrogea Jondalar.

— On a tiré sa jambe jusqu'à ce qu'elle se déboîte de la hanche, expliqua Ebulan. C'est Attaroa qui lui a fait ça... ou plutôt, elle a demandé à Epadoa de le faire à sa place.

— Comment ! s'exclama Jondalar, incrédule. Vous prétendez qu'elle a fait exprès de déboîter la hanche de cet enfant ? Mais quel genre de monstre est-elle ?

— Elle a agi de la même manière avec l'autre garçon, le jeune Odevan.

— Comment peut-elle justifier un acte aussi abominable, ne serait-ce qu'à ses propres yeux ?

— Pour le plus jeune, c'était pour faire un exemple. La mère du garçon n'aimait pas la façon dont Attaroa nous traitait, et elle exigeait que son compagnon retourne dans son foyer. Avanoa avait même réussi à s'introduire dans l'Enclos et à passer parfois la nuit avec son compagnon. Elle nous apportait aussi à manger en cachette, et elle n'est d'ailleurs pas la seule à le faire. Mais elle montait les autres femmes contre Attaroa, et Armodan, son compagnon... il résistait, il refusait de travailler. Attaroa s'est vengée sur l'enfant. Elle prétendait qu'à sept ans on était assez grand pour quitter sa mère et vivre avec les hommes. Mais elle lui a d'abord déboîté la jambe.

— Le garçon n'avait que sept ans ? demanda Jondalar, frémissant d'horreur. Je n'ai jamais rien entendu d'aussi monstrueux.

— Odevan souffre beaucoup, et sa mère lui manque, mais l'histoire d'Ardoban est encore plus triste, assura S'Amodun qui venait de les rejoindre.

— On a du mal à imaginer pire, dit Jondalar.

— Ardoban souffre davantage de la trahison que de douleur physique, expliqua S'Amodun. Ardoban croyait qu'Attaroa était sa mère. Sa vraie mère est morte quand il était petit et Attaroa l'a élevé. Mais il n'était qu'un jouet pour elle. Elle l'habillait en fille et l'affublait de parures ridicules, mais elle le nourrissait bien et lui donnait souvent des friandises. Parfois, elle le câlinait, et elle le laissait même dormir avec elle quand l'envie lui prenait. Mais quand elle se fatiguait de lui, elle le jetait hors du lit et l'obligeait à dormir par terre. Il y a quelques années, Attaroa s'est mis en tête qu'on cherchait à l'empoisonner.

— On dit qu'elle a elle-même empoisonné son compagnon, intervint Olamun.

— Elle obligeait Ardoban à goûter tout ce qu'elle mangeait, poursuivit le vieillard. Et quand il devint plus grand, elle l'a attaché, persuadée qu'il voulait s'enfuir. Mais il la considérait comme sa mère, et il l'aimait. Il s'efforçait de lui faire plaisir. Il traitait les autres enfants aussi mal qu'elle traitait les hommes, et il a commencé à donner des ordres aux hommes. Attaroa l'encourageait, bien sûr.

— Il était insupportable, renchérit Ebulan. On aurait cru que le Camp lui appartenait, et il persécutait les autres garçons.

— Alors qu'est-il arrivé ? demanda Jondalar.

— Il est devenu un homme, raconta S'Amodun, puis, voyant l'air surpris de Jondalar, il expliqua : la Mère lui est apparue pendant son sommeil sous la forme d'une jeune femme, et a éveillé sa virilité.

— Oui, c'est ce qui arrive à tous les garçons, dit Jondalar.

— Attaroa l'a découvert, poursuivit S'Amodun, et on aurait dit qu'il avait fait exprès de devenir un homme afin de la contrarier. Elle était blême ! Elle s'est mise à hurler, à le traiter de noms horribles, elle l'a banni et l'a expédié dans le Camp des Hommes. Mais elle lui a déboîté la hanche auparavant.

— Pour Odevan, c'était plus facile, continua Ebulan. Il était plus jeune, et je ne suis même pas sûr que c'était vraiment son intention. Elle voulait surtout punir sa mère et son compagnon en le faisant crier de douleur. Mais Attaroa a compris le parti qu'elle pouvait tirer de ce qui s'est produit. C'est un bon moyen d'affaiblir un homme, et de pouvoir ensuite le contrôler.

— C'est Ardemun qui lui a inspiré cette pratique, remarqua Olamun.

— Elle lui a aussi déboîté la jambe ?

— D'une certaine façon, oui, admit S'Amodun. En fait, c'était un accident, mais c'est arrivé alors qu'il cherchait à s'enfuir. Je crois que S'Armuna l'aurait volontiers soigné, mais Attaroa le lui a interdit.

— C'était plus difficile avec un garçon de douze ans. Il criait et se débattait, mais en pure perte, raconta Ebulan. Et je vais t'avouer une chose : après avoir entendu ses cris de douleur, personne ici n'a été capable de lui garder rancune. Il a largement payé pour ses erreurs d'enfant.

— On prétend qu'elle a dit aux femmes que tous les garçons, même ceux qui ne sont pas encore nés, auront leurs membres disloqués, déclara Olamun.

— Oui, Ardemun nous l'a confirmé, fit Ebulan.

— Comment ose-t-elle commander à la Mère ? s'indigna Jondalar. Prétend-elle la forcer à n'accorder que des filles ? Cette femme joue avec son destin.

— C'est possible, admit Ebulan. Mais seule la Mère pourra l'arrêter, j'en ai peur.

— Le Zelandonii a raison, dit S'Amodun. La Mère a déjà essayé de la prévenir. Regardez comme peu d'enfants sont nés ces dernières années. Torturer des enfants, cet ultime affront à la Mère, ne restera sans doute pas impuni. Ses Enfants doivent être protégés, on n'a pas le droit de les maltraiter.

— Ayla ne tolérerait jamais ça, renchérit Jondalar... Mais est-elle seulement vivante ? s'interrogea-t-il tout haut alors que ses yeux se voilaient d'inquiétude.

Les hommes se regardèrent, gênés, hésitants à poser la question qui était sur toutes les lèvres. Finalement Ebulan osa s'aventurer.

— Est-ce la femme dont tu prétends qu'elle voyage sur le dos des chevaux ? demanda-t-il. Si c'est vrai, elle doit avoir des pouvoirs immenses.

— Elle ne dirait pas cela, répondit Jondalar avec un sourire amusé. Pourtant, elle possède plus de « pouvoir » qu'elle ne le pense. Mais elle ne monte pas sur tous les chevaux, seulement sur la jument qu'elle a élevée, et parfois l'étalon sur lequel je monte moi-même. Mais elle a quelques difficultés à le maîtriser. C'est d'ailleurs à cause de ça que...

— Tu montes aussi sur le dos des chevaux ? s'étonna Olamun, incrédule.

— Non, sur un seul... euh... enfin, je monte aussi sur la jument, mais...

— L'histoire que tu as racontée à Attaroa serait donc vraie ? demanda Ebulan.

— Bien sûr qu'elle est vraie. Pourquoi aurais-je inventé une chose pareille ? s'offusqua-t-il devant leur scepticisme. Peut-être vaudrait-il mieux que je commence par le début. Ayla a élevé une jeune pouliche...

— Où a-t-elle trouvé une pouliche ? demanda Olamun.

— Elle avait tué sa mère en chassant.

— Mais pourquoi l'avoir élevée ? s'étonna Ebulan.

— Parce que la pouliche était seule, que la femme était seule, elle aussi... Et parce que... Ah, c'est une longue histoire ! ajouta-t-il, soucieux d'éluder la question. Disons qu'elle avait envie de compagnie et qu'elle a décidé de garder la pouliche. Quand Whinney a grandi — c'est le nom qu'elle lui a donné — elle a mis bas un poulain. C'est à peu près à ce moment-là que nous nous sommes rencontrés, Ayla et moi. Elle m'a montré comment monter sur le poulain et elle me l'a donné pour que je le dresse. Je l'ai appelé Rapide, parce qu'il court vite. Depuis que nous sommes partis de la Réunion d'Eté des Mamutoï, nous avons voyagé sur le dos des chevaux en contournant les montagnes jusqu'ici. Nous n'avons pas de pouvoirs extraordinaires, il suffit de prendre soin des chevaux dès leur naissance, comme une mère élève ses enfants.

— Puisque tu le dis, déclara Ebulan.

— Je le dis parce que c'est vrai, répliqua Jondalar.

Il comprit toute la vanité de ses efforts, et décida de changer de sujet. Ils ne croiraient pas son histoire avant de l'avoir vérifiée de leurs propres yeux, ce qui n'était pas près d'arriver. Ayla avait disparu, et les chevaux aussi.

Le portail s'ouvrit alors, et toutes les têtes se tournèrent. Epadoa entra, suivie par quelques-unes de ses gardes. Après ce qu'il avait appris, Jondalar étudia plus attentivement celle qui avait infligé tant de souffrance à deux jeunes enfants. Il ne savait pas laquelle était la plus monstrueuse, celle qui avait conçu l'idée ou celle qui l'avait exécutée. Il croyait Attaroa capable de torturer elle-même, elle avait quelque chose d'anormal. Un esprit maléfique s'était certainement emparé d'une parcelle vitale de son être. Mais que dire d'Epadoa ? Elle semblait saine et pourtant elle commettait des actes d'une invraisemblable cruauté. Lui manquait-il aussi une partie vitale de son être ?

A la surprise générale, Attaroa en personne pénétra à son tour dans l'Enclos.

— Que veut-elle ? Elle ne vient jamais ici, s'étonna Olamun, effrayé par cette démarche inhabituelle.

Des femmes arrivèrent ensuite, portant des plateaux de viandes cuites encore fumantes, et des paniers tressés d'où s'échappait une alléchante odeur de soupe. De la viande de cheval ! Les chasseresses seraient-elles de retour ? Jondalar était perplexe. Voilà longtemps qu'il n'avait pas mangé de viande de cheval, et bien qu'il n'en raffolât pas, le fumet lui parut délicieux. On apporta également un grand récipient d'eau et des bols.

Les hommes observaient la scène avec avidité, mais

pas un ne broncha de peur qu'Attaroa ne revînt sur sa décision. Ils craignaient une nouvelle perfidie destinée à les frustrer davantage.

— Zelandonii ! cria Attaroa sur un ton impérieux.

Jondalar approcha en l'observant attentivement. Elle était presque masculine... non, pas tout à fait. Une charpente solide, des traits bien dessinés et assez fins... elle était plutôt belle, du moins aurait-elle pu l'être si la dureté de son expression ne l'enlaidissait pas. Mais un rictus cruel déformait sa bouche, et la méchanceté assombrissait son regard.

S'Armuna parut à ses côtés. Elle a dû arriver avec les porteuses, se dit Jondalar qui remarquait seulement sa présence.

— Je parle pour Attaroa, annonça-t-elle en zelandonii.

— Tu ferais mieux de parler pour toi, il faudra bien que tu t'expliques un jour, lança Jondalar, son regard bleu glacé de mépris. Comment as-tu permis tout cela ? Attaroa n'a pas toute sa raison, mais toi ? Je te tiens pour responsable de tout !

D'un ton furieux, Attaroa dit quelques mots à la chamane.

— Attaroa ne veut pas que tu me parles. Je ne suis ici que pour traduire ses paroles. Attaroa ordonne que tu la regardes quand tu t'adresses à elle, dit S'Armuna.

Jondalar dévisageait Attaroa.

— Attaroa parle, maintenant : Est-ce que ton nouveau... logis te plaît ?

— Que s'imagine-t-elle ? riposta Jondalar en fixant S'Armuna qui évita son regard et traduisit pour Attaroa.

Un sourire cruel tordit le visage de la Femme Qui Ordonne.

— Tu as dû entendre beaucoup de choses sur mon compte, mais tu ne devrais pas croire tout ce qu'on raconte.

— Je crois ce que je vois, rétorqua Jondalar.

— Précisément. Tu m'as vue apporter à manger.

— Oui, mais je ne vois personne manger, et je sais que ces hommes ont faim.

Le sourire d'Attaroa s'élargit en entendant la traduction.

— Ils mangeront, je te le promets. Toi aussi, d'ailleurs. Tu auras besoin de toute ta force, s'exclama-t-elle dans un grand éclat de rire.

— Je n'en doute pas.

Après la traduction de S'Armuna, Attaroa quitta brusquement l'Enclos, entraînant ses gardes à sa suite.

— Je te tiens pour responsable ! répéta Jondalar à l'adresse de S'Armuna qui s'éloignait.

— Vous feriez mieux de manger tout de suite. Attaroa pourrait changer d'avis, déclara une des gardes dès que le portail se fut refermé.

Les hommes se ruèrent sur la nourriture.

— Sois prudent, Zelandonii, lui glissa S'Amodun. Elle te réserve un traitement spécial.

Pour Jondalar, les jours qui suivirent s'écoulèrent lentement. On apporta de l'eau, et très peu de nourriture, mais personne ne fut autorisé à sortir, même pour travailler, ce qui était très inhabituel. Les hommes étaient nerveux, d'autant qu'Ardemun était maintenant parmi eux. Sa connaissance de plusieurs langues avait d'abord fait d'Ardemun un interprète, puis le porte-parole entre Attaroa et les hommes. Son infirmité rassurait Attaroa. Il ne pouvait s'enfuir et elle le jugeait inoffensif. Il bénéficiait d'une grande liberté à l'intérieur du Camp, ce qui lui permettait de transmettre des nouvelles sur la vie hors de l'Enclos, et d'apporter parfois un peu de nourriture supplémentaire.

Les hommes passaient leur temps à jouer ou à faire des paris sur l'avenir. De petits bouts de bois, des cailloux, ou des morceaux d'os provenant de la viande qu'on leur avait servie tenaient lieu de jetons. Un fémur de cheval, soigneusement rongé et brisé afin d'en extraire la moelle, avait été mis de côté pour cet usage.

Le premier jour de son emprisonnement, Jondalar examina en détail la palissade et en testa la solidité. Il découvrit plusieurs endroits où il était possible d'entamer le bois pour se frayer une issue, et d'autres qu'il était facile d'escalader. Mais à travers les fentes il apercevait Epadoa et ses femmes monter bonne garde, et la terrible puanteur qui se dégageait de l'homme à la plaie ouverte le dissuada d'employer une méthode aussi directe. Il examina ensuite le toit de l'auvent, pensant aux améliorations qui le rendraient plus efficace contre les intempéries... à condition d'avoir les outils et les matériaux nécessaires.

L'une des extrémités de l'Enclos, derrière un amas de pierres — seule particularité de l'espace dénudé, avec l'auvent —, servait au dépôt de leurs excréments. Ce fut le deuxième jour que Jondalar commença à être conscient de l'odeur nauséabonde qui imprégnait tout l'Enclos. C'était encore pire près de l'auvent où la chair en putréfaction répandait sa puanteur, mais la nuit, il n'avait pas le choix. Il devait se blottir contre les autres afin de trouver un peu de chaleur. Il partagea sa cape de fortune avec ceux qui étaient encore plus démunis.

Les jours suivants, l'odeur cessa de l'incommoder et la faim le tenailla moins, mais il résistait difficilement au froid. Il était parfois pris de vertige et il aurait volontiers mangé de l'écorce de bouleau pour calmer ses maux de tête.

Les conditions commencèrent à changer quand le blessé mourut. Ardemun demanda à parler à Epadoa ou à Attaroa pour qu'on évacuât le corps. Plusieurs hommes furent désignés pour l'enterrer, puis on leur annonça que tous les hommes valides devraient assister aux funérailles. La perspective de sortir enfin de l'Enclos réjouit Jondalar et il eut presque honte de son excitation, vu les circonstances.

Dehors, les ombres de fin d'après-midi envahissaient le sol, rehaussant les détails de la vallée qui s'étendait à ses pieds, et la beauté du paysage bouleversa Jondalar. Une vive douleur au bras le tira de sa contemplation émerveillée. Il jeta un regard courroucé à Epadoa et à ses trois gardes qui l'entouraient en le menaçant de leur sagaie, et il lui fallut une bonne dose de sang-froid pour ne pas les envoyer promener.

— Elle veut que tu mettes tes mains derrière ton dos pour qu'on te les attache, expliqua Ardemun. Tu ne peux pas sortir sans être ligoté.

Jondalar s'exécuta de mauvaise grâce. Tout en suivant Ardemun, il pensait à sa situation précaire. Il ne savait pas où il était, ni depuis combien de temps, mais la perspective de passer un seul jour supplémentaire confiné dans cet Enclos, sans rien d'autre à voir que l'éternelle palissade, était plus qu'il ne pouvait supporter. Il fallait qu'il s'échappe d'une manière ou d'une autre, et vite. Il pouvait tenir quelques jours sans manger, mais il ne savait pas s'il résisterait très longtemps. En outre, s'il restait une chance qu'Ayla fût en vie, blessée peut-être, mais en vie, il devait la trouver rapidement. Il ignorait encore comment s'y prendre, mais il était décidé à ne pas s'éterniser dans ce Camp.

Après avoir marché un moment, traversé un ruisseau en se mouillant les pieds, ils parvinrent sur les lieux des funérailles. La cérémonie fut purement formelle et expédiée, au point que Jondalar se demandait pourquoi Attaroa s'embarrassait de l'enterrement d'un homme dont elle s'était si peu souciée de son vivant. Jondalar n'avait pas connu le défunt, il ignorait jusqu'à son nom, il ne connaissait que les souffrances — inutiles — qu'il avait endurées. A présent, il était parti, il voyageait dans l'autre monde, enfin libéré d'Attaroa. Sans doute cela valait-il mieux que de croupir à l'intérieur d'un enclos.

Pour courte que fut la cérémonie, les pieds de Jondalar étaient gelés à force de rester immobile dans des bottes trempées. Sur le chemin du retour il fit davantage attention en traversant le petit cours d'eau et chercha une pierre ou un passage sec. Mais en regardant où il mettait les pieds, il fit une découverte qui lui fit oublier ses précautions. Il vit deux pierres côte à côte au bord du ruisseau, qu'on aurait dit disposées exprès. L'une était un petit nodule de silex, l'autre une pierre de forme arrondie à la mesure exacte de sa main — la forme idéale pour un percuteur.

— Ardemun, murmura-t-il à l'homme qui le suivait. Tu vois ces deux pierres ? demanda-t-il en zelandonii en les désignant de son pied. Peux-tu les ramasser pour moi ? C'est très important.

— C'est du silex ?

— Oui, et je suis un tailleur de silex.

Ardemun parut trébucher et tomba lourdement. L'invalide éprouvait quelques difficultés à se relever, et une femme armée d'une sagaie s'approcha. Elle lança un ordre à l'un des hommes qui vint aussitôt tendre la main à Ardemun. Epadoa vint voir ce qui retardait la marche du groupe. Ardemun se releva juste avant son arrivée, et se remit en route d'un air penaud sous les injures de la guerrière.

De retour dans leur prison, Jondalar et Ardemun se dirigèrent vers le fond de l'Enclos, pour uriner derrière le tas de pierres. Quand ils revinrent sous l'auvent, Ardemun avertit les hommes que les chasseresses étaient rentrées chargées de viande de cheval, et il ajouta qu'un événement s'était produit pendant que le deuxième groupe revenait au Camp. Il n'en savait pas plus mais la chose avait provoqué un grand émoi parmi les femmes.

Ce soir-là, on apporta de nouveau à manger et à boire aux hommes, mais aucune femme ne resta pour découper la viande. Sans un mot, elles déposèrent de gros morceaux de viande à moitié tranchés disposés sur des souches. Cette conduite inhabituelle alimenta la discussion pendant le repas.

— Il se passe des choses étranges, commença Ebulan, qui passa au mamutoï pour que Jondalar pût comprendre. Les femmes ont reçu l'ordre de ne pas nous adresser la parole.

— C'est ridicule, déclara Olamun. Si on apprenait quelque chose, que ferait-on de plus ?

— Tu as raison, Olamun, dit S'Amodun. C'est ridicule, mais je suis de l'avis d'Ebulan. Je crois qu'on a interdit aux femmes de nous parler.

— C'est le moment, dit Jondalar. Si les gardes d'Epadoa sont occupées à discuter, elles ne remarqueront rien.

— Elles ne remarqueront pas quoi ? demanda Olamun.

— Ardemun a réussi à ramasser un morceau de silex…

— Ah, c'était donc ça ! s'exclama Ebulan. Je me demandais ce qui avait bien pu te faire trébucher.

— A quoi bon un morceau de silex ? demanda Olamun. Encore faudrait-il des outils. J'ai vu comment travaillait le tailleur de silex avant qu'il meure.

— C'est juste, mais il a aussi ramassé une pierre pour servir de percuteur, et il y a des os dans l'Enclos. Ça suffira pour fabriquer quelques couteaux et quelques pointes. C'est un bon morceau de silex.

— Tu es tailleur de silex ? demanda Olamun.

— Oui, mais je vais avoir besoin d'aide. Il faudra du bruit pour couvrir les chocs de la pierre.

— A supposer qu'il fabrique des couteaux, à quoi cela nous servira-t-il ? remarqua Olamun. Les femmes ont des sagaies.

— Eh bien, on pourra déjà couper les liens de ceux qui ont les mains attachées, répondit Ebulan. Je suis sûr qu'on trouvera facilement un jeu très bruyant. Dommage qu'il fasse presque nuit.

— J'ai assez de lumière et je n'ai pas besoin de beaucoup de temps pour fabriquer les pointes et les outils. Demain, je travaillerai sous l'auvent où les gardes ne me verront pas. J'aurai besoin d'os et aussi de ces souches. Il me faut également une planche, mais je l'arracherai à l'auvent. Si quelqu'un avait un tendon, cela m'aiderait, mais de fines lanières de cuir feront l'affaire. Ah oui, Ardemun, tâche de me trouver des plumes quand tu seras dehors, elles me seront très utiles.

Ardemun acquiesça d'un air entendu.

— Tu as l'intention de fabriquer quelque chose qui vole ? demanda-t-il ensuite. Une sagaie de jet, peut-être ?

— Oui, quelque chose qui vole, approuva Jondalar. Ce ne sera pas facile à façonner, et ce sera long. Mais je pense pouvoir fabriquer une arme qui vous surprendra.

28

Le lendemain matin, avant de commencer à travailler le bloc de silex, Jondalar entretint S'Amodun d'une idée qu'il avait eue avant de s'endormir. Le souvenir de Darvo apprenant la taille des silex dès son plus jeune âge lui était revenu et il avait pensé que les deux jeunes invalides pourraient apprendre une technique — tailler le silex, par exemple — qui leur permettrait de mener une vie utile et indépendante.

— Avec quelqu'un comme Attaroa, crois-tu vraiment qu'on leur laissera cette chance ? demanda S'Amodun.

— Elle accorde davantage de liberté à Ardemun qu'à personne d'autre. Elle peut en arriver à considérer que les deux garçons ne constituent plus une menace et les laisser sortir de l'Enclos plus souvent. Même Attaroa est sensible à une certaine logique, elle comprendra vite l'intérêt d'avoir de bons tailleurs de silex dans son Camp. J'ai pu me rendre compte combien les armes de ses chasseresses étaient de piètre qualité. Et qui sait ? Elle ne gardera peut-être plus sa place très longtemps.

Le vieillard considéra le géant blond avec intérêt.

— Saurais-tu quelque chose que j'ignore ? interrogea-t-il. En tout cas, j'encouragerai les garçons à venir te regarder travailler.

Jondalar avait travaillé hors de l'auvent la nuit précédente, afin que les éclats de silex qui jaillissaient inévitablement au cours de la taille ne fussent pas accumulés autour de l'abri. Il s'était installé derrière un tas de pierres, près des lieux d'aisance, la partie de l'Enclos que les gardes surveillaient le moins, à cause de l'odeur.

Les lames qu'il avait rapidement détachées de la gangue de pierre étaient environ quatre fois plus longues que larges, avec un bout arrondi. Ces ébauches d'outils au tranchant comme celui d'un rasoir découpaient le cuir aussi aisément que de la graisse gelée, au point qu'il fallait parfois en émousser le fil pour éviter de se blesser en les utilisant.

Dès son réveil, Jondalar avait choisi un endroit sous l'auvent, éclairé par une fissure du plafond. Il avait ensuite découpé un morceau de cuir dans sa cape de fortune et l'avait disposé sur le sol pour recueillir les débris de silex. Entouré des deux jeunes infirmes et de plusieurs autres, il leur montra comment utiliser une pierre arrondie, ou un os, pour fabriquer des outils en silex, lesquels à leur tour serviraient à confectionner des objets en cuir, en bois ou en os. Ils prenaient soin de ne pas attirer l'attention, se levant de temps en temps pour vaquer à leurs occupations habituelles, et revenant se blottir les uns contre les autres pour se réchauffer, et cachaient ainsi Jondalar à la vue des gardes. Mais tous observaient le travail du tailleur de silex avec fascination.

Jondalar ramassa une lame et l'examina d'un œil critique. Il avait plusieurs outils en tête, et il se demandait lequel se prêtait le mieux à la forme de ce morceau de silex. L'une des arêtes était droite, l'autre quelque peu ondulée. Il commença par émousser l'arête irrégulière en la raclant avec sa masse de pierre, mais ne toucha pas à l'autre. Ensuite, avec l'extrémité effilée d'un morceau de fémur, il écailla soigneusement l'angle arrondi jusqu'à le rendre pointu. Avec un tendon, de la glu ou de la poix, et divers objets auxquels l'attacher, il aurait pu fabriquer un manche, mais tel quel, il avait obtenu un couteau convenable.

Pendant qu'on se passait le couteau de main en main et qu'on testait son tranchant sur le poil d'un bras ou sur du cuir, Jondalar prit une deuxième lame de silex. Au milieu, les deux arêtes se resserraient. Avec le bout noueux d'un morceau de fémur, il en pressa précautionneusement et à petits coups le bord le plus tranchant pour l'émousser légèrement, mais surtout le renforcer, confectionnant ainsi un racloir qui servirait à façonner des pièces de bois ou d'os. Il leur montra à quoi servait l'outil et le fit circuler.

Il prit la lame suivante, et en émoussa les deux arêtes pour qu'on pût saisir facilement l'outil. Puis, de deux coups bien appliqués sur l'extrémité arrondie, il détacha deux éclats, obtenant une pointe aiguë comme un ciseau. Pour la gouverne des spectateurs, il se livra à une petite démonstration : il creusa un sillon dans la longueur d'un os et repassa plusieurs fois dedans pour l'approfondir, enlevant par là même de petits copeaux. Il leur expliqua alors comment tailler une hampe, un manche ou une pointe, qu'on polissait ensuite.

La démonstration de Jondalar fut comme une révélation. Personne parmi les garçons, ni les hommes les plus jeunes, n'avait jamais vu de tailleur de silex à l'œuvre, et les plus vieux n'en avaient pas connu d'aussi expérimenté. La veille, dans les dernières lueurs du jour, Jondalar avait réussi à cliver une trentaine de lames dans le nodule. Le lendemain, presque tout le monde avait essayé un ou plusieurs des nouveaux outils qu'il avait fabriqués à partir de ces lames.

Il tenta ensuite de leur décrire l'arme de chasse qu'il voulait fabriquer. Certains comprirent immédiatement, même s'ils le questionnaient invariablement sur la précision et la vitesse qu'il prétendait obtenir d'une sagaie lancée à l'aide d'un propulseur. D'autres ne semblaient pas saisir le concept.

Dès qu'ils eurent entre leurs mains des outils, les hommes se sentirent enfin utiles. De plus, toute activité qui s'opposait à Attaroa et aux conditions misérables qu'elle leur imposait balayait le désespoir qui s'était abattu sur le Camp des Hommes et permettait aux captifs d'entrevoir la possibilité d'influer sur leur destin.

Epadoa sentit un changement dans l'attitude des prisonniers, et elle se douta qu'ils fomentaient quelque chose. Ils allaient d'un pas plus léger, souriaient trop souvent, mais elle eut beau les surveiller, elle ne découvrit rien de suspect. Les hommes avaient pris soin de cacher les couteaux, les racloirs, les ciseaux que Jondalar avait fabriqués, ainsi que les objets qu'ils avaient confectionnés avec, mais aussi les débris résultant de leur travail. Le moindre éclat de silex, le plus petit copeau de bois ou d'os avait été enterré sous l'auvent et recouvert d'une planche ou d'une pièce de cuir.

Mais ce fut surtout pour les deux estropiés que la vie changea. Jondalar ne leur avait pas seulement montré comment faire les outils, il leur en avait fabriqué de spéciaux et leur expliquait comment s'en servir. Ils cessèrent de se dissimuler dans l'ombre sous l'auvent et commencèrent à fréquenter d'autres garçons plus âgés. Tous deux idolâtraient Jondalar, surtout Doban, assez grand pour profiter davantage de son enseignement, même s'il s'efforçait de cacher son admiration.

Elevé par une femme privée de raison comme Attaroa, Ardoban s'était toujours senti à la merci de circonstances échappant à son contrôle et avait beaucoup souffert de cette impuissance. Profondément ancrée en lui, la peur que quelque chose de terrible pût lui arriver ne l'avait jamais quitté, et après l'atroce souffrance et le traumatisme terrifiant qu'il avait subis il restait convaincu que la vie ne lui apporterait que des malheurs. Il souhaitait souvent mourir. Mais d'avoir vu quelqu'un ramasser deux pierres dans une rivière, et à l'aide de ces deux seuls cailloux, de sa dextérité et de son savoir-faire, lui avoir offert la possibilité de changer son destin, marqua durablement Doban. Il n'osait pas encore le demander — il se méfiait toujours de tout le monde — mais son plus cher désir était d'apprendre à fabriquer des outils.

Jondalar, conscient de l'intérêt du jeune garçon, aurait aimé avoir plus de silex pour commencer à lui enseigner les rudiments du métier. Ce peuple va-t-il à un Rassemblement ou une Réunion d'Eté où l'on peut échanger des idées, des informations et des marchandises ? s'interrogeait-il. Cette région devait certainement posséder des tailleurs de silex susceptibles d'enseigner leur savoir à Doban. Il avait besoin d'une activité où être boiteux n'aurait pas d'importance.

Jondalar tailla quelques échantillons de propulseur en

bois pour montrer aux hommes à quoi ressemblaient ces engins et comment les façonner. Aussitôt, plusieurs d'entre eux s'attelèrent à la tâche. Il tailla aussi des pointes de sagaies en silex, et découpa de fines lanières de cuir dans leurs peaux les plus robustes pour fixer les pointes sur les hampes. De son côté, Ardemun découvrit l'aire d'un aigle royal et rapporta d'excellentes plumes. Il ne leur manquait plus que les hampes.

Afin d'essayer d'en tailler une avec les maigres matériaux à sa disposition, Jondalar découpa une planche longue et assez mince. Il s'en servit pour enseigner aux jeunes comment fixer la pointe et attacher les plumes, et il leur montra comment tenir le propulseur et leur expliqua les techniques de jet. Mais façonner une bonne hampe à partir d'une simple planche était un travail long et fastidieux, le bois était sec et cassant, sans souplesse.

Il lui fallait de jeunes arbres bien droits, ou des branches assez longues qu'il pût redresser, encore qu'il aurait aussi besoin de les chauffer sur un feu. Son confinement lui pesait. Si seulement il pouvait aller chercher de quoi fabriquer ses hampes ! Comment persuader Attaroa de le laisser sortir ? Le soir avant de s'endormir, lorsqu'il fit part de ses sentiments à Ebulan, l'homme le regarda d'un air bizarre, hocha la tête et se retourna sur sa couche. Cette réaction étrange surprit Jondalar, mais il l'oublia vite et sombra dans le sommeil.

De son côté, Attaroa pensait beaucoup à Jondalar. Elle se réjouissait de la distraction qu'il lui offrirait pendant le long hiver. Elle s'imaginait déjà qu'elle le dominait, qu'il se pliait à ses volontés, et qu'elle étalait sa puissance aux yeux de tous, prouvant sa supériorité sur le beau géant blond. Quand elle en aurait terminé avec lui, elle avait d'autres projets. Elle se demandait s'il était mûr pour sortir et travailler. Epadoa lui avait fait part des changements qu'elle avait flairés dans l'Enclos, et de ses soupçons concernant l'étranger, mais elle n'avait apporté aucune preuve tangible. Peut-être était-ce le moment de séparer le Zelandonii des autres hommes. Elle songea à le renvoyer dans la cage. Ce serait un bon moyen de rendre les hommes nerveux et inquiets.

Dans la matinée, elle demanda à ses femmes de lui fournir une équipe de travailleurs et d'y inclure le Zelandonii. La perspective de voir autre chose que la terre nue et la palissade oppressante réjouit Jondalar. C'était la première fois qu'on l'autorisait à sortir de l'Enclos pour travailler; il n'avait aucune idée de ce qu'Attaroa lui préparait, mais il espérait trouver de jeunes arbres bien droits. Les rapporter dans l'Enclos serait une autre histoire.

Plus tard, ce même jour, Attaroa, paradant avec la pelisse de Jondalar, sortit de sa caverne accompagnée de deux de ses femmes et de S'Armuna. Les hommes avaient transporté des os de mammouth et les entassaient à l'endroit où Attaroa l'avait exigé. Ils avaient travaillé depuis le matin sans manger et sans boire. Jondalar n'avait pas encore eu l'occasion de chercher ses hampes et encore moins de trouver un moyen de les couper et de les rapporter au Camp des Hommes. Il était surveillé de près, et on ne lui laissait pas le temps de se reposer. Il avait faim, il avait soif, il était déçu, épuisé et fou de rage.

Jondalar reposa le fémur qu'il portait avec Olamun, et se redressa pour affronter Attaroa qui approchait avec son escorte Elle était grande, plus grande que bien des hommes. Elle aurait pu être séduisante. Pourquoi haïssait-elle les hommes à ce point? se demanda-t-il. Lorsqu'elle lui adressa la parole, il nota son ton sarcastique, bien que le sens des mots lui échappât.

— Alors, Zelandonii, as-tu une autre histoire à nous raconter? Parle, que je m'amuse, traduisit S'Armuna qui reproduisit même les intonations moqueuses.

— Je t'ai dit la vérité, assura Jondalar.

— Oui, je sais, tu voyageais avec une femme qui monte sur le dos des chevaux. Où est-elle, alors? Si elle a le pouvoir que tu lui prêtes, pourquoi n'est-elle pas venue te réclamer? ricana Attaroa, les mains sur les hanches, comme pour le provoquer.

— J'ignore où elle se trouve. J'ai peur qu'elle ne soit tombée dans le ravin avec les chevaux que tu chassais.

— Tu mens, Zelandonii ! Mes chasseresses n'ont pas vu de femme sur le dos d'un cheval, et on n'a retrouvé aucun cadavre de femme. Tu dois savoir que celui qui vole les S'Armunaï est puni de mort, et tu essaies de t'en tirer à bon compte.

Ainsi, on n'avait pas retrouvé le corps d'Ayla ! Jondalar ne put contenir sa joie en reprenant soudain espoir de revoir sa compagne.

— Je te parle de mourir, et tu souris ! s'exclama Attaroa. Tu ne me crois pas capable de te tuer ?

Elle pointa vers lui un index menaçant, et s'en frappa ensuite la poitrine comme pour souligner ses propos.

— Mourir ? répéta-t-il en pâlissant.

Tuait-on les gens pour les punir de chasser ? Tout à sa joie d'apprendre qu'Ayla était encore en vie, il n'avait pas écouté ce qu'Attaroa disait. Lorsqu'il comprit où elle voulait en venir, la colère le reprit.

— Les chevaux n'ont pas été accordés aux seuls S'Armunaï. Ils sont à tous les Enfants de la Terre ! Comment oses-tu appeler la chasse du vol ? Quand je chasse les chevaux, c'est pour me nourrir !

— Ah ! J'ai déjoué ton mensonge. Tu admets donc que tu chassais mes chevaux ?

— Pas du tout ! J'ai dit : « Quand je chasse... », je n'ai pas dit que je l'avais fait... Explique-lui, S'Armuna, implora-t-il, que Jondalar des Zelandonii, fils de Marthona, ancienne Femme Qui Ordonne de la Neuvième Caverne, ne ment jamais.

— Maintenant, tu prétends être le fils d'une Femme Qui Ordonne ? Ce Zelandonii est un fieffé menteur, après la Femme Qui Fait des Miracles, voici la Femme Qui Ordonne !

— J'ai connu beaucoup de femmes qui gouvernaient. Tu n'es pas la seule, Attaroa. C'est très fréquent chez les Mamutoï.

— Elles ne gouvernent jamais seules ! Elles partagent le pouvoir avec un homme.

— Ma mère a gouverné pendant dix ans. Elle est devenue Femme Qui Ordonne à la mort de son compagnon, et elle n'a partagé son pouvoir avec personne. Hommes et femmes, tous la respectaient. Elle a transmis d'elle-même le pouvoir à mon frère, Joharran. Son peuple voulait qu'elle le garde.

— Respectée par les hommes comme par les femmes ? Ecoutez-moi cela ! Crois-tu donc que je ne connaisse pas les hommes, Zelandonii ? Tu t'imagines que je n'ai jamais été unie ? Suis-je donc laide au point qu'aucun homme ne veuille de moi ?

Attaroa hurlait à présent et S'Armuna traduisait presque simultanément, comme si elle devinait ce qu'elle allait dire. Jondalar en aurait oublié que la chamane ne parlait pas pour elle tant il avait l'impression d'entendre parler Attaroa, si le ton impersonnel de S'Armuna ne donnait un détachement étrange aux paroles qu'Attaroa avait proférées avec tant d'agressivité. L'amertume obscurcissait son regard, mais telle une démente, elle poursuivit sa harangue.

— Mon compagnon gouvernait ce peuple. C'était un chef puissant, un homme fort.

— Beaucoup d'hommes sont forts. La force ne suffit pas à faire un chef, répliqua Jondalar.

Attaroa ne l'entendit pas. Elle ne l'écoutait plus. Les souvenirs l'assaillaient.

— Brugar était si fort qu'il avait besoin de me battre chaque jour pour le prouver, ricana-t-elle. Quel malheur qu'il ait mangé des champignons vénéneux ! poursuivit-elle d'une voix suave. J'ai battu le fils de sa sœur dans un combat régulier pour devenir Femme Qui Ordonne. C'était une mauviette. Il est mort. Mais toi, tu n'es pas une mauviette, Zelandonii. Aimerais-tu me combattre pour sauver ta vie ?

— Je n'ai nulle envie de me battre avec toi, Attaroa. Mais s'il le faut, je me défendrai.

— Non, tu ne te battras pas, parce que tu sais que je gagnerais. Muna est avec moi. La Mère a honoré les femmes, ce sont elles qui apportent la vie. C'est à elles de commander.

— Non ! protesta Jondalar.

Ceux qui assistaient à la scène frémirent en l'entendant s'opposer aussi ouvertement à Attaroa.

— Le commandement n'appartient pas nécessairement à celui que la Mère honore, pas plus qu'à celui qui possède la force physique. Le chef des cueilleurs de baies, par exemple, sera celui qui sait où poussent les baies, quand elles sont mûres, et le meilleur moyen de les cueillir, déclara Jondalar qui improvisait son argumentation au fur et à mesure. Un chef doit être quelqu'un à qui tout le monde puisse se fier. Ceux Qui Ordonnent doivent savoir ce qu'ils font.

Attaroa l'écoutait d'un air renfrogné. Ses arguments n'avaient aucune prise sur elle, elle n'écoutait que ses propres avis, mais elle n'aimait pas le ton de sa voix. On aurait dit qu'il la réprimandait. S'imaginait-il avoir le droit de lui parler si librement ?

— C'est pareil pour tout, continua Jondalar. Le chef des chasseurs est celui qui sait où sont les animaux, à quel moment et comment les pister. C'est le chasseur le plus fin et le plus rusé. Marthona disait toujours que Ceux Qui Ordonnent devaient d'abord prendre soin de leur peuple. Ou sinon, ils ne restent pas chefs longtemps.

Emporté par sa colère, Jondalar débitait son discours sans tenir compte de la haine qui contractait le visage d'Attaroa.

— Quelle importance alors que ce soient des hommes ou des femmes ? conclut-il.

— Je ne permettrai plus que des hommes nous gouvernent, coupa Attaroa. Ici, les hommes savent que les femmes commandent, et les plus jeunes sont éduqués pour l'accepter. Ici, ce sont les femmes qui chassent. Nous n'avons pas besoin d'hommes pour nous diriger ou traquer les bêtes. Crois-tu que les femmes ne puissent pas chasser ?

— Bien sûr qu'elles peuvent. Ma mère était une chasseresse avant de devenir Femme Qui Ordonne, et la femme avec qui je voyage en remontrerait à bien des hommes. Elle aime chasser et excelle à la traque. Je lance une sagaie plus loin qu'elle, mais elle est plus précise. D'un seul jet de fronde, elle tue un oiseau en vol ou un lapin en pleine course.

— Encore des histoires ! grommela Attaroa. C'est

facile de raconter des histoires sur une femme qui n'existe pas. Mes femmes ne chassaient pas, on le leur avait interdit. Quand Brugar commandait, les femmes n'avaient même pas le droit de toucher une arme. Quand j'ai pris le commandement, ça n'a pas été facile pour nous. Personne ne savait chasser, mais je leur ai appris. Tu vois ces cibles ?

Attaroa désigna une série de gros pieux fichés en terre. Jondalar les avait déjà remarqués auparavant et s'était demandé à quoi ils servaient. En haut de l'un des pieux, un morceau de carcasse de cheval, planté de quelques sagaies, pendait d'une grosse cheville en bois.

— Les femmes s'exercent chaque jour à lancer la sagaie. Les meilleures deviennent mes chasseresses. Mais avant de fabriquer les sagaies et d'apprendre à les lancer, nous chassions déjà. Il y a une falaise au nord, près de l'endroit où j'ai grandi. Au moins une fois par an, les gens y rassemblent des chevaux et les poussent dans le vide. Le plus difficile est d'attirer le troupeau, ensuite il ne reste plus qu'à l'affoler...

Attaroa couva Epadoa d'un œil plein de fierté.

— Epadoa a découvert que les chevaux adorent le sel. Elle a demandé aux femmes de conserver leurs urines et s'en est servie pour attirer les chevaux. Mes chasseresses sont mes Louves, ponctua-t-elle en lançant un sourire aux femmes armées de sagaies qui s'étaient attroupées et se rengorgeaient sous les compliments.

Jondalar n'avait pas prêté une grande attention à leurs habits, mais il se rendit soudain compte que toutes les chasseresses portaient quelque chose d'un loup. La plupart avaient ourlé leur capuche de fourrure de loup, et une dent de l'animal, parfois plus, pendait à leur cou. Certaines avaient orné les manches ou le bas de leur pelisse, ou bien les deux, d'une bande de peau de loup. La capuche d'Epadoa était entièrement en fourrure de loup, une partie de la tête de l'animal montrant les crocs couronnait le tout. Les manches et le bas de sa pelisse étaient ornés de fourrure de loup, des pattes de loup tombaient de chaque côté de son buste, et une queue touffue pendait dans son dos.

— Leurs sagaies sont leurs crocs, elles tuent en

bande, et rapportent la viande, poursuivit Attaroa en scandant ses paroles dont Jondalar était sûr qu'elle les savait par cœur. Leurs jambes sont des pattes, elles courent tout le jour, et peuvent courir toujours. Epadoa est leur chef, Zelandonii. Mieux vaut ne pas t'y frotter, elle est très rusée.

— Je n'en doute pas, fit Jondalar, impressionné par le nombre des « Louves », et qui ne put s'empêcher d'admirer tout ce qu'elles avaient accompli avec si peu de connaissances au départ. Je déplore le gâchis de tous ces hommes inactifs alors qu'ils pourraient chasser, eux aussi, cueillir des plantes, fabriquer des outils. Les femmes n'accompliraient plus seules les travaux pénibles. Je ne prétends pas qu'elles en sont incapables, mais pourquoi devraient-elles travailler pour elles et pour les hommes ?

Une fois encore, le rire cruel et démoniaque d'Attaroa fit frémir Jondalar.

— C'est précisément ce que je me suis demandé, dit-elle. Ce sont les femmes qui produisent la vie, à quoi bon nous encombrer des hommes ? Certaines femmes ne peuvent pas encore s'en passer, mais à quoi sont-ils bons ? Aux Plaisirs ? Ce sont eux qui obtiennent les Plaisirs, et eux seuls. Ici, on ne se soucie plus de leur procurer les Plaisirs. Plutôt que de partager un foyer avec un homme, j'ai uni les femmes ensemble. Elles partagent les tâches, élèvent ensemble leurs enfants, elles se comprennent. Quand il n'y aura plus d'hommes, la Mère ne mêlera plus que les esprits des femmes, et il ne naîtra que des filles.

Serait-ce possible ? se demanda Jondalar. S'Amodun lui avait dit que peu de bébés étaient nés ces dernières années. La théorie d'Ayla lui revint alors en mémoire. Elle disait que c'étaient les Plaisirs que partageaient un homme avec une femme qui créaient une nouvelle vie dans le ventre de la femme. Or Attaroa avait séparé les couples. Serait-ce la raison du peu de naissances ?

— Et combien d'enfants sont nés depuis ? demanda-t-il avec une curiosité feinte.

— Pas beaucoup, mais quelques-uns tout de même. Et il y en aura d'autres.

— C'étaient des filles ?

— Les hommes sont encore trop présents, cela trouble la Mère. Mais tous les hommes auront bientôt disparu. Nous verrons alors combien d'enfants naîtront.

— S'il en naît, dit Jondalar. La Grande Terre Mère a conçu les hommes et les femmes, et à Son image, les femmes sont élues pour donner naissance au mâle comme à la femelle. C'est la Mère qui décide quel esprit d'homme sera mêlé à celui de la femme. Et il faut toujours un esprit de chaque. Crois-tu pouvoir modifier ce qu'Elle a ordonné ?

— Que sais-tu de ce que décidera la Mère ? Tu n'es pas une femme, Zelandonii ! lança-t-elle avec mépris. Tu n'aimes pas entendre dire combien tu es inutile, à moins que tu ne sois pas encore prêt à renoncer aux Plaisirs. C'est bien ça, n'est-ce pas ?

Elle changea subitement de ton, affectant un roucoulement langoureux.

— Veux-tu les Plaisirs, Zelandonii ? Si tu ne veux pas te battre avec moi, que donneras-tu en échange de ta liberté ? Ah, je sais ! Les Plaisirs. Pour un bel homme fort et robuste tel que toi, Attaroa accepterait sûrement de te donner les Plaisirs. Et toi, sauras-tu les lui apporter ?

Jondalar prit soudain conscience qu'il n'entendait qu'une traduction. Prendre la voix de la Femme Qui Ordonne, à la rigueur S'Armuna le pouvait, mais pas celle d'Attaroa, la femme. S'Armuna traduisait les mots, elle ne pouvait pas épouser la personnalité de la femme. Maintenant, Jondalar distinguait leurs deux voix.

— Il est si grand, si blond, si parfait, ne pourrait-il être le compagnon de la Mère elle-même ? Regardez-le, il est plus grand qu'Attaroa, et peu d'hommes peuvent s'en vanter ! Tu as donné les Plaisirs à beaucoup de femmes, n'est-ce pas ? Un sourire du géant blond aux yeux si bleus, et les femmes se battent pour monter dans sa couche. Procures-tu les Plaisirs à toutes, Zelandonii ?

Jondalar refusa de répondre. Oui, il avait été un temps où il aimait donner les Plaisirs à de nombreuses femmes, mais à présent Ayla était la seule qui comptait.

Un violent et douloureux chagrin l'envahit. Que deviendrait-il sans elle ? Vivre ou mourir, quelle différence ?

— Viens, Zelandonii, si tu apportes beaucoup de plaisir à Attaroa, tu seras libre. Attaroa sait que tu en es capable.

La grande et belle femme marcha sur lui d'un air séducteur.

— Tu vois ? Attaroa se donnera à toi. Montre à tout le monde comment un bel homme vigoureux procure les Plaisirs à une femme. Partage le Don de Muna, la Grande Terre Mère, avec Attaroa, Jondalar des Zelandonii.

Attaroa jeta ses bras autour de son cou et se pressa contre lui. Jondalar resta de glace. Elle essaya d'embrasser sa bouche, mais il était trop grand pour elle et il refusait de s'incliner. Elle n'était pas habituée à des hommes de si haute taille, et encore moins à ce qu'on lui résistât. Comprenant qu'elle se ridiculisait, elle entra dans une violente colère.

— Zelandonii ! Je suis prête à m'accoupler avec toi, et à t'accorder une chance de recouvrer la liberté !

— Je ne partagerai pas le Don des Plaisirs de la Mère dans ces conditions, affirma-t-il d'une voix calme qui cachait mal son indignation.

Comment osait-elle insulter la Mère à ce point ?

— Le Don de la Mère est sacré, et doit être partagé de plein gré et dans la joie. L'accouplement que tu proposes ferait injure à la Mère. Ce serait profaner Son Don et provoquer Son juste courroux, autant que de prendre une femme de force. Je choisis toujours la femme avec qui je m'accouple, et je n'ai aucune envie de partager Son Don avec toi, Attaroa.

Jondalar aurait pu répondre à l'invite d'Attaroa, mais il savait qu'elle n'était pas sincère. Il attirait la plupart des femmes, et il avait acquis assez d'expérience pour les satisfaire. Mais malgré tous ses efforts de séduction, Attaroa le laissait de glace. Même s'il avait voulu la satisfaire, il n'aurait pas pu.

En entendant la traduction, Attaroa blêmit. Plus d'un homme se serait réjoui de partager le Don des Plaisirs avec une si belle femme et de gagner ainsi sa liberté. Les visiteurs assez malchanceux pour se faire capturer sur son territoire avaient saisi l'occasion d'échapper aussi facilement aux Louves des S'Armunaï. Certains avaient hésité pourtant, craignant un piège, mais aucun n'avait rejeté son offre avec tant de hardiesse. Et ils découvraient vite qu'ils avaient eu raison de se méfier.

— Tu... tu refuses !... bégaya Attaroa, incrédule.

La traduction avait été énoncée d'un ton égal, mais on ne pouvait se méprendre sur sa réaction.

— Tu refuses Attaroa ! Comment oses-tu ? hurla-t-elle. Déshabillez-le ! ordonna-t-elle à ses Louves, et attachez-le à la cible.

Le sort de Jondalar avait été scellé depuis longtemps, mais le dénouement était plus rapide qu'Attaroa l'eût souhaité. Elle avait espéré que Jondalar la distrairait pendant l'interminable et triste hiver. Elle adorait mettre les hommes au supplice en leur faisant miroiter la liberté en échange des Plaisirs. L'ironie de la chose la réjouissait. Dès qu'ils commettaient l'erreur d'accepter, elle se délectait à les humilier et à les avilir jusqu'à ce qu'elle fût prête pour son dernier jeu. Ils allaient jusqu'à se déshabiller eux-mêmes dans leur hâte de lui plaire !

Mais aucun homme ne pouvait lui donner les Plaisirs. On avait abusé d'elle quand elle n'était qu'une enfant, et elle avait attendu avec impatience de pouvoir s'unir avec le chef d'un autre Camp. Mais ce qu'elle avait vécu auprès de l'homme qu'elle avait choisi était pire encore. Il n'atteignait les Plaisirs qu'après l'avoir battue et humiliée. Elle s'était révoltée et avait provoqué la mort de l'homme après une horrible et dégradante agonie. Elle avait bien retenu la leçon. Pervertie par les cruautés qu'elle avait subies, elle ne pouvait atteindre les Plaisirs qu'en infligeant des tortures aux autres. Partager le Don de la Mère avec des hommes, ou même des femmes, n'enthousiasmait guère Attaroa. Elle se procurait elle-même les Plaisirs en se délectant de la longue et douloureuse agonie de ses victimes.

Lorsqu'il s'écoulait trop de temps entre deux visiteurs, Attaroa jouait avec les hommes du Camp. Mais après que les premiers eurent succombé à ses « Plaisirs », les autres refusèrent de jouer le jeu. Ils demandaient grâce, mais rien de plus. D'habitude, mais pas toujours, elle cédait à ceux dont une femme plaidait la cause. Certaines femmes se pliaient difficilement à la collaboration — c'était pourtant pour leur bien qu'Attaroa voulait éliminer les hommes — mais on pouvait heureusement les circonvenir en agissant sur les hommes auxquels elles étaient liées, si bien qu'Attaroa avait décidé de garder ceux-là en vie.

Les visiteurs arrivaient d'ordinaire pendant la saison chaude. On se déplaçait peu durant l'hiver, et ceux du Voyage séjournaient dans un Camp. Ces derniers temps, peu de Voyageurs étaient passés, et pas un seul l'été précédent. Par le plus grand des hasards, quelques hommes avaient réussi à s'échapper, et des femmes s'étaient enfuies. Ils avaient prévenu les autres. Ceux qui entendaient leurs récits les répétaient ensuite comme s'il s'agissait d'une rumeur ou d'un conte de Voyageur, mais les rumeurs qui couraient sur les Louves cruelles s'étaient amplifiées et les gens n'approchaient plus.

Attaroa s'était réjouie quand on avait ramené Jondalar, mais il s'était vite révélé plus entêté que ses propres hommes. Il refusait de jouer le jeu, et il ne lui donnait même pas la satisfaction de l'implorer. Sinon, elle l'aurait laissé vivre un peu, le temps de savourer le plaisir de le voir céder.

A son commandement, ses Louves s'emparèrent de Jondalar. Il se débattit farouchement, écartant les sagaies, distribuant des coups qui laissèrent des traces. Il se libéra presque mais le nombre vint à bout de sa résistance héroïque. Il continua à se démener pendant que les Louves coupaient les lanières qui retenaient sa tunique et ses jambières, et elles le menacèrent de lui trancher la gorge.

Après avoir arraché sa tunique et dénudé sa poitrine, elles lui lièrent les poignets et, à l'aide d'une corde passée autour ses liens, elles l'accrochèrent à une cheville en bois fichée au sommet d'un pieu. Il donna des coups de pied, dont certains atteignirent les Louves qui ôtaient ses jambières, mais sa résistance ne servait qu'à les exciter à le frapper davantage, et personne n'était là pour les retenir.

Lorsqu'elles l'eurent ainsi pendu nu au poteau, elles se reculèrent pour jouir du spectacle en arborant des sourires narquois. Il avait beau être grand et fort, elles avaient eu raison de lui. Jondalar touchait à peine le sol du bout des pieds, et il se doutait qu'à sa place la plupart des hommes se balanceraient au bout de leur corde. De sentir le sol sous ses orteils le rassura, et il adressa une vague supplique à la Grande Terre Mère pour qu'elle le sortît de cette fâcheuse posture.

Sa cicatrice à la cuisse intrigua Attaroa. La blessure avait été bien soignée. Elle ne l'avait jamais vu boiter, ni tirer la jambe. Puisqu'il était vigoureux, il mettrait plus longtemps à mourir, se dit-elle. Il lui donnerait peut-être du Plaisir, après tout. Cette pensée la fit sourire.

Jondalar surprit le regard scrutateur d'Attaroa. Il frissonna, mais la bise glacée n'y était pour rien. Attaroa l'observait en souriant, le visage empourpré, le souffle court. Une étrange sensualité l'enveloppait. Ses Plaisirs se décuplaient toujours si l'homme était beau. Séduite à sa manière par le géant au charisme naturel, elle se promit de le faire durer le plus possible.

Jondalar regarda du côté de l'Enclos, devinant que les hommes observaient la scène par les fentes de la palissade. Il s'étonnait qu'ils ne l'eussent pas prévenu. Ce n'était à l'évidence pas la première fois qu'Attaroa se livrait à ce jeu. Cela aurait-il changé quoi que ce fût s'ils l'avaient mis en garde ? Sans doute avaient-ils estimé préférable qu'il ignorât le sort qui l'attendait.

En réalité, certains en avaient discuté entre eux. Ils aimaient tous le Zelandonii et admiraient son art de tailleur de silex. Grâce aux excellents couteaux et aux outils qu'il leur avait fabriqués, chacun espérait trouver une occasion de s'enfuir. Ils garderaient précieusement le souvenir de Jondalar, mais, au plus profond de leur cœur, ils savaient que si aucun visiteur ne se présentait, Attaroa n'hésiterait pas à choisir ses victimes parmi eux. Quelques S'Armunaï avaient déjà subi ce triste sort, et tous savaient que leurs pitoyables supplications ne suffiraient pas à faire fléchir la cruelle Attaroa. Ils se félicitèrent secrètement du refus de Jondalar de satisfaire la Femme Qui Ordonne, mais ils craignaient que des démonstrations de joie n'incitassent Attaroa à se retourner contre eux. Ils assistaient donc en silence au déroulement de la scène par trop familière avec une compassion mêlée de peur... et d'un peu de honte.

Toutes les femmes devaient assister au supplice de Jondalar. La plupart d'entre elles détestaient ce triste spectacle, mais la crainte d'Attaroa l'emportait sur le dégoût, même chez les chasseresses. Certaines se tenaient le plus loin possible, d'autres défaillaient, mais en cas d'absence, les hommes dont elles avaient plaidé la cause risquaient d'être les prochains suppliciés. Quelques-unes avaient essayé de s'enfuir, peu avaient réussi, les autres avaient été reprises et ramenées au Camp et, pour les punir, leurs proches — compagnons, frères, fils — avaient été enfermés dans la cage, privés d'eau et de nourriture. Parfois, bien que ce fût rare, on y enfermait aussi des femmes.

Celles qui avaient un fils tremblaient davantage que les autres, surtout après ce qu'Attaroa avait infligé à Odevan et Ardoban. Mais les plus inquiètes étaient les mères des deux bébés et la femme enceinte. Elles faisaient la joie d'Attaroa qui prenait de leurs nouvelles, et les traitait avec douceur, mais chacune recelait un secret coupable, qui s'il était découvert les conduirait à finir pendues à la cible.

La Femme Qui Ordonne sortit du rang de ses chasseresses et empoigna une sagaie dont Jondalar remarqua la lourdeur et la pointe émoussée. Il ne put s'empêcher de penser combien il aurait pu l'améliorer. Mais émoussée ou pas, la pointe n'en demeurait pas moins redoutable. Il observa Attaroa viser avec soin, et nota qu'elle le visait bas. Son intention n'était pas de tuer, mais de mutiler. Il réprima une violente envie de recroqueviller les jambes pour se protéger. Il se serait alors balancé au bout de la corde, et aurait offert une cible encore plus vulnérable. D'autre part, il ne voulait pas dévoiler sa terreur.

Attaroa le surveillait, devinant sa peur et s'en délectant. Certains la suppliaient, mais elle savait que celui-là ne s'y abaisserait pas. Du moins pas encore. Elle leva son bras armé, prête au lancer. Jondalar ferma les yeux et pensa à Ayla, se demandant si elle était encore en vie. Qu'elle fût morte et la vie perdait tout son sens. Cette pensée poignarda son cœur plus sûrement qu'aucune sagaie.

Il entendit le bruit sourd de la sagaie se fichant dans la cible, mais au-dessus de lui, et non pas en bas où Attaroa avait visé. Et au lieu de la vive douleur attendue, il se retrouva à terre, les mains libres. Il regarda ses poignets, la corde avait été tranchée. Attaroa avait toujours sa sagaie en main, ce n'était donc pas la sienne qu'il avait entendue frapper la cible. Il leva la tête et vit une petite sagaie à la pointe acérée fichée dans la cheville. Les plumes de la hampe vibraient encore. La fine pointe de silex avait coupé net la corde. Il connaissait cette sagaie !

Il regarda dans la direction d'où elle venait. Il aperçut un mouvement derrière Attaroa. Son regard s'embua de larmes de soulagement. Il arrivait à peine à y croire. Etait-ce bien elle ? Etait-elle vraiment en vie ? Il cligna plusieurs fois des yeux pour effacer ses larmes et vit alors un cheval au pelage louvet portant une femme sur son dos.

— Ayla ! s'écria-t-il. Ayla, tu es vivante !

29

Attaroa fit volte-face. A l'autre bout du pré, devant l'entrée du Camp, elle vit une femme sur le dos d'un cheval qui s'avançait vers elle. La capuche de sa pelisse rejetée en arrière dévoilait une chevelure blonde de la même couleur que la robe du cheval. La créature effrayante et sa monture semblaient faites d'une même chair. La femme-cheval avait-elle lancé la sagaie ? Attaroa s'interrogeait. Mais comment pouvait-on atteindre une cible à une telle distance ? Elle s'aperçut alors que la femme avait une autre sagaie à portée de main.

Attaroa frissonna d'effroi, ses cheveux se dressèrent sur sa tête, mais la terreur glacée qui l'habitait ne provenait pas d'un objet aussi matériel qu'une sagaie. L'apparition n'était pas humaine, elle l'aurait juré. Dans un éclair de lucidité, elle comprit toute l'horreur des atrocités qu'elle avait commises et elle devina que la créature qui s'avançait à sa rencontre était une matérialisation de la Mère, une munaï, un esprit vengeur, dépêché pour son châtiment. Au fond de son cœur, Attaroa bénit Sa venue : sa vie avait été un long cauchemar dont elle n'était pas fâchée de voir arriver la fin.

Attaroa n'était pas seule à être terrifiée par l'étrange femme-cheval. Jondalar avait pourtant essayé de leur expliquer, mais personne ne l'avait cru. Personne ne pouvait concevoir qu'un humain montât sur le dos d'un cheval, et il ne suffisait pas de le voir pour le croire.

L'apparition opportune d'Ayla frappa tous les esprits. Pour certains, ce n'était que la peur de la nouveauté. Pour d'autres, c'était le signe d'un pouvoir surnaturel lourd de menaces. Mais beaucoup, de la même façon qu'Attaroa, considéraient Ayla comme un instrument de vengeance contre leurs actes coupables. Encouragée ou forcée par Attaroa, plus d'une femme avait commis des brutalités épouvantables, ou les avait permises, et dans le secret de la nuit, avait ressenti une honte inavouable ou la crainte d'un châtiment futur.

Jondalar lui-même se demanda un instant si Ayla n'était pas revenue de l'autre monde pour le sauver, convaincu qu'elle l'aurait pu si elle l'avait voulu. Il la regarda approcher, se repaissant de chaque détail avec amour, affamé de l'image qu'il avait cru ne plus jamais revoir : la femme qu'il aimait chevauchant sa chère jument. Des mèches rebelles échappées de la lanière de cuir qui ceignait son front encadraient son visage rougi par le froid. L'haleine de la femme et de sa jument formait des nuages de buée et fit prendre conscience à Jondalar qu'il grelottait.

Elle portait sa ceinture par-dessus sa pelisse, et il vit la dague en défense de mammouth, que Talut lui avait offerte, pendre à une boucle à côté du couteau de silex à manche d'ivoire qu'il lui avait fabriqué. Sa poche à médecines en peau de loutre était accrochée à une autre boucle de sa ceinture.

Chevauchant avec grâce, sûre d'elle et conquérante, elle tenait dans sa main droite la fronde dont Jondalar connaissait la précision et la rapidité. De sa main gauche, où Jondalar savait que deux pierres étaient préparées, elle maintenait son propulseur armé d'une sagaie sur le garrot de Whinney.

En s'approchant, Ayla avait surveillé le visage de la Femme Qui Ordonne où se reflétaient des sentiments profonds. Elle y avait lu de la terreur et le brusque désespoir dû à son éclair de lucidité qui céda bientôt la place aux ombres familières de son esprit détraqué. Les yeux d'Attaroa se rétrécirent, un sourire cruel tordit sa bouche, et Ayla devina les calculs malveillants qui germaient dans sa tête.

Ayla n'avait jamais rencontré la folie, mais elle déchiffrait les expressions inconscientes d'Attaroa, et comprit qu'elle devrait se méfier de cette femme qui menaçait Jondalar : c'était une hyène. La femme-cheval avait tué de nombreux carnassiers et savait que leurs réactions étaient parfois imprévisibles, mais les hyènes étaient les seules qu'elle détestait, et Attaroa était, à n'en pas douter, une hyène, une dangereuse manifestation du mal.

Le regard furieux d'Ayla se concentra sur Attaroa, bien qu'elle surveillât l'assistance du coin de l'œil, y compris les Louves. Et bien lui en prit. Lorsque Whinney fut à quelques pas d'Attaroa, Ayla surprit un mouvement fugitif. D'un geste si vif qu'il en devenait invisible, elle glissa une pierre dans sa fronde, qu'elle fit tournoyer en l'air et le projectile fusa.

Epadoa poussa un cri de douleur et saisit son bras, lâchant sa sagaie qui cliqueta sur le sol gelé. Si elle l'avait voulu, Ayla aurait pu lui briser l'os, mais elle avait délibérément visé vers l'épaule et retenu son coup. La Louve dominante en garderait tout de même des traces.

— Femme Qui Ordonne, dis femmes-sagaies arrêter, ordonna Ayla.

Jondalar, qui avait saisi le sens du commandement, mit du temps à comprendre qu'Ayla venait de parler dans une langue étrange. Il s'aperçut alors avec stupeur qu'elle avait délivré son ordre en s'armunaï. Comment pouvait-elle connaître le s'armunaï ? Etait-il possible qu'elle l'eût entendu auparavant ?

Il n'était pas le seul surpris. Entendre une étrangère l'appeler par son nom stupéfia Attaroa, mais ce fut surtout l'accent guttural d'Ayla qui la bouleversa et fit ressurgir des émotions oubliées depuis longtemps. Des émotions complexes qui l'envahirent d'un inquiétant malaise, et renforcèrent sa conviction que l'apparition n'était pas une simple femme sur le dos d'un cheval.

Ces émotions remontaient à des années. Attaroa n'avait pas aimé les circonstances qui les avaient provoquées et elle aimait encore moins qu'on les fasse revivre. Une violente colère l'emporta. Elle voulait chasser ces souvenirs, s'en débarrasser à jamais. Mais comment faire ? Elle regarda Ayla. Tout était de la faute de l'étrangère. C'était elle qui avait fait jaillir les émotions mauvaises. Si elle disparaissait, Attaroa serait délivrée du cauchemar. Avec la vivacité coutumière de son esprit malade, Attaroa commença à échafauder les plans de la destruction projetée, et son visage s'éclaira d'un sourire sournois.

— Eh bien, on dirait que le Zelandonii n'avait pas menti, en fin de compte ! déclara-t-elle. Tu es arrivée à temps. Nous pensions qu'il était venu voler notre viande, alors que nous en manquons cruellement. Chez les S'Armunaï, le vol est puni de mort. Il nous avait conté une histoire à propos d'une femme qui voyageait à dos de cheval, mais tu comprendras que c'était difficile à croire...

Attaroa remarqua alors que ses paroles n'étaient pas traduites. Elle s'arrêta net.

— S'Armuna ! aboya-t-elle. Tu ne parles pas mes mots.

S'Armuna était perdue dans la contemplation d'Ayla. Une des chasseresses revenue avec le premier groupe qui transportait Jondalar lui avait parlé d'une vision qu'elle avait eue pendant la chasse, et dont elle voulait connaître l'interprétation. Elle avait vu une femme se tenant sur le dos d'un des chevaux qu'elles poussaient vers le précipice. La femme luttait pour maîtriser l'animal, et avait finalement réussi à lui faire rebrousser chemin. Lorsque les chasseresses qui portaient le deuxième chargement de viande parlèrent d'une femme qui s'éloignait sur le dos d'un cheval au galop, S'Armuna s'était interrogée sur le sens de ces visions étranges et répétées.

Voilà quelque temps que de nombreux faits perturbaient Celle Qui Sert la Mère. Mais quand l'homme qu'on avait rapporté sembla surgi de son passé, et qu'il lui raconta l'histoire d'une femme à cheval, elle fut bouleversée. Ce devait être un signe, mais elle n'avait pas réussi à en déceler le sens. Ce signe revenait dans les visions collectives des chasseresses, et la femme qui venait d'entrer à cheval dans le Camp en décuplait la puissance. La vision avait jeté S'Armuna dans un trouble profond. Elle en avait oublié Attaroa. Mais elle entendit le reproche de la Femme Qui Ordonne et s'empressa de traduire.

— La mort pour un chasseur coupable d'avoir chassé n'est pas un châtiment que demande la Grande Mère de Toutes les Créatures, répliqua Ayla après avoir pris connaissance de la traduction.

Ayla avait saisi l'essentiel du discours d'Attaroa. Le s'armunaï était très proche du mamutoï, et elle en avait déjà appris les rudiments, mais elle s'exprimait plus facilement en zelandonii.

— La Mère recommande à Ses enfants de partager la nourriture et d'offrir l'hospitalité aux visiteurs, reprit-elle.

Ce fut quand elle parla en zelandonii que S'Armuna remarqua l'accent d'Ayla. Son zelandonii était parfait mais il y avait un petit quelque chose... mais ce n'était pas le moment de penser à cela. Attaroa attendait.

— Précisément, c'est pour cela que nous administrons le châtiment, expliqua Attaroa d'une voix suave, bien que la rage qu'elle tentait d'étouffer n'échappât ni à Ayla ni à S'Armuna. Il décourage le vol et permet qu'il y ait assez à partager. Mais comment une femme comme toi, si adroite avec ses armes, pourrait-elle comprendre nos difficultés ? Avant moi, les femmes n'avaient pas le droit de chasser, et la nourriture était rare. Nous avons toutes beaucoup souffert.

— Mais la Grande Terre Mère n'accorde pas que de la viande à Ses Enfants. Il y a bien ici des femmes qui connaissent la nourriture qui pousse de la terre et attend d'être cueillie, repartit Ayla.

— J'ai dû l'interdire ! Si elles avaient passé leur temps à la cueillette, elles n'auraient jamais appris à chasser.

— Alors tu es responsable de la pénurie, et celles qui t'ont suivie aussi. Et cela ne justifie pas le meurtre de ceux qui ne connaissent pas vos coutumes, s'offusqua Ayla. Tu as usurpé la place de la Mère. Elle rappelle à Elle Ses enfants quand Elle le décide. Tu n'as pas à te substituer à Son autorité.

— Chaque peuple possède ses coutumes et ses traditions. Lorsque leurs lois sont transgressées, le châtiment est quelquefois la mort, proclama Attaroa.

Ce qui n'était que trop vrai, Ayla l'avait appris à ses dépens.

— Mais pourquoi vos coutumes exigent-elles la mort pour ceux qui ne cherchent qu'à se nourrir ? demanda-t-elle. Les lois de la Mère prévalent contre toutes les coutumes. Elle exige le partage de la nourriture, et l'hospitalité pour les visiteurs. Tu es... tu es discourtoise et inhospitalière, Attaroa.

Discourtoise et inhospitalière ! Jondalar lutta pour ne pas éclater de rire. Meurtrière et inhumaine, oui ! Il avait assisté à la discussion, ébahi, et l'euphémisme d'Ayla lui avait arraché un sourire appréciateur. Il se souvenait du temps où elle ne comprenait pas la plaisanterie la plus simple, et savait encore moins jouer de l'insulte subtile.

Attaroa se contenait comme elle le pouvait, mais ne réussissait pas à masquer son agacement. Elle avait senti le tranchant de la critique « courtoise » d'Ayla. On venait de la réprimander comme une fillette ! Elle préférait de loin qu'on la traitât de cruelle. Une femme puissante et cruelle inspire la peur et le respect. La douceur de l'injure rendait Attaroa risible. Elle remarqua le sourire moqueur de Jondalar et lui jeta un regard furieux, certaine que tous ceux qui assistaient à la scène partageaient son ironie. Elle se jura de lui faire regretter son sourire, et à la femme aussi !

Ayla sembla rétablir son assiette sur Whinney, mais elle avait changé discrètement de pose pour empoigner plus solidement son propulseur.

— Je crois que Jondalar a besoin de ses vêtements, reprit-elle en soupesant négligemment sa sagaie. N'oublie pas sa pelisse, celle que tu portes. Et envoie quelqu'un dans ton foyer chercher sa ceinture, ses mitaines, son outre, son couteau et les outils qu'il avait sur lui.

Elle attendit la traduction de S'Armuna.

Attaroa serra les dents mais réussit à grimacer un sourire. Elle fit un signe à Epadoa. De sa main gauche, celle qui était valide, la femme qui commandait aux

Louves d'Attaroa ramassa les vêtements qu'elles avaient arrachés au géant au prix d'une lutte acharnée, et les jeta à ses pieds avant de pénétrer dans l'habitation.

— Tu as beaucoup voyagé, déclara la Femme Qui Ordonne d'un ton qui se voulait amical, pendant qu'ils attendaient le retour d'Epadoa. Tu dois être très fatiguée... Comment t'appelles-tu ? Ayla ?

La femme à cheval acquiesça, sans même attendre la traduction. Cette Femme Qui Ordonne ne s'embarrassait pas de présentations cérémonieuses. Décidément, elle manque de finesse, se dit-elle.

— Puisque tu en fais si grand cas, permets-moi de t'offrir l'hospitalité dans mon foyer. Vous habiterez tous les deux chez moi, n'est-ce pas ?

Avant que Jondalar ou Ayla aient pu répondre, S'Armuna s'interposa :

— La coutume veut que les visiteurs demeurent chez Celle Qui Sert la Mère. Vous êtes les bienvenus dans mon foyer.

Tout en écoutant Attaroa, et la traduction de S'Armuna, Jondalar avait enfilé ses jambières. Tant que sa vie était en danger, il n'avait pas eu conscience d'avoir froid, mais maintenant ses doigts gourds n'arrivaient pas à attacher ses lanières. Il avait retrouvé sa tunique avec plaisir, aussi déchirée fût-elle, et l'enfilait lorsque, intrigué par l'invitation inattendue de S'Armuna, il avait suspendu son geste et surpris le regard mauvais qu'Attaroa lançait à la chamane. Puis il s'était assis pour mettre à la hâte ses protège-pieds et ses bottes.

Attaroa fulminait, mais elle se contenta de répliquer :

— Dans ce cas, j'espère que tu daigneras partager mon repas, Ayla. Nous allons organiser un festin, et vous en serez, Jondalar et toi, les hôtes d'honneur. Nous avons fait une bonne chasse, et je ne veux pas te laisser partir sur une mauvaise impression.

Jondalar trouvait grotesques ses efforts d'amabilité, et n'avait aucune envie de partager son repas, ni de rester dans cet endroit un moment de plus, mais, avant qu'il ait pu exprimer son avis, Ayla avait répondu.

— Nous serons heureux d'accepter ton hospitalité, Attaroa. Quand aura lieu ce festin ? J'y apporterais volontiers ma contribution si la journée n'était pas si avancée.

— Il est tard, en effet, approuva Attaroa, et j'ai moi aussi des préparatifs à faire. Eh bien, nous festoierons demain, mais ce soir vous partagerez notre modeste repas, bien sûr.

— Non, je dois d'abord m'occuper de notre contribution au festin. Nous reviendrons demain, répondit Ayla, puis elle ajouta : Jondalar a besoin de sa pelisse. Il rendra la « cape » qu'il a empruntée, évidemment.

La femme ôta la pelisse et la tendit de mauvaise grâce au géant. Il sentit dessus son odeur avec dégoût mais il apprécia la chaleur de la fourrure. Frissonnant dans le vêtement léger qui lui restait, Attaroa grimaça un sourire démoniaque.

— Et le reste ? lui rappela Ayla.

Attaroa jeta un coup d'œil vers l'entrée de son foyer et fit signe à la femme qui s'y cachait. Epadoa sortit alors vivement et, la mine renfrognée, déposa les affaires de Jondalar à quelques pas de lui. Attaroa lui avait promis une partie du butin et Epadoa s'exécutait à contrecœur. Elle avait surtout lorgné sur le couteau, qu'elle trouvait magnifique.

Avec un sentiment de plaisir, Jondalar ceignit sa ceinture et y accrocha ses instruments. Il n'aurait jamais cru les revoir un jour. Il n'aurait jamais pensé non plus s'en tirer vivant. Ensuite, à la surprise générale, il se hissa sur le dos du cheval et s'assit en croupe derrière Ayla. Il n'était pas fâché de quitter ce Camp qu'il souhaitait ne jamais revoir. Ayla promena un regard circulaire pour s'assurer que personne n'empêcherait leur départ, et qu'aucune sagaie ne les menaçait. Satisfaite, elle fit exécuter un demi-tour à Whinney et la poussa au galop.

— Suis-les ! Ramène-les-moi ! Ils ne vont pas s'en tirer comme ça, hurla Attaroa à l'adresse d'Epadoa, avant de se précipiter dans son habitation, tremblante de froid et de rage.

Ayla maintint Whinney au galop, et ne ralentit l'allure qu'à une distance respectable. En arrivant dans un bois, en bas de la colline, près de la rivière, elle fit demi-tour et remonta le chemin qu'ils avaient descendu. Elle se dirigea vers son campement qui n'était en fait pas très éloigné du Camp des S'Armunaï. Une fois en lieu sûr, Jondalar prit vraiment conscience de la présence d'Ayla, et ces retrouvailles inespérées lui arrachèrent des larmes de gratitude. Il enlaça la taille de la jeune femme et la serra contre lui, ému de la caresse de ses cheveux contre sa joue, enivré par sa chaude senteur féminine.

— Tu es là ! J'ai peine à y croire. J'avais si peur que tu sois partie dans l'autre monde, murmura-t-il d'une voix très douce. Quel bonheur que tu sois là, je ne sais pas quoi dire.

— Oh, Jondalar, je t'aime tant !

Elle se serra contre lui, bouleversée d'amour et de tendresse.

— J'avais découvert des traces de sang, reprit-elle, et tout le temps que je suivais votre piste, je me demandais si tu étais encore en vie. Quand j'ai compris qu'on te portait, j'ai su que tu étais vivant, mais je pensais que tu étais blessé et que tu ne pouvais pas marcher. J'étais très inquiète. La piste était difficile à suivre et je perdais du terrain. Les chasseresses d'Attaroa sont très rapides, et elles avaient l'avantage de connaître le chemin.

— Tu es arrivée à temps. Il s'en est fallu d'un souffle.

— J'étais là depuis longtemps, rectifia Ayla.

— Vraiment ? Quand es-tu arrivée ?

— J'ai suivi de peu le deuxième groupe qui portait le chargement de viande. Au début, je les précédais tous les deux, mais le premier groupe m'a rattrapée après le passage de la rivière. Par chance j'ai surpris deux femmes allant à sa rencontre et je me suis cachée. J'ai attendu qu'elles me dépassent et je les ai suivies. Le deuxième groupe était plus proche que je ne l'avais cru et j'ai dû m'enfuir avec Whinney. Peut-être les chasseresses nous ont-elles aperçues de loin. Ensuite, je les ai suivies, en faisant très attention. Je n'avais pas envie qu'un autre groupe nous surprenne.

— Ah, cela expliquerait l'« événement » dont parlait Ardemun. Il disait que l'arrivée du deuxième chargement avait rendu les femmes nerveuses. Mais si tu étais déjà là, pourquoi avoir tant tardé à me délivrer ?

— Il fallait que j'attende le moment propice pour te sortir de cet endroit... comment l'appellent-elles ? L'Enclos ?

— C'est ça, acquiesça Jondalar. Mais tu n'avais pas peur d'être découverte ?

— N'oublie pas que j'ai observé de vrais loups jusque dans leur tanière. A côté, les Louves d'Attaroa sont bien bruyantes et faciles à éviter. J'étais assez près pour les entendre parler. Il y a un monticule sur la colline, derrière les habitations. De là, on peut observer tout le Camp et on a une vue plongeante sur l'Enclos. Si tu lèves la tête, tu peux apercevoir trois gros rochers blancs alignés en haut de la colline.

— Oui, je les avais remarqués. Si j'avais su que tu étais cachée là, les regarder m'aurait redonné espoir.

— J'ai entendu des femmes les appeler les Trois Filles, à moins que ce ne soit les Trois Sœurs.

— Leur campement s'appelle le Camp des Trois Sœurs, précisa Jondalar.

— Ah, je ne comprends pas encore très bien leur langue.

— Tu en as appris plus que moi. Tu as étonné Attaroa quand tu lui as parlé en s'armunaï.

— Le s'armunaï ressemble tellement au mamutoï que je n'ai eu aucun mal à le comprendre.

— Je n'avais pas pensé à demander comment s'appelaient les rochers blancs. C'est pourtant évident qu'un point remarquable porte un nom.

— Toute cette hauteur peut servir de point de repère. On l'aperçoit de loin, on dirait un animal qui dort, même d'ici. Tu vas voir, il y a un endroit d'où on a une vue magnifique.

— La colline aussi doit avoir un nom, d'autant que c'est un bon terrain de chasse. Je n'en ai vu qu'une petite partie en allant à des funérailles. Il y a eu deux cérémonies pendant que j'étais prisonnier. A la première, ils ont enterré trois jeunes gens, raconta Jondalar en baissant la tête pour éviter une branche d'arbre.

— Je t'ai suivi à la deuxième. J'espérais en profiter pour te délivrer, mais tu étais trop surveillé. Je t'ai vu trouver le silex et montrer à tous comment se servir d'un propulseur. Mais je devais attendre le moment propice. Je suis désolée d'avoir été si longue.

— Comment as-tu su pour le silex ? Nous avons été très prudents.

— Oui, mais je t'observais tout le temps. Les Louves sont incapables de surveiller qui que ce soit. Tu t'en serais aperçu si le silex ne t'avait pas distrait, et tu aurais trouvé un moyen de t'enfuir. D'ailleurs, elles ne savent pas non plus chasser.

— Si tu considères qu'elles ne connaissaient rien à la chasse, elles ne se sont pas mal débrouillées, protesta Jondalar. Attaroa prétend qu'elles ne savaient même pas utiliser une sagaie, et qu'elles étaient obligées de poursuivre leurs proies à la course.

— Elles perdent leur temps à aller jusqu'à la Grande Rivière Mère pour forcer les chevaux à sauter dans le ravin. La chasse est meilleure par ici. Les animaux qui suivent la rivière sont obligés de franchir un étroit défilé entre l'eau et la montagne. Et on peut les voir venir de loin.

— Oui, je m'en suis aperçu lors des premières funérailles. L'endroit où l'on a creusé la tombe ferait un bon poste d'observation, et j'ai d'ailleurs remarqué des traces de feux qui ont dû servir à envoyer des signaux. Mais je ne sais pas quand ce système a été abandonné. En tout cas, il restait encore beaucoup de cendres.

— Au lieu de construire un enclos pour les hommes, elles auraient pu en bâtir un autre et y pousser des animaux. Elles n'avaient pas besoin de sagaies pour forcer les bêtes à entrer dans l'enclos, assura Ayla en faisant stopper Whinney. Voilà, c'est ici, fit-elle en désignant les roches calcaires qui se découpaient à l'horizon.

— C'est vrai qu'on dirait un animal endormi, approuva Jondalar. Tiens, regarde, on distingue même les rochers blancs, les Trois Sœurs.

Ils chevauchèrent quelque temps en silence.

— Si c'est si facile de s'évader de l'Enclos, dit soudain Jondalar, pourquoi les hommes restent-ils prisonniers ?

— Je ne suis pas sûre qu'ils aient vraiment essayé, répondit Ayla. C'est peut-être pour cela que les Louves ont relâché leur surveillance. Mais elles sont nombreuses, même parmi les chasseresses, à ne plus vouloir que les hommes soient enfermés. Seulement tout le monde craint Attaroa. Voilà où j'ai campé, dit-elle en s'arrêtant.

Comme pour confirmer ses dires, Rapide, attaché à un arbre à l'orée d'une petite clairière, hennit en les entendant approcher. La nuit, Ayla déballait le minimum de matériel et rangeait tout sur le dos de Rapide au petit matin, prête à un départ précipité.

— Oh, tu as réussi à sauver les deux chevaux ! s'exclama Jondalar. Je n'osais pas te le demander. Dans la dernière vision dont je me souvienne, avant de recevoir un coup sur la tête, tu chevauchais Rapide et tu avais du mal à le maîtriser.

— Oui, j'avais besoin de m'habituer aux rênes. Le vrai problème, c'était l'autre étalon. Mais il est mort, et je ne le regrette pas. Tout de suite après, Whinney a répondu à mon sifflement.

Rapide montra sa joie de retrouver Jondalar. Il baissa la tête, puis la releva et l'agita en guise de salut. Il aurait couru à sa rencontre s'il n'avait été retenu par sa longe. Oreilles en avant, queue dressée, l'étalon hennit en voyant l'homme approcher. Jondalar lui offrit une main qu'il fouina des naseaux. Il regarda le cheval comme un ami qu'on avait cru mort, le caressa, le flatta tout en lui parlant avec affection.

Il se résolut enfin à poser la question qui lui brûlait la langue.

— Qu'est devenu Loup ?

Ayla sourit, et perça l'air d'un sifflement familier. Aussitôt, Loup accourut d'un fourré en bondissant, si content de retrouver Jondalar qu'il ne tenait pas en place. Il se précipita vers lui en remuant la queue et poussa des petits cris joyeux avant de sauter sur lui et de labourer ses épaules de ses pattes, tout en léchant son visage à grands coups de langue. Jondalar empoigna la bête par la fourrure de son cou comme il avait vu Ayla le faire si souvent, le secoua gentiment, et appuya son front contre sa tête.

— C'est la première fois qu'il fait cela avec moi, s'étonna Jondalar.

— Tu lui as manqué, assura Ayla. Je crois qu'il avait autant envie de te retrouver que moi, et sans lui, je ne suis pas sûre que j'aurais pu suivre ta piste. Nous sommes assez loin de la Grande Rivière Mère, et nous avons traversé des terrains caillouteux où les pas ne laissent pas d'empreintes. Son flair nous a sauvés, affirma-t-elle en caressant le loup.

— Il a attendu tout ce temps-là dans ce fourré sans broncher ? Ça n'a pas dû être facile de le dresser à accepter une chose pareille. Pourquoi l'as-tu fait ?

— Il a bien fallu. Quelqu'un aurait pu venir, et je ne voulais pas qu'on le découvre. N'oublie pas qu'on mange de la viande de loup par ici.

— De la viande de loup ? Mais qui ?

— Attaroa et ses chasseresses.

— Elles sont affamées à ce point ?

— Au début, peut-être. Et puis c'st devenu une sorte de rituel. Je les ai surprises une nuit. Elles accueillaient une nouvelle initiée dans leur bande de Louves, en secret des autres femmes. La cérémonie avait lieu à l'écart du Camp, dans un endroit réservé. Elles avaient enfermé un loup dans une cage, et elles l'ont tué pour l'occasion. Je les ai vues le dépecer, le faire cuire et le manger. Elles s'imaginent acquérir sa force et ses qualités de chasseur en mangeant sa chair. Elles ont encore beaucoup à apprendre !

Jondalar commençait à comprendre l'origine du mépris d'Ayla pour les Louves et leurs qualités de chasseresses. Leurs rites initiatiques représentaient une menace pour Loup.

— Alors, tu as dressé Loup à rester tapi dans les fourrés en attendant ton signal ? C'est un nouveau sifflement, non ?

— Oui, je te l'apprendrai. Il n'empêche que je me fais du souci pour lui. Pour Whinney et Rapide aussi. D'après ce que j'ai vu, les chasseresses d'Attaroa ne tuent que des loups et des chevaux, expliqua Ayla en regardant les animaux avec affection.

— Tu en as appris long sur leur compte, remarqua Jondalar.

— Il le fallait bien si je voulais te faire évader. Mais tu as raison, j'en ai peut-être trop appris.

— Trop ? Que veux-tu dire ?

— Lorsque je t'ai retrouvé, je ne pensais qu'à une chose : te sortir de cet endroit et partir au plus vite. Maintenant c'est impossible.

— Pourquoi est-ce impossible ? s'inquiéta Jondalar.

— Nous ne pouvons pas abandonner les enfants à leur sort. Les hommes non plus, d'ailleurs. Nous devons les arracher à cet Enclos.

Jondalar avait déjà vu cet air décidé, et l'entêtement d'Ayla l'inquiétait.

— Il n'est pas question de rester, c'est trop dangereux, protesta-t-il. Et pas seulement pour nous, pense aux cibles faciles que feraient Whinney et Rapide. Ils ne s'enfuient pas à l'approche des humains. Et tu n'aimerais pas voir les crocs de Loup suspendus au cou d'Attaroa, j'en suis sûr. Moi aussi, je voudrais bien aider ces gens, Ayla. J'ai vécu dans cet Enclos, et je sais de quoi je parle. Personne ne devrait vivre dans des conditions pareilles, surtout pas des enfants. Mais qu'y pouvons-nous ? Nous ne sommes que deux.

Il voulait vraiment aider les malheureux, mais il craignait qu'Attaroa ne se vengeât sur Ayla. Il avait déjà cru l'avoir perdue, il refusait le risque de la perdre pour de bon. Il chercha désespérément un argument qui la ferait changer d'avis.

— Nous ne sommes pas seuls, Jondalar. Et nous devons absolument trouver un moyen de sauver les S'Armunaï... J'ai l'impression que S'Armuna compte sur notre retour, reprit-elle après réflexion. C'est pour ça qu'elle nous a offert l'hospitalité. Demain, nous irons à leur fête.

— Méfie-toi. Attaroa a déjà utilisé le poison. Si nous retournons là-bas, nous n'en repartirons peut-être jamais plus.

— Je sais, mais il le faut. Pour les enfants. Nous ne mangerons que la nourriture que j'apporterai, et seulement si nous ne la perdons pas de vue. Crois-tu que nous devrions changer de campement ou non ? J'ai beaucoup à faire avant demain.

— Changer de campement ne changera rien, elles retrouveront nos traces. Nous devons partir tout de suite, supplia Jondalar en lui étreignant les mains.

Il dévisageait Ayla intensément, comme s'il voulait la persuader par la seule force de son regard. Finalement, il y renonça, sachant que sa décision était prise et qu'il serait à ses côtés pour l'aider. Au plus profond de son cœur, il avait envie de sauver ses nouveaux amis, mais il devait d'abord se convaincre qu'il ne pouvait pas empêcher Ayla de rester. Il se jura de ne laisser personne lui faire de mal.

— Très bien, concéda-t-il. J'avais dit aux hommes que tu ne tolérerais jamais qu'on traite quiconque de la sorte, mais je ne pense pas qu'ils m'aient cru. Nous aurons besoin d'aide pour les sortir de l'Enclos. J'avoue que l'invitation de S'Armuna m'a surpris. Ce ne doit pas être dans ses habitudes. Son foyer est petit et à l'écart des autres, il n'est pas prévu pour recevoir des hôtes. Qu'est-ce qui te fait croire qu'elle souhaite notre retour ?

— Parce qu'elle a interrompu Attaroa pour nous inviter, et que la Femme Qui Ordonne en a été contrariée. Est-ce que tu fais confiance à S'Armuna ?

Jondalar réfléchit.

— Je me le demande. J'ai plus confiance en elle qu'en Attaroa, mais ça ne veut rien dire. Sais-tu que S'Armuna a connu ma mère ? Elle a vécu dans la Neuvième Caverne quand elle était jeune, et elle était amie avec Marthona.

— Ah, c'est donc pour cela qu'elle parle si bien ta

langue ! Mais si elle connaissait ta mère, pourquoi n'a-t-elle rien fait pour toi ?

— Je me suis posé la question. Peut-être ne le voulait-elle pas. Je pense qu'il s'est passé quelque chose entre ma mère et elle. Je ne me souviens pas que Marthona m'ait parlé de quelqu'un qui serait venu vivre avec eux dans sa jeunesse. J'ai mon idée sur S'Armuna. Elle a soigné ma blessure, et bien qu'elle ne se soit jamais donné cette peine pour d'autres, j'ai le sentiment qu'elle est prête à en faire davantage. Mais Attaroa ne le permettra jamais.

Ils déchargèrent Rapide et installèrent leur campement, aussi peu tranquilles l'un que l'autre. Jondalar alluma le feu pendant qu'Ayla préparait le dîner. Jondalar devait être affamé après son séjour dans l'Enclos, et elle décida d'augmenter les portions. Dès qu'il aurait avalé quelques bouchées, l'appétit lui reviendrait.

Jondalar s'accroupit près du feu et contempla la femme qu'il chérissait. Puis il s'approcha d'elle.

— Femme, avant que tu ne sois trop occupée, dit-il en l'enlaçant, j'ai salué un cheval et un loup, mais je n'ai pas encore salué comme elle le mérite celle qui compte le plus pour moi.

Ayla lui sourit avec amour.

— Je ne suis jamais trop occupée pour toi, affirma-t-elle.

Il se pencha pour baiser ses lèvres, d'abord doucement, puis le souvenir des jours passés à craindre de l'avoir perdue lui revint.

— J'ai cru ne jamais te revoir, avoua-t-il dans un sanglot en la serrant contre son cœur. J'ai cru que tu étais morte. Aucun des supplices d'Attaroa n'aurait pu être pire que de te savoir morte.

Il la serra à l'étouffer, elle ne chercha pas à se dégager. Il baisa sa bouche, son cou et ses mains retrouvèrent vite les moindres détails de son corps qu'elles connaissaient si bien.

— Jondalar, je suis sûre qu'Epadoa est sur nos traces...

Le souffle court, il relâcha son étreinte.

— Tu as raison, ce n'est pas le moment. Si les Louves nous surprenaient, nous ferions une proie facile.

Il se reprochait son abandon et voulut se justifier.

— C'est que... tu comprends, j'ai eu si peur de te perdre. D'être ici avec toi, c'est... c'est comme un Don de la Mère, et... et j'ai eu envie de L'honorer tout de suite.

Ayla se serra contre lui, cherchant à lui signifier qu'elle ressentait le même désir. Elle nota qu'il n'avait jamais éprouvé le besoin de justifier son désir auparavant. Mais elle ne voulait pas d'explication. Elle aussi luttait pour ne pas se laisser aller à oublier le danger qui les guettait.

— Jondalar... murmura-t-elle, vaincue par le désir. Après tout, nous avons beaucoup d'avance sur Epadoa, il lui faudra du temps pour nous retrouver... et Loup nous préviendra...

Jondalar la regarda, saisissant peu à peu l'invitation. Son visage soucieux se détendit et ses yeux bleus brillèrent de désir.

— Ayla, tu es ma femme, ma femme merveilleuse que j'aime tant ! murmura-t-il d'une voix rauque.

Aussi brefs que furent leurs ébats, l'intensité en avait été telle qu'il fallut du temps à Ayla pour s'en remettre. Lorsque Jondalar, craignant de l'écraser sous le poids de son corps, se dégagea et roula sur le côté, elle ressentit un inexplicable sentiment de perte, et regretta qu'ils ne pussent rester ainsi soudés l'un à l'autre. D'une certaine manière, il la complétait, et la vive conscience d'avoir failli le perdre, sa douloureuse absence, l'envahirent d'une émotion si poignante que ses yeux s'emplirent de larmes.

Jondalar vit une perle transparente surgir au coin de l'œil d'Ayla, et couler le long de sa joue dans l'oreille. Il s'accouda et observa la jeune femme.

— Que se passe-t-il, Ayla ? s'inquiéta-t-il.

— Rien, je suis heureuse d'être avec toi, assura-t-elle alors qu'une autre larme perlait sous sa paupière.

Jondalar effleura la goutte du bout du doigt et goûta le liquide salé.

— Si tu es heureuse, pourquoi pleures-tu? demanda-t-il, bien qu'il devinât la réponse.

Incapable d'articuler un mot, elle secoua la tête en silence. Il constata en souriant qu'elle partageait son bonheur d'être ensemble de nouveau. Il se pencha pour déposer un baiser sur ses yeux gonflés, sur sa joue, sur sa bouche.

— Je t'aime, moi aussi, murmura-t-il à son oreille.

Une légère secousse souleva sa verge, et il regretta de ne pouvoir recommencer une deuxième fois, mais Epadoa était sur leurs traces, et elle ne tarderait pas à les retrouver.

— Il y a un cours d'eau tout près d'ici, déclara Ayla. J'ai besoin de me laver. J'en profiterai pour remplir les outres.

— Veux-tu que je t'accompagne? proposa l'homme, à la fois pour rester encore avec elle, mais aussi pour la protéger.

Ils ramassèrent leurs habits et leurs bottes, prirent les outres, et marchèrent jusqu'à un ruisseau assez large, où un mince filet d'eau avait échappé à l'étreinte de la glace. Le contact de l'eau gelée fit frissonner Jondalar qui ne se serait jamais lavé dans un froid pareil si Ayla n'avait pas été là. Quelle que fût la température de l'eau, elle éprouvait toujours le besoin de se laver après avoir partagé les Plaisirs. Il n'ignorait pas que cela faisait partie des rituels du Clan que sa mère adoptive lui avait enseignés, même si Ayla invoquait maintenant plus volontiers la Mère en marmonnant des phrases en mamutoï.

Ils remplirent les outres, et en rentrant au campement, Ayla se souvint de la scène qu'elle avait surprise juste avant qu'on ne coupât les lanières de vêtements de Jondalar.

— Pourquoi as-tu refusé de t'accoupler avec Attaroa? demanda-t-elle alors. Tu as blessé sa fierté devant tout son peuple.

— J'ai ma fierté, moi aussi. Personne ne m'obligera à partager le Don de la Mère. Et d'ailleurs, ça n'aurait rien changé. Elle avait déjà l'intention de me transformer en cible avant mon refus, j'en suis sûr. Mais je crois que c'est toi qui devrais te méfier. « Discourtoise et inhospitalière »... pouffa-t-il, avant de redevenir plus sérieux. Elle te hait. Si elle en a l'occasion, elle nous tuera tous les deux.

30

Cette nuit-là, Ayla et Jondalar ne dormirent que d'un œil, prêts à se relever au moindre bruit. Ils avaient attaché les chevaux à proximité et Ayla garda Loup près d'elle, sachant qu'il la préviendrait à la première alerte. Mais son sommeil fut peuplé de rêves menaçants, chaotiques et sans avertissement ni message clair. Loup revenait dans chacun d'eux.

Elle se réveilla avec les premières lueurs du jour qui filtraient à travers les branches dénudées des saules et des bouleaux. Il faisait encore sombre dans le vallon encaissé, mais peu à peu l'aube naissante lui permit de distinguer les aiguilles épaisses des épicéas et celles plus longues des pins de pierre. Une neige poudreuse était tombée pendant la nuit, recouvrant les résineux, les broussailles, l'herbe et les fourrures de couchage d'une fine pellicule blanche. Ayla était bien au chaud dans la fourrure.

Elle avait presque oublié le plaisir de sentir Jondalar dormir à ses côtés, et elle traîna encore un peu dans sa couche pour profiter de sa présence. Mais ses pensées la tourmentaient. Il fallait qu'elle s'occupe de ce qu'elle apporterait à la fête. Lorsqu'elle voulut se glisser hors de la fourrure, elle sentit le bras de Jondalar la retenir.

— Pourquoi te lever si tôt ? demanda-t-il en picorant son cou de baisers légers. Il y a si longtemps que je ne t'ai pas eue près de moi, je ne veux pas que tu partes.

— Je n'ai pas envie de me lever, dit-elle en se pelotonnant contre lui. Il fait froid et j'aimerais mieux rester dans les fourrures avec toi, mais je dois préparer les mets que nous apporterons à la fête d'Attaroa, et aussi ton repas du matin. Tu n'as pas faim ?

— Si, maintenant que tu en parles, je pourrais manger un cheval entier, proclama-t-il l'œil rivé sur Whinney et Rapide.

— Oh, Jondalar ! s'exclama Ayla, choquée.

— Non, pas un des nôtres, rassure-toi. Tu sais, je ne mangeais que ça dernièrement... quand je mangeais. Il fallait que je sois affamé pour pouvoir avaler de la viande de cheval. Quand on a faim, on dévorerait n'importe quoi, et il n'y a aucun mal à ça.

— Je sais, mais tu n'as plus besoin d'en manger, maintenant.

Ils restèrent quelques instants blottis l'un contre l'autre. Puis, Ayla rejeta les fourrures et se leva.

— Le feu s'est éteint, annonça-t-elle. Si tu le rallumes, je préparerai notre infusion. Nous aurons besoin d'un bon feu aujourd'hui, et de beaucoup de bois.

La veille, pour leur repas, Ayla avait confectionné une soupe épaisse avec de la viande de bison et des racines séchées, en y ajoutant quelques pignons, mais Jondalar n'avait pas réussi à tout manger. Après avoir mis le reste de côté, elle avait pris un plein panier de petites pommes, à peine plus grosses que des cerises, qu'elle avait cueillies en pistant Jondalar. Les pommes gelées se balançaient aux branches dénudées d'un arbre nain sur le versant sud d'une colline. Elle avait coupé les petites pommes durcies en deux, les avait épépinées et bouillies avec des gratte-culs, et avait laissé reposer le mélange près du feu pendant la nuit. Au petit matin, le liquide refroidi et épaissi par la pectine naturelle avait pris la consistance de la gelée, parsemée de petits morceaux de pommes caoutchouteux.

Avant de préparer l'infusion matinale, Ayla ajouta un peu d'eau dans le restant de soupe, mit des pierres à chauffer pour cuire leur repas et goûta la gelée de pommes. Le gel avait estompé l'acidité aigrelette des petites pommes et l'ajout de gratte-culs avait donné au mélange une coloration rougeâtre et une douce saveur piquante. Elle en servit un bol à Jondalar pour accompagner sa soupe.

— Je n'ai jamais rien mangé d'aussi bon ! s'exclama-t-il après la première bouchée. Qu'est-ce qui donne tant de goût ?

— La faim.

— Oui, tu as sans doute raison, marmonna-t-il la bouche pleine. J'ai de la peine pour ceux qui sont restés dans l'Enclos.

— Personne ne devrait avoir faim quand la nourriture abonde, s'enflamma Ayla. En temps de disette, c'est différent.

— Ça arrive parfois à la fin d'un hiver particulièrement rigoureux. As-tu déjà souffert de la faim ?

— Il m'est arrivé de sauter quelques repas, mais quand on sait chercher, on trouve de quoi manger... à condition d'être libre de ses mouvements.

— J'ai vu des gens mourir de faim parce qu'ils n'avaient plus de provisions et ne savaient pas où s'en procurer d'autres. Mais toi, tu sais toujours. Comment peux-tu savoir tant de choses ?

— C'est Iza qui me les a apprises, mais tout ce qui pousse m'a toujours intéressée. Je crois qu'avant d'être recueillie par Iza je suis presque morte de faim. Mais j'étais trop petite et je ne me souviens plus très bien. Iza disait qu'elle n'avait jamais connu personne qui apprenait aussi vite où trouver à manger, ajouta-t-elle avec un sourire ému. Surtout quand on considère que je n'étais pas née avec la mémoire du Clan. Elle prétendait que c'était la faim qui m'avait appris.

Après avoir dévoré une deuxième portion de nourriture, Jondalar regarda Ayla trier soigneusement ses réserves de provisions et commencer les préparatifs du mets qu'elle souhaitait cuisiner pour la fête. Elle s'était longuement demandé dans quel récipient elle pourrait faire cuire une quantité suffisante d'ingrédients pour le Camp des S'Armunaï tout entier. En effet, ils avaient laissé le plus gros de leur matériel dans la cachette, au milieu des épineux, et n'avaient emporté que l'essentiel.

Elle répartit le contenu de leur outre la plus grosse

dans divers bols et récipients, et sépara ensuite la poche de la peau de bête qui la recouvrait, et qui avait été cousue avec la fourrure à l'intérieur. La poche elle-même provenait d'un estomac d'aurochs et n'était pas totalement étanche, mais ne suintait que très peu. Les poils de la peau absorbaient l'humidité, ce qui laissait l'extérieur relativement sec. Elle fendit le haut de la poche et la fixa sur un cadre de bois avec les tendons qu'elle conservait avec ses outils à couture. Elle remplit d'eau le récipient ainsi obtenu et attendit qu'une fine pellicule d'humidité apparût à la surface.

Le grand feu que Jondalar avait allumé plus tôt avait donné suffisamment de braises incandescentes pour qu'elle pût déposer son nouveau récipient directement dessus, gardant de l'eau à portée de la main pour compenser la perte de liquide due à l'évaporation. En attendant que l'eau bouille, Ayla commença à tisser un panier avec des rameaux de saule et des tiges d'herbe que la neige avait ramollies.

Lorsque l'eau parvint à ébullition, Ayla y émietta de la viande maigre séchée et des galettes riches en graisse. Elle ajouta dans le bouillon un mélange de céréales. Elle comptait l'enrichir de racines séchées — carottes sauvages, arachides — ainsi que de cosses de légumineuses, de groseilles et d'airelles séchées. Elle l'épiça ensuite avec un choix d'herbes, pas-d'âne, ail-des-ours, basilic, oseille, reine-des-prés, et ajouta une pincée du précieux sel qu'elle avait réussi à garder depuis la Réunion d'Eté des Mamutoï, à l'insu de Jondalar.

Jondalar s'activait autour du campement. Il ramassait du bois, allait chercher de l'eau, cueillait des herbes et coupait des rameaux de saule pour les paniers qu'Ayla tressait. Il était si heureux d'être avec elle qu'il ne pouvait la quitter des yeux, et Ayla était heureuse de le sentir près d'elle. Mais lorsqu'il remarqua la quantité de nourriture qu'elle puisait dans leur réserve, il commença à s'inquiéter. Le jeûne forcé qu'il venait de subir avait aiguisé son angoisse de la disette.

— Ayla, tu te rends compte de tout ce que tu as utilisé ? Si tu continues, nous allons manquer de vivres !

— Je veux que tout le Camp d'Attaroa ait à manger,

hommes et femmes. Qu'ils sachent les réserves qu'ils pourraient avoir s'ils travaillaient ensemble.

— Dans ce cas, je prends mon propulseur et je vais voir si je trouve de la viande, déclara-t-il.

Elle lui jeta un coup d'œil surpris. Jusqu'à présent, ils avaient surtout vécu sur la nourriture qu'ils glanaient en route, et quand ils piochaient dans leurs réserves, c'était davantage par commodité que par nécessité. En outre, la plus grosse partie des vivres était restée avec la tente, près de la rivière. Elle l'observa attentivement, et s'aperçut seulement à quel point il avait maigri. Elle commença à cerner l'explication de son comportement inhabituel.

— C'est une excellente idée, approuva-t-elle. Emmène donc Loup avec toi. Il t'aidera à débusquer le gibier, et il te préviendra s'il renifle une présence humaine. Je suis certaine qu'Epadoa et les Louves d'Attaroa nous recherchent.

— Si Loup m'accompagne, qui t'avertira ?

— Whinney. Elle sent quand un étranger approche. Ne t'absente pas trop longtemps, j'aimerais partir dès que le mets sera prêt.

— Ce sera long ? demanda-t-il d'un air tourmenté.

— Non, je ne crois pas. Mais je n'ai pas l'habitude de cuisiner pour autant de personnes, alors je ne sais pas exactement.

— Bon, il vaut mieux que j'attende. Je chasserai plus tard.

— Comme tu voudras. Si tu restes ici, pourrais-tu me rapporter encore du bois ?

— J'y vais. Et ensuite j'emballerai le matériel pour que nous puissions partir dès que tu auras terminé.

Le mets fut plus long à préparer qu'Ayla ne l'avait pensé et, vers le milieu de la matinée, Jondalar partit finalement avec Loup en reconnaissance, davantage soucieux de s'assurer qu'Epadoa n'était pas dans les parages que de tuer du gibier. Loup le suivit avec un tel empressement... après avoir reçu l'autorisation d'Ayla, que Jondalar s'en étonna. Il avait toujours considéré l'animal comme appartenant à Ayla, et ne pensait jamais à l'emmener avec lui. Loup s'avéra un bon compagnon et leva effectivement un lapin que Jondalar décida de lui abandonner.

A son retour, Ayla lui offrit une copieuse portion du délicieux brouet qu'elle avait cuisiné pour le Camp. D'habitude, ils ne prenaient jamais plus de deux repas par jour, mais dès qu'il sentit le fumet appétissant, il se rendit compte qu'il avait encore faim. Ayla se servit une petite part et en donna aussi à Loup.

A la mi-journée, ils purent enfin se mettre en route. Pendant la cuisson de son plat, Ayla avait tressé deux paniers en forme de bol, profonds et de bonne taille, l'un plus grand que l'autre. Elle avait rempli les deux récipients du brouet riche et épais, et y avait même ajouté des pignons du pin de pierre. Elle savait qu'après leur régime à base de viande maigre, ceux du Camp apprécieraient un repas riche en huile et en graisse. Elle pressentait aussi, sans en connaître les explications diététiques, que cette nourriture était la plus appropriée en hiver, pour la chaleur et l'énergie qu'elle permettait d'emmagasiner. Elle avait enrichi son brouet de céréales pour que tous fussent rassasiés et satisfaits.

Pour recouvrir les bols débordants, Ayla utilisa en guise de couvercles des paniers à fond plat renversés. Ensuite, elle hissa le tout sur le dos de Whinney, dans des sacoches qu'elle avait confectionnées à la hâte avec des rameaux de saules et des tiges d'herbe. Ils rejoignirent le Camp des S'Armunaï par un chemin différent de celui qu'ils avaient emprunté à l'aller. Tout en chevauchant de conserve, ils se demandaient où laisser les chevaux une fois arrivés.

— Nous pouvons les cacher dans les bois, près de la rivière, suggéra Jondalar. Nous les attacherons à un arbre, et nous finirons la route à pied.

— Non, je ne veux pas les attacher, protesta Ayla. Si les chasseresses d'Attaroa les trouvaient, ils feraient des cibles trop faciles. Libres, ils auraient une chance de s'enfuir, et pourraient accourir à notre appel. Je préfère les avoir près de nous, bien en vue.

— Dans ce cas, il y a le pré qui jouxte le Camp. Les chevaux sont habitués à rester là où ils ont de quoi brouter. Sans compter que si nous arrivons tous les deux à cheval, nous produirons sûrement une forte impression sur Attaroa et les S'Armunaï. Tout le monde croit qu'il faut des pouvoirs surnaturels pour maîtriser un cheval, et tant qu'ils ont peur, cela nous donne un avantage. Et nous en aurons besoin, nous ne sommes que deux.

— C'est vrai, admit Ayla à contrecœur.

Elle s'inquiétait pour les chevaux, et répugnait à profiter des peurs irrationnelles des S'Armunaï. Elle avait l'impression de tricher. Mais leur vie était en jeu, de même que celle des enfants et des hommes de l'Enclos.

La situation était délicate. Ayla devait choisir entre deux maux. Elle avait été la première à insister pour revenir au secours de ceux de l'Enclos, même au péril de leur vie, mais il lui fallait combattre son exigence de sincérité. Elle devait choisir le moindre mal et s'adapter. Sinon, ils n'auraient aucune chance de sauver les enfants et les hommes du Camp, ni eux-mêmes, de la folie d'Attaroa.

— Ayla, murmura Jondalar. Ayla ? répéta-t-il devant son silence.

— Hein... oui ?

— Je te demandais ce que tu comptais faire de Loup. Penses-tu l'emmener au Camp ?

Ayla prit le temps de réfléchir.

— Non, je ne crois pas. Elles savent pour les chevaux, mais pas pour le loup, et vu ce qu'elles font des loups, je n'ai pas envie qu'elles l'approchent trop. Je lui dirai de rester caché. Il m'écoutera, s'il peut m'apercevoir de temps en temps.

— Mais où ? Les environs du Camp sont à découvert.

— Loup restera là où je m'étais postée pour t'observer. On y parvient en contournant la colline. Il y a un cours d'eau bordé d'arbres et de fourrés dans la montée. Tu pourras m'y attendre avec les chevaux. Ensuite, nous ferons un détour pour arriver au Camp par une autre direction.

Personne ne vit les deux cavaliers sortir du bois. Les premières qui aperçurent l'homme et la femme à cheval traverser le pré au petit galop eurent l'impression d'une apparition soudaine. Lorsqu'ils atteignirent l'habitation d'Attaroa, tous ceux qui pouvaient aller librement à l'intérieur du Camp s'étaient rassemblés. Les hommes, agglutinés derrière l'Enclos, les observaient par les plus petites fentes de la palissade.

Attaroa, campée sur ses jambes écartées, les mains sur les hanches, les attendait dans sa pose préférée. Bien qu'elle s'efforçât de le cacher, elle était très troublée de les revoir. Les rares fois où quelqu'un avait réussi à lui échapper, il s'était enfui sans demander son reste. Personne n'était encore revenu de son plein gré. Quel pouvoir possédaient ces deux-là pour avoir l'audace de se représenter devant elle ? Inquiète des éventuelles représailles de la Grande Mère et de Son monde des esprits, Attaroa s'interrogeait sur la signification du retour de la femme énigmatique et du géant. C'est pourtant d'une voix ferme qu'elle les accueillit.

— Ainsi, vous avez décidé de revenir ? fit-elle simplement en faisant signe à S'Armuna de traduire.

Jondalar crut déceler de la surprise sur le visage de la chamane, et aussi du soulagement. Avant de traduire, elle s'adressa directement aux deux cavaliers.

— Quoi qu'elle vous promette, je te conseille de ne pas rester dans son foyer, fils de Marthona. Mon invitation tient toujours pour tous les deux, ajouta-t-elle avant de leur transmettre les propos d'Attaroa.

La Femme Qui Ordonne la lorgna, persuadée qu'elle n'avait pas simplement traduit ses paroles.

— Mais pourquoi ne serions-nous pas revenus, Attaroa ? N'étions-nous pas conviés à un festin donné en notre honneur ? s'étonna Ayla. Nous avons d'ailleurs apporté notre contribution.

Pendant la traduction, Ayla se laissa glisser de cheval, et prit le plus gros récipient qu'elle déposa entre Attaroa et S'Armuna. Elle souleva le couvercle tressé, et aussitôt s'éleva un arôme délicieux que tout le monde huma en salivant. On avait rarement eu l'occasion d'être pareillement traité ces dernières années, et surtout en hiver. Même Attaroa en resta interdite.

— On dirait qu'il y en a pour tout le monde, fit-elle.

— Celui-ci est pour les femmes et les enfants, rectifia Ayla, avant de soulever le couvercle de l'autre récipient que Jondalar venait de déposer à côté du premier. Et celui-là est pour les hommes.

Un murmure s'éleva de l'Enclos, auquel s'ajoutèrent les cris de surprise des femmes, accourues de leurs foyers. Attaroa fulminait.

— Que veux-tu dire, pour les hommes ?

— Lorsque le chef d'un Camp organise un festin en l'honneur de visiteurs, tout le monde est convié, sans doute ? J'ai cru que tu commandais au Camp tout entier, et que je devais apporter assez pour tous. Ne commandes-tu pas au Camp tout entier ?

— Si, évidemment, bégaya Attaroa, prise de court.

— Si le festin n'est pas prêt, je vais mettre ces jattes à l'intérieur pour éviter qu'elles ne gèlent, déclara Ayla qui s'avança vers S'Armuna en portant la plus grande, pendant que Jondalar se chargeait de l'autre.

— Je vous ai invités dans mon foyer, l'arrêta Attaroa, qui avait recouvré ses esprits.

— Oui, mais tu es sûrement très prise par tous ces préparatifs, et je ne voudrais pas abuser de l'hospitalité de la Femme Qui Ordonne de ce Camp. Il est préférable que nous nous installions chez Celle Qui Sert la Mère.

— C'est la coutume, Attaroa, ajouta S'Armuna après lui avoir traduit les propos d'Ayla.

Ayla murmura entre ses dents :

— Jondalar, suis-moi jusqu'au foyer de S'Armuna.

En les regardant s'éloigner avec la chamane, Attaroa eut un sourire diabolique et son visage, qui aurait pu être beau, devint celui d'un monstre hideux. Ils ont fait une grave erreur en revenant, se réjouissait-elle, prête à saisir la chance inespérée qui s'offrait à elle de les abattre. Toutefois, il faudrait les prendre par surprise. En y repensant, elle ne fut pas mécontente de les avoir autorisés à rester chez S'Armuna. Au moins seraient-ils à l'écart, et elle avait besoin de réfléchir et de concocter un plan avec Epadoa, qui n'était pas encore de retour.

Pour l'instant, il fallait laisser les préparatifs se

dérouler normalement. Elle héla sa favorite, la mère d'une petite fille, et lui demanda de prévenir les autres femmes de préparer le repas pour la fête.

— Qu'il y en ait pour tout le monde ! précisa-t-elle, y compris ceux de l'Enclos.

Malgré sa surprise, la femme s'exécuta avec célérité.

— J'imagine qu'une infusion chaude vous ferait plaisir, dit S'Armuna, après leur avoir montré l'endroit où ils dormiraient, et craignant qu'Attaroa n'arrivât à l'improviste.

Ils burent sans être dérangés et la chamane se détendit. Plus le temps passait, moins la Femme Qui Ordonne serait susceptible de changer d'avis, et de leur interdire de dormir chez elle.

Mais à mesure que la tension suscitée par Attaroa diminuait, un silence embarrassé s'abattait sur les trois personnes assises autour du foyer. Ayla étudia discrètement la Femme Qui Sert la Mère. Son visage était bizarrement de guingois, le côté gauche plus proéminent que le droit, et Ayla devina que S'Armuna devait souffrir de sa mâchoire droite atrophiée lorsqu'elle mangeait. La vieille femme n'essayait pas de cacher sa difformité, et se tenait droite, avec dignité, les cheveux grisonnants tirés en chignon sur le sommet de la tête. Pour des raisons mystérieuses, Ayla se sentait attirée par la vieille femme.

Elle remarqua chez elle une hésitation comme si elle était en proie à un dilemme. S'Armuna jetait d'incessants coups d'œil vers Jondalar, comme si elle voulait parler mais ne savait comment aborder un sujet délicat. Obéissant à une intuition, Ayla se lança :

— Jondalar m'a dit que tu connaissais sa mère. Je me demandais où tu avais appris à parler si bien sa langue.

La vieille femme la considéra avec surprise. *Sa* langue ? N'était-ce donc pas aussi la sienne ?

Leurs regards se croisèrent mais Ayla ne détourna pas le sien.

— Oui, j'ai connu Marthona, admit la chamane, et aussi l'homme avec qui elle s'était unie.

On sentait qu'elle aurait aimé en dire plus, mais elle

se tut. Jondalar meubla la conversation, avide de parler de son peuple et de sa famille.

— Joconan était-il l'Homme Qui Ordonne de la Neuvième Caverne à l'époque où tu as séjourné là-bas ?

— Non, mais je ne suis pas étonnée qu'il le soit devenu.

— On dit que Marthona le secondait un peu à la manière des Femmes Qui Ordonnent mamutoï. Alors, quand Joconan est mort...

— Joconan est mort ? s'exclama S'Armuna.

Ayla devina l'émotion de la vieille femme et nota son expression chagrinée. Mais S'Armuna se ressaisit.

— Ta mère a dû avoir beaucoup de peine, avança-t-elle.

— Oui, j'imagine. Mais elle n'a pas eu le temps d'y penser. Tout le monde la poussait à devenir Femme Qui Ordonne. Je ne sais pas à quel moment elle a rencontré Dalanar, mais quand elle s'est unie à lui, elle était déjà la Femme Qui Ordonne de la Neuvième Caverne depuis plusieurs années. Zelandoni m'a dit que la Mère l'avait honorée de ma future naissance quand l'Union a été célébrée, ce qui aurait dû lui porter chance, mais ils ont rompu le lien quand j'avais deux ou trois ans, et Dalanar a décidé de partir. Je n'ai jamais su ce qui s'était passé, mais de nombreuses histoires courent toujours sur leur Union malheureuse. Cela gênait ma mère.

Sa curiosité éveillée, Ayla l'incita à poursuivre, ce qui fit l'affaire de S'Armuna, visiblement aussi intéressée que la jeune femme.

— Elle s'est de nouveau unie, et a eu d'autres enfants, n'est-ce pas ? demanda la chamane. Je sais que tu as un autre frère.

Jondalar continua son récit en s'adressant à S'Armuna.

— Mon frère Thonolan est né dans le foyer de Willomar, ma sœur Folara aussi. Je crois que cette Union a été bénéfique pour ma mère. Elle est heureuse et Willomar a toujours été bon pour moi. Autrefois, il voyageait beaucoup, il partait faire du troc pour le compte de ma mère. Parfois, il m'emmenait. Il a aussi emmené Thonolan quand il a été assez grand. J'ai longtemps cru que Willomar était l'homme de mon foyer, jusqu'à ce que j'aille vivre avec Dalanar et que j'apprenne à mieux le connaître. Je me sens toujours aussi proche de Willomar. Dalanar me traitait bien, lui aussi, et j'ai appris à l'aimer. Mais tout le monde aime Dalanar. Il a découvert une mine de silex, et puis il a rencontré Jerika et il a fondé sa propre Caverne. Ils ont eu une fille, Joplaya, ma proche-cousine.

Ayla comprit soudain que si l'homme était responsable de la nouvelle vie qui poussait dans le ventre de la femme, autant que la femme elle-même, alors celle que Jondalar appelait « cousine » était en réalité sa sœur. Tout autant que celle qu'il nommait Folara. Proche-cousine, avait-il dit ? Cela signifiait-il que ces liens étaient plus étroits que ceux unissant deux enfants dont les mères sont sœurs ? Ou dont la mère de l'un est la compagne de l'oncle de l'autre ? Jondalar en arrivait à sa conclusion, qu'Ayla en était encore à méditer sur ses liens familiaux.

— ... Alors ma mère a remis le pouvoir entre les mains de Joharran qui a insisté pour qu'elle reste afin de le conseiller, disait Jondalar. Mais dis-moi, comment as-tu rencontré ma mère ?

Le regard fixe, S'Armuna semblait comme éblouie par une vision surgissant de son passé.

— J'étais encore une enfant quand on m'a emmenée là-bas, commença-t-elle lentement. Le frère de ma mère était l'Homme Qui Ordonne de ce Camp, et j'étais sa préférée, la seule fille née de ses sœurs. Il avait entrepris le Voyage dans sa jeunesse et il avait eu vent de la renommée des zelandonia. Lorsqu'on s'est aperçu que j'avais des dons pour Servir la Mère, il a voulu que je reçoive le meilleur enseignement, et il m'a conduite à la Neuvième Caverne dont le zelandoni était à l'époque le Premier de Ceux Qui Servent la Mère.

— On dirait que c'est une tradition de la Neuvième Caverne. A mon départ, notre zelandoni venait d'être choisie comme Première.

— Connais-tu son ancien nom ? s'enquit S'Armuna avec curiosité.

Le sourire désabusé de Jondalar n'échappa pas à Ayla qui crut deviner la cause de son désenchantement.

— Oui, quand je l'ai connue elle s'appelait encore Zolena, répondit Jondalar.

— Zolena ? N'est-elle pas trop jeune pour être Première ? Elle n'était encore qu'une charmante petite fille quand je suis partie.

— Elle est jeune, c'est vrai, mais dévouée.

S'Armuna approuva d'un signe de tête, et reprit le fil de son histoire.

— Marthona et moi étions à peu près du même âge, et le foyer de sa mère bénéficiait d'un statut élevé. Mon oncle s'est entendu avec ta grand-mère, Jondalar, pour que j'habite avec elle. Il a veillé à mon installation et il est reparti. Marthona et moi étions comme deux sœurs, dit-elle avec un sourire lointain. Mieux même, deux jumelles. Nous avions les mêmes goûts et nous partagions tout. Elle a même décidé d'apprendre l'enseignement des zelandonia avec moi.

— Ah, je l'ignorais, fit Jondalar. C'est peut-être là qu'elle a acquis ses qualités de Femme Qui Ordonne.

— Peut-être, mais nous ne pensions pas à commander à cet âge. Nous étions inséparables, et nous avions les mêmes attirances... c'est d'ailleurs ce qui a tout gâché, avoua S'Armuna qui se tut, gênée.

— Tout gâché ? Etre trop proche gâcherait donc une amitié ? s'étonna Ayla pour l'inciter à continuer.

Elle repensait soudain à Deegie, au plaisir de l'avoir eue comme amie, ne fût-ce que quelque temps. Ah, comme elle aurait aimé avoir eu une amie pareille quand elle était enfant ! Uba avait été une sœur pour elle, mais bien qu'elle l'eût beaucoup aimée, Uba était du Clan. Elles avaient beau être très proches, trop de choses les séparaient, comme la curiosité innée d'Ayla, ou la mémoire ancestrale d'Uba.

— Oui, affirma S'Armuna qui venait à nouveau de remarquer l'accent étrange d'Ayla. Le sort a voulu que nous aimions le même homme. Je crois que Joconan nous aimait toutes les deux. Il a même envisagé une double Union, et Marthona et moi aurions accepté. Mais à la mort du vieux Zelandoni, Joconan a demandé conseil au nouveau qui lui a recommandé de choisir Marthona. A l'époque, j'ai cru que c'était à cause de la beauté de Marthona. Elle n'avait pas le visage déformé, elle. Mais à présent, je pense que mon oncle avait dû leur dire qu'il tenait à mon retour. Je ne suis pas restée pour leur Cérémonie d'Union, j'étais trop révoltée, trop amère. Je suis partie dès qu'ils m'ont eu fait part de leur projet.

— Tu es revenue ici toute seule ? s'étonna Jondalar. Tu as traversé le glacier ?

— Oui.

— Peu de femmes entreprennent un si long Voyage, surtout en solitaire. C'était dangereux, quel courage ! fit Jondalar, admiratif.

— C'était dangereux, oui. J'ai même failli tomber dans une crevasse, mais je ne suis pas sûre qu'on puisse parler de courage. La colère me donnait des forces. Mais une fois de retour, j'ai trouvé le Camp changé. J'étais restée absente des années. Ma mère et ma tante étaient parties dans le Nord, où vivent de nombreux S'Armunaï, avec mes frères et mes cousins. Ma mère mourut là-bas. Mon oncle aussi était mort, et il y avait un nouveau chef, un étranger qui s'appelait Brugar. Je n'ai jamais su d'où il venait. Il n'était pas beau, mais il avait du charme, et il pouvait être séduisant à sa manière un peu rude. Mais il était surtout cruel.

— Brugar... Brugar, hésita Jondalar, cherchant à se rappeler où il avait entendu ce nom-là. N'était-ce pas le compagnon d'Attaroa ?

S'Armuna se leva, soudain très agitée.

— Voulez-vous encore un peu d'infusion ? demanda-t-elle.

Ayla et Jondalar acceptèrent. Elle leur apporta des coupes d'infusion chaude et retourna se servir.

— Vous êtes les premiers à qui je me confie, déclara-elle en reprenant sa place.

— Pourquoi nous avoir choisis ? demanda Ayla.

— Pour que vous puissiez comprendre. C'est exact, confirma ensuite S'Armuna, Brugar était le compagnon d'Attaroa. Il semble qu'il ait procédé à des changements peu après qu'il fut devenu Homme Qui Ordonne, et qu'il ait instauré la domination des hommes sur les femmes. C'étaient des détails au début. Les femmes devaient s'asseoir et attendre qu'on leur accorde la parole. Elles n'avaient plus le droit de toucher aux armes. Ça ne semblait pas grave, et les hommes s'amusaient de leur nouveau pouvoir, mais après que la première femme eut été battue à mort, pour avoir osé parler avec franchise, les choses se sont gâtées. Mais personne ne comprenait comment on en était arrivé là, ni comment revenir en arrière. Brugar faisait ressortir les pires défauts chez chacun. Il était entouré d'une bande de fidèles, et les autres avaient trop peur pour se rebeller.

— Où a-t-il bien pu trouver des idées pareilles ? s'étonna Jondalar.

— A quoi ressemblait ce Brugar ? demanda Ayla, prise d'une inspiration subite.

— Il avait les traits épais et rudes, mais il savait être séduisant quand il le fallait.

— Y a-t-il beaucoup de Têtes Plates, dans cette région ? demanda alors Ayla.

— Il y en a eu, mais il en reste peu. Plus à l'ouest, on en trouve davantage. Pourquoi ?

— Et comment sont-ils acceptés par les S'Armunaï ? En particulier ceux qui sont nés d'esprits mêlés.

— Eh bien, à l'inverse des Zelandonii nous ne les considérons pas comme des monstres. Certains hommes ont choisi des Têtes Plates pour compagnes et leurs descendants sont tolérés, mais ils n'ont de place dans aucun des deux peuples, d'après ce que j'ai compris.

— A ton avis, Brugar est-il le produit d'esprits mêlés ? demanda Ayla.

— Pourquoi toutes ces questions ?

— Parce que je ne serais pas surprise qu'il ait vécu, ou qu'il ait grandi chez ceux que vous appelez les Têtes Plates.

— Qu'est-ce qui te fait croire cela ?

— Les comportements que tu as décrits font partie des usages du Clan.

— Le Clan ?

— Oui, c'est ainsi que se nomment les Têtes Plates

entre eux, expliqua Ayla, qui examina ensuite plusieurs hypothèses. Mais s'il était capable de charmer, ça voudrait dire qu'il pouvait s'exprimer facilement, il n'avait donc pas toujours vécu avec le Clan. Il n'y était certainement pas né, et on avait dû l'y envoyer plus tard. Et en tant qu'esprit mêlé, il devait y être à peine toléré. On devait même le trouver difforme. Je doute qu'il ait pu comprendre leurs coutumes, et il a dû rester à l'écart. Sa vie n'a sûrement pas été facile.

S'Armuna était déconcertée. Elle se demandait comment Ayla, une étrangère, avait pu deviner tant de choses.

— Pour quelqu'un qui n'a jamais rencontré Brugar, tu m'as l'air de bien le connaître, remarqua-t-elle.

— Il est donc né d'esprits mêlés ? intervint Jondalar.

— Oui. Attaroa m'a raconté ses origines, ou plutôt ce qu'elle en savait. Apparemment, la mère de Brugar était un mélange d'humain et de Tête Plate, et sa grand-mère était une vraie Tête Plate, commença S'Armuna.

Elle a probablement été engrossée par un Autre qui l'a forcée à partager les Plaisirs, se dit Ayla. Et elle a donné le jour à une métisse, comme l'enfant que j'ai vue au Rassemblement du Clan, et qui a été promise à Durc.

— Son enfance n'a pas été heureuse, continuait S'Armuna. Elle a quitté son peuple avant même d'être mûre. Elle est partie avec un homme de la Caverne de ceux qui vivent à l'ouest.

— Les Losadunaï ? demanda Jondalar.

— Oui, je crois bien qu'on les appelle ainsi. Toujours est-il que peu après son départ elle a eu un enfant mâle. C'était Brugar.

— Qu'on nommait aussi Brug, j'imagine ? intervint Ayla.

— Comment l'as-tu deviné ?

— Brug était sans doute son nom du Clan.

— Je crois bien que l'homme avec qui sa mère s'est enfuie la battait souvent. Pourquoi ? Je l'ignore. Certains hommes sont ainsi.

— Les femmes du Clan apprennent à accepter ce genre de traitement, expliqua Ayla. Les hommes n'ont pas le droit de se battre, mais lorsqu'ils réprimandent une femme, il leur arrive de la frapper. Ils ne doivent pas les battre durement, mais certains le font.

S'Armuna prit un air entendu.

— Alors, j'imagine qu'au début la mère de Brugar trouvait normal que l'homme avec qui elle vivait la batte, mais les choses ont dû empirer. Avec ce genre d'homme, il faut s'y attendre. Il s'est mis à corriger l'enfant, et c'est sans doute ce qui a décidé la mère à s'enfuir et à retourner chez son peuple.

— Si elle avait eu du mal à vivre avec le Clan, ça a dû être encore plus pénible pour son fils qui n'était même pas un esprit mêlé, remarqua Ayla.

— Oui, si les esprits se mélangent comme on le croit, Brugar devait être trois quarts humain et un quart Tête Plate, calcula S'Armuna.

Ayla pensa soudain à son fils, Durc. Broud doit lui rendre la vie difficile. Et s'il tournait comme Brugar ? Non, Durc est un vrai esprit mêlé, il a Uba pour l'aimer et Brun pour l'éduquer. Brun l'a accepté parmi le Clan quand il était encore le chef et que Durc n'était qu'un bébé. Il s'assurera que Durc connaît toutes les coutumes du Clan. Il pourrait parler si quelqu'un le lui apprenait, mais il a peut-être la mémoire ancestrale du Clan. Si c'est le cas, avec l'aide de Brun, il deviendra un membre du Clan à part entière.

Un soupçon effleura l'esprit de S'Armuna.

— Où as-tu appris à connaître si bien les Têtes Plates, Ayla ? demanda-t-elle.

Ayla fut prise au dépourvu. Elle n'était pas sur ses gardes comme elle l'eût été avec Attaroa, et elle ne chercha pas à éluder la question.

— Ce sont eux qui m'ont élevée, avoua-t-elle tout simplement. Mon peuple est mort dans un tremblement de terre, et les Têtes Plates m'ont recueillie.

— Ton enfance a dû être encore plus pénible que celle de Brugar, murmura S'Armuna avec compassion.

— Non, au contraire. On ne me considérait pas comme une fille du Clan difforme. J'étais différente, une Autre, comme ils nous appellent. Ils n'attendaient rien de moi. Je faisais parfois des choses qui les surprenaient et ils me trouvaient un peu lente, vu la difficulté que j'avais à me souvenir. Je ne prétends pas que tout a été facile, il a fallu que j'apprenne leurs coutumes, que je me conforme à leurs usages. Ça n'a pas été simple, mais j'ai eu de la chance. Ceux qui m'ont élevée, Creb et Iza, m'aimaient beaucoup. Sans eux, je ne crois pas que j'aurais survécu.

Le récit d'Ayla intriguait fort S'Armuna, mais elle jugea que le moment n'était pas venu de lui demander des éclaircissements.

— C'est une chance que tu ne sois pas métisse, déclara-t-elle en lançant un coup d'œil significatif à Jondalar. D'autant que tu vas rencontrer les Zelandonii.

Ayla surprit son regard et crut en comprendre le sens. Elle se souvint de la réaction de Jondalar lorsqu'il avait appris d'où elle venait. Et il avait encore plus mal réagi en découvrant que son fils était le produit d'esprits mêlés.

— Qu'est-ce qui te fait croire qu'elle ne les a pas déjà rencontrés ? interrogea Jondalar.

S'Armuna prit le temps de la réflexion. Comment le savait-elle ? Elle adressa un sourire au géant.

— Tu disais que tu rentrais chez les tiens, et Ayla a dit « sa langue » et pas « notre langue », commença-t-elle.

Soudain, elle eut comme une révélation.

— Le langage ! L'accent ! C'est ça ! Je sais où je l'ai déjà entendu. Brugar avait le même accent ! Pas aussi prononcé que le tien, Ayla. Et pourtant, il parlait moins bien le s'armunaï que toi le zelandonii. Mais il avait dû développer certaines intonations... pas vraiment un accent... lorsqu'il vivait avec les Têtes Plates. Maintenant que je l'ai entendu de nouveau, je crois que je n'oublierai jamais plus cette prononciation particulière.

Ayla était vexée. Elle s'était donné beaucoup de mal pour apprendre à parler correctement, mais elle avait toujours éprouvé des difficultés à prononcer certains sons. Habituellement, elle acceptait les remarques, mais S'Armuna semblait y attacher tellement d'importance !

— Je suis désolée, Ayla, s'excusa la chamane en remarquant la mine déconfite de la jeune femme. Je ne voulais pas te vexer. D'ailleurs, tu parles très bien zelandonii, et même mieux que moi, j'ai tellement oublié. Et tu n'as pas vraiment d'accent, c'est... c'est difficile à expliquer. Je suis sûre que la plupart des gens ne le remarquent même pas. Mais tu m'as permis de cerner la personnalité de Brugar, et ça m'aide à mieux comprendre Attaroa.

— T'aider à comprendre Attaroa ? s'exclama Jondalar. Comment peut-on comprendre tant de cruauté ?

— Elle n'a pas toujours été ainsi. Lorsque je suis revenue de chez les Zelandonii, j'ai commencé par l'admirer, et je la plaignais beaucoup. Mais avec le recul, je crois maintenant que Brugar était fait pour elle.

— Comment peux-tu dire une chose pareille ?

— Elle avait été préparée à accepter sa cruauté, précisa S'Armuna. Petite fille, Attaroa a été maltraitée. Elle n'aimait pas en parler, mais je crois que sa mère la détestait. On m'a dit qu'elle l'avait abandonnée. Elle a disparu et on n'a plus jamais entendu parler d'elle. Attaroa a été recueillie par un homme dont la compagne était morte en couches avec son bébé, dans des circonstances suspectes. Les soupçons se sont confirmés quand on a appris qu'il battait Attaroa et qu'il l'avait prise avant qu'elle ne fût femme. Mais on a laissé faire parce que personne ne voulait se charger d'elle, parce qu'il y avait quelque chose de trouble dans ses origines. Attaroa a donc été livrée à la merci de la cruauté de cet homme. Il a fini par mourir et des personnes de son Camp ont arrangé son Union avec le nouveau chef de celui-ci.

— Sans son consentement ? demanda Jondalar.

— Disons qu'ils l'ont « encouragée » à accepter, et ils lui ont fait rencontrer Brugar. Comme je l'ai déjà dit, il savait charmer, et je crois qu'il l'a trouvée belle.

Jondalar parut approuver. Il s'était dit, lui aussi, qu'Attaroa aurait pu être très séduisante.

— Je pense qu'elle avait hâte de s'unir, poursuivit S'Armuna. C'était comme prendre un nouveau départ. Mais elle a vite découvert que l'homme qu'elle avait rejoint était pire que celui qu'elle avait connu. Brugar ne partageait les Plaisirs que dans les coups et les humiliations, ou pire même. A sa façon, il... je n'ose dire qu'il l'aimait, mais il avait certainement des sentiments pour elle. Il était si... si malsain. Pourtant, elle fut la seule à oser le défier, en dépit de tout ce qu'il lui faisait subir.

S'Armuna hocha la tête d'un air grave.

— Brugar était fort, reprit-elle, très fort, et il prenait plaisir à torturer les autres, surtout les femmes. Je suis sûr qu'il jouissait de les voir souffrir. Tu prétendais que les Têtes Plates mâles n'avaient pas le droit de se battre entre eux, mais qu'ils pouvaient frapper les femmes. Cela explique peut-être son comportement. Brugar aimait voir Attaroa se rebeller. Elle était beaucoup plus grande que lui, et vigoureuse. Il aimait mater ses révoltes, et il adorait qu'elle le défiât. Il y trouvait une excuse pour lui faire mal, et il semblait sortir renforcé de leurs bagarres. Cela lui donnait un sentiment de puissance.

Les malheurs d'Attaroa ressemblaient trop à une situation qu'elle avait bien connue pour laisser Ayla indifférente. Elle frissonna, et se sentit un élan de sympathie et de compassion pour la Femme Qui Ordonne.

— Il s'en vantait devant les autres hommes, et ces imbéciles l'encourageaient, poursuivit la vieille femme. Plus Attaroa résistait, plus il lui faisait payer cher, jusqu'à ce qu'elle finisse par se soumettre. Il pouvait alors la désirer. Je me suis souvent demandé ce qui se serait passé si Attaroa avait été docile les premiers temps. Se serait-il lassé d'elle ou aurait-il cessé de la battre?

C'était aussi la question qu'Ayla s'était posée. Et lorsqu'elle ne lui avait plus résisté, Broud s'était lassé.

— Mais j'en doute, continua S'Armuna. Plus tard, quand la Mère l'a honorée et qu'elle a arrêté de le braver, il n'a pas changé pour autant. C'était sa compagne, il s'imaginait qu'il avait le droit de lui faire tout ce qui lui plaisait.

Je n'étais pas la compagne de Broud, se souvint Ayla, et Brun ne lui permettait pas de me battre. Il en avait certes le droit, mais le reste du clan de Brun n'approuvait pas la façon dont il me traitait. Tout le monde trouvait cela bizarre, et Broud avait fini par me laisser tranquille.

— Même quand Attaroa a été enceinte, Brugar continuait de la battre ? s'étonna Jondalar, choqué.

— Oui, et pourtant il avait l'air content qu'elle attende un enfant.

J'ai été enceinte, moi aussi, songea Ayla. Décidément, elle partageait beaucoup de choses avec Attaroa.

— Attaroa venait me trouver pour que je la soigne, continuait S'Armuna, hochant la tête d'un air de pitié. Ce qu'il lui faisait... c'était horrible. Je répugne à le dire. Elle pouvait s'estimer heureuse quand elle ne récoltait que des bleus.

— Mais pourquoi avoir supporté tout cela ?

— Elle n'avait nulle part où aller, ni parents ni amis. Ceux de son Camp lui avaient bien fait comprendre qu'ils ne voulaient pas d'elle, et elle était trop fière pour s'imposer à eux. Elle préférait souffrir plutôt que d'avouer comment elle était traitée. Dans un sens, je la comprends, assura S'Armuna. Personne n'a jamais levé la main sur moi, bien que Brugar ait essayé, une fois. Mais je ne suis pas partie, je croyais qu'on ne voudrait pas de moi ailleurs. J'avais pourtant de la famille, mais j'étais Celle Qui Sert la Mère, et je refusais d'admettre à quel point la situation s'était détériorée. C'eût été avouer mon échec.

Jondalar approuva d'un signe de tête. Il avait ressenti ce sentiment d'échec, lui aussi. Il jeta un coup d'œil à Ayla, et une agréable chaleur l'envahit. Comme il l'aimait !

— Attaroa haïssait Brugar, poursuivit S'Armuna, mais je crois qu'elle l'a aussi aimé, à sa manière. Parfois, elle le provoquait exprès. Je me suis souvent demandé s'il n'attendait pas qu'elle dépasse la douleur pour la prendre et, sinon l'aimer ni lui procurer les Plaisirs, du moins lui prouver qu'elle était désirée. Il est possible que la cruauté de Brugar ait enseigné à Attaroa une sorte de Plaisir pervers. Maintenant elle atteint ses Plaisirs en torturant les autres, et en les regardant souffrir. En l'observant bien, on se rend compte à quel point cela l'excite.

— J'en arrive à la plaindre, déclara Jondalar.

— Plains-la si tu veux, mais ne lui fais jamais confiance, recommanda S'Armuna. Elle est folle. Elle est possédée par un puissant démon. Je ne suis pas sûre que vous puissiez comprendre. Avez-vous jamais haï au point d'en perdre la raison ?

Les yeux dilatés, Jondalar fut bien obligé de l'admettre. Oui, il connaissait cette haine. Un jour, il avait frappé un homme sans pouvoir s'arrêter, même lorsque l'autre gisait, inconscient.

— On dirait que cette haine maladive ne quitte jamais Attaroa, expliqua S'Armuna. Elle réussit parfois à le cacher — on peut même dire qu'elle y excelle — mais c'est la haine qui la gouverne. Elle est incapable de penser comme tout le monde. En fait, elle n'est plus humaine.

— Il doit bien lui rester des sentiments humains ? fit Jondalar.

— Te souviens-tu des funérailles qui ont suivi ton arrivée ? demanda S'Armuna.

— Oui, celles des trois jeunes gens. Il y avait deux garçons, mais je n'ai pas pu définir le sexe du troisième. Je me souviens m'être demandé de quoi ils étaient morts. Ils étaient si jeunes.

— C'est Attaroa qui est responsable de leur mort, affirma S'Armuna. Et celui dont tu n'as pu définir le sexe, c'était son propre enfant.

Un bruit soudain leur fit tourner la tête vers l'entrée du foyer de S'Armuna.

31

Une jeune femme se tenait sur le seuil, l'air très agité. Jondalar remarqua que c'était encore presque une fillette, et Ayla qu'elle était au terme de sa grossesse.

— Qu'y a-t-il, Cavoa ? demanda S'Armuna.

— Epadoa vient de rentrer avec ses Louves, et Attaroa est en train de la réprimander.

— Je te remercie de m'avoir prévenue, déclara la vieille femme, avant de se retourner vers ses invités. Les murs de ce foyer sont si épais qu'il est presque impossible d'entendre ce qui se passe dehors, leur dit-elle. Nous devrions aller voir.

Ils se précipitèrent dans l'étroit passage et la jeune femme s'effaça pour les laisser passer.

— Pas longtemps attendre, lança Ayla en s'armunaï, avec un sourire complice.

Cavoa eut un petit rire nerveux, et baissa les yeux.

Ayla se demandait ce qui effrayait la jeune femme et lui donnait cet air malheureux, alors que les futures mères étaient plutôt épanouies d'habitude, mais elle se rappela ensuite que le premier bébé était souvent attendu avec angoisse. Dès qu'ils furent dehors, les hurlements d'Attaroa leur parvinrent.

— ... que tu as trouvé leur campement. Tu as laissé passer ta chance ! Tu te prétends Louve et tu n'es pas capable de retrouver une piste ! s'égosillait-elle, ponctuant ses cris de ricanements moqueurs.

Des flammes de colère brillaient dans le regard d'Epadoa, qui serra les dents mais ne répondit pas. Une petite foule s'était rassemblée, et les observait à distance. La femme revêtue de peaux de loups remarqua alors que tous les regards convergeaient vers le foyer de S'Armuna, et découvrit avec stupeur la jeune femme blonde qui venait vers elle, suivie, ce qui la surprit encore plus, par le géant. Jamais aucun homme n'était revenu volontairement !

— Que faites-vous ici ? lâcha Epadoa.

— Je viens de te le dire. Tu as raté ta chance, ricana Attaroa. Ils sont revenus d'eux-mêmes.

— Pourquoi es-tu surprise de nous trouver là ? fit Ayla. N'étions-nous pas conviés à un festin ?

S'Armuna traduisit.

— Le festin ne sera pas prêt avant ce soir, dit Attaroa d'un ton cassant, pour signifier leur congé aux visiteurs. Viens, Epadoa, j'ai à te parler.

Elle tourna le dos aux curieuses qui s'étaient attroupées, et rentra dans son habitation. Epadoa dévisagea Ayla, l'air mauvais, et rejoignit la Femme Qui Ordonne.

Après son départ, Ayla scruta le pré avec appréhension. Après tout, Epadoa et ses Louves avaient la réputation de chasser les chevaux. Ayla poussa un soupir de soulagement en voyant Whinney et Rapide au bout du pré en pente, dont l'herbe sèche et cassante les nourrirait tout de même. Elle tourna la tête du côté des bois accrochés au versant de la colline qui descendait vers le Camp, espérant apercevoir Loup et se montrer dans son champ de vision pour qu'il ne se sente pas abandonné.

En rentrant avec Ayla et S'Armuna dans le foyer de la chamane, Jondalar se souvint d'un propos de la vieille femme qui avait piqué sa curiosité.

— Comment as-tu réussi à échapper à Brugar ? demanda-t-il alors. Tu disais qu'il avait essayé de lever la main sur toi. Alors, comment l'as-tu empêché de te frapper ?

S'Armuna s'arrêta, et regarda tour à tour le géant et la femme qui l'accompagnait. Elle hésitait. Jusqu'où pouvait-elle se confier aux deux étrangers ?

— Il me tolérait parce que je sais soigner. Il m'a

toujours considérée comme une guérisseuse, mais surtout, il craignait le monde des esprits.

— Les guérisseuses possèdent un statut particulier dans le Clan, déclara Ayla, mais elles ne font que soigner. Ce sont les mog-ur qui communiquent avec les esprits.

— Oui, peut-être pour les esprits que connaissent les Têtes Plates, mais Brugar craignait la colère de la Mère. Il devait se rendre compte qu'Elle savait le mal qu'il commettait. A mon avis, il craignait Son juste châtiment. Quand je lui ai montré que je pouvais utiliser Sa force, il a cessé de m'importuner.

— Tu prétends que tu peux utiliser la force de la Mère. Comment t'y prends-tu ?

S'Armuna sortit de sa tunique une petite figurine d'environ dix centimètres de haut, représentant une femme. Ayla et Jondalar avaient déjà vu des objets semblables, sculptés dans du bois, de l'os ou de l'ivoire. On en avait même montré à Jondalar patiemment taillés dans la pierre. C'étaient des figurines de la Mère, et à l'exception du Clan, tous les peuples, des Chasseurs de Mammouths à l'est jusqu'au peuple de Jondalar à l'ouest, sculptaient Ses représentations.

Certaines statuettes étaient grossièrement taillées, d'autres sculptées de manière exquise ; elles étaient parfois abstraites, parfois figuratives, mais obéissaient toutes aux mêmes principes : les attributs de la maternité étaient volontairement exagérés — lourdes mamelles, ventres rebondis, hanches larges — alors que d'autres détails étaient à peine esquissés. Les bras n'étaient que suggérés, les jambes n'avaient pas de pieds, mais une pointe pour qu'on pût planter la statuette en terre. Et surtout, les traits du visage n'apparaissaient jamais. Les figurines ne cherchaient pas à ressembler à une femme particulière, et de toute façon aucun artiste n'aurait pu imaginer les traits de la Mère. Le visage était souvent lisse, ou marqué de signes énigmatiques, mais on trouvait aussi des statuettes dont la chevelure élaborée cachait le visage.

Une seule statuette échappait à cette règle : le beau portrait d'Ayla que Jondalar avait sculpté quand ils vivaient seuls dans sa vallée, peu après leur rencontre. Mais Jondalar regrettait parfois de s'être autorisé une telle indiscrétion. Il n'avait pas voulu reproduire le visage de la Mère. Il avait succombé à une impulsion : sculpter le portrait de celle qu'il aimait pour capturer son esprit. Mais la figurine terminée, il avait été effrayé par le pouvoir considérable qu'elle recelait, et il eut soudain peur du danger qu'elle faisait courir à Ayla, surtout si la statuette venait à tomber entre les mains de quelqu'un qui se proposait de conquérir son esprit. Il craignait même de la détruire, de peur de détruire Ayla en même temps. Il avait finalement décidé de la lui offrir en lui recommandant de la garder précieusement. Ayla aimait beaucoup la petite sculpture, dont le visage lui ressemblait tant, parce que c'était Jondalar qui l'avait faite. Elle ne s'était jamais inquiétée de son pouvoir. Elle la trouvait merveilleuse, et cela lui suffisait.

Les statuettes de la Mère, que tout le monde s'accordait à trouver belles, ne représentaient pas des jeunes femmes nubiles répondant aux canons masculins de la beauté féminine. Elles symbolisaient la Femme, sa fécondité, sa capacité à nourrir ceux qu'elle engendrait, et par analogie, la Grande Terre Mère qui avait créé toute vie et nourrissait tous Ses enfants avec une merveilleuse générosité. Les figurines servaient aussi de réceptacles pour l'esprit de la Grande Mère de Toutes les Créatures, esprit qui pouvait s'incarner dans des formes multiples.

Mais la figurine que S'Armuna leur montra était exceptionnelle.

— Essaie donc de découvrir en quoi elle est faite, le défia la chamane en lui tendant l'objet.

Il l'examina en détail. Elle était dotée de lourdes mamelles et de hanches larges, les bras étaient à peine esquissés, les jambes sans pieds s'effilaient en pointe et le visage était lisse, encadré d'une vague chevelure. En fait, elle ressemblait à toutes celles qu'il avait vues auparavant, mais la matière, d'un noir uniforme, était nouvelle. Il essaya sans succès de la rayer d'un coup d'ongle. Elle n'était ni en bois, ni en os, ni en ivoire.

Dure comme le roc, d'aspect poli, sans trace de ciselure, elle ne ressemblait à aucune pierre.

Jondalar regarda S'Armuna d'un air ébahi.

— Je n'ai jamais rien vu de pareil, avoua-t-il.

Il tendit la figurine à Ayla, qui fut parcourue d'un frisson dès qu'elle l'eut entre les mains. Elle regretta de ne pas avoir sa pelisse, tout en sachant que le froid n'était pour rien dans son frémissement.

— Cette munaï provient de la poussière de la terre, affirma S'Armuna.

— La poussière ? s'étonna Ayla. Mais cette statue est en pierre !

— Maintenant, oui. Je l'ai changée.

— Tu l'as changée en pierre ? Comment peux-tu changer de la poussière en pierre ? demanda Jondalar, incrédule.

— Si je vous le dis, reconnaîtrez-vous mon pouvoir ?

— Oui, si tu sais me convaincre, répondit Jondalar.

— Je vous le dirai, mais je ne chercherai pas à te convaincre. Ce sera à toi de décider. Voilà : j'ai commencé avec la glaise que j'ai ramassée au bord de la rivière. Une fois sèche, je l'ai pilée pour la réduire en poussière et je l'ai ensuite mélangée avec de l'eau.

S'Armuna s'interrompit, réticente à leur livrer la composition exacte du mélange. Elle décida finalement d'en garder le secret pour l'instant.

— Lorsque la consistance fut parfaite, une forme lui fut donnée. Ensuite ce sont le feu et l'air chaud qui l'ont changée en pierre.

Elle épiait leur réaction. Seraient-ils impressionnés ou dédaigneux, incrédules ou enthousiastes ?

— Je me souviens d'avoir entendu dire... commença Jondalar le visage tendu... oui, je crois que c'était un Losadunaï... il parlait de figures de la Mère faites avec de la boue.

— Oui, on peut dire que nous faisons des munaï à partir de la boue, concéda S'Armuna, satisfaite de son exposé. Nous procédons de la même façon pour fabriquer des statues d'animaux lorsque nous voulons invoquer leurs esprits. Toutes sortes d'animaux, des ours, des lions, des mammouths, des rhinocéros, des chevaux.

La consistance de la boue facilite le modelage, mais une statue faite avec la poussière de la terre, même une fois durcie, redeviendra malléable si on la mouille. Et elle retournera en poussière. Mais si Son feu sacré l'éveille à la vie, la matière sera changée pour toujours. Les figurines qui traversent la chaleur incandescente de la Mère deviennent dures comme la pierre. L'esprit du feu les fortifie.

L'enthousiasme de S'Armuna se lisait dans ses yeux et Ayla se souvint d'avoir surpris la même exaltation dans le regard de Jondalar lorsqu'il mettait au point son propulseur. Elle comprit que S'Armuna revivait la fièvre de sa découverte, et cela suffit à la convaincre.

— Les statuettes se brisent facilement, encore plus que le silex, poursuivit S'Armuna. La Mère Elle-même nous a montré comment on pouvait les casser, mais l'eau ne les modifiera plus. Après avoir été caressée par Son feu vivifiant, une munaï de boue ne craint plus ni la pluie ni la neige. On ne pourra plus la ramollir, même en la plongeant dans l'eau.

— Je vois maintenant que tu maîtrises le pouvoir de la Mère, déclara Ayla, admirative.

— Voulez-vous que je vous montre ? proposa la vieille femme après avoir quelque peu hésité.

— Oh oui ! avec plaisir, s'exclamèrent-ils en chœur.

— Alors, suivez-moi.

— Puis-je d'abord aller chercher ma pelisse ? demanda Ayla.

— Bien sûr. D'ailleurs nous devrions tous nous couvrir. Mais tu verras, quand nous organiserons la Cérémonie du Feu, tu ne supporteras plus la moindre fourrure, même par un froid comme aujourd'hui. Tout est presque prêt. Nous aurions pu allumer le feu et commencer la cérémonie ce soir même, mais c'est assez long, et cela exige une grande concentration. Nous attendrons demain. Ce soir a lieu une fête importante.

S'Armuna ferma les yeux et parut réfléchir.

— Oui, c'est une fête importante, répéta-t-elle en regardant Ayla droit dans les yeux.

Se doute-t-elle du danger qui la guette ? s'interrogea

la chamane. Si elle est bien celle que je crois, elle doit le savoir.

Ils quittèrent le logis de S'Armuna en prenant soin de baisser la tête, et revêtirent leur pelisse. Ayla nota que la jeune femme enceinte avait disparu. S'Armuna les conduisit ensuite à l'autre bout du camp, où plusieurs femmes s'activaient autour d'une construction banale qui ressemblait à une habitation semi-souterraine avec un toit incliné. Les femmes y rentraient du bois, des excréments séchés et des os. Du combustible pour faire un feu, conclut Ayla. Parmi les femmes, elle reconnut la future mère et lui adressa un sourire. Cavoa esquissa en retour un sourire timide.

S'Armuna dut se courber pour entrer, mais Ayla et Jondalar hésitèrent à l'imiter, ne sachant pas ce que l'on attendait d'eux. La vieille femme se retourna et leur fit signe de la suivre. Dans le foyer, des flammes chatoyantes s'élevaient des braises incandescentes, et chauffaient agréablement l'espace semi-circulaire où des piles de bois, d'excréments et d'os s'amoncelaient. Des omoplates et des os de bassin, calés sur des grosses pierres, servaient d'étagères où étaient exposés divers petits objets.

Intrigués, ils s'avancèrent et reconnurent de petites figurines de glaise qu'on avait laissées là, à sécher. Plusieurs d'entre elles représentaient des femmes, des images de la Mère, mais n'étaient pas terminées. On trouvait la partie inférieure d'un corps, un ventre reposant sur des jambes sans pieds, ou encore deux grosses mamelles. Sur d'autres étagères s'étalaient des animaux de toutes sortes, là encore incomplets : têtes de lion, d'ours, ou corps de mammouth.

On devinait que les figurines avaient été façonnées par plusieurs personnes. Certaines étaient grossières, d'autres plus sophistiquées et réalisées avec art. Ayla et Jondalar ne comprenaient pas ce qui avait incité les artisans à choisir leurs modèles, mais ils ne doutaient pas que chacun avait puisé son inspiration dans des émotions intimes ou des motifs personnels.

En face de l'entrée, une ouverture plus petite donnait dans une autre pièce creusée dans le sol de lœss d'une colline. Bien qu'il ouvrît sur le côté, l'espace rappela à Ayla les fours des Mamutoï en plus profond. Ceux-ci étaient creusés dans le sol, chauffés par des pierres brûlantes, et servaient à la cuisson des repas. Mais Ayla devinait qu'aucune nourriture n'avait jamais cuit dans ce four. Elle l'examina de plus près, et vit qu'une cheminée y était installée.

Aux morceaux calcinés qu'elle aperçut dans les cendres, Ayla comprit que le combustible était composé d'ossements, et elle chercha d'où venait l'air. Il fallait pour brûler des os un feu ardent, ce qui exigeait un tirage puissant. Les Mamutoï allumaient leur feu dans une fosse et le maintenaient par un vent constant, canalisé dans des tranchées. Après un examen minutieux, Jondalar était parvenu aux mêmes conclusions. La couleur des murs et leur dureté lui avaient appris que des feux extrêmement vifs avaient embrasé cette pièce, et il devina que les petits objets de glaise exposés sur les étagères attendaient d'y être plongés.

Il n'avait pas menti en affirmant n'avoir jamais vu d'objet comme la statuette de la Mère que S'Armuna lui avait montrée. Cette statuette n'avait pas été obtenue à partir d'un matériau naturel qu'on gravait, sculptait ou polissait. C'était de la céramique, le premier matériau jamais créé par des mains humaines, découvert par une intelligence humaine. Le chambre chaude n'était pas un four de cuisine, c'était un four à céramique.

Et ce premier four n'avait pas été inventé pour fabriquer des ustensiles étanches et utilitaires. Bien avant la poterie, des petites sculptures étaient chauffées dans ces fours pour acquérir une dureté irréversible. Les objets qu'ils avaient découverts sur les étagères ressemblaient à des animaux ou à des humains, mais les images de femmes — on ne sculptait jamais de statuettes d'hommes — ou d'autres créatures vivantes ne se voulaient pas ressemblantes. C'étaient des symboles, des métaphores, cherchant, au-delà des formes, à évoquer les lois de la nature, à suggérer une unité spirituelle. C'étaient des œuvres d'art. L'art précédait l'utilitaire.

— C'est là que brûle le feu sacré de la Mère, dit

Jondalar, autant comme une constatation que comme une interrogation.

S'Armuna approuva avec fierté, contente que Jondalar reconnût ses pouvoirs. La femme avait compris avant de voir le four ; le géant avait mis plus de temps.

Ayla fut soulagée quand S'Armuna les entraîna à l'air pur. Etait-ce la chaleur du feu qui brûlait encore dans la petite pièce, ou les figurines d'argile, ou l'espace clos, mais elle commençait à se sentir très mal à l'aise. Cet endroit ne lui disait rien qui vaille.

— Comment as-tu découvert tout cela ? demanda Jondalar avec un geste circulaire.

— La Mère m'a guidée.

— Oui, sans doute, mais comment ? insista-t-il.

La curiosité entêtée de Jondalar arracha un sourire à S'Armuna. C'était bien le fils de Marthona !

— L'idée m'est venue la première fois quand nous construisions une habitation. Sais-tu comment nous les bâtissons ?

— Oui, il me semble, répondit Jondalar. Les Mamutoï ont à peu près les mêmes, et nous avons aidé Talut et les autres à construire une extension du Camp du Lion. Ils commencent par élever une armature d'os de mammouth, attachent ensuite sur le toit une épaisseur de rameaux de saules, puis une épaisseur d'herbe, et des roseaux. Après, ils disposent une couche de gazon. Et pour finir, ils enduisent le tout de boue argileuse qui durcit en séchant.

— Oui, ça ressemble beaucoup à nos méthodes. C'est justement quand nous terminions la dernière couche de glaise que la Mère m'a révélée la première partie de Son secret. Comme nous n'avions pas fini à la nuit tombée, nous avons allumé un grand feu. La boue argileuse s'épaississait, et il en tomba par hasard dans les flammes. C'était un feu vif, nous utilisions des os comme combustible, et il brûla toute la nuit. Au petit matin, Brugar m'a demandé de nettoyer la cheminée, et c'est là que j'ai trouvé de l'argile durci. Il y avait même un petit morceau qui ressemblait à un lion.

— Le totem protecteur d'Ayla est un lion, intervint Jondalar.

La chamane lança un regard aigu à la jeune femme, hocha ensuite la tête d'un air entendu, comme si ses intuitions se confirmaient.

— Quand j'ai découvert que la figurine de lion ne se ramollissait pas au contact de l'eau, j'ai décidé de recommencer l'expérience. Après pas mal d'échecs, et une nouvelle intervention de la Mère, j'ai finalement réussi.

— Pourquoi nous dévoiles-tu tes secrets ? demanda Ayla sans détour.

La franchise de la jeune femme désarçonna S'Armuna.

— Ne te figure pas que je vous dis tout, assura-t-elle avec malice. Je ne vous montre que le visible. Brugar, qui croyait connaître mes secrets, a vite compris son erreur.

— Mais Brugar s'est forcément aperçu de tes expériences, dit Ayla. On ne peut pas faire un tel feu sans que tout le monde le sache. Comment as-tu réussi à préserver tes secrets ?

— Au début, il ne s'intéressait pas à ce que je faisais, tant que je me procurais moi-même le combustible. Tout a changé quand il a découvert les premiers résultats. Là, il a voulu fabriquer des figurines lui-même, mais il ignorait ce que la Mère m'avait révélé, fit-elle avec un sourire de triomphe. La Mère est entrée dans une grande colère. Quand Brugar a mis ses figurines au feu, elles ont volé en éclats. La Grande Mère les a refusées avec mépris, et les a projetées avec une telle violence que les éclats ont causé des blessures douloureuses aux curieux qui s'étaient trop approchés. A la suite de cela, Brugar a craint mon pouvoir et il a abandonné l'idée de m'asservir.

Ayla n'aurait certainement pas aimé se retrouver dans la petite antichambre, bombardée d'éclats d'argile incandescents.

— Oui, mais cela n'explique pas pourquoi tu nous montres d'où tu tires ton pouvoir, argua-t-elle. Quelqu'un qui comprend les voies de la Mère pourrait découvrir tes secrets.

S'Armuna prit un air entendu. Elle n'en attendait pas

moins de cette femme étrange, et elle avait déjà décidé d'adopter la plus grande franchise.

— Tu es perspicace, Ayla. J'ai bien sûr une raison : j'ai besoin de votre aide. La Mère m'a accordé un pouvoir magique que tous craignent, y compris Attaroa. Elle se méfie de la magie, mais elle est rusée et imprévisible. Un jour, elle surmontera sa peur, j'en suis sûre. Alors, elle me tuera. Ma mort ne compte pas, dit-elle à l'adresse de Jondalar. Mais je tremble pour mon peuple, pour ce Camp. Lorsque tu m'as raconté que Marthona avait transmis le commandement à son fils, j'ai compris à quel point la situation s'était détériorée ici. Je sais qu'Attaroa n'abandonnera jamais le pouvoir à personne, et avant qu'elle ne parte dans l'autre monde, j'ai bien peur que le Camp ne disparaisse entièrement.

— Comment peux-tu en être sûre? Si elle est aussi imprévisible que tu le dis, on peut aussi imaginer qu'elle finira par se lasser, suggéra Jondalar.

— Non, parce qu'elle a déjà tué quelqu'un à qui elle aurait pu remettre le commandement. Elle a tué son propre enfant.

— Elle a tué son enfant ?! s'exclama Jondalar, horrifié. Quand tu as raconté qu'elle était responsable de la mort de trois jeunes gens, j'ai pensé qu'il s'agissait d'un accident.

— Non, ce n'était pas un accident. Attaroa les a empoisonnés, bien qu'elle le nie farouchement.

— Empoisonné ! Quelle femme pourrait tuer son enfant ? s'indigna Jondalar. Et pourquoi ?

— Parce qu'il a eu le tort de vouloir aider une amie, Cavoa, la jeune femme que vous avez rencontrée. Elle était éprise d'un homme avec qui elle projetait de s'enfuir. Son frère essayait aussi de les aider. Ils ont été pris tous les quatre. Attaroa a épargné Cavoa parce qu'elle était enceinte, mais elle a juré de tuer la mère et l'enfant, si le bébé était un garçon.

— Je comprends mieux pourquoi Cavoa a l'air si malheureux et si craintif, fit Ayla.

— Je porte une lourde responsabilité, avoua S'Armuna dont le visage devint soudain blême.

— Toi ! Que reprochais-tu donc à ces jeunes ? demanda Jondalar.

— Oh, rien. L'enfant d'Attaroa était mon servant, et je le considérais presque comme le mien. J'aime Cavoa, je souffre pour elle, mais je suis responsable de la mort des trois autres aussi sûrement que si je leur avais fait avaler le poison moi-même. Sans moi, Attaroa n'aurait jamais su où trouver le poison ni comment s'en servir.

La vieille femme n'arrivait pas à cacher son désespoir.

— Tuer son propre enfant, répéta Ayla en hochant la tête comme pour chasser cette idée monstrueuse. Comment a-t-elle pu ?

— C'est un mystère, admit S'Armuna. Je vous raconterai tout ce que je sais, mais rentrons d'abord, suggéra-t-elle en jetant des regards inquiets autour d'elle.

Elle n'avait nulle envie que ses révélations pussent tomber dans des oreilles indiscrètes.

Ayla et Jondalar la suivirent, ôtèrent leur pelisse et s'approchèrent du feu pendant que la vieille femme l'alimentait et y déposait des pierres à chauffer pour préparer une infusion. Lorsqu'ils furent bien installés à déguster le breuvage brûlant, S'Armuna resta silencieuse un moment pour rassembler ses pensées.

— Je ne sais plus comment tout a commencé. Sans doute avec les premières querelles d'Attaroa et de Brugar, mais cela ne s'est pas arrêté là. Brugar a continué à battre Attaroa pendant sa grossesse. Il a refusé qu'on me prévienne quand elle a accouché. Je ne l'ai su qu'en l'entendant hurler de douleur. Je suis venue l'aider, mais il ne m'a pas laissée entrer. La délivrance fut difficile et Brugar interdisait tout ce qui aurait pu la soulager. Je suis convaincue qu'il se réjouissait de la voir souffrir. Il semble que l'enfant soit né avec une malformation. D'après moi, c'était à cause des coups qu'Attaroa recevait, et bien que ce ne fût pas flagrant à la naissance, je me suis vite aperçu que la colonne vertébrale de l'enfant était déviée et fragile. Il y avait sans doute d'autres choses, mais je ne puis l'affirmer, car on ne m'a pas autorisée à l'examiner.

— Etait-ce un garçon ou une fille ? demanda Jondalar, les explications de S'Armuna n'ayant toujours pas levé ses incertitudes.

— Je l'ignore, avoua S'Armuna.

— Je ne comprends pas. Comment peux-tu l'ignorer ? s'étonna Ayla.

— Personne ne le savait, excepté Brugar et Attaroa, et ils ont toujours gardé le secret. Contrairement aux autres, l'enfant n'avait pas le droit d'apparaître nu en public, et ils lui ont choisi un nom neutre. L'enfant s'appelait Omel.

— Et Omel n'a jamais rien dit ? demanda Ayla.

— Non, l'enfant a gardé le secret. Brugar devait le menacer de représailles horribles si jamais son sexe était découvert.

— Pourtant, certains signes ont dû se manifester avec l'âge, objecta Jondalar. Le corps que j'ai vu était celui d'un adulte.

— Omel ne se rasait pas, affirma S'Armuna, mais on ne voyait pas non plus si sa poitrine poussait. Ses vêtements étaient toujours amples pour camoufler sa silhouette. Sa colonne vertébrale déviée n'avait pas empêché l'enfant de se développer, et il était grand pour une fille, ce qui ne prouve rien étant donné la taille d'Attaroa. Etait-ce dû à sa fragilité, toujours est-il qu'Omel possédait une sensibilité qu'on trouve rarement chez les hommes.

— Mais lorsque l'enfant a grandi, tu n'as pas réussi à te faire une idée ? dit Ayla.

S'Armuna salua la sagacité d'Ayla d'un sourire admiratif.

— Au fond de moi, j'ai toujours considéré Omel comme une fille, mais peut-être souhaitais-je que cela fût. Brugar voulait persuader tout le monde que c'était un garçon.

— Cela ne m'étonne pas, dit Ayla. Dans le Clan, tous les hommes souhaitent que leur compagne ait au moins un garçon, sinon il se met à douter de sa virilité, parce que cela signifie que l'esprit de son totem est faible. Si Omel était une fille, Brugar a peut-être eu peur que cela se sache. Mais ceux du Clan ont coutume de se débarrasser des nouveau-nés difformes en les abandonnant aux charognards. Alors si le bébé est né avec une malformation, surtout si c'était un garçon et qu'il n'aurait jamais pu acquérir les qualités de chasseur que ceux du Clan attendent d'un homme, il est possible que Brugar ait voulu cacher cette tare.

— Il est difficile de spéculer sur les mobiles de Brugar, et quels qu'ils aient pu être, Attaroa était complice.

— Comment Omel et les deux garçons sont-ils morts ? demanda Jondalar.

— C'est une longue histoire, commença S'Armuna, qui n'aimait pas être bousculée. Contre toute attente, Omel est devenu le favori de Brugar. L'enfant était le seul qu'il n'ait jamais battu ni menacé. Je m'en félicitais, mais je me suis souvent demandé ce que cela cachait.

— Se doutait-il que les coups infligés à Attaroa avaient pu provoquer les déformations de l'enfant ? demanda Jondalar. Essayait-il de se racheter ?

— C'est possible. Pourtant il en rendait Attaroa responsable. Il la traitait de bonne-à-rien et disait qu'elle était incapable de mettre au monde un enfant normal. Ensuite, il s'emportait et la battait. Mais ses coups avaient cessé d'être le prélude aux Plaisirs. Il se détourna d'elle et reporta toute son affection sur l'enfant. Omel l'imitait et se mit à traiter Attaroa aussi mal que lui. A mesure qu'elle se sentait exclue, Attaroa devint jalouse d'Omel, jalouse de l'affection que lui portait Brugar, et surtout de l'admiration d'Omel pour Brugar.

— Quelle épreuve pour elle ! commenta Ayla.

— Oui. Brugar avait trouvé un nouveau supplice pour la faire souffrir. Mais elle ne fut pas la seule à en pâtir. Peu à peu, Brugar malmena toutes les femmes et les hommes l'imitèrent. Ceux qui tentèrent de s'opposer aux méthodes de Brugar furent roués de coups, ou chassés. Un jour, après une bagarre particulièrement violente au cours de laquelle Brugar lui cassa un bras et plusieurs côtes, Attaroa se rebella. Elle se promit de le tuer, et me supplia de lui fournir une recette pour parvenir à ses fins.

— Tu as accepté ? demanda Jondalar, incapable de refréner sa curiosité.

— Celle Qui Sert la Mère connaît de nombreux secrets, Jondalar, et même des secrets redoutables, surtout si elle a étudié avec les zelandonia. Mais quiconque est admis dans la Communauté de la Mère doit jurer devant les Cavernes Sacrées et les Légendes des Anciens de ne jamais dévoiler ses secrets. Celle Qui Sert la Mère abandonne son nom et son identité, et prend le nom et l'identité de son peuple. Elle devient le lien entre la Grande Terre Mère et Ses enfants, et le médium qui permet aux Enfants de la Terre de communiquer avec le monde des esprits. Servir la Mère implique de servir aussi Ses enfants.

— Je comprends, fit Jondalar.

— Mais tu ne comprends peut-être pas à quel point l'esprit de Celle Qui Sert devient soudé à son peuple. Le souci du bonheur de son peuple ne cède que devant les prérogatives de la Mère. C'est une lourde responsabilité, équivalente à celle du chef. Celle Qui Sert la Mère devient le guide, celle qui mène à la compréhension, à la découverte du sens caché de toute chose. Une partie de l'enseignement consiste à acquérir le savoir qui permettra d'interpréter les signes, les visions, les rêves que la Mère envoie à Ses enfants, ou suscite en eux. Il existe des procédés pour quêter les conseils du monde des esprits, mais en définitive tout repose sur l'interprétation de Celle Qui Sert. L'exigence de Servir du mieux possible ne m'a jamais quittée, mais l'amertume et la rancœur ont hélas obscurci mon jugement. A mon retour, je haïssais les hommes et le comportement de Brugar m'a conduite à les haïr davantage.

— Mais pourquoi t'accuses-tu de la mort des trois jeunes gens ? As-tu enseigné les poisons à Attaroa ? ne put s'empêcher de demander Jondalar.

— Je lui ai appris beaucoup, fils de Marthona, mais elle n'avait pas été initiée comme Celles Qui Servent. Cependant, elle a l'esprit vif et elle comprend toujours plus que ce qu'on veut bien lui dire... mais cela aussi, je le savais.

S'Armuna n'en dévoila pas davantage, suggérant qu'elle avait gravement transgressé les vœux de Celles

Qui Servent, sans pourtant le dire clairement, laissant à chacun le soin d'en tirer ses propres conclusions.

— De toute façon, c'est moi qui ai aidé Attaroa à établir sa domination sur les hommes — sans doute voulais-je les dominer moi-même. Mais j'ai fait pire : je l'ai poussée et encouragée à prendre le pouvoir, je l'ai persuadée que c'était là le vœu le plus cher de la Grande Terre Mère, et je l'ai aidée à en convaincre les autres femmes, ou au moins une grande partie. D'ailleurs, grâce à la façon dont Brugar les traitait, ce ne fut pas difficile. Je lui ai donné quelque chose à verser dans la boisson favorite des hommes pour les plonger dans le sommeil. De la sève de bouleau fermentée.

— Les Mamutoï préparaient un breuvage similaire, commenta Jondalar, abasourdi par les aveux de la vieille femme.

— Lorsque les hommes furent endormis, les femmes les ligotèrent. Elles ne se sont pas fait prier. Cette vengeance était comme un jeu pour elles. Mais Brugar, lui, ne s'est jamais réveillé. Attaroa a voulu me faire croire qu'il avait été trop réceptif au breuvage, mais je suis persuadée qu'elle avait ajouté autre chose dans son bol. Elle avait juré de le tuer, et elle a tenu parole. Maintenant, elle prétend le contraire, mais quelle que soit la vérité, c'est moi qui l'ai convaincue que les femmes seraient plus heureuses une fois débarrassées des hommes, et que les esprits des femmes se mêleraient entre eux pour ne créer que des bébés de sexe féminin.

— Et le croyais-tu toi-même ? demanda Jondalar.

— J'avais presque réussi à m'en convaincre. Je n'avais pas énoncé cela aussi crûment — je ne voulais pas m'attirer la colère de la Mère — mais c'était suffisamment clair pour qu'Attaroa devine ma pensée. Et elle prend pour preuve la grossesse de quelques femmes du Camp.

— Elle a tort, assura Ayla.

— Oui, je sais, et je me suis lourdement trompée. La Mère n'a pas été dupe de ma ruse. Au fond de moi-même, je sais que les hommes sont là parce qu'Elle en a décidé ainsi. Si Elle ne voulait pas d'hommes, Elle ne les aurait pas créés. Leurs esprits sont nécessaires. Mais si on les affaiblit, la Mère ne peut plus utiliser leurs esprits, et c'est pour cela que si peu d'enfants naissent. Fils de Marthona, tu es très vigoureux, apprécia-t-elle avec un sourire flatteur. Je suis sûre qu'Elle s'est déjà servie de ton esprit.

— Si les hommes étaient libres, tu découvrirais vite qu'ils sont bien assez vigoureux pour provoquer des grossesses, déclara Ayla. Et sans l'aide de Jondalar.

Le géant, qui avait très bien compris l'allusion, même s'il ne partageait pas entièrement la théorie d'Ayla, lui décocha un coup d'œil amusé.

— Si je peux me rendre utile, ce sera avec plaisir, assura-t-il.

— C'est une bonne idée, fit Ayla. Mais je disais justement que ce n'était pas nécessaire.

Le sourire de Jondalar se figea. Il venait de se rappeler qu'il n'avait aucune preuve d'être capable d'engendrer des enfants, que la théorie d'Ayla soit ou non exacte.

S'Armuna les observa, comprenant qu'elle assistait à une scène dont elle ignorait les tenants et les aboutissants. Mais quand il devint évident que ses hôtes attendaient avec impatience la suite de son récit, elle déclara :

— Je l'avais aidée, encouragée, mais je ne savais pas qu'Attaroa deviendrait pire que Brugar. Après la mort de Brugar, le sort des femmes s'améliora, ce qui fut loin d'être le cas pour les hommes, ou pour Omel. Le frère de Cavoa était le meilleur ami d'Omel, et il comprit vite la situation, d'autant qu'Omel fut le seul à pleurer Brugar.

— C'est normal, intervint Jondalar.

— Ce n'était pas l'avis d'Attaroa, précisa S'Armuna. Persuadé que sa mère avait tué Brugar, Omel lui en voulait et la défiait. Elle s'est mise à le battre. Elle m'a avoué un jour qu'elle voulait lui faire comprendre ce que Brugar lui avait fait subir, ainsi qu'aux autres femmes. Je sais, bien qu'elle ne me l'ait pas avoué, qu'elle avait caressé l'espoir de récupérer l'affection d'Omel, une fois Brugar parti.

— Ce n'est pas avec des coups qu'on s'attire l'affection de quelqu'un, remarqua Ayla.

— Tu dis vrai, approuva la vieille femme. Jamais personne n'avait levé la main sur Omel et il détesta davantage encore Attaroa. Malgré leur parenté, on aurait dit qu'ils ne pouvaient pas vivre ensemble. C'est à ce moment que j'ai proposé à Omel de devenir mon servant.

S'Armuna fit une pause. Elle leva son bol, mais voyant qu'il était vide, elle le reposa.

— Attaroa a paru soulagée de ne plus avoir Omel dans son foyer. Mais avec le recul, je me suis rendu compte qu'elle avait reporté sa haine sur les hommes. L'aggravation de la cruauté d'Attaroa a coïncidé avec le départ d'Omel. Elle dépassa encore celle de Brugar. J'aurais dû m'en douter. Au lieu d'éloigner Omel, j'aurais mieux fait d'essayer de les réconcilier. Que va-t-elle inventer, maintenant qu'Omel est parti dans l'autre monde ? Tué de ses propres mains.

S'Armuna posa les yeux sur les flammes qui dansaient dans la cheminée, en proie à une vision ineffable.

— Oh, Grande Mère ! s'exclama-t-elle soudain. Ai-je été aveugle ! Elle avait déjà rendu Ardoban infirme et l'avait envoyé dans l'Enclos. Pourtant, elle aimait ce garçon. Dire qu'elle a tué Omel et les deux autres !

— Elle l'a rendu infirme ? s'indigna Ayla. Ainsi, ces enfants dans l'Enclos ont été estropiés volontairement ?

— Oui. Elle voulait les affaiblir, les terroriser, acquiesça S'Armuna d'un air grave. Attaroa a perdu toute raison. Je suis très inquiète.

Incapable de poursuivre, elle enfouit son visage dans ses mains.

— Comment cela finira-t-il ? gémit-elle. Toute cette souffrance est de ma faute.

— Tu n'es pas seule responsable, S'Armuna, assura Ayla. Sans doute l'as-tu permis, encouragé même, mais ne prends pas tout sur toi. La faute en revient à Attaroa, et peut-être aussi à ceux qui l'ont maltraitée. La cruauté engendre la cruauté, la souffrance alimente la souffrance, et l'abus encourage l'abus.

— Et les malheurs qu'elle a infligés seront transmis à

la génération suivante ! cria la vieille femme, que cette éventualité torturait.

Elle se mit à se balancer d'avant en arrière en récitant d'une voix plaintive :

— Combien de ceux, enfermés derrière cette palissade, a-t-elle condamnés à propager son funeste héritage ? Et combien de celles qui l'admiraient voudront l'imiter ? La présence de Jondalar m'a rappelé les devoirs de mon initiation. J'aurais dû être la dernière à tolérer de tels actes, voilà ma responsabilité. Oh, Mère ! Qu'ai-je fait ?

— Inutile de ressasser les fautes du passé, déclara Ayla. L'important est ce que tu comptes faire maintenant.

— Je dois les aider. Il le faut... Mais comment ?

— Pour Attaroa, c'est trop tard, mais il faut l'arrêter. Nous devons aider les enfants et les hommes de l'Enclos. Libérons-les d'abord, nous verrons ensuite comment les aider.

S'Armuna considéra la jeune femme qui semblait si confiante et décidée, et se demanda qui elle était vraiment. Les yeux de Celle Qui Sert la Mère avaient été dessillés. Elle se rendait compte à quel point elle avait abusé de son pouvoir, et l'ampleur des dommages qu'elle avait causés. Elle craignait pour son propre esprit, et aussi pour la vie du Camp.

Le silence tomba dans l'habitation. Ayla se leva et prit le récipient dans lequel infusaient les herbes.

— Laisse-moi faire l'infusion, cette fois-ci, demanda-t-elle. J'ai un mélange d'herbes délicieux.

S'Armuna acquiesça sans un mot et Ayla fouilla dans sa poche à médecines.

— J'ai repensé aux deux jeunes infirmes de l'Enclos, dit Jondalar. Boiter ne les empêchera pas de devenir tailleurs de silex, si seulement ils trouvaient quelqu'un pour leur apprendre. Il doit bien exister un tailleur parmi les S'Armunaï. Tu devrais en parler à la prochaine Réunion d'Eté.

— Nous n'allons plus aux Réunion d'Eté des S'Armunaï, déplora la vieille femme.

— Ah, pourquoi ? s'étonna Jondalar.

— Attaroa ne veut plus, expliqua S'Armuna d'une voix éteinte. Les autres n'ont jamais été très bienveillants à son égard. Son propre Camp la tolérait à peine. Lorsqu'elle a pris le pouvoir, elle a rompu avec tout le monde. Peu après son accession au rang de Femme Qui Ordonne, certains Camps ont envoyé une délégation pour nous convier chez eux. Ils avaient dû apprendre que de nombreuses femmes vivaient sans compagnon. Attaroa les a renvoyés avec des insultes, et elle s'est peu à peu aliéné tous les autres S'Armunaï. Maintenant, nous n'avons plus aucune visite, ni de parents ni d'amis. Tout le monde nous évite.

— Finir comme cible suspendu à un poteau n'est pas une perspective réjouissante, commenta Jondalar.

— Je t'ai bien dit qu'elle devenait de plus en plus cruelle. Et tu n'étais pas la première victime. Il y a quelques années, un étranger qui entreprenait le Voyage s'est présenté. En voyant tant de femmes vivre apparemment seules, il s'est montré arrogant et condescendant. Il s'est imaginé qu'on allait l'accueillir à bras ouverts. Attaroa a joué avec lui comme un lion avec sa proie, et elle a fini par le tuer. Mais le jeu lui avait tellement plu qu'elle a recommencé avec tous les visiteurs. Elle s'amusait à les avilir en leur faisant toutes sortes de promesses avant de se débarrasser d'eux. Elle avait la ferme intention de recommencer avec toi, Jondalar.

Ayla, qui versait des plantes calmantes dans l'outre où elle préparait l'infusion, frissonna en entendant S'Armuna.

— Tu as raison, fit-elle, elle n'est plus humaine. Quand Mog-ur parlait des mauvais esprits, je croyais qu'il s'agissait de légendes, d'histoires destinées à faire peur pour inculquer la bonté aux enfants. Mais Attaroa n'est pas une légende. C'est le mal en personne.

— Tu dis vrai. Quand les étrangers cessèrent de venir, Attaroa s'est servie des hommes de l'Enclos, poursuivit S'Armuna, incapable de s'arrêter maintenant qu'elle avait décidé de raconter ce qu'elle gardait enfoui depuis si longtemps. Elle a commencé par les plus forts, les meneurs, les rebelles. Il reste de moins en moins d'hommes, et les survivants perdent le goût de la révolte. Elle les laisse mourir de faim, les expose au froid et aux intempéries. Elle les enferme dans des cages ou les attache. Ils ne peuvent même plus se laver et beaucoup meurent de froid ou de malnutrition. Pire, peu d'enfants naissent pour remplacer les morts. Le Camp est en train de disparaître. La grossesse de Cavoa en a surpris plus d'un.

— Elle a certainement réussi à entrer dans l'Enclos pour y retrouver un compagnon, suggéra Ayla. Sans doute celui dont elle s'est éprise. Tu dois savoir cela, S'Armuna.

S'Armuna le savait, en effet, mais elle s'interrogeait sur l'étrange divination de la jeune femme.

— Certaines femmes réussissaient à se glisser dans l'Enclos pour voir les hommes, elles apportaient à manger quand elles le pouvaient. Jondalar a dû te le raconter.

— Non, je ne lui ai rien dit, assura Jondalar. Et je ne comprends pas pourquoi les femmes ont accepté que les hommes soient enfermés.

— Elles avaient peur d'Attaroa. Rares étaient celles qui l'approuvaient, et la plupart auraient bien aimé vivre avec leur compagnon. Mais maintenant, elle menace d'estropier leurs enfants.

— Dis aux femmes de libérer les hommes, ou il n'y aura plus de naissances, ordonna Ayla d'un ton qui fit frémir Jondalar et S'Armuna.

Ils la dévisageaient tous deux avec respect. Jondalar reconnut l'expression autoritaire et détachée qu'elle adoptait chaque fois qu'elle soignait un blessé ou un malade, bien qu'en la circonstance il discernât davantage qu'une volonté de venir en aide. Il notait aussi une colère froide qu'il n'avait jamais vue chez elle.

La vieille femme interpréta les propos d'Ayla comme une prophétie, ou un jugement.

Après qu'Ayla eut servi l'infusion, ils restèrent silencieux, le cœur lourd. Ayla ressentit alors un besoin urgent de respirer l'air pur et glacé. Elle voulait aussi s'assurer du sort des animaux, mais en observant S'Armuna elle décida qu'il valait mieux attendre. La vieille femme était désespérée, il fallait lui donner quelque chose à quoi se raccrocher.

Jondalar s'inquiétait pour les hommes qu'il avait laissés dans l'Enclos, et se demandait ce qu'ils pensaient. Nul doute qu'ils connaissaient son retour, mais ils ne l'avaient pas vu réapparaître dans l'Enclos. Il aurait bien aimé s'entretenir avec Ebulan et S'Amodun, rassurer Doban, mais il n'était pas rassuré lui-même. Ils s'étaient jetés dans la gueule du loup, et n'avaient pas fait grand-chose hormis parler. Jondalar était partagé entre l'envie de s'enfuir le plus vite possible et le désir d'aider les malheureux. Et s'ils devaient agir, alors que ce soit rapidement.

— Je veux faire quelque chose pour les hommes, déclara-t-il, incapable d'attendre plus longtemps. Mais comment ?

— Tu les as déjà aidés, assura S'Armuna. Quand tu as refusé les avances d'Attaroa, tu leur as redonné courage. D'ailleurs, ce n'est pas le plus important, d'autres lui ont résisté avant toi, mais tu es le premier à lui avoir échappé, et surtout à être revenu ensuite. Attaroa a perdu la face, et les hommes ont repris espoir.

— Oui, mais l'espoir ne les fera pas sortir de l'Enclos, objecta Jondalar.

— C'est exact, et Attaroa n'acceptera jamais de les libérer. S'il ne tenait qu'à elle, personne n'en sortirait vivant. Autre chose : rares sont les femmes qui entreprennent le Voyage. Tu es la première à t'aventurer par ici, Ayla.

— Attaroa irait-elle jusqu'à tuer une femme ? s'inquiéta Jondalar en se rapprochant machinalement de celle qu'il aimait, comme pour la protéger.

— Ce serait difficile à justifier, autant que d'enfermer une femme dans l'Enclos. Certaines sont séquestrées dans une cage invisible, pourtant. Elles n'osent s'en aller, car Attaroa menace de s'en prendre à ceux qu'elles aiment, à leurs enfants, à leur compagnon. Toi, Ayla, tu n'as pas de lien ici, elle n'a aucun pouvoir sur toi. Mais si elle te tue, elle pourra ensuite supprimer plus facilement les femmes qui la gênent. Je ne te dis pas cela uniquement pour te mettre en garde, mais parce que le Camp tout entier est en danger. Il est encore temps de partir, et c'est sans doute ce que vous avez de mieux à faire.

— Non, il n'en est pas question, affirma Ayla. Comment pourrais-je abandonner ces enfants ? Ces hommes ? Les femmes auront également besoin d'aide. Brugar te qualifiait de guérisseuse, S'Armuna, j'ignore si tu comprends ce que cela implique, mais sache que je suis une guérisseuse du Clan.

— Tu es une guérisseuse ? J'aurais dû m'en douter.

Elle ne savait pas exactement ce qu'était une guérisseuse, mais Brugar lui avait témoigné un tel respect après l'avoir classée dans cette catégorie qu'elle en avait déduit qu'il s'agissait là d'une position prestigieuse.

— C'est pour cela que je n'ai pas le droit de partir, poursuivit Ayla. Ce n'est pas un choix, c'est le devoir de toute guérisseuse. Cela fait partie d'elle. Une parcelle de mon esprit est déjà dans l'autre monde, précisa-t-elle en portant la main à son amulette. C'est le gage de mon obligation morale envers ceux qui ont besoin de mon aide. Je ne peux l'expliquer davantage, mais je n'ai pas le droit de laisser Attaroa abuser de ces malheureux plus longtemps, et le Camp aura besoin de mon aide quand ceux de l'Enclos seront libres. Je resterai le temps qu'il faudra.

D'un signe de tête, S'Armuna montra qu'elle comprenait. Le concept était difficile à définir. Elle mettait sur le même plan la compassion d'Ayla et sa volonté d'aider autrui avec sa propre pulsion à vouloir Servir la Mère, et elle s'identifia à la jeune femme.

— Nous resterons le temps que nous pourrons, rectifia Jondalar qui n'oubliait pas le glacier à traverser. La question est : comment persuader Attaroa de libérer les hommes ?

— Elle te craint, Ayla, affirma la chamane, tout comme nombre de ses Louves. Et celles qui n'ont pas peur t'admirent. Les S'Armunaï sont des chasseurs de chevaux. Nous chassons aussi d'autres animaux, y compris les mammouths, mais ce sont les chevaux que nous connaissons le mieux. Au nord, il y a une falaise où nous les précipitons depuis des générations. Tu ne peux nier le pouvoir magique que tu exerces sur les chevaux, Ayla. On a peine à croire à un tel mystère, même en le voyant.

— Il n'y a rien de mystérieux là-dedans, grogna Ayla. J'ai adopté la jument quand elle n'était qu'un jeune poulain. Je vivais seule à l'époque et elle était mon unique amie. Whinney fait ce que je lui demande parce qu'elle le veut bien, parce que nous sommes amies, essaya-t-elle d'expliquer.

Elle avait nommée Whinney en émettant un léger hennissement. Habituée à voyager seule avec Jondalar et les animaux, elle avait inconsciemment repris l'ancienne prononciation. Le son qui sortit de la bouche de la jeune femme troubla S'Armuna, et l'idée qu'on pût être amie avec un cheval lui semblait au-delà de la compréhension. Mais bien qu'Ayla eût dénié toute magie, elle n'avait fait que renforcer la conviction de S'Armuna.

— Sans doute, concéda la chamane.

Mais elle pensait : tu as beau essayer de faire croire que c'est naturel, tu n'empêcheras pas qu'on se demande d'où tu viens et ce que tu fais ici.

— Les femmes pensent... et espèrent que tu es venue pour les aider, reprit-elle. Elles ont peur d'Attaroa, mais grâce à toi, et à Jondalar, elles auront le courage de se révolter et de libérer les hommes. Elles ne se laisseront peut-être plus intimider aussi facilement.

Ayla, oppressée, éprouvait un besoin urgent de respirer l'air pur.

— J'ai bu trop d'infusion, déclara-t-elle en se levant. Il faut que je sorte uriner. Indique-moi où je puis aller, S'Armuna. Nous en profiterons pour rendre visite aux chevaux, ajouta-t-elle après avoir écouté les explications de la chamane. Peut-on laisser les jattes ici en attendant ? Ça refroidit vite, constata-t-elle en soulevant un des couvercles. Dommage, ce serait meilleur chaud.

— Bien sûr, laisse-les ici, dit S'Armuna qui but les dernières gorgées d'infusion en regardant les deux étrangers sortir.

Peut-être qu'Ayla n'était pas une incarnation de la Grande Mère, et que Jondalar était vraiment le fils de

Marthona, mais la certitude que la Mère exigerait un jour Son dû tourmentait gravement Celle Qui Sert la Mère. Elle était S'Armuna, elle avait troqué son identité contre le pouvoir du monde des esprits et elle avait la charge de ce Camp, hommes et femmes confondus. La Mère lui avait confié le soin de veiller au bien-être spirituel de ce Camp, et la garde de Ses enfants. S'Armuna n'ignorait pas que vu de l'extérieur, par les yeux de celui qui avait servi à lui rappeler son vœu, comme par ceux de la femme aux pouvoirs étranges, elle avait lamentablement échoué. Elle espérait seulement qu'Elle lui accorderait la possibilité de se racheter et d'aider son Camp à retrouver une vie saine et normale.

32

Du seuil, S'Armuna regarda les deux étrangers s'éloigner. Elle vit Attaroa et Epadoa, postées devant l'habitation de la Femme Qui Ordonne, se retourner pour les observer. La chamane allait rentrer quand elle remarqua qu'Ayla changeait brusquement de direction, et se dirigeait vers la palissade. La manœuvre n'avait pas échappé à Attaroa et à sa Louve qui s'avancèrent à grandes enjambées pour couper la route de la jeune femme. Elles atteignirent l'Enclos presque en même temps, bientôt rejointes par la vieille femme.

Par les fentes de la palissade, Ayla regarda les visages et les yeux qui l'observaient en silence derrière les énormes pieux. Ce qu'elle vit la bouleversa. Les hommes étaient sales, hirsutes, et déguenillés, mais le pire était encore la puanteur qui se dégageait de l'Enclos. Au-delà des effluves nauséabonds, l'odorat aguerri d'Ayla perçut le caractère infectieux de la pestilence. D'habitude, les odeurs corporelles ne l'incommodaient pas, ni même une quantité normale de déjection, mais l'haleine fétide due à la malnutrition, la saleté repoussante des excréments évacués par des ventres malades, les relents d'infection, de blessures purulentes et même de gangrène, tout choquait ses sens et provoquait en elle une furieuse colère.

Epadoa se dressa devant Ayla et fit écran de son corps, mais la jeune femme en avait assez vu. Elle fit volte-face et affronta Attaroa.

— Pourquoi ces hommes sont-ils parqués comme des bêtes ?

En entendant la traduction de S'Armuna, les hommes derrière la palissade retinrent leur souffle, attendant la réaction d'Attaroa. Personne n'avait encore osé lui poser la question.

La Femme Qui Ordonne foudroya Ayla du regard, mais la jeune femme indignée ne broncha pas. Presque de même taille, bien que la femme aux yeux noirs fût légèrement plus grande, elles étaient toutes deux athlétiques. L'hérédité d'Attaroa lui avait légué une charpente plus lourde, alors qu'Ayla, à force d'exercices, avait développé une musculature fine et nerveuse. La Femme Qui Ordonne était plus âgée que l'étrangère, plus expérimentée, plus rusée et totalement imprévisible ; la visiteuse, experte à la traque et chasseresse émérite, était une redoutable observatrice, prompte à noter le moindre indice et à en tirer rapidement profit.

Soudain Attaroa éclata de son rire démoniaque, et Jondalar, qui avait rejoint les quatre femmes, en eut la chair de poule.

— Ils l'ont mérité ! déclara-t-elle enfin.

— Personne ne mérite un tel traitement, riposta Ayla sans attendre les explications de S'Armuna, qui se contenta de traduire les paroles de la jeune femme pour Attaroa.

— Qu'en sais-tu ? Tu n'étais pas là ! Comment pourrais-tu imaginer la façon dont ils nous traitaient ? lança la femme aux yeux noirs.

— Vous obligeaient-ils à rester dehors dans le froid ? Ne vous fournissaient-ils ni habits ni nourriture ?

Quelques femmes s'étaient approchées et assistaient à la scène d'un air gêné.

— Vous ne valez pas mieux si vos sévices sont pires que les leurs, poursuivit Ayla.

Attaroa ne daigna pas répondre à l'accusation que S'Armuna traduisit. Elle se contenta de grimacer un sourire cruel.

Ayla remarqua une agitation derrière la palissade, et vit les hommes s'écarter pour permettre à deux garçons de clopiner jusqu'au premier rang. A la vue des deux jeunes invalides et d'autres enfants transis et affamés, la fureur d'Ayla redoubla. Elle se rendit compte alors que des Louves avaient pénétré dans l'Enclos armées de sagaies. Incapable de se contenir plus longtemps, elle les apostropha :

— Et ces enfants, vous ont-ils aussi maltraitées ? Qu'ont-ils fait pour justifier ce châtiment ?

S'Armuna s'assura que tout le monde pût comprendre les propos d'Ayla.

— Où sont les mères de ces enfants ? demanda Ayla à Epadoa.

Celle qui commandait aux Louves lança un regard interrogateur à Attaroa après avoir entendu la question dans sa langue, mais la Femme Qui Ordonne dévisageait Ayla avec, aux lèvres, son sourire cruel, comme si elle se délectait d'avance de la réponse d'Epadoa.

— Certaines sont mortes, expliqua la Louve.

— Abattues alors qu'elles tentaient de s'enfuir avec leurs enfants, précisa une des femmes qui s'étaient attroupées. Les autres n'osent plus réagir de peur qu'on torture leurs enfants.

Ayla chercha d'où venait la voix, et aperçut une vieille femme, celle-là même que Jondalar avait vue se lamenter si bruyamment aux funérailles des trois jeunes gens. Epadoa la foudroya du regard.

— Que peux-tu de plus contre moi, Epadoa ? fit la femme en s'avançant courageusement. Tu as déjà pris mon fils, et ma fille ne tardera pas à le suivre. Je suis trop vieille et je me moque bien de la vie, maintenant.

— Ils nous avaient trahies, répliqua Epadoa. Que cela serve de leçon à ceux qui voudraient encore s'enfuir.

Attaroa restait imperturbable et on ignorait si elle approuvait ou non les justifications d'Epadoa, qu'elle fixa d'un regard las avant de tourner les talons, laissant Epadoa et ses Louves monter la garde devant l'Enclos. Mais un sifflement aigu et puissant l'arrêta sur le seuil de sa caverne. Son sourire narquois se figea et ce fut avec effroi qu'elle vit arriver les deux chevaux au triple galop depuis l'autre bout du pré. Elle pénétra vivement dans son logis, sans demander son reste.

Des murmures incrédules s'élevèrent de toutes parts

quand la jeune femme blonde et le géant aux cheveux encore plus clairs enfourchèrent leur monture et disparurent au galop. Nombreux furent ceux qui rêvaient de décamper aussi facilement, et beaucoup se demandaient s'ils reverraient un jour les deux étrangers.

— Si seulement nous pouvions continuer notre route ! s'exclama Jondalar, après qu'ils eurent ralenti l'allure.

— Oui, cela me soulagerait, avoua Ayla. Ce qui se passe dans ce Camp est insoutenable, c'est révoltant. Je plains S'Armuna et je comprends ses remords, mais je lui en veux d'avoir toléré cette situation si longtemps. Comment allons-nous agir ?

— Il faudra décider d'un plan avec S'Armuna. Il est évident que la majorité des femmes en ont assez, et qu'elles seraient prêtes à nous aider. S'Armuna doit savoir sur qui nous pouvons compter.

Ils avaient rejoint les sous-bois, et chevauchaient à l'abri des arbres parfois clairsemés. Ils descendirent jusqu'à la rivière, et remontèrent à l'endroit où ils avaient laissé Loup. En approchant, Ayla émit un petit sifflement et le loup déboula pour les accueillir en frétillant joyeusement. Il était resté sagement où Ayla lui avait ordonné, et ils le félicitèrent tous deux pour sa patience. Ayla remarqua pourtant les restes d'une proie, ce qui supposait qu'il avait quitté sa cachette pour chasser et elle s'en inquiéta. Si près du Camp, elle craignait qu'il ne tombât entre les mains d'Attaroa et de ses Louves, mais elle n'osa pas le gronder. Sa détermination à quitter au plus vite un Camp où on mangeait de la chair de loup s'en trouva renforcée.

Ils menèrent sans bruit les chevaux près de la rivière, à hauteur du buisson où ils avaient caché leurs affaires. Ayla sortit une de leurs dernières galettes, la cassa en deux, et offrit le plus gros morceau à Jondalar. Ils s'assirent au milieu des broussailles, contents de respirer un air différent de celui du Camp des S'Armunaï.

Un brusque grondement de Loup fit sursauter Ayla.

— Quelqu'un vient, murmura Jondalar, alarmé.

Tous leurs sens en éveil, ils scrutèrent les environs,

confiants dans les capacités de Loup à détecter le danger. Ayla, cherchant dans la direction où Loup reniflait, aperçut deux femmes approcher dans les broussailles. Elle aurait juré que l'une d'elles était Epadoa. Elle tapota le bras de Jondalar et lui désigna les intruses. Il acquiesça en silence.

— Toi attends, calme chevaux, recommanda-t-elle en utilisant le langage gestuel du Clan. Moi cache Loup. Moi éloigne femmes.

— Non, moi, répondit Jondalar dans la même langue.

— Femmes écoutent mieux femmes, rétorqua Ayla.

Jondalar accepta à contrecœur.

— Moi reste ici avec propulseur, signala-t-il. Toi, prends propulseur.

— Fronde aussi, ajouta-t-elle d'un geste.

Sans un bruit, Ayla se faufila dans les broussailles et décrivit un arc de cercle pour couper la route des deux femmes. Elle les entendit approcher.

— Je suis sûre qu'ils sont venus ici en quittant leur campement hier soir, Unavoa, disait celle qui commandait aux Louves.

— Oui, mais pourquoi les chercher au même endroit ?

— Ils reviendront peut-être. Et sinon, nous trouverons bien une piste.

— Certaines prétendent qu'ils disparaissent, ou qu'ils se changent en oiseaux, ou en chevaux, avança la plus jeune.

— Ne sois pas stupide, fit Epadoa. Nous avons trouvé leur campement, non ? Pourquoi installeraient-ils un campement s'ils se changeaient en animaux ?

Elle raisonne bien, pensa Ayla. Au moins se sert-elle de sa tête, et elle n'est pas si mauvaise à la traque. Elle chasse sûrement bien. Dommage qu'elle soit si proche d'Attaroa.

Cachée derrière un buisson d'arbrisseaux au feuillage clairsemé, tapie dans les herbes jaunâtres qui lui montaient aux genoux, Ayla regardait les deux femmes approcher. Lorsqu'elles furent à sa hauteur, elle se releva d'un bond, le propulseur armé à la main.

Epadoa sursauta et Unavoa laissa échapper un cri de terreur en reculant d'un pas.

— Vous me cherchez ? demanda Ayla en s'armunaï. Me voici !

Unavoa était prête à décamper, et Epadoa n'en menait pas large.

— Nous... nous chassions, bredouilla-t-elle.

— Ici, pas chevaux pour pousser dans ravin, dit Ayla.

— Nous ne chassions pas de chevaux, se défendit Epadoa.

— Je sais. Vous chassez Ayla et Jondalar.

Son apparition soudaine et la façon étrange dont elle parlait le s'armunaï donnaient l'impression qu'Ayla venait d'un pays lointain, peut-être même d'un autre monde. Effarées, les deux Louves ne songeaient qu'à s'enfuir loin de cette femme dont les qualités dépassaient par trop celles des humains.

— Ces deux chasseresses devraient rejoindre leur Camp, ou elles risquent de manquer le grand festin de ce soir.

La voix venue des bois avait prononcé ces mots en mamutoï, langage que les deux femmes comprenaient, et elles reconnurent l'accent de Jondalar. Elles se retournèrent et virent le géant, nonchalamment appuyé contre un gros bouleau blanc, une sagaie engagée dans son propulseur.

— Oui, tu as raison. Nous ne devons pas manquer le festin, acquiesça Epadoa, et poussant sa compagne muette d'émotion, elle se hâta de décamper.

Lorsqu'elles eurent disparu, Jondalar ne put réprimer un large sourire.

Le soleil déclinait à l'horizon quand Jondalar et Ayla, juchés sur leurs montures, revinrent dans le Camp des S'Armunaï. Ils avaient changé la cachette de Loup, qui était à présent beaucoup plus près des habitations. Comme il allait bientôt faire nuit, et que les gens ne se hasardaient pas dans l'obscurité loin de la sécurité du feu, Ayla, bien qu'inquiète, l'avait autorisé à rester plus près d'elle.

S'Armuna allait quitter son logis quand les deux

cavaliers descendirent de cheval à l'entrée du pré. Elle poussa un soupir de soulagement en les voyant. Malgré leur promesse, elle s'était demandé s'ils reviendraient. Pourquoi des étrangers mettraient-ils leur vie en danger pour aider des gens qu'ils ne connaissaient pas ? Leurs propres parents ne s'étaient-ils pas désintéressés de leur sort ? Il faut dire que parents et amis avaient été fort mal accueillis lors de leurs dernières visites.

Jondalar ôta le harnais de Rapide pour qu'il pût fuir sans entrave le cas échéant. Ils donnèrent chacun une tape amicale sur la croupe de leurs montures pour les inciter à s'éloigner du Camp. S'Armuna s'avança à leur rencontre.

— Nous terminons les préparatifs pour la Cérémonie du Feu de demain, expliqua-t-elle. Nous allumons toujours un feu la veille pour chauffer le four, voulez-vous venir en profiter ?

— Pff ! Il fait froid ! s'exclama Jondalar.

En compagnie de S'Armuna, ils se dirigèrent vers l'autre extrémité du Camp.

— J'ai découvert un moyen de réchauffer les mets que tu as préparés, Ayla. Ça sent bon, déclara la vieille femme avec un sourire gourmand.

— Comment peux-tu faire chauffer un brouet aussi épais dans des paniers ? demanda Ayla, surprise.

— Je te montrerai, dit la chamane qui pénétra en se baissant dans l'antichambre de la petite construction.

Ayla la suivit, précédant Jondalar. Le feu n'était pas allumé dans la petite pièce dont la température était pourtant très douce. S'Armuna se dirigea directement vers la deuxième pièce et déplaça l'omoplate de mammouth qui en fermait l'accès. A l'intérieur, l'air était brûlant, suffisamment pour faire cuire de la nourriture, remarqua Ayla. Elle jeta un coup d'œil. Un feu avait été allumé dans la chambre, et à quelques pas du feu, on avait déposé ses deux jattes.

— Hmm ! Ça sent bon ! fit Jondalar.

— Vous ne pouvez pas imaginer combien de personnes m'ont questionnée pour savoir quand la fête commencerait, assura S'Armuna. On sent le fumet depuis l'Enclos. Ardemun est venu me trouver et m'a demandé s'il était vrai que les hommes auraient leur part. Et ce n'est pas tout. Attaroa a ordonné aux femmes de préparer assez de viande pour tout le monde, hommes compris. Je n'arrive pas à me souvenir quand a eu lieu notre dernière fête... il est vrai que nous n'avons pas eu d'événement à célébrer. Je me demande d'ailleurs ce que nous fêtons ce soir.

— Mais, des hôtes, dit Ayla. Vous honorez des hôtes.

— Oui, c'est cela, des hôtes, bougonna la vieille femme. N'oubliez pas que c'est le prétexte qu'a trouvé Attaroa pour vous faire revenir. Je dois vous mettre en garde. Ne buvez ni ne mangez rien qu'elle n'ait goûté avant vous. Attaroa connaît de nombreux poisons qu'on peut camoufler en mets succulents. S'il le faut, ne mangez que ce que vous avez apporté. J'ai surveillé vos plats avec soin.

— Ici aussi ? s'inquiéta Jondalar.

— Personne n'ose s'aventurer ici sans mon autorisation, assura Celle Qui Sert la Mère. Mais dès que les paniers sortiront de cette pièce, tenez-les à l'œil. Attaroa et Epadoa n'ont cessé de comploter toute la journée. Elles mijotent quelque chose.

— Et toutes les Louves sont à leurs côtés, renchérit Jondalar. Et nous, sur qui pouvons-nous compter ?

— Presque tout le monde souhaite un changement, assura S'Armuna.

— Oui, mais qui nous aidera ?

— Nous pouvons compter sur Cavoa.

— Mais elle est enceinte ! s'exclama Jondalar.

— Raison de plus, rétorqua la vieille femme. Tout laisse penser qu'elle donnera le jour à un garçon. Elle défendra la vie de son bébé en même temps que la sienne. Et même si elle avait une fille, il y a peu de chances qu'Attaroa la garde en vie une fois que le bébé sera sevré. Cavoa le sait.

— Que penses-tu de la femme qui est intervenue aujourd'hui ? demanda Ayla.

— C'était Esadoa, la mère de Cavoa. Elle nous sera fidèle, mais elle me reproche la mort de son fils autant qu'à Attaroa.

— Je l'ai vue aux funérailles, dit Jondalar. Elle avait jeté des objets dans la tombe, et cela avait déplu à Attaroa.

— Oui, c'étaient des outils pour l'autre monde. Attaroa avait interdit qu'on leur donne quoi que ce soit pour les aider dans le monde des esprits.

— Je t'ai vue prendre la défense de cette femme, assura Jondalar.

S'Armuna balaya son affirmation d'un geste éloquent.

— J'ai dit à Attaroa qu'une fois les objets donnés, on ne pouvait plus les reprendre. Et elle n'a pas osé les récupérer.

Jondalar hocha la tête.

— Les hommes de l'Enclos seraient ravis de nous aider, déclara-t-il.

— Oui, mais il faut d'abord les libérer, dit S'Armuna. Les gardes les surveillent étroitement. Je doute que quiconque puisse se glisser derrière la palissade sans être vu. Dans quelques jours, peut-être. Cela nous laissera le temps de regrouper les femmes. Quand nous saurons combien nous sommes, nous pourrons étudier un plan pour renverser Attaroa et ses Louves. Il faudra se battre, j'en ai peur. C'est la seule manière de délivrer les hommes.

— Je suis de ton avis, approuva Jondalar d'un air sombre.

Ayla hocha la tête avec gravité. Le Camp en avait déjà assez enduré, et elle n'envisageait pas le combat, avec son cortège de souffrances, de gaieté de cœur.

— Tu as dit que tu avais donné une boisson à Attaroa pour endormir les hommes. Pourquoi ne verserais-tu pas des herbes dans l'infusion d'Attaroa et de ses Louves pour les faire dormir ? proposa-t-elle.

— Attaroa se méfie. On ne lui fera rien avaler qui n'ait pas été goûté auparavant. C'était le rôle de Doban. Maintenant, elle désignera n'importe lequel des enfants pour remplir cette fonction, expliqua S'Armuna en jetant un coup d'œil dehors. Il fait presque nuit, annonça-t-elle. Si vous êtes prêts, je crois que la fête va commencer.

Ayla et Jondalar prirent chacun un récipient dans la pièce intérieure, et Celle Qui Sert la Mère replaça l'omoplate de mammouth derrière eux. Dehors, ils virent qu'on avait allumé un grand feu de joie devant l'habitation d'Attaroa.

— Je croyais qu'elle nous inviterait chez elle, déclara S'Armuna, mais on dirait que la fête aura lieu dehors, malgré le froid.

En les voyant approcher chargés de leurs récipients, Attaroa les accueillit par ces mots :

— Puisque vous vouliez partager ce festin avec les hommes, j'ai décidé que la fête se déroulerait dehors, afin que vous puissiez les voir.

S'Armuna traduisit, bien qu'Ayla eût très bien compris et Jondalar également.

— On ne les voit guère dans le noir, remarqua Ayla. Il faudrait construire un autre feu de leur côté.

Attaroa étudia la proposition, puis éclata de rire sans esquisser un geste pour accéder à cette requête.

Le festin se composait d'un nombre extravagant de plats, consistant surtout en viandes maigres, avec de rares légumineuses, céréales ou racines ; pas de fruits secs, pas l'ombre d'une sucrerie, pas même d'écorces tendres. On avait préparé le breuvage légèrement fermenté, à la sève de bouleau, mais Ayla s'abstint d'en boire et constata avec soulagement qu'une femme servait des coupes d'infusion chaude à celles qui ne prenaient pas de sève. Depuis son expérience précédente chez les Mamutoï, Ayla avait remarqué que ce breuvage lui obscurcissait l'esprit, et ce soir, elle avait besoin de toute sa tête.

Tout compte fait, c'est un bien maigre festin, constata Ayla. C'était un repas de fin d'hiver, quand tous les vivres étaient épuisés. Quelques fourrures avaient été disposées autour du siège surélevé d'Attaroa, près du grand feu. Les autres femmes avaient apporté les leurs.

S'Armuna conduisit Ayla et Jondalar au pied du trône et ils attendirent qu'Attaroa gagne sa place. Elle avait revêtu ses plus belles peaux fourrées, et portait des colliers de dents, d'os, d'ivoire et de coquillages, décorés de plumes et de touffes de fourrure. Mais Ayla remarqua surtout le bâton qu'elle tenait, sculpté dans une défense de mammouth.

Attaroa fit commencer le service, et avec un regard appuyé en direction d'Ayla ordonna qu'on apportât la part des hommes dans l'Enclos, sans oublier le mets qu'Ayla et Jondalar avaient offert. Elle s'installa ensuite sur son trône, ce que chacun comprit comme l'autorisation de s'asseoir. Ayla observait la Femme Qui Ordonne qui, de sa place, dominait tout le monde. Ayla se souvint qu'on se perchait ainsi sur des souches ou sur des rochers lorsqu'on voulait haranguer un groupe de personnes. Mais jamais personne n'avait choisi systématiquement cette position.

Attaroa avait astucieusement renforcé son pouvoir. Ayla s'en aperçut en observant les gestes et les attitudes inconscientes des femmes. Chacune adoptait envers Attaroa la posture déférente d'une femme du Clan lorsqu'elle s'asseyait en silence aux pieds d'un homme, attendant qu'il lui touchât l'épaule pour l'autoriser à exposer ses pensées. Il y avait toutefois une différence, difficile à définir. Dans le Clan, Ayla n'avait jamais noté chez les femmes l'amertume qu'elle discernait ici, ni un manque de respect de la part des hommes. C'était simplement comme cela que les choses se passaient, un comportement naturel, qui présentait l'avantage d'assurer à chacune des parties l'attention de l'autre puisque les gestes composaient l'essentiel du langage du Clan.

En attendant d'être servie, Ayla examina attentivement le bâton de la Femme Qui Ordonne. Il ressemblait au Bâton Qui Parle qu'utilisait Talut au Camp du Lion, mais les sculptures en étaient très différentes, bien que vaguement familières. Ayla se souvint que Talut employait son Bâton Qui Parle à l'occasion de cérémonies, mais surtout au cours de débats et s'il y avait dispute.

Le Bâton Qui Parle investissait celui qui le tenait du droit de parole, et permettait à chacun d'exprimer son point de vue sans être interrompu. Celui ou celle qui désirait faire un commentaire sur ce qu'avait dit l'orateur devait demander le bâton. En principe, seul celui qui tenait le Bâton Qui Parle avait le droit de s'exprimer, mais au Camp du Lion, on n'attendait pas toujours sagement son tour. Toutefois avec quelques rappels à l'ordre, Talut s'arrangeait finalement pour donner à chacun une chance de s'exprimer.

— Ton Bâton Qui Parle est très beau et très exceptionnel, observa Ayla. Puis-je le voir ?

Attaroa sourit en entendant la traduction de S'Armuna. Elle tendit le bâton pour qu'Ayla l'examine à la lueur du feu, tout en se gardant de le lui confier. Il était évident qu'elle n'avait nulle intention de s'en séparer, et Ayla devina qu'elle utilisait le Bâton Qui Parle pour asseoir davantage son pouvoir. Tant qu'Attaroa le conservait, quiconque voulait prendre la parole devait lui en demander l'autorisation. Et cela avait fini par s'étendre aux autres actions — à quel moment servir, quand commencer à manger, par exemple. Comme le trône, c'était un nouveau moyen de dominer et d'assujettir chacun à son pouvoir. Toutes ces observations incitèrent Ayla à la réflexion.

Le dessin gravé dans la défense de mammouth était une représentation abstraite de la Grande Terre Mère. Des cercles concentriques figuraient les lourdes mamelles, le ventre rond et les larges hanches. Le cercle symbolisait le tout, le monde connu et les mondes obscurs, et la Grande Mère de Toutes les Créatures. Les cercles concentriques qui suggéraient les attributs de la fécondité renforçaient le symbolisme.

La tête était représentée par un triangle renversé, la pointe formant le menton, et la base légèrement incurvée le sommet du crâne. Le triangle renversé était le symbole universel de la femme, à l'image extérieure de son organe reproducteur, et représentait donc la fécondité et la Grande Mère de Toutes les Créatures. Le visage était strié de deux traits parallèles horizontaux que rejoignaient deux lignes latérales allant de la pointe du menton à la hauteur des yeux. Trois rangées de doubles lignes reliaient la base incurvée à l'endroit où auraient dû se trouver les yeux.

Les dessins géométriques ne représentaient pas un visage. Le triangle renversé semblait suggérer une tête, mais les traits gravés ne pouvaient pas figurer un visage.

Aucun humain n'aurait pu contempler celui de la Grande Mère. Son pouvoir était si gigantesque qu'on eût été détruit à La contempler en face. Le symbolisme abstrait du Bâton Qui Parle d'Attaroa communiquait cette impression de puissance avec art et élégance.

Ayla avait commencé à être initiée par Mamut au sens profond des symboles. Elle se rappela que les trois côtés du triangle — Trois était Son nombre premier — représentaient les trois saisons principales, le printemps, l'été et l'hiver, auxquelles on pouvait adjoindre deux saisons mineures, l'automne et la mi-hiver, qui préfiguraient les saisons à venir. Ce qui donnait cinq. Cinq, comme l'avait appris Ayla, était Son nombre secret. Mais même les non-initiés connaissaient la figure inversée à trois côtés.

Ayla se souvint des formes triangulaires de la femme-oiseau, représentant la Mère transcendantale, qu'avait sculptée Ranec... Ranec... Ayla se rappela d'un coup où elle avait vu le dessin du Bâton Qui Parle d'Attaroa. Sur la tunique de Ranec ! La magnifique tunique de cuir souple, d'un beige splendide qu'il portait à la cérémonie d'adoption. Elle l'avait frappée par son aspect inhabituel, buste ajusté et larges manches, mais aussi à cause de la couleur qui allait si bien à sa peau brune. Pourtant, c'étaient les motifs qui avaient particulièrement marqué Ayla.

La figure abstraite de la Mère, brodée de piquants de porc-épic aux teintes vives et de fils de tendons, était une copie exacte de celle gravée sur le bâton d'Attaroa ; mêmes cercles concentriques, même tête triangulaire. Ayla en conclut que les S'Armunaï devaient être de lointains parents des Mamutoï chez qui Ranec s'était procuré sa tunique. S'ils avaient emprunté la route que leur avait suggérée Talut, Jondalar et elle seraient passés par ce Camp.

A leur départ, Danug, le fils de Nezzie, portrait vivant de Talut, lui avait dit qu'il comptait entreprendre un jour le Voyage, et se rendre chez les Zelandonii pour voir Jondalar. Et si, dans quelques années, Danug décidait réellement de faire ce Voyage et qu'il vienne à passer par le Camp des S'Armunaï ? Si Danug, ou un autre Mamutoï, venait à tomber entre les mains d'Attaroa ? Cette seule pensée la renforça dans son désir d'aider ce peuple à mettre un terme à la domination abusive d'Attaroa.

La Femme Qui Ordonne ôta le bâton de la vue d'Ayla et lui présenta une écuelle en bois.

— Puisque tu es mon invitée d'honneur, et que tu as fourni pour ce festin un mets qui recueille tant de compliments, dit Attaroa d'un ton lourd de sarcasmes, permets-moi de t'offrir la spécialité d'une des nôtres.

L'écuelle était remplie de champignons cuits et coupés en morceaux. Ayla n'avait aucun moyen de les identifier.

Après avoir traduit, S'Armuna la supplia de se méfier. Mais la jeune femme n'avait besoin ni de traduction ni de mise en garde.

— Non, merci. Je n'ai pas envie de champignons pour le moment, déclara-t-elle.

Attaroa éclata de rire quand S'Armuna lui traduisit la réponse.

— Dommage ! dit-elle, comme si elle s'était attendue à ce refus, et elle plongea sa main dans l'écuelle.

Elle en mangea une pleine poignée d'un air ravi.

— Hmm ! Ils sont délicieux ! fit-elle.

Elle se resservit copieusement, passa l'écuelle à Epadoa avec un sourire complice, et vida une coupe du breuvage fermenté.

Pendant le repas, elle avala plusieurs coupes de sève de bouleau, et commença bientôt à montrer des signes d'ivresse ; elle parlait fort et crachait des insultes et des grossièretés. L'une des Louves qui gardaient l'Enclos — elles se relayaient pour que chacune pût se régaler du festin — s'approcha d'Epadoa, et vint ensuite murmurer quelques mots à l'oreille d'Attaroa.

— Il paraît qu'Ardemun tient à venir présenter les remerciements des hommes pour ce festin, dit Attaroa avec un ricanement moqueur. Je me doute bien que ce n'est pas moi qu'on veut remercier, mais notre hôte d'honneur. Fais venir le vieux, dit-elle à Epadoa.

La Louve revint avec Ardemun qui s'avança vers le feu en boitant. Jondalar était heureux de le revoir, il n'avait rencontré aucun de ceux de l'En^los depuis son retour.

— Ainsi, les hommes veulent me remercier pour le festin ? s'étonna Attaroa.

— Oui, S'Attaroa. Ils m'ont chargé de venir te remercier de vive voix.

— Dis-moi, vieil homme, comment expliques-tu que j'aie tant de mal à te croire ?

Ardemun se garda bien de répondre. Il resta debout, les yeux rivés au sol, comme s'il souhaitait s'y enfoncer et disparaître.

— Vieil impotent ! incapable ! éructa Attaroa avec mépris. Tu n'as même plus le courage de te rebeller ! Ils sont tous pareils, stériles et veules ! Pourquoi t'encombres-tu de ce poids inutile ? demanda-t-elle à Ayla en désignant Jondalar. N'es-tu pas assez forte pour te libérer ?

Ayla attendit patiemment la traduction de S'Armuna pour se donner le temps de la réflexion.

— J'ai choisi de vivre avec lui, répondit-elle alors. J'ai vécu seule assez longtemps.

— A quoi te servira-t-il quand il deviendra vieux et faible comme Ardemun ? demanda Attaroa en dardant un regard méprisant sur le vieillard. Quand son outil sera trop mou pour te procurer les Plaisirs, il sera aussi inutile que tous ces incapables.

Là encore, Ayla attendit l'intervention de S'Armuna, bien qu'elle eût compris ce qu'avait dit la Femme Qui Ordonne.

— Personne ne reste jeune indéfiniment, et un homme ne vaut pas que par son outil, rétorqua-t-elle.

— Tu devrais tout de même te débarrasser de celui-là. Il ne durera pas longtemps, affirma-t-elle en désignant le géant. Il a l'air robuste, mais en réalité il n'a rien dans le ventre. Il a refusé de prendre Attaroa... à moins qu'il n'ait eu peur, s'esclaffa-t-elle avant de vider une nouvelle coupe. Allons ! Avoue que tu as eu peur de moi ! cracha-t-elle au visage de Jondalar. C'est pour ça que tu as refusé.

Jondalar, qui l'avait très bien comprise, devint rouge de colère.

— Il y a une différence entre la peur et l'absence de désir, Attaroa, riposta-t-il. Tu ne peux forcer personne à te désirer. Je n'ai pas partagé le Don de la Mère avec toi parce que je n'en avais pas envie, voilà tout.

S'Armuna regarda Attaroa d'un air craintif avant de commencer la traduction, et dut se faire violence pour ne pas déformer les propos de Jondalar.

— C'est un mensonge ! hurla Attaroa, déchaînée, qui se leva et vint rôder autour de lui. Tu avais peur de moi, Zelandonii. Je l'ai bien vu ! Je me suis déjà battue avec des hommes, mais toi, tu avais peur de te mesurer à moi.

Jondalar se leva à son tour, imité par Ayla. Plusieurs femmes les entourèrent.

— Ces gens sont nos hôtes, protesta S'Armuna en se levant elle aussi. Nous les avons invités à partager notre festin. As-tu déjà oublié comment recevoir des hôtes ?

— Ah oui, bien sûr ! Nos hôtes ! fit Attaroa avec dédain. Il faut être courtois et hospitalier avec les visiteurs, sinon la femme pensera du mal de nous. Eh bien, je vais vous montrer combien je me soucie de ce qu'elle pense. Vous êtes tous deux partis sans ma permission. Savez-vous comment nous punissons ceux qui veulent s'enfuir ? Nous les tuons ! Et je vais vous tuer, hurla la Femme Qui Ordonne en brandissant sur Ayla une dague taillée dans un péroné de cheval, une arme au tranchant redoutable.

Jondalar tenta de s'interposer, mais les Louves d'Attaroa l'encerclèrent et le repoussèrent du bout de leurs sagaies avec tant de force que les pointes s'enfoncèrent dans son dos, sa poitrine et son ventre, et que son sang coula. Avant de pouvoir réagir, on lui avait déjà attaché les mains dans le dos, alors qu'Attaroa avait renversé Ayla, et appuyant son genou sur sa poitrine pour la maintenir au sol, elle la menaçait de sa dague. L'ivresse qu'elle affichait l'instant d'avant avait disparu.

Elle a tout combiné, comprit alors Jondalar. Pendant que nous discutions et que nous essayions de contrecarrer son pouvoir, elle se préparait à nous tuer. Ah, j'aurais dû m'en douter ! Il s'était juré de protéger Ayla, et voilà qu'il assistait, impuissant, à sa mise à mort.

C'était ce qui rendait Attaroa si dangereuse, elle tuait sans remords et sans hésitation.

Ayla avait été complètement déroutée. Elle n'avait pas eu le temps de sortir son couteau, ni sa fronde, et elle n'avait pas l'habitude de combattre des humains. C'était la première fois qu'elle devait défendre sa vie contre eux. Elle saisit le poignet d'Attaroa et tenta de la repousser. Ayla était forte, mais Attaroa, d'une force égale, possédait de surcroît une fourberie dont Ayla était dépourvue. Inexorablement, la dague se rapprochait de la gorge d'Ayla.

Au dernier moment, Ayla roula instinctivement sur le côté, mais la lame l'avait effleurée avant de se ficher dans la terre, et une traînée de sang marquait son cou. Et la femme, dont la rage démentielle décuplait les forces, maintenait toujours Ayla au sol. Attaroa extirpa la dague d'un coup sec, assomma Ayla, s'assit sur elle et leva son arme, bien décidée à la plonger dans le cou de la jeune femme.

33

Ayla partie, sa vie n'avait plus de sens... Jondalar ferma les yeux. On avait lié ses mains, certes, mais il pouvait encore marcher. Rien ne l'empêchait de se ruer sur Attaroa et de...

Au moment où il se lançait contre les pointes acérées, un bruit retentit près du portail de l'Enclos. Distraites, les gardes relâchèrent leur surveillance et il en profita pour repousser leurs sagaies et se jeter vers les deux femmes à terre.

Soudain, une masse noire fondit sur le groupe, frôla la jambe de Jondalar et bondit sur Attaroa. La violence du choc fit reculer la Femme Qui Ordonne et des crocs pointus s'enfoncèrent dans sa gorge, déchirant la peau. Attaroa se retrouva sur le dos, se débattant désespérément contre la bête qui la labourait de ses crocs en poussant de furieux grognements. Elle plongea sa dague dans l'épaisse fourrure, mais ne réussit qu'à provoquer un regain de fureur chez son agresseur. L'étau des mâchoires se referma sur son cou.

Attaroa essaya de pousser un dernier cri avant de sombrer dans un épais brouillard, mais au même moment les terribles crocs sectionnèrent une artère, et il ne sortit de sa gorge qu'un gargouillis horrible. La femme cessa de se débattre et s'affaissa.

— Loup ! s'écria Ayla en reprenant conscience. Oh, mon Loup !

Lorsque le carnassier relâcha sa prise, le sang gicla de l'artère et l'éclaboussa. Il rampa vers Ayla, la queue entre les pattes, et poussa des petits couinements plaintifs, quêtant son pardon. La femme lui avait ordonné de rester dans sa cachette, et il savait bien qu'il avait désobéi. Lorsqu'il avait vu l'attaque et avait compris qu'Ayla courait un grand danger, il avait volé à son secours. Et à présent, il se demandait comment elle réagirait à son indiscipline. Il redoutait plus que tout les réprimandes de cette femme.

Ayla s'avança en lui tendant les bras. Loup, comprenant tout de suite qu'il avait agi correctement et qu'il était pardonné, se rua sur elle en frétillant. Elle le caressa et enfouit sa tête dans la fourrure de l'animal, tout en versant des larmes de joie.

— Oh, Loup, tu m'as sauvé la vie, sanglota-t-elle.

Il la lécha, inondant son visage du sang encore chaud qui mouillait son museau.

Celles du Camp se reculèrent, effrayées, contemplant sans comprendre la femme blonde dont les bras enserraient l'énorme loup qui venait de terrasser leur Femme Qui Ordonne dans un assaut d'une rare cruauté. Ayla avait appelé l'animal du même nom mamutoï, *loup,* qu'elles employaient pour désigner le chasseur-carnassier et elles s'aperçurent avec stupeur qu'Ayla ne parlait pas seulement avec les chevaux, mais aussi avec les loups... et qu'ils lui obéissaient !

Pas étonnant que cette étrangère n'ait pas craint Attaroa. Sa magie était tellement puissante !

L'homme ne semblait pas terrorisé, lui non plus, et il venait de tomber aux pieds de la jeune femme, et du loup. Il ne se souciait plus des sagaies des Louves, qui s'étaient prudemment reculées et observaient la scène, bouche bée.

Un homme se glissa alors derrière Jondalar, tenant un couteau à la main ! D'où venait ce couteau ?

— Laisse-moi couper ces cordes, Jondalar, fit Ebulan en tranchant les liens qui retenaient les poignets du géant.

Jondalar tourna la tête et vit d'autres hommes mêlés à la foule, et il en arrivait encore.

— Qui vous a libérés ? s'étonna Jondalar.

— Toi, fit Ebulan.

— Que veux-tu dire ? J'avais les mains liées.

— Oui, mais tu nous as fourni les couteaux... et le courage de les utiliser. Ardemun s'est glissé derrière celle qui montait la garde et l'a assommée avec son bâton. Nous avons ensuite tranché la corde qui fermait le portail. Nous regardions le combat, et le loup est arrivé... acheva Ebulan d'une voix blanche en considérant avec effroi la femme et le loup enlacés.

Trop préoccupé, Jondalar ne remarqua pas l'effarement qui empêchait l'homme de poursuivre son récit.

— Ayla, tu vas bien ? Es-tu blessée ? demanda-t-il en serrant la femme et le loup dans ses bras.

L'animal l'accueillit d'un joyeux coup de langue.

— Je n'ai rien, qu'une égratignure au cou, répondit-elle. Je crois que Loup a reçu un coup de dague, mais ça n'a pas l'air de le gêner.

— Si j'avais su qu'elle voulait te tuer, je ne t'aurais jamais laissée venir à cette fête. J'ai été stupide de ne pas comprendre !

— Mais non, fit Ayla. Je ne me suis pas méfiée, moi non plus. Je n'avais pas pensé qu'elle m'attaquerait aussi directement. Si Loup n'avait pas été là... soupira-t-elle en jetant un regard de gratitude à l'animal.

— J'avoue qu'au cours de ce Voyage, j'ai voulu plus d'une fois abandonner Loup. Quand j'ai découvert que tu étais partie à sa recherche après avoir failli te noyer dans la Sœur, j'étais furieux. Penser que tu risquais ta vie pour cet animal m'exaspérait.

Jondalar prit la tête de Loup dans ses mains et le regarda dans les yeux.

— Loup, je te promets que je ne t'abandonnerai jamais. Je suis prêt à risquer ma vie pour toi, magnifique animal.

Il empoigna sa fourrure et gratta le loup derrière l'oreille. Loup lui lécha le visage et, posant ses pattes sur les épaules du géant, il saisit sa gorge entre ses mâchoires, et le mordilla gentiment pour lui prouver son affection. Loup éprouvait envers Jondalar presque les mêmes sentiments qu'à l'égard d'Ayla. Voyant que les deux êtres qui comptaient le plus pour lui lui témoignaient attention et approbation, il manifesta sa joie en grognant de plaisir.

Les témoins de la scène poussèrent des cris d'effroi et de surprise en voyant l'homme offrir son cou vulnérable aux crocs du fauve redoutable. Ils avaient vu le même loup déchiqueter la gorge d'Attaroa, et l'assurance de Jondalar relevait pour eux de la pure magie. Comment pouvait-on exercer un tel pouvoir sur l'esprit des animaux ?

Avec quelque nervosité, tous regardèrent Ayla et Jondalar se relever, inquiets de la tournure que prenaient les événements. Plusieurs d'entre eux jetaient des coups d'œil interrogateur à S'Armuna. La chamane s'avança au-devant des invités tout en surveillant le loup avec prudence.

— Nous sommes enfin débarrassés d'elle, fit-elle.

Ayla, comprenant l'anxiété de la vieille femme, lui adressa un sourire rassurant.

— Loup ne te fera aucun mal, certifia-t-elle. Il n'a attaqué que pour me protéger.

S'Armuna remarqua qu'Ayla n'avait pas traduit le nom du fauve en zelandonii, et en déduisit que Loup était le nom qu'on lui attribuait.

— Il revenait à un loup de mettre un terme à sa vie, annonça-t-elle. Je savais bien que tu n'étais pas ici par hasard. Nous sommes délivrés de ses griffes, et de sa folie. Mais que nous réserve l'avenir ?

La question était de pure rhétorique, et s'adressait autant à elle-même qu'à son auditoire.

Ayla baissa les yeux sur le corps inerte de la femme, débordant de vitalité malfaisante l'instant d'avant, et s'interrogea sur la fragilité de la vie. Sans Loup, elle serait morte à la place de la Femme Qui Ordonne.

— Il faut emporter cette femme et préparer son enterrement, suggéra-t-elle en mamutoï afin d'être comprise du plus grand nombre.

— Mérite-t-elle une sépulture ? Pourquoi ne pas abandonner son corps aux mangeurs de charogne ? proposa une voix d'homme.

— Qui a parlé ? interrogea Ayla.

Jondalar reconnut celui qui s'avança d'un pas quelque peu hésitant.

— Je m'appelle Olamun, dit l'homme.

— Je comprends ta colère, Olamun, répondit Ayla. Mais c'est la violence qu'elle a subie qui a encouragé la violence d'Attaroa. Le démon qui l'habitait brûle de poursuivre ses méfaits, et de vous léguer un héritage de violence. Refusez ! Ne vous abandonnez pas à votre juste courroux, ne tombez pas dans le piège que son esprit torturé a tissé. Il est grand temps de rompre le charme. Attaroa était un être humain. Enterrez-la avec la dignité qu'elle a été incapable de trouver dans ce monde, et laissez aller son esprit en paix.

La réponse d'Ayla surprit Jondalar. C'était le genre de propos, sages et mesurés, qu'aurait tenus un zelandoni.

Olamun acquiesça d'un signe de tête.

— Qui l'enterrera ? fit-il. Qui la préparera ? Elle n'avait pas de parent.

— C'est la responsabilité de Celle Qui Sert la Mère, intervint S'Armuna.

— Celles qui l'ont suivie dans cette vie t'aideront, suggéra Ayla, sachant que le corps était trop lourd pour la vieille femme.

Tous les regards convergèrent vers Epadoa et ses Louves, qui semblaient se serrer ensemble pour se donner du courage.

— Et elles pourront aussi l'accompagner dans l'autre monde ! lança une autre voix d'homme.

Des cris d'approbation accueillirent la proposition, et la foule s'avança vers les chasseresses. Epadoa fit front, la sagaie menaçante.

Une jeune Louve sortit alors du groupe.

— Je n'ai pas demandé à devenir une Louve, dit-elle. Je voulais apprendre à chasser pour ne pas mourir de faim.

Epadoa lui jeta un regard mauvais, mais la jeune femme la fixa d'un air de défi.

— Qu'Epadoa apprenne ce qu'est la faim ! proposa la même voix mâle. Privons-la de vivres jusqu'à ce qu'elle parte dans l'autre monde. Là, son esprit connaîtra la faim, lui aussi.

La foule cerna Epadoa, et Ayla par la même occasion. Loup fit alors entendre un grognement menaçant. Jondalar s'agenouilla vivement et calma le fauve, mais sa réaction eut pour effet d'affoler davantage les assaillants. Ils se reculèrent et examinèrent les étrangers d'un œil craintif.

Cette fois, Ayla ne demanda pas qui avait parlé.

— L'esprit d'Attaroa rôde toujours parmi nous, affirma-t-elle. Il encourage la violence et le désir de revanche.

— Mais enfin, Epadoa doit payer pour le mal qu'elle a fait !

Ayla vit la mère de Cavoa s'avancer. Derrière elle, sa fille enceinte l'assurait de son soutien moral.

Jondalar se releva et vint se poster aux côtés d'Ayla. Il ne pouvait s'empêcher de penser que la femme avait le droit de réclamer un châtiment pour la mort de son fils. Il dévisagea S'Armuna. C'est à Celle Qui Sert la Mère de répondre, se dit-il, mais celle-ci attendait l'avis d'Ayla.

— Celle qui a tué ton fils est déjà dans l'autre monde, dit Ayla. Epadoa paiera pour le mal qu'elle a commis.

— Elle a davantage à se reprocher, intervint Ebulan. Souvenez-vous de ce qu'elle a infligé à ces garçons.

Il se recula afin qu'Ayla pût voir les deux jeunes gens, appuyés sur l'épaule d'un vieillard cadavérique.

Ayla sursauta. L'espace d'un instant, elle avait cru voir Creb ! Il était grand et mince, alors que le vénéré sage du Clan était petit et trapu, mais son visage anguleux et ses yeux noirs reflétaient la même compassion et la même dignité. Tout en lui commandait le respect.

La première réaction d'Ayla fut de lui offrir le geste de respect en vigueur dans le Clan en s'asseyant à ses pieds et en attendant qu'il lui donnât une tape sur l'épaule, mais elle devina que son geste serait mal interprété. Elle décida donc de lui présenter ses respects sous la forme conventionnelle.

— Jondalar, dit-elle, je ne peux m'adresser à cet homme sans avoir été convenablement présentée.

Jondalar avait éprouvé le même respect envers le vieillard, et il comprit tout de suite sa réticence. Il prit la main d'Ayla et la conduisit devant le vieil homme.

— S'Amodun, très respecté sage des S'Armunaï, permets-moi de te présenter Ayla, du Camp du Lion des Mamutoï, Fille du Foyer du Mammouth, Elue par l'esprit du Lion des Cavernes, et Protégée par l'Ours des Cavernes.

Ayla s'étonna que Jondalar eût ajouté cette dernière précision. Personne n'avait encore désigné l'Ours des Cavernes comme son protecteur, mais tout bien considéré, elle trouvait cela assez juste, en tout cas, par l'intermédiaire de Creb. L'Ours des Cavernes l'avait élue — c'était le totem de Mog-ur — et Creb habitait ses rêves avec une telle constance qu'elle ne doutait pas qu'il la guidât et la protégeât, et pourquoi pas avec l'aide du Puissant Ours des Cavernes ?

— S'Amodun des S'Armunaï souhaite la bienvenue à la Fille du Foyer du Mammouth, déclara le vieillard en tendant les deux mains.

Il n'était pas le seul à accorder une grande importance au Foyer du Mammouth dans la filiation d'Ayla. Pour la plupart des S'Armunaï, cela signifiait qu'elle était l'égale de S'Armuna, Celle Qui Sert la Mère.

Le Foyer du Mammouth, j'aurais dû m'en douter, songea S'Armuna. Mais où est donc son tatouage ? Ceux qu'on accepte au sein du Foyer du Mammouth n'étaient-ils pas tous marqués d'un tatouage ?

— Moi enchantée connaître toi, Très Respecté S'Amodun, déclara Ayla en s'armunaï, ce qui fit sourire le vieil homme.

— Tu as vite appris notre langue, remarqua-t-il. Mais tu viens de dire deux fois la même chose. Mon nom est Amodun. S'Amodun signifie « Très Respecté Amodun », ou « Très Honorable ». C'est un titre décerné par la seule volonté du Camp et je me demande ce que j'ai fait pour le mériter.

Ayla le savait bien, elle.

— Merci, S'Amodun, dit-elle en baissant les yeux.

De près, il lui rappelait encore davantage Creb, avec ses yeux sombres et profonds, son nez proéminent, ses arcades sourcilières marquées et ses traits puissants. Elle devait se faire violence pour le regarder en face — on exigeait d'une femme du Clan qu'elle gardât les yeux baissés en présence d'un homme.

— J'aimerais te poser une question, dit-elle en mamutoï, dont elle maîtrisait mieux la langue.

— J'y répondrai volontiers, si je le puis, fit-il.

— Ceux de ce Camp souhaitent qu'Epadoa paie pour tout le mal qu'elle a commis, commença-t-elle en jetant un coup d'œil aux deux garçons qui encadraient le vieillard. Ces deux-là, surtout, ont beaucoup souffert par sa faute. Demain, je verrai comment je peux les soulager, mais quel châtiment Epadoa mérite-t-elle pour avoir exécuté les ordres de son chef ?

Involontairement, tous les regards se reportèrent sur le corps d'Attaroa, toujours étendu où le loup l'avait laissé, et convergèrent ensuite sur Epadoa. Droite et stoïque, la femme se tenait prête à accepter son châtiment. Au fond d'elle-même, elle avait toujours su qu'elle devrait payer un jour.

Jondalar observa Ayla avec une sorte d'admiration teintée de respect. Il considérait que la jeune femme avait fait le juste choix. Quelle qu'eût pu être sa décision, et la conviction avec laquelle elle l'eût exprimée, les paroles d'une étrangère auraient été moins bien acceptées que le jugement de S'Amodun.

— Epadoa devra payer pour ses actes, commença le vieillard, à la satisfaction générale et particulièrement de Cavoa et de sa mère. Mais dans ce monde et non dans l'autre. Tu avais raison de dire qu'il était temps de rompre le charme, Ayla. Il y a eu trop de violence et de mal dans ce Camp depuis trop longtemps. Les hommes ont beaucoup souffert ces dernières années, mais ce sont eux qui avaient commencé à maltraiter les femmes. Cela doit cesser.

— Alors quel sera le châtiment d'Epadoa ? demanda la mère affligée. Quelle sera sa punition ?

— Il n'y aura pas punition, Esadoa, mais restitution. Elle devra rendre ce qu'elle a pris, et même davantage.

Elle commencera avec Doban. Quoi que la Fille du Foyer du Mammouth puisse faire pour lui, il est peu probable que Doban se rétablisse entièrement. Il souffrira toute sa vie des mauvais traitements qu'il a subis. Odevan aussi souffrira, mais il a une mère, des parents. Doban n'a pas cette chance, personne ne prendra soin de lui, personne ne s'inquiétera de lui trouver un homme capable de lui enseigner son art. J'aimerais confier cette responsabilité à Epadoa. Elle devra veiller sur lui comme si elle était sa mère. Elle ne l'aimera peut-être jamais, et il est possible qu'il la haïsse, mais quoi qu'il lui arrive, elle en sera tenue pour responsable.

Certains témoignèrent leur assentiment. Tout le monde n'approuvait pas, mais tous admettaient que quelqu'un dût prendre soin de Doban. Tout le monde avait été témoin de son malheur, mais il était détesté lorsqu'il vivait avec Attaroa, et personne ne souhaitait s'occuper de lui. La plupart craignaient qu'en affichant leur désaccord, il leur soit demandé de lui ouvrir leur foyer.

Ayla sourit en connaisseuse. La solution lui semblait parfaite. Même s'il devait y avoir de la haine et un manque de confiance au début, les deux exclus apprendraient peut-être à s'apprécier. Ayla avait deviné que S'Amodun ferait preuve de sagesse. La restitution était plus efficace qu'un châtiment, ce qui lui donna une idée.

— J'aimerais faire une autre suggestion, déclara-t-elle. Ce Camp manque de réserves pour l'hiver, et je crains qu'au printemps on y souffre de la faim. Les hommes sont faibles, et ils n'ont pas chassé depuis des années. Beaucoup ont perdu leur adresse. Epadoa et les femmes qu'elle a formées sont les plus aptes de ce Camp pour l'instant. Je crois qu'il serait sage qu'elles continuent à chasser, à condition qu'elles partagent leur gibier avec tout le monde.

Cette proposition souleva de nombreuses approbations. La perspective d'affronter la famine n'était guère réjouissante.

— Dès que les hommes auront récupéré, et souhaiteront chasser, Epadoa devra les aider et chasser avec eux. Il n'y a qu'un moyen d'éviter la disette lorsque viendra le printemps : les hommes et les femmes doivent collaborer. Tous les Camps ont besoin de la contribution de chacun pour prospérer. Celles qui ne chassent pas, les vieillards et les malades devraient conjuguer leurs forces pour la cueillette.

— Mais c'est l'hiver ! s'exclama une jeune Louve. Il n'y a plus rien à cueillir.

— La nourriture est rare en hiver, c'est vrai. Et ce qui pousse exige une cueillette longue et délicate. Mais on peut trouver de quoi manger, assura Ayla.

— Elle dit vrai, intervint Jondalar. Je l'ai vue à l'œuvre, et j'ai mangé de la nourriture qu'Ayla avait dénichée, même en hiver. Vous en avez d'ailleurs mangé ce soir même. Elle a ramassé les pignons qu'on trouve dans les pommes de pin.

— Et les lichens que mangent les rennes sont comestibles, renchérit une vieille femme. Il suffit de savoir les cuire.

— Il y a aussi le blé, et le millet. D'autres herbes portent encore leurs graines, dit Esadoa, et on peut les collecter.

— Oui, mais il faut faire attention à l'ivraie, conseilla Ayla. Elle favorise parfois la croissance de parasites qui risquent d'être dangereux, et même mortels. Si un épi sent mauvais et qu'il est mal formé, c'est qu'il peut être plein d'ergot, et il ne faut pas le cueillir. Il y a des baies comestibles et des fruits sur certains buissons qu'on rencontre tout l'hiver. J'ai même trouvé un arbre qui avait encore quelques pommes. Et l'écorce intérieure de la plupart des troncs est comestible.

— Il nous faudrait des couteaux pour la découper, dit Esadoa. Ceux que nous possédons sont émoussés.

— Je vous en fabriquerai, promit Jondalar.

— Tu m'apprendras à tailler des lames de silex, Zelandon ? demanda vivement Doban.

— Oui, promit Jondalar, heureux qu'il lui posât la question. Je te montrerai comment fabriquer des couteaux, et aussi d'autres outils.

— Moi aussi, j'aimerais en apprendre davantage, avoua Ebulan. Nous aurons besoin d'armes pour chasser.

— Je montrerai à qui le désire. Je vous enseignerai les rudiments de la technique, promit Jondalar, mais il vous faudra plusieurs années pour acquérir le coup de main. L'année prochaine, si vous allez à la Réunion d'Eté des S'Armunaï, vous rencontrerez peut-être quelqu'un pour poursuivre mon enseignement.

Le sourire de Doban se changea en grimace. Il venait de comprendre que le géant ne resterait pas.

— Mais je vous aiderai de mon mieux, reprit Jondalar. Nous avons dû fabriquer beaucoup d'armes de chasse pour entreprendre ce Voyage.

— Et pour le... le bâton qui envoie les sagaies... celui qu'elle a utilisé pour te libérer ?

La question venait d'Epadoa, et tous les regards se tournèrent vers elle. Celle qui commandait aux Louves n'avait pas encore ouvert la bouche, mais ce qu'elle venait de dire rappela à tout le monde le long jet précis de la sagaie qui avait tranché les liens de Jondalar lorsqu'il était suspendu au poteau. Le jet avait paru si miraculeux que personne ne pensait qu'une telle adresse pût s'acquérir.

— Ah, le propulseur ? Oui, je montrerai comment s'en servir à ceux qui le veulent.

— Même aux femmes ? demanda Epadoa.

— Oui, même aux femmes. Lorsque vous saurez vous servir de bonnes armes, vous n'aurez plus besoin de descendre jusqu'à la Grande Rivière Mère pour précipiter les chevaux du haut de la falaise. Vous avez la chance de posséder le meilleur terrain de chasse que j'aie jamais vu. Ici même, près de la rivière.

— Tu dis vrai, admit Ebulan. Je me souviens encore des chasses au mammouth. Quand j'étais jeune, on postait une sentinelle qui allumait des feux pour signaler l'arrivée du gibier.

— Ah, je m'en doutais, fit Jondalar.

— Le charme est en train de se rompre, constata Ayla avec un sourire satisfait en caressant Loup. Je n'entends plus l'esprit d'Attaroa. Epadoa, quand j'ai commencé à chasser, je traquais les prédateurs à quatre pattes, notamment les loups. Leurs peaux sont chaudes et font de bonnes capuches. J'admets qu'un loup menaçant doive être tué, mais tu apprendrais davantage en les observant qu'en les capturant pour manger leur chair.

Les Louves se jetèrent des regards inquiets avec des airs coupables. Comment avait-elle deviné ? La viande de loup était interdite chez les S'Armunaï, surtout pour les femmes.

Celle qui commandait aux Louves dévisagea la jeune étrangère d'un air perplexe. Maintenant qu'Attaroa était morte, et qu'elle savait qu'on ne la tuerait pas pour ses mauvaises actions, Epadoa se détendait. Elle était soulagée que tout fût terminé. Fascinée par la Femme Qui Ordonne, elle avait, pour lui plaire, commis des actes dont elle n'était pas fière. Sur le moment non plus, elle n'exécutait pas tous les ordres de gaieté de cœur, même si elle refusait de se l'avouer. Lorsqu'elle avait aperçu le géant pendant la chasse aux chevaux, elle avait espéré qu'en l'offrant à Attaroa, elle obtiendrait en échange la vie sauve pour un des hommes de l'Enclos.

Elle n'avait jamais eu l'intention de faire du mal à Doban, mais elle avait craint qu'Attaroa le tue, comme elle avait tué son propre enfant, si elle refusait de l'estropier selon ses ordres. Pourquoi la Fille du Foyer du Mammouth avait-elle choisi S'Amodun plutôt qu'Esadoa pour décider de son châtiment ? Ce choix lui avait sauvé la vie. La vie dans ce Camp ne serait, certes, pas facile. On la haïssait, mais elle aurait au moins une chance de s'amender. Oui, elle s'occuperait de Doban, même s'il la détestait. Elle lui devait bien cela.

Mais qui était donc cette Ayla ? Etait-elle venue pour libérer le Camp du joug d'Attaroa comme beaucoup semblaient le penser ? Et son compagnon ? Par quelle magie les sagaies l'épargnaient-elles ? Et où ceux de l'Enclos avaient-ils trouvé leurs couteaux ? L'homme y était-il pour quelque chose ? Montaient-ils sur des chevaux parce que c'était l'animal que les Louves préféraient chasser, alors que le reste des S'Armunaï, tout comme leurs parents les Mamutoï chassaient plutôt le mammouth ? Le loup était-il un esprit de loup, venu venger les siens ? Epadoa se jura de ne plus jamais manger la chair de cette bête, et décida de cesser de se faire appeler Louve.

Ayla retourna à l'endroit où gisait le corps d'Attaroa et croisa le regard de S'Armuna. Celle Qui Sert la Mère avait beaucoup écouté mais peu parlé, et Ayla se souvenait de son angoisse et de ses remords. Elle s'adressa à elle en termes mesurés et amicaux.

— S'Armuna, dit-elle, l'esprit d'Attaroa laissera ce Camp en paix, mais les habitudes ne changeront pas toutes seules. Les hommes ont réussi à s'échapper de l'Enclos — tant mieux, ils y ont gagné une fierté méritée — mais ils n'oublieront pas facilement Attaroa ni les années qu'ils ont passées enfermés comme des bêtes. Toi seule peux les aider, mais ce sera une lourde tâche.

La vieille femme acquiesça d'un air entendu, prête à saisir la chance de réhabiliter les pouvoirs de la Mère qu'elle avait dévoyés. Elle n'en espérait pas tant. La première chose à faire serait d'enterrer Attaroa et d'en finir avec ce passé honteux. Elle s'adressa alors à la foule.

— Il reste encore à manger, annonça-t-elle. Je vous propose de terminer ce festin tous ensemble. Il est temps de détruire les barrières qui se sont dressées entre les hommes et les femmes de ce Camp. Il est temps de partager la nourriture, le feu, la chaleur amicale de la communauté. Il est temps de reformer un peuple uni où personne n'aura plus de droits qu'un autre. Chacun apportera son talent, ses dons, et si nous contribuons tous à l'effort commun, ce Camp prospérera.

Des murmures d'approbation saluèrent son discours. Des couples longtemps séparés se retrouvaient ; les autres se regroupaient pour partager la nourriture et le feu, et savourer la convivialité renaissante.

— Epadoa ! Il est temps d'emporter le corps d'Attaroa et de préparer ses funérailles, dit S'Armuna lorsque la Louve se fut approchée.

— Où doit-on la porter ? demanda la chasseresse.

S'Armuna s'accorda le temps de la réflexion.

— Emporte-la dans l'Enclos et dépose-la sous l'auvent. Que les hommes profitent du confort de son foyer pour cette nuit. Il y a de nombreux malades, nous aurons besoin de cette habitation pendant quelque temps. Sais-tu où dormir ?

— Oui. Quand je pouvais m'échapper, j'allais au foyer d'Unavoa.

— Eh bien, considère que tu as déménagé, si cela vous convient à toutes deux.

— Oui, cela nous plairait, acquiesça Epadoa.

— Plus tard, nous envisagerons une solution pour Doban.

— Oui, nous envisagerons une solution.

Jondalar regarda avec fierté Ayla s'éloigner en compagnie d'Epadoa et de quelques chasseresses qui portaient le cadavre d'Attaroa. Il s'étonnait de la compétence dont sa compagne venait de faire preuve. Zelandoni, elle-même, n'aurait pu montrer plus de sagesse. Il avait déjà vu Ayla prendre en main une situation, mais c'était devant un blessé ou un malade. En analysant mieux la question, il s'aperçut que les S'Armunaï étaient des blessés, eux aussi. Pas étonnant qu'Ayla ait su prendre les bonnes décisions et parler avec tant de sagesse, après tout.

Le lendemain matin, Jondalar partit avec les chevaux récupérer le matériel qu'ils avaient mis à l'abri avant de se lancer à la recherche de Whinney. Cela lui semblait si loin qu'il prit conscience du temps qui avait passé. L'hiver était bien entamé et le chemin était encore long jusqu'au glacier.

Le Camp avait besoin de leur soutien, et il savait qu'Ayla ne partirait pas avant d'avoir terminé sa tâche. Il avait aussi promis d'aider les S'Armunaï et il était impatient d'enseigner la technique du silex à Doban et aux autres, et d'apprendre à ceux qui le désiraient le principe du propulseur, mais il sentait une sourde angoisse monter. Ils devaient absolument parvenir au glacier avant que la fonte du printemps ne rendît sa traversée périlleuse. Et pour cela, il ne fallait plus tarder.

S'Armuna et Ayla joignirent leurs efforts et leurs compétences afin de soigner les garçons et les hommes.

Elles arrivèrent trop tard pour l'un d'eux. L'homme mourut la première nuit des suites d'une gangrène si avancée que ses deux jambes étaient déjà condamnées. Tous les autres, ou presque, avaient besoin de soins pour diverses maladies ou blessures, et tous souffraient de malnutrition. La puanteur de l'Enclos imprégnait toujours les corps et les hommes étaient d'une saleté insupportable.

S'Armuna décida de repousser la Cérémonie du Feu. Le temps lui manquait, et le moment n'était pas propice aux cérémonies, mais elle regrettait le pouvoir bienfaisant de ce rituel. A la place, ils utilisèrent la pièce intérieure du four pour chauffer l'eau nécessaire aux bains et à la désinfection des plaies, mais le meilleur des remèdes était le repos, une nourriture saine et abondante, et la chaleur. Après les premiers soins, on fit déménager les malades les moins touchés et qui avaient encore soit une mère, soit une compagne, ou un parent chez qui habiter.

Ayla était scandalisée par l'état des plus jeunes. S'Armuna elle-même était choquée. Elle n'avait pas voulu voir la dureté de leur condition.

Ce soir-là, après le repas pris de nouveau en commun, Ayla et S'Armuna exposèrent les problèmes qu'elles avaient rencontrés, dressèrent un tableau général des besoins de première nécessité et répondirent aux questions. Mais la journée avait été longue et Ayla, fatiguée, se levait pour aller se reposer lorsqu'on lui posa une dernière question à propos de l'un des jeunes gens. Une femme ajouta un commentaire sur la Femme Qui Ordonne, l'accablant de tous les torts en se déchargeant de toute responsabilité. Ayla alors s'emporta et donna libre cours à la colère qu'elle avait accumulée pendant cette journée éprouvante.

— Attaroa était autoritaire et implacable, mais aussi forte fût-elle, elle n'aurait pu lutter seule contre deux, cinq ou dix adversaires. Si vous aviez réellement voulu l'en empêcher, elle n'aurait jamais osé aller si loin. Vous êtes tous, hommes et femmes, responsables des souffrances de ces enfants. Et voilà ce que j'ai à vous dire : tous ces jeunes, ou même ces hommes, qui ont souffert si longtemps de... de cette abomination, dénonça-t-elle en essayant de se contenir, tous doivent être pris en charge par le Camp tout entier. Vous serez responsables d'eux pour le restant de leurs jours. Ils ont souffert, et par leurs souffrances, ils sont devenus les élus de Muna. Quiconque leur refusera son aide devra en répondre devant Elle.

Sur ce, elle tourna les talons et s'en fut, suivie par Jondalar. Mais ses menaces portèrent plus qu'elle ne l'avait imaginé. Beaucoup pensaient qu'elle n'était pas une Voyageuse ordinaire, et certains voyaient en elle une incarnation de la Grande Mère Elle-même ; une munaï vivante ayant pris forme humaine, venue chercher Attaroa et libérer les hommes. Sinon, comment expliquer que les chevaux accourent à son signal ? Ou qu'un loup, énorme pour sa race, la suive partout et s'asseye à sa demande ? N'était-ce pas la Grande Terre Mère qui avait créé les incarnations des esprits des animaux ?

D'après les légendes, la Mère avait créé l'homme et la femme dans un but précis, et Elle leur avait offert le Don des Plaisirs pour qu'ils L'honorassent. Les esprits des hommes comme ceux des femmes étaient indispensables pour fabriquer une nouvelle vie, et Muna venait de leur faire comprendre qu'Elle considérait comme un monstre quiconque tenterait de créer Ses enfants d'une autre manière. N'avait-Elle pas pris soin de se faire accompagner par le Zelandonii pour montrer Sa voie ? Un homme qui était l'incarnation de Son amant et compagnon ? Plus beau et plus grand que n'importe quel homme, avec des cheveux couleur de lune ! Jondalar remarqua que le comportement du Camp à son égard changeait et que cela lui pesait. A vrai dire, il n'aimait pas cela.

Trop occupée, Ayla avait dû remettre à plus tard la manipulation qu'elle voulait tenter sur les infirmes. De son côté, S'Armuna avait reporté l'enterrement d'Attaroa. Le lendemain matin, on choisit un emplacement et la tombe fut creusée. Une cérémonie simple, conduite par Celle Qui Sert la Mère, permit à la défunte Femme

Qui Ordonne de rejoindre le sein de la Grande Terre Mère.

Certains éprouvèrent du chagrin. Epadoa, par exemple, qui ne s'y attendait pourtant pas. Consciente du sentiment de la majorité, elle essayait de le cacher, mais Ayla le devinait à son maintien et à son expression. Le comportement de Doban était étrange, et Ayla comprit qu'il luttait contre des émotions contradictoires. Attaroa avait été la seule mère qu'il eût connue. Il s'était senti trahi quand elle s'en était prise à lui, mais elle avait toujours été capricieuse, et il ressentait encore une certaine affection pour cette mère terrible.

Il fallait que le chagrin s'exprime. Ayla le savait, qui avait eu l'expérience de nombreux deuils. Elle avait projeté de soigner l'enfant après l'enterrement, mais elle reconsidéra la question. Le jour n'était-il pas mal choisi ? D'un autre côté, il était peut-être bon qu'il pût se concentrer sur autre chose. De retour au Camp, elle en informa Epadoa.

— Je vais essayer de remettre la jambe de Doban, et j'aurai besoin d'aide, commença-t-elle.

— Est-ce qu'il va souffrir ? s'inquiéta Epadoa.

Elle se souvenait des cris du garçon quand elle lui avait disloqué la hanche, et sa nouvelle fonction exigeait qu'elle le protégeât. Certes, Doban n'était pas son fils, mais elle prenait son rôle très à cœur. Elle savait que sa propre vie en dépendait.

— Rassure-toi, je l'endormirai avant, expliqua Ayla. Il ne sentira rien, mais il aura un peu mal au réveil. Pendant quelque temps, il devra éviter les efforts et s'abstenir de marcher.

— Eh bien, je le porterai, déclara Epadoa.

De retour auprès de l'enfant, Ayla lui expliqua qu'elle allait guérir sa jambe. Effrayé, il se recula, et sa peur tourna à la panique lorsqu'il vit paraître Epadoa.

— Non, pas elle ! hurla-t-il. Elle va me faire mal !

S'il avait pu s'enfuir, il n'aurait pas hésité. Debout à côté du lit de Doban, Epadoa se raidit.

— Je te promets que je ne te ferai aucun mal, affirma-t-elle. Plus jamais. Et je ne laisserai personne te faire du mal. Pas même cette femme-là.

Le garçon lui jeta un coup d'œil inquiet, mais préféra la croire. Il voulait désespérément la croire.

— S'Armuna, assure-toi qu'il comprenne bien ce que je vais lui dire, fit Ayla qui se pencha et plongea son regard dans celui, terrorisé, de Doban.

— Doban, je vais te donner une coupe à boire. Ce sera un peu amer, mais je veux que tu la boives jusqu'au bout. Tu auras vite sommeil. Alors, tu t'allongeras ici. Dès que tu dormiras, je redresserai ta jambe comme elle était avant. Comme tu seras endormi, tu ne sentiras rien. En te réveillant, tu auras un peu mal, mais tu te sentiras peut-être aussi un peu mieux. Si tu as trop mal, dis-le à S'Armuna, ou à Epadoa — il y aura toujours quelqu'un près de toi — et on te fera boire une potion qui apaisera la douleur. Tu as bien compris ?

— Est-ce que Zelandon peut venir ?

— Oui, je vais le chercher.

— Et S'Amodun aussi ?

— Oui, tous les deux, si tu veux.

— Et tu ne la laisseras pas me faire du mal ? demanda Doban en désignant Epadoa.

— Non, c'est promis. Je ne laisserai personne te faire du mal.

Doban regarda tour à tour S'Armuna et Ayla.

— Donne-moi la coupe, dit-il alors.

Remettre l'articulation de Doban n'était pas sans rappeler la réduction de la fracture de Roshario. Le breuvage avait endormi le jeune garçon et détendu ses muscles. Ce ne fut qu'une simple question de force physique. Ils perçurent tous le moment où la tête du fémur glissa dans la cavité de la hanche. Ayla constata des ruptures de ligaments, et pensa que Doban boiterait encore, mais il pourrait marcher.

Comme la plupart des hommes et des enfants étaient retournés vivre avec leur compagne et leur mère, Epadoa s'installa dans la grande habitation et resta auprès de Doban. Ayla remarqua leurs tentatives d'approche réciproques et comprit que c'était le but qu'avait recherché S'Amodun.

Elle s'occupa ensuite d'Odevan, mais craignait que sa

guérison fût plus difficile et que sa hanche se disloquât à nouveau un jour ou l'autre.

S'Armuna était très impressionnée par Ayla. Elle éprouvait pour elle une sorte de crainte révérencieuse, et se demandait si les rumeurs n'avaient pas quelque fondement. Ayla ressemblait à toutes les femmes, parlait, mangeait, partageait les Plaisirs avec le géant blond, comme toutes les femmes, et pourtant sa connaissance des plantes, et de leurs propriétés curatives en particulier, était phénoménale. Tout le monde en parlait. S'Armuna bénéficia d'un peu de son prestige en retour. La vieille femme avait appris à surmonter sa peur de Loup, mais on ne pouvait pas le voir suivre Ayla partout sans croire qu'elle contrôlait son esprit. Et lorsqu'il ne la suivait pas, il ne la quittait pas des yeux.

S'Armuna se souciait moins des chevaux, ils restaient à l'écart, et broutaient assez loin la plupart du temps. Et la vieille femme voyait bien que les deux étrangers les chevauchaient de temps en temps. Le géant montait l'étalon avec aisance, mais à voir la jeune femme sur le dos de la jument, on ne pouvait s'empêcher de penser qu'elles étaient faites d'une même chair.

Tout de même, Celle Qui Sert la Mère restait sceptique. Initiée elle-même, elle savait qu'on encourageait ce genre de croyance. Elle avait appris les moyens d'induire les gens en erreur et de leur faire croire ce qu'on voulait qu'ils crussent, et elle s'en était souvent servie. Elle n'avait pas conscience de tricher — personne n'était aussi convaincu du bien-fondé de ses intentions — mais elle utilisait les moyens à sa portée pour adoucir la voie qui menait les hommes à suivre les préceptes qu'elle jugeait profitables à tous. On pouvait souvent aider les gens en les trompant, surtout ceux dont la maladie ne semblait avoir d'autre cause qu'un mauvais sort jeté par un ennemi puissant.

Pourtant, S'Armuna ne décourageait pas les rumeurs. Ceux du Camp voulaient croire que les paroles d'Ayla et de Jondalar leur étaient inspirées par la Mère, et S'Armuna utilisait leur crédulité pour instaurer les changements nécessaires. Par exemple, Ayla fit allusion au Conseil des Sœurs et à celui des Frères qui existaient chez les Mamutoï, S'Armuna encouragea le Camp à organiser des Conseils similaires. Quand Jondalar parla de trouver un tailleur de silex pour poursuivre son enseignement, elle suscita le projet d'envoyer une délégation dans plusieurs Camps de S'Armunaï afin de renouer des liens avec des parents et rétablir des relations amicales.

Par une nuit glaciale où les étoiles illuminaient le firmament, un groupe s'était rassemblé devant l'ancienne habitation d'Attaroa qui était en train de devenir le lieu de réunions, après avoir servi de lieu de soins et de repos. On parlait des mystérieuses lumières qui scintillaient dans le ciel pur, et S'Armuna répondait aux questions, offrait ses interprétations. Elle passait là beaucoup de temps — soignant avec des plantes ou des incantations, organisant des discussions — et elle avait commencé à y apporter une partie de ses affaires, laissant souvent Ayla et Jondalar seuls dans son propre logis. Le foyer de Celle Qui Sert la Mère se déplaçait peu à peu dans l'habitation principale, et cette organisation nouvelle commençait à ressembler à ce que Jondalar et Ayla avaient l'habitude de rencontrer dans les autres Camps ou Cavernes.

Lorsque Ayla et Jondalar furent partis dans le foyer de S'Armuna, Loup sur leurs talons, quelqu'un posa une question sur ce loup qui suivait Ayla partout. Celle Qui Sert la Mère désigna l'une des plus brillantes étoiles et répondit simplement :

— Voici l'Etoile du Loup.

Les jours passaient. A mesure que les hommes et les enfants se rétablissaient et pouvaient se passer de son art, Ayla commença à accompagner ceux qui cueillaient les rares plantes hivernales. Jondalar était très occupé à enseigner sa technique de tailleur de silex, montrer comment fabriquer un propulseur, et comment chasser avec. Le Camp accumulait des réserves de nourriture faciles à conserver grâce aux conditions climatiques rigoureuses. Il y eut bien quelques difficultés au début. Les femmes ne s'habituaient guère à la présence des hommes dans des cavernes qu'elles considéraient comme les leurs, mais elles s'accoutumèrent bientôt.

S'Armuna sentait le moment venu de cuire les figurines dans le four, et elle parlait d'organiser une Cérémonie du Feu en l'honneur des deux visiteurs. Ils l'aidaient à rassembler les combustibles qu'elle avait ramassés pendant les derniers mois en prévision de ses feux, des soins à donner, et de son usage personnel. Elle expliqua alors qu'il faudrait encore en ramasser davantage, ce qui exigerait beaucoup de travail.

— Peux-tu nous fabriquer des outils pour couper le bois, Jondalar ? demanda-t-elle.

— Je serai très content de fabriquer des haches, des maillets et des coins, mais le bois vert se consume mal.

— J'utiliserai aussi des os de mammouth, mais il faut d'abord faire partir le feu et le laisser brûler longtemps. La Cérémonie du Feu dévore beaucoup de combustible.

En sortant de la petite bâtisse, le regard d'Ayla tomba sur l'Enclos. On avait arraché quelques planches, mais l'essentiel de la palissade était encore debout. Ayla avait émis l'idée d'utiliser les pieux pour construire un corral où piéger les animaux en les pourchassant, et depuis, personne n'y avait plus touché. Maintenant, tout le monde s'était si bien habitué à voir ces pieux qu'on n'y prêtait plus attention.

— Inutile de couper des arbres ! s'exclama soudain Ayla. Jondalar vous fabriquera des outils pour découper les pieux de l'Enclos.

Les S'Armunaï considérèrent la palissade d'un œil nouveau, mais la chamane vit encore plus loin. Le contenu de sa cérémonie se précisait.

— C'est parfait ! déclara-t-elle. La destruction de l'Enclos fournira les matériaux pour une cérémonie d'apaisement ! Tout le monde y participera ! Cela marquera la fin d'une époque et le commencement d'une ère nouvelle. Et vous serez là pour y assister !

— Oh, je n'en suis pas sûr, fit Jondalar. Quand prévois-tu la cérémonie ?

— Il ne faut pas précipiter les choses. C'est trop important.

— Oui, c'est ce que je craignais. Nous allons devoir partir bientôt.

— Alors que nous entrons dans la partie la plus froide de l'hiver ! objecta S'Armuna.

— Oui, mais tout de suite après c'est le printemps et la fonte des glaces. Tu as traversé ce glacier, S'Armuna, et tu sais très bien que ce n'est possible qu'en hiver. D'ailleurs, j'ai promis aux Losadunaï de les visiter à mon retour. Nous n'y resterons pas longtemps, mais ce sera une halte propice aux préparatifs de la traversée.

— Dans ce cas, dit S'Armuna d'un air grave, j'utiliserai la Cérémonie du Feu pour atténuer la déception que causera votre départ. Beaucoup d'entre nous souhaitent que vous restiez, et votre absence nous peinera tous.

— J'aurais aimé assister à la Cérémonie du Feu, dit Ayla. Et à la naissance du bébé de Cavoa. Mais Jondalar a raison, il est temps que nous partions.

Jondalar commença sans tarder la fabrication des outils. Il avait localisé une réserve de silex et partit avec deux ou trois aides ramasser de quoi tailler des haches et des outils de coupe. Pendant ce temps-là, Ayla se mit à trier leurs affaires et vérifier ce dont ils avaient besoin. Elle examinait ce qu'elle avait disposé par terre quand elle entendit un bruit à l'entrée. Elle leva la tête et vit Cavoa s'avancer.

— Est-ce que je te dérange, Ayla ? demanda la future mère.

— Non, entre.

La jeune femme vint s'asseoir sur le rebord de l'estrade qui servait de couche.

— S'Armuna m'a prévenue que vous partiez.

— Oui, dans un ou deux jours.

— Je pensais que vous resteriez pour la Cérémonie.

— J'aurais bien voulu, mais Jondalar a hâte de reprendre la route. Il dit que nous devons traverser le glacier avant le printemps.

— J'ai fait quelque chose que je voulais t'offrir après

la cérémonie, dit Cavoa en sortant un petit paquet de cuir de sa tunique. J'aimerais te le donner, mais s'il se mouille, il sera détruit.

Ayla prit le paquet que la jeune femme lui tendait et l'ouvrit. C'était une petite tête de lion, modelée avec art dans de la glaise.

— Oh, mais c'est magnifique, Cavoa! s'exclama Ayla. C'est tout à fait une lionne des cavernes. Je ne savais pas que tu étais si douée.

— Elle te plaît? demanda Cavoa avec un sourire ravi.

— J'ai connu un homme, un Mamutoï, qui sculptait de l'ivoire. C'était un grand artiste. Il m'a appris à aimer les sculptures et les peintures. Il aurait beaucoup apprécié ta figurine.

— Je sculpte aussi le bois, l'ivoire ou la corne. Je l'ai toujours fait. C'est pour cela que S'Armuna m'a demandé de l'assister. Elle a été si bonne avec moi. Elle essayait de nous aider... Avec Omel aussi, elle a été bonne. Elle l'a laissé garder le secret sans jamais rien lui demander comme d'autres l'auraient fait. Les gens sont si curieux, fit-elle en baissant la tête, retenant ses larmes avec peine.

— Tes amis te manquent, dit Ayla avec douceur. Ce dut être difficile pour Omel de conserver un tel secret.

— Il le fallait.

— A cause de Brugar? S'Armuna disait qu'il l'avait menacé.

— Non. Ce n'était pas à cause de Brugar, ni d'Attaroa. Je n'aimais pas Brugar. J'étais petite, mais je crois qu'il avait davantage peur d'Omel qu'Omel de lui. Et Attaroa savait pourquoi.

Ayla devina ce qui troublait la jeune femme.

— Et tu le savais aussi, n'est-ce pas?

— Oui, souffla Cavoa. J'aurais voulu que tu sois là quand le moment viendra, ajouta-t-elle en regardant Ayla dans les yeux. Je veux que tout se passe bien pour mon bébé, pas comme...

Point n'était besoin d'en dire plus. Cavoa craignait que son bébé naquît avec une infirmité, et d'en parler risquait de provoquer la malformation.

— Je ne suis pas encore partie, et qui sait ? fit Ayla. D'après moi, tu peux accoucher d'un instant à l'autre. Peut-être serons-nous encore là.

— Je l'espère, soupira Cavoa. Tu as tant fait pour nous. Je regrette seulement que tu ne sois pas venue avant qu'Omel et les autres... ajouta-t-elle, les yeux brillants de larmes.

— Oui, je comprends que tes amis te manquent, mais tu auras bientôt un enfant à toi. Ça t'aidera, tu verras. As-tu déjà pensé à un nom ?

— J'ai évité d'y penser pendant longtemps. Je savais qu'il était inutile de choisir un nom de garçon. Et pour une fille, je n'étais pas sûre d'avoir le droit de la nommer moi-même. Maintenant, si c'est un garçon, j'hésite entre le nom de mon frère... ou celui d'un homme que j'ai connu. Mais si c'était une fille, je lui donnerais le nom de S'Armuna. Elle m'a aidée à... à le voir, une fois...

Les sanglots l'empêchèrent d'en dire plus.

Ayla prit la jeune femme dans ses bras. Il fallait que le chagrin s'exprimât. Pleurer était le meilleur soulagement. Le Camp était toujours rongé par un immense chagrin. Ayla espérait que la cérémonie de S'Armuna aiderait à le libérer. Lorsque ses pleurs se calmèrent, Cavoa se dégagea et essuya ses yeux d'un revers de main. Ayla chercha quelque chose pour sécher ses larmes et défit un paquet qu'elle portait depuis des années pour que la jeune femme utilisât le cuir souple qui servait d'emballage. Mais quand Cavoa vit ce qui était à l'intérieur, elle écarquilla les yeux d'un air incrédule. C'était une munaï, une petite figurine de femme sculptée dans l'ivoire. Mais cette munaï-là avait un visage... celui d'Ayla !

Elle détourna vivement la tête, comme si elle venait de voir quelque chose d'interdit, sécha ses yeux et sortit précipitamment. Songeuse, Ayla enveloppa de nouveau la sculpture que Jondalar avait ciselée. Elle savait ce qui avait effrayé Cavoa.

Tout en empaquetant leurs affaires, elle s'efforça de ne plus y penser. Elle ramassa la bourse qui renfermait leurs pierres à feu et la vida pour compter les morceaux de pyrite de fer grisâtres qu'il leur restait. Elle se proposait d'en offrir une à S'Armuna, mais elle ignorait si on en trouvait dans la région des Zelandonii, et elle voulait en garder pour les parents de Jondalar.

Ayla se dirigea vers la grande habitation. Elle croisa Cavoa qui en sortait, et adressa un sourire à la jeune femme qui lui renvoya un rictus gêné. Ayla entra et il lui sembla que S'Armuna la regardait d'un air bizarre. La sculpture de Jondalar avait fait naître une réelle inquiétude. Ayla attendit d'être seule avec S'Armuna.

— Avant de partir, je voudrais te donner quelque chose. J'ai découvert cela quand je vivais dans ma vallée, dit Ayla en ouvrant sa main. J'ai pensé que tu pourrais l'utiliser dans ta Cérémonie du Feu.

S'Armuna regarda l'objet et jeta un coup d'œil interrogateur à Ayla.

— Regarde. Cette pierre contient du feu, dit Ayla. Je vais te montrer.

Elle marcha jusqu'au foyer, prit un peu d'amadou, et rassembla quelques copeaux de bois autour d'une botte de massettes séchées. Elle prépara du petit bois, se baissa et frappa la pyrite de fer avec un silex. Une grande étincelle jaillit et tomba sur l'amadou. Ayla souffla dessus et une petite flamme s'éleva comme par miracle. Ayla ajouta des brindilles pour faire démarrer le feu, et se releva pour découvrir une S'Armuna ébahie.

— Cavoa m'a soutenu avoir vu une munaï qui avait ton visage, et voilà que tu fais naître du feu. Serais-tu... serais-tu celle qu'on prétend ?

— Jondalar a sculpté cette figurine parce qu'il m'aimait, répondit Ayla avec un sourire tranquille. Il voulait capturer mon esprit, mais il m'en a ensuite fait cadeau. Ce n'est ni une donii, ni une munaï. C'est une preuve de son amour. Et pour ce qui est du feu, je n'y suis pour rien, c'est la pierre à feu qui fait tout. Veux-tu apprendre à l'utiliser ?

— Est-ce que je vous dérange ? dit une voix près de l'entrée.

Les deux femmes se retournèrent et aperçurent Cavoa.

— Je suis venue chercher les mitaines que j'avais oubliées, expliqua-t-elle.

S'Armuna et Ayla échangèrent un coup d'œil.

— Pourquoi pas ? fit Ayla.

— Cavoa m'assiste, précisa S'Armuna.

— Alors, je vais vous montrer à toutes les deux comment marchent les pierres, décida Ayla.

Elle recommença l'expérience. Lorsque les deux femmes eurent essayé à leur tour, elles se détendirent un peu, émerveillées par les propriétés de la pierre étrange. Cavoa osa même poser une question sur la munaï.

— Cette figurine que j'ai vue...

— C'est Jondalar qui l'a sculptée, peu après notre rencontre. C'était pour prouver qu'il m'aimait, assura Ayla.

— Alors, si je veux montrer à une personne combien elle est importante pour moi, je pourrai sculpter son visage ? demanda Cavoa.

— Bien sûr, dit Ayla. Quand tu fabriques une munaï, tu ressens une émotion particulière, n'est-ce pas ?

— Oui, et il y a aussi des rituels à respecter.

— Je crois que c'est l'émotion que tu transmets à la figurine qui fait toute la différence.

— Tu crois que je pourrais sculpter un visage à condition de ressentir des émotions bénéfiques ?

— Oui, il n'y aurait aucun mal à ça. Tu es une excellente artiste, Cavoa.

— Sans doute vaudrait-il mieux t'abstenir de sculpter la figurine en entier, intervint S'Armuna. Fais seulement la tête, et il n'y aura pas de confusion possible.

Cavoa acquiesça d'un signe de tête et les deux femmes quêtèrent ensuite l'approbation d'Ayla. Au plus profond d'elles-mêmes, elles continuaient de s'interroger sur la véritable identité de la visiteuse.

Le lendemain matin, Jondalar et Ayla se réveillèrent avec la ferme intention de partir, mais la neige tombait si fort qu'on voyait à peine au-delà des habitations.

— Avec un blizzard qui se prépare, ça m'étonnerait que nous partions aujourd'hui, remarqua Jondalar que le moindre retard contrariait. J'espère que la tempête ne va pas durer.

Ayla s'avança jusqu'au pré et siffla les chevaux. Ils apparurent aussitôt, et elle les conduisit dans un pré abrité du vent. Elle revint, préoccupée par le chemin du retour vers la Grande Rivière Mère, chemin qu'elle était la seule à connaître. Elle ne réagit pas tout de suite à l'appel de son nom.

— Ayla !

Cette fois l'appel était net. Elle se retourna et vit Cavoa qui, du seuil de son logis, lui faisait signe en prenant soin de ne pas se montrer.

— Qu'y a-t-il, Cavoa ?

— J'ai quelque chose à te montrer. J'aimerais avoir ton avis.

Ayla s'approcha. La jeune femme ôta ses mitaines et dévoila le petit objet rond en ivoire caché dans sa main. Elle le remit délicatement à Ayla.

— Je viens de le terminer.

Emerveillée, Ayla examina la sculpture qui représentait le visage de S'Armuna.

— Oh, Cavoa ! Je savais que ton art était grand, mais pas à ce point ! s'exclama-t-elle.

C'était à peine un buste, le cou n'était même pas esquissé, mais on ne pouvait se méprendre sur l'identité de celle qui l'avait inspiré. Les cheveux noués en chignon sur le haut de la tête, le visage légèrement de guingois, un côté plus petit que l'autre, l'ensemble dégageait pourtant une sorte de beauté et de dignité qui rappelait irrésistiblement S'Armuna.

— Est-ce qu'elle te plaît ? Crois-tu qu'elle l'aimera ? demanda Cavoa avec anxiété. Je voulais lui offrir quelque chose de rare.

— Je l'aime beaucoup, assura Ayla. Ta sculpture exprime très bien tes sentiments. Tu as un don merveilleux, Cavoa, fais attention de bien t'en servir. Tes figurines peuvent posséder un grand pouvoir. S'Armuna a été sage de te choisir pour l'assister.

Vers le soir, le blizzard hurlait de fureur. Il était dangereux de s'aventurer dehors, même pour quelques pas. S'Armuna décrocha un bouquet d'herbes séchées qui pendait d'un râtelier près de l'entrée, et qu'elle voulait ajouter au breuvage qu'elle préparait pour la Cérémonie du Feu. Dans le foyer, les flammes dansaient doucement, et Ayla et Jondalar venaient de se coucher. La chamane pensait les imiter après avoir terminé sa mixture.

Soudain, le lourd rabat de l'entrée se souleva, laissant filtrer dans l'antichambre un courant d'air glacial accompagné de quelques flocons. Esadoa souleva le deuxième pan et apparut, en pleine détresse.

— S'Armuna ! Dépêche-toi, c'est Cavoa ! Le travail a commencé.

D'un bond, Ayla se leva sans laisser à S'Armuna le temps de répondre.

— Elle a bien choisi sa nuit ! s'exclama la chamane en essayant de garder son calme pour ne pas inquiéter la future grand-mère. Tout va bien, Esadoa, elle n'accouchera pas dans la minute.

— Elle n'est pas chez moi. Elle a insisté pour sortir dans cette tempête. Elle est dans la grande habitation. Elle tenait à ce que son bébé y naisse, je me demande pourquoi. Elle veut qu'Ayla vienne, pour être sûre que tout se passe bien pour le bébé.

— Il n'y a personne là-bas, s'inquiéta S'Armuna. Elle n'aurait jamais dû sortir par ce temps-là.

— Je n'ai pas pu l'en empêcher, gémit Esadoa qui s'empressa de retourner auprès de sa fille.

— Attends-nous ! cria S'Armuna. Autant partir ensemble. On risquerait de se perdre dans cette tempête.

— Loup nous montrera le chemin, dit Ayla en faisant signe à l'animal qui dormait en boule au pied du lit.

— Ça vous dérangerait que je vienne ? demanda Jondalar.

Il n'était pas vraiment désireux d'assister à la naissance, mais il ne voulait pas laisser Ayla sortir dans ce blizzard sans lui. S'Armuna lança un coup d'œil interrogateur à Esadoa.

— Ça ne me dérange pas, dit la vieille femme, mais la présence d'un homme est-elle nécessaire ?

— Rien ne l'interdit, fit S'Armuna, et Cavoa aimera peut-être avoir un homme près d'elle. Elle n'a pas de compagnon.

Ils bravèrent tous les quatre les morsures du vent et affrontèrent ensemble les bourrasques de neige. En arrivant, ils trouvèrent la jeune femme recroquevillée près du feu éteint, le corps crispé de douleur, les yeux agrandis par la peur. Elle poussa un profond soupir en voyant sa mère accompagnée des trois autres. En un clin d'œil, Ayla avait déjà allumé le feu — à la grande surprise d'Esadoa — et Jondalar était ressorti chercher de la neige qu'il se proposait de faire fondre. Esadoa prépara le lit sur la plate-forme et S'Armuna choisit des herbes dans la réserve qu'elle avait rapportée la veille de son foyer.

Ayla installa la jeune femme confortablement, afin qu'elle pût se coucher ou s'asseoir à son gré. Ensuite, elle attendit S'Armuna, et elles l'examinèrent ensemble. Après avoir rassuré Cavoa qu'elles laissèrent en compagnie de sa mère, les deux femmes marchèrent jusqu'à la cheminée pour discuter discrètement.

— Tu as remarqué ? demanda S'Armuna.

— Oui. Tu sais ce que ça signifie ?

Jondalar, qui s'était tenu volontairement à l'écart, s'approcha lentement des deux femmes et crut déceler sur leur visage une légère inquiétude qui l'emplit d'appréhension. Il s'assit sur le rebord d'une couche et caressa Loup d'une main distraite.

Jondalar trompait l'attente en arpentant les lieux de long en large. Loup le regardait sans comprendre. Le géant trouvait que le temps ne passait pas assez vite, regrettait que la tempête ne se calmât pas, et se rongeait les sangs à ne rien faire. Il essaya de parler à Cavoa, cherchant des mots d'encouragement, lui souriait, mais il se sentait surtout inutile. Que pouvait-il faire ? Finalement, comme la nuit avançait, il s'endormit sur une couche, alors que les échos de la tempête résonnaient comme un contrepoint à l'attente exaspérante éclairée par une lumière blafarde, ponctuée de halètements périodiques de plus en plus rapprochés.

Un soudain regain d'activité mêlé de voix précipitées

le réveilla. Le jour pointait par les fentes qui entouraient le trou d'évacuation de la fumée. Il se leva, s'étira et se frotta les yeux. Totalement ignoré par les trois femmes, il sortit uriner. Il remarqua avec joie que la tempête s'était calmée, et que de rares flocons tourbillonnaient encore.

Alors qu'il s'apprêtait à rentrer, il entendit les premiers cris d'un nouveau-né. Il sourit, mais resta dehors de peur d'importuner. A sa grande surprise, un deuxième cri perça le silence, et bientôt un étrange duo s'époumona. Il y en a deux ! s'exclama Jondalar. Incapable de résister, il entra dans la caverne.

Ayla sourit en voyant arriver Jondalar et brandit un bébé emmailloté.

— C'est un garçon ! s'écria-t-elle.

S'Armuna tenait dans ses bras un second bébé et s'apprêtait à couper le cordon ombilical.

— Et ça, c'est une fille, dit-elle. Des jumeaux ! C'est un signe favorable. Peu de bébés naissaient à l'époque d'Attaroa, mais je crois que cela va changer. Je crois que la Mère nous fait comprendre que le Camp des Trois Sœurs va de nouveau prospérer.

— Est-ce que tu reviendras ? demanda Doban à Jondalar.

Il marchait déjà mieux, mais s'aidait encore des béquilles que le géant lui avait fabriquées.

— Non, Doban, je ne crois pas. Un Voyage me suffit. Il est temps que je m'arrête quelque part et que je fonde un foyer.

— J'aimerais bien que tu t'installes près d'ici, Zelandon.

— Moi aussi, affirma Jondalar. Tu vas devenir un bon tailleur de silex, et j'aimerais t'apprendre encore beaucoup de choses. Ah, à propos, tu peux m'appeler Jondalar, tu sais.

— Non, tu es Zelandon.

— Tu veux sans doute dire Zelandonii ?

— Non. Zelandon.

— Oui, c'est bien ce qu'il veut dire, expliqua S'Amodun qui assistait à la scène en souriant. Il t'appelle

Elandon, mais il y ajoute le titre de respect : S'Elandon.

Bien qu'un peu gêné, Jondalar rosit de plaisir.

— Je te remercie, Doban. Permets-moi donc de t'appeler S'Ardoban.

— Oh, non ! C'est trop tôt. Quand je saurai travailler le silex aussi bien que toi, tu pourras m'appeler S'Ardoban. Pas avant.

Jondalar étreignit le jeune garçon, donna quelques accolades aux S'Armunaï qui s'étaient réunis, et discuta encore un moment avec eux. Les chevaux étaient chargés, et patientaient à quelques pas de là. Loup s'était allongé, et observait Jondalar. Il se releva en apercevant Ayla qui sortait de l'habitation avec S'Armuna. Jondalar se réjouit de les voir enfin arriver.

— ... c'est beau, disait la vieille femme, et cette preuve d'amitié m'émeut énormément, mais... tu ne crois pas que ce soit dangereux ?

— Tant que tu la gardes précieusement, comment une simple figurine serait-elle dangereuse ? Elle te rapprochera de la Mère, assura Ayla, et te permettra de mieux La comprendre.

Elles s'étreignirent avec chaleur, et S'Armuna serra fort Jondalar dans ses bras. Elle se recula quand ils appelèrent les chevaux, puis s'avança de nouveau et retint la main du géant.

— Quand tu verras Marthona, dis-lui que S'Armu... non, dis-lui que Bodoa lui envoie toute son amitié.

— Je n'y manquerai pas. Je suis sûr que ça lui fera plaisir, dit Jondalar en enfourchant l'étalon.

Ils se retournèrent et saluèrent une dernière fois. Jondalar était soulagé de partir. Il garderait toujours de ce Camp des souvenirs mitigés.

Comme ils s'éloignaient du Camp des Trois Sœurs, la neige se remit à tomber. Ceux du Camp leur faisaient de grands signes d'adieu.

— Bon Voyage, S'Elandon ! criait Doban.

— Que la paix t'accompagne, Ayla ! disait un autre.

En les regardant s'enfoncer dans le brouillard de flocons, rares étaient ceux qui ne croyaient pas — ou ne voulaient pas croire — que Jondalar et Ayla leur avaient été envoyés pour les débarrasser d'Attaroa et pour libérer les hommes. Ils ne doutaient pas que dès que le couple de cavaliers aurait disparu, ils reprendraient la forme de la Grande Terre Mère et de Son Compagnon Céleste, et qu'ils rejoindraient les cieux en chevauchant le vent, suivis par leur fidèle protecteur, l'Etoile du Loup.

34

Ayla ouvrant la marche, ils repartirent vers la Grande Rivière Mère en suivant le chemin qu'elle avait emprunté lorsqu'elle traquait les Louves. Ils franchirent le petit affluent et bifurquèrent ensuite vers le sud-ouest à travers les plaines venteuses de l'ancien bassin qui séparait les deux principales chaînes de montagnes.

Bien qu'il neigeât peu, d'incessantes rafales de vent les obligeaient souvent à s'abriter. Dans ce froid intense, les flocons tournoyaient au gré du vent et se transformaient en gravillons gelés en se mêlant aux particules de lœss broyées par les glaciers en marche. Les bourrasques cinglaient leurs joues nues. L'herbe jaunie s'était aplatie depuis longtemps, mais grâce au vent qui empêchait la neige de s'accumuler, sauf dans quelques poches abritées, il en restait assez pour que les chevaux pussent brouter.

Le chemin parut court à Ayla, débarrassée du souci de suivre une piste en terrain difficile, mais Jondalar était surpris par la distance qui les séparait de la rivière. Il ne s'était pas rendu compte qu'ils étaient si haut vers le nord. Il en déduisit que le Camp des S'Armunaï était sûrement proche du Grand Glacier.

Il n'avait pas tort. S'ils étaient montés plus haut, ils auraient atteint le gigantesque mur de glace en une poignée de jours de marche. Au début de l'été, juste avant d'entamer leur Voyage, ils avaient chassé le mammouth à l'orée de ce même glacier, mais beaucoup plus à l'est. Depuis, ils avaient contourné l'immense arc de cercle de la chaîne de montagnes par le sud et étaient remontés par le flanc ouest, atteignant presque la colossale étendue glacée.

En arrivant à la Grande Rivière Mère, ils laissèrent derrière eux les derniers massifs détachés et les contreforts détritiques des monts qui avaient dominé leurs premières étapes, et ils obliquèrent vers l'ouest en direction d'une nouvelle chaîne montagneuse plus importante et plus haute.

Ils revinrent sur leurs pas à la recherche de l'endroit où ils avaient caché leur tente et leur équipement après que Whinney avait été enlevée par la troupe de chevaux sauvages.

— Il me semble reconnaître le paysage... ce doit être par ici, dit Jondalar.

— Oui, c'est aussi mon impression. Je me rappelle ce promontoire, mais le reste a tellement changé ! fit Ayla avec désarroi.

Les rives gelées, les congères et les tertres de neige empêchaient de voir où commençait le fleuve. Les rafales de vent et la glace qui s'était déposée sur les branches dans une alternance de gel et de redoux avaient couché plusieurs arbres. Des arbrisseaux et des ronciers ployaient sous le poids de la glace et de la neige ; les voyageurs, les prenant pour des rochers, s'empêtraient dans leurs branches quand ils tentaient de les escalader.

L'homme et la femme s'arrêtèrent près d'un bosquet et scrutèrent les environs en quête d'un indice qui les guiderait jusqu'au fourré où ils avaient caché leur tente et leur réserve de vivres.

— Nous ne sommes pas loin. Je sais que c'est par ici, mais tout est si différent ! s'exclama Ayla. L'apparence est souvent trompeuse, tu ne trouves pas ?

— C'est vrai, tout change en hiver, dit Jondalar en la regardant sans comprendre.

— Je ne parle pas seulement du paysage. C'est difficile à expliquer. Regarde S'Armuna, par exemple. Lorsque nous sommes partis, elle t'a demandé de transmettre son bonjour à ta mère. Mais elle a spécifié de la part de Bodoa. C'est sous ce nom que ta mère la connaît, n'est-ce pas ?

— Oui, certainement. Dans sa jeunesse, elle devait s'appeler Bodoa.

— Et elle a abandonné son nom pour devenir S'Armuna. C'est comme la zelandoni dont tu parles si souvent, celle qui s'appelait Zolena.

— Oui, on abandonne son nom volontairement en devenant Celle Qui Sert la Mère.

— Oui, je sais, dit Ayla. Creb faisait pareil quand il revêtait l'habit de Mog-ur. Il ne renonçait pas à son nom, mais il était un autre homme quand il dirigeait la cérémonie en tant que Mog-ur. Creb ressemblait à son totem de naissance, le Chevreuil, timide et tranquille. Il parlait peu, comme s'il épiait les autres de sa cachette. Mais lorsqu'il était Mog-ur, il prenait la puissance et l'autorité de son totem, l'Ours des Cavernes. Il n'était jamais complètement ce qu'il paraissait être.

— Toi aussi, tu es comme cela, Ayla. La plupart du temps tu préfères écouter, mais avec un malade ou un blessé, tu changes. Tu prends l'initiative, tu ordonnes et on t'obéit.

— Je n'avais jamais envisagé les choses sous cet angle. Je ne cherche qu'à aider.

— Oui, je sais. Mais cela va plus loin. Les gens sentent que tu sais ce que tu fais, et je crois que c'est pour cela qu'ils t'obéissent. Si tu le voulais, tu pourrais devenir Celle Qui Sert la Mère.

Ayla se rembrunit.

— Je ne crois pas. Je veux garder mon nom. C'est tout ce qui me reste de ma mère, dit la jeune femme, qui désigna soudain un tas de neige étrangement symétrique. Regarde, Jondalar !

L'homme examina le tertre sans comprendre, mais peu à peu le dessin régulier du monticule lui évoqua quelque chose de familier.

— Serait-ce... ? interrogea-t-il en éperonnant Rapide.

Le monticule était cerné par un enchevêtrement de ronces, ce qui augmenta leur excitation. Ils descendirent de cheval et Jondalar, muni d'une grosse branche, se fraya un chemin parmi les piquants. Au centre du fourré il frappa le tertre de son bâton, et la neige s'effondra, dénudant le canot retourné.

— Le voilà ! s'écria Ayla.

Ils aplatirent les longs rameaux épineux à grands coups de pied pour atteindre le canot et les paquets soigneusement enveloppés qu'il recouvrait.

L'agitation de Loup leur fit comprendre que la cachette n'avait pas été totalement efficace, et en découvrant des excréments de loup, ils comprirent son émoi. Les loups avaient saccagé leurs affaires et réussi à déchiqueter certains paquets pourtant bien camouflés. Même la tente était déchirée mais ils s'attendaient à pire.

— L'anti-Loup ! s'exclama Jondalar. C'est sûrement grâce à ça qu'ils n'ont pas saccagé toutes nos affaires.

La mixture qu'avait inventée Ayla pour décourager Loup de mâchouiller leurs peaux avait sauvé une partie de leur équipement.

— Et dire que j'ai longtemps cru que Loup nous créait des ennuis ! s'exclama Jondalar. Sans lui, nous n'aurions probablement plus de tente. Viens ici, Loup, dit-il en se frappant la poitrine pour inviter l'animal à y poser ses pattes.

Ayla l'observa en souriant fourrager dans le pelage de Loup et lui caresser le cou. Le changement d'attitude de Jondalar envers le fauve lui faisait plaisir. Non qu'il l'eût jamais malmené, mais c'était la première fois qu'elle le voyait manifester autant d'affection. D'évidence, Loup acceptait avec joie ces démonstrations.

Sans l'anti-Loup, il y aurait eu beaucoup plus de dégâts, mais les bêtes avaient tout de même dévoré leurs vivres de secours. Les ravages étaient désastreux. Il ne restait quasiment plus de viande séchée ni de galettes, et de nombreux paquets de fruits secs, légumineuses et céréales avaient été déchiquetés ou manquaient. D'autres animaux les avaient sans doute emportés après le passage des loups.

— Nous aurions dû prendre davantage des vivres que les S'Armunaï nous offraient, déclara Ayla, mais ils en avaient si peu eux-mêmes. Nous pourrions retourner là-bas, proposa-t-elle.

— Non, je ne préfère pas. Nous chasserons, cela nous suffira jusqu'à notre arrivée chez les Losadunaï. Thonolan et moi en avions rencontré et nous avions passé la nuit avec eux. Ils nous avaient conviés à rester quelque temps parmi eux à notre retour.

— Crois-tu qu'ils nous donneraient des vivres pour le Voyage ?

— Oui, j'en suis même sûr, répondit-il avec un sourire malicieux. J'ai un Droit à Venir sur eux.

— Un droit ? s'étonna Ayla. Te sont-ils apparentés comme l'étaient les Sharamudoï ?

— Non, mais ils sont amicaux et ils font souvent du troc avec les Zelandonii. Certains connaissent ma langue.

— Oui, tu m'as déjà parlé d'eux, mais je ne suis pas sûre de comprendre ce qu'est un Droit à Venir.

— C'est une promesse de rendre, dans un avenir plus ou moins proche, quelque chose qu'on t'a donné, ou que tu as gagné. En paiement d'une dette de jeu trop importante pour le perdant, par exemple, ou d'autre chose.

— D'autre chose ? s'étonna Ayla dont la curiosité s'éveillait.

— Oui, lorsque la valeur à rembourser est difficile à définir. Il n'y a pas de limite à un Droit à Venir, on peut exiger n'importe quoi, mais en général personne ne demande l'impossible. Accepter un Droit à Venir prouve simplement sa bonne foi et sa confiance. C'est souvent un moyen d'offrir son amitié.

Ayla prit un air entendu, sachant que Jondalar ne lui disait pas tout.

— J'ai un Droit à Venir sur Laduni, poursuivit-il. Ce n'est pas un droit majeur, mais il est tout de même tenu de me donner tout ce que je lui demanderai. Et j'ai le droit de demander n'importe quoi. Il sera soulagé que je n'exige que de la nourriture. D'ailleurs, il nous en aurait probablement proposé de lui-même.

— Les Losadunaï habitent-ils loin ?

— Oui, assez. Ils vivent à la pointe ouest de ces

montagnes, et nous sommes complètement à l'est. Mais en suivant le fleuve, la route est facile. Il faudra traverser la Grande Mère plus haut.

Ils décidèrent de camper là pour la nuit, et en profitèrent pour faire un inventaire de leur matériel. Les pertes concernaient surtout la nourriture. Ils rassemblèrent ce qu'il leur restait et constatèrent que le tas n'était pas important, mais les dégâts auraient pu être pires. Ils devraient vivre de chasse et de cueillette, mais la plupart de leurs affaires étaient intactes ou facilement réparables, exception faite de la poche à viande qui avait été mise en lambeaux. Le bateau avait au moins protégé leurs affaires des intempéries, à défaut de la voracité des loups. Au petit matin, ils eurent une décision importante à prendre : fallait-il continuer de traîner le bateau, ou l'abandonner ?

— Nous arrivons dans une région montagneuse, déclara Jondalar. Il va nous gêner.

Ayla vérifiait l'état des perches. L'une des trois avait été brisée, mais deux suffisaient pour tirer le travois.

— Gardons-le encore, proposa-t-elle. Il sera toujours temps de l'abandonner.

Ils laissèrent rapidement le bassin venteux derrière eux. Vers l'ouest, le lit de la Grande Rivière Mère marquait la frontière d'un violent combat entre les deux plus importantes forces de la terre, qui s'était déroulé dans l'extrême lenteur du temps géologique. Au sud, apparaissaient les contreforts des hautes montagnes occidentales dont les plus hauts sommets n'étaient jamais adoucis par la chaleur de l'été. Année après année, les pics immenses accumulaient neige et glace, et la crête des sommets scintillait au loin dans l'air pur et limpide.

Les hauts plateaux rocheux du nord étaient les vestiges d'anciennes montagnes érodées par les siècles. La roche cristalline, enracinée dans le soubassement le plus profond, s'était soulevée à l'aube de l'humanité. Luttant contre cette fondation inflexible, la force irrésistible des continents qui dérivaient inexorablement vers le nord avait brisé et plié la croûte terrestre, soulevant de gigantesques massifs montagneux sur des espaces immenses.

L'ancien massif restait marqué par le déploiement de force qui créa les hautes cimes. Les inclinaisons, les failles, les brisures de la roche qu'on devinait dans les ruptures de sa structure cristalline racontaient la violence des pressions extraordinaires qu'elle avait subies. A cette époque, la haute chaîne occidentale, et une autre plus à l'ouest, n'avaient pas été les seules à être créées par la dérive des continents. La longue chaîne incurvée que les deux voyageurs avaient contournée, et la série de massifs à l'est d'où jaillissaient les cimes les plus hautes de la terre, provenaient également de ce duel impitoyable.

Plus tard, à l'Ere Glaciaire, quand les températures annuelles étaient les plus basses, les glaciers recouvraient entièrement les massifs montagneux, tout comme les sommets de moindre altitude, de leur croûte scintillante. A mesure qu'ils avançaient, les glaciers creusaient des vallées et des crevasses, et laissaient derrière leur passage des plaines de lavage, des terrasses de graviers, et sculptaient des pitons rocheux dans les plus jeunes sommets. Mais le glacier actuel, immense couche de glace éternelle, n'avait perduré qu'en haute altitude.

Au nord, les fondements vallonnés des montagnes érodées se découpaient en terrasses, où les cours supérieurs des rivières avaient creusé des vallées en pente douce. Au sud, hormis les torrents qui tombaient directement en cascade des hauts massifs, les rivières dévalaient des pentes plus abruptes. La riche terre fertile où la Grande Rivière Mère serpentait indiquait la démarcation entre les hauts plateaux vallonnés du nord et les montagnes du sud.

Ayla et Jondalar se dirigeaient presque droit à l'ouest, sur la rive nord du grand fleuve, à travers les vastes plaines alluviales. Le fleuve n'était plus cette énorme Mère de toutes les rivières au débit volumineux qu'ils avaient longée auparavant, mais elle n'en demeurait pas moins importante, et après quelques jours, comme à son habitude, elle se divisa en plusieurs chenaux.

Une demi-journée de marche en amont, ils tombèrent sur un nouvel affluent dont la confluence tumultueuse leur sembla périlleuse, avec un rideau de glace et des monticules de glaçons bordant chaque rive. Les affluents ne descendaient plus des massifs familiers du nord, maintenant dépassés, mais des terres inconnues de l'ouest. Réticent à franchir cette rivière dangereuse, et ne voulant pas en remonter le courant, Jondalar préféra revenir sur ses pas et traverser les multiples bras de la Mère.

Le choix s'avéra judicieux. Certains chenaux étaient larges, pris dans les glaces le long des rives, et l'eau atteignait à peine les flancs des chevaux. Le soir, après tant d'incidents et de drames en franchissant d'autres cours d'eau, cette traversée en douceur de la Grande Rivière Mère leur parut paradoxale, mais Ayla et Jondalar ne songeaient pas à s'en plaindre.

Dans le froid glacial de l'hiver, le simple fait de voyager était suffisamment dangereux. La plupart des gens restaient dans le chaud confort de leur logis, et si quelqu'un s'attardait dehors, les parents ou les amis se précipitaient à sa recherche. Ayla et Jondalar étaient seuls. Qu'un accident survienne, et ils ne pouvaient compter que sur eux-mêmes.

A mesure qu'ils grimpaient, ils remarquaient de subtils changements dans la végétation. Les sapins et les mélèzes faisaient leur apparition parmi les épicéas et les pins, près du fleuve. La température dans les vallées était souvent plus froide qu'en altitude. La neige et la glace blanchissaient les hauts plateaux environnants, mais il neigeait rarement dans les vallées. Quelques légers flocons s'amoncelaient parfois sur le sol gelé et dans les creux ou les dépressions. Lorsque les voyageurs ne trouvaient pas de neige, ils brisaient la glace des rivières avec leur hache de pierre, et la faisaient fondre pour se désaltérer.

Ayla devint plus attentive aux animaux qui parcouraient les plaines de la vallée de la Mère. C'étaient les mêmes espèces qu'elle avait rencontrées dans les steppes, mais celles qui recherchaient le froid prédominaient. Ayla n'ignorait pas que la végétation desséchée des plaines glaciales suffisait à leur subsistance, mais elle se demandait où ils trouvaient l'eau nécessaire.

Elle devinait que les loups et les autres carnassiers tiraient le liquide indispensable du sang de leurs proies, et qu'en sillonnant de vastes étendues, ils trouvaient des poches de neige ou des morceaux de glace à sucer. Mais qu'en était-il des chevaux et autres herbivores? Où trouvaient-ils de l'eau dans des terres qui se transformaient l'hiver en un désert gelé? Certaines régions étaient certes recouvertes de neige, mais d'autres n'étaient que rocaille dénudée ou glace. Pourtant, desséché ou pas, partout où l'on trouvait du fourrage, on trouvait aussi des animaux.

Bien qu'ils fussent toujours rares, Ayla aperçut davantage de rhinocéros laineux que jamais, et les inévitables bœufs musqués qui les accompagnaient invariablement. Les deux espèces recherchaient les vastes étendues balayées par les vents, mais les rhinocéros préféraient l'herbe et les carex, alors que les bœufs musqués, comme les moutons à qui ils ressemblaient, se nourrissaient de lichens et de mousse. De grands rennes et des mégacéros gigantesques aux andouillers géants se partageaient aussi la plaine glaciale avec des chevaux protégés par leurs épaisses robes hivernales, mais le roi de cette vallée était incontestablement le mammouth.

Ayla ne se lassait jamais d'observer ces géants. Bien que parfois chassés par les humains, ils étaient si peu farouches qu'on aurait pu les croire apprivoisés. Ils se laissaient souvent approcher. Le risque était davantage du côté des humains. Les mammouths laineux, qui n'étaient pourtant pas les plus gigantesques de leur espèce, restaient toutefois les animaux les plus imposants que les humains eussent jamais vus, et qu'ils verraient jamais. Avec leur double fourrure d'hiver et leurs défenses énormes, ils semblaient encore plus gros que dans le souvenir d'Ayla.

Chez les petits, les défenses s'annonçaient par des incisives supérieures d'environ quatre centimètres. Elles tombaient au bout d'un an, et étaient remplacées par des défenses qui continueraient à pousser toute la vie. Bien que les défenses fussent des ornements d'apparat jouant un rôle important dans les relations entre mammouths, elles leur servaient aussi à briser la glace. Et à ce jeu-là, les capacités des mammouths étaient phénoménales.

Ayla en prit conscience un jour qu'elle observait un troupeau de femelles qui se dirigeait vers le fleuve. Certaines utilisèrent leurs défenses, plus petites et plus droites que celles des mâles, pour arracher des blocs de glace pris dans les anfractuosités de la roche. Ayla ne comprit pas tout de suite l'intérêt de leurs efforts, puis elle vit une jeune femelle saisir un morceau de glace avec sa trompe et l'enfourner dans sa bouche.

— De l'eau ! s'exclama-t-elle. C'est comme ça qu'elles s'abreuvent ! Je me demandais où elles trouvaient à boire.

— Oui, je n'y avais jamais songé, mais maintenant que tu en parles, je me souviens que Dalanar racontait des histoires là-dessus. Je connaissais beaucoup de dictons sur les mammouths, mais je n'en ai retenu qu'un : « Ne t'aventure jamais dehors quand les mammouths vont au nord. » On pourrait en dire autant avec les rhinocéros, d'ailleurs.

— Je ne comprends pas, avoua Ayla.

— Cela veut dire qu'une tempête de neige approche, expliqua Jondalar. Ces grosses créatures n'aiment pas la neige qui cache leur nourriture. Ils en déblaient une partie avec leurs défenses et leur trompe, mais quand la neige est très profonde, ils s'y enlisent. C'est dangereux pour eux surtout s'il gèle après un redoux. Ils s'allongent pour la nuit quand la neige a été ramollie par le soleil, et au matin leur fourrure gelée est prise dans le sol. Ils ne peuvent plus bouger. C'est le moment idéal pour les chasser. Mais même s'ils ne sont pas massacrés par les chasseurs et que le dégel tarde, ils restent cloués au sol et meurent lentement de faim. Les plus jeunes meurent parfois de froid.

— Quel rapport avec le fait d'aller au nord ?

— Plus tu vas vers le glacier, moins il y a de neige. Te souviens-tu du jour où nous avons chassé le mammouth avec les Mamutoï ? Il n'y avait qu'un torrent qui provenait de la fonte du glacier. Et nous étions en été. L'hiver, tout est gelé.

— Et c'est pour cela qu'il n'y a presque pas de neige par ici ?

— Oui. Dans cette région, il fait toujours froid et sec, surtout en hiver. On dit que c'est à cause de la proximité des glaciers. Ils recouvrent les montagnes du sud, et le Grand Glacier n'est pas très loin au nord. La région limitrophe est un territoire de Têtes Plates... heu, je veux dire du Clan. Elle commence un peu plus à l'ouest, précisa Jondalar qui avait remarqué la réaction d'Ayla et se sentit gêné. Il y a un autre dicton sur les mammouths et l'eau, mais je l'ai oublié. C'est quelque chose comme : « Si tu ne trouves pas d'eau, cherche les mammouths. »

— Ah, celui-là, je le comprends, dit Ayla qui regardait au-delà de Jondalar.

Il se retourna pour voir ce qui l'intéressait. Les femelles avaient remonté le fleuve et joignaient leurs efforts à ceux des mâles. Plusieurs d'entre elles attaquaient une étroite paroi de glace presque verticale qui s'était formée au bord du fleuve. Les plus gros mâles, parmi lesquels un vieux mammouth au poil sillonné de gris, et dont les défenses impressionnantes se croisaient devant les yeux — perdant ainsi beaucoup de leur efficacité —, creusaient la paroi et arrachaient des blocs de glace énormes. Ils les soulevaient ensuite avec leur trompe et les fracassaient en petits morceaux en les jetant violemment au sol. Le tout accompagné de mugissements, de barrissements, et de piétinements assourdissants. Les bêtes énormes semblaient prendre un plaisir évident à ce petit jeu.

Cette technique pour casser la glace était connue de tous les mammouths. Même les minuscules défenses de cinq centimètres des jeunes d'à peine trois ans qui venaient juste de perdre leurs incisives étaient déjà usées à force de gratter la glace, et la pointe des défenses de cinquante centimètres des jeunes de dix ans présentait une usure caractéristique à force de racler les parois verticales des murs de glace. Lorsqu'ils atteignaient leur vingt-cinquième année, les défenses des jeunes mammouths commençaient à s'incurver vers le haut, modifiant alors leur utilisation. La surface inférieure des défenses s'usait dans les efforts pour déblayer la glace et la neige qui recouvraient les plantes des steppes. Casser des blocs de glace représentait parfois un danger, et les défenses se brisaient souvent. Mais les pointes cassées étaient vite polies par l'acharnement des mammouths à creuser et dégager des blocs de glace afin de se désaltérer.

Ayla s'aperçut que d'autres animaux s'étaient assemblés. Les troupeaux de mammouths ne cassaient pas seulement des blocs de glace pour leur consommation personnelle, toute la communauté animale en profitait et accompagnait les mammouths dans leur migration. Les énormes créatures laineuses ne se contentaient pas de dégager des blocs de glace en hiver, ils creusaient aussi des trous dans les lits asséchés des rivières en été, qui se remplissaient ensuite d'eau. Ces réservoirs profitaient aussi à ceux qui avaient la bonne idée de suivre les géants.

Ayla et Jondalar longeaient les berges de la Grande Rivière Mère, soit à cheval, soit à pied. La neige était trop rare pour camoufler la terre et la végétation dormante montrait son terne aspect hivernal. Les longues hampes des roseaux phragmites et les épis des massettes pointaient vaillamment au-dessus de leur lit marécageux, alors que les fougères mortes et les carex s'étendaient prostrés le long des rives gelées. Les lichens accrochés aux rochers ressemblaient aux croûtes d'une blessure, et la mousse racornie se réduisait en petits tapis secs et cassants.

Les longs doigts squelettiques des rameaux dénudés cliquetaient dans le vent coupant, et seul un œil averti pouvait reconnaître un bosquet de saules, de bouleaux ou d'aulnes. Les conifères au vert profond étaient faciles à différencier — épicéas, sapins ou pins — et bien que les mélèzes eussent perdu leurs aiguilles, leur contour était facilement identifiable. Lorsque Ayla et Jondalar s'aventuraient en altitude pour y chasser, ils voyaient des mélèzes nains rampants et des pins minuscules accrochés au sol.

Le petit gibier fournissait l'essentiel de leurs repas. Les longues traques pour chasser de plus grosses proies demandaient trop de temps. Cependant ils n'hésitèrent pas à chasser le cerf quand ils en surprirent un. La viande se conservait bien, et même Loup n'eut pas besoin de chasser pendant un moment. Les lièvres, les lapins et les castors, qui abondaient dans cette région montagneuse, constituaient leur gibier principal, mais ils trouvaient aussi des animaux des steppes habitués au climat continental, tels que marmottes et hamsters géants. Ayla appréciait toujours autant les lagopèdes, gras oiseaux blancs aux pattes recouvertes de plumes blanches.

Ils préféraient économiser les sagaies pour le gros gibier et la fronde d'Ayla était souvent mise à contribution. Il était plus simple de trouver des pierres que de remplacer les sagaies endommagées ou perdues. Mais il arrivait que la chasse leur prît plus de temps que Jondalar ne le souhaitait, et chaque retard le rendait nerveux.

Ils complétaient souvent leur régime, principalement à base de viandes maigres, par des écorces de conifère ou d'autres arbres qu'Ayla faisait cuire dans un brouet de viande, et ils découvraient toujours des baies avec plaisir. Elles étaient gelées mais s'accrochaient encore aux branches. Les baies de genièvre, délicieuses avec de la viande à condition d'en utiliser peu, étaient les plus abondantes ; les gratte-cul, moins fréquents, se ramassaient par poignées quand on en trouvait et leur goût était plus doux après les gelées ; l'empêtre rampant offrait durant tout l'hiver des petites baies noires et brillantes qui se cachaient dans un feuillage persistant ; les airelles et les raisins d'ours duraient également toute la saison froide.

Ayla ajoutait aussi des graines et des céréales dans ses brouets, mais la cueillette était pénible. Certaines herbacées portaient encore des épis, mais elles étaient rares et avaient perdu leurs feuilles. Ayla, qui regrettait les légumineuses et les fruits séchés que les loups avaient dévorés, ne regrettait pourtant pas les réserves qu'elle avait laissées aux S'Armunaï.

Whinney et Rapide, mangeurs d'herbe exclusifs pendant l'été, avaient étendu leur régime aux brindilles dont ils mâchonnaient le bout, aux écorces d'arbre, ainsi qu'à une variété particulière de lichen, celle que les rennes adoraient. Ayla le remarqua et en cueillit qu'elle goûta avant d'en faire profiter Jondalar. Elle trouva le lichen âpre mais comestible, et elle testa plusieurs façons de le cuire.

Ayla et Jondalar ne mangeaient pas les petits rongeurs, lemmings, souris ou campagnols — ils laissaient cette friandise à Loup pour le remercier de l'avoir débusquée — mais ils pillaient leurs nids. Dès qu'ils trouvaient un terrier, ils fouillaient le sol gelé avec un bâton à fouir, et découvraient les petits animaux camouflés au milieu d'une réserve de graines, de noix, et de bulbes.

Et Ayla avait toujours sa poche à médecines. En songeant aux dommages causés par les loups, elle frémissait à l'idée qu'elle aurait pu la laisser avec la tente et le reste du matériel. Mais jamais elle n'abandonnerait sa poche à médecines, et la simple pensée de la perdre la rendait malade. En outre, son contenu et l'expérience accumulée au cours des siècles qui lui avait été transmise permettaient à Ayla de maintenir les deux Voyageurs en meilleure santé qu'ils ne croyaient l'être.

Elle utilisait toute la végétation disponible, comme les aiguilles de semper virens et surtout les jeunes pousses, riches en vitamines indispensables pour lutter contre le scorbut. Elle en jetait dans les infusions, d'abord parce qu'ils en appréciaient la saveur acide et poivrée, mais aussi parce qu'elle en connaissait les bienfaits. Elle avait souvent préparé des décoctions à base d'aiguilles de semper virens pour ceux dont les gencives saignaient et dont les dents se déchaussaient pendant les longs hivers où la nourriture principale était la viande maigre.

Afin d'éviter toute perte de temps, ils mangeaient peu, mais ne sautaient que rarement un repas. Leur régime sans graisse et les efforts physiques du Voyage les amaigrissaient. Ils n'en parlaient pas souvent, mais ils étaient tous deux las de chevaucher sans cesse, et chacun avait hâte d'arriver à destination. Pendant la journée, ils ne parlaient quasiment pas.

Ils chevauchaient ou marchaient en file indienne, assez près l'un de l'autre pour entendre un éventuel appel, mais trop loin pour mener une conversation. Il leur restait donc du temps pour penser, et le soir au campement chacun faisait part à l'autre du fruit de ses réflexions quotidiennes.

Ayla récapitulait ses dernières aventures. Elle avait beaucoup réfléchi aux événements du Camp des Trois Sœurs, et avait essayé de comparer les S'Armunaï et leurs deux chefs cruels, Brugar et Attaroa, avec les Mamutoï et le frère et la sœur, compréhensifs et amicaux, qui les dirigeaient. Et elle ne manquait pas de s'interroger sur les Zelandonii. Jondalar possédait tant de qualités qu'elle ne pouvait concevoir son peuple autrement que foncièrement bon, mais en réfléchissant à leurs sentiments à l'égard du Clan, elle se demandait si les Zelandonii l'accepteraient. S'Armuna avait fait des allusions à leur forte aversion pour ceux qu'ils appelaient les Têtes Plates, mais Ayla ne les imaginait tout de même pas aussi cruels que la Femme Qui Ordonne des S'Armunaï.

— Je ne comprends pas comment Attaroa a pu commettre de telles atrocités, remarqua-t-elle un soir qu'ils terminaient leur repas. Je me pose des questions.

— Quel genre de questions ?

— Des questions sur mon peuple, les Autres. Quand je t'ai rencontré, j'étais si heureuse de trouver enfin un de mes semblables. J'étais soulagée de n'être plus seule au monde. Et comme tu étais merveilleux, j'ai cru que tous ceux de ma race étaient comme toi. Ça m'a rendue très heureuse.

Elle était sur le point d'ajouter : « jusqu'à ta réaction de dégoût quand je t'ai appris que j'avais été élevée par le Clan ». Mais elle se retint en voyant Jondalar rougir de plaisir sous le compliment.

Jondalar était ému de l'entendre parler ainsi, et il l'admirait.

— Ensuite, quand nous avons rencontré les Mamutoï, Talut et ceux du Camp du Lion, poursuivit Ayla, j'ai continué à croire que tous les Autres étaient bons et généreux. Ils s'aidaient mutuellement, et chacun avait son mot à dire lorsqu'il fallait prendre une décision importante. Bien sûr, il y avait Frebec, mais il n'était pas si méchant en fin de compte. Même ceux de la Réunion d'Eté qui s'étaient ligués contre moi à cause de mon éducation chez le Clan, et certains des Sharamudoï, n'agissaient que par une peur due à l'ignorance. Leurs intentions n'étaient pas mauvaises. Mais Attaroa était cruelle, une vraie hyène.

— Attaroa était une exception, rappela Jondalar.

— Oui, mais regarde tous ceux qu'elle a influencés. S'Armuna a été jusqu'à utiliser son savoir sacré pour l'aider à tuer et à persécuter des gens, même si elle l'a regretté par la suite. Et Epadoa était prête à lui obéir aveuglément.

— Elles avaient leurs raisons, protesta Jondalar. Les femmes avaient été maltraitées.

— Je connais les raisons. S'Armuna croyait bien faire. Epadoa adorait chasser et aimait Attaroa qui l'y autorisait. Je comprends ça. Moi aussi j'aimais chasser et j'ai transgressé les lois du Clan pour le seul plaisir de la chasse.

— Epadoa peut chasser pour tout le Camp, maintenant, et je ne crois pas qu'elle soit vraiment mauvaise. Doban m'a dit qu'elle lui avait promis de ne plus jamais lui faire de mal, et d'empêcher quiconque de lui en faire. Je crois qu'elle l'aime encore plus à cause de tout ce qu'elle lui a fait endurer. Elle tient l'occasion de se racheter, et elle ne la laissera pas passer.

— Epadoa ne voulait pas faire du mal à ces enfants. Elle a dit à S'Armuna qu'elle avait obéi à Attaroa de crainte que la Femme Qui Ordonne les tuât si elle refusait. Attaroa elle-même avait de bonnes raisons. La souffrance l'avait pervertie. Elle avait cessé d'être humaine, mais quelles qu'en soient les raisons, elles ne l'excusent pas. Même Broud, aussi cruel fût-il, n'aurait jamais commis autant de crimes, et pourtant il me détestait. Et il n'a jamais fait souffrir volontairement un enfant. Je croyais que ceux de ma race étaient bons, mais je n'en suis plus aussi sûre, ajouta Ayla, l'air triste.

— Il y a des bons et des mauvais partout, Ayla,

chacun possède du bon et du moins bon en lui, avança Jondalar.

Il comprenait qu'Ayla était en train de faire l'inventaire de ses dernières expériences et qu'elle essayait de les intégrer dans sa vision du monde. C'était un moment important pour elle.

— Mais l'un dans l'autre, tout le monde est honnête et essaie d'aider son prochain, ajouta-t-il. C'est dans l'intérêt de chacun. Après tout, on ne sait jamais si on n'aura pas besoin d'aide un jour, alors autant faire preuve de civilité.

— Oui, mais il y a les détraqués, comme Attaroa, rétorqua Ayla.

— C'est vrai, concéda Jondalar. Et aussi ceux qui ne donnent qu'à contrecœur, ou pas du tout, mais ils ne sont pas mauvais pour autant.

— Oui, mais quelqu'un peut à lui seul développer chez les autres le mal que chacun porte en soi, comme Attaroa avec Epadoa.

— La seule chose que nous puissions faire est d'empêcher les êtres malfaisants de nuire. Estimons-nous heureux qu'il n'y ait pas davantage d'Attaroa. Mais je t'en prie, Ayla, ne laisse personne gâcher l'élan qui te porte vers les autres.

— Attaroa ne changera pas l'opinion que j'ai sur ceux que je connais, et je crois que tu as raison pour la majorité des humains, Jondalar. Mais Attaroa m'a rendue prudente.

— La prudence n'a jamais fait de mal à personne, mais donne une chance aux gens de montrer leur bon côté avant de les condamner.

Les hauts plateaux de la rive nord les accompagnaient dans leur avancée vers l'ouest. Sur les monts vallonnés, les arbres aux feuilles persistantes, et dont les cimes étaient sculptées par les vents glacés, se découpaient sur le ciel. Le fleuve se partageait en plusieurs chenaux qui serpentaient au fond d'un cirque. Au sud et au nord, les frontières de la vallée gardaient leurs différences caractéristiques, mais le fondement rocheux entre le lit de la rivière et les falaises calcaires des montagnes méridionales était craquelé et creusé de profondes failles. Le cours du fleuve s'inclinait vers le nord-ouest.

L'extrémité est du bassin était bordée par une autre ligne de faille causée par la dépression du cirque davantage que par le soulèvement de la roche calcaire. Vers le sud, le terrain s'étendait sur un vaste plateau avant de remonter vers les montagnes, mais le plateau granitique septentrional se rapprochait du fleuve, et descendait en pente raide sur la rive opposée.

Ils campèrent dans le cirque. Près de la rivière, les troncs grisâtres et les branches dénudées des hêtres firent une apparition parmi les épicéas, les sapins, les pins et les mélèzes. La région était assez abritée pour que croissent des arbres aux feuilles caduques. Autour des arbres, un petit troupeau de mammouths, mâles et femelles mêlés, tournait en rond dans une apparente confusion. Ayla s'approcha pour tenter de découvrir ce qui se passait.

Un mammouth, vieux géant aux défenses gigantesques, gisait au sol. Ayla se demandait si c'était le troupeau qu'ils avaient observé casser les blocs de glace. Existait-il deux mammouths aussi vieux dans la même région ? Jondalar rejoignit Ayla.

— Je crois qu'il est en train de mourir. Ah, comme j'aimerais pouvoir faire quelque chose ! s'exclama Ayla.

— Il a dû perdre ses dents, expliqua Jondalar. Dans ce cas, il n'y a rien à faire, si ce n'est rester avec lui pour lui tenir compagnie, comme ce troupeau.

— Que peut-on exiger de plus ? soupira Ayla.

Chaque mammouth adulte consommait de grandes quantités de nourriture tous les jours, principalement les tiges ligneuses des hautes herbacées ainsi que quelques petits arbustes. Avec un régime aussi rugueux, les dents des mammouths étaient donc essentielles. Si essentielles même que l'espérance de vie d'un mammouth dépendait de la solidité de sa denture.

Un mammouth laineux développait plusieurs séries de grosses molaires broyeuses pendant sa vie d'environ soixante-dix ans. Six de chaque côté du maxillaire supérieur et inférieur. Chaque dent pesait près de quatre kilos et était spécialement adaptée au broyage des robustes herbacées. La surface était faite de fines stries parallèles extrêmement dures — plaques de dentine recouvertes d'émail — et possédait des couronnes plus hautes et davantage de stries que les dents de n'importe quelle autre espèce existante ou à venir. Les mammouths étaient surtout des mangeurs d'herbe. En hiver, les lambeaux d'écorce, les pousses printanières, les feuilles ou les branches, même les petits arbustes qu'ils ajoutaient à leur menu ordinaire constitué de grossières tiges ligneuses n'étaient que des à-côtés.

Les molaires précoces, les plus petites, poussaient les premières vers l'avant des mâchoires. Les autres, à l'arrière de la mâchoire, poussaient d'une façon régulière et continue pendant toute la vie de l'animal. Une ou deux dents seulement étaient utilisées en même temps. Aussi dure que fût la surface broyeuse, les dents s'élimaient peu à peu à mesure qu'elles poussaient, et les racines finissaient par se désagréger. Enfin, les derniers fragments de dents tombaient, et de nouvelles molaires les remplaçaient. Un mammouth commençait à utiliser ses dernières dents vers cinquante ans, et quand elles étaient trop usées il devenait incapable de mâcher les herbacées rugueuses. Il pouvait encore manger des plantes plus tendres, des plantes printanières, et la faim et le désespoir l'amenaient souvent à quitter le troupeau pour chercher de meilleurs pâturages, mais il ne trouvait que la mort. Le troupeau savait quand la fin d'un des siens approchait, et il n'était pas rare qu'il l'accompagne dans ses derniers jours.

Les mammouths protégeaient les mourants avec autant de soin que les nouveau-nés. Unissant leurs efforts, ils se groupaient autour de celui qui était tombé de vieillesse et tentaient de le relever. A sa mort, ils l'enfouissaient sous des piles de détritus, de feuillage ou de neige. On racontait que des mammouths ensevelissaient aussi d'autres animaux, et même des humains !

En quittant la plaine alluviale et les mammouths, Ayla, Jondalar et leurs compagnons à quatre pattes s'engagèrent sur un terrain plus accidenté et plus pentu. Ils approchaient d'une gorge. Un pied de l'ancien massif septentrional s'était étendu trop au sud, et les eaux de la Mère l'avaient coupé en deux. En s'engouffrant dans le défilé, le débit s'accélérait et l'eau coulait trop vite pour geler mais elle charriait des glaces flottantes provenant des eaux plus calmes de l'amont. Après toute cette étendue de glace, les voyageurs contemplaient avec étonnement les eaux tumultueuses. Au sud s'étendaient des mesas plantées de bois de conifères dont les branches enneigées scintillaient. Les squelettes décharnés des arbres à feuilles caduques et des arbrisseaux étaient enrobés d'une coulée de glace, vestige d'une pluie glaciale, qui soulignait chaque branche et chaque brindille. Ayla était fascinée par la beauté du spectacle hivernal.

L'altitude s'élevait toujours, après chaque crête, le vallon suivant était plus haut que le précédent. L'air était froid, vif et limpide. Même lorsque le ciel se couvrait, il ne neigeait jamais. Les précipitations se faisaient plus rares à mesure que l'hiver avançait. La seule humidité provenait de la buée exhalée par les deux humains et leurs compagnons de voyage.

A l'ouest, ils rencontrèrent une autre gorge. Ils escaladèrent la crête rocheuse jusqu'à un promontoire qui dominait le paysage. Là, ils s'arrêtèrent, saisis par la majesté du panorama. Les voyageurs ne savaient pas encore qu'ils contemplaient pour la dernière fois la Grande Mère partagée en multiples chenaux. Sous leurs yeux, la vallée alluviale s'incurvait brusquement dans une gorge en un courant unique et tourbillonnant, charriant des blocs de glace et des débris de toute sorte. Après une traversée mouvementée, les flots étaient expulsés avec un formidable rugissement dans la vallée où ils gelaient de nouveau rapidement.

Ayla et Jondalar observèrent un tronc d'arbre tournoyer en s'enfonçant davantage à chaque nouvelle spirale.

— Je n'aimerais pas tomber là-dedans, avoua Ayla en frissonnant.

— Moi non plus.

L'attention d'Ayla fut alors attirée par quelque chose à l'horizon.

— D'où viennent ces nuages de vapeur, Jondalar ? demanda-t-elle. Il gèle et les collines sont couvertes de neige.

— Il y a des sources d'eau chaude par là-bas. C'est le souffle de Doni Elle-même qui réchauffe l'eau. Certains humains ont peur de s'y aventurer, mais le peuple que je veux visiter habite près d'un de ces puits chauds. Les puits chauds sont sacrés pour eux, même si certains sentent très mauvais. On dit que l'eau de ces puits guérit les maladies.

— Quand arriverons-nous chez eux ? demanda Ayla, impatiente d'enrichir sa culture médicale.

De plus, les réserves de nourriture déclinaient, et ils ne voulaient pas perdre de temps à chasser. Ils s'étaient même couchés plusieurs fois le ventre vide.

Après un dernier à-plat, la pente s'accentua brusquement. Ils étaient encerclés par de hauts plateaux que dominaient les pics glacés. Plus ils avançaient vers l'ouest, plus le manteau de glace s'épaississait. Au sud-ouest, deux pics se dressaient au-dessus des montagnes et faisaient penser à un couple surveillant sa nichée d'enfants.

Le terrain s'aplanit. Jondalar s'éloigna de la rivière et bifurqua vers le sud, en direction d'un nuage de vapeur qui flottait dans le lointain. Arrivés en haut d'une crête, les voyageurs embrassèrent du regard une prairie enneigée qui les séparait d'un bassin d'eau fumante, près d'une caverne.

Plusieurs personnes les avaient vus approcher et regardaient dans leur direction d'un air effaré. Ils étaient tous pétrifiés, sauf un qui pointait sa sagaie vers eux.

35

— Descendons de cheval et continuons à pied, suggéra Jondalar en voyant approcher à pas prudents des hommes et des femmes armés de sagaies. J'aurais dû me souvenir de l'effet de terreur que nous produisons. Il aurait mieux valu laisser les chevaux hors de vue des Losadunaï, et repartir les chercher après avoir démontré que nous n'étions pas des esprits malfaisants.

Ils mirent pied à terre et Jondalar eut la vision soudaine et poignante de son « petit frère », Thonolan, confiant et le sourire aux lèvres, allant vers une Caverne ou un Camp d'étrangers. Cette vision lui parut un heureux présage. Il sourit et fit de grands signes amicaux puis il ôta la capuche de sa pelisse pour qu'on le reconnût, et s'avança les deux mains tendues, paumes vers le haut, pour prouver ses intentions pacifiques.

— Je cherche Laduni des Losadunaï ! clama-t-il. C'est moi, Jondalar des Zelandonii ! Mon frère et moi sommes passés par ici il y a quelques années, et Laduni m'avait proposé de le visiter à mon retour.

— Je suis Laduni, dit un homme en zelandonii avec un léger accent.

Il marcha au-devant des deux voyageurs, la sagaie pointée sur eux, et examina attentivement l'étranger.

— Alors tu prétends être Jondalar ? Jondalar des Zelandonii ? C'est vrai, tu ressembles à l'homme que j'ai connu.

— Parce que c'est moi ! répliqua Jondalar d'un ton enjoué. Ah, je suis content de te voir, Laduni ! Je craignais de m'être trompé de chemin. Je suis allé au bout de la Grande Rivière Mère, et même au-delà, et voilà que si près de chez moi, je n'étais plus sûr de trouver ta Caverne. Ce sont les vapeurs des puits chauds qui m'ont guidé. J'ai avec moi quelqu'un que j'aimerais te présenter.

Le vieil homme dévisagea Jondalar avec circonspection. Etait-ce bien là l'homme qu'il avait connu ? Pourquoi réapparaissait-il en si étrange compagnie ? Il avait l'air plus âgé, ce qui était normal, et ressemblait davantage qu'autrefois à Dalanar. Il avait revu le vieux tailleur de silex quelques années plus tôt lorsqu'il était venu faire du troc, et aussi, du moins Laduni le pensait-il, pour découvrir ce qu'il était advenu du fils de son foyer et de son frère. Dalanar serait heureux de le savoir en vie. Laduni s'approcha de Jondalar en tenant sa sagaie d'un geste moins menaçant, mais prête malgré tout, en cas de nécessité. Il jeta un coup d'œil aux chevaux, dont l'étonnante docilité le stupéfiait, et vit seulement la jeune femme.

— Ces chevaux ne ressemblent pas à ceux qu'on voit par ici, fit Laduni. Les chevaux de l'est seraient-ils plus dociles ? On doit les chasser plus facilement, alors.

Soudain l'homme se crispa, et leva sa sagaie en visant Ayla.

— Jondalar, ne bouge surtout pas ! s'écria-t-il.

Tout s'était passé si vite que Jondalar n'avait pas eu le temps de réagir.

— Laduni ! Que fais-tu ?

— Un loup vous a suivis. Et il a eu l'audace de s'avancer à découvert.

— Non ! hurla Ayla, en s'interposant entre le loup et la sagaie.

— Ce loup voyage avec nous. Ne le tue pas ! s'exclama Jondalar en se précipitant pour protéger Ayla.

Ayla se laissa tomber près du loup et l'enlaça. Elle le maintint fermement, à la fois pour le protéger et pour l'empêcher d'attaquer l'homme à la sagaie. Les poils du fauve se hérissaient, ses babines retroussées dévoilaient des crocs menaçants tandis qu'il grondait sauvagement.

Laduni se figea. Il avait agi dans l'intérêt des visiteurs, et ils se comportaient comme s'il songeait à les blesser. Il jeta à Jondalar un regard interrogateur.

— Baisse ta sagaie, Laduni, je t'en prie ! dit Jondalar. Le loup est notre compagnon, tout comme les chevaux. Il nous a sauvé la vie. Je te promets qu'il ne fera de mal à personne tant qu'on ne le menacera pas, ou qu'on n'attaquera pas la femme. Cela paraît étrange, je le sais, mais si tu me laisses le temps de t'expliquer, tu comprendras.

Laduni abaissa lentement sa sagaie sans quitter le loup des yeux. La menace éloignée, Ayla calma le fauve, se releva et s'approcha de Jondalar et de Laduni en faisant signe à Loup de rester près d'elle.

— Pardonne Loup, fit Ayla. Il aime beaucoup les humains auxquels il est habitué, mais nous venons de rencontrer des gens dangereux à l'est d'ici, et il est devenu méfiant. Maintenant il nous protège de tous les gens qu'il ne connaît pas.

Laduni remarqua qu'elle parlait parfaitement zelandonii, avec toutefois une pointe d'accent étranger. Il nota aussi... non, il n'en était pas sûr. Il avait déjà vu beaucoup de femmes blondes aux yeux bleus, mais le dessin de ses pommettes, la forme du visage... quelque chose en elle dénotait l'étrangère. Elle n'en était pas moins d'une beauté surprenante, ce qui ne faisait qu'ajouter au mystère.

Il adressa un sourire complice à Jondalar. Au souvenir de sa visite précédente, il n'était pas surpris que le géant blond revînt de son long Voyage accompagné d'une beauté exotique, mais qui aurait imaginé qu'il ramènerait des souvenirs en chair et en os comme ces chevaux et ce loup ? Il était impatient de l'entendre raconter ses aventures.

Le regard appréciateur de Laduni n'avait pas échappé à Jondalar et en le voyant sourire, il se détendit.

— Voilà celle que je voulais te présenter, dit-il. Laduni, chasseur des Losadunaï, voici Ayla du Camp du Lion des Mamutoï, Elue par le Lion des Cavernes, Protégée par l'Ours des Cavernes, et Fille du Foyer du Mammouth.

Dès que Jondalar avait commencé les formules de politesse, Ayla avait tendu ses mains, paumes ouvertes, dans le geste traditionnel d'amitié.

— Je te salue, Laduni, Maître de Chasse des Losadunaï, déclara-t-elle.

Laduni se demanda comment elle avait deviné qu'il était le chef de chasse de son peuple, puisque Jondalar ne l'avait pas mentionné. Peut-être lui en avait-il parlé avant, mais elle venait de faire preuve d'une finesse évidente. Ce qui ne l'étonna pas. A entendre ses titres et filiations, il ne doutait pas qu'elle tînt un rang élevé parmi son peuple. Laduni n'était pas surpris que Jondalar ramenât une telle femme, sachant que sa mère et l'homme de son foyer avaient tous deux assuré les plus hautes responsabilités. Le sang de la mère et l'esprit de l'homme ne sauraient mentir.

Laduni saisit les mains qu'Ayla lui tendait.

— Au nom de Duna, la Grande Terre Mère, tu es la bienvenue, Ayla du Camp du Lion des Mamutoï, Elue par le Lion, Protégée par le Puissant Ours, et Fille du Foyer du Mammouth.

— Je te remercie de ton accueil, déclara Ayla selon la tradition. Et si tu me le permets, j'aimerais te présenter Loup, pour qu'il sache que tu es un ami.

Laduni fit la grimace. Il n'était pas si sûr de vouloir faire connaissance avec le loup, mais il n'avait hélas ! pas le choix.

— Loup, voici Laduni des Losadunaï, dit Ayla en prenant la main de l'homme qu'elle fit sentir à l'animal. Laduni est un ami.

Après avoir reniflé la main de l'inconnu, mêlée à l'odeur d'Ayla, Loup parut comprendre que l'homme devait être accepté. En signe d'amitié, il renifla les parties intimes de Laduni, au grand dam de ce dernier.

— Suffit, Loup, gronda Ayla en lui faisant signe de reculer. Il sait maintenant que tu es un ami, ajouta-t-elle à l'adresse du chasseur, et que tu es un homme. Si tu veux lui souhaiter la bienvenue, Loup adore qu'on lui caresse la tête et qu'on le gratte derrière les oreilles.

Laduni n'était pas tout à fait rassuré, mais l'idée de caresser un loup vivant le tentait. Il avança prudemment la main et frôla la fourrure de l'animal. Enhardi, il flatta la tête de Loup et le gratta derrière les oreilles d'un air amusé. Il avait déjà touché la fourrure d'un loup... mais jamais vivant.

— Je suis désolé d'avoir menacé votre compagnon, assura-t-il. Mais c'est bien la première fois que je vois un loup accompagner des humains de son plein gré. Pareil pour les chevaux, d'ailleurs.

— Oui, je comprends, dit Ayla. Je te présenterai les chevaux plus tard. Ils sont un peu timides avec les étrangers, il leur faut du temps pour s'habituer à de nouveaux visages.

— Est-ce que tous les animaux de l'est sont aussi amicaux ? s'étonna Laduni, son instinct de chasseur reprenant le dessus.

— Non, répondit Jondalar en souriant. Les animaux sont les mêmes partout. Ceux-ci doivent leur docilité à Ayla.

Laduni prit un air entendu, réprimant avec peine les questions qui le démangeaient. Mais ceux de la Caverne voudraient aussi profiter de leur récit.

— Je vous ai souhaité la bienvenue, et je vous invite à venir dans la Caverne pour vous réchauffer, partager notre nourriture et vous reposer. Mais laissez-moi d'abord expliquer aux autres la situation.

Sur ce, Laduni retourna vers le groupe qui s'était rassemblé devant l'entrée d'une grotte creusée dans la muraille. Il raconta comment il avait rencontré Jondalar quelques années auparavant lorsque le géant commençait son Voyage, et comment il l'avait invité à les visiter sur le chemin de son retour. Il précisa que Jondalar était apparenté à Dalanar, et insista sur la nature humaine des voyageurs. Il assura qu'ils n'étaient pas des esprits menaçants et qu'ils leur raconteraient tout sur les chevaux et le loup.

— Ils connaissent sûrement des histoires captivantes, conclut-il, sachant l'attrait qu'une telle perspective exerçait sur des gens que l'hiver avait cantonnés dans une caverne et qui commençaient à trouver le temps long.

Il ne parlait plus le zelandonii qu'il avait utilisé pour converser avec les Voyageurs, mais en l'écoutant attentivement Ayla reconnut des similarités avec la langue de Jondalar. Malgré l'intonation et la prononciation différentes, elle devina que le losadunaï dérivait du zelandonii comme le s'armunaï et le sharamudoï du mamutoï. Le losadunaï ressemblait même au s'armunaï. Elle comprenait certains mots et avait saisi l'essentiel de ses propos. Il ne lui faudrait pas longtemps pour parler avec ces gens-là.

Le don qu'elle possédait pour les langues ne l'étonnait pas. Elle ne faisait pas d'efforts particuliers pour apprendre, mais son oreille exercée et sa vivacité à comprendre les relations entre les mots facilitaient grandement son apprentissage. La perte de son propre langage en même temps que de son peuple dans les premières années de sa vie, conjuguée à la nécessité d'acquérir un autre moyen de communication, qui utilisait toutefois la même partie du cerveau que le langage verbal, avaient renforcé son don inné pour les langues. Son envie impérative de communiquer quand elle s'était rendu compte qu'elle ne savait pas parler avait développé chez elle un besoin inconscient d'apprendre toutes les langues inconnues. La combinaison de ces différents facteurs avait concouru à la rendre extrêmement réceptive à toutes les langues nouvelles.

— Losaduna est heureux de vous accueillir au foyer des visiteurs, déclara Laduni après avoir parlementé avec les autres Losadunaï.

— Nous voulons d'abord décharger les chevaux et les faire paître, dit Jondalar. Peut-on les installer dans le pré devant votre Caverne, je vois qu'il y reste du fourrage d'hiver.

— Oui, bien sûr, répondit Laduni. Tout le monde sera ravi de voir les chevaux de si près.

Il observait Ayla du coin de l'œil, et se demandait quel sort elle avait bien pu jeter aux animaux. Nul doute qu'elle détînt des pouvoirs magiques extrêmement puissants.

— J'ai une autre faveur à te demander, fit Ayla. Loup a l'habitude de dormir près de nous. Il serait très malheureux d'être éloigné de nous. Au cas où votre Losaduna, ou votre Caverne, ne supporterait pas sa présence, nous planterions notre tente dehors.

Laduni parlementa encore avec les siens, et revint trouver les visiteurs.

— Ils veulent que vous vous installiez à l'intérieur, mais les mères sont inquiètes pour leurs enfants.

— Je comprends leur inquiétude, admit Ayla. Je te promets que Loup ne fera de mal à personne, mais si cela ne suffit pas, nous resterons dehors.

Nouveau conciliabule.

— Ils disent que vous pouvez entrer, déclara ensuite Laduni.

Laduni accompagna Ayla et Jondalar à l'endroit où ils avaient laissé les chevaux, très ému de faire connaissance avec Whinney et Rapide. Il avait souvent chassé des chevaux, mais n'avait jamais eu l'occasion d'en toucher un vivant, sauf par hasard et en pleine course. Devant son air émerveillé, Ayla décida de lui proposer plus tard un tour sur le dos de Whinney.

Comme ils revenaient à la caverne en tirant le canot chargé de toutes leurs affaires, Laduni demanda des nouvelles de Thonolan. Il devina la tragédie sur le visage de Jondalar.

— Thonolan est mort. Il a été tué par un lion des cavernes.

— Je suis navré de l'apprendre. J'aimais bien ton frère.

— Oui, tout le monde l'aimait.

— Il voulait tant suivre la Grande Rivière Mère jusqu'au bout. Y est-il parvenu ?

— Oui, il a vu la fin de la Grande Mère avant de mourir, mais il n'avait plus le cœur à l'apprécier. Il était épris d'une femme et s'était uni à elle. Mais elle est morte en couches. Ensuite, il n'a plus été le même. Il avait perdu le goût de vivre.

— Comme c'est triste, s'apitoya Laduni. Lui qui était si plein de vie. Filonia a longtemps pensé à lui après votre départ. Elle espérait qu'il reviendrait.

— Oh, Filonia ! Comment va-t-elle ? demanda Jondalar, qui n'avait pas oublié la jolie jeune fille du foyer de Laduni.

— Elle est unie à présent, et Duna lui sourit. Elle a deux enfants. Peu après votre départ, elle a découvert qu'elle était enceinte, et tous les Losadunaï en âge de s'unir ont soudain trouvé de multiples prétextes pour nous rendre visite.

— Je les comprends, assura Jondalar. Dans mon souvenir, c'était une très jolie femme. Elle avait entrepris le Voyage, si je ne me trompe ?

— Oui, avec un cousin plus âgé qu'elle.

— Et tu dis qu'elle a deux enfants ?

— Oui, confirma Laduni, l'œil pétillant de joie. Une fille de sa première bénédiction, Thonolia — Filonia était persuadée qu'elle était la fille de l'esprit de ton frère — et elle a eu un fils il y a peu. Elle vit dans la Caverne de son compagnon. Ils y ont plus de place, et ce n'est pas trop loin. Nous voyons souvent ses enfants, précisa-t-il avec un brin de fierté dans la voix.

— Je serais très heureux si Thonolia était l'enfant de l'esprit de Thonolan, dit Jondalar. La pensée qu'une parcelle de son esprit vit toujours dans ce monde atténuerait ma peine.

Etait-il possible que cela fût arrivé si vite ? s'interrogeait-il. Thonolan n'avait passé qu'une seule nuit avec Filonia. Son esprit était-il si puissant ? Ou alors, si Ayla avait raison, Thonolan aurait donc fait naître une nouvelle vie dans le ventre de Filonia grâce à l'essence de sa virilité pendant la nuit que nous avons passée chez eux ? Il se souvint alors de la femme avec qui il avait partagé les Plaisirs.

— Et Lanalia ? demanda-t-il

— Elle va bien. Elle est allée rendre visite à des parents d'une autre Caverne. Ils essaient de lui arranger une Union. Un homme a perdu sa compagne et se retrouve seul avec trois jeunes enfants de son foyer. Lanalia n'a pas eu la chance d'être bénie, et elle aurait pourtant aimé avoir des enfants. Si l'homme lui convient, ils s'uniront et elle adoptera les trois enfants de son foyer. Ce sera un arrangement heureux et elle était très impatiente de le rencontrer.

— Je suis content pour elle, et je lui souhaite

beaucoup de bonheur, dit Jondalar en cachant sa déception.

Il avait espéré qu'elle serait devenue enceinte après avoir partagé les Plaisirs avec lui. Que ce soit son esprit ou l'essence de sa virilité, Thonolan a démontré sa puissance, se disait Jondalar. Mais moi ? Mon essence, ou mon esprit, manqueraient-ils de force ?

En entrant, Ayla examina la caverne avec intérêt. Elle avait déjà vu beaucoup d'habitations des Autres : abris mobiles utilisés en été, ou structures plus solides capables de résister aux rigueurs de l'hiver. Certaines étaient bâties avec des os de mammouth et recouvertes de gazon et d'argile, d'autres en bois sous un surplomb de la roche ou sur un ponton flottant, mais elle n'avait jamais vu de caverne comme celle-là depuis qu'elle avait quitté le Clan. La large entrée ouvrait au sud-est, et l'intérieur était spacieux. Brun s'y serait plu, songea-t-elle.

Lorsque ses yeux se furent habitués à l'obscurité, Ayla fut surprise par l'agencement qu'elle découvrit. Elle s'était attendue à voir plusieurs foyers, un foyer par famille, en somme. Or, il y avait bien plusieurs foyers, mais chacun d'eux était à l'entrée d'une sorte de tente faite de peaux tendues sur des pieux verticaux et sans toiture. Il est vrai que la caverne suffisait à protéger des intempéries. Elle comprit que les peaux formaient un écran contre les regards. Elle se souvint alors de l'interdit du Clan : on ne devait pas porter les yeux à l'intérieur des espaces définis par des pierres qui délimitaient chaque foyer. C'était une question de tradition et de contrôle sur soi, mais le but était le même : garantir une certaine intimité.

Laduni les conduisit à l'un des foyers.

— Dites-moi, les gens dangereux dont vous parliez n'appartenaient-ils pas à une bande de vauriens, par hasard ? demanda-t-il.

— Non, pourquoi ? Vous avez eu des ennuis ? fit Jondalar. Autrefois, tu m'avais parlé d'un jeune homme à la tête d'une petite bande. Ils s'amusaient à chasser le Cl... les Têtes Plates.

Il jeta un coup d'œil à Ayla, mais savait que Laduni ne pouvait pas comprendre le mot « Clan ».

— Ils tourmentaient les hommes, et volaient les Plaisirs aux femmes, reprit-il. De jeunes excités qui créaient des ennuis à tout le monde.

En entendant parler de « Têtes Plates », Ayla tendit l'oreille, curieuse de savoir si ceux du Clan habitaient dans la région.

— Oui, ce sont les mêmes, avoua Laduni. C'est Charoli et sa bande. C'étaient peut-être de jeunes excités au début, mais ils ont été trop loin.

— J'aurais cru qu'ils seraient devenus raisonnables avec l'âge, fit Jondalar.

— C'est la faute de Charoli. Les autres, individuellement, ne sont pas de mauvais bougres, mais c'est lui qui les pousse. Losaduna dit qu'il veut prouver son courage, montrer qu'il est un homme, parce que justement il n'y avait pas d'homme dans son foyer.

— Nombreuses sont les femmes qui ont élevé seules leurs garçons, et ils sont pourtant devenus des hommes de valeur, objecta Jondalar.

Dans le feu de la discussion, ils s'étaient arrêtés et se tenaient au milieu de la caverne. Un attroupement se forma.

— Oui, c'est juste. Mais le compagnon de sa mère a disparu quand il n'était qu'un bébé et elle n'en a pas repris d'autre. Au lieu de cela, elle a reporté toute son affection sur lui et l'a choyé au-delà de l'âge nécessaire, plutôt que de lui laisser apprendre à travailler et ses devoirs d'adulte. Et maintenant, nous devons mettre un terme à ses égarements.

— Que s'est-il passé ? demanda Jondalar.

— Une fille de notre Caverne était descendue à la rivière poser des pièges. Elle était femme depuis quelques lunes, et elle n'avait pas encore connu les Rites des Premiers Plaisirs. Elle était impatiente de participer à la cérémonie lors de la prochaine Réunion. Charoli et sa bande ont découvert qu'elle était seule, et ils l'ont tous prise...

— Tous ? Ils l'ont prise de force ? s'indigna Jondalar. Avant les Premiers Rites ? Je n'arrive pas à y croire !

— Oui, tous, confirma Laduni, dont la colère froide était plus impressionnante qu'un accès de rage. Nous ne pouvons pas l'accepter ! J'ignore s'ils se sont lassés des Têtes Plates, ou l'excuse qu'ils se sont trouvée, mais ils ont dépassé les limites. Ils l'ont blessée, elle est revenue en sang. Et maintenant, elle refuse qu'un homme la touche. Elle a même refusé de subir les Rites de la Féminité.

— C'est terrible, mais on ne peut pas lui en vouloir, fit Jondalar. Ce n'est pas la meilleure manière pour une jeune fille d'être initiée au Don de Doni.

— Sa mère craint que si elle s'abstient d'honorer la Mère en n'assistant pas à la cérémonie, elle n'ait jamais d'enfants.

— Elle a peut-être raison, mais que faire ?

— Sa mère veut voir Charoli mort, et elle veut que nous réclamions le prix du sang à sa Caverne, expliqua Laduni. Elle a droit à une vengeance, mais le prix du sang pourrait détruire tout le monde. De plus, ce n'est pas la Caverne de Charoli qui est responsable de ce malheur. C'est sa bande, et certains d'entre eux ne sont même pas de la Caverne de naissance de Charoli. J'ai envoyé un messager à Tomasi, le Maître de Chasse de sa Caverne, pour lui proposer un arrangement.

— Un arrangement ? Quel est ton plan ?

— A mon avis, il revient à tous les Losadunaï d'arrêter ce Charoli et sa bande. J'espère que Tomasi m'aidera à convaincre les autres de ramener ces garnements sous l'autorité des Cavernes. J'ai même suggéré qu'il accorde une vengeance à la mère de Madenia, plutôt que de payer le prix du sang. L'ennui, c'est que Tomasi est un parent de la mère de Charoli.

— Je comprends. C'est une décision difficile à prendre, dit Jondalar qui avait remarqué qu'Ayla n'avait pas perdu une miette de leur conversation. Quelqu'un sait-il où se cachent Charoli et sa bande ? Ils ne peuvent pas être avec d'autres Losadunaï. Je ne peux pas croire qu'une Caverne accepte d'abriter de telles brutes.

— Il y a une région désertique au sud, avec des rivières souterraines et de nombreuses cavernes. On prétend qu'ils s'y cachent.

— S'il y a tant de cavernes, ils seront difficiles à dénicher.

— Oui, mais ils ne peuvent pas s'y terrer tout le temps. Il faut bien qu'ils sortent pour chercher de quoi manger, et ils laisseront des traces. Un habile traqueur pourrait retrouver leur piste plus facilement que celle d'un animal, mais il faut que toutes les Cavernes coopèrent. Si c'est le cas, nous ne tarderons pas à les débusquer.

— Que leur ferez-vous si vous les attrapez ?

Cette fois, c'était Ayla qui avait posé la question.

— Dès que ces brutes seront séparées, les liens qui les unissent se relâcheront vite. Chaque Caverne peut s'occuper d'un ou deux, et les traiter à sa manière. Ça m'étonnerait qu'ils souhaitent vraiment vivre en dehors des Losadunaï, et qu'ils refusent d'appartenir à une Caverne. Un jour ou l'autre, ils voudront trouver une compagne, et je ne connais pas de femme qui accepterait de mener leur genre de vie.

— Oui, je crois que tu as raison, approuva Jondalar.

— J'ai de la peine pour cette jeune fille, déclara Ayla qui ne cachait pas son trouble. Comment s'appelle-t-elle déjà ? Madenia ?

— J'aimerais rester pour vous aider, fit Jondalar, mais si nous ne traversons pas le glacier maintenant, il nous faudra attendre l'hiver prochain.

— J'ai bien peur qu'il ne soit déjà trop tard, dit Laduni.

— Trop tard ? Mais c'est l'hiver, il fait froid. Tout est complètement gelé. Les crevasses devraient être bouchées par la neige.

— Oui. Mais l'hiver est bien avancé, et on ne sait jamais. C'est encore possible, mais si le foehn est précoce — ce qui arrive — la neige fondra vite. Le glacier est souvent traître avec les premières fontes, et étant donné ce qui se passe, il n'est pas prudent de s'aventurer dans le territoire des Têtes Plates. Ils ne sont pas très amicaux en ce moment. La bande de Charoli a éveillé leur hostilité. Les animaux eux-mêmes protègent leurs femelles et se battent pour les défendre.

— Ce ne sont pas des animaux, protesta Ayla, prompte à prendre la défense du Clan. Ce sont des humains, même s'ils sont différents.

Laduni retint sa langue. Il ne voulait pas offenser un hôte. Il se disait qu'avec son inclination pour les animaux, Ayla les prenait tous pour des êtres humains. Si un loup la protégeait et qu'elle le traitait comme une personne, il n'était pas étonnant qu'elle considérât les Têtes Plates comme des humains à part entière. Certes, ils étaient parfois intelligents, mais tout de même !

Plusieurs personnes les avaient rejoints. L'un d'eux, un petit homme maigre d'un certain âge, les cheveux en broussaille et l'air timide, prit la parole.

— Laduni, tu ne crois pas que tu devrais les laisser s'installer ?

— Je commençais à me demander si tu allais rester planté là à bavarder toute la journée ! intervint la femme qui se tenait à ses côtés.

C'était une petite femme assez boulotte à l'air engageant.

— Oui, vous avez raison, pardonnez-moi. Laissez-moi vous présenter. Losaduna, Celui Qui Sert la Mère, voici Ayla du Camp du Lion des Mamutoï, Elue par le Lion, Protégée par le Puissant Ours, et Fille du Foyer du Mammouth.

— Le Foyer du Mammouth ! Alors tu es Celle Qui Sert la Mère, toi aussi ! s'exclama l'homme avec un sourire surpris, avant même de lui souhaiter la bienvenue.

— Non, je suis Fille du Foyer du Mammouth. Mamut m'enseignait, mais il n'a pas terminé mon initiation, rectifia Ayla.

— Mais tu y es née ! Tu es donc une Elue de la Mère ! insista-t-il, visiblement ravi.

— Losaduna, tu ne l'as même pas encore saluée ! reprocha la petite boulotte.

L'homme parut un instant désarçonné.

— Oh, en effet. J'oublie toujours ces formalités. Bon, au nom de Duna, la Grande Terre Mère, sois la bienvenue, Ayla des Mamutoï, Elue par le Camp du Lion, et Fille du Foyer du Mammouth.

La petite femme rondelette hocha la tête en soupirant.

— Il a tout mélangé, mais crois-moi, si c'était une

cérémonie à peine connue, ou une légende sur la Mère, il n'en oublierait pas un mot.

Ayla ne put réprimer un sourire amusé. Elle n'avait jamais rencontré un Homme Qui Sert la Mère aussi éloigné des devoirs de sa charge. Ceux qu'elle avait connus étaient toujours maîtres de leurs émotions, possédaient une forte personnalité et une présence marquante. Aucun ne ressemblait à cet étourdi embarrassé, si peu soucieux de son apparence, et à l'allure timide mais enjouée. Mais la petite femme ne semblait pas douter de ses pouvoirs, et Laduni lui montrait du respect. Losaduna devait bien cacher son jeu.

— Ce n'est pas grave, assura Ayla à l'adresse de la femme. Il ne s'est pas vraiment trompé.

C'est vrai qu'elle avait été élue par le Camp du Lion, se souvint-elle. Elle n'y était pas née, elle avait été adoptée. Elle s'adressa alors à l'homme qui avait pris ses mains et les tenait toujours.

— Je salue Celui Qui Sert la Grande Mère de Toutes les Créatures, et je te remercie pour ton accueil, Losaduna.

Il sourit en entendant l'autre nom qu'on prêtait à la Mère, pendant que Laduni prenait la parole à son tour.

— Solandia des Losadunaï, née dans la Caverne de la Rivière sur la Colline, Compagne de Losaduna, voici Ayla du Camp du Lion des Mamutoï, Elue par le Lion, Protégée par le Puissant Ours, et Fille du Foyer du Mammouth.

— Je te salue, Ayla des Mamutoï, et je t'invite dans notre foyer, déclara brièvement Solandia, les titres et filiations ayant été déjà suffisamment énoncés.

— Merci à toi, Solandia, dit Ayla.

— Losaduna, dit ensuite Laduni en regardant Jondalar, Toi Qui Sers la Mère pour la Caverne du Puits Chaud des Losadunaï, voici Jondalar, Maître Tailleur de Silex de la Neuvième Caverne des Zelandonii, fils de Marthona, ancienne Femme Qui Ordonne de la Neuvième Caverne, frère de Joharran, chef de la Neuvième Caverne, né au Foyer de Dalanar, chef et fondateur des Lanzadonii.

C'était la première fois qu'Ayla entendait tous les

titres de Jondalar et elle ne cacha pas sa surprise. Elle n'en comprenait pas toute la signification, mais la liste était impressionnante. Après que Jondalar eut répété la litanie et qu'il eut été présenté dans les règles, on les accompagna enfin dans le vaste espace qui servait de lieu de cérémonie et où habitait Losaduna.

Loup, qui s'était tenu sagement aux pieds d'Ayla, fit entendre un petit jappement quand ils arrivèrent à l'entrée du foyer. Il venait d'apercevoir un enfant à l'intérieur, mais sa réaction déplut à Solandia qui se précipita pour prendre vivement le bébé dans ses bras.

— J'ai quatre enfants, annonça-t-elle avec angoisse. Je ne suis pas sûre qu'on devrait laisser entrer ce loup. Micheri ne marche pas encore, poursuivit-elle d'une voix que la peur altérait. Comment savoir s'il ne va pas l'attaquer ?

— Loup n'attaque jamais les petits, assura Ayla. Il a grandi auprès d'enfants, et il les adore. Il est plus doux avec eux qu'avec les adultes. Il ne voulait pas attaquer le bébé, il manifestait tout simplement sa joie.

Elle fit signe à Loup de rester couché. Il obéit, mais on devinait son impatience, et Solandia épiait le carnassier d'un œil vigilant. Elle n'arrivait pas à discerner si l'impatience du fauve était due à la joie ou à la faim, mais elle brûlait d'en apprendre davantage sur les hôtes, et sa curiosité l'emporta. L'un des avantages de sa position de compagne de Losaduna était justement de pouvoir parler aux rares visiteurs avant tout le monde. Et comme ils résidaient au foyer de cérémonie, elle les voyait souvent.

— J'ai déjà dit qu'il pouvait rester avec toi, déclara-t-elle à Ayla.

La jeune femme emmena Loup à l'intérieur, et le fit asseoir dans un coin reculé du foyer. Elle resta un instant avec lui, sachant qu'il lui serait difficile de tenir en place avec des enfants autour de lui. Mais il sembla se contenter de les observer.

Son attitude calma Solandia et, après avoir servi une infusion chaude à ses hôtes, elle leur présenta ses enfants et retourna s'occuper du repas. Elle en oublia la présence du loup, mais ses enfants n'avaient d'yeux que pour lui. Ayla les observa discrètement. Le plus âgé des quatre, Larogi, était un garçon d'une dizaine d'années. Il y avait aussi une fille d'environ sept ans, Dosalia, et une plus petite, Neladia, qui devait avoir quatre ans. Le bébé ne marchait pas encore, mais il était d'une activité débordante. Il se déplaçait à quatre pattes avec une agilité et une rapidité surprenantes.

Les enfants n'étaient pas rassurés par la présence de Loup, et l'aînée des filles prit le bébé dans ses bras tout en surveillant le fauve du coin de l'œil, mais voyant qu'il ne se passait rien, elle le reposa. Pendant que Jondalar discutait avec Losaduna, Ayla déballa leurs affaires. Il y avait des litières à la disposition des invités, et elle espérait avoir le temps de nettoyer leurs fourrures de couchage s'ils restaient ici.

Des gazouillis de bébé leur firent tourner la tête. Ayla retint son souffle. Un silence s'abattit sur le foyer, et tous les regards se braquèrent vers Loup. La stupeur et l'émerveillement se lurent sur tous les visages. Le bébé avait rampé jusqu'au loup et il était maintenant assis près du fauve énorme, agrippé à sa fourrure. Ayla jeta un coup d'œil à Solandia. La pauvre femme, paralysée d'horreur, regardait d'un œil hébété son précieux rejeton agacer le fauve de petites tapes et de tiraillements de poils. Mais Loup le laissait faire, et se contentait d'agiter la queue d'un air ravi.

Finalement, Ayla alla prendre l'enfant et le rapporta à sa mère.

— Tu avais raison, déclara Solandia avec surprise. Ce loup adore les enfants ! Si je ne l'avais pas vu de mes propres yeux, je ne l'aurais jamais cru.

Les autres enfants ne se firent pas prier pour se joindre aux ébats du plus jeune. Après un léger problème avec l'aîné qui poussa le jeu un peu trop loin, vite rappelé à l'ordre par Loup qui saisit la main de l'imprudent dans sa gueule en grondant, mais sans mordre, Ayla expliqua qu'il fallait traiter Loup avec respect. La réaction du fauve effraya juste assez l'enfant pour lui faire comprendre les limites à ne pas dépasser. Puis ils sortirent jouer dehors avec le loup sous le regard envieux et fasciné de tous les enfants de la communauté.

Avant la nuit, Ayla alla voir les chevaux. Dès qu'elle l'aperçut, Whinney hennit longuement, et Ayla comprit que son amie s'était inquiétée de son absence. Ayla hennit en retour, provoquant des mouvements de surprise chez les Losadunaï dont certains la regardèrent avec effarement. Rapide lui répondit à son tour. Whinney, fringante et agitant sa queue, regarda Ayla traverser le pré où la neige s'était accumulée. Lorsque Ayla fut tout près, la jument baissa la tête, et la releva soudain en décrivant un cercle avec ses naseaux. Rapide caracola et se cabra sur ses postérieurs.

Ils avaient perdu l'habitude d'être entourés de tant d'étrangers et la présence de la jeune femme les rassurait. Rapide dressa la tête et les oreilles quand il vit Jondalar apparaître à l'entrée de la caverne, et il s'avança à sa rencontre. Après avoir longuement flatté la jument, Ayla décida que, pour leur plaisir mutuel, elle la peignerait le lendemain.

Conduits par ceux de Solandia, tous les enfants s'étaient rassemblés et se dirigeaient vers les chevaux. Les étonnants visiteurs les laissèrent toucher et caresser leurs montures, et Ayla en prit tour à tour quelques-uns sur la croupe de Whinney pour une promenade, sous le regard envieux des adultes. Ayla le leur aurait volontiers proposé aussi, mais elle pensa finalement qu'il était trop tôt pour ce genre d'expérience.

Avec des pelles taillées dans de grands andouillers, Ayla et Jondalar commencèrent à déblayer la neige autour de la caverne pour que les chevaux puissent brouter. Ils furent bientôt rejoints par quelques Losadunaï et le pré fut vite nettoyé. Mais l'exercice rappela à Jondalar les inquiétudes qui l'avaient tourmenté ces derniers temps. Comment trouveraient-ils de la nourriture, du fourrage, et surtout de l'eau potable pour eux-mêmes, Loup et les deux chevaux, dans leur traversée de l'immense étendue de glace ?

Un peu plus tard, ce même soir, tout le monde se réunit dans le large espace de cérémonie pour le récit des aventures d'Ayla et Jondalar. Les animaux intriguaient tout particulièrement les Losadunaï. Solandia avait déjà confié à Loup la charge de distraire les enfants et le spectacle du fauve jouant avec les petits fascinait les adultes qui avaient du mal à en croire leurs yeux. Ayla n'entra pas dans les détails de sa vie avec le Clan, et n'insista pas sur la Malédiction qu'on lui avait lancée bien qu'elle fît part de quelques divergences qui l'avaient opposée à ceux du Clan.

Les Losadunaï pensèrent simplement que le Clan était une peuplade de l'est, mais lorsque Ayla tenta d'expliquer comment habituer les animaux à vivre avec les humains et qu'elle prétendit ne pas avoir eu recours à des forces surnaturelles pour les dresser, personne ne la crut. L'idée que n'importe qui pût apprivoiser un loup ou un cheval était impossible à accepter. La plupart se dirent que l'époque où Ayla vivait seule dans sa vallée correspondait à une période d'épreuve imposée à ceux qui voulaient Servir la Mère, et ils considéraient que sa compétence particulière avec les animaux prouvait la justesse de son Vœu. Si elle n'était pas encore une Femme Qui Sert la Mère, ce n'était plus qu'une question de temps.

Les Losadunaï furent très peinés d'apprendre que les deux Voyageurs avaient eu des difficultés avec Attaroa et les S'Armunaï.

— Je comprends pourquoi si peu de visiteurs sont venus de l'est ces dernières années, fit Laduni. Et vous dites qu'un de leurs prisonniers était un Losadunaï ?

— Oui, j'ignore sous quel nom vous le connaissiez, mais là-bas on l'appelait Ardemun. Il était resté invalide à la suite d'une blessure. Il marchait en boitant, et comme il ne pouvait pas courir, Attaroa le laissait aller et venir dans le Camp. C'est lui qui a libéré les hommes.

— Je me souviens d'un jeune homme qui avait entrepris le Voyage, dit une vieille femme. J'ai su son nom... Comment était-ce déjà ? Il avait un surnom... Ardemun... Ardi... non, Mardi. C'est ça, il se faisait appeler Mardi !

— Ah, tu veux dire Menardi ? intervint quelqu'un. Je l'ai rencontré dans une Réunion d'Eté. On l'appelait Mardi et c'est vrai qu'il a fait le Voyage. C'est donc ce qui lui est arrivé ! Son frère serait content de le savoir encore en vie.

— Tant mieux qu'on puisse de nouveau voyager par là-bas, déclara Laduni. Tu as eu de la chance de les éviter à l'aller, Jondalar.

— Thonolan était pressé d'arriver au bout de la Grande Rivière Mère, expliqua Jondalar. Il ne voulait pas s'arrêter, et nous sommes restés sur ce côté-ci du fleuve. Nous avons eu de la chance, c'est certain.

Après la soirée, Ayla fut contente de retrouver une couche chaude dans un endroit sec à l'abri du vent. Elle s'endormit sur-le-champ.

Ayla adressa un sourire à Solandia qui nourrissait Micheri. Elle s'était levée de bon matin et cherchait la pile de bois ou d'excréments qu'on rangeait d'habitude près du foyer, mais ne vit qu'un tas de pierres brunâtres.

— J'aimerais faire une infusion, dit-elle à Solandia. Qu'est-ce que vous utilisez pour le feu ? Dis-moi où c'est et j'irai le chercher.

— Pas la peine, il y en a plein ici.

Ayla regarda autour d'elle mais ne vit aucun combustible, et se demanda si elle avait bien compris.

Devant son air déconcerté, Solandia ne put réprimer un sourire. Elle étendit le bras et ramassa une des pierres brunes.

— Nous utilisons ça, expliqua-t-elle. Des pierres qui brûlent.

Ayla prit la pierre et l'examina de près. Elle avait le grain du bois, et pourtant c'était bien une pierre. Elle n'avait jamais rien vu de pareil. C'était du lignite, un charbon brun, à mi-chemin entre la tourbe et la houille. Jondalar était réveillé et il s'approcha d'elle par-derrière. Elle lui sourit et lui tendit la pierre.

— Solandia prétend qu'ils brûlent ça pour faire le feu, dit-elle en remarquant que la pierre avait laissé une tache dans sa main.

Ce fut au tour de Jondalar d'examiner la pierre d'un air incrédule.

— Ça ressemble à du bois, mais c'est pourtant de la

pierre, fit-il. Mais ce n'est pas aussi dur que du silex. Ça doit se casser facilement.

— Oui, dit Solandia. Les pierres qui brûlent cassent facilement.

— Où les trouvez-vous ? demanda Jondalar.

— Au sud, près des montagnes, il y a des champs entiers de pierres qui brûlent. Nous utilisons du bois pour commencer le feu, mais ceci brûle plus fort et dure plus que le bois.

Ayla et Jondalar se regardèrent d'un air complice.

— J'y vais, dit Jondalar.

Lorsqu'il revint, Losaduna et le fils aîné, Larogi, étaient réveillés.

— Vous avez des pierres qui brûlent, nous, une pierre à feu, déclara Jondalar d'une voix triomphante. Une pierre pour faire jaillir le feu.

— Et c'est Ayla qui l'a découverte ? demanda Losaduna comme s'il connaissait déjà la réponse.

— Comment l'as-tu deviné ? s'étonna Jondalar.

— Peut-être parce que c'est lui qui a trouvé les pierres qui brûlent, intervint Solandia.

— Ça ressemblait tellement à du bois que j'ai voulu essayer, et ça a brûlé, expliqua Losaduna.

— Ayla, montre-leur, demanda Jondalar en lui tendant la pyrite de fer, le silex et de l'amadou.

Ayla arrangea l'amadou, cala la pyrite pour l'avoir bien en main, la partie usée vers l'extérieur, et prit le morceau de silex. Avec l'habitude, elle déclenchait toujours l'étincelle du premier coup. La minuscule flammèche tomba sur l'amadou et en soufflant deux ou trois fois, Ayla fit apparaître une flamme qui provoqua des murmures d'approbation.

— C'est stupéfiant ! déclara Losaduna.

— Pas davantage que vos pierres qui brûlent, protesta Ayla. J'aimerais t'en offrir une pour ta Caverne. Nous en avons d'autres. Nous pourrons peut-être faire une démonstration à la Cérémonie.

— Oui, ce serait le moment idéal ! Et j'accepte ton présent avec joie, déclara Losaduna. Mais nous devons vous offrir quelque chose en échange.

— Laduni nous a déjà promis de nous donner ce dont

nous avons besoin pour traverser le glacier, dit Jondalar. J'ai un Droit à Venir sur lui, mais il nous aurait donné de quoi manger de toute façon. Les loups nous ont volé nos vivres.

— Vous pensez traverser le glacier avec les chevaux ? demanda Losaduna.

— Bien sûr, fit Ayla.

— Comment allez-vous les nourrir ? Et l'eau ? Deux chevaux boivent davantage que deux hommes, où trouverez-vous l'eau alors qu'il n'y a que de la glace dure comme le roc ? demanda Celui Qui Sert.

Ayla lança un regard interrogateur à Jondalar.

— J'y ai pensé, dit-il, et je crois que nous allons emporter de l'herbe sèche dans le canot.

— Et pourquoi pas des pierres qui brûlent ? fit Losaduna. Vous n'aurez qu'à choisir un endroit pour faire du feu sur la glace. Peut importe qu'elles soient mouillées, et vous serez moins encombrés.

Jondalar prit le temps de la réflexion, et un sourire radieux illumina alors son visage.

— Excellente idée ! s'exclama-t-il. Nous les emporterons dans le bateau. Il glissera aussi bien sur la glace s'il est chargé, et nous prendrons aussi quelques pierres pour supporter le foyer. Je me suis longtemps creusé la tête... je ne sais comment te remercier, Losaduna, tu me soulages d'un gros souci.

En surprenant par hasard une conversation, Ayla apprit qu'elle parlait avec un accent mamutoï, bien que Solandia penchât plutôt pour un léger défaut d'élocution. Elle avait beau faire des efforts, elle n'arrivait pas à surmonter sa difficulté à prononcer certains sons. Mais personne ne semblait en faire grand cas, ce qui la rassura.

Les jours suivants, Ayla se lia avec le groupe de Losadunaï qui habitait près du Puits Chaud. Chaque groupe constituait une Caverne, même s'il ne vivait pas dans une grotte. Elle appréciait particulièrement ceux avec qui elle partageait le foyer, Solandia, Losaduna et les quatre enfants, et elle s'aperçut à quel point la compagnie d'humains amicaux lui avait manqué. La femme parlait assez bien le zelandonii qu'elle mélangeait avec des mots de losadunaï, mais Ayla et elle se comprenaient sans peine.

Ayla sympathisa davantage avec la compagne de Celui Qui Sert la Mère quand elle découvrit qu'elles partageaient des intérêts communs. Bien que Losaduna fût celui qui était censé connaître les plantes, les herbes et les remèdes, c'était surtout Solandia qui avait retenu le savoir ancestral. Le couple rappela à Ayla Iza et Creb. Comme Iza, Solandia soignait les maux de son peuple avec ses herbes médicinales, laissant l'exorcisme des esprits et autres émanations malfaisantes à son compagnon. Ayla était intriguée par la passion de Losaduna pour les contes, légendes et mythes, pour le monde des esprits — tout ce qu'elle n'avait pas le droit de connaître lorsqu'elle vivait parmi le Clan — et elle en vint à admirer l'étendue de son savoir.

Dès qu'il découvrit l'authenticité de son intérêt pour la Grande Terre Mère et pour le monde immatériel des esprits, sa vive intelligence et sa mémoire surprenante, Losaduna s'empressa de transmettre ses connaissances à Ayla. Sans les comprendre tout à fait, elle put bientôt réciter de longs versets de légendes et de contes, ainsi que le contenu précis et l'ordre des rituels et des cérémonies. Losaduna parlait zelandonii couramment avec un fort accent et des expressions losadunaï, rendant les deux langues si proches qu'il avait réussi à conserver le rythme et les mètres des versets, ne perdant que quelques rimes. Il était passionné par les différences mineures et les grandes similitudes entre son interprétation du monde surnaturel et la sagesse du savoir que Mamut avait transmis à la jeune femme. Ayla partageait cette passion, et devant l'insistance de Losaduna à comprendre les divergences et les similitudes, elle découvrit qu'elle n'était plus seulement un servant, comme avec Mamut, mais qu'elle transmettait à son tour les traditions venues de l'est, du moins celles qu'elle connaissait.

Jondalar appréciait aussi la compagnie des Losadunaï, et découvrait combien la présence d'humains lui avait manqué. Il passait beaucoup de temps avec Laduni et les chasseurs, mais Solandia fut surprise de l'intérêt particulier qu'il portait à ses enfants. A n'en pas douter, il aimait les enfants, mais il était davantage intéressé par la façon dont Solandia s'en occupait. Lorsqu'elle prenait soin du bébé, il se mettait à regretter qu'Ayla n'en eût pas. Ah, un enfant de mon esprit ! soupirait-il, ou au moins un fils, ou une fille de mon foyer.

Micheri, le bébé de Solandia, éveillait les mêmes sentiments chez Ayla, mais elle n'en continuait pas moins à prendre tous les jours son infusion contraceptive. Les descriptions du glacier qu'ils devaient encore traverser étaient suffisamment impressionnantes pour lui ôter l'envie d'avoir un enfant dès maintenant.

Bien que soulagé qu'Ayla ne fût pas devenue enceinte pendant le Voyage, Jondalar était en proie à des sentiments contradictoires. Le refus de la Grande Terre Mère d'honorer Ayla d'un enfant commençait à l'inquiéter, et il ne pouvait s'empêcher de penser qu'il en était responsable. Un après-midi, il fit part de ses craintes à Losaduna.

— La Mère décidera quand le moment sera venu, lui assura Celui Qui Sert. Elle comprend sans doute qu'un enfant compliquerait votre Voyage. Toutefois, il est peut-être temps d'organiser une cérémonie pour L'honorer. Tu en profiteras pour Lui demander d'accorder un bébé à Ayla.

— Tu as raison, admit Jondalar. Cela ne peut pas faire de mal. (Il éclata soudain d'un rire amer.) Un jour quelqu'un m'a dit que j'étais un favori de la Mère, et qu'Elle ne me refuserait jamais rien... Ça n'a pas empêché Thonolan de mourir, remarqua-t-il avec tristesse.

— Lui as-tu expressément demandé de ne pas le laisser mourir ?

— Euh... non. Tout s'est passé tellement vite. Le lion m'a aussi attaqué, tu sais.

— Penses-y tout de même. Essaie de te souvenir si Elle t'a déjà refusé une chose que tu avais demandée...

De toute façon, je vais proposer à Laduni et au Conseil d'organiser une cérémonie en l'honneur de la Mère. Je veux aider Madenia, et une Cérémonie pour Honorer la Mère serait certainement la bienvenue. Elle refuse de se lever. Elle ne s'est même pas déplacée pour écouter le récit de vos aventures. Et pourtant, elle adorait ce genre d'histoires.

— Quelle terrible épreuve elle a subie ! s'exclama Jondalar en frémissant d'horreur.

— Oui, en effet. J'avais espéré qu'elle s'en remettrait plus vite. Une purification au Puits Chaud lui ferait peut-être le plus grand bien, suggéra-t-il.

Mais il était manifeste qu'il n'attendait pas de réponse de Jondalar. Il se perdit dans ses réflexions, visiblement absorbé par la préparation du futur rituel.

— Sais-tu où est Ayla ? demanda-t-il à brûle-pourpoint. Je vais lui proposer de se joindre à la purification. Elle pourra nous être utile.

— Losaduna m'a tout expliqué, et ce rituel m'intéresse beaucoup, avoua Ayla. Mais je ne suis pas sûre de vouloir participer à la cérémonie.

— C'est une cérémonie importante, protesta Jondalar. Tout le monde l'attend avec impatience.

Devant sa réticence, il se demandait si la cérémonie lui serait bénéfique.

— Elle me plairait davantage si j'en savais un peu plus, concéda Ayla. J'ai tant à apprendre, et Losaduna ne demande pas mieux que de m'instruire. J'aimerais bien rester ici quelque temps.

— Nous devons partir bientôt. Si nous tardons, ce sera le printemps. Nous resterons jusqu'à la Cérémonie pour Honorer la Mère, et nous partirons tout de suite après.

— J'aimerais bien rester jusqu'à l'hiver prochain. Je suis lasse de voyager, avoua Ayla.

Elle se garda bien d'exprimer ce qui la tracassait : ce peuple est prêt à m'accepter, lui, mais le tien ?

— Moi aussi je suis fatigué du Voyage, admit Jondalar. Mais une fois que nous serons de l'autre côté du glacier, il nous restera peu de chemin à parcourir. Nous

nous arrêterons pour visiter Dalanar, et le reste sera facile.

Ayla eut l'air d'approuver, mais elle avait l'impression que le Voyage serait encore long, et que c'était plus facile à dire qu'à faire.

36

— Que devrai-je faire ? demanda Ayla.

— Je ne sais pas encore, répondit Losaduna. Mais étant donné les circonstances, j'ai l'impression que la présence d'une femme serait rassurante. Madenia sait que je suis Celui Qui Sert la Mère, mais je suis un homme, et les hommes lui font peur en ce moment. Il vaudrait mieux qu'elle puisse en parler, et il est parfois plus facile de se confier à un étranger compatissant. Les gens n'aiment pas que quelqu'un soit le dépositaire de leurs secrets douloureux, ils craignent qu'en voyant cette personne, les souvenirs resurgissent et réveillent leurs souffrances.

— Mais y a-t-il quelque chose que je devrais dire ou faire ? insista Ayla.

— Sois naturelle, laisse-toi guider par ta sensibilité, conseilla Losaduna. Tu possèdes un don rare pour les langues, je suis stupéfié par la vitesse à laquelle tu as appris le losadunaï. C'est une chance pour Madenia.

Ayla rougit sous les louanges et détourna les yeux. Elle ne se trouvait pas de dons extraordinaires.

— C'est très proche du zelandonii, assura-t-elle.

Devinant sa gêne, il n'insista pas. L'arrivée opportune de Solandia détourna la conversation.

— Tout est prêt, déclara-t-elle. J'emmènerai les enfants et vous pourrez disposer de cet endroit quand vous aurez terminé. Oh, ça me rappelle... Ayla, puis-je prendre Loup avec moi ? Le bébé s'est attaché à lui, et Loup l'occupe. Si on m'avait dit qu'un jour je demanderais à un loup de surveiller mes enfants ! s'esclaffa-t-elle.

— Oui, il vaut mieux que Loup t'accompagne, fit Ayla. Il risquerait d'effaroucher Madenia.

— Allons la chercher, proposa Losaduna.

En se rendant au foyer où demeuraient Madenia et sa mère, Ayla remarqua qu'elle était plus grande que Losaduna et se souvint de la première impression qu'elle gardait de lui. Elle l'avait trouvé petit et timide. Elle le considérait différemment maintenant. Certes, il n'avait pas une prestance considérable, mais son attitude réservée et sa dignité tranquille cachaient une profonde sensibilité et une forte personnalité.

Losaduna gratta à la peau de cuir brut tendue entre deux perches. Une vieille femme souleva le rabat et les fit entrer. Elle sourcilla en apercevant Ayla et lui jeta un regard amer. Visiblement, l'étrangère n'était pas la bienvenue.

Sans attendre, la vieille se lança avec colère dans des récriminations.

— L'a-t-on retrouvé, celui qui m'a volé mes petits-enfants avant qu'ils aient eu la chance de naître ?

— Trouver Charoli ne te rendra pas tes petits-enfants, Verdegia, riposta Losaduna, et ce n'est pas ce qui nous amène. Pour l'instant, c'est Madenia qui nous préoccupe. Comment va-t-elle ?

— Elle refuse de se lever, et elle mange à peine. Elle ne m'adresse même pas la parole. C'était une gentille petite fille, et elle était en train de devenir une belle femme. Elle n'aurait jamais eu de mal à trouver un compagnon si Charoli et ses hommes ne l'avaient abîmée.

— Qu'est-ce qui te fait dire qu'elle est abîmée ? demanda Ayla.

La vieille femme la dévisagea comme si elle avait affaire à une demeurée.

— Cette femme ne sait donc pas ? apostropha-t-elle Losaduna. Madenia n'avait pas encore reçu ses Premiers Rites. Elle est gâchée, abîmée. La Mère ne la bénira plus jamais.

— N'en sois pas si sûre, conseilla l'homme. La Mère n'est pas aussi impitoyable. Elle connaît Ses enfants et offre de multiples moyens pour leur venir en aide. Madenia sera purifiée et ramenée à la vie, pour qu'elle puisse recevoir les Rites des Premiers Plaisirs.

— Ça ne changera rien ! Elle refuse qu'un homme la touche, même pour les Premiers Rites ! glapit Verdegia. Tous mes fils sont partis vivre avec leur compagne, ils disaient qu'il n'y avait pas assez de place dans notre caverne pour de nouvelles familles. Madenia est mon dernier enfant, ma seule fille. Depuis que mon compagnon est mort, j'attends avec impatience qu'elle en trouve un. J'espérais qu'elle vivrait avec un homme qui l'aiderait à nourrir les enfants qu'elle porterait. Mes petits-enfants. Maintenant, je sais que je n'aurai jamais de petits-enfants chez moi. Et tout ça à cause de... de cet homme, cracha-t-elle. Et personne ne fait rien !

— Tu sais parfaitement que Laduni attend une réponse de Tomasi, protesta Losaduna.

— Tomasi ? Pfft ! A quoi servira-t-il ? C'est dans sa caverne qu'a éclos cet... cet homme.

— Laisse-leur le temps. Mais pour ce qui nous concerne, nous ne les attendrons pas pour aider Madenia. Après la purification, elle changera peut-être d'avis sur les Premiers Rites. En tout cas, il faut tout essayer.

— Essayez tant que vous voulez, mais elle ne se lèvera pas.

— Nous l'aiderons, assura Losaduna. Où est-elle ?

— Là, derrière, dit Verdegia en désignant un endroit près du mur de la caverne qu'une peau protégeait des regards.

Losaduna s'y dirigea, souleva le cuir, laissant le jour éclairer l'alcôve. La fille, allongée sur le lit, protégea vivement ses yeux de la lumière.

— Madenia, lève-toi, ordonna Losaduna d'une voix douce mais ferme. Ayla, aide-moi, ajouta-t-il comme la fille détournait la tête.

Ils la firent d'abord asseoir, et l'aidèrent ensuite à se mettre debout. Madenia se laissa faire de mauvaise grâce. Ils l'encadrèrent et la conduisirent hors de l'alcôve, puis à l'extérieur de la caverne. Pieds nus, la fille ne semblait pourtant pas sentir le sol recouvert de neige gelée. Ils la guidèrent vers une grande tente conique qu'Ayla n'avait pas encore remarquée. Elle était disposée sur le côté de la caverne, cachée derrière des rochers et des buissons. De la vapeur s'échappait du trou d'aération et une forte odeur de soufre imprégnait l'air.

Ils entrèrent et Losaduna ferma l'entrée avec une pièce de cuir qu'il attacha ensuite. Ils se trouvaient dans un petit passage séparé du reste de la tente par de lourdes peaux de bêtes. Des peaux de mammouths, nota Ayla. Bien que la température extérieure fût glaciale, il faisait bon dans le petit passage. Une double tente avait été disposée sur une source chaude, mais en dépit de la vapeur, les parois étaient relativement sèches. Quelques gouttes perlaient sur la paroi et roulaient jusqu'à la couverture de peau qui recouvrait le sol, mais l'essentiel de la condensation se faisait sur la surface interne de la paroi extérieure, là où le froid entrait en contact avec la vapeur chaude. L'air qui circulait entre les deux parois était plus chaud, gardant ainsi le cuir de la surface intérieure presque sec.

Losaduna enjoignit aux deux femmes de se déshabiller, et voyant que Madenia ne bougeait pas, il demanda à Ayla de lui ôter ses vêtements. La jeune fille s'agrippa à ses habits quand Ayla voulut les lui retirer, tout en regardant fixement Celui Qui Sert la Mère.

— Si elle ne se laisse pas faire, amène-la comme ça, dit Losaduna avant de se glisser derrière la lourde peau.

Un filet de vapeur s'échappa de l'ouverture quand il souleva la peau de mammouth. L'homme parti, Ayla réussit à déshabiller la fille, se dévêtit ensuite prestement et conduisit Madenia derrière le rabat.

Des nuages de vapeur voilaient les reliefs d'un brouillard chaud et embuaient les contours, mais Ayla devina un petit bassin tapissé de pierres jouxtant une source naturelle d'eau chaude. Le trou qui permettait à l'eau de se déverser dans le bassin était fermé par un bouchon de bois sculpté. De l'autre côté du bassin, un tronc d'arbre creusé, qui amenait de l'eau froide d'un ruisseau voisin, avait été surélevé de façon à ne pas refroidir le bassin. Les volutes de vapeur s'estompèrent juste le temps pour Ayla d'apercevoir les peintures qui décoraient l'intérieur de la tente. C'étaient des animaux, la plupart gros de futurs petits, que la vapeur avait estompés. Il y avait aussi d'énigmatiques triangles, cercles, trapèzes et autres figures géométriques.

Des laines de mouflon feutrées entouraient le bassin et la source, et leur chaude douceur caressait les pieds. Des signes dessinés sur la laine conduisaient à la partie la moins profonde du bassin. Sous l'eau, on apercevait des bancs de pierre situés à l'autre extrémité de la pièce d'eau. Au fond, sur une estrade de terre, trois lampes en pierre, sortes de bols remplis de graisse fondue au centre desquels flottait une mèche aromatique, éclairaient la statuette d'une femme dotée de formes généreuses. Ayla reconnut la représentation de la Grande Terre Mère.

En face de l'autel, un cercle de pierre d'une géométrie parfaite entourait un foyer impeccablement rond. Losaduna apparut au milieu des nuages de vapeur et prit sur l'autel un petit bâtonnet. Une goutte noire tachait l'extrémité de l'objet et Celui Qui Sert le présenta à la flamme d'une lampe. Le bâtonnet prit feu instantanément, et à l'odeur Ayla devina qu'il avait été trempé dans de la poix. Losaduna alla jusqu'au foyer en protégeant la petite flamme de sa main et alluma l'amadou. Le feu prit aussitôt en dégageant un arôme agréable qui masqua la forte odeur de soufre.

— Suivez-moi, dit Losaduna.

Plaçant son pied entre deux lignes parallèles dessinées sur la laine de mouflon, il commença à marcher autour du bassin en suivant un chemin très précis. Madenia le suivit d'un pas traînant, sans se soucier où elle posait les pieds, mais Ayla imita scrupuleusement Celui Qui Sert. Ils firent un tour complet autour de la source et du bassin, enjambant le ruisseau d'eau froide ainsi qu'une profonde tranchée. En entamant le deuxième tour, Losaduna se mit à chanter d'une voix mélodieuse, invoquant tous les noms et titres de la Mère.

— O Duna, Grande Terre Mère, Puissante et Bienfaisante Nourricière, Grande Mère de Toutes les Créatures, Mère Originelle, Mère Première, Toi Qui Bénis les femmes, Mère Très Compatissante, écoute notre prière.

Il répéta l'invocation plusieurs fois tout en accomplissant son deuxième tour.

Comme il plaçait son pied sur les lignes parallèles pour entamer le troisième tour, il répéta encore une fois, « Mère Très Compatissante, écoute notre prière », mais au lieu de recommencer depuis le début, il enchaîna :

— O Duna, Grande Terre Mère, une des Tiennes a été blessée. Une des Tiennes a été violentée. Une des Tiennes doit être purifiée pour recevoir Ta bénédiction. Puissante et Bienfaisante Nourricière, une des Tiennes a besoin de Ton aide. Elle doit être soignée. Elle doit guérir. Fais-la revivre, Grande Mère de Toutes les Créatures, et aide-la à connaître les joies de Ton Don. Aide-la, Mère Originelle, à connaître Tes Rites des Premiers Plaisirs. Aide-la, Mère Première, à recevoir Ta Bénédiction. Mère Très Compatissante, aide Madenia, fille de Verdegia, enfant des Losadunaï, Les Enfants de la Terre qui vivent près des hautes montagnes.

Ayla était émue et fascinée par les paroles et le cérémonial, et elle décela avec plaisir des signes d'intérêt chez Madenia. Après avoir achevé le troisième tour, Losaduna les entraîna, toujours en posant soigneusement les pieds sur les marques et en poursuivant ses invocations, vers l'autel de terre où brûlaient les trois lampes qui entouraient la statuette de la Mère, la dunaï. Près d'une des lampes, Losaduna prit un objet en forme de couteau, taillé dans un os. Il était assez large, avec une double lame et une pointe légèrement arrondie. Celui Qui Sert alla ensuite près du foyer.

Ils s'assirent autour du feu, Madenia entre eux, en regardant le bassin. L'homme ajouta des pierres qui brûlent dans le feu, et dans une niche à côté de l'autel, il prit un bol. La pierre devait avoir à l'origine une forme de coupe, mais elle avait été creusée avec un maillet en pierre dure. Le dessous du bol était noirci. Losaduna le remplit d'eau qu'il puisa dans une outre rangée dans la niche, y ajouta des feuilles séchées qu'il prit dans un petit panier, et posa le bol à même les braises.

Losaduna traça ensuite un trait avec le couteau sur une

partie du sol bien aplanie et entourée de coussins de laine. Ayla comprit soudain à quoi servait le couteau. Les Mamutoï en utilisaient un semblable pour dessiner des lignes, marquer le score des jeux ou garder une trace des paris, pour esquisser une tactique de chasse, ou pour illustrer un récit. En observant Losaduna, Ayla se rendit compte qu'il se servait du couteau pour illustrer une histoire dont le but n'était pas le simple divertissement. Il récitait l'histoire de sa voix mélodieuse, et dessinait des oiseaux pour souligner certains points qu'il jugeait importants. Ayla finit par comprendre que l'histoire était une allégorie de l'attaque qu'avait subie Madenia, et que les oiseaux figuraient les agresseurs.

A l'évidence, la jeune fille était prise par le récit et s'identifiait au jeune oiseau femelle dont parlait Losaduna. Et soudain, elle se mit à sangloter violemment. Du plat du couteau, Celui Qui Sert la Mère effaça la scène.

— C'est fini ! Rien ne s'est jamais passé, dit-il en dessinant le jeune oiseau femelle. Elle est de nouveau intacte, comme au début. Avec l'aide de la Mère, c'est ce qu'il t'arrivera à toi aussi, Madenia. Tout sera oublié, comme si rien ne s'était passé.

Un arôme mentholé, mêlé d'une âcreté familière qu'Ayla ne put reconnaître, emplit alors la tente. Losaduna vérifia l'eau qui chauffait sur le feu et y puisa une coupe qu'il offrit à Madenia.

— Bois ça, ordonna-t-il.

Prise de court, la jeune fille avala le liquide sans réfléchir. Losaduna puisa une seconde coupe pour Ayla, et une autre qu'il but. Il se leva ensuite, et les conduisit au bassin.

Losaduna avança lentement dans l'eau fumante, mais sans la moindre hésitation. Madenia le suivit, et Ayla leur emboîta le pas. Mais à peine avait-elle posé le pied dans le bassin qu'elle l'ôta aussitôt. C'était brûlant ! L'eau est presque assez chaude pour y cuire, constata-t-elle avec stupeur. Il lui fallut un gros effort de volonté pour s'obliger à remettre un pied dans l'eau brûlante. Elle resta plantée, une jambe en l'air, avant de pouvoir avancer. Elle s'était souvent baignée dans l'eau froide de rivières, de torrents, de bassins, parfois même après avoir brisé la pellicule de glace qui recouvrait la surface, elle s'était lavée dans de l'eau réchauffée par le feu, mais elle n'avait jamais mis les pieds dans de l'eau aussi chaude.

Losaduna les guidait lentement pour qu'elles eussent le temps de s'habituer à la chaleur, mais Ayla fut beaucoup plus longue à atteindre les bancs en pierre. Pourtant, à mesure qu'elle progressait dans l'eau, un doux bien-être l'envahit. Lorsqu'elle se fut assise et que l'eau lui arriva au menton, elle se décontracta enfin. Ce n'est pas si mal, une fois qu'on s'habitue, décida-t-elle. En fait, la chaleur faisait du bien.

Dès qu'ils se furent habitués, Losaduna recommanda à Ayla de retenir sa respiration et de plonger la tête sous l'eau. Elle s'exécuta et lorsqu'elle refit surface, il enjoignit à Madenia de l'imiter. Puis il plongea à son tour, et les conduisit ensuite hors du bassin.

Il pénétra dans le petit passage et en rapporta un bol en bois, rempli d'une matière épaisse et jaunâtre qui ressemblait à de l'écume. Il le posa sur une aire pavée de pierres plates, prit une pleine poignée d'écume et s'en frotta le corps, ordonnant à Ayla d'enduire le corps de Madenia, et de se frictionner à son tour, sans oublier d'en passer sur les cheveux.

L'homme chantonnait en se frottant avec la chose douce et glissante, et Ayla eut l'impression qu'il ne s'agissait plus d'un rituel, mais bien de manifester sa joie. Elle se sentait elle-même assez gaie, et se demanda si la décoction qu'il leur avait fait boire n'y était pas pour quelque chose.

Lorsqu'il ne resta plus d'écume, Losaduna ramassa le bol en bois, le remplit dans le bassin, revint sur l'aire pavée et se rinça en versant l'eau sur son corps. Il recommença deux fois l'opération, remplit de nouveau le bol et rinça ensuite Madenia, puis Ayla. L'eau s'écoulait loin du bassin, entre les interstices des pierres. Alors, Celui Qui Sert la Mère les entraîna vers la pièce d'eau tout en marmonnant une chanson sans paroles.

Ils s'assirent sur le banc, flottant presque dans l'eau. Ayla était complètement détendue, et elle repensa aux bains de vapeur des Mamutoï, qui n'étaient toutefois pas aussi agréables. Lorsque Losaduna décida qu'ils en avaient eu assez, il alla à l'autre bout du bassin ôter le bouchon de bois. L'eau commença à s'écouler dans la profonde tranchée creusée dans le sol, et Losaduna se mit à hurler.

— Allez-vous-en, mauvais esprits ! Eau purificatrice de la Mère, efface les traces de l'empreinte de Charoli et de ses hommes ! Fuyez, impuretés, que l'eau vous emporte ! Lorsque l'eau sera partie, Madenia sera purifiée. Les pouvoirs de la Mère l'ont rendue aussi neuve qu'avant !

Ils sortirent alors de l'eau, et Losaduna les entraîna dehors sans même s'arrêter pour prendre leurs habits. Le vent glacial et le sol gelé rafraîchirent leurs corps brûlants. Les rares Losadunaï présents les ignorèrent ou détournèrent la tête, ce qui rappela un souvenir pénible à Ayla. Lorsqu'elle avait été damnée, ceux du Clan l'avaient regardée fixement sans la voir, mais cette fois-ci c'était différent. Ceux qui passaient la voyaient, mais feignaient de l'ignorer par courtoisie. Ils rentrèrent alors dans la tente, bien contents de s'envelopper dans les douces couvertures sèches qui les attendaient, et de déguster une infusion de menthe brûlante.

Comme elle portait la coupe fumante à sa bouche, le regard d'Ayla tomba sur ses mains. La peau était ridée, mais d'une propreté ! En peignant ses cheveux avec un instrument dentelé, taillé dans de l'os, elle remarqua qu'ils crissaient.

— Quelle était cette douce écume ? demanda-t-elle. Elle nettoie encore mieux que la racine de saponaire.

— C'est Solandia qui la fabrique, dit Losaduna. C'est un mélange de cendre et de graisse, mais elle t'expliquera mieux que moi.

Après avoir terminé avec ses cheveux, Ayla peigna Madenia.

— Comment fais-tu pour que l'eau soit si chaude ?

— C'est un Don de la Mère aux Losadunaï, répondit l'homme en souriant. Il y a plusieurs sources chaudes dans cette région. Certaines sont utilisées par tout le monde, et d'autres sont sacrées. Nous considérons que celle-ci est au centre et à l'origine des autres sources, c'est pourquoi elle est la plus sacrée de toutes. C'est un grand honneur pour notre Caverne, et c'est pourquoi personne ne veut en partir. Mais nous commençons à manquer de place et un groupe de jeunes pensent sérieusement à fonder une nouvelle Caverne. De l'autre côté de la rivière, un peu plus bas, il y a un endroit qui leur plaît, mais c'est un territoire de Têtes Plates, et ils hésitent encore.

Ayla hocha la tête. Elle se sentait si bien, si détendue, qu'elle n'avait aucune envie de bouger. Elle remarqua que Madenia n'était plus crispée, ni sur la défensive.

— Cette eau est un Don merveilleux ! s'exclama Ayla. Que la Mère en soit remerciée !

— Il est très important d'apprécier tous les Dons de la Mère, approuva Losaduna. Et surtout Son Don des Plaisirs.

— Son Don est un mensonge ! s'écria Madenia qui s'était brusquement raidie. Ce n'est pas un plaisir, il n'apporte que la douleur !

C'était la première fois qu'elle ouvrait la bouche.

— J'avais beau les supplier, ils n'arrêtaient pas ! Plus aucun homme ne me touchera, je le jure !

— Je comprends ta colère, lui dit Ayla. Je comprends tes pleurs. Ce qu'ils t'ont fait est horrible. Je sais ce que tu ressens.

Elle se leva, et prit la jeune fille dans ses bras.

— Comment pourrais-tu comprendre ? s'exclama la jeune fille avec amertume en se dégagcant.

— J'ai connu cette même douleur et cette humiliation, assura Ayla.

La jeune fille la dévisagea avec surprise, et Losaduna hocha la tête comme s'il venait de comprendre quelque chose d'important.

— Madenia, dit Ayla avec douceur, lorsque j'avais ton âge, et même un peu moins, peu après que mes périodes lunaires se déclarent, j'ai été forcée, moi aussi. C'était ma première fois. J'ignorais qu'on appelât cela les Plaisirs, et je ne me souviens que d'une violente douleur.

— Oui, mais par un seul homme ? fit Madenia.

— Un seul, oui. Mais il a souvent recommencé par la suite, et je détestais ça ! s'exclama Ayla, surprise par sa propre véhémence.

— Plusieurs fois ? Pourquoi ne l'a-t-on pas empêché de recommencer ? demanda Madenia.

— Tout le monde croyait que c'était son bon droit, et personne ne comprenait ma colère et ma haine, ni pourquoi je ne ressentais que de la douleur. Je commençais à m'inquiéter et je me demandais si j'étais normale. Et puis la douleur a disparu, mais je ne ressentais toujours pas les Plaisirs. D'ailleurs, il ne le faisait pas pour me les donner, il cherchait surtout à m'humilier. Un jour, j'ai cessé de le haïr, et quelque chose d'inouï s'est produit. Quand il me forçait, je pensais à autre chose, et je ne sentais plus rien. Je l'ignorais. Lorsqu'il a compris qu'il ne me faisait plus de mal, je crois qu'il s'est senti humilié. Et il n'a jamais recommencé. Mais je ne voulais plus qu'un homme me touche.

— Aucun homme ne me touchera ! s'écria Madenia.

— Tous ne sont pas comme Charoli et sa bande. Jondalar, par exemple. C'est lui qui m'a appris la joie et les Plaisirs du Don de la Mère. Et crois-moi, Madenia, c'est un Don merveilleux. Accorde-toi la chance de rencontrer un homme comme Jondalar, et tu connaîtras la joie, toi aussi.

— Non ! Non ! hurla Madenia. C'est trop horrible !

— Je sais, fit Ayla. Même les Dons les meilleurs peuvent devenir malfaisants si on les détourne de leur usage. Mais un jour, tu voudras être mère, et tu ne le deviendras jamais si tu ne partages pas le Don de la Mère avec un homme.

— Ne dis pas ça, sanglota Madenia, le visage inondé de larmes. Je ne veux pas l'entendre.

— C'est pourtant la vérité. Ne laisse pas Charoli gâter ce que tu as de bon en toi. Ne le laisse pas te priver de la joie d'être mère. Accepte les Premiers Rites, et tu t'apercevras que ce n'est pas forcément douloureux. J'ai fini par apprendre, même si je n'ai pas eu la chance de célébrer une cérémonie. La Mère a quand même trouvé un moyen de me donner cette joie. Elle m'a envoyé Jondalar. Le Don va bien au-delà des Plaisirs, Madenia.

Il apporte davantage, crois-moi, s'il est partagé avec amour. Et si la douleur que j'ai ressentie la première fois était le prix à payer pour ce que j'ai découvert par la suite, je suis prête à en payer dix fois le prix pour tout l'amour que j'ai obtenu. Tu as tant souffert que la Mère t'accordera peut-être un privilège particulier... mais laisse-Lui une chance, Madenia. Penses-y, et ne dis pas non avant d'avoir bien réfléchi.

Ayla se réveilla fraîche et dispose comme jamais. Elle s'étira avec volupté et chercha Jondalar à tâtons, mais il était déjà parti. Déçue, elle se souvint alors qu'il l'avait réveillée pour lui rappeler qu'il allait chasser avec Laduni et quelques autres, et qu'il lui avait proposé de les accompagner. Elle avait décliné l'offre la veille parce qu'elle avait d'autres projets, et elle était restée couchée à paresser dans les douces fourrures chaudes.

Cette fois, elle décida qu'il était l'heure de se lever. Elle s'étira, passa les mains dans ses cheveux en se délectant de leur douceur soyeuse. Solandia lui avait promis de lui expliquer comment fabriquer la mousse qui nettoyait si bien.

Le repas était le même que les autres jours : un brouet de poissons séchés, pêchés au début de l'année dans la Grande Rivière Mère.

Jondalar lui avait dit qu'ils allaient à la chasse parce que la Caverne était à court de réserves, mais ce n'était ni la viande ni le poisson qui manquaient le plus. Ils mangeaient suffisamment mais la fin de l'hiver approchait et les mets n'étaient pas très variés. Plus personne ne supportait la viande ni le poisson séchés. De la viande fraîche serait la bienvenue, même en petite quantité. Tous se languissaient des vertes pousses des légumineuses, des fruits et des premiers produits du printemps. Ayla se livra à une petite exploration autour de la caverne, mais les Losadunaï avaient déjà ratissé les environs. Il leur restait cependant une abondante réserve de graisse, dont ils enrichissaient leurs repas.

Le festin qui se préparait en l'honneur de la Fête de la Mère serait donc limité. Ayla avait déjà prévu d'apporter sa contribution. Elle comptait offrir le sel qui lui restait, et quelques herbes pour parfumer et enrichir le repas. Solandia lui avait montré sa petite réserve de breuvage fermenté, de la bière de bouleau, qu'elle comptait servir au festin.

Solandia pensait aussi puiser dans ses provisions de graisse pour fabriquer une fournée de savon. Ayla la supplia de ne pas gâcher un aliment aussi indispensable, mais la femme prétendit que Losaduna en avait besoin pour les cérémonies, et qu'il n'en avait plus. Pendant que la mère s'occupait de ses enfants, Ayla emmena Loup auprès de Whinney et de Rapide.

Solandia sortit prévenir Ayla qu'elle était prête, mais s'arrêta sur le seuil de la caverne et observa la jeune femme. Ayla venait de rentrer d'un galop à travers le pré, et jouait en riant avec les animaux. Solandia fut frappée des façons maternelles de la jeune femme.

Quelques jeunes observaient aussi l'étrangère. Ils appelèrent Loup, qui avait bien envie de les rejoindre, mais quêtait l'assentiment d'Ayla d'un air implorant. Ayla aperçut Solandia à l'entrée de la caverne, et se hâta de la rejoindre.

— J'aurais bien aimé que Loup occupe le bébé, dit la femme. Verdegia et Madenia viennent me donner un coup de main, mais la fabrication exige une grande concentration.

— Oh, mère ! protesta l'aînée qui avait essayé d'attirer Loup avec les autres enfants. C'est toujours le bébé qui joue avec lui.

— Bon, si tu préfères garder ton petit frère...

La fille parut déçue, mais son visage s'illumina soudain.

— Et si on le sortait ? Il n'y a pas de vent, et on le couvrira chaudement.

— Oui, si tu veux, acquiesça Solandia.

Ayla regarda Loup qui ne la quittait pas des yeux, quêtant toujours son autorisation.

— Loup, surveille le bébé, dit-elle.

Loup jappa... en signe d'assentiment, sembla-t-il.

— J'ai de la bonne graisse de mammouth que j'ai fait rendre l'année dernière, annonça Solandia en accompagnant Ayla au foyer. Les chasses ont été bonnes, et il nous reste beaucoup de graisse. C'est une chance ! Sinon, l'hiver aurait été difficile. J'ai commencé à la faire fondre.

En chemin, elles croisèrent les enfants qui sortaient en courant, portant le bébé.

— Ne perdez pas les mitaines de Micheri ! lança Solandia.

Elles retrouvèrent Verdegia et Madenia qui les attendaient à l'intérieur.

— J'ai apporté des cendres, déclara Verdegia.

Madenia esquissa un pâle sourire timide.

Solandia était contente de la voir enfin debout. Elle ignorait ce qui s'était passé dans la tente de la source chaude, mais le résultat était là.

— J'ai mis des pierres à chauffer dans le feu pour préparer une infusion, annonça Solandia. Veux-tu t'en occuper, Madenia ? J'utiliserai le reste pour faire réchauffer l'eau qui me sert à faire fondre la graisse.

— Où veux-tu que je dépose ces cendres ? demanda Verdegia.

— Mélange-les aux miennes. Je viens à peine de commencer à les filtrer.

— Losaduna disait que tu utilisais de la graisse et des cendres, fit Ayla.

— Et aussi de l'eau, précisa Solandia.

— Quel drôle de mélange.

— En effet.

— Qu'est-ce qui t'en a donné l'idée ?

— En fait, c'était un accident, avoua Solandia avec un petit sourire. Nous étions à la chasse et j'avais fait un feu dans un trou profond. De la viande de mammouth bien grasse grillait au-dessus, et il s'est mis à pleuvoir à torrent. J'ai attrapé la viande avec la broche et je me suis vite abritée. Quand la pluie s'est calmée, nous sommes rentrés à la caverne, mais j'avais oublié un récipient en bois, et je suis revenue le chercher le lendemain. Le trou du feu était inondé et une espèce d'écume épaisse flottait sur l'eau. Je ne m'en serais pas souciée, mais j'avais laissé tomber une louche dans le trou et j'ai voulu la récupérer. Quand je suis allée la rincer au ruisseau, elle était toute glissante, comme si elle avait été enduite de saponaire. Après, mes mains étaient d'un propre ! Et la louche était complètement dégraissée. Quand j'ai vu ça, j'ai rempli le récipient d'écume et j'en ai rapporté.

— Est-ce si facile à fabriquer ?

— Oh, non ! Ce n'est pas vraiment compliqué, mais il faut avoir l'habitude. La première fois, j'ai eu de la chance. Tous les éléments devaient être réunis. Depuis, j'essaie d'améliorer la fabrication, mais il m'arrive encore de la rater.

— Comment fabriques-tu la mousse ? Tu as bien dû trouver le bon moyen ?

— C'est facile à expliquer. Je fais fondre de la graisse. Elles conviennent toutes, mais chacune possède ses particularités. Je préfère la graisse de mammouth. Ensuite, je prends de la cendre, je la mélange avec de l'eau et je laisse tremper. Je la filtre dans un filet, ou un panier au fond troué. Le liquide que tu obtiens est très fort. Il faut faire attention, ça pique la peau, et ça peut même brûler. Si cela t'arrive, rince-toi tout de suite. Bon, tu mélanges bien la mixture dans la graisse, et si tu as de la chance, tu obtiens une écume onctueuse qui nettoie tout, même le cuir.

— Mais on n'a pas toujours de la chance, intervint Verdegia.

— Non, beaucoup de choses peuvent se produire. Par exemple, tu as beau remuer, le mélange ne prend pas. Si c'est le cas, tu peux l'améliorer en le chauffant. Parfois, les ingrédients se séparent et tu obtiens un liquide trop fort, et un autre trop gras. Il se forme parfois des grumeaux. Ou alors, c'est trop épais, mais ce n'est pas le plus grave. Cela épaissit toujours en vieillissant, de toute façon.

— Et quelquefois tout se passe bien, comme la première fois ! conclut Ayla.

— J'ai appris une chose : la graisse et les cendres liquides doivent être aussi chaudes que la peau de ton poignet, précisa Solandia. Verses-en dessus quelques gouttes, et il ne faut pas que tu les sentes. Le liquide des cendres est plus difficile à vérifier parce qu'il est fort et qu'il brûle un peu, quelle que soit la température. Il faut tout de suite te rincer à l'eau claire. Si cela brûle trop, cela signifie qu'il faut rajouter de l'eau, et il faut faire très attention de ne pas s'en mettre dans les yeux.

— Et ça pue ! intervint Madenia.

— C'est juste, avoua Solandia. Ça pue aussi. C'est pourquoi je sors fabriquer le mélange au milieu de la caverne, alors que j'ai tout préparé ici même.

— Mère ! Mère ! Viens vite ! s'écria Neladia, la deuxième fille de Solandia, en se précipitant dans la caverne, avant de repartir en courant.

— Que se passe-t-il ? Quelque chose est arrivé au bébé ? s'inquiéta Solandia, qui courut derrière sa fille.

Tout le monde se rua dehors.

— Regarde ! fit Dosalia. Le bébé marche !

Micheri s'agrippait à la fourrure de Loup, le visage éclairé d'un sourire satisfait, et il faisait quelques pas hésitants sous la conduite du fauve qui avançait avec de multiples précautions. Tous poussèrent des soupirs de soulagement, et rirent de joie.

— On dirait que le loup sourit, remarqua Solandia. Je vous assure, il a l'air si content de lui qu'il sourit !

— C'est aussi ce que je pense, acquiesça Ayla. Cela fait longtemps que je me dis qu'il sait sourire.

— Je t'assure, Ayla, ce n'est pas réservé aux cérémonies, disait Losaduna. Nous y allons parfois simplement pour nous tremper. Si tu veux y emmener Jondalar, je n'y vois aucune objection. Les Eaux Sacrées de la Mère sont comme Ses autres Dons à Ses Enfants, elles sont faites pour qu'on en profite et qu'on les apprécie. Tout comme l'infusion que tu viens de préparer et qui est excellente, ajouta-t-il en levant sa coupe.

Tous les Losadunaï qui n'étaient pas partis à la chasse s'étaient rassemblés autour d'un feu au centre de la caverne pour profiter de la présence de l'étrangère. Ils avaient consommé une soupe de viande de cerf séchée, enrichie d'une grosse portion de graisse de mammouth. Rassasiés, ils dégustaient maintenant l'infusion qu'Ayla avait préparée, après l'avoir complimentée pour ses talents culinaires.

— Quand Jondalar rentrera, je l'emmènerai se baigner avec moi dans le bassin d'eau chaude, dit alors Ayla. Je crois que cela lui plaira.

— Tu devrais la prévenir, Losaduna, conseilla une femme, avec un sourire malicieux.

On l'avait présentée comme la compagne de Laduni.

— Me prévenir ? s'étonna Ayla.

— Oui, il faut savoir choisir entre les Dons de la Mère.

— Explique-toi.

— Elle veut dire que les Eaux Sacrées sont parfois trop émollientes, intervint Solandia.

— Je ne comprends toujours pas, insista Ayla.

Le sujet semblait amuser tout le monde, et les langues allaient bon train.

— Si tu emmènes Jondalar aux bains brûlants, sa virilité risque de perdre sa puissance, expliqua Verdegia, plus directe que les autres. Et il se passera un moment avant qu'elle ne se reconstitue. Alors, n'attends rien de lui après le bain. En tout cas, pas tout de suite. Certains hommes refusent de se tremper dans les Eaux Sacrées de la Mère de peur que leur virilité ne fonde et ne revienne jamais.

— Et cela arrive-t-il ? s'inquiéta Ayla, en interrogeant Losaduna du regard.

— Pas à ma connaissance, dit l'homme. Mais le contraire, oui. Un homme montre davantage d'ardeur après les bains. A mon avis, c'est parce qu'il est détendu et se sent bien.

— C'est vrai, j'étais merveilleusement calme après le bain brûlant, reconnut Ayla. Et j'ai dormi comme jamais. Mais ce n'était pas seulement à cause de l'eau... l'infusion, peut-être ?

— C'était une cérémonie importante, fit Losaduna avec un sourire. Et les cérémonies suffisent à provoquer certains effets.

— En tout cas, je suis prête à retourner aux Eaux Sacrées, mais je préfère attendre Jondalar. Les chasseurs vont-ils bientôt rentrer ?

— Oh, oui, fit Laronia. Laduni sait que les préparatifs pour la Fête de la Mère de demain vont être longs. Personne ne serait allé chasser aujourd'hui s'il n'avait pas voulu voir Jondalar utiliser l'engin à faire voler les sagaies. Comment l'appelez-vous ?

— Un propulseur, répondit Ayla. C'est très efficace, à condition d'avoir de l'entraînement. Nous avons eu le temps de nous exercer pendant ce Voyage.

— Tu te sers de son propulseur ? s'étonna Madenia.

— Non, j'ai le mien. J'aime chasser.

— Alors pourquoi ne les as-tu pas accompagnés ? demanda la jeune fille.

— Parce que je voulais apprendre à fabriquer la mousse à nettoyer. Et puis j'avais quelques affaires à laver et à raccommoder.

Elle se leva et allait se diriger vers le foyer de cérémonie quand elle se ravisa.

— J'ai quelque chose à vous montrer, moi aussi, fit-elle. Avez-vous déjà vu un tire-fil ?

Des yeux ébahis s'écarquillèrent et des têtes firent des signes négatifs en réponse à sa question.

— Attendez-moi ici, je vais vous montrer.

Elle reparut bientôt, portant une trousse à couture et les affaires qu'elle voulait recoudre. Tout le monde l'entoura, brûlant de connaître une autre chose étonnante apportée par les visiteurs. Ayla sortit de sa trousse un petit cylindre creux fabriqué dans un os d'oiseau, et le secoua. Deux petites tiges d'ivoire en tombèrent et Ayla en tendit une à Solandia.

La femme examina la fine tige soigneusement polie. L'une des extrémités était effilée comme un poinçon, l'autre plus épaisse était, chose surprenante, trouée de part en part. Solandia considéra l'objet avec étonnement, et comprit soudain à quoi il servait.

— Tu as bien dit que c'était un tire-fil ? demanda-t-elle en tendant l'objet à Laronia.

— Oui, et je vais te montrer comment on l'utilise.

Ayla prépara un fin morceau de tendon, en mouilla l'extrémité, l'effila entre ses doigts et la laissa sécher. Le tendon se durcit légèrement et conserva la forme qu'elle lui avait imprimée. Elle le passa à travers le trou de la tige d'ivoire, et reposa le tout. Elle prit ensuite un petit outil pointu en silex et perça des trous près du bord d'un vêtement dont les coutures avaient cédé en arrachant le cuir par endroits. Les perforations étaient légèrement en retrait de l'ancienne couture.

Ayla passa ensuite le tire-fil dans un trou, le saisit de l'autre côté du cuir, entraînant le tendon, et le tira d'un geste large.

Ceux qui l'entouraient poussèrent un « Oh » d'étonnement admiratif.

— Tu as vu ? disait une femme. Le tendon est venu tout seul.

— Je peux essayer ? demanda une autre.

Ayla passa le morceau de cuir et le tire-fil à la ronde, expliquant à l'une, corrigeant l'autre. Elle raconta comment l'idée du tire-fil lui était venue et comment toutes les femmes du Camp du Lion avaient participé à sa réalisation.

— Tu as là un poinçon très bien taillé, remarqua Solandia après l'avoir examiné.

— C'est Wymez, du Camp du Lion, qui l'a fabriqué. Il avait aussi taillé celui que nous avons utilisé pour perforer le tire-fil.

— Cela n'a pas dû être facile de tailler une pointe aussi minuscule, remarqua Losaduna avec admiration.

— Jondalar prétend que Wymez est le seul tailleur de silex qui puisse rivaliser avec Dalanar. Il dit même qu'il est peut-être meilleur.

— De sa part, c'est un beau compliment, fit Losaduna. Tout le monde s'accorde à dire que Dalanar est un maître tailleur de pierre. Sa réputation a franchi le glacier et il est connu jusque chez les Losadunaï.

— Oui, mais Wymez est un maître, lui aussi.

Surpris, ils se retournèrent tous pour savoir qui avait parlé. C'était Jondalar qui rentrait avec Laduni et quelques autres, transportant un ibex qu'ils avaient tué.

— La chance vous a souri ! s'exclama Verdegia. Si personne n'y voit d'inconvénient, j'aimerais avoir la peau. Je voulais justement de la laine d'ibex pour préparer la couche nuptiale de Madenia.

Elle avait réussi à placer sa demande avant tout le monde.

— Mère ! s'exclama Madenia, gênée. Comment peux-tu parler de cela ?

— Madenia doit recevoir les Premiers Rites avant d'envisager une Union, rectifia Losaduna.

— Pour ma part, je lui laisse volontiers la peau, déclara Laronia. Qu'elle en fasse ce qu'elle voudra.

L'avidité de Verdegia ne lui avait pas échappé. On ne chassait pas souvent le trop rusé ibex et sa laine était très recherchée, surtout vers la fin de l'hiver, quand elle était épaisse et abondante.

— Moi aussi, ça m'est égal, dit Solandia. Verdegia peut la prendre. Réjouissons-nous d'avoir de la viande fraîche pour la Fête de la Mère. Je me moque de la peau.

D'autres approuvèrent, personne ne souleva d'objection. Verdegia sourit et essaya de ne pas trop étaler sa satisfaction. Tout s'était déroulé exactement comme elle l'avait espéré.

— La viande d'ibex sera délicieuse avec les oignons séchés que j'apporte. J'ai aussi des airelles.

Tous les regards convergèrent vers l'entrée de la caverne. Ayla aperçut une jeune femme qu'elle n'avait pas encore rencontrée, portant un bébé dans les bras et tenant une petite fille par la main. Un jeune homme la suivait.

— Filonia ! s'écrièrent plusieurs voix.

Laronia et Laduni se précipitèrent à sa rencontre, bientôt rejoints par le reste du groupe.

Après de joyeuses embrassades, Laronia prit le bébé et Laduni souleva la petite fille, qui avait couru se jeter dans ses bras, et la mit sur ses épaules. De son perchoir, l'enfant contempla tout le monde avec un sourire conquérant.

A côté d'Ayla, Jondalar regardait la scène en souriant.

— Dire que cette femme pourrait être ma sœur ! s'exclama-t-il.

— Filonia, viens voir qui est là ! dit Laduni en l'emmenant vers le couple de visiteurs.

— Jondalar, c'est bien toi ? s'étonna Filonia. Je ne croyais pas que tu reviendrais. Où est Thonolan ? Je voudrais lui présenter quelqu'un.

— Hélas, Filonia, il marche à présent dans l'autre monde, avoua Jondalar avec tristesse.

— Oh ! Cela me fait beaucoup de peine. Je voulais tant lui présenter Thonolia. Je suis persuadée qu'elle est la fille de son esprit.

— Oui, c'est vrai. Elle ressemble beaucoup à ma sœur, qui est née dans le même foyer que Thonolan. J'aimerais que ma mère puisse la voir, elle serait heureuse de savoir qu'il reste une parcelle de l'esprit de son fils dans ce monde.

— On dirait que tu n'es pas seul, remarqua Filonia en découvrant la présence d'Ayla.

— Oh, que non ! fit Laduni. Et attends de voir ses autres compagnons de voyage. Tu n'en croiras pas tes yeux !

— Tu arrives au bon moment, fit Laronia. Nous organisons une Fête de la Mère demain.

37

Les préparatifs de la Fête de la Mère enthousiasmaient le peuple de la Caverne des Sources Sacrées. L'arrivée d'Ayla et de Jondalar au plus profond du morne hiver avait provoqué une fièvre qui n'était pas près de s'éteindre grâce aux inévitables récits qu'on évoquerait pendant des années. Dès leur apparition, assis sur le dos des chevaux et suivis par le Loup Qui Aimait Les Enfants, les suppositions les plus invraisemblables avaient circulé. Les visiteurs avaient des histoires passionnantes à raconter, des idées nouvelles à partager, et des instruments fascinants, comme le propulseur et le tire-fil, à utiliser.

On murmurait qu'à l'occasion de la Fête de la Mère, la jeune femme montrerait une nouvelle magie où il serait question de pierre et de feu, comme pour leur pierre qui brûle. Losaduna, lui-même, en avait dit deux mots pendant le dîner. Les visiteurs avaient également promis de faire une démonstration de leur propulseur, devant la caverne, pour que chacun pût apprécier les immenses possibilités de l'engin, et Ayla leur enseignerait ce qu'on pouvait faire avec une fronde. Mais ce qui excitait le plus leur curiosité restait la pierre mystérieuse et le feu.

Ayla découvrit qu'il était aussi épuisant d'être constamment le centre d'intérêt d'un groupe que d'être toujours en voyage. Tout l'après-midi, elle avait été bombardée de questions et on lui demandait sans cesse son avis sur des sujets dont elle ignorait tout. A la nuit tombée, elle était si fatiguée qu'elle quitta la réunion dès qu'elle le put. Loup l'accompagna et Jondalar ne tarda pas à la suivre, laissant les papotages et les spéculations aller bon train après son départ.

On leur avait aménagé un endroit pour dormir dans le foyer de cérémonie qu'occupait Losaduna. Ils terminèrent leurs préparatifs pour la fête et se glissèrent ensuite dans leurs couches de fourrures. Jondalar prit Ayla dans ses bras et songea aux préliminaires qu'elle considérait comme son « signal » pour les Plaisirs, mais elle semblait si nerveuse et si distraite qu'il y renonça. D'autant qu'on ne savait jamais ce qui pouvait se passer dans une Fête de la Mère, et Losaduna avait suggéré qu'il serait judicieux de se réserver et d'attendre la fin du rituel exceptionnel qu'il avait préparé, avant d'honorer la Mère.

Il avait confié à Celui Qui Sert ses doutes sur ses capacités à avoir des enfants nés de son foyer. La Grande Mère jugeait-Elle son esprit inadéquat à faire naître une nouvelle vie ? Ils avaient décidé de supplier la Mère de lui accorder Son aide lors d'un rite privé précédant la Fête.

La respiration de Jondalar s'était alourdie depuis longtemps, mais Ayla était incapable de trouver le sommeil. Elle tournait et se retournait sans cesse, en prenant garde de ne pas déranger l'homme à ses côtés. Elle finit par sommeiller sans jamais s'endormir tout à fait, et ses pensées se peuplèrent de rêveries étranges à mesure qu'elle oscillait entre deux états de conscience...

La végétation printanière habillait la prairie d'un manteau vert, égayé par une abondance de fleurs de toutes les couleurs. Au loin, la façade escarpée d'une muraille rocheuse d'un blanc d'ivoire, percée de multiples cavernes et dont les veines noires convergeaient vers de vastes surplombs, miroitait sous les rayons ardents qui tombaient d'un ciel d'azur immaculé. Le soleil se réfléchissait dans la rivière qui courait au pied de la roche, indiquant les contours de la falaise sans la suivre exactement.

Dans le pré qui bordait la rivière, à mi-chemin, un

homme l'observait, un homme du Clan. Il se retourna et se dirigea vers la falaise en s'appuyant sur un bâton. Bien qu'il boitât, il marchait à vive allure. Il ne lui avait fait aucun signe, n'avait prononcé aucun mot, mais elle savait qu'elle devait le suivre. Elle se hâta et lorsqu'elle arriva à sa hauteur, il la dévisagea de son seul œil valide. Son regard pénétrant était plein de compassion. Elle savait que son manteau en peau d'ours cachait le moignon d'un bras qui avait été amputé au coude lorsqu'il était enfant. Sa grand-mère, une guérisseuse réputée, avait coupé le membre rongé par la gangrène après qu'un ours des cavernes l'avait broyé. C'était là aussi que Creb avait perdu son œil.

En approchant de la falaise, elle remarqua un rocher étrange en équilibre sur le faîte en surplomb. Le roc, en forme de colonne, plus foncé que la falaise calcaire qui le supportait, penchait dangereusement comme pétrifié au moment de la chute. Elle savait que le rocher, qui menaçait de tomber à tout moment, lui signalait quelque chose de très important. Quelque chose dont elle devrait se souvenir, quelque chose qu'elle avait fait... ou devait faire... ou ne devait surtout pas faire.

Elle ferma les yeux et réfléchit. Elle vit des ténèbres, violettes, épaisses, palpables, comme seul le fond d'une caverne pouvait en receler. Une minuscule lumière scintilla au loin, et elle se faufila dans un passage étroit pour l'atteindre. En approchant, elle vit Creb avec d'autres mog-ur, et une peur panique la submergea. Elle ouvrit vivement les yeux pour chasser ce souvenir.

Elle se retrouva sur la berge de la petite rivière au pied de la falaise. De l'autre côté du cours d'eau, Creb gravissait péniblement un sentier qui menait au rocher en équilibre instable. Elle s'était laissé distancer et ne savait plus comment le rejoindre. Elle l'appela :

— Creb, excuse-moi. Je ne voulais pas te suivre dans la caverne.

Il se retourna et lui expliqua par gestes de se hâter.

— Dépêche-toi. Ne perds pas de temps ! Dépêche-toi !

La rivière s'élargissait et devenait de plus en plus profonde. La glace l'envahissait.

L'étendue de glace augmentait sans cesse et la séparait davantage de Creb.

— Attends-moi, Creb ! Ne m'abandonne pas là ! hurla-t-elle.

— Ayla ! Ayla, réveille-toi ! C'est encore un de tes rêves, dit Jondalar en la secouant tendrement.

Elle ouvrit les yeux, ressentit une perte immense et une panique intense. Elle reconnut les parois tendues de peaux. Les braises encore rougeâtres dans le foyer éclairaient la silhouette de Jondalar. Elle se serra contre lui.

— Dépêchons-nous, Jondalar, il faut partir ! Il faut partir tout de suite, insista-t-elle.

— Mais oui, nous allons partir. Mais la Fête de la Mère a lieu demain, et il faut encore décider de ce que nous emporterons.

— La glace ! frissonna-t-elle. Il faut traverser la rivière de glace !

— Oui, je sais, assura-t-il en la berçant doucement. Mais nous devons d'abord trouver une solution pour Loup et les chevaux. Nous aurons besoin de nourriture, et d'eau pour nous tous. La glace est dure comme le roc, là-bas.

— Creb veut que nous fassions vite. Il faut partir !

— Nous partirons le plus tôt possible, Ayla. Je te le promets.

Une sourde inquiétude l'envahit. Il ne fallait pas tarder s'ils voulaient franchir le glacier sans encombre. Mais pouvaient-ils partir avant la Fête de la Mère ? Tout de même pas !

Bien qu'il ne réchauffât pas l'air glacial, le soleil déclinant filtrait à travers les branches des arbres. A l'ouest, l'astre étincelant descendait au milieu de nuages embrasés qui diffusaient une lueur rosâtre réfléchie par les pics glacés des montagnes. La nuit tomberait bientôt, mais Ayla et Jondalar étaient toujours dans le pré devant la caverne. Comme tous les spectateurs, Jondalar observait Ayla.

Elle prit une profonde inspiration et retint son souffle pour que la buée ne lui cachât pas la vue et l'empêchât de viser. Elle prit deux pierres et en glissa une dans la poche de la fronde qu'elle fit tournoyer une fois avant d'expédier son projectile. Elle glissa vivement sa main libre le long de la fronde, introduisit la deuxième pierre dans la poche, imprima aussitôt le même mouvement que précédemment et lança son second jet. Personne ne pouvait lancer deux pierres aussi vite.

— Oh !

— Tu as vu !

Les exclamations admiratives fusaient de partout.

— Elle a brisé les deux boules de neige à l'autre bout du pré ! disait l'un.

— Je la trouvais habile avec son propulseur, mais elle est encore meilleure à la fronde ! renchérissait l'autre.

— Elle a dit qu'il faudrait qu'on s'exerce longtemps avant de viser juste avec le propulseur, remarqua Larogi. Mais combien de temps lui a-t-il fallu pour lancer deux pierres aussi vite et avec autant de précision ? Je préfère apprendre à me servir du lance-sagaies.

La démonstration était terminée et la nuit approchait. Laduni s'avança et annonça que le festin allait bientôt commencer.

— Il sera servi dans le foyer central, mais auparavant, Losaduna va le dédier à la Mère au Foyer de Cérémonie. Et Ayla se livrera à une expérience extraordinaire.

Un frisson de curiosité parcourut l'assemblée, et tout le monde s'achemina vers le foyer, dans l'enthousiasme et l'excitation. Ayla aperçut Madenia au milieu d'amis, et elle se réjouit de la voir sourire. De nombreuses voix s'étaient élevées pour exprimer la satisfaction de la voir réintégrer le groupe, bien qu'elle restât encore un peu timide. Ayla ne put s'empêcher de remarquer combien l'attention des autres facilitait l'apaisement des blessures. Contrairement à elle, qui avait dû supporter les caprices humiliants de Broud et l'étonnement de tous devant sa résistance et sa haine de l'accouplement, Madenia bénéficiait du soutien général. Tout le monde était de son côté. Les Losadunaï étaient en colère contre celui qui l'avait forcée, compatissaient à son épreuve et voulaient tous réparer le mal qu'elle avait subi.

Lorsque tout le monde se fut assis à l'intérieur du Foyer de Cérémonie, Celui Qui Sert la Mère sortit de l'ombre et vint se camper devant le feu encerclé de pierres rondes de taille rigoureusement identique. Il prit un bâtonnet dont l'extrémité avait été trempée dans de la poix, l'alluma et marcha ensuite jusqu'au mur de la caverne.

Le corps de Celui Qui Sert lui bouchait la vue, et Ayla ne savait pas ce qu'il faisait, mais en voyant une lueur l'entourer elle comprit qu'il venait d'allumer une flamme, probablement une lampe. Il décrivit quelques mouvements et commença à chanter une litanie familière, celle des noms de la Mère qu'il avait déjà chantée pendant la purification de Madenia. Il invoquait l'esprit de la Mère.

Lorsqu'il se recula pour faire face à l'audience, Ayla remarqua que la lueur provenait d'une lampe en pierre logée dans une niche creusée dans le mur de la caverne. La flamme projetait l'ombre, plus grande que nature, d'une petite dunaï et rehaussait le dessin magnifique de la femme aux généreux attributs maternels — lourdes mamelles et ventre rond, évoquant plutôt de copieuses réserves de graisse qu'une grossesse.

— Grande Mère Terre, Ancêtre Originelle et Créateur de Toute Vie, Tes enfants viennent Te présenter leur reconnaissance, Te remercier pour tous Tes Dons, petits et grands, et honorer Ton Nom, entonna Losaduna, et le peuple de la Caverne reprit en cœur. Pour les rocs et les pierres, les os de la terre qui font don de leur esprit pour nourrir le sol, nous honorons Ton Nom. Pour le sol qui fait don de son esprit pour nourrir les plantes, nous honorons Ton Nom. Pour les plantes qui font don de leur esprit pour nourrir les animaux, nous honorons Ton Nom. Pour les animaux qui font don de leur esprit pour nourrir les mangeurs de viande, nous honorons Ton Nom. Et pour tous ceux qui font don de leur esprit pour nourrir, habiller et protéger Tes enfants, nous honorons Ton Nom.

Tous récitaient en même temps que Celui Qui Sert. Même Jondalar, remarqua Ayla, s'était joint au chœur, bien qu'il chantât en zelandonii. Ayla se mit à chanter « nous honorons Ton Nom » avec les autres, et regrettait de ne pas connaître le reste des paroles dont l'importance ne lui échappait pas, et qu'elle n'oublierait jamais après les avoir entendues.

— Pour Ton puissant fils éblouissant qui éclaire le jour, et Ton bon compagnon qui gouverne la nuit, nous honorons Ton Nom. Pour Tes eaux vivifiantes qui emplissent les rivières et les mers, et tombent du ciel avec la pluie, nous honorons Ton Nom. Pour Ton Don de Vie et Ta Bénédiction des femmes qui font naître la vie comme Tu leur as montré, nous honorons Ton Nom. Pour les hommes que Tu as donnés aux femmes pour les aider à faire pousser de nouvelles vies, et dont Tu prends l'esprit pour que la femme puisse les créer, nous honorons Ton Nom. Et pour Ton Don des Plaisirs que les hommes et les femmes se donnent mutuellement, et qui ouvre une femme pour que la naissance se fasse, nous honorons Ton Nom. Grande Terre Mère, Tes enfants se sont réunis ce soir pour honorer Ton Nom.

A la fin des invocations, un lourd silence tomba sur la caverne. Puis un bébé se mit à pleurer, ce qui sembla à tous une manifestation de circonstance.

Losaduna recula de quelques pas et parut se fondre dans l'ombre. Solandia se leva, prit un panier près du foyer et versa des cendres sur les flammes, étouffant le feu rituel et plongeant l'assistance dans les ténèbres. Des « Oh » et des « Ah » de surprise parcoururent les rangs et chacun attendit avec une impatience fiévreuse la suite des événements. Seule brûlait la petite lampe dans sa niche, dont la flamme vacillante faisait danser l'ombre de la dunaï qui grandit démesurément jusqu'à emplir l'espace tout entier. C'était la première fois qu'on éteignait le feu de cette façon, et l'effet qui en résulta inspira Losaduna qui se promit de l'utiliser à nouveau.

Les deux visiteurs et ceux qui vivaient dans le Foyer de Cérémonie avaient déjà répété la scène qui allait suivre et chacun connaissait son rôle. Lorsque le calme fut revenu, Ayla s'avança dans l'obscurité jusqu'à un autre foyer. Il avait été décidé que les capacités de la pierre à feu s'étaleraient avec plus de force si Ayla allumait aussitôt un nouveau feu dans un foyer froid, après l'extinction du feu de cérémonie, et que l'effet spectaculaire en serait décuplé. On avait donc disposé dans le foyer de la mousse séchée en guise d'amadou, à côté de brindilles et de morceaux de bois. Lorsque le feu aurait pris, on l'alimenterait avec des pierres qui brûlent.

En s'entraînant, ils avaient découvert que le vent aidait à attiser l'étincelle, et que le courant d'air qui soufflait lorsqu'on soulevait la porte en peau du Foyer de Cérémonie était le plus efficace. Jondalar s'était donc planté devant l'entrée, prêt à intervenir. Ayla s'agenouilla, la pyrite de fer dans une main, le morceau de silex dans l'autre, et les entrechoqua, ce qui provoqua une étincelle que tout le monde put voir. Elle recommença l'opération sous un autre angle, et l'étincelle qui jaillit retomba sur l'amadou.

C'était le signal qu'attendait Jondalar pour ouvrir la tenture de cuir. Profitant du courant d'air, Ayla souffla sur le feu qui couvait à l'intérieur de la mousse. Brusquement la mousse s'enflamma, déclenchant un chorus d'exclamations diverses. Ayla ajouta des brindilles et la flamme éclaira l'obscurité d'une lueur rougeâtre qui illumina les visages.

Le silence tendu fit place à un brouhaha de commentaires extasiés et d'exclamations ravies. Ayla avait réussi à allumer le feu en peu de temps, certes, mais ils étaient prêts à jurer que tout s'était passé en un éclair.

A partir du feu d'Ayla, on en alluma un second dans le Foyer de Cérémonie. Celui Qui Sert la Mère s'avança entre les deux foyers et prit la parole.

— Ceux qui ne les ont pas vues ne croiraient jamais que des pierres puissent brûler, à moins que nous en ayons à leur montrer. La pierre qui brûle est un cadeau de la Grande Terre Mère aux Losadunaï. Elle a donné aux visiteurs une autre pierre, la pierre à feu. Une pierre qui fait jaillir une étincelle quand on la frappe avec un morceau de silex. Ayla et Jondalar nous offrent une des leurs pour que nous fassions du feu, mais aussi pour la reconnaître au cas où nous en trouverions d'autres. En échange, ils veulent que nous leur donnions assez de vivres et le matériel nécessaire pour traverser le glacier.

— Je leur ai déjà promis tout ça, fit Laduni. Jondalar possède un Droit à Venir sur moi, et c'est ce qu'il m'a réclamé. C'est peu pour un Droit, et nous leur aurions donné des vivres de toute façon.

Murmures d'approbation.

Jondalar savait bien que les Losadunaï leur auraient donné toute la nourriture dont ils avaient besoin, tout comme Ayla et lui, la pierre à feu, mais il voulait éviter que le Peuple des Sources Chaudes ne regrette plus tard d'avoir cédé de la nourriture qui les priverait de réserves si le printemps arrivait en retard. Il préférait leur laisser l'impression qu'ils avaient fait un marché avantageux et il avait une autre idée en tête.

— Nous avons donné à Losaduna une pierre à feu pour que chacun puisse s'en servir, annonça-t-il en se levant. Mais je demande plus que de la nourriture. Nous ne voyageons pas seuls. Nous avons pour compagnons deux chevaux et un loup, et nous aurons besoin d'aide pour traverser le glacier. C'est vrai, nous avons besoin de nourriture pour les bêtes et pour nous. Mais plus important encore, il nous faut de l'eau. Si j'étais seul avec Ayla, nous pourrions porter une outre remplie de neige ou de glace sous nos tuniques, et la faire fondre pour notre consommation, et peut-être celle de Loup. Mais les chevaux boivent davantage. Nous n'en aurions pas suffisamment. Voici la vérité : nous cherchons un moyen de transporter assez d'eau, ou de faire fondre assez de neige pour parvenir de l'autre côté du glacier.

Un vacarme de suggestions s'éleva de toutes parts, mais Laduni réclama le silence.

— Mes amis, que chacun y réfléchisse et nous nous retrouverons demain pour comparer nos idées. Cette soirée est réservée au festin.

Jondalar et Ayla n'avaient pas été chiches de nouveauté et de mystère pour égayer les longs et mornes mois d'hiver, et leur avaient donné matière à de nombreuses histoires à raconter au cours des Réunions d'Eté. De surcroît, ils leur offraient la pierre à feu, et proposaient maintenant un défi excitant : un problème délicat à résoudre, qui leur donnait l'occasion de faire jouer les muscles de leur cerveau. Les voyageurs pouvaient compter sur leur participation ardente, ils ne ménageraient pas leurs efforts.

Madenia était venue assister à la démonstration de la pierre à feu, et Jondalar ne pouvait s'empêcher de remarquer qu'elle ne l'avait pratiquement pas quitté des yeux. Il lui avait souri plusieurs fois, ce à quoi Madenia avait répondu en rougissant et en détournant vivement la tête. Lorsque les Losadunaï quittèrent le Foyer de Cérémonie, il marcha à sa rencontre.

— Bonsoir, Madenia, lança-t-il. Est-ce que la pierre à feu t'a plu ?

Il ressentait cette même attirance que provoquaient souvent chez lui les jeunes filles avant les Premiers Rites, nerveuses et effarouchées, comme celles qu'on lui avait demandé d'initier au Don des Plaisirs de la Mère. C'était une tâche qui lui plaisait, dont il s'acquittait parfaitement et c'était pourquoi il avait si souvent été choisi comme guide. Contrairement aux jeunes filles aux craintes puériles, la peur de Madenia était fondée, et Jondalar aurait considéré le délicat passage de la douleur au plaisir comme un défi supplémentaire à relever.

Il posa sur Madenia son regard d'un bleu étonnant en regrettant de ne pas rester assez longtemps pour participer aux rites annuels des Losadunaï. Il souhaitait sincèrement l'aider à surmonter ses peurs et son désir pour elle n'était pas feint. Le mariage de ces deux sentiments décuplait son charme viril et le rendait irrésistible. Il adressa un dernier sourire à Madenia qui la laissa sans voix.

Cette émotion était nouvelle pour Madenia. Une chaleur inonda tout son être et elle brûla bientôt d'un feu qui lui faisait perdre la tête. Elle avait envie de toucher Jondalar, d'être caressée par lui et elle ne savait pas comment exprimer ce désir nouveau. Elle esquissa un sourire intrépide, et resta ensuite bouche bée, honteuse de tant d'audace. Embarrassée, elle courut se réfugier dans son foyer. Sa mère la vit partir et la suivit. Jondalar connaissait ce genre de réaction. Souvent, les jeunes filles timides réagissaient comme Madenia, ce qui ne les rendait que plus désirables.

— Qu'as-tu fait à cette pauvre enfant, Jondalar ?

Il se retourna et sourit à celle qui venait de l'apostropher.

— Ai-je vraiment besoin de le demander ? reprit-elle. Je me souviens d'un temps où ce regard m'avait presque conquise. Mais ton frère avait son charme, lui aussi.

— Et tu en as été bénie. Tu es resplendissante, Filonia. Es-tu heureuse ?

— Oui, très. Thonolan m'a laissé une parcelle de son esprit, et j'en suis très heureuse. Et toi ? Où as-tu rencontré cette Ayla ?

— Oh, c'est une longue histoire. Elle m'a sauvé la vie. Malheureusement, il était trop tard pour Thonolan.

— Oui, j'ai entendu dire qu'un lion des cavernes l'avait tué. Cela m'a beaucoup peinée.

Une ombre de douleur assombrit le regard de Jondalar.

— Mère ? appela une petite fille.

C'était Thonolia qui arrivait main dans la main avec l'aînée de Solandia.

— Puis-je manger au foyer de « Salia » et jouer avec le loup ? Il aime les enfants, tu sais.

Filonia dévisagea Jondalar d'un air inquiet.

— Loup ne lui fera aucun mal, Filonia, assura Jondalar. C'est vrai qu'il adore les enfants. Demande à Solandia, elle le laisse jouer avec son bébé. Loup a été élevé au milieu d'enfants et Ayla l'a dressé. C'est une femme remarquable, surtout avec les bêtes.

— Alors, c'est d'accord, Thonolia, fit sa mère. Si cet homme le dit, on peut lui faire confiance. C'est de son frère que tu tiens ton nom.

Des éclats de voix leur parvinrent. Pendant que les deux petites filles s'en allaient en courant, ils s'approchèrent pour comprendre ce qui se passait.

— Quelqu'un va-t-il enfin s'occuper de ce... ce Charoli ? Faut-il qu'une mère se désespère ? se lamentait Verdegia, prenant Laduni à témoin. Si les hommes sont incapables d'agir, nous réunirons le Conseil des Mères. Il comprendrait ce que souffre un cœur de mère, et son jugement ne se ferait pas attendre.

Losaduna s'était approché de Laduni, prêt à lui apporter son concours. On ne réunissait le Conseil des Mères qu'en dernier recours. Les répercussions étaient graves et on ne faisait appel à lui que lorsque tout avait échoué.

— Pas de précipitation, Verdegia, répliqua Laduni. Le messager que nous avons envoyé à Tomasi sera là d'un moment à l'autre. Tu peux bien attendre encore un peu. D'ailleurs, Madenia va mieux. Tu ne trouves pas ?

— Ça, je n'en sais rien ! Elle s'est réfugiée au foyer, et elle refuse de m'expliquer ce qu'elle a. Elle clame que tout va bien, et que je ne dois pas m'inquiéter, mais qu'y puis-je ?

— Moi, je pourrais le lui dire, souffla Filonia entre ses dents, mais je ne crois pas que Verdegia comprendrait. Remarque, elle a tout de même raison sur une chose. Il faut s'occuper de Charoli. Toutes les Cavernes en parlent.

— Oui, mais que peut-on faire ? demanda Ayla qui avait rejoint les deux amis.

— Je n'en sais rien, dit Filonia en adressant un sourire à la jeune femme.

Ayla était venue voir son bébé, et avait visiblement été très émue de le tenir dans ses bras.

— Je crois que le plan de Laduni est bon, reprit Filonia. Il pense que les Cavernes devraient agir ensemble et ramener à la raison les jeunes de la bande. Il croit qu'ils changeraient rapidement, une fois séparés et soustraits à l'influence de Charoli.

— L'idée me semble excellente, approuva Jondalar.

— Mais est-ce que la Caverne de Charoli, et Tomasi, qui est apparenté à la mère de cette brute, voudront se joindre aux autres ? s'inquiéta Filonia. Nous le saurons dès que le messager sera de retour, mais je comprends Verdegia. Si la même chose arrivait à Thonolia..., soupira-t-elle, incapable d'en dire plus.

— Tout le monde comprend Madenia et sa mère, assura Jondalar. Les gens sont plutôt bons de nature, mais il suffit d'un être malfaisant pour que tout change.

Ayla, qui se souvenait encore d'Attaroa, partageait son avis.

— Voilà quelqu'un ! Voilà quelqu'un !

Larogi et plusieurs de ses amis entrèrent dans la caverne en courant, annonçant la nouvelle, et Ayla se demanda ce qu'ils faisaient dehors en pleine nuit par un froid pareil. Quelques instants plus tard, un homme entre deux âges entra à son tour.

— Rendoli ! s'écria Laduni, visiblement soulagé. Tu ne pouvais pas mieux choisir ton moment. Laisse-moi te débarrasser, et t'offrir quelque chose de chaud à boire. Tu reviens juste à temps pour la Fête de la Mère.

— C'est le messager que Laduni a envoyé à Tomasi, expliqua Filonia, surprise de le voir.

— Alors qu'a-t-il répondu ? demanda vivement Verdegia.

— Verdegia ! gronda Losaduna. Laisse-le reprendre son souffle. Il vient à peine d'arriver !

— Laisse, fit Rendoli, qui se débarrassa de son sac et accepta le bol de tisane que Solandia lui tendait. La bande de Charoli a attaqué la Caverne, près de la lande où ils se terrent. Ils ont volé des vivres et des armes et ont failli tuer une femme. Elle est gravement blessée, et ne s'en remettra peut-être pas. Les Cavernes en ont assez. Quand l'histoire de Madenia a été connue, elles ont décidé d'en finir. Malgré les liens qui l'unissent à la mère de Charoli, Tomasi est résolu à se joindre aux autres Cavernes et à corriger la bande. Il a appelé à une réunion d'urgence de toutes les Cavernes, et c'est ce qui m'a retardé. Je voulais y assister. Toutes les Cavernes proches ont envoyé une délégation. J'ai dû prendre des décisions en notre nom à tous.

— Je suis sûr que tu as bien agi, déclara Laduni, et tu as bien fait de rester. Qu'ont-ils pensé de ma suggestion ?

— Ils l'ont adoptée, Laduni. Chaque Caverne va envoyer des traqueurs à leurs trousses — certains sont déjà partis. Dès qu'on saura où se cachent ceux de

Charoli, des chasseurs de chaque Caverne les encercleront et les ramèneront. Tomasi veut les capturer avant la Réunion d'Eté. Et il voudrait que tu viennes porter ton accusation et réclamer ton droit, ajouta-t-il à l'adresse de Verdegia.

La vieille femme parut se calmer, mais le refus de sa fille de participer à la cérémonie qui ferait d'elle une femme aux yeux de tous, et capable, avec l'aide de la Mère, d'engendrer ses futurs petits-enfants, continuait d'accabler Verdegia.

— Mon accusation est toute prête, et je ferai valoir mon droit, assura-t-elle. Et si Madenia continue de refuser les Premiers Rites, comptez sur moi pour ne pas l'oublier.

— Je garde confiance, assura Losaduna. Elle changera d'avis avant l'été. Je constate des progrès notables depuis la purification. Elle recommence à parler avec le groupe. Je crois qu'Ayla l'a beaucoup aidée.

Lorsque Rendoli retourna dans son foyer, Losaduna croisa le regard de Jondalar et lui fit signe. Jondalar s'excusa, et alla rejoindre Celui Qui Sert au Foyer de Cérémonie. Ayla les aurait bien suivis, mais elle devina qu'ils avaient besoin d'être seuls.

— Je me demande ce qu'ils préparent ? fit-elle.

— A mon avis, il doit s'agir d'un rituel privé, déclara Filonia, ce qui excita encore plus la curiosité d'Ayla.

— As-tu apporté un objet de ta fabrication ? demanda Losaduna.

— J'ai une lame. Je n'ai pas eu le temps d'y ajouter un manche, mais j'ai fait de mon mieux, assura Jondalar en sortant de sa tunique un petit paquet fait avec un morceau de cuir.

Il l'ouvrit et dévoila un éclat de silex dont le tranchant aiguisé coupait comme un rasoir. Une des extrémités était taillée en pointe pour être introduite dans un manche. Losaduna l'examina avec soin.

— C'est du beau travail, approuva-t-il. Je ne doute pas qu'il soit accepté.

Jondalar, qui ne s'attendait pas à être si nerveux, poussa un soupir de soulagement.

— Et un objet à elle ?

— Ça n'a pas été facile, avoua Jondalar. Nous voyageons avec le minimum de choses et elle sait où elle range chacune de ses affaires. Elle possède bien quelques objets, des cadeaux qu'on lui a offerts, mais je n'ai pas voulu y toucher. Je me suis alors souvenu que tu m'avais spécifié que la taille n'avait pas d'importance, pourvu que ce soit très personnel, fit-il en ramassant un objet minuscule dans le même paquet. Ayla porte une amulette, une petite bourse décorée où elle range des objets de son enfance, expliqua-t-il. C'est très important pour elle et elle ne s'en sépare que pour se baigner, et encore pas toujours. Quand nous sommes allés à la source chaude, elle l'a ôtée. J'en ai profité pour couper une des perles de décoration.

— Bien ! fit Losaduna avec un sourire satisfait. C'est parfait ! Et c'est très astucieux de ta part. J'ai déjà vu son amulette, c'est un objet très personnel. Enveloppe les deux ensemble et donne-moi le paquet.

Jondalar s'exécuta, mais Losaduna surprit son air interrogateur quand il lui tendit les objets.

— Je ne peux pas te dire où je le range, expliqua Losaduna, mais Elle saura. Bon, j'ai plusieurs choses à te dire, et quelques questions.

— J'y répondrai de mon mieux.

— Tu veux qu'un enfant naisse dans ton foyer, un enfant né de cette femme, Ayla. C'est bien cela ?

— Oui.

— Tu dois comprendre qu'un enfant né dans ton foyer ne sera pas nécessairement de ton esprit.

— Oui, je sais.

— Tu le sais, mais qu'en penses-tu ? Est-ce que tu attaches de l'importance à l'esprit qui sera utilisé ?

— Je préférerais qu'il soit de mon esprit, mais... mon esprit n'est peut-être pas assez bon. S'il n'est pas assez puissant, la Mère ne pourra pas l'utiliser... ou peut-être ne le veut-Elle pas. On n'est jamais sûr de l'esprit qu'Elle utilise, mais si l'enfant est d'Ayla, et qu'il naisse dans mon foyer, je serai satisfait.

Losaduna parut approuver.

— Bon, fit-il. Ce soir nous honorerons la Mère, alors

le moment est propice. Tu dois savoir que les femmes qui honorent le plus la Mère sont celles qu'Elle bénit le plus souvent. Ayla est très belle, elle n'aura aucun mal à trouver un ou plusieurs partenaires avec qui partager les Plaisirs.

En voyant sa réaction, Celui Qui Sert la Mère comprit que Jondalar était de ceux qui acceptent difficilement que la femme de leur choix en choisisse un autre, même le temps d'une cérémonie.

— Tu dois l'encourager, Jondalar. La Mère en sera honorée, et cela prouvera ta sincérité. Si tu veux réellement qu'un enfant d'Ayla naisse dans ton foyer, tu dois l'encourager. Cela marche souvent, j'en ai été témoin. Nombreuses sont les femmes qui deviennent enceintes presque immédiatement. En outre, la Mère sera satisfaite de toi, et Elle utilisera peut-être ton esprit, surtout si tu L'honores comme il convient, toi aussi.

Jondalar approuva d'un signe de tête, mais Losaduna vit ses mâchoires se crisper et comprit que les choses n'allaient pas être simples.

— Elle n'a jamais participé à une Fête en l'Honneur de la Mère, objecta Jondalar. Que se passera-t-il si... si elle ne veut que moi ? Devrai-je refuser ?

— Tu dois l'encourager à partager avec d'autres, mais le choix lui appartient, bien sûr. A Sa Fête, tu ne dois refuser aucune femme, et surtout pas celle que tu as choisie pour compagne. Mais ne t'inquiète pas, Jondalar. Pendant la Fête de la Mère, les femmes sont dans un tel état d'esprit qu'elles partagent Ses Plaisirs avec joie. Pourtant, je suis très surpris qu'une femme comme Ayla n'ait pas été élevée dans la gloire de la Mère. J'ignorais qu'il existât un seul peuple qui ne La reconnût pas.

— Ceux qui l'ont élevée étaient... étaient assez particuliers, se contenta de dire Jondalar.

— Je le crois volontiers. Bien, allons demander à la Mère.

Demander à la Mère. Demander à la Mère. L'idée l'obsédait. Il se rappela soudain avoir souvent entendu dire qu'il était un des favoris de la Mère. On disait qu'Elle l'aimait tant qu'aucune femme ne pouvait se refuser à lui, pas même Doni en personne. Et qu'il pouvait Lui demander ce qu'il voulait, Elle le lui accorderait toujours. On l'avait aussi prévenu de se méfier d'une telle faveur : il risquait d'obtenir ce qu'il Lui demandait. Pour l'instant, il ne souhaitait que cela.

Ils s'arrêtèrent devant la niche où la lampe brûlait toujours.

— Prends la dunaï et serre-la dans tes mains, ordonna Celui Qui Sert la Mère.

Jondalar s'empara délicatement de la représentation de la Mère. C'était l'une des plus belles sculptures qu'il eût jamais vues. Le dessin de son corps était parfait. On aurait dit que le sculpteur s'était inspiré d'un modèle vivant, de proportions idéales. Jondalar avait vu assez de femmes nues pour savoir comment elles étaient faites. Les bras, posés sur la poitrine opulente, étaient simplement suggérés, mais les doigts et les bracelets qu'elle portait aux poignets étaient finement ciselés. Les deux jambes s'effilaient dans une sorte de piquet qui s'enfonçait dans la terre.

Le plus surprenant était la tête. Celle de la plupart des donii n'était jamais plus qu'une espèce de bosse, parfois encadrée d'une esquisse de cheveux, mais sans visage. Celle-ci avait une coiffure élaborée, faite de plusieurs rangées de boucles serrées entourant un visage entièrement lisse.

En l'examinant de plus près, il découvrit avec surprise qu'on l'avait taillée dans du calcaire. L'ivoire, le bois ou l'os se travaillaient plus facilement, et la statuette était si parfaite qu'on avait peine à croire qu'elle fût en pierre. On a dû casser beaucoup d'outils en silex avant de la terminer, se dit-il.

Tout à ses pensées, Jondalar s'aperçut seulement que Celui Qui Sert la Mère chantonnait, et il avait appris assez de losadunaï pour comprendre qu'il invoquait les noms de la Mère. Le rituel avait commencé. Il se recueillit pieusement en espérant que son intérêt pour l'esthétisme de la sculpture ne le distrairait pas des qualités plus spirituelles de la cérémonie. La donii était certes un symbole de la Mère, et le refuge d'une de Ses nombreuses émanations, mais Jondalar n'ignorait pas que la sculpture n'en était pas pour autant la Grande Terre Mère, Elle-même.

— Maintenant, réfléchis bien, conseilla Losaduna. Et du fond de ton cœur, formule ta demande à la Mère avec tes propres mots. Conserve la dunaï dans tes mains, cela t'aidera à enrichir ta demande de tes sentiments les plus profonds. N'hésite pas à dire tout ce qui te passe par la tête. Et rappelle-toi que ce que tu demandes est agréable à la Mère de Toutes les Créatures.

Jondalar ferma les yeux pour mieux se concentrer.

— O Doni, Grande Terre Mère, commença-t-il. Il y a eu des moments dans ma vie où j'ai pensé... des choses qui T'ont peut-être déplu. Je ne voulais pas Te déplaire, mais... on ne réfléchit pas toujours comme il faudrait. Il fut un temps où je croyais que je ne pourrais jamais aimer une femme, et je me suis demandé si c'était parce que Tu étais fâchée contre moi à cause de... de ces choses...

Cet homme a dû connaître de bien pénibles expériences, se dit Losaduna. Il est pourtant si bon, et il a l'air tellement sûr de lui, on a du mal à croire que la honte puisse l'accabler à ce point.

— Alors, quand je suis parvenu au bout de Ta rivière, et que j'ai perdu... mon frère, que j'aimais plus que tout au monde, Tu m'as envoyé Ayla et j'ai enfin découvert l'amour. Je Te remercie pour Ayla. Si je n'avais plus ni amis ni parents, je serais heureux tant qu'Ayla resterait auprès de moi. Mais si Tu avais la bonté, Grande Mère, j'aimerais... je voudrais... je souhaiterais une dernière chose. J'aimerais Te demander... un... un enfant. Un enfant né d'Ayla, né dans mon foyer, et si c'est possible, né de mon esprit, ou de mon essence, comme le croit Ayla. Si c'est impossible, si mon esprit n'est pas assez... assez puissant, alors qu'Ayla ait tout de même son bébé, et qu'il naisse dans mon foyer pour qu'il soit mien dans mon cœur.

Jondalar allait reposer la donii, mais il n'avait pas terminé. Il s'arrêta et serra très fort la statuette.

— Encore une chose. Si Ayla devenait enceinte d'un enfant de mon esprit, j'aimerais être sûr que cet enfant est bien de mon esprit.

Tiens, voilà une demande intéressante, se dit Losaduna. Beaucoup d'hommes aimeraient savoir, mais j'en connais peu qui s'en préoccupent à ce point. Pourquoi y attache-t-il tant d'importance ? Et qu'a-t-il voulu dire en parlant d'enfant de son essence... comme le croit Ayla ? J'aimerais bien poser cette question à Ayla. Mais c'est un rituel privé et je ne peux pas dévoiler à Ayla ce qui s'y est dit. J'essaierai de discuter avec elle plus tard.

Ayla regarda les deux hommes sortir du Foyer de Cérémonie. On devinait qu'ils avaient accompli ce qu'ils devaient accomplir, mais le plus petit semblait soucieux et comme accablé, alors que l'autre paraissait malheureux, mais affichait un air déterminé. Leur attitude étrange accrut sa curiosité. Qu'avaient-ils donc été faire ?

— J'espère qu'elle changera d'avis, entendit-elle dire Losaduna comme ils s'approchaient. Je ne vois que les Premiers Rites pour lui permettre de surmonter son épreuve. Il faudra lui choisir un partenaire avec beaucoup de soin. J'aimerais que tu restes, Jondalar. Elle semble s'intéresser à toi. C'est rassurant de voir qu'un homme peut encore l'attirer.

— Je serais heureux de l'aider, mais nous ne pouvons pas rester. Nous devons partir le plus vite possible. Demain ou le jour d'après.

— Oui, tu as raison. La saison peut changer rapidement. Sois prudent si tu remarques que l'un de vous s'énerve.

— Ah, tu parles du Malaise ! fit Jondalar.

— Qu'est-ce que le Malaise ? demanda Ayla.

— C'est le foehn qui l'apporte, le fondeur de neige, le vent du printemps, expliqua Losaduna. Un vent sec et chaud qui souffle du sud-est, avec assez de violence pour déraciner les arbres. Il fait fondre la neige à une telle vitesse que d'énormes congères sont balayées en un jour, et s'il vous surprend sur le glacier, vous risquez de ne pas pouvoir traverser. En fondant, la glace peut creuser des crevasses sous vos pieds, gonfler des rivières qui vous coupent la route, ouvrir soudainement des ravins. Le vent arrive si vite que les mauvais esprits qui aiment le froid n'ont pas le temps de s'enfuir. Il les balaie, les entraîne dans son souffle. C'est pour cela que les mauvais esprits caracolent en tête du fondeur de neige et le précèdent de peu. Ils apportent le Malaise. Si vous savez à quoi vous attendre, vous les contrôlerez et ils vous préviendront de l'arrivée du foehn. Mais les mauvais esprits sont malins, et on ne peut pas toujours les manipuler à son avantage.

— Mais comment peut-on savoir que les mauvais esprits sont là ? s'inquiéta Ayla.

— Comme je viens de le dire, surveillez vos humeurs. Parfois ils rendent malade, et si la maladie est déjà là, elle empire. Mais le plus souvent ils attisent les conflits. Certains entrent dans des rages terribles, mais tout le monde sait que c'est à cause du Malaise et on ne leur en tient pas rigueur — sauf s'ils provoquent des dégâts ou des blessures, et encore, on leur pardonne beaucoup. Après son passage, on remercie le fondeur de neige parce qu'il a amené les nouvelles pousses, la nouvelle vie. Mais personne ne souhaite sa venue.

— Venez manger ! appela Solandia qu'ils n'avaient pas vue arriver. Tout le monde en a déjà repris, il ne vous restera bientôt plus rien.

Ils se hâtèrent vers le foyer central où un grand feu brûlait, attisé par les courants d'air provenant de l'entrée de la caverne. Tout le monde portait des vêtements chauds parce que cette partie de la caverne, qu'aucune cloison de cuir ne protégeait, était ouverte à tous vents. Le centre du cuissot d'ibex était bleu, mais en le laissant sur la broche, il continuait de cuire, et la viande fraîche était très appréciée. Il y avait aussi une riche soupe composée de viande séchée, de graisse de mammouth, de quelques morceaux de racines séchées et d'airelles — presque tout ce qu'il restait de légumineuses et de fruits. Chacun attendait avec impatience les premières pousses du printemps.

Mais le rude hiver sévissait toujours, et bien qu'il souhaitât la venue du printemps, Jondalar souhaitait davantage encore que l'hiver se prolongeât... le temps qu'ils franchissent le glacier qui les séparait de son peuple.

38

Après le repas, Losaduna annonça qu'on allait servir dans le Foyer de Cérémonie quelque chose dont Ayla et Jondalar ne saisirent pas le nom. Il s'agissait d'une boisson chaude, au goût agréable et vaguement familier. Ayla pensa à un jus de fruits fermentés, parfumé avec des herbes et elle fut surprise quand Solandia lui apprit que le breuvage était composé surtout de sève de bouleau avec très peu de fruits.

Après la première gorgée, il restait une amertume en bouche et la boisson était plus forte qu'Ayla ne l'avait cru. Solandia lui avoua que les herbes y étaient pour beaucoup. Ayla identifia enfin l'arôme qui lui avait semblé familier. C'était celui de l'absinthe, une plante très puissante dont l'abus était dangereux. Sa présence était dissimulée par le fort parfum de la reine des bois et de quelques autres plantes aromatiques. Elle goûta encore le breuvage pour analyser sérieusement sa composition.

Elle s'inquiéta auprès de Solandia des dangers potentiels de l'absinthe, et la femme lui expliqua qu'on utilisait rarement la plante, sauf pour cette boisson réservée aux Fêtes de la Mère. A cause de son caractère sacré, Solandia était très réticente à en livrer les secrets, mais les questions d'Ayla étaient si précises et sa connaissance si vaste qu'elle fut obligée de lui répondre. Ayla comprit alors que derrière son apparence de breuvage plaisant et à peine fermenté, il s'agissait en réalité d'une boisson extrêmement forte, conçue pour encourager la spontanéité et la sensualité propices aux relations intimes qu'exigeait une Fête en l'Honneur de la Mère.

Le peuple de la Caverne affluait dans le Foyer de Cérémonie et Ayla remarqua que sa propre acuité s'était accrue à force de goûter le breuvage. Bientôt un bien-être langoureux l'envahit et lui fit oublier tout désir d'analyse. Elle aperçut Jondalar entouré de quelques autres parlant avec Madenia, et, plantant là Solandia, elle se dirigea vers le groupe. Les hommes la virent arriver avec un plaisir évident. Elle sourit, submergeant Jondalar de tendresse. Il n'allait pas lui être facile de suivre les recommandations de Losaduna, et d'encourager Ayla à participer pleinement à la Fête de la Mère, malgré tout le breuvage que Celui Qui Sert lui avait versé. Il prit une inspiration profonde et vida sa coupe d'un trait.

Parmi ceux qui l'accueillirent chaleureusement, Ayla reconnut Filonia et son compagnon, Daraldi, qu'on lui avait présenté un peu plus tôt.

— Ta coupe est vide ! remarqua Daraldi, qui plongea une louche dans un récipient en bois et servit Ayla.

— Moi aussi, j'en reprendrais volontiers ! déclara Jondalar avec une jovialité forcée.

Losaduna remarqua l'attitude contrainte de Jondalar, mais il pensait que personne ne s'en soucierait. Ce en quoi il se trompait. Ayla avait jeté un coup d'œil à Jondalar, vu ses mâchoires crispées, et en avait tout de suite déduit que quelque chose le préoccupait. Elle avait surpris le regard de Celui Qui Sert et avait deviné qu'un secret les liait, mais la boisson obscurcissait son raisonnement et elle décida d'y repenser à tête reposée. Soudain, des battements de tambours résonnèrent.

— La danse commence ! s'exclama Filonia. Viens, Jondalar. Je vais t'apprendre les pas, proposa-t-elle en l'entraînant vers le centre du foyer.

— Vas-y, Madenia, va danser ! l'incita Losaduna.

— Oui, Madenia, viens danser ! renchérit Jondalar en lui souriant. Tu connais les pas ?

Avec soulagement Ayla le voyait se détendre.

Toute la journée, Jondalar avait entouré Madenia de

beaucoup d'attention, et bien qu'elle se fût montrée timide et peu loquace, elle avait été très sensible à sa prévenance. Elle ne pouvait croiser son regard irrésistible sans ressentir un pincement au cœur. Lorsqu'il lui prit la main pour l'inviter à danser, des frissons glacés mêlés à une brusque bouffée de chaleur l'étourdirent, et elle fut incapable de lui résister.

Filonia parut d'abord fâchée, mais elle accueillit la jeune fille avec un sourire complice.

— Apprenons-lui ensemble à danser, proposa-t-elle.

Daraldi s'apprêtait à inviter Ayla, mais Laduni le devança. Les deux hommes s'esclaffèrent et se confondirent en politesses, chacun voulant céder sa place à l'autre.

— Montrez-moi donc les pas tous les deux, proposa Ayla, prise par l'allégresse générale.

Daraldi inclina vivement la tête en signe d'assentiment, et Laduni lui adressa un sourire joyeux. Ils la prirent chacun par une main et se frayèrent un chemin parmi les couples qui occupaient déjà le centre de l'espace. On forma une ronde et les visiteurs furent initiés aux premiers rudiments de la danse de la Caverne. Bientôt un son flûté retentit. Ayla sursauta. Elle n'avait pas entendu de flûte depuis la Réunion d'Eté des Mamutoï. Quand était-ce déjà ? L'été dernier seulement ? Que cela lui semblait loin ! Et dire qu'elle ne les reverrait plus jamais.

Elle chassa les larmes qu'elle sentait monter, mais la danse lui fit vite oublier ses souvenirs poignants. Au début, le rythme avait été facile à suivre, mais il devenait de plus en plus compliqué à mesure que la soirée avançait. Ayla était sans conteste le centre d'attraction. Séduits, tous les hommes s'empressaient autour d'elle. C'était à qui attirerait son attention. Les insinuations et les propositions fusaient, à peine voilées par une pointe d'humour. Jondalar faisait discrètement la cour à Madenia, et plus expressément à Filonia, mais il ne perdait pas de vue les hommes qui tournaient autour d'Ayla.

Les figures de danse prenaient des formes complexes, avec changement de place et de partenaires. Ayla dansa avec tout le monde. Elle riait aux plaisanteries grivoises qui accompagnaient les couples allant s'isoler derrière les tentures de cuir. Laduni sauta au milieu de la ronde et exécuta un solo époustouflant. Vers la fin de son exhibition, sa compagne le rejoignit.

Ayla avait soif, et plusieurs Losadunaï l'accompagnèrent se désaltérer. Daraldi marchait près d'elle.

— J'en voudrais aussi, demanda Madenia.

— Non, je suis désolé, intervint Losaduna en recouvrant sa coupe d'une main autoritaire. Tu n'as pas encore accompli les Rites des Premiers Plaisirs, mon enfant. Tu devras te contenter d'une infusion.

Madenia faillit objecter, mais alla finalement se verser une coupe du breuvage innocent qui lui était destiné.

Celui Qui Sert la Mère n'avait pas l'intention de lui accorder les privilèges de la femme tant qu'elle ne se serait pas pliée à la cérémonie qui la consacrerait femme aux yeux de tous, et il mettait tout en œuvre pour l'inciter à accepter cet important rituel. Du même coup, il ferait admettre à tous qu'en dépit de son horrible mésaventure, elle avait été purifiée et ramenée à son état antérieur. Elle devait donc être soumise aux mêmes restrictions, et traitée avec le même soin qu'on accordait à n'importe quelle autre jeune fille à l'aube de sa vie de femme. C'était à son avis le seul moyen qu'elle se rétablisse définitivement des viols répétés qu'elle avait subis.

Ayla et Daraldi étaient restés les derniers devant le récipient en bois.

— Ayla, que tu es belle ! murmura-t-il.

Enfant, elle avait toujours été pour les autres grande et laide, et bien que Jondalar lui eût répété sans cesse qu'elle était belle, elle ne l'avait jamais cru, pensant que l'amour l'aveuglait. Elle ne se considérait pas comme une jolie femme, et le compliment de Daraldi la surprit.

— Oh, non ! dit-elle en s'esclaffant. Je ne suis pas belle !

— Mais... mais si, tu es très belle, bredouilla Daraldi, décontenancé.

Il avait essayé d'attirer son attention toute la soirée

mais n'avait pas réussi à déclencher l'étincelle qui l'aiderait à concrétiser ses efforts. Pourtant, Ayla était amicale, chaleureuse, et la sensualité naturelle qu'elle dégageait l'encourageait à poursuivre. Il savait qu'il n'était pas laid, et la Fête de la Mère était une occasion particulière, mais elle ne semblait pas comprendre le désir qui l'animait. Il décida de tenter le tout pour le tout.

— Ayla, fit-il en la prenant par la taille. (Il la sentit se raidir, mais il insista.) Tu es *très belle,* murmura-t-il dans le creux de son oreille.

Au lieu de se laisser cajoler, elle voulut se dégager de son étreinte. Il l'enlaça et la serra davantage. Alors, elle le prit par les épaules et le regarda dans les yeux.

Ayla n'avait pas saisi tout le sens de la Fête de la Mère. Bien que tous parlassent d' « honorer » la mère et qu'elle sût ce que cela impliquait, elle croyait assister à une réunion amicale. Elle avait bien vu des couples se retirer dans des coins sombres ou se cacher derrière les cloisons de peau, elle commençait à se faire une idée plus précise, mais ce ne fut qu'en dévisageant Daraldi et en lisant le désir dans son regard qu'elle comprit ce qu'il attendait.

Il l'attira contre lui et se pencha pour l'embrasser. Séduite, elle répondit à ses avances. Daraldi s'enhardit, caressa son sein et glissa une main sous sa tunique. Il était bel homme, ses caresses brûlaient son corps, elle était détendue et prête à s'abandonner, mais elle voulait d'abord réfléchir. Elle avait du mal à résister et la tête lui tournait. Elle entendit alors le rythme de battements de mains.

— Allons rejoindre les danseurs, proposa-t-elle.

— Pourquoi ? D'ailleurs, il n'y a presque plus personne.

— Je veux te montrer une danse mamutoï.

Il acquiesça. Elle avait bien réagi à ses caresses, il pouvait patienter.

En arrivant au centre du foyer, Ayla s'aperçut que Jondalar était encore là et dansait avec Madenia à qui il apprenait un pas sharamudoï. Filonia, Losaduna, Solandia et quelques autres les encourageaient en battant la mesure. Le joueur de flûte et l'homme au tambour s'étaient éclipsés avec leur partenaire.

Ayla et Daraldi tapèrent dans leurs mains avec les autres. Ayla croisa le regard de Jondalar et se mit à frapper sur ses cuisses à la manière des Mamutoï. Madenia s'arrêta pour la regarder, et s'effaça pour permettre à Jondalar de se joindre à Ayla. Ils se lancèrent tous deux dans un rythme compliqué, s'avançant l'un vers l'autre, puis se reculant, tournant l'un autour de l'autre en se regardant par-dessus l'épaule. Arrivés face à face, ils joignirent leurs mains. Dès qu'elle avait croisé le regard de Jondalar, Ayla n'avait plus eu d'yeux que pour lui. Le désir qu'avait fait naître Daraldi s'était reporté tout entier sur l'homme au regard d'un bleu envoûtant.

Leur complicité n'échappa à personne. Losaduna les observa attentivement quelques instants d'un air perplexe. La Mère faisait clairement connaître son choix, semblait-il. Daraldi, la déception passée, adressa un sourire engageant à Filonia. Madenia ne perdait pas une miette du spectacle. Elle se doutait qu'elle assistait à un moment rare et merveilleux.

Quand leur danse s'arrêta, Jondalar et Ayla s'enlacèrent, indifférents à tout le reste. Solandia se mit à battre des mains, et bientôt tous ceux qui restaient firent de même. Le bruit tira le couple de son isolement amoureux. L'homme et la femme se séparèrent, légèrement gênés.

— Il reste encore un peu à boire, déclara Solandia. Qui veut le terminer ?

— Ah, bonne idée ! s'exclama Jondalar en prenant Ayla par la taille.

Il était bien décidé à ne plus la laisser s'échapper. Daraldi versa les dernières gouttes du breuvage festif en dévisageant Filonia. J'ai de la chance, se disait-il. Elle est belle et elle a apporté deux enfants dans mon foyer. Le jour de Sa Fête, la Mère n'interdisait pas qu'on L'honore avec sa propre compagne.

Jondalar but sa coupe d'un trait et la reposa. Puis il souleva soudain Ayla et l'emporta dans leur couche. Elle était d'humeur joyeuse, légèrement étourdie, et avait le sentiment d'avoir échappé à un destin fâcheux. Mais sa joie n'était rien comparée à celle de Jondalar. Il l'avait surveillée toute la soirée, et avait lu le désir dans les yeux des hommes qui tournaient autour d'elle. Fidèle aux recommandations de Losaduna, il avait laissé faire, et pris le risque qu'elle en choisisse un autre.

De son côté, il avait eu de multiples occasions, mais n'avait pas voulu en profiter tant qu'elle était encore là. Il avait passé la soirée avec Madenia, sachant qu'elle était interdite à tout homme. Il avait aimé lui faire la cour, la voir s'amadouer, appréciant les qualités féminines qu'il sentait poindre en elle. Il n'en aurait pas voulu à Filonia de partir avec un autre, les occasions ne lui avaient pas manqué, mais il lui était reconnaissant d'être restée auprès de lui. Il n'aurait pas supporté d'être seul si Ayla avait choisi un autre partenaire. Il avait beaucoup parlé avec Filonia, de Thonolan, du Voyage, des enfants, surtout de Thonolia, et de Daraldi qu'elle aimait beaucoup, mais il n'avait pu se résoudre à parler d'Ayla.

Lorsqu'elle était venue le chercher, il avait cru rêver. Il la déposa doucement sur leur couche, et vit son regard plein d'amour. Il sentit une boule douloureuse monter en lui, et dut lutter pour retenir ses larmes. Il avait obéi à Losaduna, avait accordé toute liberté à Ayla pour qu'elle se trouvât un partenaire, l'avait encouragée, mais c'était lui qu'elle avait choisi. Il n'était pas loin d'y voir un signe de la Mère le prévenant de la future grossesse d'Ayla. L'enfant serait-il de son esprit ?

Il modifia la position des cloisons de cuir mobiles, et comme elle se relevait pour se déshabiller, il la repoussa gentiment.

— Non, cette soirée est à moi, fit-il. Je m'occupe de tout.

Docile, elle s'allongea avec un frisson de ravissement. Il passa derrière la cloison, et rapporta un bâtonnet enflammé avec lequel il alluma une petite lampe dans une niche. Elle dégageait peu de lumière et on voyait à peine. Il commença à déshabiller Ayla, mais s'arrêta soudain.

— Crois-tu que cette lampe nous suffira pour trouver le chemin des sources chaudes ? demanda-t-il.

— On dit que cela épuise les hommes, et amoindrit leur virilité.

— Ne t'inquiète pas, cela ne m'arrivera pas ce soir, assura-t-il avec un sourire malicieux.

— Dans ce cas, allons-y, ce sera amusant, acquiesça-t-elle.

Ils enfilèrent leur pelisse, prirent la lampe et sortirent sans un bruit. Losaduna crut qu'ils allaient se soulager, mais devina vite et sourit. Les sources chaudes ne l'avaient jamais affaibli longtemps. Elles renforçaient simplement son contrôle et prolongeaient les Plaisirs. Mais Losaduna ne fut pas le seul à voir sortir le couple.

Les enfants n'étaient jamais exclus des Fêtes de la Mère. En observant les adultes, ils apprenaient les gestes et la technique amoureuse qui leur seraient utiles plus tard. Dans leurs jeux, ils imitaient souvent les grands, et bien avant d'être capables d'activité sexuelle, les garçons montaient sur les filles, lesquelles faisaient mine de donner naissance à des poupées. Dès qu'ils atteignaient la puberté, des rites initiatiques les faisaient entrer dans le monde adulte où ils partageaient le statut et les responsabilités de tout adulte, même s'ils ne choisissaient pas de compagne, ou de compagnon, avant plusieurs années. Les bébés naissaient en leur temps, lorsque la Mère bénissait la femme, mais bizarrement, peu de très jeunes devenaient enceintes. Les bébés étaient toujours les bienvenus, et chaque membre du groupe qui formait une Caverne, parents ou amis, s'en occupait avec soin et pourvoyait à leurs besoins.

Madenia avait assisté à des Fêtes de la Mère depuis toujours, mais celle-ci prenait un sens particulier. Elle avait observé plusieurs couples, et les femmes ne paraissaient pas souffrir, même celles qui avaient choisi plusieurs partenaires, mais elle était surtout intéressée par Ayla et Jondalar. En les voyant sortir de la caverne, elle enfila sa pelisse et les suivit.

Le couple trouva sans peine la tente aux doubles

parois et alla directement dans la deuxième pièce où régnait une agréable chaleur humide. Jondalar déposa la lampe sur l'autel de terre, ils ôtèrent leur pelisse et s'assirent sur les couvertures en laine.

Jondalar débarrassa Ayla de ses bottes, et enleva ensuite les siennes. Il l'embrassa longuement avec amour tout en détachant les lanières de sa tunique qu'il lui ôta ensuite. Il se baissa pour lui baiser chaque sein, chaque mamelon. Il défit ensuite les jambières fourrées de la jeune femme, sa culotte, et déposa quelques baisers sur la toison si douce et si chaude. Il se déshabilla à son tour et la prit dans ses bras, frissonnant au contact de sa peau.

Il la conduisit dans le bassin où ils se trempèrent rapidement avant de gagner l'endroit où le sol était dallé. Jondalar prit une poignée de mousse dans le bol et commença à en frictionner le dos d'Ayla, ses deux fermes rondeurs, évitant pour le moment l'attirante moiteur de son intimité. L'écume était douce et glissait sur la peau de la jeune femme. Elle ferma les yeux, s'abandonnant avec délices aux caresses si précises de Jondalar, qui semblait toujours anticiper son désir.

Il prit une autre poignée d'écume et la passa sur les cuisses d'Ayla qui tressaillit quand il lui chatouilla les pieds. Il l'embrassa longuement, la fouillant de sa langue, cherchant la sienne. Jondalar sentit une douce chaleur monter dans son ventre, et sa verge sembla se dresser à la recherche du puits tant désiré.

Il lui savonna ensuite les aisselles, caressa les beaux seins fermes, s'attardant sur les mamelons, qu'il pinça gentiment. Ayla frissonna, comme parcourue de décharges foudroyantes, et les mains de Jondalar, enduites d'écume onctueuse, descendirent sur son ventre, ses hanches, ses cuisses et s'activèrent alors autour de la douce toison. Ayla ne put retenir ses cris quand il joua avec son centre des Plaisirs et le frotta délicatement entre ses deux doigts. Il alla remplir le bol au bassin et commença à la rincer. Il lui versa plusieurs bolées d'eau chaude sur le corps avant de l'entraîner de nouveau vers le bassin. Ils s'assirent sur le banc de pierre en se serrant, peau contre peau, et s'enfoncèrent sous le liquide brûlant en ne conservant que la tête hors de l'eau. Jondalar prit Ayla par la main et la conduisit une fois encore hors du bassin. Il l'aida à s'allonger sur la laine soyeuse et se contenta d'observer son corps offert, trempé et luisant.

Il enfouit ensuite sa tête entre les cuisses d'Ayla et passa sa langue sur les replis de son intimité. Le puits d'amour avait perdu son goût salé familier, mais avant qu'il n'eût le temps de s'habituer à ce nouveau parfum, elle se mit à gémir avec délices. Tout s'était passé très vite, mais Ayla était déjà prête. Elle sentit la houle l'emporter et des vagues de jouissance déferlèrent soudain avec la violence d'un ouragan. Et Jondalar retrouva le goût salé qu'il aimait tant.

Elle se cambra pour mieux le recevoir pendant qu'il s'enfonçait dans le puits humide et impatient. Enfin réunis en un seul être, ils soupirèrent de plaisir. Plus il plongeait en elle, plus elle tendait son corps pour le sentir au plus profond de son ventre. Jondalar sentait les lèvres intimes d'Ayla se refermer sur sa verge, comme pour en aspirer la sève qu'il sentait monter sans pouvoir la retenir. Il se retira et elle se cambra, cherchant avec impatience la gigantesque hampe lisse qui la fuyait. Il l'enfonça de nouveau en poussant un râle sauvage, prêt à s'abandonner à la voluptueuse décharge qui le soulagerait d'une tension trop longtemps contenue. Ayla se hissa à la rencontre de la verge qui parut exploser et inonda son puits d'un chaud liquide. Jondalar accompagna l'orgasme de cris de jouissance irrépressibles.

Il resta allongé sur Ayla, sachant qu'elle aimait sentir le poids de son corps. Il roula ensuite sur le côté et vit le sourire alangui de la jeune femme. Il l'embrassa. Leurs langues se cherchèrent avec douceur et volupté, faisant naître chez Ayla un désir renouvelé. Devant la réaction de sa compagne, Jondalar sentit l'excitation monter. Moins pressé cette fois, il picora le visage d'Ayla de petits baisers légers, sur le nez, les yeux, le creux de l'oreille, et dans la courbe du cou à la chair si tendre. Il descendit lentement et suça le mamelon érigé pendant que sa main caressait et pressait le sein jumeau. Ayla se collait à lui, exigeant davantage à mesure qu'elle sentait croître son désir. Celui de Jondalar ne tarda pas à se manifester, et quand Ayla s'en aperçut, elle plongea sa tête entre les cuisses de son compagnon et sa bouche engloutit le membre qui commençait à enfler, hâtant sa renaissance. Il s'abandonna avec délices aux ondes voluptueuses que lui procurait le lent va-et-vient. Ayla suçait avidement la verge, maintenant énorme, comme pour l'avaler tout entière. Elle donna de rapides coups de langue sur le dôme du gland turgescent et le long de la fine membrane qui le reliait à la hampe lisse et humide. Parcouru de vagues irrésistibles, il gémit de plaisir et fit basculer Ayla de sorte qu'elle se retrouvât à califourchon sur lui et qu'il pût goûter les chauds pétales salés de sa fleur.

Chacun sentait l'autre au bord de l'extase. Brusquement, Jondalar la fit pivoter, la retourna à genoux, et se releva pour la prendre par-derrière et enfoncer son membre impatient dans la douce fente brûlante de sa fleur. Elle tendit la croupe vers lui au rythme de ses coups de reins pour aider au mieux la verge ardente à plonger dans son puits, gémissant à chaque poussée. Et soudain, d'abord elle, et lui ensuite, tous deux goûtèrent une seconde fois au merveilleux Don des Plaisirs que la Mère leur avait offert.

Ils s'affaissèrent, agréablement et langoureusement anéantis. Un courant d'air fugitif les frôla, mais ils n'y prirent point garde, et s'assoupirent. Lorsqu'ils se réveillèrent, ils se relevèrent, se lavèrent encore une fois et trempèrent quelque temps dans l'eau brûlante. En émergeant de la vapeur, ils découvrirent à leur grande surprise à côté de l'entrée du petit vestibule des serviettes de peau, sèches et soyeuses.

Madenia retourna à la caverne en proie à des réflexions bouleversantes. Elle avait été émue par la passion de Jondalar, intense mais contrôlée, sa tendresse attentive, et par la réaction d'Ayla qui s'était livrée à lui en toute confiance. L'acte auquel elle venait d'assister n'avait aucun rapport avec ce qu'elle avait enduré. Les Plaisirs de ces deux-là avaient été violents, jamais brutaux. L'homme n'était donc pas obligé d'assouvir sa passion en asservissant la femme ? Les Plaisirs se donnaient mutuellement, se partageaient ? Ayla ne lui avait donc pas menti : les Plaisirs de la Mère pouvaient être un jeu excitant et sensuel, la célébration joyeuse d'un amour.

Cette découverte la déconcerta et fit naître en elle un trouble délicieux et nouveau. Les larmes aux yeux, elle fut prise d'une envie physique de Jondalar. Elle regretta qu'il ne pût rester pour l'initier aux Premiers Rites, mais elle décida que si elle trouvait quelqu'un comme lui, elle accepterait de suivre la cérémonie à la prochaine Réunion d'Eté.

Au réveil, le jour suivant, personne n'était très frais. Ayla prépara l'infusion du « lendemain » qu'elle avait inventée au Camp du Lion pour apaiser les maux de tête provoqués par les abus de la fête. Il ne lui en restait suffisamment que pour ceux du Foyer de Cérémonie. Elle venait de vérifier l'état de ses réserves et avait constaté avec soulagement que son stock de plantes contraceptives suffirait jusqu'au printemps. Heureusement, il n'en fallait guère.

Madenia vint retrouver les visiteurs avant la mi-journée. Elle sourit timidement à Jondalar et annonça son intention de participer aux Premiers Rites.

— C'est une excellente nouvelle, Madenia. Tu ne le regretteras pas, tu verras, assura le bel étranger aux gestes si doux.

Elle le dévisagea avec un air de telle adoration qu'il déposa un tendre baiser sur sa joue, lui chatouilla le cou et souffla doucement dans le creux de son oreille. Il se redressa en lui souriant, et Madenia se noya dans son regard d'un bleu incroyable. Haletante, le cœur battant, elle souhaita à cet instant que Jondalar fût choisi pour l'initier aux Rites des Premiers Plaisirs. Gênée, elle se précipita hors du foyer, de crainte qu'il ne devinât ses pensées.

— Quel dommage que nous ne vivions pas plus près des Losadunaï ! s'exclama-t-il en la regardant s'enfuir. J'aurais bien aimé aider cette jeune fille, mais je suis sûr qu'on lui trouvera quelqu'un.

— Oh oui, fit Ayla. Espérons seulement que son attente ne soit pas déçue. Je lui ai promis qu'elle trouverait un jour quelqu'un comme toi, Jondalar, et qu'elle le méritait parce qu'elle avait assez souffert. Mais il y a peu d'hommes qui te valent.

— Toutes les jeunes filles bâtissent des rêves grandioses, avant la première fois, remarqua Jondalar.

— Elle a de quoi étayer ses rêves.

— Oui, les filles savent toutes plus ou moins à quoi s'attendre. Ce n'est pas comme si elles n'avaient jamais vu d'hommes et de femmes ensemble.

— Ce n'était pas ce que je voulais dire. A ton avis, qui nous a laissé les serviettes sèches, hier ?

— Je ne sais pas. Losaduna, ou peut-être Solandia.

— Ils se sont couchés avant nous. Ils devaient honorer la Mère, eux aussi. Je leur ai demandé. Ils ignoraient que nous avions été aux eaux sacrées... et Losaduna a paru enchanté de l'apprendre.

— Si ce n'était pas eux, alors qui ?... Madenia ?

— Oui, j'en suis certaine.

Jondalar parut réfléchir.

— Je m'étais habitué à ce que nous soyons seuls... je ne voulais pas te l'avouer, mais... je suis un peu... je n'aime pas me montrer aussi... aussi impétueux devant tout le monde. Hier soir, j'aurais juré qu'il n'y avait que nous. Si j'avais su qu'on nous observait, je n'aurais pas été aussi... aussi démonstratif.

— Je sais, fit Ayla avec un petit sourire.

Elle commençait à le connaître, et savait qu'il répugnait à dévoiler ses sentiments profonds. Elle se félicitait qu'il s'autorisât une si grande liberté de paroles et de gestes avec elle.

— Il vaut mieux que tu ne te sois pas rendu compte de sa présence, reprit-elle. Pour moi, comme pour elle.

— Pour elle ? Que veux-tu dire ?

— Je crois que ce qu'elle a vu l'a convaincue de participer à la cérémonie qui fera d'elle une femme. Elle avait vu tant de fois des hommes et des femmes partager les Plaisirs qu'elle n'y prêtait plus attention, jusqu'à ce que ces brutes la prennent de force. Depuis, elle ne gardait en mémoire que la douleur et l'humiliation d'avoir été utilisée comme un objet, sans l'attention due à une femme. C'est difficile à expliquer, mais on se sent... réduite à une chose affreuse.

— Je veux bien le croire. Mais ce n'est pas tout. Après ses premières périodes lunaires, et avant de passer les Premiers Rites, une femme est très vulnérable... et très désirable. Elle attire tous les hommes. Peut-être parce qu'ils n'ont pas le droit de la toucher, je ne sais. Le reste du temps, une femme est libre de choisir le compagnon qu'elle désire, ou encore de les refuser tous. Mais à l'époque qu'elle traverse actuellement, elle est en grand danger.

— Tu veux dire, comme Latie, qui devait se tenir à l'écart de ses frères ? Je sais, Mamut m'avait expliqué cela.

— Oui, mais c'est plus compliqué. C'est à la femme-fille de montrer une certaine réserve, et ce n'est pas toujours facile. Elle devient le centre d'intérêt ; les hommes la désirent, surtout les jeunes, et c'est parfois difficile de résister. Ils la suivent partout et tentent de la faire céder par tous les moyens. Lorsque l'attente est longue jusqu'à la Réunion d'Eté, certaines femmes-filles se laissent persuader. Mais celle qui se laisse ouvrir en dehors du rituel particulier est déconsidérée. Si on le découvre, et la Mère peut la bénir avant les Premiers Rites pour que nul ne l'ignore, les gens sont parfois cruels, ils la condamnent et se moquent d'elle.

— Mais pourquoi serait-elle la fautive ? Pourquoi ne pas condamner ceux qui l'ont abusée ? s'indigna Ayla, révoltée par tant d'injustice.

— On lui reproche son manque de retenue, on prétend qu'elle n'a pas les qualités pour assumer les responsabilités de la Maternité et du Commandement. Elle ne siégera jamais au Conseil des Mères — ou des Sœurs, suivant le nom qu'on lui donne — et elle perdra son statut, ce qui la rendra moins désirable comme compagne. Elle conservera le statut de sa mère et de son foyer — on ne peut prendre ce qui est acquis — mais jamais un homme de haute lignée ne la choisira comme compagne, pas plus qu'un homme promis à un bel avenir. Je crois que c'est ce que Madenia craint le plus.

— Ah, je comprends maintenant pourquoi Verdegia disait qu'elle était abîmée ! fit Ayla, soucieuse. Crois-tu que les Losadunaï se satisferont de sa purification rituelle ? Tu sais bien qu'une fois ouverte, elle ne redeviendra plus jamais comme avant.

— Je crois que le rituel suffira. Ce n'est pas comme si elle n'avait pas fait preuve d'assez de retenue. Elle a été forcée, ne l'oublie pas. Et tout le monde en veut à Charoli. Même si certains émettent des réserves, elle trouvera des défenseurs.

— Comme les humains sont compliqués ! s'exclama Ayla après une longue réflexion. Les choses ne sont jamais telles qu'on les imagine.

— Je crois que ça ira, Laduni, assura Jondalar. Oui, ça ira ! Laisse-moi récapituler. Nous mettrons l'herbe séchée dans le canot, avec assez de pierres qui brûlent pour faire fondre la glace, des pierres pour y construire le feu, et aussi la peau de mammouth sur laquelle on posera les pierres pour éviter qu'elles ne traversent la glace en chauffant. Nous transporterons notre nourriture, et celle de Loup, dans des paniers de selle et dans les sacs.

— Cela risque d'être lourd, dit Laduni. Ne fais pas bouillir l'eau, tu économiseras des pierres qui brûlent. Tu n'as qu'à faire fondre la glace juste assez pour que les chevaux puissent boire, et vous aussi, elle n'a pas besoin d'être chaude. Mais prends garde qu'elle ne soit trop froide. Et buvez beaucoup, ne ménagez pas l'eau. Si vous êtes bien couverts, que vous vous reposez, et que vous buvez suffisamment d'eau, vous résisterez au froid.

— Ils devraient faire un essai, pour voir exactement de quoi ils ont besoin, suggéra Laronia.

— Oui, c'est une bonne idée, approuva Ayla.

— Mais Laduni a raison, vous risquez d'être trop chargés, poursuivit Laronia.

— Alors, il faut trier le matériel et n'emporter que le strict nécessaire, dit Jondalar. Nous n'avons pas besoin de grand-chose. De l'autre côté du glacier, nous serons tout près du Camp de Dalanar.

Ils s'étaient déjà débarrassés du superflu, que pouvaient-ils encore abandonner? s'interrogea Ayla. Elle se dirigeait vers le foyer où leurs affaires étaient rangées quand Madenia se glissa à ses côtés. Déjà éprise de Jondalar, la femme-fille considérait Ayla comme son modèle, ce qui la mettait mal à l'aise. Mais elle avait de l'affection pour Madenia, et elle lui proposa de rester pendant qu'elle trierait ses affaires.

Comme elle défaisait ses paquets et en étalait le contenu, elle compta toutes les fois où elle s'était livrée à cette opération pendant le Voyage. Les choix allaient s'avérer délicats. Tout ce qu'elle conservait encore lui était précieux, mais s'ils devaient traverser le glacier gigantesque qui préoccupait Jondalar depuis leur départ, il faudrait éliminer le maximum de chargement possible.

Le premier paquet renfermait le magnifique ensemble en peau de chamois que Roshario lui avait offert. Bras tendus, elle l'examina.

— Oh ! Quelle merveille ! s'exclama Madenia, qui ne résista pas à l'envie de le toucher. Oh, comme c'est doux ! Je n'ai jamais touché une peau si douce.

— C'est une femme des Sharamudoï qui m'en a fait cadeau, dit Ayla. Ils vivent à l'autre bout de la Grande Rivière Mère, là où elle est vraiment digne de son nom. Tu n'imagines pas comme la Grande Mère est immense. Les Sharamudoï sont en réalité deux peuples. Il y a les Shamudoï, qui vivent sur terre et chassent le chamois. As-tu déjà vu un chamois ? C'est un animal qu'on trouve dans les montagnes, comme l'ibex, mais plus petit.

— Ah, oui ! J'en ai déjà vu, mais nous leur donnons un autre nom, fit Madenia.

— Il y a ensuite les Ramudoï, qui habitent sur le fleuve et chassent le grand esturgeon, un poisson géant. Ensemble, ils préparent des peaux de chamois grâce à un procédé secret qui les rend douces et souples comme celle-ci.

Ayla considéra la tunique brodée et repensa aux Sharamudoï. Cela semblait si loin ! Elle regrettait toujours de n'être pas restée avec eux, d'autant qu'elle était sûre de ne jamais les revoir. L'idée d'abandonner le cadeau de Roshario lui coûtait, mais elle vit le regard brillant de convoitise de Madenia et se décida vite.

— Tu le voudrais, Madenia ?

Madenia eut un geste de recul, comme si la tunique lui avait brûlé les mains.

— Oh, je ne peux pas ! protesta-t-elle. On t'en a fait cadeau.

— Nous sommes trop chargés, et je crois que Roshario aurait voulu que tu l'acceptes. Il te plaît tellement. C'est un habit d'apparat pour la Cérémonie de l'Union, mais j'en ai déjà un.

— Tu es sûre ? demanda Madenia, incrédule.

Ayla s'amusa de voir Madenia les yeux brillants, en extase devant la merveilleuse tunique.

— Mais oui, prends-la ! Tu la mettras pour ta Cérémonie de l'Union, si tu le veux. Tu la porteras en pensant à moi.

— Je n'ai pas besoin de cadeau pour ça, protesta Madenia, au bord des larmes. Je ne t'oublierai jamais. Grâce à toi, j'aurai peut-être droit un jour à une Cérémonie de l'Union. Dans ce cas, je porterai ce vêtement, je te le promets.

Elle avait hâte de le montrer à sa mère, à ses amis et aux autres femmes-filles de la Réunion d'Eté.

Ayla ne regrettait pas son cadeau.

— Tu veux voir ma tenue pour l'Union ? demanda-t-elle.

— Oh oui !

Ayla sortit la tunique en ocre jaune, la couleur de ses cheveux, que Nezzie avait faite quand Ayla devait s'unir à Ranec. Enveloppés dans la tunique, se trouvaient un cheval sculpté et deux morceaux d'ambre couleur de miel. Madenia n'en croyait pas ses yeux, deux ensembles aussi beaux et si différents ! Elle n'osa pas manifester son admiration de peur qu'Ayla se sente obligée de lui offrir aussi celui-ci.

Ayla l'examina d'un air indécis. Non, décida-t-elle, pas question de la laisser, c'est ma tunique. Je la porterai le jour de mon Union avec Jondalar. D'une certaine manière, cette tunique conservait une partie de Ranec. Elle joua machinalement avec le petit cheval taillé dans une défense de mammouth, et pensa à Ranec en se demandant ce qu'il était devenu. Personne ne l'avait aimée autant que lui, et elle ne l'oublierait jamais. Elle aurait pu s'unir et vivre heureuse avec lui, si elle n'avait tant aimé Jondalar.

Madenia essaya de refréner sa curiosité, mais n'y tint plus.

— Ces pierres, qu'est-ce que c'est ? demanda-t-elle.

— C'est de l'ambre. La Femme Qui Ordonne au Camp du Lion me les a données.

— Et ça, c'est une sculpture de ton cheval ?

— Oui, elle représente Whinney, avoua Ayla en souriant. L'homme qui l'a faite avait des yeux rieurs et une peau de la couleur de la robe de Rapide. Même Jondalar admettait qu'il n'avait jamais connu meilleur sculpteur.

— Un homme à la peau sombre ?

Ayla ne pouvait blâmer Madenia d'être incrédule.

— Oui, il avait la peau sombre. C'était un Mamutoï et il s'appelait Ranec. La première fois que je l'ai vu, je ne pouvais pas le quitter des yeux. C'était très impoli. On m'a dit que sa mère avait la peau aussi brune que... que cette pierre qui brûle. Elle vivait loin au sud, de l'autre côté de la grande mer. Wymez, un autre Mamutoï, avait entrepris un long Voyage. Il s'était uni avec elle et un fils était né dans son foyer. La mère est morte sur le chemin du retour, et il a ramené le garçon. Sa sœur l'a élevé.

Madenia frémit d'excitation. Elle avait toujours cru qu'il n'y avait que des montagnes au sud, des montagnes qui n'en finissaient jamais. Mais Ayla avait tant voyagé et connaissait tant de choses ! Elle se mit à rêver au grand Voyage qu'elle entreprendrait un jour, comme Ayla. Elle rencontrerait un homme à la peau brune qui lui taillerait un superbe cheval en ivoire, tout le monde lui offrirait des habits, elle rencontrerait aussi des chevaux qu'elle monterait, et un loup qui aimerait les enfants. Et un homme comme Jondalar qui monterait aussi sur le dos des chevaux et l'accompagnerait dans son long Voyage.

Elle n'avait jamais connu quelqu'un comme Ayla et

l'idolâtrait. La belle jeune femme menait une existence qu'elle enviait et elle souhaitait lui ressembler un jour. Ayla avait un drôle d'accent qui la rendait encore plus mystérieuse, et jeune fille, elle avait subi une violence identique à la sienne. Un homme l'avait prise de force mais elle s'en était remise et comprenait ce que Madenia ressentait. Elle s'imagina adulte, sage et responsable comme Ayla, consolant une jeune fille qu'on venait d'attaquer sauvagement, lui racontant sa propre expérience et l'aidant à oublier.

Tout en rêvant, Madenia remarqua qu'Ayla ramassait un petit paquet soigneusement emballé qu'elle n'ouvrit pas. Elle savait exactement ce qu'il contenait, et ne l'aurait laissé pour rien au monde.

— Qu'est-ce que c'est ? demanda Madenia en voyant Ayla ranger le paquet.

Ayla ne l'avait pas ouvert depuis bien longtemps. Elle s'assura que Jondalar n'était pas en vue, reprit le paquet et en défit les nœuds. Elle étala alors une tunique d'un blanc immaculé ornée de queues d'hermines. Madenia ouvrit de grands yeux incrédules.

— Mais, c'est blanc comme de la neige ! s'exclama Madenia. Je n'ai jamais vu de cuir de cette couleur.

— C'est un secret de fabrication du Foyer de la Grue. La vieille femme qui me l'a dévoilé le tenait de sa mère, expliqua Ayla. Comme elle n'avait personne à qui enseigner son secret, elle a accepté de me l'apprendre.

— C'est toi qui l'as faite ?

— Oui, je l'ai faite pour Jondalar, mais il ne le sait pas. Je lui donnerai quand nous serons arrivés, le jour de notre Cérémonie de l'Union.

Elle l'étendit pour l'examiner et un petit paquet s'en échappa. Madenia admira la tunique d'homme. A part les queues d'hermines, elle était dénuée d'ornement. Aucune broderie, aucun dessin, ni coquillages ni perles, mais elle n'en avait pas besoin. Dans sa simplicité nue, c'était ce blanc immaculé qui forçait l'admiration.

Ayla ouvrit le petit paquet qui venait de tomber et découvrit une petite statuette de femme au visage sculpté. Si la jeune fille n'avait pas déjà vu merveille sur merveille, cette vision l'aurait effrayée. Une dunaï n'a jamais de visage. Mais venant d'Ayla elle était prête à tout accepter.

— C'est Jondalar qui l'a sculptée pour moi, expliqua Ayla. Il voulait capturer mon esprit, et il l'a sculptée pour mes Premiers Rites, le jour où il m'a enseigné le Don des Plaisirs de la Mère. Nous étions seuls, mais Jondalar a organisé une petite cérémonie. Plus tard, il me l'a offerte et m'a conseillé de la garder précieusement. Il disait qu'elle détenait un trop grand pouvoir.

— Je veux bien le croire, acquiesça Madenia.

Elle n'avait aucune envie de la toucher, mais elle ne doutait pas qu'Ayla pût en maîtriser le dangereux pouvoir.

Ayla devina le malaise de la femme-fille et rangea la statuette dans son emballage qu'elle glissa ensuite sous les plis de la tunique. Elle enveloppa le tout dans de fines peaux de lapins soigneusement cousues et attacha le paquet avec des cordelettes.

Un autre balluchon renfermait les cadeaux qu'elle avait reçus des Mamutoï le jour de sa cérémonie d'adoption. Elle décida de le garder. Même chose pour sa poche à médecines, bien sûr, ses pierres à feu, sa trousse à couture, des sous-vêtements de rechange ainsi qu'une paire de protège-pieds en feutre pour ses bottes, les fourrures de couchage, les sagaies et le propulseur. Elle ne conserva que l'essentiel de ses récipients et ustensiles de cuisine et décida d'attendre Jondalar avant de prendre une décision pour les tentes, les cordages et le reste du matériel.

Elle se préparait à sortir avec Madenia, quand Jondalar pénétra dans le foyer. Il venait de terminer un chargement de pierres qui brûlent et voulait trier ses affaires. D'autres Losadunaï arrivèrent bientôt, parmi lesquels Solandia et ses enfants, accompagnés de Loup.

— Je ne peux plus me passer de cette bête, déclara Solandia. Il me manquera. J'imagine que tu ne le laisseras pas ici.

Ayla fit signe à Loup. Malgré tout l'amour qu'il portait aux enfants, il accourut et s'assit à ses pieds en la surveillant des yeux.

— Non, Solandia. Je ne pourrais pas m'en séparer

— Je m'en doutais, fit Solandia, mais je préférais m'en assurer. Tu me manqueras aussi, tu sais, ajouta-t-elle.

— Toi aussi, tu me manqueras, assura Ayla. C'est ce qu'il y a eu de plus pénible dans ce Voyage : se faire des amis et les quitter en sachant qu'on ne les reverra probablement plus jamais.

— Tiens, Laduni, dit Jondalar qui tenait à la main une plaque d'ivoire gravée de signes étranges. Talut, l'Homme Qui Ordonne au Camp du Lion, m'a gravé cette carte du pays qui se trouve loin à l'est. C'était le début de notre Voyage. Je voulais la conserver en souvenir de lui, et ça m'ennuie de la jeter. Peux-tu la garder pour moi ? Qui sait, je reviendrai peut-être la chercher.

— Avec plaisir, fit Laduni en jetant un coup d'œil sur la pièce d'ivoire que Jondalar lui tendait. Ça m'intéresse, j'aimerais bien que tu m'expliques les signes avant de partir. J'espère que tu reviendras un jour, sinon, un des nôtres te la ramènera à l'occasion d'un Voyage.

— Je laisse aussi quelques outils. Tu en feras ce que tu voudras. Je n'aime pas abandonner un percuteur auquel je suis habitué, mais Dalanar m'en donnera un autre dès que nous arriverons chez les Lanzadonii. Il a toujours de bons outils. Je laisserai quelques lames et mon marteau en os. Je garderai mon herminette et ma hache pour casser des morceaux de glace. (Puis, se tournant vers Ayla :) Qu'est-ce que tu emportes, Ayla ?

— Tout est là, sur la couche.

Jondalar aperçut le mystérieux paquet.

— Je ne sais pas ce que tu caches là-dedans, mais ce doit être drôlement important, fit-il.

Madenia sourit timidement, fière d'être dans le secret.

— Et ça ? demanda-t-il en désignant un autre balluchon.

— Ce sont les cadeaux du Camp du Lion, répondit-elle en ouvrant l'emballage.

Il vit la magnifique pointe de sagaie que Wymez avait offerte à Ayla, la prit et la montra à Laduni.

— Regarde ce travail, fit-il.

C'était une lame plus grande que sa main et de la largeur de sa paume, mais pas plus épaisse que le bout de son petit doigt et d'un tranchant redoutable.

— C'est un biface, s'étonna Laduni en l'examinant dans tous les sens. Comment a-t-il réussi à le faire si fin ? Je croyais que c'était une technique grossière, utilisée pour de simples haches ou des choses dans ce genre-là. C'est le silex le mieux travaillé que j'aie jamais vu ! s'extasia-t-il.

— C'est Wymez qui l'a taillé. Je t'avais bien dit qu'il était très bon. Il chauffe le silex avant de le travailler, ça change la qualité de la pierre et les éclats se détachent plus facilement. C'est comme cela qu'il obtient une lame aussi fine. J'ai hâte de la montrer à Dalanar.

— Oui, il saura l'apprécier, approuva Laduni.

Jondalar rendit la pointe à Ayla qui l'emballa avec soin.

— Nous n'emporterons qu'une simple tente, décida Jondalar. Un coupe-vent nous suffira.

— Et la couverture de sol ? interrogea Ayla.

— Nous avons déjà tout un chargement de pierres et de rocs !

— Oui, mais il fait froid sur un glacier. Nous serons contents d'avoir une couverture de sol.

— Oui, tu as raison.

— Et les cordes ?

— Crois-tu que nous en ayons vraiment besoin ?

— Je vous conseille de les prendre, suggéra Laduni. Elles vous seront très utiles sur le glacier.

— Si c'est toi qui le dis, j'écouterai ton conseil, fit Jondalar.

Ils avaient tout emballé et passèrent le dernier soir à faire leurs adieux à ce peuple qu'ils avaient appris à aimer. Verdegia tenait à dire un dernier mot à Ayla.

— Je voulais te remercier, Ayla, fit-elle.

— C'est à nous de vous remercier tous, protesta Ayla.

— Oui, mais je n'oublierai pas ce que tu as fait pour Madenia. J'avoue ignorer ce que tu as bien pu lui faire, ou lui dire, mais tu l'as changée. Avant, elle se cachait dans un coin et voulait mourir. Elle refusait de me dire un seul mot, et ne voulait pas entendre parler de cérémonie des Premiers Rites. Je croyais que tout était perdu. Maintenant, elle est redevenue comme avant, et elle voudrait déjà être à la Réunion d'Eté. J'espère qu'elle ne changera pas d'avis d'ici là.

— Ne t'inquiète pas. Si elle sent que tout le monde l'aide, tout s'arrangera. L'aide des proches est le meilleur remède, tu sais.

— N'empêche que je ne serai pas tranquille avant que Charoli soit puni.

— Maintenant qu'ils sont tous décidés à lui donner la chasse, il sera bientôt puni. Madenia sera lavée de son affront, elle accomplira les Premiers Rites et deviendra une femme. Tu auras tes petits-enfants, Verdegia.

Le lendemain matin, ils partagèrent un ultime repas avec les Losadunaï. Tout le monde était là pour les adieux. Losaduna apprit encore à Ayla quelques versets de la tradition losadunaï et manifesta même une vive émotion quand elle le serra dans ses bras pour lui dire au revoir. Gêné, il se hâta d'aller dire quelques mots à Jondalar. Solandia ne cachait pas son chagrin. Même Loup semblait deviner qu'il ne reverrait plus les enfants. Il lécha le visage du bébé, et pour la première fois, Micheri pleura, conscient du départ de l'animal, lui aussi.

Mais en sortant de la caverne, une surprise encore plus grande les attendait. Madenia avait revêtu le magnifique habit qu'Ayla lui avait donné, et elle s'accrocha à la visiteuse en retenant ses larmes. Jondalar lui dit qu'il la trouvait très belle, et il était sincère. Les superbes vêtements lui donnaient une beauté peu ordinaire et soulignaient les lignes de la femme qu'elle n'allait pas tarder à devenir.

En enfourchant les chevaux, reposés et impatients de partir, ils jetèrent un dernier regard aux Losadunaï rassemblés autour de la caverne. Madenia tranchait sur le groupe. Mais elle était encore jeune, et son visage ruissela de larmes quand ils lui firent un ultime signe de la main.

— Je ne vous oublierai jamais, tous les deux, cria-t-elle avant de s'enfuir dans la caverne.

En se dirigeant vers la Grande Rivière Mère, qui n'était plus qu'un simple ruisseau, Ayla sut qu'elle non plus n'oublierait jamais Madenia, ni son peuple. Les adieux avaient ému Jondalar, mais les difficultés qu'ils allaient devoir affronter le préoccupaient. Il savait que la partie la plus dangereuse de leur Voyage les attendait.

39

Ayla et Jondalar se dirigèrent au nord, vers la Grande Rivière Mère qui les avait guidés pendant la majeure partie de leur long Voyage. Lorsqu'ils l'atteignirent, ils obliquèrent vers l'ouest et remontèrent le courant. Le fleuve avait changé de nature. Ce n'était plus l'immense cours d'eau aux multiples méandres qui s'écoulait majestueusement à travers les vastes plaines, grossi d'innombrables affluents dont les eaux tourbillonnantes charriaient des quantités de limon fertile, le grand fleuve qui se séparait en de nombreux chenaux, laissant derrière lui des bras morts grands comme des lacs.

Près de sa source, la Grande Rivière Mère ressemblait à un torrent d'eau fraîche et peu profonde qui dévalait la montagne abrupte dans un lit rocailleux. La route des deux voyageurs empruntait un chemin escarpé qui les rapprochait de leur inévitable rendez-vous avec l'épaisse couche de glace éternelle recouvrant l'immense plateau de la haute montagne dressée devant eux.

Le dessin des glaciers suivait les contours du paysage. Blocs de glace taillés à coups de serpe sur les cimes, les glaciers des plateaux s'étalaient comme des crêpes, d'une épaisseur uniforme, à peine plus haute au centre, laissant derrière eux des rives de graviers et creusant des dépressions qui deviendraient bientôt des lacs. L'avancée la plus méridionale du gigantesque gâteau glacé continental, dont le niveau atteignait presque les plus hautes montagnes qui l'entouraient, n'était pas éloignée de plus de cinq degrés de latitude des glaciers des montagnes de la pointe nord. Les terres qui les séparaient étaient les plus froides au monde.

Contrairement aux glaciers montagneux, rivières gelées rampant lentement le long des flancs, la glace éternelle du haut plateau — le glacier qui préoccupait tant Jondalar — était une version miniature de la gigantesque couche de glace qui recouvrait tout le nord du continent.

En remontant la rivière, Ayla et Jondalar gagnaient de l'altitude. Ils essayaient d'économiser les chevaux lourdement chargés en allant à pied la plupart du temps. Ayla s'inquiétait particulièrement pour Whinney qui portait la majeure partie des pierres et des rocs, indispensables pour leur survie sur le glacier que les chevaux n'auraient jamais approché de leur plein gré.

De lourds paniers battaient les flancs des chevaux. Whinney, qui tirait déjà le travois, voyait son fardeau plus réduit que celui de Rapide, si volumineux qu'il menaçait de tomber à chaque pas. Ayla et Jondalar portaient aussi sur le dos des paniers assez pesants. Seul Loup était épargné, et en le voyant gambader sans entraves, Ayla commençait à se demander comment il pourrait contribuer à l'effort collectif.

— Tant de mal pour transporter des pierres ! remarqua Ayla un matin en chargeant le panier sur son dos. Si on nous voyait hisser ces rocs sur les montagnes, on nous trouverait bien étranges.

— Les gens s'étonnent davantage qu'on voyage avec deux chevaux et un loup, rétorqua Jondalar. Mais si nous voulons qu'ils survivent sur le glacier, ces pierres sont indispensables. Nous avons au moins une bonne raison de nous réjouir.

— Ah oui, laquelle ?

— Une fois de l'autre côté, tout deviendra facile.

Le cours supérieur de la rivière traversa les contreforts de la chaîne de montagnes méridionale, dont les voyageurs n'imaginaient pas l'étendue. Les Losadunaï vivaient au sud de la Grande Mère, dans la région plus vallonnée d'un massif calcaire aux vastes plateaux. Erodées au cours des siècles par les eaux et les vents, ces montagnes restaient assez élevées pour supporter des couronnes de glace éternelle. Entre la Grande Mère et les montagnes s'étendait une végétation dormante qui recouvrait une formation détritique. Le tout était caché sous un léger manteau de neige qui eût rendu invisibles les abords gelés de la rivière, si le miroitement bleuté n'avait révélé leur contour.

Plus au sud, scintillant au soleil comme des tessons d'albâtre, les pics escarpés de la crête centrale, sorte de chaîne indépendante du gigantesque massif, dressaient leurs sommets au-dessus des montagnes les plus hautes. Les deux voyageurs poursuivaient leur escalade sous la surveillance de deux pics jumeaux qui dominaient la crête centrale des montagnes méridionales.

Au nord, de l'autre côté de la rivière, l'ancien massif cristallin s'élevait abruptement, surface moutonneuse parfois surmontée de pics rocheux entre lesquels s'étendaient des prairies. A l'ouest, des mamelons plus élevés, certains couronnés de glace, rejoignaient le plissement de terrain plus récent de la chaîne méridionale.

La neige poudreuse tombait plus rarement à mesure qu'ils approchaient de la partie la plus froide du continent, la région comprise entre l'avancée des montagnes glacées et l'extrémité méridionale des immenses couches de glace du nord. Même le vent coupant des steppes orientales n'atteignait pas la férocité du vent glacial qui régnait dans ces lieux. Seule l'influence maritime sauvait le pays des glaces envahissantes.

Le glacier qu'ils avaient l'intention de traverser serait devenu une gigantesque étendue gelée sans l'adoucissement dû au climat océanique qui limitait sa progression. L'influence maritime qui avait ménagé un passage vers les steppes et les toundras occidentales avait également empêché le glacier d'envahir le pays des Zelandonii, lui épargnant les lourdes couches de glace qui recouvraient d'autres pays de même latitude.

Jondalar et Ayla retrouvèrent vite la routine du Voyage. Ayla avait l'impression de ne s'être jamais arrêtée. Elle avait hâte d'atteindre le but. Des souvenirs du Camp du Lion l'accompagnaient dans son cheminement pénible à travers la monotonie du paysage hivernal. Elle se rappelait avec plaisir les plus petits incidents, oubliant les épreuves qu'elle avait supportées quand elle croyait que Jondalar ne l'aimait plus.

Ils devaient faire fondre la glace pour se procurer de l'eau potable — la neige était inexistante, à part quelques congères — et pourtant Ayla trouvait au moins un avantage au froid glacial : les affluents de la Grande Mère étaient gelés et faciles à traverser. Mais ils devaient se hâter de franchir les vallées des rivières, ou des torrents, pour ne pas subir les morsures des vents qui s'y engouffraient, rendant l'air déjà glacial encore plus froid.

Frissonnant malgré ses épaisses fourrures, Ayla atteignit avec soulagement le côté de la vallée protégé par un flanc de colline.

— Je suis gelée ! s'exclama-t-elle en parvenant à l'abri. Ah, s'il faisait un peu moins froid !

— Ne dis pas ça ! s'écria Jondalar d'un air anxieux.

— Pourquoi ?

— Nous devons être de l'autre côté du glacier avant le redoux. Le vent chaud, c'est le foehn, le fondeur de glace. C'est lui qui annonce le changement de saison. S'il se mettait à souffler, nous serions obligés de passer par le nord, à travers le territoire du Clan. C'est un grand détour, et avec les ennuis que leur a causés Charoli, je ne crois pas qu'ils nous accueilleraient à bras ouverts.

Ayla hocha la tête d'un air entendu et promena son regard de l'autre côté de la rivière.

— Ils sont du meilleur côté, finit-elle par déclarer.

— Que veux-tu dire ?

— Même d'ici, on devine les bonnes prairies herbeuses. Cela attire le gibier. Sur ce versant il n'y a que des pins rabougris. C'est signe de terre sablonneuse où l'herbe pousse difficilement. Ce versant est plus proche du glacier, il est plus froid et moins riche.

— Tu as sans doute raison, acquiesça Jondalar, trouvant son explication judicieuse. Je ne sais pas à quoi cela ressemble en été, je ne suis passé ici qu'en hiver.

Ayla avait deviné juste. La rive septentrionale de la Grande Rivière Mère, aux plaines de lœss recouvrant un soubassement calcaire, était beaucoup plus fertile que la rive méridionale. En outre, les glaciers des montagnes s'avançaient sur la rive sud, rendant l'hiver plus rude et l'été plus froid, à peine assez chaud pour dégeler la terre et faire fondre la neige accumulée dans l'année. Les glaciers s'étaient remis à avancer lentement, mais suffisamment pour modifier le climat sur les terres qui les séparaient. C'était la dernière poussée glaciaire avant le dégel qui refoulerait bientôt les glaces dans les régions polaires.

Pour reconnaître les arbres à l'état dormant, Ayla devait en goûter l'écorce, un bout de brindille ou un bourgeon. Près de la rivière, et au bord des affluents, là où les aulnes dominaient, elle savait que l'été dévoilerait un sol de tourbe marécageuse. Les bois mixtes de saules et de peupliers signalaient les parties les plus humides des vallées, et les quelques frênes, ormes ou charmes, à peine plus fournis que les buissons, indiquaient un sol plus sec. Les rares chênes nains qui luttaient pour survivre dans les endroits protégés ne laissaient pas présager les immenses forêts de chênes qui recouvriraient un jour cette même région au climat plus tempéré. Sur les hauts plateaux sablonneux mangés par la lande, la terre trop pauvre ne nourrissait que des bruyères, des ajoncs, de rares herbacées, des mousses et des lichens.

Même dans les climats les plus rudes, des oiseaux et des animaux prospéraient. Les animaux des steppes froides et des montagnes étaient légion, et la chasse souvent bonne. Les voyageurs n'étaient que rarement obligés d'utiliser les réserves que leur avaient données les Losadunaï et qu'ils préféraient garder pour la traversée du glacier.

Ayla aperçut une chouette blanche, d'une espèce naine très rare, et la montra à Jondalar. Il était passé maître dans l'art de débusquer les grouses, dont le goût rappelait les lagopèdes qu'il aimait tant, surtout préparés à la façon d'Ayla. Leur plumage de couleur leur offrait un meilleur camouflage sur une terre que la neige recouvrait à peine.

La région subissait l'influence continentale par l'est et

océanique par l'ouest, comme en témoignaient le mélange inhabituel de plantes qui poussaient rarement ensemble, ainsi que les variétés d'animaux qu'on n'avait pas l'habitude de voir cohabiter. Ayla en eut un aperçu avec les petites créatures à fourrure, même si les souris, loirs, sousliks, hamsters et autres campagnols hibernaient. Mais elle pillait la nourriture qu'ils amassaient dans leurs nids, et tuait parfois les petites bêtes pour Loup. Elle chassait aussi les hamsters géants pour eux-mêmes. Habituellement, les petits rongeurs servaient de subsistance aux martres, aux renards et aux chats sauvages.

Sur les hautes plaines et dans les vallées, ils apercevaient souvent les mammouths laineux, des troupeaux de femelles que suivait parfois un mâle solitaire, et des troupeaux de mâles rassemblés pour la durée de l'hiver. Les rhinocéros se déplaçaient toujours seuls, à l'exception des femelles, accompagnées d'un ou deux petits. Dans cette région où, à la saison douce, pullulaient bisons, aurochs, et toutes sortes de cervidés, du mégacéros géant au timide chevreuil, seul le renne affrontait l'hiver glacial. Les mouflons, les chamois, les ibex migraient de leurs habitats élevés et Jondalar n'avait jamais vu autant de bœufs musqués.

C'était une année d'expansion pour les bœufs musqués. L'année suivante verrait probablement leur nombre diminuer considérablement, mais en attendant ils offraient une cible de choix aux propulseurs. Lorsqu'ils se sentaient menacés, les bœufs musqués, et les mâles en particulier, se formaient en phalanges serrées, cornes baissées, pour protéger les veaux et certaines femelles. Cette tactique était peut-être efficace face à la plupart des prédateurs, mais c'était une aubaine pour les lanceurs de sagaies.

Ayla et Jondalar visaient d'assez loin pour éviter une charge inattendue et choisir leur victime sans risque. C'était presque trop facile, bien qu'ils dussent viser juste et lancer avec assez de force pour traverser l'épaisse toison.

Avec un tel choix, ils ne manquaient pas de viande et souvent, même, étaient contraints d'abandonner les bas morceaux aux carnassiers et aux charognards. Bien qu'il fût copieux, leur régime de viande maigre, riche en protéines, les laissait souvent sur leur faim. L'écorce et des infusions d'aiguilles de pin n'amélioraient guère leur ordinaire.

Les humains, omnivores, avaient besoin d'une alimentation diversifiée et les protéines, bien qu'essentielles, n'étaient pas suffisamment nutritives. Certains mouraient de carence alimentaire par manque de nourriture végétale ou de graisse. Or, à la fin de l'hiver, les animaux avaient déjà brûlé l'essentiel de leurs réserves de graisse. Les deux voyageurs choisissaient donc les morceaux de viande et les viscères qui contenaient le plus de graisse et donnaient le reste à Loup, ou l'abandonnaient aux charognards. Et Loup se débrouillait seul pour trouver le complément nécessaire.

Ils rencontraient souvent des chevaux, mais Ayla et Jondalar ne pouvaient se résoudre à les tuer. Whinney et Rapide, quant à eux, trouvaient une nourriture abondante avec l'herbe sèche, les mousses, les lichens, et mangeaient aussi de petites brindilles et de fines écorces.

Ayla et Jondalar longèrent la rivière qui obliquait légèrement vers le nord. Lorsqu'elle tourna vers le sud-ouest, Jondalar sut qu'ils approchaient. La dépression située entre l'ancien massif septentrional et la chaîne méridionale s'éleva vers un paysage sauvage où affleuraient des rochers escarpés. Ils arrivèrent à l'endroit où trois gros torrents se rejoignaient pour former les débuts apparents de la Grande Rivière Mère. Ils traversèrent et suivirent la rive gauche du torrent central, celui qu'on appelait la Moyenne Mère, considéré, ainsi qu'on l'avait expliqué à Jondalar, comme la véritable Rivière Mère, bien qu'en fait les trois cours d'eau eussent pu prétendre à cette appellation.

Ayla ne put cacher sa déception. Elle s'était attendue à mieux de la part d'un fleuve si majestueux. Ainsi, la Grande Rivière Mère ne jaillissait pas d'un point précis. Elle n'avait pas de début, et même les frontières du nord en territoire de Têtes Plates étaient floues, mais Jondalar paraissait reconnaître la région. Il pensait que le bord du glacier était proche bien que la neige recouvrît le sol depuis quelque temps, et en dissimulât la limite.

Il était encore tôt dans l'après-midi quand ils décidèrent d'installer leur campement. Ils trouvèrent un endroit propice au-delà d'un cours d'eau qui dévalait du nord et se jetait dans le torrent supérieur.

Ayla s'arrêta sur un banc de galets et ramassa quelques pierres rondes, parfaites pour sa fronde. Elle se proposait de chasser le lagopède ou le lièvre blanc un peu plus tard, ou le lendemain matin.

Les souvenirs de leur court séjour chez les Losadunaï s'estompaient déjà, remplacés par une inquiétude croissante. Jondalar, surtout, était préoccupé. Ils progressaient moins vite qu'il ne l'avait prévu, et il craignait l'arrivée prochaine du printemps. On ne pouvait jamais prévoir la fin de l'hiver, mais il espérait qu'elle serait tardive cette année.

Ils déchargèrent les chevaux, installèrent leur campement, et comme il était encore tôt, allèrent chasser. Dans un petit bois, ils remarquèrent des traces de cerf. Cette découverte surprit Ayla et inquiéta Jondalar. Il craignait que le retour des cerfs annonçât le printemps. Ayla ordonna à Loup de la suivre pour éviter qu'il n'attaque intempestivement leur proie.

La piste conduisait à travers bois à un affleurement proéminent qui leur bouchait la vue. Ayla remarqua une modification dans la démarche de Jondalar, ses épaules s'affaissèrent, son pas se fit plus léger, et en comprit la cause lorsqu'elle vit que les empreintes du cerf indiquaient qu'il avait soudain bondi, effrayé.

Le grognement de Loup les avertit d'un danger. Ils avaient fini par se fier à son instinct, et se figèrent immédiatement. Ayla aurait juré avoir entendu les échos d'une bagarre se déroulant de l'autre côté de l'énorme rocher qui leur barrait le passage. Elle croisa le regard de Jondalar. Il avait entendu la même chose. Sans un bruit, ils avancèrent lentement jusqu'au rocher. Il y eut des vociférations, le choc d'une lourde chute, et, presque aussitôt, un cri de douleur.

La gorge d'Ayla se noua. Elle avait cru reconnaître l'intonation particulière du cri.

— Jondalar ! s'exclama-t-elle. Quelqu'un a besoin d'aide.

Et elle se précipita de l'autre côté du rocher.

— Non, attends ! C'est peut-être dangereux ! prévint Jondalar.

Mais en pure perte. La main crispée sur sa sagaie, il se rua derrière Ayla. De l'autre côté du rocher, plusieurs jeunes hommes luttaient avec quelqu'un à terre qui se débattait vainement. D'autres lançaient des remarques acerbes à l'un d'eux, accroupi sur un corps que maintenaient ses compagnons.

— Alors, Danasi, remue-toi un peu. Tu as besoin d'aide, ou quoi ?

— Peut-être qu'il ne trouve pas l'entrée !

— Il ne sait pas quoi en faire, oui !

— Bon, alors au suivant !

Ayla entrevit une mèche de cheveux blonds, et elle comprit avec dégoût qu'ils s'acharnaient sur une femme... Horrifiée, elle devina ce qu'ils lui infligeaient. Elle se lançait à la rescousse quand une vision fugitive s'imposa à elle. Etait-ce la forme du bras ou de la jambe, ou le son de la voix, mais elle sut en un éclair que la femme était du Clan... Une femme du Clan blonde ! Elle resta un instant pétrifiée.

Loup grondait, prêt à bondir, mais il s'arrêta, guettant un geste d'Ayla.

— C'est sûrement la bande de Charoli ! s'écria Jondalar en la rejoignant.

Il se débarrassa de son sac et de son propulseur, et en quelques enjambées, arriva à la hauteur des trois agresseurs. Il empoigna par la pelisse celui qui s'escrimait en vain sur la femme et le projeta en arrière. Puis il fit brusquement volte-face, et il lui assena un coup de poing en plein visage. L'homme s'écroula. Les deux autres, un instant hébétés, lâchèrent la femme pour affronter l'étranger. L'un sauta sur son dos pendant que l'autre le frappait au corps et à la face. Le géant fit voltiger l'homme qui s'agrippait à son dos, reçut un coup sur l'épaule, et contre-attaqua en expédiant un violent uppercut dans le foie de son vis-à-vis. La femme roula sur le côté, se releva et courut vers le deuxième groupe d'assaillants. Son adversaire plié en deux, Jondalar se retourna vers l'autre. Ayla aperçut le premier se relever.

— Loup ! Aide Jondalar ! Mords ! ordonna-t-elle.

Le fauve bondit dans la mêlée, pendant qu'Ayla se débarrassait de ses affaires, détachait la fronde qui lui enserrait la tête et agrippait son sac de pierres. L'un des trois hommes était de nouveau à terre, et elle vit l'autre lever son bras d'un air terrorisé pour se protéger de l'attaque du fauve. Loup se dressa sur ses pattes arrière et planta ses crocs dans le bras de l'homme, arrachant la manche du vêtement de fourrure, pendant qu'un solide direct de Jondalar atterrissait sur la mâchoire du troisième.

Ayla glissa une pierre dans sa fronde et reporta son attention sur l'autre groupe. L'un des hommes soulevait une lourde massue en os et s'apprêtait à frapper de toutes ses forces. Ayla lança vivement sa pierre et vit l'homme à la massue s'effondrer. Un autre, la sagaie menaçante pointée sur quelqu'un au sol, regarda son compagnon tomber d'un air incrédule. Il ne vit pas venir la seconde pierre, mais hurla sous l'impact. La sagaie lui échappa pendant qu'il tenait sa main blessée.

Ils étaient six contre un homme à terre, mais éprouvaient les pires difficultés à en venir à bout. La fronde d'Ayla en avait mis deux hors de combat et la femme qui venait d'échapper au viol en rouait de coups un troisième. Un quatrième, qui s'était trop approché de l'homme à terre, dut reculer en titubant sous la violence d'un coup assené avec une force rare. Il restait encore deux pierres à Ayla. Elle lança l'une, en visant un endroit non vital, ce qui offrit à l'agressé — un homme du Clan, comme Ayla l'avait deviné — une chance de se dégager. Bien qu'assis, il attrapa l'homme qui était le plus près de lui, le souleva, et le projeta sur un autre assaillant.

La femme du Clan repartit furieusement à l'attaque, s'acharnant sur l'homme qui préféra battre en retraite. Les femmes du Clan, peu habituées à la bagarre, n'en étaient pas moins de force égale aux hommes. Celle-ci, qui aurait préféré se soumettre aux exigences d'un homme, avait été poussée au combat pour voler au secours de son compagnon blessé.

Les agresseurs avaient perdu leur superbe. L'un d'eux gisait inconscient aux pieds de l'homme du Clan, ses cheveux blonds maculés de sang et de boue. Un autre se frictionnait le bras en fixant d'un regard noir la femme à la fronde. Les autres étaient en piteux état et l'œil du moins mal loti enflait tellement qu'il n'allait pas tarder à se fermer. Les trois agresseurs de la femme du Clan, recroquevillés les uns contre les autres, les vêtements défaits, tremblaient devant Loup qui les surveillait en grondant, les babines retroussées sur ses crocs impressionnants.

Jondalar, qui avait reçu sa part de coups mais ne s'en troublait pas pour autant, s'approcha d'Ayla pour s'assurer qu'elle n'avait rien et jeta un coup d'œil à l'homme qui gisait au sol. Il prit soudain conscience qu'il s'agissait d'un homme du Clan. Pourtant, il s'en était rendu compte en arrivant sur les lieux, mais cette découverte lui était sortie de l'esprit. Il se demanda pourquoi l'homme restait au sol. Il le dégagea de celui qui était étendu sur lui, inanimé, et le fit rouler sur le côté. Il comprit alors pourquoi l'homme ne se relevait pas.

Juste au-dessus du genou, sa cuisse droite formait un angle bizarre. Jondalar regarda l'homme avec effarement. C'était avec cette jambe cassée qu'il avait contenu six attaquants ! Il connaissait la force des Têtes Plates, mais tout de même ! A coup sûr, l'homme souffrait le martyre, mais il le cachait bien.

Soudain, un homme qui ne s'était pas montré pendant la bagarre s'avança en plastronnant, et examina la bande en déroute d'un œil critique. Les autres se tortillaient d'un air penaud, incapables de comprendre ce qui venait de leur arriver. Ils s'amusaient tranquillement avec deux Têtes Plates qui avaient eu le malheur de croiser leur chemin, quand avaient surgi une femme qui lançait des pierres avec une précision inouïe, un géant aux poings durs comme le roc... et le loup le plus énorme qu'ils eussent jamais vu ! Sans parler des deux Têtes Plates.

— Que s'est-il passé ? demanda le nouveau venu.

— Tes hommes ont obtenu ce qu'ils méritaient, répondit Ayla. Et maintenant, ça va être ton tour.

Comment cette étrangère savait-elle qu'ils faisaient partie de sa bande ? Elle parlait sa langue avec un accent bizarre, qui était-elle donc ? En entendant parler Ayla, la femme du Clan avait tendu l'oreille, intriguée. L'homme à la tête meurtrie se réveillait. Ayla s'approcha pour examiner sa blessure.

— Laisse-le tranquille ! ordonna le nouveau venu d'un ton menaçant.

Mais l'angoisse qui perçait dans sa voix n'échappa pas à Ayla. Elle s'arrêta, le toisa et comprit que son injonction était davantage destinée à impressionner ses hommes qu'à se préoccuper du sort de l'un d'eux. Elle poursuivit donc son examen.

— Il aura des maux de tête pendant quelques jours, mais il n'a rien de grave, annonça-t-elle. Si j'avais voulu le blesser sérieusement, je n'aurais pas retenu mon bras. Et il serait mort, Charoli.

— Comment sais-tu mon nom ? lâcha le jeune homme en s'efforçant de cacher sa peur.

— Nous en savons bien davantage, répliqua Ayla.

Elle jeta un coup d'œil à l'homme et à la femme du Clan. Pour tous les observateurs, ils semblaient impassibles, mais Ayla devinait leur malaise à de multiples signes imperceptibles. Ils surveillaient les Autres, déconcertés par la tournure des événements.

Pour l'instant, pensait l'homme, le danger était provisoirement écarté, mais pourquoi le géant les avait-il aidés ?... ou plutôt, pourquoi avait-il paru les aider ? Pourquoi un homme des Autres attaquerait-il les siens pour les aider ? Et cette femme ? Si c'en était une. Elle avait utilisé une arme avec davantage d'habileté que la plupart des hommes. Quel genre de femme était-elle donc ? Et contre des hommes de sa race, encore ! Mais le plus inquiétant restait le loup, qui menaçait les hommes qui avaient attaqué sa femme... sa nouvelle femme à laquelle il tenait tant. Le géant avait peut-être un totem Loup, mais les totems étaient des esprits, et celui-ci semblait bien vivant. Mieux valait attendre. Supporter la douleur et attendre.

Ayla, qui avait surpris le coup d'œil qu'il avait jeté à Loup et devinant ses craintes, décida d'en finir. Elle poussa un sifflement impératif qui ressemblait à l'appel d'un oiseau, mais d'un oiseau inconnu. Tous écarquillèrent les yeux de peur, mais comme rien ne se passait, ils se détendirent. Mal leur en prit. Ils entendirent bientôt des bruits de sabots et deux chevaux, une jument et un étalon à l'étrange robe brune, accoururent se poster aux côtés de la femme.

Quel est ce rêve bizarre ? se demandait l'homme du Clan. Suis-je mort ? Suis-je dans le monde des esprits ?

Mais les chevaux effrayèrent davantage encore la bande de Charoli. Tous avaient beau cacher leur peur sous des sarcasmes et des provocations, s'excitant mutuellement, ils avaient la gorge serrée de terreur et de culpabilité profondément enfouie. Un jour, chacun en était sûr, il serait découvert et devrait payer. Certains souhaitaient même en finir avant qu'il ne fût trop tard... S'il n'était pas déjà trop tard.

Danasi, celui qui avait été soumis aux sarcasmes de ses compagnons pour avoir tardé à profiter de la femme, en avait déjà parlé à un ou deux autres à qui il se fiait. Les femmes Têtes Plates, passait encore, mais cette fille... pas encore femme, de surcroît, et qui criait et se débattait. D'accord, c'était excitant sur le moment — les femmes de son âge étaient toujours les plus excitantes — mais après, il s'était senti honteux, et avait commencé à craindre le châtiment de Duna. Comment les punirait-Elle ?

Et voilà qu'apparaissait une femme, une étrangère, accompagnée d'un géant blond — ne disait-on pas que Son amant était plus grand et plus blond que tous les hommes ? — et d'un loup ! Sans parler des chevaux qui accouraient à son appel. Personne ne l'avait jamais vue, et pourtant elle les connaissait. On devinait à son accent qu'elle venait de très loin, mais elle parlait leur langue. Parlait-on avec des mots d'où elle venait ? Etait-elle une dunaï ? Une incarnation de l'esprit de la Mère ? Danasi frissonna.

— Que nous voulez-vous ? demanda Charoli. Nous ne vous cherchions pas querelle. Nous nous amusions simplement avec ces Têtes Plates. Quel mal y a-t-il à prendre un peu d'exercice avec des bêtes ?

Jondalar vit les efforts d'Ayla pour se contenir.

— Et Madenia ? lança-t-il. C'était une bête, elle aussi ?

Ils savaient ! Paniqués, les jeunes gens se regardèrent et se tournèrent vers Charoli, implorant son aide. L'accent de l'homme était différent. C'était un Zelandonii. Si les Zelandonii savaient déjà, ils ne pourraient se réfugier chez eux en prétendant entreprendre le Voyage, comme ils l'avaient envisagé. Qui d'autre était au courant ? Trouveraient-ils encore refuge quelque part ?

— Ce ne sont pas des animaux, rectifia Ayla avec une colère froide qui surprit Jondalar.

Il ne l'avait jamais vue dans cet état, mais elle se contrôlait si bien qu'il se demanda si les autres se rendaient compte de sa fureur.

— Si c'étaient des animaux, essayeriez-vous seulement de les forcer ? Forcez-vous les loups ? Et les chevaux ? Non, vous avez besoin d'une femme, et aucune ne veut de vous. Voilà les seules femmes que vous trouvez, mais ce ne sont pas des animaux. Les animaux, c'est vous ! Vous êtes des hyènes ! Vous vous vautrez dans les ordures et vous puez, vous puez le mal. Vous agressez les hommes, forcez les femmes, vous vous livrez au pillage. Ecoutez-moi bien, si vous ne retournez pas chez vous maintenant, vous êtes perdus. Vous n'aurez plus ni famille, ni Caverne, ni peuple et aucune femme à votre foyer. Vous errerez comme les hyènes, ne mangerez que les charognes, et vous devrez voler les vôtres pour survivre.

— Ils savent aussi ça ! murmura l'un des jeunes.

— Ne dites rien ! ordonna Charoli. Ils ne savent rien. Ils supposent, c'est différent.

— Nous savons, corrigea Jondalar. Tout le monde le sait.

Sa maîtrise de leur langue n'était pas parfaite, mais il se faisait très bien comprendre.

— Qui es-tu donc pour affirmer cela ? riposta Charoli. Tu n'es pas un Losadunaï ! Il n'est pas question que nous retournions là-bas. Nous n'avons besoin de personne. Nous avons notre propre Caverne.

— Alors pourquoi voler et forcer les femmes ? demanda Ayla. Une Caverne sans femmes dans vos foyers n'est pas une Caverne.

— Nous nous moquons de ce que tu racontes. Nous prendrons ce qu'il nous plaira, quand il nous plaira... nourriture, femme, tout. Personne ne nous en a jamais empêchés, ce n'est pas maintenant que ça va commencer ! Allons-nous-en ! fit-il en se mettant en marche.

— Charoli ! cria Jondalar, qui le rattrapa en quelques enjambées.

— Que veux-tu ?

— J'ai une surprise pour toi !

Sans crier gare, il expédia un large crochet d'une telle violence à la face de Charoli qu'il le fit décoller du sol.

— De la part de Madenia ! expliqua Jondalar en jetant un œil sur le corps affalé au sol.

Sur ce, il tourna les talons.

Ayla observa le jeune homme assommé. Un filet de sang coulait à la commissure de ses lèvres, mais elle ne fit pas un geste pour lui porter secours. Deux des siens se chargèrent de le relever. Ayla reporta son attention sur les autres Losadunaï, les dévisageant chacun leur tour. C'était une bande de malheureux, hagards, sales et dépenaillés. Leurs visages émaciés reflétaient la faim et la désolation. Pas étonnant qu'ils fussent obligés de voler. Ils avaient bien besoin de l'aide et de l'assistance d'une famille, et des amis de la Caverne. La vie de rapines et d'aventures dans le confort sans contrainte de la bande de Charoli avait cessé d'exercer sur eux l'attrait enivrant des débuts, et ils étaient prêts à rejoindre les leurs.

— Les Losadunaï vous recherchent, annonça-t-elle. Ils trouvent tous que vous êtes allés trop loin. Même Tomasi, qui est pourtant apparenté à Charoli. Si vous rentrez maintenant dans vos Cavernes et acceptez la punition qui vous attend, il vous reste une chance de retrouver vos familles. Si vous attendez qu'ils vous découvrent, vous aggraverez votre sort.

C'était donc pour ça qu'Elle était venue ! Elle nous accorde une dernière chance, estima Danasi. Si nous rentrons tout de suite et que nous essayons de nous amender, nos Cavernes nous accepteront-elles ?

Après le départ de la bande de Charoli, Ayla s'approcha du couple du Clan. Ils avaient assisté avec étonnement à la confrontation entre Ayla et les hommes, et vu Jondalar assommer l'autre homme d'un coup de poing. Les hommes du Clan ne se battaient jamais entre eux, mais les hommes des Autres étaient tellement étranges. Ils ressemblaient parfois à des humains, mais ne se conduisaient pas toujours en hommes, surtout celui que le géant avait assommé. Tous les clans connaissaient ses agissements, et le blessé n'était pas mécontent de l'avoir vu subir une correction. Mais il était encore plus content de les voir partir.

Il aurait bien voulu que les deux autres s'en aillent aussi. Leur intervention imprévue l'avait troublé, et il désirait surtout retourner dans son clan. Mais comment s'y prendre avec sa jambe cassée ?

Mais Ayla leur réservait une surprise de taille. Même Jondalar devina leur désarroi. Ayla s'assit avec grâce, les jambes croisées, en face de l'homme du Clan, et fixa le sol avec humilité.

Jondalar n'était pas le dernier surpris. Elle avait déjà adopté cette attitude avec lui, quand elle voulait lui dire quelque chose d'important et ne trouvait pas les mots, mais c'était la première fois qu'il la voyait faire ce geste dans son contexte naturel. C'était un geste de respect. Elle demandait à l'homme la permission de lui adresser la parole. Mais Jondalar ne comprenait pas qu'une femme de sa compétence, intelligente et indépendante, pût approcher ainsi un Tête Plate avec tant de déférence. Elle avait essayé de lui expliquer qu'il s'agissait de courtoisie, de tradition, et qu'il ne fallait pas y voir de déshonneur ou d'humiliation, mais Jondalar ne connaissait aucune Zelandonii, ni aucune autre femme, qui aurait accepté de se conduire de la sorte avec quiconque, homme ou femme.

Ayla attendait patiemment que l'homme daignât lui toucher l'épaule, mais elle n'était pas sûre que le langage de ceux de ce clan fût le même que celui employé par ceux qui l'avaient élevée. La distance qui séparait ces deux peuples était si grande, et l'aspect de ceux-ci n'était pas le même. Elle avait bien noté des similitudes de certains vocables, mais plus les distances entre les peuples étaient grandes, moins leur langage avait de chances d'être proche. Elle ne pouvait qu'espérer se faire comprendre.

Elle savait que leur langage de signes, comme toutes leurs connaissances et leurs coutumes, était emmagasiné dans leur mémoire, la mémoire ancestrale, voisine de l'instinct, innée chez chaque membre du Clan. Si ce Peuple du Clan avait les mêmes ancêtres que ceux qui l'avaient recueillie, leur langage serait alors très proche.

Nerveuse, elle commençait à se demander si l'homme avait une idée de ce qu'elle attendait. Elle sentit alors une légère tape sur son épaule et prit une profonde inspiration. Il y avait bien longtemps qu'elle n'avait pas parlé avec un membre du Clan, depuis le jour où elle avait été damnée... Tiens, elle avait oublié. Il ne fallait pas qu'elle leur parle de sa condamnation à mort, sinon ils cesseraient de la voir, exactement comme si elle n'existait pas. Son regard croisa celui de l'homme. Ils s'étudiaient mutuellement.

Elle n'avait rien d'une femme du Clan. C'était une Autre. Elle n'était même pas comme ceux que le mélange d'esprits avait étrangement déformés et qui naissaient par poignées ces derniers temps. Alors, où cette femme des Autres avait-elle appris à s'adresser à un homme avec une telle correction ?

Ayla n'avait pas vu de visage du Clan depuis des années. Celui de l'homme qu'elle avait devant elle était bien du Clan, mais il différait de ceux qu'elle avait connus. Ses cheveux et sa barbe étaient plus clairs, plus soyeux et moins bouclés. Ses yeux marron étaient plus clairs, eux aussi, contrairement à ceux, presque noirs, de son clan. Ses traits étaient plus accentués : les arcades sourcilières plus lourdes, le nez plus pointu, les mâchoires davantage proéminentes, le front plus fuyant, et la tête plus longue. D'une certaine manière, il était plus Clan que son Clan.

Ayla commença à parler avec les signes quotidiens du clan de Brun qu'elle avait appris enfant. Elle comprit tout de suite que ces signes étaient inconnus de l'homme. Il articula alors quelques sons. Ils avaient les mêmes inflexions et la même tonalité que dans son souvenir : sons gutturaux, voyelles avalées, mais malgré tous ses efforts, elle ne comprenait pas. L'homme avait une jambe cassée, et elle voulait l'aider. Mais elle voulait aussi en profiter pour en savoir davantage sur ces deux-là. D'une certaine manière, elle se sentait plus à l'aise avec eux qu'avec le Peuple des Autres. Pourtant, si elle voulait l'aider, elle devait entrer en communication avec lui. Il prononça encore quelques sons accompagnés de signes. Les gestes étaient familiers mais n'avaient aucun sens, alors que les sons lui étaient totalement inconnus. Le langage du clan de Brun était-il si différent qu'elle ne pût communiquer avec les clans de ce pays ?

40

Tout en réfléchissant, Ayla jetait des coups d'œil à la jeune femme assise à l'écart. Elle semblait nerveuse et bouleversée. Ayla se souvint alors du Rassemblement du Clan, et elle essaya le langage ancestral, utilisé pour s'adresser aux esprits et avec lequel on se faisait comprendre des clans qui n'employaient pas les signes courants.

L'homme acquiesça et fit un geste. Il la comprenait ! Ayla éprouva un profond soulagement accompagné d'un élan d'enthousiasme. Ils avaient les mêmes ancêtres que son clan ! Quelque part, dans le passé lointain, les ancêtres de Creb et d'Iza et ceux de cet homme se connaissaient. Une vision fulgurante l'effleura : elle-même avait des racines identiques, mais sa lignée avait emprunté une autre voie.

Jondalar les observait, fasciné. Il avait peine à suivre leurs gestes rapides, mais s'apercevait d'une complexité et d'une subtilité qui lui avaient échappé quand Ayla avait enseigné le langage du Clan au Camp du Lion afin de permettre à Rydag de communiquer avec les autres pour la première fois de sa vie. Il comprit qu'elle s'était contentée alors de survoler les rudiments du langage des signes parce que Rydag avait seulement besoin qu'on éveillât sa mémoire. Il avait deviné que le jeune garçon communiquait plus complètement avec elle, mais il découvrait maintenant l'étendue et la profondeur du langage des signes.

Ayla fut surprise que l'homme oubliât les formalités

d'usage. Il ne mentionna aucun nom de lieu, ni de parenté.

— Femme des Autres, cet homme désire savoir où tu as appris à parler.

— Quand cette femme était enfant, peuple et famille disparurent lorsque la terre trembla. Cette femme a été élevée par un clan, expliqua Ayla.

— Cet homme ne connaît pas de clan qui ait élevé une femme des Autres, fit l'homme.

— Le clan de cette femme vit très loin. L'homme connaît-il le fleuve que les Autres nomment la Grande Mère ?

— C'est notre frontière, fit l'homme d'un geste impatient.

— La rivière va plus loin que beaucoup l'imaginent, et tombe dans une mer, à l'est. Le clan de cette femme vit à la fin de la Grande Mère.

L'homme la regarda, incrédule, puis l'étudia attentivement. Contrairement au Peuple du Clan qui utilisait un langage de signes comprenant les mouvements inconscients du corps, ce qui rendait tout mensonge impossible, le Peuple des Autres ne parlait qu'avec des mots et cachait souvent ses pensées. Il ne découvrit aucun signe de dissimulation, mais l'histoire de cette femme paraissait invraisemblable.

— Cette femme voyage depuis le début de la dernière saison chaude, précisa Ayla.

Il montra des signes de nervosité, et Ayla comprit qu'il souffrait énormément.

— Que veut la femme ? Autres sont partis, pourquoi la femme reste-t-elle ?

Il savait qu'elle lui avait sauvé la vie, et avait aidé sa compagne, ce qui impliquait qu'il lui devait une obligation. Elle deviendrait alors presque sa parente. Cette pensée le troublait.

— Cette femme est une guérisseuse. Cette femme aimerait examiner la jambe de l'homme, fit Ayla.

Il cracha son mépris.

— La femme ne peut pas être une guérisseuse. La femme n'est pas du Clan.

Ayla se garda bien de protester. Elle prit le temps de la réflexion et tenta une nouvelle approche.

— Cette femme désire s'entretenir avec l'homme des Autres.

L'homme accéda à sa requête. Ayla se leva et marcha à reculons, avant de se retourner pour rejoindre Jondalar.

— Vous arrivez à vous comprendre ? demanda-t-il. Je vois bien que tu fais des efforts, mais le clan où tu as vécu habite si loin !

— J'ai essayé le langage ordinaire de mon clan, mais sans succès. J'aurais dû m'en douter. Heureusement que j'ai pensé à utiliser le langage ancestral. Nous nous comprenons parfaitement, maintenant.

— Tu prétends que le Clan parle un langage compris de tous ? Où qu'ils habitent, ils se comprennent ? J'ai du mal à te croire.

— Evidemment. Mais n'oublie pas que le langage ancestral fait partie de leur mémoire innée.

— Tu veux dire qu'en naissant ils savent déjà parler comme ça ? Un bébé comprendrait ?

— Non, c'est plus compliqué. Ils naissent avec la mémoire, mais ils ont besoin qu'on leur apprenne à l'utiliser. J'ignore comment ça fonctionne, je n'ai pas cette mémoire-là, mais je crois qu'il s'agit davantage d'un « rappel » de quelque chose qu'ils savent déjà. En principe, un seul rappel suffit et le mécanisme est en place. C'est pour ça que certains d'entre eux me croyaient stupide. J'apprenais si lentement ! Je me suis exercée à mémoriser le plus vite possible, mais cela n'a pas été facile. Rydag possédait la mémoire, mais il n'avait personne pour lui apprendre à s'en servir... C'est la raison pour laquelle il ne connaissait pas les signes avant mon arrivée.

— Toi, lente à apprendre ! s'exclama Jondalar. Je n'ai jamais rencontré quelqu'un qui apprenait les langues aussi vite que toi.

— C'est différent, fit-elle, dédaignant le compliment. Les Autres possèdent une sorte de mémoire pour les mots, nous apprenons à reproduire les sons que nous entendons autour de nous. Apprendre une nouvelle langue consiste seulement à retenir un autre arrangement des sons. Même si tu fais des fautes, on te comprend. Son langage est plus difficile pour nous, mais ce n'est pas ça qui m'inquiète. Le problème, c'est l'obligation.

— L'obligation ? Quelle obligation ?

— Il ne l'admettra jamais, mais il souffre terriblement. Je veux l'aider, je veux réparer sa jambe. J'ignore comment ils rentreront dans leur clan, mais nous verrons cela plus tard. Il faut d'abord soigner sa jambe cassée. Mais il a déjà une dette envers nous, et il sait, puisque je comprends sa langue, que je connais l'existence des obligations. S'il croit que je lui ai sauvé la vie, c'est une dette de sang. Il ne veut pas nous devoir davantage, dit Ayla, essayant d'expliquer des relations complexes en les simplifiant.

— Une dette de sang ?

— Oui, c'est une obligation...

Ayla réfléchit. Comment lui faire comprendre ?

— C'est souvent ce qui se passe entre chasseurs. Si un homme sauve la vie d'un autre, il « possède » une parcelle de son esprit. L'homme qui aurait dû mourir la lui cède en échange de sa vie. Etant donné qu'aucun homme ne veut voir mourir des parcelles de son esprit — et marcher dans l'autre monde avant lui — il ferait tout pour maintenir en vie celui à qui il a donné une parcelle de la sienne. Ils deviennent ainsi frères de sang, et sont encore plus proches que des frères ordinaires.

— Oui, ça se comprend, acquiesça Jondalar.

— A la chasse, les hommes doivent s'entraider, et comme ils se sauvent souvent mutuellement la vie, chacun possède une parcelle de l'esprit des autres. Ils nouent ainsi des liens plus importants que ceux de la famille. Certains chasseurs d'un même clan sont parfois apparentés, mais les liens familiaux passent après ceux des chasseurs, qui ne peuvent se permettre de favoriser l'un plutôt que l'autre. Ils sont trop dépendants les uns des autres.

— En somme, c'est une forme de sagesse, fit Jondalar d'un air pensif.

— C'est ce qu'on appelle une dette de sang. Cet homme ignore les coutumes des Autres, et le peu qu'il en sait ne lui donne pas une bonne opinion de nous.

— Après les exploits de Charoli, c'est normal.

— C'est vrai, mais c'est encore plus compliqué, Jondalar. En tout cas, il n'est pas très content d'être notre obligé.

— Il te l'a dit ?

— Bien sûr que non ! Mais le langage du Clan ne se réduit pas aux seuls gestes. La façon dont on se tient, les expressions, une foule de petits détails entrent en jeu. J'ai grandi dans un clan, toutes ces choses font partie de moi, et nous sont communes. Alors, je devine ce qui le gêne. S'il pouvait m'accepter en tant que guérisseuse du Clan, ce serait déjà un progrès.

— Qu'est-ce que cela changerait ?

— Cela voudrait dire que je possède déjà une parcelle de son esprit.

— Mais... mais tu ne le connais pas ! Comment posséderais-tu une parcelle de son esprit ?

— Une guérisseuse sauve des vies. Elle pourrait exiger une parcelle de l'esprit de tous ceux qu'elle sauve, et en détiendrait une de chacun avant longtemps. Quand elle est nommée guérisseuse, elle donne une parcelle de son esprit au Clan, et reçoit en échange une parcelle de chacun. Comme cela, la dette est déjà acquittée, et cela explique le statut privilégié de la guérisseuse. Pour la première fois, je suis contente qu'on ne m'ait pas repris les esprits du Clan....

Jondalar allait parler, mais devant l'expression figée d'Ayla, il comprit qu'elle était plongée dans une profonde méditation.

— ... quand j'ai été condamnée à mort, poursuivit-elle. J'en ai été longtemps préoccupée. A la mort d'Iza, Creb a repris toutes les parcelles d'esprit pour qu'elle ne les emporte pas dans l'autre monde. Mais quand Broud m'a damnée, personne ne m'a repris les parcelles, pourtant le Clan me considérait comme morte.

— Qu'arriverait-il s'ils l'apprenaient ? demanda Jondalar en désignant les deux membres du Clan d'un discret signe de tête.

— Je cesserais d'exister. Ils ne me verraient même

pas. Ils ne s'autoriseraient pas à me voir. Si je me plantais devant eux en hurlant, ils ne m'entendraient pas. Ils croiraient simplement qu'un mauvais esprit cherche à les entraîner dans l'autre monde, expliqua Ayla, qui frissonna en revivant un souvenir cruel.

— Oui, mais pourquoi es-tu contente de toujours détenir les parcelles d'esprits ?

— Parce que je ne peux pas lui mentir, il le saurait. En revanche, je peux éviter de tout dire. Par courtoisie et par respect de la vie privée d'autrui, c'est autorisé. Je ne suis pas obligée de lui dévoiler ma damnation, mais je peux dire que je suis une guérisseuse du Clan puisque c'est vrai. Je le suis toujours, je possède encore les parcelles d'esprits... Mais je mourrai un jour, Jondalar, reprit-elle d'un air soucieux. Si j'emporte les parcelles d'esprits dans l'autre monde, que deviendront ceux du Clan ?

— Comment le saurais-je ?

Ayla paraissait bouleversée.

— Je penserai à l'autre monde plus tard, dit-elle en se reprenant, un devoir m'attend dans celui-ci. S'il m'accepte en tant que guérisseuse du Clan, il n'aura pas à se préoccuper de dette. La dette de sang qu'il a contractée avec un des Autres lui pèse déjà assez. Mais une dette envers une femme est encore plus pénible, surtout une femme qui se sert d'une arme.

— Mais je croyais que tu chassais quand tu vivais avec le Clan ?

— C'était une exception, et uniquement parce que j'avais survécu pendant une lune à une Malédiction Suprême pour avoir chassé à la fronde. Brun m'a autorisée à chasser parce que mon totem, le Lion des Cavernes, me protégeait. C'est lui qui m'a offert mon talisman et m'a appelée la Femme Qui Chasse.

Ayla caressa la petite bourse en cuir qu'elle portait en permanence autour du cou, et repensa à la première bourse en paille qu'Iza lui avait tressée. Comme l'aurait fait une mère, Iza y avait déposé un petit morceau d'ocre rouge quand Ayla avait été acceptée par le Clan. C'était une amulette grossière, sans décoration, contrairement à celle qu'elle portait maintenant et que les

Mamutoï lui avaient donnée à la cérémonie d'adoption, mais Ayla conservait toujours ses objets magiques et le morceau d'ocre rouge. Les objets étaient les signes envoyés par son totem, ainsi que la pointe ovale tachée de rouge d'une défense de mammouth — son talisman de chasse —, la pierre noire, et le morceau de bioxyde de manganèse renfermant les parcelles d'esprits du Clan qu'on lui avait données quand elle avait été nommée guérisseuse du clan de Brun.

— Jondalar, il serait bon que tu lui parles. Il ne sait plus que penser. C'est un homme de traditions et il vient d'assister à trop de choses anormales. Il vaut mieux que ce soit un homme, même un des Autres, qui lui parle, plutôt qu'une femme. Ça le tranquilliserait. Tu te souviens du signe pour saluer un homme ?

Jondalar esquissa un geste et Ayla approuva. Cela manquait de finesse, mais le sens était clair.

— Ne salue pas tout de suite la femme, ce serait de mauvais goût. Il risquerait de se sentir insulté. Les hommes, surtout les étrangers, ne s'adressent jamais aux femmes sans un bon motif. Attends son autorisation avant d'adresser la parole à sa compagne. Avec un parent, les formalités sont moindres, et un ami proche peut satisfaire ses besoins avec elle — partager les Plaisirs — mais la politesse exige de demander l'autorisation à l'homme.

— Son autorisation, et pas celle de la femme ? Pourquoi les femmes acceptent-elles qu'on leur accorde moins d'importance qu'aux hommes ?

— Elles n'envisagent pas les choses comme toi. Au fond d'elles-mêmes, elles savent bien que les femmes comptent autant que les hommes. Mais elles n'ignorent pas qu'elles sont très différentes.

— Bien sûr qu'elles sont différentes. Comme partout… heureusement, d'ailleurs.

— Ce n'est pas ce que je voulais dire. Tu peux faire les mêmes choses que les femmes, Jondalar, sauf mettre au monde un enfant. Je suis moins forte que toi, mais je peux faire presque les mêmes choses que toi. Les hommes du Clan n'ont pas le droit de faire les mêmes travaux que les femmes, et inversement. La mémoire leur manque. Quand j'ai appris à chasser, les gens étaient davantage surpris par ma capacité d'apprendre, ou mon désir de chasser, que par l'interdit que j'avais bravé. Ça les surprenait autant que si un homme avait donné naissance à un bébé, et les femmes étaient encore plus étonnées que les hommes. Une femme du Clan n'aurait jamais pensé à chasser.

— Tu disais pourtant que le Peuple du Clan et celui des Autres se ressemblaient beaucoup.

— C'est vrai. Mais par certains côtés, le Clan est plus singulier que tu ne le penses. J'ai déjà du mal à l'imaginer, et j'étais des leurs ! Alors, es-tu prêt à lui parler ?

— Oui, je crois.

Le géant s'avança au-devant de l'homme puissant et râblé qui attendait, assis par terre, la jambe tordue par la fracture. Ayla suivit à quelques pas. Jondalar s'assit en face de l'homme, et jeta un coup d'œil à Ayla qui lui fit un signe d'approbation.

Il n'avait jamais vu un mâle adulte de si près, et il pensa tout de suite à Rydag. Mais en observant l'homme, Jondalar découvrit à quel point le jeune garçon était éloigné d'un vrai Clan. En comparaison, les traits de Rydag étaient comme... *adoucis*. Le visage de l'homme était à la fois long et large, les mâchoires proéminentes comme entraînées en avant par un nez fort et pointu. Sa barbe, soyeuse et récemment taillée, n'arrivait pas à masquer l'absence de menton.

La barbe se mêlait à une masse épaisse de cheveux bouclés d'un brun clair, qui recouvrait un énorme crâne formant une bosse arrondie sur la nuque. Les lourdes arcades sourcilières de l'homme envahissaient presque tout le front fuyant et bas. Jondalar faillit tâter son propre front pour en évaluer la différence. Il commençait à comprendre l'origine de leur surnom : les Têtes Plates. C'était comme si un sculpteur avait remodelé sa propre tête, aplati le front et concentré la matière restante en boule au-dessus de la nuque.

Une épaisse broussaille accentuait la forme des arcades sourcilières de l'homme et ses yeux noisette mouchetés d'or reflétaient la curiosité, l'intelligence, et une douleur contenue. Jondalar comprit pourquoi Ayla tenait tant à l'aider.

Il se sentit stupide en faisant les signes du salut, mais l'éclair de surprise qu'il lut dans le regard de l'autre lui mit du baume au cœur. L'homme du Clan lui retourna son salut. Jondalar se demandait comment poursuivre. Il imagina ce qu'il aurait dit à un inconnu d'une autre Caverne ou d'un autre Camp et essaya de se rappeler les signes qu'il avait appris pour communiquer avec Rydag.

— Cet homme s'appelle... fit-il. (Il énonça ensuite son nom suivi de son affiliation primaire.) Jondalar des Zelandonii.

Les sons étaient trop mélodieux, les voyelles trop abondantes pour que l'homme pût les saisir toutes à la fois. Il hocha la tête comme pour se déboucher les oreilles, et la pencha pour mieux entendre. Ensuite, il frappa légèrement la poitrine de Jondalar.

Jondalar comprit tout de suite le sens de son geste. C'était facile.

— Cet homme s'appelle... Jondalar, répéta-t-il en oubliant volontairement l'affiliation.

L'homme parut se concentrer. Il prit ensuite une profonde inspiration et articula de son mieux :

— Dyondar.

Jondalar esquissa un sourire approbateur. La voix était profonde, l'articulation inexistante, les voyelles avalées, mais l'idée y était, et surtout le son lui parut étrangement familier. Mais oui, Ayla ! Bien que plus douce, la voix d'Ayla possédait cette même sonorité gutturale. Pas étonnant que personne ne réussisse à identifier son accent ! Elle avait un accent du Clan. Et dire qu'on les croyait incapables de parler !

Ayla trouva que l'homme avait particulièrement bien prononcé le nom de Jondalar. Elle n'était pas sûre d'avoir été aussi claire la première fois qu'elle avait dû dire son nom, et elle se demanda si l'homme n'avait pas déjà eu des contacts avec les Autres. S'il avait été choisi pour représenter les siens, ou engager des sortes de pourparlers avec ceux qu'on nommait les Autres, cela impliquerait un statut élevé. Voilà qui justifiait son inquiétude d'une dette de sang à payer aux Autres, surtout à des Autres de statut inconnu. Il craignait de dévaluer son rang, mais une obligation était une obligation, et qu'il le veuille ou non, il avait besoin d'aide. Restait à le convaincre qu'elle connaissait le sens de la dette et en comprenait toutes les implications.

L'homme se frappa la poitrine et se pencha légèrement.

— Guban, dit-il.

Jondalar éprouva les mêmes difficultés à reproduire le nom que l'homme avait eues avec « Jondalar », et Guban fit preuve d'autant d'indulgence que Jondalar précédemment.

Ayla laissa échapper un soupir de soulagement. L'échange de noms était peu de chose, mais c'était un début. Elle jeta un coup d'œil à la femme, toujours déconcertée de voir une femme du Clan aux cheveux plus clairs que les siens. Ses boucles soyeuses étaient presque blanches, mais la femme était séduisante. C'était sans doute la deuxième de son foyer. Guban était un homme dans la force de l'âge, et cette femme venait probablement d'un autre clan. Elle devait représenter un bon prix.

La femme regarda furtivement Ayla. Ayla avait cru lire de la peur dans ce regard. Elle l'examina à la dérobée. Etait-ce de l'embonpoint qui lui ceignait la taille ? Le cuir n'écrasait-il pas trop sa poitrine ? Mais oui, elle était enceinte ! Pas étonnant qu'elle ait peur. Un homme à la jambe cassée n'est plus un vaillant chasseur. Et si cet homme possède un statut élevé, il exerce probablement des responsabilités. Il faut que je réussisse à le convaincre, se dit Ayla.

Les deux hommes s'évaluaient. Jondalar ne savait pas quelle attitude adopter, et l'autre guettait sa réaction. En désespoir de cause, Jondalar se tourna vers Ayla.

— Cette femme se nomme Ayla, fit-il.

Ayla crut d'abord à une gaffe, mais en remarquant la réaction de Guban, elle se ravisa. Une présentation si hâtive indiquait dans quelle haute estime on la tenait, ce qui semblait normal pour une guérisseuse. En déchiffrant les explications suivantes de Jondalar, elle se demanda s'il n'avait pas lu dans ses pensées.

— Ayla soigne. Elle soigne très bien. Bonne médecine. Ayla veut aider Guban.

Pour l'homme du Clan, les signes qu'utilisait Jondalar rappelaient le langage des bébés. Ses propos manquaient de nuances, et de complexité, mais ils paraissaient sincères. Guban ne s'attendait pas à ce qu'un homme des Autres parlât correctement. La plupart jacassaient, ou marmonnaient, ou grognaient comme des animaux. Ils faisaient trop de bruits avec leur bouche, comme les jeunes enfants, mais que pouvait-on attendre de ces humains demeurés ?

Pourtant la femme ne manquait pas de profondeur, et saisissait les nuances les plus subtiles. Sa capacité à communiquer était réelle. Elle avait une finesse insoupçonnée, elle avait traduit les propos de Dyondar, facilitant la communication entre les deux hommes sans les embarrasser. Il avait peine à croire qu'elle eût été élevée par un clan et qu'elle vînt de si loin, mais elle parlait avec tant de facilité qu'on l'aurait prise pour une femme du Clan.

Guban n'avait jamais entendu parler du clan dont elle prétendait venir et pourtant il en connaissait de nombreux. Le langage ordinaire qu'elle avait utilisé ne lui était pas familier. Le langage du clan de sa compagne aux cheveux jaunes n'était pas aussi étrange, mais cette femme des Autres connaissait les signes ancestraux, et les utilisait à bon escient, ce qui était rare pour une femme. Ellc semblait cacher quelque chose, mais il ne l'aurait pas juré. C'était une femme des Autres, et il n'était pas question de l'interroger là-dessus. D'ailleurs, les femmes, surtout les guérisseuses, aimaient garder quelques secrets.

La douleur se réveilla et faillit lui arracher un cri. Il dut se concentrer pour l'oublier.

Comment pouvait-elle se prétendre guérisseuse ? Elle n'était pas du Clan. Elle n'en avait pas la mémoire. Dyondar l'avait présentée comme une femme qui soignait, et semblait la tenir en haute estime... Ah, cette jambe cassée !... Guban tressaillit légèrement et dut serrer les dents. Elle soignait peut-être, après tout. Mais cela n'en faisait pas une guérisseuse du Clan. Et son obligation était déjà si élevée. Une dette de sang envers cet homme, passe encore... mais envers une femme. Et une femme qui utilisait les armes !

D'un autre côté, que seraient-ils devenus sans leur aide ? Cheveux Jaunes qui attendait un bébé... Cette pensée l'émut. Une rage inconnue l'avait fait bouillir quand les hommes l'avaient attrapée, blessée, et avaient essayé de la prendre. Il avait sauté du rocher pour la défendre. L'escalader n'avait pas été facile, et il n'avait pas eu le temps de redescendre.

Ils avaient repéré des traces de cerf, et il avait grimpé sur le rocher pour savoir si la chasse serait possible, pendant que Cheveux Jaunes collectait des écorces et incisait les troncs pour récolter le jus qui n'allait pas tarder à couler. Elle prétendait qu'il ferait bientôt plus chaud, mais personne ne l'avait crue. C'était encore une étrangère pour son clan, mais elle disait qu'elle possédait la mémoire de ces choses. Il avait décidé de lui permettre de prouver son savoir, et avait accepté de l'emmener bien qu'il connût les dangers... à cause de ces hommes.

Il faisait froid, et il avait cru qu'ils réussiraient à les éviter en restant près du glacier. Le rocher lui avait semblé un bon poste d'observation. En atterrissant, la douleur l'avait transpercé et il avait senti l'os se briser. Il avait failli s'évanouir, mais il n'en avait pas le droit. Douleur ou pas, il devait affronter les Autres. Lorsqu'elle s'était précipitée pour le défendre, une agréable chaleur l'avait envahi. Il avait été surpris de la voir frapper les Autres. Les femmes ne se battaient jamais, d'habitude, et il n'avait pas l'intention de le raconter à ceux de son clan. Mais il s'était senti flatté qu'elle eût volé à son secours.

Il changea de position pour mieux contrôler la violence de la douleur. Il ne craignait pas la douleur. Mais il y avait d'autres peurs. Que se passerait-il s'il ne pouvait plus marcher ? Une jambe cassée ne se remettait pas si vite, si elle se remettait. Mais s'il restait invalide, comment chasserait-il ?

S'il ne pouvait plus chasser, il perdrait son statut. Il cesserait d'être chef. Il avait promis au chef du clan de

Cheveux Jaunes de prendre soin d'elle. C'était une favorite dans son clan, mais il était de rang élevé et elle avait accepté de le suivre. Elle lui avait même avoué, dans l'intimité de leurs fourrures, qu'elle avait désiré être sa compagne.

Sa première femme ne s'était pas réjouie de l'arrivée d'une jeune et belle seconde compagne. Mais c'était une femme du Clan. Elle avait bien pris soin de son foyer, et elle conserverait le titre de Première Femme. Il lui avait promis de s'occuper d'elle et de ses deux filles, bien qu'il eût longtemps regretté qu'elle n'eût pas mis au monde un garçon. Les deux filles de son foyer faisaient sa joie, mais elles seraient bientôt grandes. Elles partiraient.

S'il ne pouvait plus chasser, il ne pourrait plus subvenir aux besoins de personne. Le clan devrait prendre soin de lui comme d'un vieillard. Et la belle Cheveux Jaunes, qui aurait peut-être bientôt un garçon, comment prendrait-il soin d'elle ? Elle trouverait facilement un homme pour s'occuper d'elle. Oui, mais il la perdrait.

D'ailleurs, s'il ne pouvait plus marcher, comment rentrerait-il au clan ? Cheveux Jaunes serait obligée d'aller chercher de l'aide. S'il ne pouvait rentrer seul, il se déconsidérerait aux yeux de son clan, mais ce serait encore pire si la jambe ne se remettait pas et qu'il perdait son habileté de chasseur.

Je devrais peut-être demander à cette femme experte en soins des Autres, hésitait-il, bien qu'elle se serve d'armes. Elle doit être de statut élevé, à voir comment Dyondar la traite. Et le statut de l'homme est certainement important pour qu'il soit uni à une femme experte en soins. Elle avait fait fuir ces hommes autant que Dyondar... avec l'aide de ce loup ! Mais pourquoi un loup les aidait-il ? Il avait surpris la femme qui lui parlait. Elle avait utilisé des signes simples et directs. Elle lui avait demandé de s'asseoir près de l'arbre, avec les chevaux. Et le loup avait compris et avait obéi ! Il attendait toujours sagement.

Guban parut songeur. Il avait du mal à penser à ces animaux sans ressentir une sourde terreur. La peur incontrôlée des esprits. Comment expliquer autrement l'obéissance du loup et des chevaux ? Comment expliquer que des animaux se comportent si peu... en animaux ?

Il voyait bien que Cheveux Jaunes était aussi inquiète que lui. Comment lui en vouloir ? Puisque Dyondar s'était senti autorisé à lui présenter sa femme, peut-être devrait-il faire de même ? Il ne voulait pas qu'ils crussent que le statut qu'elle avait obtenu en le suivant était inférieur à celui de Dyondar. Guban fit un signe imperceptible à la jeune femme, qui n'avait pas perdu une miette des événements, mais qui, en femme du Clan qui se respecte, avait réussi à se faire oublier.

— Cette femme se nomme... fit-il, avant de toucher l'épaule de sa compagne et d'annoncer : Yorga.

Jondalar cru entendre deux aspirations encadrant un R. Il lui aurait été impossible de reproduire le son. Ayla devina son trouble, et dut envisager rapidement un moyen élégant de prendre la situation en main. Elle répéta le nom de sorte que Jondalar le comprît et s'adressa à la femme.

— Yorga, fit-elle, ajoutant aussitôt en signes : cette femme te salue. Cette femme se nomme... Ayla, prononça-t-elle en détachant chaque syllabe pour Jondalar. L'homme nommé Dyondar voudrait saluer la femme de Guban à son tour.

Cela ne se serait pas passé ainsi dans le Clan, se dit Guban, mais il ne décela aucune offense de la part des Autres. Il était curieux de voir la réaction de Yorga.

Elle jeta un regard à Jondalar, et baissa aussitôt les yeux. Guban la gratifia d'un imperceptible signe d'approbation. Elle avait pris acte de la présence de Jondalar, mais sans plus.

Jondalar n'avait pas ces préjugés. Il n'avait jamais vu ceux du Clan de si près... et il ne cachait pas sa fascination. Il l'observa beaucoup trop longtemps. Les traits de la femme ressemblaient à ceux de l'homme, avec une douceur féminine. Il avait déjà remarqué sa petite taille trapue, la taille d'une enfant. A part ses soyeuses boucles pâles, elle était loin d'être belle, mais il comprenait qu'elle plût à Guban. Il prit soudain conscience que l'homme l'observait, fit un bref signe de tête, et détourna les yeux. Guban paraissait furieux, et Jondalar se jura d'être désormais plus prudent.

Guban n'avait pas apprécié l'insistance de Jondalar, mais il n'avait pas considéré son impolitesse comme un manque de respect. D'ailleurs, il était bien trop accaparé par la douleur. Il devait absolument questionner cette femme.

— Je désire parler à celle qui soigne... Dyondar, fit-il.

Jondalar devina le sens de sa demande et acquiesça. Ayla, qui les avait attentivement observés, s'avança vivement et s'assit humblement en face de Guban, les yeux baissés.

— Dyondar dit que la femme soigne. La femme se prétend guérisseuse. Guban désire savoir comment une femme des Autres peut devenir guérisseuse du Clan.

Ayla répondit en traduisant en mots ce qu'elle disait en signes pour que Jondalar ne fût pas exclu de la conversation.

— La femme qui m'a recueillie, qui m'a élevée, était une guérisseuse de haut rang. Iza descendait d'une très vieille lignée de guérisseuses. Iza était comme une mère pour cette femme, et a enseigné à cette femme en même temps qu'à la fille de sa lignée.

Guban paraissait sceptique, mais sa curiosité était flagrante.

— Iza n'ignorait pas que cette femme ne possédait pas la mémoire de sa fille.

Guban approuva. C'était évident.

— Iza força cette femme à se rappeler, elle obligea cette femme à répéter sans cesse, expliqua plusieurs fois à cette femme jusqu'au jour où elle fut convaincue que cette femme ne perdrait plus la mémoire. Cette femme fut enchantée d'apprendre, et de répéter les mêmes choses plusieurs fois pour acquérir le savoir d'une guérisseuse.

Ayla poursuivit ses explications avec les signes conventionnels, mais traduisit pour Jondalar en termes zelandonii courants.

— Iza m'a dit qu'elle pensait que cette femme venait aussi d'une lignée de guérisseuses, de guérisseuses des

Autres. Iza disait que je pensais comme une guérisseuse, mais elle m'a appris à considérer les soins comme une guérisseuse du Clan. Cette femme n'est pas née avec la mémoire d'une guérisseuse, mais la mémoire d'Iza est à présent mienne.

Tous suivaient Ayla avec attention.

— Iza est tombée malade. Une toux l'a prise qu'elle-même ne pouvait guérir, et j'ai commencé à la remplacer. Le chef en personne a été content de mes soins le jour où il s'est brûlé. Mais Iza procurait un statut élevé au clan. Quand elle est devenue trop malade pour assister au Rassemblement du Clan, et comme sa vraie fille était trop jeune, le chef et le mog-ur ont décidé de m'élever au rang de guérisseuse. Comme je possédais la mémoire d'Iza, ils disaient que j'étais devenue une guérisseuse de sa lignée. Au Rassemblement du Clan, les autres chefs et les autres mog-ur ont longtemps hésité, mais ils ont fini par m'accepter.

Ayla voyait bien que Guban ne demandait pas mieux que de la croire, mais il doutait encore. Elle ôta la petite bourse décorée de son cou, défit la cordelette et étala le contenu dans sa paume. Elle prit ensuite une petite pierre noire et la lui tendit.

Guban connaissait la pierre noire qui laissait une trace. C'était une pierre mystérieuse. Le plus petit fragment pouvait renfermer les esprits de tous les membres du Clan, et on le donnait à une guérisseuse en échange d'une parcelle du sien. Et pourtant, l'amulette qu'elle portait était étrange, d'un style caractéristique des Autres, bien qu'il ignorât jusqu'ici qu'ils eussent des amulettes. Après tout, les Autres n'étaient peut-être pas aussi bornés et brutaux qu'on le croyait.

Guban désigna un objet qui l'intriguait.

— Qu'est-ce que c'est ? fit-il.

Ayla rangea ce qu'elle venait d'étaler devant lui avant de répondre.

— C'est mon talisman de chasse.

Impossible, se dit Guban. Elle essaie de me tromper.

— Les femmes du Clan ne chassent pas, fit-il.

— Je sais, mais je ne suis pas née du Clan. J'ai été choisie par un totem du Clan qui m'a protégée et m'a guidée au clan qui m'a adoptée. Mon totem voulait que je chasse. Notre mog-ur a voyagé dans le passé et y a rencontré les anciens esprits qui le lui ont confirmé. On a organisé une cérémonie spéciale, et on m'a appelée la Femme Qui Chasse.

— Quel est le totem qui t'a choisie ?

A la surprise de Guban, Ayla releva sa tunique, défit les cordelettes qui attachaient ses jambières à sa taille, et dévoila le haut de sa cuisse gauche. Guban aperçut nettement les quatre lignes parallèles, cicatrices laissées par les griffes du lion qui l'avait attaquée quand elle était enfant.

— Mon totem est le Lion des Cavernes, fit-elle.

La femme du Clan retint son souffle. Ce totem était trop puissant pour une femme. Elle n'aurait certainement pas d'enfants.

Guban poussa un bref grognement. Le Lion des Cavernes était le totem le plus puissant, un totem d'homme. On n'avait jamais entendu parler de femme protégée par ce totem, mais les marques ne laissaient aucun doute. C'étaient celles qu'on incisait dans la chair d'un garçon, quand sa première dépouille avait fait de lui un homme.

— C'est sur la jambe gauche, remarqua-t-il. On marque la jambe droite d'un homme.

— Je suis une femme, protesta Ayla. Le côté gauche est celui de la femme.

— C'est ton mog-ur qui t'a marquée ?

— Non, c'est le Lion des Cavernes quand j'étais une petite fille, avant d'être recueillie par le Clan.

— Cela expliquerait les armes, signala Guban. Mais les enfants ? L'homme aux cheveux jaunes a-t-il un totem assez puissant pour affronter celui du Lion des Cavernes ?

Jondalar s'agita. Il s'était souvent posé cette question.

— Le Lion des Cavernes l'a choisi, lui aussi, et lui a laissé sa marque. Mog-ur m'a dit que la marque prouvait que le Lion des Cavernes m'avait choisie, comme l'Ours des Cavernes avait choisi Mog-ur, le jour où il lui avait pris son œil...

— Mogor Un-Œil ! Tu as connu Mogor Un-Œil ?

— Je vivais dans son foyer. C'est lui qui m'a élevée. Iza était sa parente, et quand sa compagne est morte, il a pris soin d'elle et de ses enfants. Au Rassemblement du Clan, on l'appelait Mog-ur, mais pour ceux qui vivaient dans son foyer, il était simplement Creb.

— La réputation de Mogor Un-Œil est parvenue jusqu'ici. On parle de lui à nos Rassemblements du Clan. Il était très puissant...

Il allait poursuivre, mais préféra se taire. Les hommes n'étaient pas censés discuter de cérémonies ésotériques en présence des femmes. Mais si elle avait été éduquée par Mogor Un-Œil, voilà qui expliquait sa maîtrise du langage ancestral. Il se souvint qu'une parente du puissant Mogor Un-Œil était une guérisseuse de vieille lignée très respectée. Guban parut enfin se détendre, et il s'autorisa à laisser paraître une partie de sa souffrance. Il prit une profonde inspiration et étudia Ayla, qui était toujours assise les yeux baissés, comme toute femme du Clan qui se respecte. Il lui toucha l'épaule.

— Guérisseuse respectée, cet homme a... un petit ennui, signala-t-il dans le langage ancestral du Clan de l'Ours des Cavernes. Cet homme désire que la guérisseuse examine sa jambe. La jambe est peut-être cassée.

Enfin ! Ayla ferma les yeux et soupira. Elle avait réussi à le convaincre. Elle fit signe à Yorga de préparer une couche pour l'homme. L'os cassé n'avait pas transpercé la peau et Ayla espérait qu'il retrouverait le plein usage de sa jambe. Elle remettrait l'os en place, et le maintiendrait dans un moulage d'écorce.

— Quand je redresserai l'os, il aura très mal, mais j'ai de quoi détendre sa jambe et le faire dormir. Peux-tu rapprocher notre campement, Jondalar ? Je suis désolée de t'imposer cette corvée, surtout avec toutes ces pierres qui brûlent, mais je veux lui préparer la tente. Ils n'avaient pas prévu de s'absenter si longtemps et quand je l'aurai fait dormir, il ne faudra pas qu'il reste au froid. Nous aurons aussi besoin d'un feu, et je ne veux pas utiliser les pierres qui brûlent, et il faudra couper du bois pour les attelles. J'irai chercher de l'écorce quand il dormira, et j'essaierai de lui tailler des béquilles plus tard.

En la voyant prendre le commandement des opérations, Jondalar ne put réprimer un sourire attendri. Pourtant, ce retard le contrariait. Chaque jour de perdu était un jour de trop, mais il voulait aussi aider le blessé. D'ailleurs, Ayla refuserait de partir avant d'avoir réparé sa jambe. Il espérait seulement que ce ne serait pas trop long.

Jondalar ramena les chevaux à leur premier campement, les chargea, transporta leur équipement près d'Ayla, et conduisit ensuite Rapide et Whinney dans une clairière proche et qu'on ne voyait pas de leur nouveau campement où la neige avait couché les foins. Ceux du Clan semblaient considérer les chevaux comme une nouvelle manifestation du comportement étrange des Autres, et Ayla constata leur soulagement quand les chevaux trop dociles disparurent de leur vue. Elle se félicita que Jondalar y eût pensé.

Dès qu'elle retrouva ses affaires, elle sortit sa poche à médecines. En voyant la peau de loutre, Guban s'adoucit. C'était un sac du Clan, fonctionnel, dénué des décorations superflues que prisaient tant les Autres. Ayla s'arrangea pour que Loup restât à l'écart, et bizarrement l'animal, d'habitude si curieux d'approcher ceux qu'Ayla et Jondalar avaient accueillis en amis, ne manifesta pas le besoin de renifler les membres du Clan. Il surveilla les opérations de loin, sans jamais se montrer menaçant, et Ayla se demanda s'il avait compris la gêne qu'il provoquait.

Jondalar aida Yorga et Ayla à transporter Guban sous la tente. L'homme était lourd, mais pour résister à six assaillants, il faut des muscles qui doivent peser un bon poids, se dit Jondalar. Il remarqua aussi le visage impassible de Guban, alors que le transport devait être très douloureux, et se demanda si le refus de succomber à la souffrance ne cachait pas plutôt une insensibilité. Ayla lui expliqua qu'un tel stoïcisme était ancré chez tout homme du Clan dès son plus jeune âge. Le respect de Jondalar pour Guban s'accrut. Cet homme n'était pas de la race des faibles.

La femme, à peine plus petite, possédait aussi une

force étonnante. Elle pouvait porter les mêmes charges que Jondalar, et le Zelandonii n'avait jamais vu de mains dotées d'une telle puissance, ce qui n'empêchait pas Yorga de s'en servir avec précision et délicatesse. Jondalar découvrait peu à peu les ressemblances et les différences entre le Clan et les Autres. Il n'aurait pas pu préciser exactement quand son jugement bascula, mais il en était venu à considérer ceux du Clan comme des humains. Différents, certes, mais humains.

Ayla se résigna à utiliser quelques pierres qui brûlent pour faire un feu plus chaud afin d'accélérer la préparation du datura. Elle ajouta des pierres de cuisson pour faire bouillir l'eau. Guban refusa de boire la potion jusqu'au bout, prétendant qu'il n'avait pas le temps d'attendre que l'effet se dissipât, mais Ayla le soupçonna de ne pas se fier à ses capacités de préparer le datura convenablement. Elle remit l'os en place avec l'aide de Jondalar et de Yorga, et fabriqua de solides attelles. Lorsque tout fut terminé, Guban s'endormit enfin.

Yorga insista pour préparer le repas, mais la curiosité de Jondalar l'embarrassait. A la nuit tombée, autour du feu, Jondalar entreprit de tailler une paire de béquilles pendant qu'Ayla et Yorga nouaient connaissance. Ayla lui expliqua comment fabriquer des potions calmantes, comment utiliser les béquilles et lui conseilla de façonner des coussinets pour les rendre plus confortables. La profonde connaissance d'Ayla des mœurs et coutumes du Clan ne cessait de surprendre Yorga qui avait pourtant tout de suite remarqué son accent « Clan ». Elle finit par se livrer et Ayla traduisit son histoire à Jondalar.

Yorga voulait se procurer des écorces et inciser certains arbres. Guban l'avait accompagnée parce que la bande de Charoli avait déjà attaqué trop de femmes, et qu'elles n'étaient plus autorisées à s'éloigner seules. Tout le clan en pâtissait puisque les hommes consacraient moins de temps à la chasse. C'est pourquoi Guban avait décidé d'escalader le rocher. Il pensait trouver une proie pendant qu'elle découpait les écorces. Ceux de Charoli avaient dû la croire seule, et ne l'auraient certainement pas attaquée si Guban avait été là. Dès qu'il les avait vus, Guban avait sauté de son rocher pour la défendre.

— C'est étonnant qu'il ne se soit cassé qu'une jambe, remarqua Jondalar en évaluant la hauteur impressionnante du rocher.

— Les os du Clan sont très robustes, expliqua Ayla, et très épais. Ils ne se brisent pas facilement.

— Ces hommes n'avaient pas besoin de me brutaliser, dit Yorga. S'ils m'avaient donné le signal, je me serais soumise à leur besoin. Quand j'ai entendu le cri de Guban, j'ai compris que c'était très grave.

Elle poursuivit son récit. Plusieurs hommes s'étaient attaqués à Guban pendant que trois autres essayaient de la forcer. En entendant Guban crier, elle avait compris qu'il était blessé et avait tenté d'échapper à ses agresseurs. Jondalar avait alors surgi, frappant les hommes des Autres, et le loup avait bondi sur l'un pour le mordre.

— Ton homme est très grand et son nez est tout petit, mais quand je l'ai vu attaquer les hommes, cette femme a eu pour lui les yeux d'une mère, avoua-t-elle avec un regard timide.

Un instant déconcertée, Ayla finit par sourire.

— Je n'ai pas bien compris, qu'a-t-elle dit ? demanda Jondalar.

— Elle plaisantait, assura Ayla.

— Elle plaisantait ?

Il ne les aurait jamais crus capables de plaisanteries.

— Elle voulait plus ou moins dire que malgré ta laideur, quand tu es venu la défendre, elle t'aurait volontiers embrassé, annonça Ayla avant de traduire ses explications à Yorga.

La femme parut gênée, et jeta un coup d'œil furtif à Jondalar.

— Je suis très reconnaissante à ton géant. Si l'enfant que je porte est un garçon, et si Guban m'autorise à suggérer un nom, je lui dirai que Dyondar n'est pas si vilain que ça.

— Elle plaisante encore ? s'inquiéta Jondalar, plus ému qu'il ne voulait l'avouer.

— Non, mais elle ne peut que le suggérer à Guban, et le nom causerait trop de problèmes à l'enfant. Il est tellement inhabituel pour eux. Mais je crois que Guban accepterait. Pour un homme du Clan, il est exceptionnellement ouvert aux idées nouvelles. Yorga m'a raconté leur Union, et j'ai l'impression qu'ils sont amoureux, ce qui est on ne peut plus rare. D'habitude, les Unions sont arrangées.

— Qu'est-ce qui te fait penser qu'ils s'aiment? demanda Jondalar, intrigué.

— Yorga est la seconde femme de Guban. Son clan habite loin d'ici, et Guban leur a rendu visite pour parler d'un grand Rassemblement et pour discuter de nous, les Autres. D'abord des agissements de Charoli — je lui ai signalé les intentions des Losadunaï — et si j'ai bien compris, un groupe des Autres a entrepris des démarches de troc avec un ou deux clans.

— Ça alors !

— Comme tu dis. Il y a un problème de communication, mais les hommes du Clan, y compris Guban, ne font pas confiance aux Autres. Au cours de sa visite, Guban et Yorga se sont remarqués. Guban la désirait, et il a prétexté un rapprochement entre clans éloignés pour faciliter les échanges d'idées, et discuter notamment des idées nouvelles. Et il l'a ramenée avec lui ! C'est très inhabituel. L'usage veut qu'on en parle d'abord au chef, qu'on rentre en discuter avec son clan et qu'on laisse à la première femme le temps de s'habituer à partager son foyer avec une autre.

— La première femme de son foyer l'ignorait donc? s'étonna Jondalar. Guban est courageux.

— Sa première femme a eu deux filles, et il voulait un garçon. Les hommes du Clan accordent une grande importance aux fils de leur compagne et Yorga espère bien sûr mettre au monde un garçon. Elle a connu quelques difficultés pour se faire accepter par son nouveau clan, et si Guban ne guérit pas, s'il perd son statut à cause de sa jambe cassée, elle craint qu'il ne la rende responsable.

— Je commence à comprendre pourquoi elle s'inquiète tant.

Ayla se garda de lui avouer qu'elle s'était confiée à Yorga, lui expliquant qu'elle se rendait chez le peuple de Jondalar, loin des siens, elle aussi. Elle ne voulait pas ajouter aux soucis de son compagnon, mais elle s'interrogeait toujours sur l'accueil que lui réserveraient les Zelandonii.

Ayla et Yorga auraient aimé rester en contact et partager le fruit de leurs nouvelles expériences. Elles se sentaient presque de la même famille, vu la dette de sang de Guban à l'égard de Jondalar. Elles se connaissaient depuis peu, et pourtant Yorga se sentait plus proche d'Ayla que des femmes de son nouveau clan. Mais ceux du Clan ne visitaient jamais les Autres.

Guban se réveilla au milieu de la nuit, mais l'effet du datura ne s'était pas complètement dissipé. Au petit matin, il était plus alerte, cependant le contrecoup des événements de la veille avait eu raison de ses forces. Quand il aperçut la tête de Jondalar par l'ouverture de la tente, Guban fut surpris du plaisir qu'il éprouva à revoir le géant. Mais il ne sut que faire des béquilles que l'autre lui tendait.

— J'ai utilisé béquille après attaque de lion, expliqua maladroitement Jondalar. Mieux pour marche.

Guban voulut les essayer, mais Ayla le lui défendit. C'était trop tôt. Guban se laissa fléchir après avoir obtenu l'assurance de tenter l'expérience le lendemain. Ce soir-là Yorga fit savoir à Ayla que Guban souhaitait s'entretenir avec Jondalar d'un sujet important, et requérait son aide pour la traduction. Ayla devina de quoi il s'agissait et en discuta avec Jondalar pour aplanir les difficultés futures.

Guban s'inquiétait toujours de sa dette envers Ayla, qui n'était pas couverte par son statut de guérisseuse puisqu'elle lui avait sauvé la vie en utilisant une arme.

— Il faut le convaincre que c'est à toi qu'il est redevable, Jondalar. Si tu lui disais que je suis ta compagne, tu pourrais prétendre que ce qu'il me doit t'est dû, puisque je suis sous ta responsabilité.

Jondalar accepta, et après les préliminaires d'usage Guban et le Zelandonii entrèrent dans le vif du sujet.

— Ayla est ma compagne, elle m'appartient, fit

Jondalar, pendant qu'Ayla précisait sa pensée avec force signes. Elle est sous ma responsabilité et c'est à moi qu'il faut payer les dettes qui lui sont dues. Mais j'ai, moi aussi, une obligation qui tourmente mon esprit, ajouta-t-il à la grande surprise d'Ayla. Je dois une dette de sang au Clan.

Son aveu excita la curiosité de Guban.

— La dette pèse beaucoup sur mon esprit parce que je ne sais pas comment l'acquitter.

— Si tu m'expliques, fit Guban, peut-être pourrais-je t'aider.

— Comme l'a raconté Ayla, j'ai été attaqué par un lion des cavernes. Marqué, choisi par le Lion des Cavernes qui est à présent mon totem. Ayla m'a trouvé. La mort rôdait autour de moi, et mon frère, qui m'accompagnait, marchait déjà dans le monde des esprits.

— Ce que tu dis me peine. Perdre un frère est douloureux.

Jondalar acquiesça en silence.

— Si Ayla ne m'avait pas trouvé, reprit-il, je marcherais dans le monde des esprits. Mais quand Ayla était enfant, au bord de la mort, le Clan l'a recueillie et l'a élevée. Si le Clan n'avait pas aidé Ayla, elle serait morte. Et si elle n'avait pas été élevée et instruite par une guérisseuse du Clan, je ne serais pas en vie. Je marcherais comme mon frère dans le monde des esprits. C'est au Clan que je dois d'avoir la vie sauve, et je ne sais pas comment payer ma dette, ni à qui.

Guban hocha la tête avec compassion. C'était un problème délicat, et une dette importante.

— J'ai une demande à adresser à Guban, fit Jondalar. Puisque Guban me doit une dette de sang, je lui demande d'accepter ma dette au Clan en échange de la sienne.

L'homme du Clan considéra la proposition avec gravité. Il était reconnaissant à Jondalar d'avoir abordé ce problème. Il valait mieux échanger une dette de sang que de devoir sa vie à un homme des Autres, et lui donner une parcelle de son esprit.

— Guban accepte l'échange, finit-il par déclarer avec un vif soulagement.

Il ôta l'amulette qu'il portait au cou et l'ouvrit. Il étala le contenu dans sa main et choisit un objet, une dent, une de ses molaires de lait. Les dents de Guban, bien que dénuées de carie, offraient une usure particulière. Les hommes du Clan s'en servaient comme outils. La molaire qu'il tenait dans sa main n'était pas aussi usée que ses dents définitives.

— Accepte ceci en gage de mon amitié, fit-il.

Jondalar était gêné. Il n'avait pas prévu qu'un échange de cadeaux attesterait de l'échange de dettes, et il ne savait pas quoi offrir à l'homme du Clan sans l'offenser. Ils voyageaient avec peu de bagages et il n'avait pas grand-chose à lui donner. Il eut soudain une idée lumineuse.

Il détacha une bourse de sa ceinture et en versa le contenu dans sa main. Guban parut surpris. Il y avait plusieurs griffes et canines d'ours des cavernes, celui qu'il avait tué l'été précédent, au début de leur long Voyage.

— Accepte ceci en gage de mon amitié, fit-il en tendant une dent d'ours à Guban.

Guban refréna sa joie. Une dent d'ours des cavernes était un gage puissant et conférait un statut élevé. Jondalar lui faisait un grand honneur. Guban était enchanté que cet homme des Autres eût compris l'importance de sa position, et qu'il eût souhaité s'acquitter de sa dette envers le Clan tout entier avec autant de discernement. Il accepta le gage qu'il serra dans son poing.

— Bon ! fit Guban avec fermeté, comme s'il mettait un terme à une transaction. Maintenant que nous sommes parents, il serait bon de connaître le territoire de chacun.

Jondalar décrivit brièvement la région qu'occupaient les Zelandonii, et ensuite celle où vivait la Neuvième Caverne. Guban fit de même pour son territoire. A les entendre, Ayla se disait qu'ils n'étaient pas aussi différents qu'elle l'avait imaginé.

Le nom de Charoli arriva dans la conversation.

Jondalar expliqua les problèmes que la bande avait causés à tout le monde, et précisa les détails de l'expédition punitive décidée par les Losadunaï. Guban jugea la nouvelle assez importante pour être annoncée aux autres clans. Il commençait à considérer son accident comme un heureux présage.

Il aurait beaucoup de choses à raconter à son clan. Non seulement les Autres se plaignaient des agissements de ces jeunes et comptaient y mettre un terme, mais certains des Autres acceptaient de combattre les leurs pour défendre le Peuple du Clan. Il y en avait même qui parlaient correctement ! Une femme connaissait parfaitement le langage du Clan, et un homme, avec des capacités plus limitées, mais certainement plus utiles puisque c'était un mâle, et un parent de surcroît. Nul doute qu'il pourrait tirer profit de son contact avec les Autres, et de ce qu'il avait appris d'eux. Son statut en sortirait renforcé, surtout s'il récupérait l'usage de sa jambe.

Le soir, Ayla lui appliqua le moulage d'écorce. Guban alla se coucher le cœur léger. Sa jambe ne le faisait presque plus souffrir.

Le lendemain, Ayla se réveilla mal à l'aise. Elle avait encore fait un de ses rêves étranges où il était question de cavernes et de Creb. Elle le raconta à Jondalar. Ils envisagèrent ensuite les différents moyens de ramener Guban dans son clan. Jondalar suggéra d'utiliser les chevaux, mais il craignait que cela ne les retardât trop. Ayla devinait que Guban n'accepterait jamais. Les chevaux apprivoisés l'angoissaient bien trop.

Ils aidèrent Guban à sortir de la tente, et pendant qu'Ayla et Yorga préparaient le repas matinal, Jondalar montra à l'homme le maniement des béquilles. Malgré les protestations d'Ayla, Guban voulut les essayer à tout prix, et après quelques essais, il s'étonna de leur efficacité. En fait, il pouvait marcher sans peser sur sa jambe cassée.

— Yorga ! appela-t-il après avoir reposé les béquilles. Prépare-toi. Nous partirons après le repas. Il est temps de rentrer au clan.

— C'est trop tôt, protesta Ayla, parlant en zelandonii

pour Jondalar en même temps qu'elle faisait les signes du Clan. Il faut ménager ta jambe, sinon elle ne se remettra pas convenablement.

— Avec ceci, ma jambe se reposera pendant la marche, fit Guban en montrant les béquilles.

— Si tu es pressé, tu peux monter sur un des chevaux, proposa Jondalar.

Guban prit un air effaré.

— Non ! Guban ira sur ses jambes, grâce à ces bâtons de marche. Nous partagerons encore un repas avec nos nouveaux parents et nous partirons.

41

Les deux couples se séparèrent. Guban et Yorga se contentèrent de regarder un instant Ayla et Jondalar, en prenant garde d'éviter le loup et les chevaux. Alors, appuyé sur ses béquilles, Guban s'éloigna en clopinant, suivi à quelques pas de Yorga.

Pas d'adieux, pas de merci, le Peuple du Clan ignorait de tels concepts. On pensait qu'un départ était un acte éloquent qui se passait de commentaire ; quant à l'aide ou la gentillesse, surtout venant de parents, cela allait de soi. Ayla savait que Guban aurait les pires difficultés à leur rendre la pareille. Il considérait avoir une dette envers eux dont il ne pourrait jamais s'acquitter. Les Autres ne lui avaient pas seulement sauvé la vie, ils lui avaient offert une chance de préserver sa position, son statut, ce qui comptait plus que la vie à ses yeux.

— J'espère qu'ils n'ont pas trop de chemin à parcourir, déclara Jondalar. On ne peut pas aller loin avec des béquilles. Pourvu qu'il y arrive.

— Oh, il y arrivera, fit Ayla, même si c'est loin. Il serait rentré chez lui, avec ou sans béquilles. Il ramperait s'il le fallait. Ne t'inquiète pas, Jondalar, Guban est un homme du Clan. Il y arrivera... au péril de sa vie, mais il y arrivera.

Un voile obscurcit le regard bleu de Jondalar. Il restait songeur, cependant qu'Ayla emmenait déjà Whinney par la longe. Puis il se secoua et se mit en route à son tour, avec Rapide. Il était inquiet pour Guban, mais se réjouissait tout de même que l'homme du Clan eût décliné son offre. Le raccompagner à cheval leur aurait fait perdre des jours précieux.

De leur campement, ils continuèrent à travers bois et parvinrent sur une crête d'où ils contemplèrent le chemin parcouru. Telles des sentinelles, de hauts pins se dressaient sur les berges de la Rivière Mère, colonne d'arbres sortie de la légion des conifères et louvoyant vers le flanc des montagnes méridionales.

La pente que les voyageurs gravissaient s'aplanit et ils débouchèrent sur une petite vallée offrant refuge à une forêt de pins. Ils descendirent de cheval et menèrent leur monture dans la forêt dense et obscure que baignait un silence à donner le frisson. Des fûts droits et sombres soutenaient une voûte de ramures aux longues aiguilles qui barrait la route au soleil et interdisait toute autre végétation. Accumulée au cours des siècles, une épaisse couche d'aiguilles brunes étouffait les pas et le martèlement des sabots.

Apercevant un essaim de champignons au pied d'un arbre, Ayla s'agenouilla pour les examiner. Ils étaient durs comme de la glace, pris dans une brusque gelée au début de l'automne. Comme la neige n'avait pas réussi à traverser la voûte d'aiguilles, rien n'indiquait le changement de saison et on aurait cru que le temps avait suspendu son vol, figeant pour toujours la forêt dans son état automnal. Loup vint fourrer son museau dans la main nue d'Ayla. Elle caressa la tête du fauve et nota son haleine embuée. Elle eut l'impression fugitive qu'ils étaient les seuls survivants dans un monde endormi.

A l'autre bout de la vallée, la pente s'éleva brusquement et des sapins argentés firent leur apparition, leur chatoiement rehaussé par le vert foncé des épicéas. Avec l'altitude, les pins aux longues aiguilles se rabougrirent avant de disparaître tout à fait, laissant les sapins et les épicéas encadrer le lit de la Moyenne Mère.

Jondalar repensait au couple du Clan qu'ils venaient de rencontrer. Il ne pourrait plus jamais les considérer autrement que comme des humains. Il me faut convaincre mon frère, se promit-il. Il essaiera peut-être d'établir des contacts avec eux... s'il est toujours l'Homme Qui

Ordonne. Lorsqu'ils s'arrêtèrent pour préparer une infusion chaude, il fit part de ses réflexions à Ayla.

— Quand nous serons chez moi, je parlerai du Clan à Joharran. Si d'autres peuples peuvent faire du troc avec eux, pourquoi pas nous ? Il faut aussi que mon frère sache que les clans se réunissent pour discuter des problèmes qu'ils rencontrent avec nous. Ça pourrait mal tourner, et je n'aimerais pas me battre avec des gaillards comme Guban.

— Rien ne presse, assura Ayla. Il faudra du temps avant que ceux du Clan prennent une décision. Tout changement leur est difficile.

— Et le troc, crois-tu qu'ils accepteraient de s'y mettre ?

— Guban en serait partisan, j'en suis sûre. Il a envie d'en apprendre davantage sur notre compte. Par exemple, il a refusé de monter à cheval, mais il a accepté les béquilles. Il a déjà fait preuve d'audace en ramenant une femme blonde d'un clan éloigné. Yorga est belle, mais c'était un gros risque.

— Tu la trouves belle ? s'étonna Jondalar.

— Pas toi ?

— Je comprends qu'elle plaise à Guban, répondit prudemment Jondalar.

— Le goût des hommes dépend de leur éducation, remarqua Ayla.

— Oui, et je te trouve très belle.

Ayla lui adressa un sourire qui ne fit que renforcer la conviction de son compagnon.

— C'est vrai, crois-moi. Souviens-toi de ton succès à la Fête de la Mère. Tu ne peux pas imaginer la joie que tu m'as faite en me choisissant ce soir-là.

Ayla se rappela la phrase qu'il avait dite à Guban.

— Je t'appartiens, n'est-ce pas ? fit-elle avec un sourire moqueur. Heureusement que tu ne connais pas bien le langage du Clan, Guban aurait vu que tu mentais quand tu lui as affirmé que j'étais ta compagne.

— Non, il n'aurait rien vu du tout ! Nous n'avons peut-être pas encore eu de Cérémonie de l'Union, mais dans mon cœur, nous sommes déjà unis. Ce n'était pas un mensonge.

— J'éprouve la même chose, dit Ayla, émue, baissant les yeux pour montrer dans quel respect elle tenait ses propres sentiments. Depuis le jour où je t'ai connu dans la vallée, j'ai cette même impression.

Bouleversé par sa confidence, Jondalar crut défaillir. Il la serra dans ses bras, convaincu que leur aveu mutuel équivalait à une Cérémonie d'Union. Celle que son peuple ne manquerait pas d'organiser n'aurait jamais autant de valeur. Il l'accepterait pour faire plaisir à Ayla, mais il ne la considérait plus indispensable. La ramener saine et sauve était tout ce qui lui importait.

Une rafale de vent le glaça, chassant la bouffée de chaleur qui l'avait envahi. Il se leva, s'éloigna du feu qui les réchauffait et respira profondément. Il suffoqua quand l'air glacial brûla ses poumons. Il s'emmitoufla dans ses fourrures, enfouit la tête dans ses épaules et recouvrit son visage de sa capuche pour réchauffer son corps de son haleine. Il ne souhaitait pas l'arrivée du vent chaud, mais il savait que le froid glacial pouvait être tout aussi dangereux.

Au nord, le grand glacier continental avançait vers le sud, comme s'il cherchait à étreindre les magnifiques montagnes bleutées dans ses bras de glace. Les voyageurs étaient parvenus dans la région la plus froide de la terre, entre les montagnes aux crêtes scintillantes et l'immense étendue de glace, au plus profond de l'hiver. L'air, lui-même, était desséché par l'avidité des glaciers à voler la moindre parcelle d'humidité pour nourrir et développer leur masse boursouflée, et emmagasiner assez de réserves pour lutter contre l'assaut de l'été.

La lutte était à son point d'arrêt entre le froid glacial et le réchauffement pour le contrôle de la Grande Terre Mère, mais la chance était en train de tourner. Le glacier progressait. Il était près de conquérir une dernière fois les terres méridionales avant de battre en retraite dans son refuge polaire. Mais même là, il attendrait son heure.

A mesure qu'ils poursuivaient leur escalade, le froid s'intensifiait et, avec l'altitude, leur rendez-vous avec le glacier approchait. Les chevaux trouvaient difficilement du fourrage. Près du torrent prisonnier des glaces, l'herbe flétrie était couchée contre le sol gelé. Comme seule neige, des grains durs et brûlants étaient balayés par les vents.

Ils chevauchaient en silence, gardant leur discussion pour le soir au campement, dans la chaleur réconfortante de leur tente.

— Yorga avait des cheveux splendides, déclara Ayla en se réfugiant dans les fourrures.

— Oui, c'est vrai, approuva Jondalar avec sincérité.

— Dommage qu'Iza, ou ceux du clan de Brun, ne l'aient pas vue. Ils trouvaient mes cheveux si étranges. C'est vrai qu'Iza pensait que c'était ce que j'avais de mieux.

— J'aime beaucoup leur couleur, et j'adore les voir tomber en vagues quand tu les dénoues, avoua Jondalar en caressant une boucle blonde qui descendait dans son cou.

— Je ne savais pas que des membres du Clan vivaient si loin de la péninsule.

Jondalar devina que ses caresses n'atteignaient pas Ayla, plongée dans ses réflexions sur le Clan, comme lui précédemment.

— Le physique de Guban était différent. Il était… comment dire ? Ses arcades sourcilières étaient plus lourdes, son nez plus fort, ses mâchoires plus… plus proéminentes. Tous ses traits semblaient davantage prononcés, plus Clan d'une certaine manière. Je crois même qu'il était plus trapu et plus musclé que Brun. Il n'avait pas l'air de souffrir du froid. Sa peau était chaude, alors qu'il était allongé sur le sol gelé. Et son cœur battait plus vite.

— Ils se sont sans doute habitués au froid, avança Jondalar. Laduni disait qu'ils vivaient au nord d'ici, et il n'y fait jamais très chaud, pas même en été.

— Tu as peut-être raison. Pourtant, ils pensent comme ceux que j'ai connus. A propos, qu'est-ce qui t'a incité à dire à Guban que tu avais une dette envers le Clan ? Tu ne pouvais pas choisir meilleur argument.

— Je ne sais pas. Mais c'est la vérité. C'est au Clan que je dois la vie. S'il ne t'avait pas recueillie, tu serais morte, et moi aussi.

— Tu ne pouvais pas non plus trouver de meilleur gage que cette dent d'ours des cavernes. Tu as vite compris leurs coutumes, Jondalar.

— Oh, elles ne sont pas si différentes des nôtres ! Les obligations comptent beaucoup pour les Zelandonii. Les obligations que tu n'as pas réglées avant de partir pour l'autre monde donnent le contrôle de ton esprit à celui à qui tu les dois. On prétend que certains de Ceux Qui Servent la Mère empêchent des gens de s'acquitter de leurs dettes pour exercer un pouvoir sur leur esprit. Mais s'il fallait écouter tout ce qu'on raconte !

— Guban croit que vos deux esprits sont étroitement mêlés, dans cette vie, et dans l'autre. Il pense qu'une parcelle de ton esprit l'accompagnera toujours, et qu'une parcelle du sien te suivra partout. C'est bien ce qui l'inquiétait. Il a perdu une parcelle de son esprit quand tu lui as sauvé la vie, mais comme tu lui en as donné une du tien en échange, il n'y a pas de vide, pas de trou.

— Tu lui as aussi sauvé la vie. Tu l'as encore davantage aidé.

— Oui, mais je suis une femme, et une femme du Clan est différente d'un homme du Clan. On ne peut même pas parler d'échange parce que l'un ne peut pas faire ce que fait l'autre. Ils ne possèdent pas la même mémoire.

— Mais tu lui as réparé sa jambe pour qu'il rentre chez lui.

— Il serait rentré de toute façon, je ne m'inquiétais pas pour ça. J'avais peur que sa jambe ne se ressoude pas proprement, et qu'il ne puisse plus chasser.

— Est-ce si grave ? Ne peut-il pas faire autre chose, comme les garçons des S'Armunaï ?

— Le statut d'un homme du Clan dépend de ses capacités de chasseur, et son statut lui importe davantage que sa vie. Guban a des responsabilités. Il a deux femmes. La première a deux filles, et la nouvelle est enceinte. Il a promis de subvenir aux besoins de toutes.

— Et s'il ne peut pas ? Qu'adviendra-t-il d'elles ?

— Oh, elles ne manqueront de rien. Le clan s'occupera d'elles, mais leur statut — la façon dont elles vivent, la nourriture, les vêtements, le respect qu'on leur doit — dépend de celui de Guban. En plus, il perdrait Yorga. Elle est jeune et belle, un autre homme serait ravi de la prendre pour compagne. Mais si elle met au monde le fils que Guban rêvait d'avoir dans son foyer, elle l'emportera avec elle.

— Et quand il sera trop vieux pour chasser ? demanda Jondalar.

— Un vieux abandonne la chasse petit à petit, avec élégance. Il va habiter avec les fils de sa compagne, ou les filles si elles vivent toujours dans le clan, et il ne deviendra un fardeau pour personne. Zoug s'était perfectionné à la fronde pour apporter sa contribution à la chasse, et les conseils de Dorv étaient très écoutés. Pourtant, il voyait à peine. Mais Guban est dans la force de l'âge, et c'est un chef. S'il perdait tout cela d'un coup, il ne s'en remettrait jamais.

— Oui, je comprends, fit Jondalar d'un air entendu. Ça ne me dérangerait pas de ne plus chasser, mais si je n'étais plus capable de travailler le silex, je serais très malheureux... Tu as fait beaucoup pour lui, Ayla, ajouta-t-il après réflexion. Même si les femmes du Clan sont différentes, ça ne compte-t-il pas ? Il aurait au moins pu te remercier.

— Mais il m'a témoigné sa gratitude, à sa manière, Jondalar. Avec tact et subtilité, comme il convient.

— Il a dû être drôlement subtil, parce que je n'ai rien remarqué, s'étonna Jondalar.

— Il a communiqué directement avec moi, sans passer par ton intermédiaire. Et il a tenu compte de mon avis. Il a accepté que sa femme te parle, ce qui faisait de moi son égale. Et comme son statut est élevé, celui de Yorga l'est aussi. Il t'a témoigné beaucoup de considération, tu sais. Il t'a même fait un compliment.

— Vraiment ?

— Il a trouvé tes outils d'excellente qualité, et il a admiré ton travail. Sinon, il n'aurait jamais accepté tes béquilles, ni ton gage, expliqua Ayla.

— Que pouvait-il faire ? J'ai accepté sa dent. J'ai trouvé le cadeau étrange, mais j'ai compris le geste. Quel qu'ait été son gage, je l'aurais accepté de toute façon.

— Lui, s'il avait jugé ton cadeau inadéquat, il l'aurait refusé, mais il n'y avait pas que cela. S'il ne t'avait pas respecté, il n'aurait pas accepté ta parcelle d'esprit en échange de la sienne. Il s'estime trop. Il aurait préféré vivre avec un vide, un trou, que de posséder une parcelle d'esprit sans valeur.

— Décidément, ce Peuple du Clan est bien subtil. Il y a tellement de nuances que cela devient trop compliqué pour moi.

— Crois-tu que les Autres soient tellement différents ? Je n'arrive toujours pas à saisir toutes leurs nuances. Mais ton peuple est plus tolérant. Ils se rendent davantage visite, voyagent davantage, accueillent les étrangers plus volontiers. Je suis sûre d'avoir commis des impairs, mais les Autres ne les ont pas relevés parce que j'étais une hôte et qu'ils comprenaient que les coutumes de mon peuple étaient sans doute différentes des leurs.

— Mon peuple est le tien, Ayla, assura Jondalar avec bienveillance.

Ayla le dévisagea d'un air perplexe.

— Je l'espère, Jondalar. Je l'espère sincèrement, finit-elle par déclarer.

La forêt de sapins et d'épicéas commença à s'éclaircir et les arbres se rabougrirent au fil de l'ascension des voyageurs. La végétation avait cessé de faire écran, mais leur chemin qui longeait la rivière les conduisit par de profondes vallées et des affleurements qui les empêchaient de voir les hauteurs avoisinantes. A un coude de la rivière, un torrent qui tombait de la montagne se jetait dans la Moyenne Mère. L'air glacial, qui gelait les os jusqu'à la moelle, avait paralysé l'eau dans sa chute, et les vents coupants avaient sculpté des formes grotesques dans la cascade de glace. Des caricatures de créatures vivantes, prisonnières des glaces, semblaient comme pétrifiées au moment de l'envol. On aurait dit qu'elles savaient le changement de saison proche, et attendaient leur libération avec impatience.

L'homme et la femme conduisirent avec prudence les chevaux parmi les blocs de glace, contournèrent la cascade gelée et gravirent la pente escarpée. Ils s'arrêtèrent soudain, éblouis par le glacier qui s'étalait enfin devant eux. Ils l'avaient déjà entr'aperçu, mais cette fois le plateau de glace semblait proche à le toucher du doigt. Mais ce n'était qu'une illusion d'optique. Le majestueux glacier était beaucoup plus éloigné qu'il ne paraissait.

Ils scrutèrent le tortueux torrent gelé qui disparaissait hors de leur vue en zigzaguant. Il réapparut plus haut parmi une multitude de cours d'eau qui perlaient du glacier comme autant de rubans argentés. Dans le lointain, des montagnes bordaient le plateau de glace, entourées de crêtes aux pics gelés d'un blanc si pur que ses reflets bleutés semblaient miroiter dans l'azur du ciel.

Au sud, les deux pics jumeaux qui les avaient accompagnés avaient disparu depuis longtemps. Un nouveau piton, qui était apparu à l'ouest, s'estompait à l'est, et les crêtes de la chaîne méridionale qu'ils avaient longée scintillaient toujours au sud. Une double chaîne d'un massif plus ancien se détachait au nord. La rivière était très proche de la nouvelle chaîne calcaire dont ils escaladaient la pente en direction du sud-ouest, vers la source de la Mère.

La végétation changeait. Les épicéas et les sapins argentés furent remplacés par les mélèzes et les pins sur les sols acides qui recouvraient à peine la roche imperméable. Mais ils étaient loin des sentinelles majestueuses des terres moins élevées. Les voyageurs avaient atteint une parcelle de taïga montagneuse, jonchée de semper virens rachitiques recouverts d'une couche de neige et de glace soudée aux branches une grande partie de l'année. L'arbre qui avait le malheur de s'élever au-dessus de ses frères était impitoyablement étêté par les vents coupants qui taillaient les cimes à un niveau uniforme.

Le petit gibier se déplaçait facilement le long des

pistes qu'il avait tracées autour des arbres, mais le gros gibier devait se frayer un chemin en force. Jondalar décida de s'éloigner du petit torrent qu'ils remontaient, l'un de ceux qui formeraient les débuts de la Grande Mère, et d'emprunter une piste tracée dans le fourré dru des conifères.

Peu à peu, la végétation s'éclaircit et ils purent apercevoir une région dépouillée de futaie. Mais la vie était tenace. Des arbrisseaux nains et des herbacées s'y étaient développés, ainsi qu'une herbe épaisse en partie enfouie sous un manteau de neige.

On trouvait une végétation similaire, mais beaucoup plus abondante, dans les régions septentrionales de moindre altitude. Des arbres à feuilles caduques réussissaient à survivre dans certains coins protégés des régions boréales. A l'extrême nord, les arbres, quand il y en avait, étaient chétifs et rabougris, et à proximité de l'immense glacier seules les plantes qui pouvaient achever rapidement leur cycle survivaient.

Au-delà de la limite supérieure de la forêt, de nombreuses plantes s'étaient adaptées à la rudesse de l'environnement. Ayla remarquait les changements avec intérêt, et regrettait de ne pas avoir plus de temps à y consacrer. Elle avait vécu dans des montagnes plus au sud où la végétation, à cause de l'influence de la mer intérieure, était celle d'un climat froid tempéré. Ce qu'elle découvrait dans ces régions glaciales la passionnait.

Les saules majestueux qui déployaient leur grâce le long de chaque rivière, torrent, ou du moindre ruisseau capable de retenir une parcelle d'humidité n'atteignaient pas la hauteur des arbustes ; les bouleaux et les pins étaient réduits en arbrisseaux rampants. Des tapis de myrtilles et d'airelles, à peine hauts de dix centimètres, recouvraient le sol. Les squelettes aux branches atrophiées témoignaient d'une abondance de plantes, mais Ayla n'arrivait pas à les identifier, et elle se demandait à quoi ressemblaient ces prairies en été.

On était au cœur de l'hiver, Ayla et Jondalar n'avaient aucune idée de la beauté de la végétation pendant les saisons plus clémentes. Ils ne virent aucun rosier sauvage, aucun rhododendron colorer le paysage de leurs bouquets roses ; point de crocus ou d'anémones, point de belles gentianes bleues ou de narcisses jaunes ne se risquaient à affronter les vents ; ni primevères ni violettes n'égayeraient le paysage de leur splendeur multicolore avant les premières chaleurs du printemps. Pas de campanules, de séneçons, de marguerites, de raiponces, de saxifrages, de lis, d'œillets, de napels ou d'edelweiss pour adoucir la monotonie des prés hivernaux gelés.

Mais une autre vision terrifiante les attendait. Une forteresse de glace, qui reflétait le soleil avec la magie d'un diamant, leur barrait le chemin. Sa pure blancheur cristalline scintillait de reflets bleutés qui en camouflaient les défauts, crevasses, tunnels, grottes et poches qui criblaient le magnifique joyau.

Ils avaient enfin atteint le glacier.

En grimpant vers la crête érodée de la montagne qui supportait la couronne de glace, ils ignoraient si le petit ruisseau qu'ils longeaient était la continuation du fleuve qui avait été leur compagnon de route pendant si longtemps. La mince traînée gelée se mêlait aux innombrables ruisselets qui attendaient le printemps pour déverser leurs cascades sur la roche cristalline du haut plateau.

La Grande Rivière Mère qu'ils avaient suivie depuis le vaste delta par lequel elle se vidait dans la mer intérieure, le fleuve immense qui avait guidé leurs pas tout au long de ce Voyage ardu, avait disparu. Ayla et Jondalar ne tarderaient pas à abandonner le petit ruisseau aux eaux emprisonnées dans la glace, et devraient poursuivre leur Voyage avec le soleil et les étoiles pour seuls guides, et les repères dont Jondalar espérait se souvenir.

Au-dessus de la prairie, la végétation avait presque disparu. Seuls, algues, lichens et mousse accrochés aux rochers arrivaient à survivre. Ayla avait commencé à nourrir les chevaux avec l'herbe qu'ils avaient emportée. Sans leur double épaisseur de fourrure, ni les chevaux ni le loup n'auraient résisté. Heureusement la nature les avait adaptés au froid glacial. Dépourvus de cette épaisse laine, les humains avaient remédié à cette infériorité en utilisant les fourrures des animaux qu'ils chassaient. Sans elles, ils n'auraient pas survécu. D'un autre côté, sans la protection du feu et des fourrures de leurs proies, leurs ancêtres ne se seraient jamais aventurés vers le nord.

Les ibex, les chamois et les mouflons étaient chez eux dans les hauts pâturages, mais n'y restaient pas si tard dans la saison. Les chevaux, eux, ne grimpaient jamais à une telle altitude, mais Whinney et Rapide avaient le pied sûr.

Tête basse, les chevaux hissaient le matériel et les pierres qui brûlent indispensables à la survie des voyageurs. Les cavaliers, guidant leur monture, cherchaient un endroit plat pour planter la tente, contre le froid intense et le vent coupant. L'entreprise était harassante, et même Loup n'éprouvait plus l'envie d'explorer les environs comme à son habitude.

— Je n'en peux plus, gémit Ayla, alors qu'ils ployaient sous les rafales. J'en ai assez du vent, assez du froid. J'ai l'impression qu'il ne fera plus jamais chaud. Je ne savais pas qu'il pouvait exister un froid pareil!

Jondalar hocha la tête d'un air approbateur. Lui savait que le froid allait encore empirer. Il surprit le regard qu'Ayla jeta vers la masse colossale de glace, et comprit que le froid n'était pas sa seule inquiétude.

— Allons-nous vraiment traverser toute cette glace? demanda-t-elle, affichant enfin les véritables raisons de sa peur. Est-ce vraiment faisable? Je ne sais même pas si nous réussirons à monter sur le plateau.

— Ce n'est pas facile, mais je l'ai déjà fait avec Thonolan. D'ailleurs, pendant qu'il fait encore jour, je vais chercher le meilleur passage pour les chevaux.

— J'ai l'impression que nous voyageons depuis toujours, Jondalar. Combien de chemin nous reste-t-il?

— Nous ne sommes pas encore à la Neuvième Caverne, mais ce n'est plus très loin. Ce n'est rien à côté de ce que nous avons déjà fait. Après avoir franchi le glacier, nous serons presque arrivés à la Caverne de Dalanar où nous nous reposerons un moment. Tu feras sa connaissance, et celle de Jerika et des autres. J'ai hâte de montrer à Dalanar et Joplaya les techniques de taille du silex que m'a enseignées Wymez. Nous pourrons rester quelque temps chez eux, et arriver tout de même avant l'été.

L'été ! Ayla était abattue. Mais nous sommes en hiver ! se dit-elle. Si elle avait pu imaginer à quel point le Voyage serait long, elle n'aurait peut-être pas été si pressée de suivre Jondalar. Elle se serait appliquée davantage à le convaincre de rester chez les Mamutoï.

— Allons jeter un coup d'œil à ce glacier, proposa Jondalar. Voyons comment nous pouvons escalader le dernier obstacle. Après nous vérifierons que nous avons tout le matériel qu'il nous faut pour traverser.

— Il faudra entamer la réserve de pierres qui brûlent pour faire du feu ce soir. Il n'y a aucun combustible par ici. Il faudra aussi faire fondre de la glace... Enfin, ce n'est pas ça qui manque !

Seules quelques rares poches retenaient encore une quantité négligeable de neige. Jondalar n'était venu qu'une fois par cette route, mais la neige était plus abondante dans son souvenir. Il ne se trompait pas. Ils étaient dans la région sous le vent, et les chutes de neige épisodiques arrivaient plus tard, au changement de saison. Jondalar et Thonolan avaient affronté une tempête de neige en redescendant.

L'hiver, les vents doux et humides qui soufflaient de l'océan étaient aspirés par les hautes pressions qui régnaient au-dessus du glacier. L'air humide se refroidissait, se condensait, et se changeait en neige qui ne tombait que sur la glace, et nourrissait la panse de l'insatiable glacier.

La glace qui recouvrait l'archaïque massif érodé circonscrivait la précipitation à sa propre surface, aplanissant la calotte jusqu'à la périphérie. L'air refroidi, asséché, descendait et courait sur les flancs de la montagne, mais n'apportait pas de neige au-delà des limites du glacier.

En cherchant un moyen d'escalader le rempart de glace, Jondalar et Ayla remarquèrent des éboulis et des rochers soulevés par les dents du glacier en marche.

Par endroits, la roche archaïque du haut plateau

affleurait au pied du glacier. Le massif, plissé et soulevé par les pressions immenses qui avaient créé les montagnes du sud, avait été autrefois un solide bloc cristallin comprenant un haut plateau identique à l'ouest. Les forces qui avaient secoué l'inébranlable montagne, le plus ancien massif terrestre, avaient ouvert une gigantesque fissure qui avait séparé les deux blocs.

A l'extrémité ouest du glacier, le versant de la montagne était abrupt, comme son jumeau de l'autre côté de la vallée tectonique. Une rivière coulait dans la vallée, le long de la ligne de faille, protégée par les versants parallèles du massif éclaté. Jondalar avait l'intention de traverser le glacier en diagonale vers le sud-ouest pour redescendre par un versant moins abrupt. Il voulait franchir la rivière près de sa source, avant qu'elle s'écoulât autour du massif et irriguât la vallée tectonique.

— D'où ça vient ? demanda Ayla.

L'objet qu'elle tenait à la main consistait en deux disques ovales montés sur une armature rigide qui les maintenait côte à côte, et munie de lanières attachées sur chaque côté. Une mince fente horizontale ouvrait les disques dans presque toute la longueur.

— J'ai fabriqué ça avant de partir. Il y en a aussi un pour toi. C'est pour protéger les yeux. Le reflet sur le glacier est tellement fort qu'il rend aveugle. L'aveuglement disparaît après quelque temps, mais les yeux rougissent et deviennent très douloureux. Vas-y, mets-les. Tiens, je vais te montrer, dit-il en voyant Ayla manipuler les disques avec maladresse.

Il plaça les étranges protections sur ses yeux et attacha les lanières derrière sa tête.

— Mais comment peux-tu voir ? s'étonna Ayla qui discernait à peine les yeux de Jondalar dissimulés derrière la fente. Mais on voit presque tout ! s'exclama-t-elle lorsqu'elle eut chaussé sa propre paire de disques. Il faut simplement tourner la tête pour voir sur les côtés. Tu as l'air si drôle avec ça ! s'amusa-t-elle. On dirait un esprit... ou un insecte. L'esprit d'un insecte, peut-être.

— Tu n'es pas mal non plus, riposta Jondalar en

souriant. En tout cas, ces yeux d'insecte te sauveront peut-être la vie. Tu auras besoin de voir où tu vas quand tu seras sur le glacier.

— Les garnitures de botte en laine de mouflon que la mère de Madenia m'a données m'ont été fort utiles, déclara Ayla en les rangeant dans un endroit accessible. Même quand elles sont mouillées, elles gardent les pieds chauds.

— Et nous pouvons remercier la Grande Mère d'en avoir une paire de rechange, renchérit Jondalar.

— Quand je vivais avec le Clan, je fourrais mes bottes avec des feuilles de carex.

— Des feuilles de carex ?

— Oui. Ça tient les pieds au chaud et ça sèche vite.

— C'est bon à savoir, fit Jondalar en ramassant une botte. Mets tes bottes avec les semelles en cuir de mammouth. Elles sont presque imperméables, très solides et elles t'éviteront de glisser. La glace peut être acérée, parfois. Bon, nous aurons besoin d'une herminette pour découper la glace.

Il posa l'outil sur la pile qu'il avait mise de côté.

— Ah, des cordes. Il faut qu'elles soient robustes. Il nous faudra la tente, les fourrures de couchage, la nourriture bien sûr. Peut-on abandonner le matériel de cuisine ? Nous n'en aurons pas besoin sur le glacier, et les Lanzadonii nous en fourniront d'autre.

— Nous mangerons les vivres de route. Je ne ferai pas de cuisine, et j'ai décidé d'utiliser le récipient en peau que nous a donné Solandia pour faire fondre la glace. On peut le poser directement sur le feu. Cela chauffera plus rapidement et ce n'est pas la peine de faire bouillir l'eau.

— N'oublie pas ta sagaie.

— Pourquoi ? Il y a des animaux sur le glacier ?

— Non, mais tu t'en serviras pour sonder la glace et t'assurer qu'elle est assez solide. Et la peau de mammouth ? Nous la transportons depuis le début, mais en avons-nous besoin ? Elle est lourde.

— C'est une bonne peau, on peut la plier, elle est imperméable et on peut en recouvrir le canot. Tu disais qu'il neigeait sur le glacier, expliqua Ayla qui refusait de s'en débarrasser.

— Oh, la tente suffira.

— C'est juste... fit Ayla avec une moue pensive... Où as-tu trouvé ces torches ?

— C'est un cadeau de Laduni. Nous nous lèverons avant le soleil pendant que le sol est encore solidement gelé. Même par ce froid, le soleil réchauffe la glace et il vaudra mieux escalader le rebord avant que la surface ne soit rendue glissante par la fonte.

Ils se couchèrent tôt, mais Ayla eut du mal à trouver le sommeil. Elle était nerveuse et impatiente. Demain, ils aborderaient le fameux glacier dont Jondalar parlait depuis le début.

— Que... qu'y a-t-il ? bougonna Ayla, réveillée en sursaut.

— Il est temps de se lever, fit Jondalar en brandissant une torche.

Il en enfonça le manche dans les graviers et lui tendit un bol d'infusion brûlante.

— J'ai fait du feu. Tiens, bois ça.

Il la vit sourire avec plaisir. Elle lui avait préparé son infusion tous les matins depuis le début du Voyage, et il était heureux de s'être levé le premier, pour une fois, et de lui servir le breuvage revigorant. En fait, il avait à peine dormi. Il était bien trop nerveux, impatient, et inquiet en même temps.

Loup, dont les yeux reflétaient la lumière de la torche, observait les deux humains. Sentant que quelque chose se préparait, il gambadait fiévreusement de long en large. Les chevaux, tout aussi impatients, s'ébrouaient, hennissaient, dégageant de longues bouffées de buée. Grâce aux pierres qui brûlent, Ayla leur fit fondre de la glace et leur donna du grain. Elle tendit à Loup une galette, cadeau des Losadunaï, une autre pour Jondalar, et en garda une pour elle. Ils rangèrent la tente, les fourrures de couchage et le reste du matériel à la lueur de la torche. Ils abandonnèrent le superflu, un récipient vide, quelques outils, mais au dernier moment, Ayla récupéra la peau de mammouth et la jeta sur le canot.

Jondalar ramassa la torche et ouvrit la route. La longe de Rapide dans une main, il commença l'escalade, mais la torche le gênait. Elle n'éclairait qu'un étroit périmètre, même lorsqu'il la levait le plus haut possible. La lune était presque pleine, et il se dit qu'il trouverait aussi bien son chemin sans la torche. Il la jeta finalement et s'avança dans le noir. Ayla le suivit, et bientôt ses yeux s'habituèrent à l'obscurité. La torche continua de brûler tandis qu'ils s'éloignaient.

A la lueur de la lune, à qui il ne manquait qu'un infime croissant pour être pleine, le monstrueux bastion de glace luisait d'un éclat sinistre et inquiétant. Le ciel noir était criblé d'étoiles, l'air cassant, éther amorphe doué d'une vie propre.

L'air glacial semblait se rafraîchir encore à l'approche de la muraille de glace, mais les frissons qui faisaient trembler Ayla s'expliquaient surtout par l'exaltation et la crainte émerveillée. Jondalar l'observa avec tendresse. Haletante, le regard brillant, la bouche entrouverte, elle était bouleversante. Un désir subit le prit, mais il se contint. Le moment était mal choisi, le glacier les attendait.

— Il faut s'attacher, conseilla-t-il en prenant une longue corde dans son sac.

— Les chevaux aussi ?

— Non. Nous pourrons nous retenir l'un l'autre, mais si les chevaux glissent, ils nous entraîneront dans leur chute.

Bien que l'idée de perdre Rapide ou Whinney lui fît horreur, il se souciait davantage de la sécurité d'Ayla. A contrecœur, elle finit par obtempérer.

Ils murmuraient, de crainte de déranger la forteresse majestueuse, ou de la prévenir de l'assaut imminent, et la glace étouffait leur voix.

Jondalar attacha un bout de la corde autour de sa taille, l'autre autour d'Ayla, et enroula le mou qu'il maintint sur son épaule. Chacun empoigna ensuite la longe de sa monture. Loup devrait trouver son chemin tout seul.

Sur le point de s'élancer, Jondalar eut un moment de panique. Qu'est-ce qui lui avait pris ? Pourquoi avoir amené Ayla et les chevaux sur ce maudit glacier ? Ils auraient dû le contourner, malgré la longueur de la route, c'eût été plus prudent. Au moins, ils seraient arrivés sains et saufs. Finalement il se décida à gravir le mur de glace.

Au pied d'un glacier, la terre était souvent séparée de la glace par une sorte de cavité, à moins que la glace elle-même ne surplombât les graviers accumulés par le labourage du glacier en marche. Jondalar avait choisi de gravir un surplomb effondré, ce qui procurait une pente graduelle. De plus, la glace était criblée de gravier et offrait davantage de prise. L'importante accumulation de gravier — une moraine — traçait un chemin jusqu'au rebord, et leur permit de le gravir sans trop de mal. Restait le rebord à escalader. Jondalar ne se rendit pas compte des difficultés avant d'y arriver.

Lorsque Jondalar commença à gravir la pente caillouteuse, Rapide se déroba. Bien qu'ils eussent allégé sa charge, la cargaison était toujours instable et la brusque élévation de terrain l'inquiéta. Son sabot glissa, se reprit, et après quelques hésitations, le jeune étalon se mit en marche. Ce fut ensuite le tour d'Ayla suivie de Whinney qui tirait le travois. La jument qui avait transporté les perches depuis si longtemps, et sur tous les terrains, ne se formalisa pas. D'autre part, contrairement à Rapide qui portait la lourde charge sur son dos, les perches que tirait Whinney l'aidaient à trouver un meilleur équilibre.

Loup fermait la marche, mais c'était plus facile pour lui, avec ses pattes plus courtes aux larges coussinets calleux et antidérapants. Il suivait ses compagnons, conscient d'une menace invisible, épiant le moindre mouvement en bonne arrière-garde.

La lumière de la lune se reflétait dans les saillies de glace et sur les surfaces planes semblables à des miroirs. On distinguait sans mal la moraine qui descendait comme une rivière de sable et de pierres au ralenti, mais la lumière nocturne déformait la taille et la perspective des objets, et en dissimulait les détails.

Jondalar marchait d'un pas mesuré, conduisant Rapide avec précaution, contournant les obstacles. Ayla s'inquiétait davantage pour sa jument que pour elle-même. Quand la pente devint plus abrupte, les chevaux, déséquilibrés par l'inclinaison et par leur lourd fardeau, commencèrent à déraper. Un sabot de Rapide patina, et l'étalon affolé hennit et essaya de se cabrer.

— Allez, Rapide, l'encouragea Jondalar en tirant sur la longe comme s'il pouvait le faire avancer grâce à sa seule force. Allez, nous y sommes presque. Tu vas y arriver.

L'étalon aurait bien voulu lui faire plaisir, mais ses sabots patinaient sur la glace recouverte d'une fine pellicule de neige, et il entraîna Jondalar dans sa glissade. Celui-ci donna du mou à la longe, et finit par la lâcher. Le chargement de Rapide était précieux, et il regretterait surtout l'étalon, mais il craignait que le cheval ne réussisse pas à escalader le raidillon.

Mais lorsque les sabots de Rapide retrouvèrent le gravier, il cessa de glisser, redressa la tête et s'arracha en avant d'un solide coup de reins qui lui permit de franchir le rebord en léger surplomb. D'un pas sûr, il évita adroitement une étroite crevasse avant de prendre pied sur la surface aplanie du glacier. Jondalar observa le ciel passer du noir au bleu indigo tandis qu'une faible lueur pointait à l'est, et il flatta l'encolure de Rapide en lui murmurant des mots d'encouragement.

Une secousse fit vibrer la corde sur son épaule. Il pensa qu'Ayla avait glissé et lui donna davantage de mou. Soudain, la corde lui échappa et une violente saccade à la taille l'ébranla. Elle se tient certainement à la longe de Whinney, se dit-il. Il faut qu'elle la lâche.

Il empoigna la corde à deux mains et hurla :

— Lâche la longe, Ayla ! Whinney va te faire tomber.

Mais Ayla ne l'entendit pas, ou ne comprit pas. Whinney avait commencé l'escalade du raidillon, mais elle ne trouvait pas d'appuis et reculait plus qu'elle n'avançait. Ayla se cramponnait à la longe comme si elle pouvait empêcher la jument d'être emportée dans sa glissade. C'était au contraire Ayla qui était entraînée en arrière, et Jondalar fut attiré dangereusement à son tour. Cherchant quelque chose pour se retenir, il saisit la longe de Rapide. L'étalon hennit bruyamment.

Ce fut le travois qui stoppa la glissade de Whinney. L'une des perches se coinça dans une faille et permit à la jument de retrouver son équilibre. Ses sabots s'enfoncèrent alors dans une coulée de neige et elle put faire quelques pas qui l'amenèrent à une zone caillouteuse. Sentant la corde se détendre, Jondalar lâcha la longe de Rapide. Il assura son pied dans une fente de la glace et tira la corde.

— Donne-moi un peu de mou ! cria Ayla cramponnée à la longe de Whinney qui progressait lentement.

Jondalar vit alors apparaître la tête d'Ayla par-dessus le rebord et il la tira vers le haut. Whinney pointa les naseaux à son tour, piétina légèrement et réussit à franchir le dernier obstacle, les perches du travois dressées en l'air, le canot reposant sur le rebord du mur de glace qu'ils venaient de franchir. Le ciel se stria de rose, dévoilant les contours de la terre, et Jondalar poussa un profond soupir.

Loup bondit soudain sur le rebord et se précipita vers Ayla. Il allait sauter, quand, en équilibre instable, elle lui fit signe de se tenir tranquille. Il recula, penaud, examina Jondalar, puis les chevaux. Il leva alors la tête, poussa quelques jappements et finit par entonner son long hurlement de loup.

Bien qu'ils eussent gravi la muraille de glace et que le sol fût à peu près plat, ils n'étaient pas tout à fait sur la surface du glacier, mais sur une bordure de blocs de glace. Jondalar franchit un monticule de neige qui recouvrait des blocs déchiquetés et posa enfin le pied sur le véritable glacier. Rapide le suivit en créant un léger éboulis qui dégringola dans le vide. Jondalar conserva la corde soigneusement attachée à sa taille pendant qu'Ayla passait le dernier obstacle. Loup parcourut la distance en quelques bonds, suivi de Whinney.

Le jour se levait et le ciel s'était coloré du bleu particulier et fugitif de l'aube pendant que des rayons illuminaient l'horizon. Ayla jeta un coup d'œil par-dessus la muraille en se demandant comment ils avaient pu l'escalader. Vu d'en haut, cela paraissait impossible. Lorsqu'elle se retourna, elle resta bouche bée.

Le soleil pointait à l'est et une lumière aveuglante illuminait un paysage irréel. Vers l'ouest, une surface plane et déserte d'un blanc étincelant s'étendait devant eux. La voûte d'azur était d'un bleu qu'elle n'avait jamais vu. Le ciel avait en quelque sorte absorbé la réflexion de l'aube rouge, le bleu-vert de la glace du glacier, et restait pourtant bleu. Mais c'était un bleu si étrangement brillant qu'on pouvait croire qu'il irradiait lui-même cette couleur indescriptible. Dans le lointain, il se voilait d'un ton bleu foncé.

Pendant que le soleil se levait à l'est, le cercle presque parfait qui éclairait le ciel noir à leur réveil glissa lentement derrière l'horizon à l'ouest, pâle reflet de sa gloire précédente. Rien ne brisait la splendeur du vaste désert d'eau gelée ; nul arbre, nul rocher, nul mouvement d'aucune sorte ne troublait la majesté de la surface uniformément polie.

Le souffle coupé, Ayla ne trouvait pas les mots pour exprimer son émerveillement.

— Oh, Jondalar ! fit-elle soudain. C'est magnifique ! Pourquoi ne m'avais-tu rien dit ? J'aurais volontiers parcouru deux fois la distance rien que pour voir ça.

— C'est spectaculaire, hein ? fit-il, amusé par sa réaction, mais tout aussi enthousiaste. Je ne pouvais pas te prévenir, je ne l'ai jamais vu comme ça. Ce n'est pas toujours aussi calme, crois-moi. Le blizzard est spectaculaire aussi. Profitons de ce temps clair pour avancer. La glace n'est pas aussi solide qu'elle en a l'air, et avec ce ciel dégagé et ce soleil, une crevasse peut s'ouvrir en un clin d'œil, ou une corniche peut céder.

Ils entamèrent la traversée de la plaine de glace, précédés par leurs ombres immenses. Avant que le soleil fût au zénith, ils transpiraient dans leurs épaisses fourrures. Ayla enleva sa chaude pelisse.

— Ote-la si tu veux, mais reste bien couverte, conseilla Jondalar. Le soleil brûle, et pas seulement d'en haut. Son reflet sur la glace peut aussi te brûler.

De petits cumulus se formèrent dans la matinée et à la mi-journée le ciel était couvert de nuages. Dans l'après-midi, le vent se leva. Quand les Voyageurs s'arrêtèrent pour faire fondre de la glace et de la neige, Ayla fut contente de remettre sa pelisse fourrée. Le soleil était caché par les cumulo-nimbus qui les saupoudraient de légers flocons de neige sèche. Le glacier grandissait.

Le plateau de glace qu'ils traversaient était né sur les cimes des montagnes escarpées du sud. L'air humide, qui s'élevait en balayant les hautes barrières, se condensait en gouttelettes brumeuses, et la température décidait de la neige ou de la pluie. Les glaciers n'étaient pas le résultat d'un froid perpétuel, mais d'une accumulation de neige d'une année sur l'autre. La neige se transformait en couches de glace qui finissaient par s'étendre sur des continents entiers.

Sous les cimes des hautes montagnes méridionales, trop abruptes pour retenir la neige, de petits bassins se formaient, des cirques nichés sur le flanc de la montagne. De ces cirques les glaciers avaient gagné le reste du pays. De minuscules particules d'eau s'étaient insinuées dans les failles de la roche qu'elles firent exploser en gelant. Dans ces dépressions ainsi créées en haut des montagnes, les légers flocons de neige, dentelle de givre, s'étaient amoncelés. Le poids du volume d'eau gelée avait fini par briser les délicats flocons qui s'étaient compressés en petites boules de glace : les névés.

Le névé se formait en profondeur. Dans les cirques, et à chaque nouvelle chute de neige, les boules de glace compactes étaient poussées vers la surface et basculaient par-dessus la barre du cirque. En tombant, les boules de glace se choquaient les unes contre les autres avec tant de force que la friction libérait de la chaleur. Pendant une fraction de seconde, la glace fondait aux multiples points de contact et regelait aussitôt, formant ainsi un amalgame. Plus les couches de glace s'épaississaient, plus la pression augmentait et transformait la structure des molécules en glace cristalline, mais avec une caractéristique essentielle : la glace s'écoulait.

La glace des glaciers, créée par des pressions colossales, était d'une densité supérieure. Pourtant, à la base, la gigantesque masse de glace compacte s'écoulait comme une rivière. Devant les obstacles tels que les pics montagneux, elle se séparait et se rejoignait de l'autre côté, en emportant souvent une partie de la roche, et en laissant derrière elle des îles de rochers déchiquetés. La glace épousait les contours du sol, le broyant et le remodelant au passage.

Le fleuve de glace possédait ses courants, ses tourbillons, ses eaux stagnantes et ses centres impétueux, mais il se déplaçait à son rythme, avec une lenteur solennelle digne de sa masse gigantesque. Il ne couvrait parfois que quelques centimètres en plusieurs années, mais qu'importe ! Le glacier avait tout son temps. Tant que la température moyenne restait en deçà du seuil critique, le glacier prospérait.

Les cirques des montagnes n'étaient pas les uniques matrices pour les glaciers. Ils se formaient aussi sur terrain plat et dès qu'ils recouvraient une surface importante, le refroidissement créait un entonnoir anticyclonique centré au milieu du glacier et par où s'engouffraient les précipitations qui s'étendaient ensuite jusqu'à sa bordure. L'épaisseur de la glace restait la même partout.

Les glaciers n'étaient jamais complètement secs. Les pressions colossales faisaient fondre l'eau qui suintait en permanence. Elle comblait les fentes et les fissures et se dilatait en regelant. De son point de départ, le glacier avançait dans toutes les directions et sa vitesse dépendait de l'inclinaison de sa surface, et non de la pente du sol sur lequel il s'écoulait. Plus l'inclinaison était forte, plus vite l'eau du glacier se précipitait dans les fissures de la glace et étendait le glacier en regelant. Les glaciers grandissaient plus vite quand ils étaient jeunes, près des océans et des mers, dans les montagnes où les hautes cimes leur garantissaient des chutes de neige abondantes. Ils ralentissaient en vieillissant, leur surface immense éloignait les rayons du soleil par réflexion, et au-dessus du centre, l'air devenait plus sec et plus froid, et la neige moins abondante.

Partis du massif méridional, les glaciers avaient rempli les vallées et s'étaient déversés par les cols des hautes montagnes. Au cours de la période glaciaire précédente, ils avaient comblé la tranchée profonde de la ligne de faille qui séparait la jeune montagne de l'ancien massif. Ils recouvraient les hauts plateaux et s'étaient étendus jusqu'aux vieux sommets érodés de la chaîne septentrionale. La glace avait reculé pendant la période de réchauffement — qui touchait à sa fin — et l'eau avait inondé la vallée de faille, créant une vaste rivière et une longue moraine, mais le plateau de glace qu'elles franchissaient perdura.

Comme ils ne pouvaient installer leur feu directement sur la glace, ils avaient d'abord pensé utiliser le canot comme socle et y installer les rocs qu'ils avaient transportés pour construire le foyer. Mais il leur fallait vider le canot des pierres qui brûlent. Ayla ôta donc la peau de mammouth qui recouvrait le canot et eut l'idée d'en protéger la glace pour bâtir le foyer. Elle risquait d'être légèrement roussie, mais cela n'avait pas d'importance. Elle se félicita de l'avoir conservée. Tout le monde, y compris les chevaux, put se désaltérer et se restaurer.

Pendant leur halte, le soleil disparut entièrement derrière de gros nuages, et avant qu'ils ne reprissent la route, une neige épaisse tomba avec une détermination farouche. Le vent du nord se mit à hurler et rien sur l'étendue glacée ne s'opposait à son souffle glacial. Le blizzard se levait.

42

La neige se mit à tomber en flocons serrés et le noroît souffla avec une force accrue. Il fouettait les voyageurs et les brimbalait dans tous les sens comme de vulgaires fétus de paille.

— Il vaut mieux attendre que la tempête se calme ! cria Jondalar par-dessus les hurlements du vent.

Pour dresser leur tente, ils bataillèrent contre les rafales glacées qui soulevaient le petit abri, arrachaient les piquets, laissant le cuir se gonfler et claquer au vent. Le souffle rageur du blizzard menaçait d'emporter la tente à laquelle les deux minuscules humains se cramponnaient, osant braver le vent furieux qui balayait la surface uniforme du glacier de flocons étouffants.

— Comment maintenir la tente ? demanda Ayla. Le vent souffle-t-il toujours aussi fort ?

— Je ne me souviens pas de rafales si violentes, mais cela ne me surprend pas.

Stoïques et silencieux, les chevaux enduraient la tempête, tête baissée. A côté, Loup se creusait un abri.

— On pourrait demander aux chevaux de monter sur les bords de la tente afin de la tenir le temps que nous l'arrimions, suggéra Ayla.

De fil en aiguille, ils trouvèrent une installation de fortune, utilisant les chevaux comme piquets et supports. Ils passèrent la tente au-dessus de Rapide et de Whinney. Ayla incita la jument à marcher sur un des pans de la tente, en espérant qu'elle ne bougerait pas trop et que la tente ne s'envolerait pas. Ayla et Jondalar se blottirent l'un contre l'autre, Loup entre leurs jambes, assis pratiquement sous le ventre des chevaux, sur l'autre extrémité du cuir.

La tempête ne se calma qu'après la tombée de la nuit, et ils campèrent sur place après avoir installé la tente convenablement. Au matin, Ayla découvrit des traînées sombres sur le cuir, à l'endroit où Whinney avait posé ses sabots, et elle s'en inquiéta.

Ils avancèrent mieux le deuxième jour, malgré les monticules de blocs de glace à escalader, et les crevasses béantes à éviter. La tempête se leva de nouveau dans l'après-midi, mais le vent soufflait moins fort et cessa rapidement. Ils poursuivirent leur route jusque tard dans la journée.

Vers le soir, Ayla remarqua que Whinney boitait. En y regardant de plus près, elle aperçut, le cœur brisé et la peur au ventre, des taches rouges sur la glace. Elle souleva le pied de la jument et examina son sabot. Il était entaillé à vif et les plaies saignaient.

— Jondalar, viens voir. Elle a des coupures au pied. Comment s'est-elle blessée ?

Jondalar examina les blessures de la jument et inspecta ensuite les sabots de Rapide. Il découvrit les mêmes coupures.

— Ce doit être la glace, dit-il d'un air soucieux. Vérifie donc les pattes de Loup.

Les coussinets de ses pattes étaient écorchés, mais son état était moins inquiétant.

— Qu'allons-nous faire ? gémit Ayla. Ils seront bientôt estropiés si ça continue.

— Je n'aurais jamais cru que la glace puisse couper à ce point, avoua Jondalar, rongé par le remords. J'ai essayé de penser à tout... et voilà !

— Les sabots sont durs, mais ils ne sont pas en pierre. C'est un peu comme de l'ongle, cela s'abîme. Jondalar, ils ne peuvent pas continuer. Encore un ou deux jours et ils ne pourront plus marcher du tout. Il faut les aider.

— Oui, mais que faire ?

— J'ai encore ma poche à médecines, je peux soigner leurs plaies.

— Mais, Ayla, nous ne pouvons pas attendre qu'ils

guérissent. Et puis, une fois guéris, ils vont de nouveau se blesser.

Jondalar s'arrêta, le front soucieux, un pli amer aux lèvres. Il refusait d'envisager ce qu'il considérait pourtant comme inévitable, et il osait encore moins en parler.

— Ayla, il va falloir les laisser, finit-il par dire avec une grande douceur.

— Les laisser ? Comment ça, « les laisser » ? On ne peut pas abandonner Whinney et Rapide. Où trouveraient-ils à boire ? Et à manger ? Il n'y a rien à brouter sur cette maudite glace, pas même la moindre brindille. Ils mourront de faim, ou de froid. Non, nous ne pouvons pas faire cela ! On ne peut pas les abandonner ici ! Pas question !

— Tu as raison, nous ne pouvons pas les laisser comme ça. Ce ne serait pas juste. Ils souffriraient trop... mais... mais nous avons des sagaies, et des propulseurs...

— Non ! Non, Jondalar ! hurla Ayla. Non, je ne te laisserai pas faire.

— C'est mieux que de les abandonner à une mort lente, à des souffrances inutiles. Ce n'est pas comme si on n'avait jamais... chassé les chevaux. Tout le monde les tue.

— Whinney et Rapide ne sont pas des chevaux ordinaires. Ce sont nos amis. Nous avons vécu tant de choses ensemble. Ils nous ont aidés, Whinney m'a sauvé la vie. Je ne peux pas l'abandonner.

— Ça ne m'amuse pas plus que toi, assura Jondalar. Mais que faire d'autre ?

L'idée de tuer l'étalon qui avait été son compagnon de voyage pendant si longtemps le révulsait, et il comprenait la réaction d'Ayla.

— Faisons demi-tour, proposa-t-elle. Rebroussons chemin, tu disais qu'il y avait une autre route.

— Voilà deux jours que nous marchons sur ce glacier et les chevaux sont presque estropiés. Nous pouvons revenir en arrière, Ayla, mais je ne sais pas si les chevaux y arriveront.

Il ignorait également si Loup y parviendrait, et le remords l'accablait.

— Je suis navré, Ayla. C'est de ma faute. J'ai été stupide de croire qu'on pouvait traverser le glacier avec les chevaux. Nous aurions dû prendre l'autre chemin, mais c'est trop tard à présent.

Ayla surprit des larmes dans les yeux de son compagnon. Elle ne l'avait jamais vu pleurer. Les Autres pleuraient parfois, mais Jondalar préférait cacher ses émotions. D'une certaine manière, cela renforçait l'amour qu'il portait à Ayla. Il ne se livrait que devant elle, et elle ne l'en aimait que davantage, mais elle refusait d'abandonner Whinney. La jument était sa meilleure amie, la seule qui l'avait soutenue dans la vallée, avant l'arrivée de Jondalar.

— Il faut trouver une solution, hoqueta-t-elle en pleurant.

— Oui, mais laquelle ?

Il ne s'était jamais senti aussi malheureux, aussi frustré devant son impuissance.

— Bon, en attendant, je vais soigner leur plaies, dit Ayla en essuyant les larmes qui gelaient sur sa figure. Il faut un bon feu, assez chaud pour faire bouillir de l'eau.

Elle prit la peau de mammouth et l'étendit sur la glace. Quelques traces de roussi n'avaient pas endommagé l'épais cuir robuste. Elle déposa les rocs près du centre pour y bâtir le foyer. S'ils n'avaient plus à économiser les pierres qui brûlent, ils pourraient les abandonner.

Ayla était incapable de parler, et Jondalar n'avait rien à dire. Les mots semblaient inutiles et dérisoires. Tant de préparatifs, de calculs, pour être confrontés à un problème qu'ils n'avaient même pas envisagé. Ayla regardait le feu d'un air absent. Loup, sentant son désarroi, rampa à ses côtés et gémit doucement. Ayla examina de nouveau ses plaies. Elles n'étaient pas aussi graves que celles des chevaux. Il faisait davantage attention où il posait ses pattes, et il léchait soigneusement la glace collée à chaque arrêt. L'idée de le perdre bouleversait Ayla.

Elle n'avait pas oublié Durc bien qu'elle n'y pensât

pas consciemment. Il restait dans sa mémoire comme une douleur inextinguible. Elle se surprit à se demander ce qu'il devenait. A-t-il commencé à chasser avec le Clan ? Se sert-il de la fronde ? Uba doit être une bonne mère pour lui. Je suis sûre qu'elle le soigne bien, qu'elle lui prépare à manger et lui fabrique de bons vêtements chauds.

En pensant au froid, Ayla frissonna. Elle se rappela alors les habits qu'Iza lui fabriquait. Elle adorait le bonnet en peau de lapin avec la fourrure à l'intérieur. Pour les protège-pieds d'hiver aussi, la fourrure était à l'intérieur. Elle se voyait encore folâtrer avec une paire neuve aux pieds et le modèle assez simple des protège-pieds lui revint en mémoire. C'était une pièce de cuir rassemblée autour de la jambe et attachée à la cheville. Au début, ils n'étaient pas très pratiques, mais à l'usage le cuir se moulait au pied.

Ayla fixait toujours le feu, surveillant l'eau qui commençait à frémir. Quelque chose la tracassait. Quelque chose d'important... à propos des...

— Jondalar ! haleta-t-elle, en proie à une agitation intense. Oh, Jondalar !

— Qu'y a-t-il ? s'inquiéta Jondalar.

— Il y a... il y a que j'ai trouvé ! s'écria-t-elle. Oh, Jondalar, je viens de m'en souvenir.

Jondalar ne comprenait pas le comportement étrange de sa compagne.

— Tu viens de te souvenir de quoi ?

A l'évidence, la perspective de perdre les deux chevaux la perturbe, se désola Jondalar.

Ayla tira brusquement la lourde peau de mammouth du feu, renversant une pierre brûlante sur le cuir.

— Donne-moi un couteau, Jondalar. Ton couteau le mieux aiguisé.

— Mon couteau ?

— Oui, je vais fabriquer des bottes pour les chevaux.

— Des quoi ?

— Je vais faire des bottes pour les chevaux, et aussi pour Loup. Regarde, avec cette peau de mammouth !

— Des bottes pour chevaux ?

— Voilà, je découpe des cercles dans le cuir, je perce

des trous sur les bords, j'enfile des tendons que j'attacherai aux paturons des chevaux. Puisque la peau de mammouth protège nos pieds des coupures de la glace, elle protégera aussi les sabots de Whinney et de Rapide, expliqua Ayla.

Jondalar se taisait, essayant de visualiser l'objet qu'Ayla venait de décrire. Son visage s'éclaira.

— Oui, je crois que ça peut marcher. Par la Grande Terre Mère, ça marchera ! Quelle idée fantastique ! Comment y as-tu pensé ?

— C'est comme cela qu'Iza fabriquait mes bottes. C'est comme cela que le peuple du Clan fabrique ses protège-pieds et ses protège-mains. Comment étaient ceux que portaient Guban et Yorga ? Ah, c'est difficile à dire parce que après un certain temps le cuir se moule exactement aux pieds.

— Cette peau suffira-t-elle ?

— Oui, je crois. Je vais terminer la préparation de la potion pour les coupures pendant que le feu est encore chaud, et je ferai aussi une infusion pour nous. Nous n'en avons pas bu depuis deux jours, et nous n'aurons certainement pas l'occasion d'en prendre avant d'être sortis de ce glacier. Il va falloir économiser les pierres qui brûlent, mais une bonne infusion sera la bienvenue.

— Allons-y pour l'infusion ! approuva Jondalar qui avait retrouvé sa bonne humeur.

Ayla examina les sabots des chevaux, nettoya les plaies, appliqua sa potion, et enveloppa ensuite les paturons des deux montures dans des morceaux de la peau de mammouth. Ils essayèrent d'abord de se débarrasser des étranges protège-pieds, mais le cuir était solidement attaché et ils s'y habituèrent vite. Elle recommença l'opération avec Loup. Il mâchonna et rongea le cuir qui le dérangeait, mais finit pas se lasser, lui aussi.

Ainsi, le lendemain matin, la charge des chevaux fut allégée. Des pierres qui brûlent avaient disparu dans le feu, et la lourde peau de mammouth entourait maintenant leurs pieds. De surcroît, Ayla les déchargea à chaque arrêt, et prit une partie du fardeau sur son dos, bien qu'avec la meilleure volonté du monde, elle ne pût les soulager que d'un poids insignifiant. Mais malgré la marche, leurs blessures se cicatrisèrent. Loup semblait être déjà guéri, au grand soulagement d'Ayla et de Jondalar. Avantage inattendu, les bottes, comme les raquettes, empêchaient les chevaux de s'enfoncer dans la neige épaisse.

Le rythme du premier jour se maintint, avec quelques variantes. Ils parcouraient les plus grandes distances le matin, car l'après-midi apportait la neige et le vent. Parfois, ils reprenaient la route après la tempête, mais ils étaient souvent obligés de camper là où le blizzard les surprenait. Pourtant, ils n'eurent plus à affronter des vents aussi violents que le premier jour.

Le glacier n'était pas aussi plat et lisse qu'il leur avait paru. Ils pataugeaient dans des monticules de neige poudreuse détrempée amoncelée par des tempêtes locales, trébuchaient sur des amas de glace coupante, glissaient dans des fossés, se prenaient les pieds dans des fissures, se tordaient les chevilles sur la surface inégale. De brusques bourrasques soufflaient sans crier gare, les vents féroces ne faiblissaient presque jamais, et les deux voyageurs vivaient dans la hantise d'une crevasse invisible recouverte d'un pont trop fragile ou d'une corniche de neige friable.

Ils contournaient les crevasses béantes, particulièrement nombreuses vers le centre du glacier où l'air sec ne permettait pas d'importantes chutes de neige qui les eussent recouvertes. Le froid intense, âpre, mordant, polaire ne s'adoucissait jamais. Leur haleine gelait sur la fourrure de leur capuche, autour de la bouche. Une goutte d'eau qui coulait d'un bol gelait avant d'atteindre le sol. Leur visage exposé aux vents vifs et au soleil ardent se craquelait, pelait et noircissait. Les gelures menaçaient en permanence.

La tension accumulée commençait à se faire sentir. Leurs réflexes devenaient plus lents, leur jugement s'obscurcissait. Une tempête commencée dans l'après-midi s'était poursuivie toute la nuit. Au matin, Jondalar était pressé de partir. Ils avaient déjà perdu trop de temps. Dans ce froid polaire, l'eau était plus longue à chauffer et leur réserve de pierres qui brûlent diminuait dramatiquement.

Ayla fouillait son sac. Elle se mit ensuite à fureter dans sa fourrure de couchage et autour de la couche. Elle ne se souvenait pas depuis combien de temps ils étaient sur ce maudit glacier, mais elle en avait plus qu'assez.

— Dépêche-toi, Ayla! Qu'est-ce qui te retarde? aboya Jondalar.

— Je ne trouve pas mes protège-yeux.

— Je t'avais bien dit d'y faire attention. Tu veux vraiment devenir aveugle? explosa-t-il.

— Bien sûr que non. Pourquoi crois-tu que je les cherche? rétorqua Ayla.

Jondalar empoigna la fourrure d'Ayla et la secoua d'un geste brusque. Les caches en bois tombèrent au sol.

— Fais attention où tu les mets, à l'avenir, fit-il. Allez, il est temps de partir.

Ils rangèrent leurs affaires à la hâte, mais Ayla boudait et n'adressa plus la parole à Jondalar. Il vint vérifier les lanières comme d'habitude, mais Ayla empoigna la longe de Whinney et s'en alla avant que Jondalar puisse examiner son fardeau.

— Comme si je ne savais pas charger ma jument toute seule! lança-t-elle par-dessus son épaule. Je croyais que tu étais pressé, qu'est-ce que tu attends?

Il voulait vérifier par simple prudence, maugréait Jondalar. Elle ne connaissait même pas la route. Attendez un peu qu'elle tourne en rond! Elle viendrait lui demander de passer devant dans pas longtemps. Sur ce, il lui emboîta le pas.

Ayla avait froid. La marche l'épuisait. Elle avançait sans regarder où elle mettait les pieds. Ah, il voulait qu'on se dépêche, eh bien, on allait se dépêcher! rageait-elle. S'ils avaient la chance de s'en sortir, elle espérait bien ne plus jamais revoir de glacier de sa vie.

Loup courait nerveusement d'Ayla, qui ouvrait la marche, à Jondalar, loin derrière. D'habitude, Jondalar était devant, et l'inversion des rôles le perturbait. Loup dépassa la jeune femme en colère qui se traînait, la tête ailleurs, en pestant contre le froid. Soudain, Loup s'arrêta devant Ayla, lui bouchant le chemin.

Menant toujours Whinney par la longe, Ayla évita le loup. Il se précipita au-devant d'elle, et s'arrêta encore d'un air décidé. Elle l'ignora. Il la suivit quelque temps en lui donnant des petits coups de museau, mais elle le chassa. Il courut encore devant Ayla, s'assit et hurla pour attirer son attention. Elle le dépassa sans le voir. Il courut vers Jondalar, aboya, cabriola, couina, fit quelques bonds en direction d'Ayla, mais revint au-devant de l'homme.

— Qu'est-ce qui ne va pas ? demanda Jondalar qui avait enfin remarqué l'agitation du loup.

Un bruit terrifiant, un bruit étouffé lui répondit. Jondalar leva la tête et aperçut avec horreur des gerbes de neige poudreuse jaillir du sol.

— Oh, non ! s'écria-t-il d'une voix angoissée. Non, pas ça !

Il se précipita. Quand la neige fut retombée, il vit Loup au bord d'une crevasse béante. Le jeune animal pointa son museau vers le ciel et poussa un long hurlement plaintif.

Jondalar se jeta à plat ventre et scruta le gouffre par-dessus le rebord.

— Ayla, cria-t-il, désespéré. Ayla !

Son ventre se noua. Il savait bien que c'était inutile, elle ne l'entendait plus. Elle gisait au fond de la crevasse, morte.

— Jondalar ?

Une petite voix terrorisée lui parvint de très loin.

— Ayla ? demanda-t-il sans y croire.

Loin en dessous, debout sur une étroite corniche qui courait le long du mur de glace, Ayla jetait des regards implorants.

— Ayla, ne bouge surtout pas ! ordonna-t-il. Ne fais pas un geste, la glace pourrait céder.

Elle était vivante ! C'était incroyable ! Un miracle ! Mais comment allait-il la sortir de là ?

Dans le gouffre de glace, Ayla s'appuyait contre

le mur, et s'accrochait désespérément à une faille et à une petite aspérité, pétrifiée de peur.

Elle avançait péniblement, de la neige jusqu'aux genoux, perdue dans ses pensées. Elle était fatiguée, fatiguée de tout : du froid, de cette neige où elle s'enfonçait, du glacier. La marche à travers le glacier l'avait épuisée, elle n'en pouvait plus. Pourtant, elle continuait à se battre, obsédée par un seul but : atteindre l'extrémité du glacier.

Un craquement sonore l'avait alors tirée de ses ruminations. Elle avait senti la glace s'effondrer sous ses pas, et le souvenir effrayant d'un lointain tremblement de terre lui était revenu. Instinctivement, elle avait cherché à se raccrocher, mais la glace et la neige qui avaient accompagné sa chute ne lui offraient aucune prise. Elle s'était sentie tomber, suffoquant à demi au milieu de l'avalanche de neige déclenchée par l'effondrement du pont, et elle s'était retrouvée, sans savoir comment, sur l'étroite corniche.

Elle leva la tête avec précaution, craignant que le moindre mouvement ébranlât son appui précaire. Audessus, le ciel paraissait presque noir et elle crut apercevoir le pâle scintillement des étoiles. Quelques morceaux de glace, ou des poignées de neige, tombaient à retardement et aspergeaient la jeune femme dans leur chute.

La corniche était un reste de l'ancienne surface enfouie depuis longtemps sous la neige, et reposait sur un gros rocher déchiqueté, arraché à la montagne quand la glace avait empli la vallée avant de déborder dans la suivante. La rivière de glace accumulait quantité de poussière, sable, graviers, ainsi que des rochers qu'elle détachait de la muraille rocheuse, et qui étaient progressivement happés par le courant central, plus rapide. Entraînées par le courant, ces moraines formaient de longues langues caillouteuses. Lorsque la température remonterait suffisamment pour faire fondre le glacier, des traces de leur passage se liraient à ces amoncellements de rocs dépareillés déposés sur les crêtes et les collines.

Elle attendait, immobile, et percevait des faibles

murmures et des grondements sourds. Elle crut d'abord que son imagination lui jouait des tours. En fait, la masse de glace était moins compacte qu'elle ne paraissait de l'extérieur. Elle était en mouvement constant, s'étendait, glissait, basculait. Le fracas d'une crevasse qui s'ouvrait ou se refermait au loin, à la surface ou en profondeur, se propageait à travers le solide visqueux. Les montagnes de glace étaient criblées de cavités : couloirs débouchant sur un à-pic, longues galeries sinueuses, trous béants, poches et grottes accueillantes mais qui se refermaient d'un coup.

Ayla osa enfin étudier sa prison. Les murs de glace luisaient d'une incroyable lumière bleue aux reflets verts. Elle s'aperçut avec un coup au cœur qu'elle avait déjà vu cette couleur quelque part. Les yeux de Jondalar ! Ah, revoir ces yeux au bleu si intense ! Les parois du cristal gigantesque lui donnaient l'impression qu'un mystérieux chambardement se déroulait hors de sa vue. Elle était persuadé qu'en tournant la tête d'un geste brusque, elle apercevrait une forme éphémère dans les miroirs muraux.

Ce n'était qu'une illusion d'angle et de lumière, un tour de magicien. Les cristaux de glace filtraient la plupart des couleurs du spectre de la lumière qui descendait de l'astre incandescent, et ne libéraient que le bleu-vert. Les plans et les arêtes des miroirs teintés jouaient entre eux un jeu de réflexion et de réfraction.

Douchée une nouvelle fois par une chute de neige, Ayla leva la tête. Jondalar était penché au-dessus de la crevasse, et une corde se balança devant les yeux d'Ayla.

— Attache la corde autour de ta taille, cria-t-il. Et fais attention de la nouer solidement. Tu me préviendras quand tu seras prête.

Voilà que je recommence, se maudit Jondalar. Pourquoi toujours vérifier ce qu'elle fait ? Pourquoi rabâcher des conseils évidents ? Elle savait bien qu'il fallait attacher la corde solidement. C'était justement ce qui l'avait mise en rage, et avait provoqué son départ précipité qui avait abouti à la dangereuse situation présente... Evidemment, elle aurait dû se contrôler.

— Je suis prête, Jondalar, lança Ayla après avoir noué la corde bien serré. Ça tiendra.

— Bon. Agrippe-toi à la corde, nous allons te remonter.

La corde se tendit et Ayla fut hissée. Les pieds dans le vide, elle se sentait monter lentement vers le bord de la crevasse. Elle vit Jondalar et ses merveilleux yeux bleus remplis d'inquiétude, et elle agrippa la main qu'il lui tendait. Il l'aida à escalader le rebord et elle mit bientôt pied sur le sol glacé. Jondalar l'étreignit avec ardeur, et elle s'accrocha à lui avec une passion égale.

— J'ai bien cru que tu étais partie à jamais, murmura-t-il en la couvrant de baisers. Je regrette de t'avoir brusquée, Ayla. Je sais très bien que tu peux faire tes paquets toute seule. Je m'inquiète toujours trop.

— Non, c'est de ma faute, protesta Ayla. J'aurais dû faire davantage attention à mes protège-yeux, et je n'aurais pas dû avancer si vite sur la glace. Je ne connais pas encore les dangers du glacier.

— Oui, mais j'ai eu tort de te laisser partir devant.

— J'aurais dû m'en douter, dirent-ils en même temps.

Ils se sourirent avec tendresse.

Ayla sentit une secousse à sa taille et vit que Jondalar avait attaché la corde au harnais de l'étalon. C'était donc Rapide qui l'avait tirée de la crevasse ! Elle s'escrima à défaire les multiples nœuds, mais dut les trancher avec un couteau tant elle les avait serrés, d'autant que sa remontée les avait encore renforcés.

Ils contournèrent la crevasse qui avait failli engloutir Ayla et poursuivirent leur route vers le sud-ouest. L'épuisement de leur réserve de pierres qui brûlent commençait à les inquiéter sérieusement.

— Encore combien de temps avant d'atteindre le bout du glacier, Jondalar ? interrogea Ayla un matin, après avoir fait fondre de la glace. Il ne nous reste plus beaucoup de pierres qui brûlent.

— Je sais. J'avais espéré que nous serions bientôt arrivés, mais les tempêtes nous ont retardés, et j'ai peur que le temps s'adoucisse pendant que nous sommes encore sur le glacier. Ça arrive si vite, fit-il en scrutant le ciel d'un œil inquiet. Je crains que le vent chaud ne souffle bientôt.

— Pourquoi ?

— J'ai repensé à cette dispute stupide. Tout le monde nous conseillait de faire attention aux mauvais esprits qui précèdent le fondeur de neige, tu te rappelles ?

— Ah oui ! Solandia et Verdegia disaient qu'ils rendaient nerveux et irritable. J'étais très énervée, et je le suis toujours. J'en ai tellement assez de toute cette glace, je dois me forcer pour continuer. Serait-ce le Malaise ?

— C'est justement la question que je me posais. Si c'est ça, nous devons nous dépêcher, Ayla. Si le foehn souffle pendant que nous sommes encore sur le glacier, nous risquons de disparaître dans une crevasse.

Ils burent l'eau à peine fondue pour économiser les pierres brunâtres, et portèrent des outres pleines de neige sous leur pelisse fourrée afin que la chaleur du corps fasse fondre assez de neige pour eux-mêmes et Loup. Mais cela ne suffisait pas, et lorsqu'ils eurent utilisé leurs dernières pierres, ils n'eurent plus d'eau pour les chevaux. Ayla était à court de fourrage, mais l'eau était plus importante. Elle s'aperçut que les chevaux mâchaient de la glace, mais son inquiétude grandissait. La glace et la déshydratation risquaient d'abaisser leur température corporelle et de diminuer leur résistance au froid.

Après qu'Ayla et Jondalar eurent installé la tente, les deux chevaux s'approchèrent pour avoir de l'eau, mais Ayla ne put que leur offrir quelques gouttes et leur casser de la glace. Ce jour-là, il n'y avait pas eu de blizzard et ils avaient marché jusqu'à la nuit tombée. Ils auraient dû être contents du chemin parcouru, mais Ayla se sentait étrangement nerveuse. Cette même nuit, elle eut du mal à trouver le sommeil. Elle essaya de se rassurer en mettant son anxiété sur le compte des chevaux.

Jondalar resta longtemps éveillé, lui aussi. Il voyait bien que l'horizon se rapprochait, mais il préféra ne pas en parler de peur de causer une profonde désillusion. Il finit par somnoler et se réveilla en plein milieu de la nuit pour constater qu'Ayla ne dormait pas non plus. Ils se levèrent dès les premières lueurs de l'aube et se mirent en marche alors que les étoiles brillaient encore dans le ciel opaque.

Au milieu de la matinée le vent avait tourné, et Jondalar crut que ses pires craintes allaient se confirmer. Le vent n'était pas réellement chaud, il était seulement moins froid, mais il soufflait du sud.

— Dépêchons-nous, Ayla ! Dépêchons-nous, cria-t-il en courant presque.

Ayla ne se le fit pas dire deux fois. A la mi-journée, le ciel était limpide et la brise était si douce qu'elle semblait presque tiède. Elle souffla avec une violence accrue, ralentissant les voyageurs qui avançaient péniblement, courbés en deux. Le souffle réchauffait la glace comme une caresse mortelle. Les congères poudreuses devinrent humides et compactes, et tournèrent vite en neige fondue. Des mares se formèrent dans les creux, grandirent, et scintillèrent. Le centre du glacier resplendit alors d'une vive couleur bleutée, mais les voyageurs n'avaient ni le temps ni l'envie d'admirer la beauté du paysage. Les chevaux pouvaient enfin se désaltérer, mais Jondalar se serait volontiers passé de cette satisfaction.

Un léger brouillard se leva, et resta accroché à la surface. Le vent du sud l'emporta avant qu'il ne pût s'élever dans les airs. Jondalar tâtait la glace avec une longue sagaie, mais il courait presque et Ayla avait toutes les peines à le suivre. Elle aurait bien voulu sauter sur le dos de Whinney et galoper le plus vite possible, mais des crevasses s'ouvraient devant leurs pas à chaque instant. Jondalar aurait juré que l'horizon se rapprochait, mais le brouillard rampant déformait la perception des distances.

Des petits ruisselets commencèrent à couler sur la glace, reliant les flaques entre elles, et les voyageurs avaient du mal à garder l'équilibre. Soudain, devant eux à quelques pas, une énorme plaque de glace s'effondra, dévoilant un gouffre béant. Loup hurla et les chevaux effarouchés poussèrent des hennissements stridents.

Jondalar suivit le bord du gouffre à la recherche d'un chemin.

— Jondalar, je n'en peux plus. Je suis épuisée, il faut que je m'arrête, gémit Ayla qui s'effondra en sanglots. Nous n'y arriverons jamais.

Jondalar revint sur ses pas et la consola.

— Nous y sommes presque, Ayla. Regarde, tu vois bien que le glacier s'arrête bientôt.

— Mais nous avons failli tomber dans une crevasse, Jondalar, et ces flaques se transforment en trous bleus immenses où les ruisseaux disparaissent.

— Tu préfères rester ici ?

— Non. Oh, non ! Je ne sais pas ce que j'ai à pleurer comme ça. Si nous restons ici, nous mourrons, c'est sûr.

Jondalar réussit à se frayer un passage autour du cratère, mais lorsqu'ils obliquèrent vers le sud, le vent souffla avec autant de violence que les blizzards précédents. Les rus grossirent et tissèrent un réseau entremêlé de ruisseaux qui devinrent bientôt des rivières. Les voyageurs contournèrent deux nouvelles crevasses et virent enfin le bout de leur cauchemar. Ils franchirent les derniers mètres au pas de course, et se penchèrent au-dessus du vide.

Ils avaient franchi le glacier.

Une cascade d'eau laiteuse, le lait du glacier, jaillissait sous leurs pieds, de la base du glacier. Ils apercevaient au loin, au-delà de la coulée de neige, un fin tapis de verdure.

— Veux-tu que nous nous arrêtions un peu ici, pour que tu te reposes ? proposa Jondalar, le front soucieux.

— Non, je veux en finir avec cette glace. Nous nous reposerons dans cette prairie, là-bas.

— C'est plus loin qu'on le croit, tu sais. Pas de précipitation, restons prudents. Nous allons nous encorder, et tu descendras la première. Si tu dérapes, je te retiendrai. Choisis bien ton chemin. Nous guiderons les chevaux par la longe.

— Non, il ne vaut mieux pas. Otons-leur les harnais et déchargeons-les, détachons le travois, et laissons-les descendre tout seuls.

— Tu as peut-être raison, mais il faudra abandonner les paniers de charge… à moins que…

Ayla devina ses pensées.

— Oui, chargeons tout dans le bateau ! fit-elle. Nous le laisserons glisser jusqu'à la prairie.

— C'est ça, mais gardons un panier où nous entasserons l'essentiel, ajouta-t-il, fier de sa trouvaille.

— Si nous attachons bien le chargement et que nous regardons de quel côté il glisse, nous le retrouverons.

— Et si ça casse ?

— Tu crois qu'il va se casser ?

— L'armature peut se briser, mais la peau restera entière et maintiendra les affaires.

— Et le contenu restera en bon état, n'est-ce pas ?

— Oui, assura Jondalar. Le contenu devrait résister. L'idée du canot est excellente.

Ils chargèrent l'embarcation et Jondalar installa le panier d'objets de première nécessité sur son dos. En prenant garde de ne pas glisser, ils longèrent le bord du glacier à la recherche d'une descente propice. Comme pour compenser tant de retard et de mésaventures, ils trouvèrent tout de suite la pente douce d'une moraine qui prolongeait une coulée de glace plus abrupte. Ils tirèrent le canot jusqu'à la coulée glissante. Ayla détacha le travois, ils débarrassèrent les chevaux de leur harnais mais leur laissèrent les protège-sabots de cuir. Ayla s'assura qu'ils étaient bien fixés, mais le cuir avait épousé la forme du sabot et s'ajustait confortablement aux paturons. Ils conduisirent ensuite les chevaux en haut de la moraine.

Affolée, Whinney hennit. Ayla l'apaisa en lui parlant dans la langue de signes, de mots, et de sons, qu'elle avait inventée pour communiquer avec sa jument.

— Whinney, il faut que tu descendes toute seule. Tu trouveras plus facilement ton chemin que si j'étais avec toi.

Jondalar rassura à son tour le jeune étalon. La descente était dangereuse et tout pouvait arriver, mais au moins avait-il amené les chevaux de l'autre côté du glacier. C'était maintenant à eux de jouer. Loup courait de long en large sur le rebord du glacier, comme lorsqu'il avait peur de traverser une rivière.

Encouragée par Ayla, Whinney se lança la première, posant ses sabots avec précaution. Rapide lui emboîta le pas et la distança bientôt. Ils parvinrent à un endroit glissant, dérapèrent, prirent de la vitesse et durent galoper pour garder l'équilibre. Ils seraient en sécurité avant qu'Ayla et Jondalar atteignissent la prairie... à moins que...

En haut, Loup couinait, la queue entre les pattes, affichant sa peur sans honte en voyant les chevaux dévaler la pente.

— Poussons le canot et mettons-nous en route, fit Jondalar. La descente est longue et ce ne sera pas facile.

Comme ils poussaient le bateau près de la crête du glacier, Loup sauta dedans.

— Il croit que nous allons traverser une rivière, remarqua Ayla. Ah, si nous pouvions flotter sur la glace !

Leurs regards se croisèrent et un sourire se dessina sur leurs lèvres.

— Qu'en penses-tu ? demanda Jondalar.

— Pourquoi pas ? Tu disais que la peau résisterait.

— Et nous ?

— Nous verrons bien !

Ils déblayèrent le terrain et grimpèrent dans le canot en forme de coquille de noix où Loup les attendait. Jondalar adressa une prière à la Mère, et en s'aidant d'une des perches, les propulsa dans la pente.

— Cramponne-toi bien ! cria Jondalar.

Le canot prit bientôt de la vitesse et fonça tout droit, mais il heurta un obstacle, fit un bond et tournoya. Il fit une embardée, arriva en haut d'un petit raidillon et décolla. Ayla et Jondalar poussèrent des cris de peur et d'excitation. Ils atterrirent dans une violente secousse qui les propulsa en l'air. Ils s'agrippèrent à la coque qui tourniqua, alors que Loup s'aplatissait dans le fond tout en pointant son museau par-dessus bord.

Ayla et Jondalar se cramponnaient de toutes leurs forces, ils ne pouvaient rien faire d'autre. Le canot échappait à leur contrôle et dévalait la pente du glacier. Il zigzaguait, tantôt à droite, tantôt à gauche, tournoyait, bondissait, comme ivre de joie. Heureusement, il était trop chargé pour culbuter. La descente vertigineuse arrachait des cris à Ayla comme à Jondalar, qui souriaient malgré tout. Jamais ils n'avaient connu une telle ivresse, mais la descente n'était pas terminée.

Ils ne s'étaient pas demandé comment s'arrêterait leur embarcation, mais comme ils approchaient du bas, Jondalar se souvint qu'une crevasse séparait le pied du glacier de la terre ferme. Un arrêt brutal sur du gravier pourrait les jeter par-dessus bord, les blesser, ou pire encore. Jondalar ne comprit pas tout de suite ce qui se passait, mais quand ils atterrirent dans une grande secousse et une gerbe d'éclaboussures au milieu de nuages d'eau, il comprit que le canot les avait conduits au bas de la cascade qu'ils avaient aperçue d'en haut.

La cascade les entraîna dans une autre chute, et après un nouveau choc et de nouvelles éclaboussures, ils flottèrent bientôt sur les eaux de fonte paisibles d'un petit lac. Loup était si heureux qu'il ne savait plus où donner de la tête. Il sautait sur l'un, sur l'autre, les léchait, aboyait, les léchait encore. Finalement il s'assit sur son arrière-train, tendit le cou vers le ciel et poussa un long hurlement de joie.

— Ça y est, Ayla, nous avons réussi ! s'écria Jondalar. Nous avons réussi ! Nous avons franchi le glacier.

— Oh, Jondalar, c'est fantastique ! fit Ayla avec un sourire radieux.

— Ce n'était pas très prudent, nous aurions pu nous blesser... ou nous tuer.

— D'accord, c'était dangereux, mais c'était formidable ! fit Ayla, les yeux encore brillants d'émotion.

Son enthousiasme était contagieux et malgré sa hantise d'un accident, il ne put s'empêcher de sourire.

— Je dois avouer que c'était excitant, et approprié d'une certaine manière. Je ne suis pas près de retraverser ce glacier. Deux fois dans une vie, ça me suffit, mais je suis fier de l'avoir fait... Et je n'oublierai jamais cette descente.

— Il ne nous reste plus qu'à atteindre la rive, et à retrouver Whinney et Rapide.

La nuit tombait et entre la lumière aveuglante du

couchant et les ombres trompeuses du crépuscule, on distinguait mal les environs. La fraîcheur du soir avait fait retomber la température, et il gelait de nouveau. Ils apercevaient les contours du lac, rassurante terre noire parsemée de neige çà et là, mais ils ne savaient pas comment l'atteindre. Ils n'avaient pas de pagaies, et les perches étaient restées sur le glacier.

Le lac paraissait calme, mais l'écoulement rapide des eaux de fonte provoquait un courant subaquatique qui les entraînait lentement vers le rivage. Lorsqu'ils furent assez près, ils sautèrent dans l'eau suivis de Loup et tirèrent le canot sur la terre ferme. Loup s'ébroua, arrosant Ayla et Jondalar qui n'y prirent même pas garde. Ils tombèrent dans les bras l'un de l'autre, heureux d'être en vie, amoureux, et soulagés de sentir la terre sous leurs pieds.

— Nous avons réussi. Nous sommes presque arrivés, Ayla, murmura Jondalar, qui avait cru qu'il ne la tiendrait plus jamais dans ses bras.

Avec le regel, la neige détrempée crissait à nouveau sous les pas. Main dans la main, ils traversèrent une zone de graviers et arrivèrent dans un pré. Il n'y avait pas de bois pour faire du feu, mais ils ne s'en souciaient guère. Ils mangèrent des galettes, leur seule nourriture sur le glacier, et ils burent l'eau de fonte de leurs outres. Ils plantèrent ensuite leur tente et étalèrent leurs fourrures de couchage, mais avant de se coucher Ayla scruta les ténèbres en se demandant où avaient disparu les chevaux.

Elle siffla, espérant que Whinney l'entendrait, mais aucun bruit de sabots ne lui parvint et les chevaux ne se montrèrent pas. Elle siffla encore, mais sans résultat. Il était trop tard, les recherches ne pourraient pas commencer avant le lendemain. Ayla se glissa dans ses fourrures aux côtés de Jondalar, et caressa Loup qui vint se blottir contre elle. Préoccupée par les chevaux, elle sombra néanmoins dans un sommeil profond.

L'homme contempla les cheveux blonds ébouriffés de la jeune femme dont la tête reposait au creux de son épaule, et il décida de remettre son lever à plus tard.

Plus rien ne pressait à présent, et cette absence de tension laissait un vide qui le désarçonnait. Il devait se persuader qu'ils n'étaient plus sur le maudit glacier et qu'ils pouvaient prendre tout leur temps, paresser dans leurs fourrures la journée entière, par exemple.

Le glacier était derrière eux. Ayla était saine et sauve. La vision d'Ayla disparaissant dans la crevasse s'imposa à lui, et il la serra plus fort contre lui. La jeune femme s'accouda et ouvrit les yeux. Elle adorait le regarder. Sous la tente en peau de bête, la lumière tamisée adoucissait le bleu intense de ses yeux, et son front était lisse pour la première fois depuis longtemps. Elle fit courir ses doigts le long de ses rides, sur sa joue, sur les contours de son visage.

— Tu sais, avant de te rencontrer, j'essayais de me figurer à quoi ressemblait un homme des Autres. Pas un homme du Clan, un de mes semblables. Mais je n'y arrivais jamais. Tu es si beau, Jondalar.

— Les femmes sont belles, protesta Jondalar en riant. Pas les hommes.

— Ah bon ? Comment sont-ils, alors ?

— Ils sont forts, ou braves.

— Toi, tu es fort et brave, mais la beauté n'a rien à voir là-dedans. Comment appelle-t-on un homme qu'on trouve beau ?

— On peut dire qu'il est bien bâti, suggéra-t-il, mal à l'aise au souvenir du compliment qu'on lui avait fait trop souvent.

— Bien bâti, bien bâti, répéta-t-elle comme pour l'ancrer dans sa mémoire. Non, je préfère beau. Beau, au moins, je comprends.

Jondalar éclata de rire, un rire chaud, franc et bon enfant. Peu habituée à une telle démonstration de joie, Ayla le dévisagea d'un air surpris. Elle l'avait rarement vu sourire, mais rire, jamais.

— Si tu tiens à me trouver beau, ne te gêne pas, fit-il en l'attirant contre lui. Comment refuserais-je qu'une jolie femme me trouve beau ?

Les spasmes de Jondalar la secouèrent et son rire communicatif déclencha son hilarité.

— Ah, Jondalar, j'adore quand tu ris, fit-elle.

— Tu as le don de m'amuser et je t'aime tellement, murmura-t-il.

Lorsque leur rire se fut calmé, Jondalar serra Ayla dans ses bras. Emu par la chaude caresse de sa poitrine, il la coucha pour l'embrasser dans le cou, pétrissant ses seins lourds et fermes. Elle glissa sa langue entre ses lèvres, surprise de s'enflammer aussi vite. Cela fait si longtemps, se dit-elle. Pendant la traversée du glacier, l'idée ne leur en était pas venue, ou l'envie n'avait pu surmonter l'obstacle de leur fatigue et de leur anxiété.

Jondalar sentit Ayla contre lui, offerte, et un désir urgent l'envahit. Il roula sur elle, entraînant les fourrures dans son ardeur, baisa son cou, sa nuque, laissa courir ses lèvres sur son corps et trouva un mamelon érigé qu'il suça avidement.

Ayla perçut des pointes de feu déferler dans tout son corps, lui arrachant un cri d'extase. Sa propre réaction la stupéfia. Il l'avait à peine effleurée, et déjà elle était prête, mieux, impatiente. Cela faisait-il si longtemps ? Elle se colla contre lui.

Jondalar glissa sa main entre les cuisses d'Ayla, trouva le bouton des Plaisirs et le massa avec douceur. Ayla gémit en atteignant une jouissance si intense qu'elle ne voulut plus attendre.

En sentant une humidité soudaine, Jondalar comprit qu'elle était prête. Il écarta les fourrures qui le gênaient et guida son membre fier dans le puits d'amour qu'Ayla lui offrait.

Lorsqu'il entra au plus profond, elle s'agrippa à ses reins et le retint en criant son plaisir. Son puits avide enfin comblé par sa verge brûlante, elle crut défaillir. C'était trop bon, c'était au-delà des Plaisirs.

Jondalar ne tarda pas à la rejoindre. Il retira son membre pour mieux l'enfoncer ensuite. Encore une fois et la vague déferla dans une multitude de secousses qui l'anéantit. Emporté par son élan, il donna encore quelques légers coups de reins et s'écroula sur Ayla.

Allongée, les yeux toujours clos, le poids de Jondalar sur son corps, Ayla se sentait merveilleusement bien. Elle ne voulait pas bouger. Lorsqu'il se leva, il ne résista pas au plaisir de l'embrasser. Elle ouvrit les yeux.

— Oh, Jondalar, c'était si bon !

— C'était rapide. Nous étions prêts tous les deux. Que voulait dire ce sourire mystérieux quand je t'ai embrassée ?

— C'est parce que je suis tellement heureuse.

— Moi aussi, fit-il en l'embrassant encore.

Il roula sur le côté et ils somnolèrent bientôt. Jondalar se réveilla avant Ayla et la regarda dormir. Le sourire mystérieux reparut sur ses lèvres, et Jondalar aurait bien aimé connaître ses rêves. Il ne put s'empêcher de déposer des baisers sur son cou et de caresser ses seins lourds et fermes. Elle ouvrit de grands yeux sombres, pleins de secrets.

Il baisa ses paupières, chatouilla une oreille, puis un mamelon. Elle lui sourit quand il effleura la douce toison. Il la sentit réceptive mais elle n'était pas encore prête, et il regretta la brièveté des Plaisirs. Soudain, il la serra, l'embrassa avec une fougue incontrôlée, pétrit son corps, ses seins, ses hanches, ses cuisses. Il ne pouvait plus s'arrêter et semblait vouloir l'étreindre comme pour l'empêcher de tomber dans une crevasse imaginaire. Il se rattrapait de l'angoisse qui l'avait saisi quand il l'avait crue disparue dans le gouffre.

— Je n'aurais jamais imaginé que je tomberais amoureux un jour, avoua-t-il en se détendant enfin. Pourquoi ai-je eu besoin d'aller chercher si loin une femme que je puisse aimer ?

Cette question l'avait travaillé depuis son réveil, et il s'aperçut qu'ils étaient presque arrivés chez lui. Il était heureux de se retrouver de ce côté du glacier, mais l'impatience le gagnait. Il commençait à penser aux siens et aurait voulu être déjà auprès d'eux.

— Parce que mon totem t'a choisi pour moi. Le Lion des Cavernes t'a guidé jusqu'à moi.

— Mais alors pourquoi la Mère nous a-t-Elle fait naître si loin l'un de l'autre ?

Ayla le dévisagea d'un air grave.

— J'ai commencé à apprendre, mais j'ignore encore beaucoup de choses sur la volonté de la Grande Terre Mère, et je sais si peu des esprits protecteurs des totems du Clan. Mais il y a une chose que je sais : tu m'as trouvée.

— Et j'ai failli te perdre, murmura-t-il, saisi d'une peur rétrospective. Ayla, que deviendrais-je si jamais je te perdais ?

Sa voix trahissait une réelle émotion qu'il n'avait pas l'habitude de montrer si clairement. Il roula sur le côté, enfouit sa tête dans le cou d'Ayla et la serra si fort qu'elle suffoqua.

— Que ferais-je sans toi ? gémit-il.

Elle s'agrippa à lui. Elle aurait voulu que leurs deux corps ne fissent plus qu'un, et lorsqu'elle sentit le désir de Jondalar monter, elle s'abandonna tout entière avec joie. Poussé par une urgence aussi exigeante que son amour, il prit le corps qu'elle lui offrait avec une ardeur égale à la sienne. Ce brusque désir fut encore plus vite satisfait que le précédent, et une douce et chaude tendresse lui succéda. Lorsqu'il voulut soulager Ayla du poids de son corps, elle le retint, comme pour faire durer l'intensité des Plaisirs qui l'avaient anéantie.

— Je n'imagine pas la vie sans toi, Jondalar, assura Ayla en reprenant la conversation où ils l'avaient laissée. Une parcelle de moi te suivrait dans le monde des esprits, et je serais condamnée à vivre avec un manque perpétuel. Mais nous avons de la chance. Pense à tous ceux qui ne rencontrent jamais l'amour, et ceux qui aiment sans retour.

— Comme Ranec ?

— Oui, comme Ranec. J'ai toujours de la peine quand je pense à lui.

Jondalar se redressa et s'assit.

— Moi aussi. Je l'aimais bien... ou plutôt, j'aurais pu l'aimer... Ce n'est pas comme ça que nous arriverons chez Dalanar, dit-il brusquement, soudain impatient de repartir. J'ai hâte de le revoir.

— Oui, mais il faut d'abord retrouver les chevaux.

43

Ayla se leva et sortit devant la tente. Une brume rampante s'accrochait au sol et l'air frais et humide transperçait sa peau nue. Au loin, la cascade rugissait. Au fond du lac, langue d'eau verdâtre, le brouillard était presque opaque.

Ayla devinait qu'aucun poisson n'habitait le lac dont les abords étaient dépourvus de végétation. C'était un paysage archaïque qui semblait remonter du fond des âges, avant le commencement de toute vie, un paysage de roche et d'eau. Ayla frissonna en comprenant la solitude de la Grande Terre Mère avant qu'elle ne donnât naissance aux êtres animés.

Ayla traversa la berge de gravier en courant et plongea dans l'eau, glacée et limoneuse. Elle avait attendu ce bain depuis si longtemps — depuis la traversée du glacier ! Que l'eau fût froide ne la gênait pas, mais elle l'avait crue claire et limpide.

Dépitée, elle retourna à la tente pour se rhabiller et aider Jondalar à emballer les affaires. Comme elle scrutait le paysage désertique enveloppé dans la brume, elle aperçut en contrebas la silhouette d'une forêt. Soudain, un sourire éclaira son visage.

— Ah, vous voilà ! s'exclama-t-elle, avant de pousser un long sifflement.

Jondalar se rua hors de la tente et s'illumina en voyant les deux chevaux accourir au galop. Loup, qui les suivait, semblait aussi réjoui que les deux humains. On ne l'avait pas vu de la matinée, et Ayla s'interrogea sur son rôle dans le retour de Whinney et de Rapide. Mais le saurait-elle jamais ?

Chacun accueillit sa monture avec force cajoleries et Ayla les examina soigneusement, inquiète d'une éventuelle blessure. Whinney avait perdu son protège-sabot droit et broncha quand Ayla palpa sa jambe. Elle se dit que la jument avait probablement pris son pied dans la glace et avait arraché le protège-sabot en se libérant, ce qui avait meürtri sa jambe.

Ayla ôta la peau de mammouth toujours attachée à l'autre sabot de Whinney, aidée par Jondalar qui maintenait la jument. Rapide avait encore ses protège-sabots dont l'usure commençait à apparaître. Même une peau aussi solide que celle de mammouth finissait par s'élimer après un tel traitement.

Après avoir rangé tout leur équipement, Aylar et Jondalar allèrent chercher le canot et découvrirent que le fond était humide et détrempé. Il fuyait.

— Je n'ai pas très envie de traverser une rivière dans un canot en pareil état, constata Jondalar. Que dirais-tu de l'abandonner ?

— C'est préférable, à moins que nous voulions le tirer nous-mêmes, fit Ayla. Les perches du travois sont restées sur le glacier, et il n'y a pas d'arbre pour en tailler d'autres.

— Voilà qui règle la question. Heureusement que nous n'avons plus de pierres à transporter, et nos bagages sont tellement réduits que nous pourrions les porter, même sans les chevaux.

— S'ils n'étaient pas revenus, c'est ce que nous aurions été obligés de faire pour partir à leur recherche, remarqua Ayla. Je suis contente qu'ils nous aient retrouvés.

— Moi aussi. Je m'inquiétais, dit Jondalar.

Comme ils descendaient le versant sud-ouest de l'ancien massif qui supportait le champ de glace désertique sur son sommet érodé, une pluie fine se mit à tomber. Elle nettoya la neige sale accumulée dans les creux ombragés de la forêt d'épicéas clairsemés qu'ils traversèrent. Un lavis de vert colorait la prairie ocre et les buissons d'arbustes qui l'entouraient. Plus bas, perçant le brouillard, on devinait le miroitement d'une rivière qui s'écoulait d'ouest au nord en suivant la vallée tectonique. Au sud de la rivière, les falaises montagneuses déchiquetées disparaissaient dans une brume pourpre dont surgissait, tel un spectre, la haute chaîne recouverte de glace jusqu'à mi-flancs.

— Je suis sûr que Dalanar te plaira, disait Jondalar comme ils chevauchaient paisiblement côte à côte. Et tu aimeras les Lanzadonii. La plupart sont d'anciens Zelandonii.

— Qu'est-ce qui les a poussés à fonder une nouvelle Caverne ? demanda Ayla.

— Je ne sais pas. J'étais trop jeune quand ma mère et Dalanar se sont séparés, et je ne l'ai vraiment connu que lorsque je suis allé vivre avec lui. Il nous a appris comment travailler la pierre, à Joplaya et à moi. Je crois qu'il a décidé de fonder une nouvelle Caverne quand il a rencontré Jerika, et il a choisi son emplacement après avoir découvert une mine de silex. Les pierres des Lanzadonii commençaient déjà à être célèbres quand j'étais encore un enfant.

— Jerika, c'est sa compagne, et... Joplaya... c'est ta cousine ?

— Oui, ma proche cousine. C'est la fille de Jerika, née au foyer de Dalanar. Elle taille très bien le silex, mais ne lui répète surtout pas. Tu verras, elle est très drôle, toujours en train de plaisanter. Je me demande si elle a trouvé un compagnon. Grande Mère, cela fait si longtemps ! Ils seront surpris de nous voir !

— Jondalar ! s'écria Ayla en baissant la voix. Regarde là-bas, près des arbres. Un cerf !

— Attrapons-le !

Jondalar empoigna son propulseur, une sagaie, et commanda Rapide d'une simple pression des genoux. Bien qu'il ne guidât pas sa monture avec la même dextérité qu'Ayla, une année de chevauchée avait considérablement perfectionné sa technique.

Ayla poussa Whinney à la suite de Jondalar et engagea une sagaie dans son propulseur. La jument, débarrassée de son travois, était d'autant plus fringante.

Le cerf, alerté par le bruit, s'enfuit en décrivant de larges bonds, mais les deux cavaliers le prirent en tenailles et n'eurent aucun mal à l'abattre. Ils le dépecèrent, choisirent les meilleurs morceaux, en gardèrent quelques-uns à offrir au peuple de Dalanar, et laissèrent Loup se régaler des restes.

Vers le soir, ils trouvèrent un torrent limpide qui dévalait la pente à gros bouillons ; ils le suivirent jusqu'à un vaste pré planté de quelques arbres, des fourrés bordaient le cours d'eau. Ils décidèrent d'installer leur campement et de cuire leur chasse. La pluie s'était calmée et plus rien ne les pressait.

Le lendemain matin en sortant de la tente, Ayla s'arrêta bouche bée, abasourdie par la beauté du spectacle. Elle crut rêver. Ils venaient d'endurer des conditions climatiques impitoyables, un hiver glacial dans un univers de désolation, quelques jours à peine avaient passé, et c'était déjà le printemps !

— Jondalar ! Jondalar, viens voir !

L'homme pointa une tête ensommeillée et Ayla vit son visage s'éclairer d'un sourire béat.

Ils avaient campé à moyenne altitude et le crachin de la veille avait disparu avec la brume, laissant place à un soleil radieux. Le ciel bleu azur était pointillé de petits moutons blancs. Les arbres et les buissons arboraient de nouvelles pousses d'un vert tendre et l'herbe du pré semblait appétissante. Une abondance de fleurs émaillaient la verdure, jonquilles, lis, ancolies, iris, et autres. Des oiseaux aux plumages multicolores volaient dans le ciel, égayant la scène printanière de leurs gazouillis et de leurs chants.

Ayla reconnut des grives, des rossignols, des gorges-bleues, des casse-noix, des pics à tête noire, des fauvettes des rivières, et répondit à leurs chants en sifflant. Jondalar sortit de la tente pour la regarder, fasciné, amener à force de patience et de cajolerie une pie-grièche dans le creux de sa main.

— Comment réussis-tu cela ? s'étonna-t-il alors que l'oiseau s'envolait.

Ayla se contenta de sourire.

— Je vais chercher quelque chose de frais et de bon à manger, annonça-t-elle.

Loup avait de nouveau disparu, en quête d'exploration ou d'une proie éventuelle. Il sentait, lui aussi, l'appel du printemps. Ayla rejoignit les chevaux qui broutaient les fines pousses sucrées qui recouvraient le pré. C'était le début de la saison riche, le temps de la croissance.

La plupart de l'année, les vastes plaines qui entouraient les couches de glace de plusieurs kilomètres d'épaisseur, et les prairies des hauts plateaux, étaient arides et froides. De rares pluies et quelques chutes de neige arrosaient à peine la terre, les glaciers attirant pour leur seul bénéfice l'humidité renfermée dans l'air. Le permafrost s'étendait sous les steppes, comme plus tard, sous les toundras humides septentrionales, et les vents qui soufflaient des glaciers rendaient les étés secs, la terre aride et dure, les marais rares. L'hiver, les vents balayaient la neige légère des sols couverts d'herbe séchée sur pied, et l'accumulaient dans les dépressions. Les innombrables herbivores géants trouvaient là une nourriture abondante.

Les prairies ne se ressemblaient pas toutes. Pour créer la profusion végétale des plaines de l'Ere Glaciaire, l'important n'était pas tant la quantité de précipitations annuelles — à condition que les pluies fussent suffisantes — que l'adéquation du moment. La combinaison de pluies intensives et de vents asséchants en proportions convenables aux moments opportuns était le gage de la richesse des prairies.

Dans les basses latitudes, le soleil commençait à réchauffer la terre peu après le solstice d'hiver. Sur la neige ou sur la glace, la majeure partie des rayons du soleil printanier est renvoyée dans l'espace par réflexion, et le peu que la terre absorbe est converti en chaleur pour faire fondre la neige.

Sur les prairies balayées par les vents, le soleil se déversait sur les sols dénudés, et les couches supérieures du permafrost dégelaient rapidement. L'énergie solaire préparait les graines et les racines à développer de nouvelles pousses. Encore fallait-il de l'eau.

La glace scintillante qui réfléchissait les rayons du soleil, résistait à la fonte printanière. Mais avec une telle humidité stockée dans les couches de glace hautes comme des montagnes, l'influence du soleil et la caresse des vents chauds finissaient par se faire sentir. La couche supérieure des glaciers commençait à fondre, l'eau s'infiltrait dans les fissures et remplissait les ruisseaux, puis les rivières qui répandaient le précieux liquide sur les terres desséchées. Cependant, l'apport d'eau le plus important restait celui des brouillards et des brumes qui s'évaporaient des masses de glace et couvraient le ciel de nuages de pluie.

Au printemps, la chaleur du soleil forçait les glaciers à rendre l'humidité plutôt qu'à la capturer. C'était l'unique moment de l'année où la pluie tombait, non sur le glacier, mais sur la terre fertile et assoiffée qui l'entourait. L'été de l'Ere Glaciaire était chaud et bref ; le printemps primitif était long et humide, et la végétation foisonnait.

Les animaux de cette ère se développaient aussi au printemps lorsque les herbacées étaient fraîches, et riches en éléments nutritifs. Le printemps est le temps où croissent les os, les défenses et les cornes, où pointent de nouveaux andouillers, où les fourrures d'hiver tombent avant d'être bientôt remplacées. Le printemps commençait tôt et durait longtemps, le temps de croissance augmentait en proportion et favorisait la taille gigantesque des animaux et de leurs ornements.

Lorsque plusieurs espèces se partageaient la même alimentation et le même habitat, l'une d'elles finissait toujours par prévaloir. Les autres développaient de nouveaux comportements, modifiaient leur choix nutritif, émigraient vers d'autres régions, ou s'éteignaient. Les herbivores n'entraient jamais en compétition directe pour la nourriture.

Les seuls combats se déroulaient entre mâles d'une même espèce et n'avaient lieu qu'à la saison du rut. Et souvent le simple étalage d'andouillers particulièrement imposants, ou de cornes, ou encore de défenses, suffisait à asseoir la suprématie et le droit à la procréation — explication génétique des magnifiques ornements que la richesse des pâturages printaniers encourageait.

Passé les débordements printaniers, la vie des habitants itinérants des steppes reprenait ses normes établies, et les conditions se durcissaient. L'été, ils devaient s'alimenter suffisamment pour maintenir la croissance spectaculaire dont le printemps était la cause et emmagasiner des réserves de graisse pour la saison froide. Avec l'automne arrivait la saison du rut pour certains. Et c'était à l'automne qu'apparaissaient les épaisses fourrures ou autres moyens de protection. Les conditions hivernales étaient les pires. L'hiver décidait qui allait mourir et qui survivrait. Il était dur pour les mâles qui devaient nourrir un corps énorme, et maintenir leurs ornements démesurés ou les refaire pousser. Il était dur pour les femelles, de taille plus petite mais qui devaient trouver assez de nourriture pour leur progéniture. Mais c'étaient les jeunes qui souffraient le plus. Ils ne possédaient pas encore la taille des adultes pour stocker des réserves et devaient utiliser la graisse accumulée pour leur croissance. S'ils passaient la première année, ils avaient des chances de survivre.

Une grande diversité d'animaux partageait harmonieusement le territoire des prairies froides et arides proches des glaciers. Les carnivores eux-mêmes se répartissaient leurs proies. Mais une nouvelle espèce, inventive et créative, mal adaptée à l'environnement et qui le modifiait pour l'adapter à ses besoins, une nouvelle espèce commençait à faire sentir sa présence.

Ils s'arrêtèrent pour se reposer près d'un torrent aux eaux bouillonnantes, et manger le restant de venaison et les légumineuses qu'ils avaient cuits le matin. Jondalar trouvait Ayla étrangement silencieuse.

— Nous ne sommes plus très loin, maintenant, déclara-t-il. Nous nous étions arrêtés par ici Thonolan et moi, peu après notre départ.

— Le paysage est magnifique, dit Ayla d'un air distrait.

— Pourquoi es-tu tellement silencieuse, Ayla? s'enquit Jondalar.

— Je pensais à tes parents, et je me suis aperçue que je n'avais pas de famille.

— Mais si ! Et les Mamutoï ? N'es-tu pas Ayla des Mamutoï ?

— Oui, mais c'est différent. Ils me manquent et je les aimerai toujours, mais je les ai quittés sans trop de regrets. C'était bien plus pénible d'abandonner Durc, avoua-t-elle avec un regard douloureux.

— Oui, je sais, dit Jondalar en la prenant dans ses bras. Ce n'est pas cela qui te le rendra, mais pense que la Mère t'accordera peut-être un autre enfant... un jour prochain... un enfant de mon esprit, avec un peu de chance.

Ayla ne semblait pas l'entendre.

— Ils prétendaient que Durc était difforme, mais c'était faux. Il était du Clan, mais il était aussi à moi. Il faisait partie des deux. Ils ne me trouvaient pas difforme, ils pensaient seulement que j'étais laide. J'étais plus grande que les hommes du Clan... j'étais trop grande et laide...

— Enfin, Ayla, tu n'es ni trop grande ni laide ! Au contraire, tu es très belle. Et souviens-toi que ma famille est maintenant la tienne.

— Avant toi, j'étais seule. A présent j'ai un homme à aimer, et peut-être un jour aurai-je un enfant pour ton foyer. Cela suffirait à mon bonheur, dit-elle en souriant.

Ce sourire soulagea Jondalar, et l'allusion à l'enfant le réjouit encore davantage. Il leva la tête pour vérifier la position du soleil.

— Hâtons-nous, sinon nous n'arriverons pas à la Caverne de Dalanar aujourd'hui, fit-il. Allons-y, Ayla, les chevaux ont besoin de galoper et je ne supporterais pas une autre nuit sous la tente si près du but.

Loup émergea des bois en courant, d'humeur joueuse et plein d'énergie. Il sauta sur Ayla, posa ses pattes sur ses épaules, et lui lécha la joue. C'était là sa famille, se dit-elle en empoignant la fourrure de l'animal. Ce magnifique loup, la fidèle et patiente jument, le fougueux étalon et cet homme merveilleux. Et bientôt, elle rencontrerait sa famille à lui.

Elle rangea ses affaires en silence. Soudain, elle changea d'avis et se mit à fouiller dans ses paquets.

— Jondalar, je vais prendre un bain dans le torrent et mettre une tunique et des jambières propres, déclara-t-elle en se déshabillant.

— Pourquoi n'attends-tu pas que nous soyons arrivés ? Tu vas te geler, Ayla. Cette eau descend tout droit du glacier.

— Tant pis ! Je ne veux pas que ta famille me voie dans cet état.

Ils arrivèrent près d'une rivière de fonte à l'eau d'un vert laiteux, qui grossirait jusqu'à ce qu'elle atteigne son volume maximum plus tard dans la saison. Ils obliquèrent vers l'est en remontant le courant et trouvèrent un gué peu profond. Après avoir traversé, ils prirent vers le sud-ouest. En fin d'après-midi, ils gravirent une pente douce qui s'aplanissait près d'une muraille rocheuse. Sous un surplomb, ils aperçurent l'ouverture sombre d'une grotte.

Une jeune femme était assise sur le sol, entourée d'éclats et de nodules de silex. Elle leur tournait le dos. Un poinçon dans une main, morceau de bois pointu, appliqué sur le cœur d'une pierre gris foncé, elle s'apprêtait à le frapper avec un lourd marteau en os. Elle était tellement concentrée sur son ouvrage qu'elle n'entendit pas Jondalar se glisser silencieusement derrière elle.

— Continue comme ça, Joplaya et un jour tu seras aussi bonne que moi, plaisanta-t-il.

Le marteau en os rata son coup, et écrasa la lame que Joplaya voulait travailler. Elle se retourna et lança à Jondalar un regard incrédule.

— Jondalar ! Oh, Jondalar ! C'est vraiment toi ? s'écria-t-elle en se levant pour se jeter dans ses bras.

Jondalar la prit par la taille, la souleva et la fit tournoyer. Elle s'agrippait comme si elle voulait le garder pour toujours pour elle seule.

— Mère ! Dalanar ! Jondalar est de retour ! Jondalar est de retour ! cria-t-elle.

Des gens accoururent de la caverne, et un homme d'âge mûr, de la taille de Jondalar, se précipita vers lui. Ils s'étreignirent, s'empoignèrent par les épaules, se dévisagèrent, et s'embrassèrent encore.

— Enfin te voilà ! fit l'homme. Tu es parti si longtemps, j'ai cru que tu ne reviendrais jamais.

Par-dessus l'épaule de Jondalar, il eut soudain une vision troublante. Deux chevaux, chargés de paniers et de ballots, une peau de bête sur le dos, et un loup énorme, à côté d'une femme grande, vêtue d'une pelisse de fourrure et de jambières aux motifs inhabituels. La capuche de la femme était rejetée en arrière, dévoilant un visage encadré d'une cascade de boucles blondes. Ses traits, comme la coupe de ses habits, dénotaient l'étrangère, et ce mystère ne faisait qu'accroître sa fascinante beauté.

— Je ne vois pas ton frère, mais tu n'es pas revenu seul, remarqua l'homme.

— Thonolan est mort, déclara Jondalar avec une expression douloureuse. Et je ne serais pas là si Ayla ne m'avait sauvé la vie.

— C'est une triste nouvelle. J'aimais Thonolan. Willomar et ta mère auront beaucoup de chagrin. En tout cas, tes goûts n'ont pas changé. Tu as toujours eu un faible pour les belles Zelandonia.

Jondalar fut d'abord surpris que l'homme considérât Ayla comme Une Qui Sert la Mère, mais à vrai dire, Ayla, l'étrangère entourée d'animaux, avait tout de la Zelandoni. Il alla chercher Rapide et revint suivi d'Ayla, de Whinney et de Loup.

— Dalanar des Lanzadonii, souhaite la bienvenue à Ayla des Mamutoï, déclara-t-il ensuite.

Dalanar offrit ses mains tendues, paumes vers le ciel, dans le geste d'amitié traditionnel. Ayla saisit les mains et les étreignit.

— Au nom de Doni, la Grande Terre Mère, bienvenue à toi, Ayla des Mamutoï.

— Je te salue, Dalanar des Lanzadonii, répondit Ayla selon la formule consacrée.

— Tu parles bien notre langue pour quelqu'un qui vient de si loin, remarqua l'homme dont le sourire chaleureux adoucissait l'air solennel. C'est avec plaisir que je fais ta connaissance.

— C'est Jondalar qui m'a appris, avoua-t-elle, incapable de détacher ses yeux de Dalanar dont la ressemblance avec Jondalar la fascinait.

Les cheveux blonds de Dalanar étaient légèrement clairsemés sur le sommet du crâne, sa taille un peu alourdie, mais il avait ses yeux d'un bleu intense — avec toutefois quelques rides aux coins des paupières, son front un peu plus ridé. Sa voix ressemblait à celle de Jondalar, même timbre et mêmes intonations. Il prononçait le mot *plaisir* comme lui, avec ce soupçon de double sens. C'était fort troublant. La chaleur de sa poignée de main fit frissonner Ayla. Cette ressemblance l'émouvait profondément.

Dalanar devina son trouble et sourit de la même manière que Jondalar. L'accent d'Ayla l'intriguait. Elle devait venir de très loin. Lorsqu'il relâcha les mains d'Ayla, le loup s'approcha d'eux avec une tranquillité qu'était loin d'éprouver Dalanar. L'animal enfouit son museau dans les mains de l'homme pour réclamer un peu d'attention, et Dalanar se surprit à tapoter la tête de l'animal, comme s'il n'y avait rien de plus naturel que de caresser un énorme loup vivant.

— Loup te prend pour moi, s'amusa Jondalar. Tout le monde a toujours dit qu'on se ressemblait ! Eh bien, tu n'as plus qu'à monter sur le dos de Rapide ! ajouta-t-il en faisant approcher l'étalon.

— Tu as bien dit « le dos de Rapide » ?

— Oui, nous avons voyagé sur le dos de ces chevaux. J'ai nommé l'étalon Rapide, expliqua Jondalar. La jument d'Ayla s'appelle Whinney, et cette grosse bête qui semble t'avoir adopté, c'est Loup.

— Comment avez-vous fait pour qu'un loup et des chevaux... ? commença Dalanar.

— Eh bien, Dalanar ! Aurais-tu oublié les usages ? Nous avons tous envie de les rencontrer et d'entendre leurs histoires.

Ayla chercha qui avait parlé et resta bouche bée. C'était une femme comme elle n'en avait jamais vu. Ses cheveux, noués en chignon sur sa nuque, étaient d'un noir brillant et grisonnaient sur les tempes. Mais c'était son visage qui retenait l'attention d'Ayla. Il était rond et plat, les pommettes hautes, le nez petit, et les yeux bridés. Le sourire de la femme contredisait la sévérité de sa voix, et Dalanar baissa vers elle un regard aimant.

— Jerika ! s'exclama joyeusement Jondalar.

— Jondalar ! Comme je suis contente de te revoir ! (Ils s'étreignirent affectueusement.) Eh bien, puisque cet ours a oublié les bonnes manières, présente-moi donc à ta compagne. Ensuite, tu nous expliqueras pourquoi ces animaux restent avec vous au lieu de s'enfuir dans la nature.

Elle se glissa entre les deux hommes et parut encore plus petite. Dalanar et Jondalar étaient de taille égale, et elle leur arrivait à peine à mi-hauteur de la poitrine. Elle marchait à petits pas énergiques et Ayla la compara à un oiseau, impression renforcée par sa silhouette menue.

— Jerika des Lanzadonii, voici Ayla des Mamutoï. C'est elle qui a apprivoisé les animaux, déclara Jondalar. Elle t'expliquera mieux que moi pourquoi ils ne cherchent pas à s'enfuir.

— Tu es la bienvenue, Ayla des Mamutoï, assura Jerika, les mains tendues. Et les animaux aussi, si tu me promets qu'ils auront toujours ce comportement inhabituel, ajouta-t-elle en surveillant Loup du coin de l'œil.

— Je te salue, Jerika des Lanzadonii, fit Ayla en lui retournant son sourire.

La poigne de la petite femme trahissait un caractère inflexible.

— Le loup aime bien les humains, il ne fera de mal à personne, assura Ayla, sauf s'il nous voit menacés. Par contre, il vaudrait mieux se tenir à l'écart des chevaux. La présence d'étrangers les rend nerveux, et ils risquent de ruer si on les approche. Il faut leur laisser le temps de s'habituer.

— Cela paraît raisonnable, et je te remercie de nous prévenir, fit la petite femme en dévisageant Ayla avec une insistance déconcertante. Tu viens de loin. Les Mamutoï vivent au-delà de l'embouchure de la Grande Rivière Mère.

— Tu connais le territoire des Chasseurs de Mammouths ? s'étonna Ayla.

— Oui, et même encore plus loin à l'est, bien que j'en garde peu de souvenirs. Hochaman sera très heureux de t'en dire davantage. Il adore raconter ses vieilles histoires. Ma mère et lui sont venus de l'est, d'un pays proche de la mer Sans Fin. Je suis née en route. Nous avons vécu avec de nombreux peuples chez qui nous restions parfois plusieurs années. Je me souviens des Mamutoï. Peuple chaleureux, bons chasseurs. Ils souhaitaient nous garder parmi eux.

— Pourquoi avez-vous refusé ?

— Hochaman voulait poursuivre le Voyage jusqu'au bout du monde, son rêve était de voir où la terre s'arrêtait. Nous avons rencontré Dalanar peu après la mort de ma mère et nous avons décidé de rester avec lui et de l'aider à exploiter la mine de silex. Mais Hochaman a réalisé son rêve, fit Jerika en coulant un regard vers Dalanar. Il a parcouru la terre, de la mer Sans Fin jusqu'aux Grandes Eaux de l'ouest. Dalanar l'a aidé à terminer son Voyage il y a quelques années, en le portant sur son dos la plupart du chemin. Hochaman ne peut plus marcher, mais personne n'a jamais été aussi loin que lui.

— A part toi, Jerika, intervint Dalanar avec fierté. Tu as voyagé presque aussi loin.

— Oh ! fit-elle, moi j'étais obligée. Mais je réprimande Dalanar et voilà que je bavarde autant que lui.

Jondalar tenait toujours contre lui la jeune femme qu'il avait surprise en train de tailler le silex.

— J'aimerais que tu me présentes ta compagne de voyage, lui demanda-t-elle.

— Oh, je suis désolé ! s'excusa Jondalar. Ayla des Mamutoï, je te présente Joplaya des Lanzadonii.

— Bienvenue à toi, Ayla des Mamutoï, déclara Joplaya en étreignant les mains d'Ayla.

— Je te salue, Joplaya des Lanzadonii. Jondalar m'a si souvent parlé de toi.

— Je suis contente d'apprendre qu'il ne m'a pas oubliée, répondit Joplaya en se blottissant de nouveau contre Jondalar.

Une foule s'était rassemblée autour d'eux, et Ayla dut saluer chaque membre de la Caverne selon les usages. Tout le monde questionnait et dévisageait sans vergogne celle que Jondalar avait ramenée, et elle accueillit l'intervention de Jerika avec soulagement.

— Allons, assez de questions pour l'instant, déclara-t-elle. Ils ont certainement une quantité d'histoires à nous raconter, mais ils doivent être fatigués. Viens, Ayla, je vais te montrer où t'installer. Les animaux ont-ils besoin de quelque chose de particulier ?

— Il faut décharger les chevaux, et leur trouver un endroit où paître. Loup restera avec nous, si tu n'y vois pas d'inconvénient.

Voyant Jondalar en grande conversation avec Joplaya, elle entreprit seule de débarrasser les chevaux de leurs paniers mais il accourut pour l'aider à transporter les affaires dans la caverne.

— Je crois savoir où faire paître les chevaux, dit-il. Je les y emmène. J'attacherai Rapide avec une longue corde, veux-tu que j'attache aussi Whinney ?

— Non, c'est inutile. Elle restera près de Rapide.

Ayla nota que Jondalar se sentait tellement à l'aise qu'il n'avait même pas demandé l'autorisation pour le pâturage. Après tout, ces gens étaient ses parents, se dit-elle.

— Je t'accompagne.

Suivis de Loup, ils marchèrent jusqu'à un vallon à l'herbe tendre traversé par un ruisseau d'eau claire près duquel Jondalar attacha Rapide.

— Tu viens ? demanda-t-il ensuite à Ayla.

— Non, je préfère rester un peu avec Whinney.

— Je retourne m'occuper de nos affaires, alors.

— Oui, vas-y.

Il avait l'air pressé, et elle ne lui en tenait pas rigueur. Elle fit signe à Loup de rester. Tout était nouveau pour lui aussi, et comme elle, il avait besoin de s'habituer. Lorsqu'elle rentra à la caverne, Ayla trouva Jondalar et Joplaya plongés dans une discussion animée. Elle hésita à les interrompre.

— Ayla, fit Jondalar quand il remarqua sa présence. Je parlais de Wymez. Tu montreras à Joplaya la pointe qu'il t'a donnée ?

Ayla acquiesça d'un signe de tête et Jondalar reprit sa conversation.

— Attends de la voir. Les Mamutoï sont d'excellents chasseurs de mammouths, ils équipent leurs sagaies de pointes en silex. Elles sont plus efficaces que les pointes en os pour percer les peaux dures et épaisses, surtout si elles sont bien effilées. Wymez a adopté une technique nouvelle. Il façonne des bifaces en chauffant la pierre, ce qui lui permet de tailler des éclats très fins. Il fabrique des pointes aussi longues que ma main et tellement fines que tu n'en croirais pas tes yeux.

Ils étaient si près l'un de l'autre que leurs deux corps se touchaient presque, et leur tendre complicité troubla Ayla. Ils avaient vécu leurs années d'adolescence ensemble. Quels secrets s'étaient-ils confiés ? Quelles joies et quels chagrins avaient-ils partagés ? Quelles déceptions et quels triomphes dans leur apprentissage de la taille des silex ? Joplaya connaissait-elle mieux Jondalar qu'elle ? se demandait Ayla.

Auparavant, ils étaient tous deux des étrangers pour les gens qu'ils rencontraient. A présent, elle seule était une étrangère.

— Et si j'allais chercher cette pointe ? Où l'as-tu rangée ? demanda-t-il à Ayla, en se dirigeant vers la caverne.

Elle lui donna les indications. Après son départ, elle sourit d'un air contraint à la jeune femme aux cheveux noirs, mais toutes deux restèrent silencieuses. Jondalar fut vite de retour.

— J'ai demandé à Dalanar de nous rejoindre, annonça-t-il.

Il défit l'emballage avec précaution et en sortait la délicate lame de silex quand Dalanar arriva. Voyant l'objet, celui-ci le prit et l'examina attentivement.

— C'est du travail de maître ! s'exclama-t-il. Regarde ça, Joplaya. C'est un biface, et pourtant il est très effilé. Tu imagines la précision et l'habileté qu'il a fallu pour tailler d'aussi fins éclats. Le grain du silex est différent, et le lustre aussi. C'est... c'est presque huileux. Où as-tu trouvé cela, Jondalar? Le silex est-il d'une nature différente dans l'est?

— Non. C'est Wymez, un Mamutoï, qui a inventé un procédé nouveau. C'est le seul tailleur de pierre qui soit digne de toi, Dalanar. Il chauffe la pierre avant de la travailler, c'est ce qui lui donne son lustre et son grain ; mais c'est surtout ce qui permet d'ôter des éclats extrêmement fins, expliqua Jondalar, enthousiaste.

Ayla l'observait.

— Les éclats sautent presque tout seuls. Je te montrerai la technique. Je ne suis pas encore aussi habile que Wymez, mais tu comprendras tout de même. J'aimerais beaucoup rapporter quelques bons silex des Lanzadonii chez moi.

— Mais tu es ici chez toi, Jondalar, assura Dalanar avec douceur. Enfin, puisque tu le veux, nous irons demain à la mine choisir de belles pierres. J'ai hâte de te voir tailler des bifaces! Mais es-tu vraiment sûr que cette pointe serve à chasser? Elle semble tellement fragile!

— C'est avec ça qu'ils chassent le mammouth. Ça casse plus facilement, c'est vrai, mais le silex perce la peau épaisse mieux que l'os et s'enfonce entre les côtes. J'ai autre chose encore à te montrer. Quelque chose que j'ai découvert dans la vallée d'Ayla, quand je me rétablissais de la blessure que m'avait faite le lion des cavernes. C'est un propulseur qui permet de lancer une sagaie deux fois plus loin! Je te montrerai.

— Je crois qu'on nous attend pour manger, Jondalar, déclara Dalanar en remarquant les Lanzadonii rassemblés à l'entrée de la caverne. Tout le monde veut entendre vos récits. Venez, nous serons mieux installés à l'intérieur. Vous nous avez appâtés avec ces animaux qui vous obéissent, ces allusions à l'attaque d'un lion des cavernes, le propulseur, les nouvelles techniques pour tailler les silex. Qu'allez-vous encore nous raconter?

— Tout cela n'est rien! s'exclama Jondalar en riant. Me croirais-tu si je te disais que nous avons vu des pierres qui font du feu, d'autres qui brûlent? Et des habitations construites avec des os de mammouths, des pointes en ivoire qui tirent les fils, d'énormes bateaux pour chasser des poissons si gigantesques qu'il faudrait cinq hommes grands comme toi pour égaler leur taille !

Ayla n'avait jamais vu Jondalar si détendu. Il les enlaça, Joplaya et elle, et les entraîna vers la caverne.

— Dis-moi, Joplaya, t'es-tu choisi un compagnon ? demanda-t-il. Je n'ai encore vu personne à qui tu sembles appartenir.

— Non, je t'attendais, répondit Joplaya en plaisantant.

— Ah, tu n'as pas changé ! pouffa Jondalar. Les proches cousins ne peuvent pas s'unir, expliqua-t-il à l'adresse d'Ayla.

— J'ai tout prévu, poursuivit Joplaya. Nous nous enfuirons et nous fonderons notre propre Caverne, comme l'a fait Dalanar. Bien sûr nous n'accepterons que des tailleurs de silex.

Son rire semblait forcé et elle n'osait regarder que Jondalar.

— Tu vois ce que je te disais, Ayla ? fit Jondalar en pressant la taille de Joplaya. Elle plaisante tout le temps.

Mais Ayla ne trouvait pas la plaisanterie si drôle.

— Sérieusement, Joplaya, tu ne t'es promise à personne ?

— Echozar m'a demandée, mais je ne me suis pas encore décidée.

— Echozar ? Je ne crois pas le connaître. C'est un Zelandonii ?

— Non, il est lanzadonii. Il nous a rejoints il y a quelques années, après que Dalanar l'a sauvé de la noyade. Il doit être encore dans la caverne. Il est très timide. Tu comprendras quand tu le verras, il a l'air... il est différent. Il n'aime pas rencontrer des étrangers, il ne veut pas aller à la Réunion d'Eté des Zelandonii. Mais quand on le connaît mieux, il est très gentil. Et il donnerait sa vie pour Dalanar.

— Iras-tu à la Réunion d'Eté cette année ? Viens au moins assister à notre Cérémonie de l'Union. Oui, nous allons nous unir, Ayla et moi, ajouta-t-il en pressant la taille d'Ayla, cette fois-ci.

— Je ne sais pas encore, fit Joplaya en baissant les yeux. J'ai toujours su que tu ne t'unirais pas à Marona, mais je n'avais pas imaginé que tu ramènerais une femme de ton Voyage.

En entendant le nom de la femme à qui il avait promis de s'unir et qu'il avait abandonnée en partant, Jondalar se troubla, et ne remarqua pas qu'Ayla se raidissait en voyant l'homme que Joplaya courait rejoindre à l'entrée de la caverne.

— Jondalar ! Regarde cet homme !

La voix d'Ayla le surprit. Il l'observa. Elle était livide.

— Qu'est-ce qui ne va pas, Ayla ?

— On dirait Durc ! Ou en tout cas, mon fils lui ressemblera quand il sera adulte. Jondalar, cet homme est un demi-Clan !

Jondalar examina l'homme plus attentivement. Ayla avait raison. L'homme que Joplaya poussait vers eux avait l'apparence d'un membre du Clan. Mais quand il approcha, Ayla remarqua des différences notables. D'abord, il était presque aussi grand qu'elle.

Elle fit un geste furtif de la main, un geste que personne ne pouvait remarquer, mais l'homme écarquilla les yeux, incrédule.

— Où as-tu appris ça ? demanda-t-il en lui renvoyant son signe.

Sa voix était profonde, mais claire. Il n'avait pas d'accent, pas de problème de prononciation. C'était bien un esprit mêlé.

— J'ai été élevée par un clan. Ils m'ont recueillie quand j'étais toute petite. Je ne me souviens pas avoir eu une autre famille.

— Tu as été élevée par un clan ? s'exclama-t-il. Eux ont maudit ma mère de m'avoir mis au monde ! dit-il d'un ton amer. Quel est donc le clan qui a voulu de toi ?

— J'avais bien deviné qu'elle n'avait pas l'accent mamutoï ! intervint Jerika.

On s'attroupait autour d'eux. Jondalar poussa un profond soupir et se redressa. Il avait toujours su que les antécédents d'Ayla viendraient à la surface un jour ou l'autre.

— Lorsque j'ai connu Ayla, elle ne parlait même pas,

Jerika, expliqua-t-il. En tout cas, pas avec des mots. Mais elle m'a sauvé des griffes du lion des cavernes. Et c'est précisément parce qu'elle est experte dans l'art de donner des soins que le Foyer du Mammouth des Mamutoï l'a adoptée.

— Alors c'est une mamut ? Où est donc son tatouage ? Je ne vois pas de marques sur ses joues, s'étonna Jerika.

— C'est la femme qui l'a élevée, une guérisseuse de ceux qu'elle appelle le Clan — les Têtes Plates — qui lui a enseigné l'art de soigner, mais elle est aussi puissante qu'une Zelandoni. Mamut avait commencé à l'initier au Service de la Mère, mais nous sommes partis avant qu'il ait terminé. C'est la raison pour laquelle elle n'est pas tatouée.

— Je me doutais bien qu'elle était une Zelandoni. Evidemment, pour avoir ce pouvoir sur les animaux ! Mais comment une Tête Plate a-t-elle pu lui apprendre à soigner ? s'exclama Dalanar. Vois-tu, avant de rencontrer Echozar, je les prenais pour des animaux. Il m'a fait comprendre qu'ils possédaient une sorte de langage, et maintenant j'apprends qu'ils ont des gens qui soignent. Tu aurais dû m'en parler, Echozar.

— Comment l'aurais-je pu ? Je ne suis pas une *Tête Plate* ! s'offusqua Echozar. Je n'ai connu que ma mère, et Andovan.

Il avait craché le nom, et Ayla s'étonna d'une telle amertume.

— Tu disais que ta mère avait été maudite ? demanda-t-elle. Et pourtant elle a survécu à la Malédiction Suprême, et t'a élevé ? Ce devait être une femme remarquable.

Echozar plongea son regard dans les yeux gris-bleu de la grande femme blonde. Elle ne chercha pas à le fuir. Il éprouvait une étrange attirance envers cette femme qu'il voyait pour la première fois de sa vie.

— Elle n'en parlait pas beaucoup, raconta Echozar. Elle avait été attaquée par des hommes qui avaient tué son compagnon parce qu'il essayait de la protéger. C'était le frère du chef de son clan, et on la rendit responsable de sa mort. Le chef disait qu'elle portait malheur. Plus tard, quand il a su qu'elle était enceinte, il l'a prise comme seconde femme. Quand je suis né, il a dit que c'était la preuve qu'elle portait malheur : non seulement elle avait fait mourir son compagnon, mais elle donnait naissance à un enfant difforme. Il lui a jeté la Malédiction Suprême.

Il se surprenait à se confier à cette inconnue comme il ne l'avait jamais fait avec quiconque auparavant.

— La Malédiction Suprême... je ne comprenais pas ce que c'était. Elle m'a expliqué que tout le monde la fuyait, qu'on la regardait sans la voir. Les autres prétendaient qu'elle était morte. Elle essayait de les obliger à la regarder, mais c'était comme si elle n'existait plus, comme si elle était vraiment morte. Ce devait être une expérience affreuse.

— Oui, c'était affreux, prononça Ayla d'une voix douce. On n'a plus envie de vivre quand on n'existe plus pour ceux qu'on aime, expliqua-t-elle, le regard embué.

— Ma mère m'a emporté loin du clan pour mourir, et c'est alors qu'Andovan nous a trouvés. Il était déjà vieux, et il vivait seul. Il ne m'a jamais précisé pourquoi il avait fui sa Caverne. Je crois que Celle Qui Ordonne était une femme cruelle...

— Andovan... intervint Ayla. N'était-il pas s'armunaï ?

— Oui, je crois. Il ne parlait pas souvent de son peuple.

— Nous avons connu la cruauté de cette femme, fit Jondalar d'un air sombre.

— Andovan nous a recueillis, poursuivit Echozar. Il m'a appris à chasser. Ma mère lui a enseigné le langage des signes, mais elle ne pouvait articuler que peu de mots. Moi, j'ai appris les deux langages, et elle était très étonnée que je puisse reproduire les sons d'Andovan. Il est mort il y a quelques années, et ma mère a perdu goût à la vie. La Malédiction Suprême l'a finalement rattrapée.

— Qu'as-tu fait ? demanda Jondalar.

— J'ai vécu seul.

— Ce n'est pas facile, remarqua Ayla.

— Non, ce n'est pas facile. J'ai essayé de trouver des

gens avec qui habiter, mais aucun clan ne me laissait approcher. Ils me jetaient des pierres en disant que j'étais difforme et que je portais malheur. Ceux des Cavernes ne voulaient pas de moi non plus. Ils disaient que j'étais un monstre, un esprit mêlé, mi-homme, mi-bête. J'étais las d'être rejeté par tous, et je ne voulais plus vivre seul. Un jour, j'ai sauté d'une falaise dans une rivière. Quand je suis revenu à moi, j'ai vu Dalanar qui me regardait. Il m'a ramené dans sa Caverne, et maintenant je suis Echozar des Lanzadonii, conclut-il avec fierté en jetant un coup d'œil à l'homme qu'il respectait tant.

Ayla songea à son fils, et se félicita qu'il ait été admis dans le clan étant bébé. Elle eut une pensée émue pour ceux qui avaient aimé Durc et qui avaient accepté de prendre soin de lui quand elle avait dû l'abandonner.

— Echozar, dit-elle, ne déteste pas le peuple de ta mère. Il n'est pas mauvais, mais c'est un si vieux peuple qu'il a horreur du changement. Ses traditions remontent à la nuit des temps, et il ne comprend pas les coutumes nouvelles.

— Et ce sont des humains, précisa Jondalar pour Dalanar. C'est une des choses que j'ai apprise pendant ce Voyage. Nous avons rencontré un couple de Têtes Plates juste avant d'entamer la traversée du glacier — voilà encore une autre aventure — et j'ai appris qu'ils préparaient des réunions pour évoquer des problèmes qu'ils rencontrent avec de jeunes Losadunaï. Figure-toi que certains Losadunaï leur ont proposé de faire du troc.

— Des réunions de Têtes Plates ? Du troc ? Le monde change trop vite pour moi, déclara Dalanar. Avant de rencontrer Echozar, je n'aurais jamais cru que c'était possible.

— On a beau les appeler des Têtes Plates et les traiter de bêtes, tu sais très bien que ta mère était une femme brave, Echozar, dit Ayla en lui tendant les mains, paumes vers le ciel. Je sais ce que c'est de ne pas avoir de peuple, crois-moi. Maintenant, je suis Ayla des Mamutoï. Me souhaiteras-tu la bienvenue, Echozar des Lanzadonii ?

Lorsqu'il prit ses mains, elle s'aperçut qu'il tremblait.

— Tu es la bienvenue ici, Ayla des Mamutoï, fit-il.

Jondalar s'avança les mains tendues, lui aussi.

— Je te salue, Echozar des Lanzadonii.

— Sois le bienvenu, Jondalar des Zelandonii, dit Echozar. Mais tu n'as pas besoin d'être accueilli ici. Tout le monde connaît le fils du foyer de Dalanar. On voit bien que tu es l'enfant de son esprit, tu lui ressembles beaucoup.

— Oui, à ce qu'il paraît, fit Jondalar avec un sourire joyeux. Pourtant, ne trouves-tu pas que son nez est plus gros que le mien ?

— Non, c'est le contraire, protesta Dalanar d'un air jovial en donnant une tape amicale à Jondalar. Allez, rentrons. Le repas refroidit.

Ayla s'attarda un moment avec Echozar. Elle allait entrer à son tour quand Joplaya la retint.

— J'aimerais dire quelque chose à Ayla, mais ne rentre pas tout de suite, Echozar, je voudrais te parler.

Echozar s'écarta vivement pour laisser les deux femmes s'entretenir, mais Ayla avait eu le temps d'apercevoir le regard d'adoration qu'il avait lancé à Joplaya.

— Ayla, je..., commença Joplaya. Je... Je crois savoir pourquoi Jondalar t'aime. Je voudrais... je voudrais vous souhaiter beaucoup de bonheur à tous les deux.

Ayla étudia la jeune femme aux cheveux noirs. Elle perçut un changement, une sorte de repli sur soi, comme l'acceptation d'une triste fatalité. Elle comprit alors le malaise qu'elle avait ressenti en la voyant avec Jondalar.

— Merci, Joplaya. Je l'aime tant, tu sais. Je ne pourrais pas vivre sans lui. Je resterais avec un vide impossible à combler.

— Oui, impossible, approuva Joplaya, les paupières closes.

— Vous n'entrez pas ? s'étonna Jondalar qui venait à leur recherche.

— Va, Ayla, dit Joplaya. J'ai encore quelque chose à faire.

44

Echozar jeta un coup d'œil au grand morceau d'obsidienne et détourna vivement la tête. Les ondulations de la pierre noire déformaient son image, mais rien ne le changerait et il ne supportait pas de se voir aujourd'hui. Il avait revêtu sa tunique en peau de cerf, frangée de touffes de fourrure et ornée de perles taillées dans des os d'oiseau, de pennes teintées et de dents pointues. Il n'avait jamais rien possédé de si beau. C'était Joplaya qui lui avait fabriqué cette tunique pour la cérémonie qui avait officialisé son adoption dans la Première Caverne des Lanzadonii.

En se dirigeant vers la partie centrale de la caverne, il caressait le cuir avec vénération en pensant aux mains de Joplaya qui l'avaient tanné. Penser à elle lui était presque douloureux. Il l'avait tout de suite aimée. C'était Joplaya qui lui avait parlé, qui l'avait écouté, qui lui avait rendu goût à la vie. Sans elle, il n'aurait jamais osé affronter tous les Zelandonii à la Réunion d'Eté, et lorsqu'il avait vu comment les hommes s'attroupaient autour d'elle, il avait eu envie de disparaître à jamais. Il avait attendu des mois avant d'avoir le courage de faire sa demande : comment un homme aussi laid oserait-il rêver d'une telle beauté ? Elle n'avait pas refusé et ses espérances avaient grandi, mais elle réservait sa réponse depuis si longtemps qu'il avait fini par comprendre que c'était sa manière de lui dire non.

Alors, le jour où Ayla et Jondalar étaient arrivés et qu'elle lui avait demandé s'il voulait toujours d'elle, il avait été abasourdi. S'il la voulait ! Mais il n'avait jamais rien désiré avec autant d'ardeur. Il avait attendu que Dalanar fût seul pour lui parler, mais les visiteurs étaient toujours avec lui, et il n'osait pas les déranger. En outre, il avait peur. Seule la crainte de perdre son unique chance de bonheur, un bonheur qu'il avait toujours cru inaccessible, lui avait donné le courage d'essayer.

Dalanar lui avait répondu qu'il devait en parler avec Jerika, sa mère, et il avait seulement voulu savoir si Joplaya avait donné son accord et s'il l'aimait. S'il l'aimait ? S'il l'aimait ? Oh, Mère, il me demande si je l'aime !

Echozar prit place parmi les Lanzadonii et son cœur se mit à battre quand il vit Dalanar se lever et marcher jusqu'à un foyer au centre de la caverne. Une statuette en bois était fichée dans le sol devant le foyer. La poitrine opulente, le ventre plein, et la large croupe de la doni étaient sculptés avec précision mais la tête n'était guère plus qu'une simple bosse et les bras comme les jambes étaient à peine suggérés. Dalanar se campa à côté du foyer et regarda l'assemblée.

— Je tiens d'abord à vous annoncer que nous irons encore à la Réunion d'Eté des Zelandonii cette année, commença-t-il, et j'invite ceux qui veulent rejoindre nos rangs à y assister. C'est un long Voyage, mais j'espère persuader un jeune Zelandoni de venir vivre parmi nous. Nous n'avons pas de Lanzadoni et nous avons besoin de Celui Qui Sert la Mère. Nous prospérons, nous aurons bientôt une Seconde Caverne et un jour, nous organiserons nos propres Réunions d'Eté.

« Il y a une autre raison pour y aller. Non seulement l'Union de Jondalar et d'Ayla sera consacrée par une Cérémonie, mais nous aurons une autre célébration.

Dalanar ramassa la figurine qui représentait la Grande Terre Mère et fit signe à Joplaya et Echozar d'approcher. Echozar se mit à trembler bien qu'il sût que Dalanar se bornerait à annoncer la cérémonie future, autrement plus terrifiante avec ses rituels purificateurs et ses tabous. Lorsqu'ils furent devant lui, Dalanar déclara :

— Echozar, fils de la Femme que Doni a bénie, membre de la Première Caverne des Lanzadonii, tu as demandé pour compagne Joplaya, Fille de Jerika, unie à Dalanar. Est-ce vrai ?

— Oui, c'est vrai, balbutia Echozar d'une voix si faible qu'on l'entendit à peine.

— Joplaya, Fille de Jerika, unie à Dalanar...

Les mots étaient différents, mais le sens restait le même et des sanglots secouèrent Ayla qui se souvenait d'une cérémonie similaire où un homme à la peau foncée la regardait avec la même adoration qu'Echozar avait pour Joplaya.

— Ne pleure pas, Ayla, c'est un grand moment de bonheur, dit Jondalar en la serrant tendrement.

Elle ne pouvait pas s'en empêcher. Elle comprenait ce que devait ressentir Joplaya, mais c'était sans espoir pour elle. Jamais l'homme qu'elle aimait ne transgresserait les coutumes pour s'unir à elle. D'ailleurs, il ignorait qu'elle l'aimait et elle n'osait pas le lui avouer. C'était son cousin, son proche cousin, davantage un frère qu'un cousin, un homme interdit... et il en aimait une autre. Ayla souffrait en même temps que Joplaya, et pleurait dans les bras de l'homme qu'elles aimaient toutes deux.

— Je me revoyais au côté de Ranec, finit-elle par articuler entre deux sanglots.

Jondalar ne comprenait que trop bien. Sa gorge se noua et il serra farouchement Ayla contre lui.

— Hé, tu vas me faire pleurer aussi ! fit-il.

Il jeta un coup d'œil à Jerika, assise bien droite et digne, les joues baignées de larmes.

— Pourquoi les femmes pleurent-elles quand tout le monde se réjouit ? s'étonna-t-il.

Jerika lui adressa un regard insondable, et vit Ayla en larmes dans les bras du géant.

— Il est temps qu'elle s'unisse, qu'elle oublie ses rêves impossibles. Nous ne pouvons pas toutes avoir l'homme idéal, murmura-t-elle d'une voix douce avant de reporter son attention sur la cérémonie.

— ... La Première Caverne des Lanzadonii accepte-t-elle cette Union ? demanda Dalanar en relevant la tête.

— Nous l'acceptons, fut la réponse unanime.

— Echozar, Joplaya, vous êtes promis l'un à l'autre. Puisse Doni, la Grande Terre Mère, bénir votre Union, conclut le chef en touchant le front d'Echozar et le ventre de Joplaya avec la statuette en bois.

Il remit la doni à sa place, devant le foyer, en enfonçant dans le sol les jambes en forme de piquet.

Le couple se retourna pour faire face à l'assemblée et marcha lentement autour du foyer central. Dans le silence solennel, l'air d'ineffable mélancolie de la belle jeune femme lui donnait un charme encore plus exquis.

Son compagnon était un peu plus petit. Son large nez busqué saillait dans un visage sans menton aux lourdes mâchoires. Ses arcades sourcilières proéminentes se rejoignaient au-dessus du nez et les épais sourcils en accentuaient le dessin, barrant son front d'une unique ligne de poils broussailleux. De courtes jambes, arquées et velues, soutenaient un long corps au torse impressionnant prolongé par de gros bras musclés. C'étaient les traits du Clan, mais on ne pouvait pas le confondre avec les Têtes Plates. Contrairement à eux, il ne possédait pas le front fuyant ni la tête comme aplatie par un coup, et dont ils tiraient leur nom. Le front d'Echozar s'élevait haut et droit comme celui des membres de la Caverne.

La laideur d'Echozar était pathétique. Il semblait l'antithèse de la femme qui serait bientôt sa compagne. Mais ses yeux débordaient d'adoration béate et auraient presque fait oublier l'indicible tristesse qui enveloppait Joplaya.

Cet amour manifeste ne suffisait pas à atténuer la douleur qu'Ayla ressentait pour Joplaya. Elle ne supportait plus ce spectacle et enfouit sa tête contre la poitrine de Jondalar.

Lorsque le couple acheva son troisième tour, le silence fut brisé par les vœux de bonheur lancés par les Lanzadonii. Ayla essaya de se recomposer un visage. Poussée par Jondalar, elle alla présenter ses compliments au jeune couple.

— Joplaya, je suis heureux que vous célébriez votre Union en même temps que nous, déclara Jondalar en l'embrassant.

Elle le serra si fort qu'il lui lança un regard étonné. Il

avait le pénible sentiment qu'elle lui faisait des adieux définitifs, et qu'il ne la reverrait jamais.

— Je te souhaite d'être toujours aussi heureux qu'aujourd'hui, Echozar, déclara Ayla.

— Avec Joplaya, comment pourrait-il en être autrement ? répondit-il.

Prise d'une impulsion subite, elle l'étreignit. Elle ne le trouvait pas laid, au contraire. Pour elle, il avait un physique rassurant, familier. Echozar ne réagit pas tout de suite. Il n'avait pas l'habitude d'être embrassé par de jolies femmes et il ressentit une chaude tendresse pour l'étrangère aux cheveux d'or.

Ayla plongea alors son regard dans des yeux aussi verts que ceux de Jondalar étaient bleus, mais les mots qu'elle allait dire lui restèrent dans la gorge. Elle tomba dans les bras de Joplaya, bouleversée par son renoncement héroïque, et la jeune Lanzadonii lui tapota l'épaule comme si c'était elle qui avait besoin de consolation.

— Ne pleure pas, Ayla, dit Joplaya d'une voix éteinte, les yeux secs. Que pouvais-je faire d'autre ? Jamais personne ne m'aimera autant qu'Echozar. Je savais depuis longtemps que je m'unirais un jour avec lui, et il n'y avait plus de raison de remettre ma décision.

Ayla se dégagea, luttant contre les larmes, et vit Echozar s'approcher doucement de Joplaya. Il enlaça timidement la jeune femme par la taille, sans parvenir à croire tout à fait à ce qu'il lui arrivait. Il avait peur de se réveiller et de découvrir qu'il avait rêvé. Il ne semblait pas se douter qu'il ne possédait que l'enveloppe de la femme qu'il aimait. Mais l'enveloppe lui suffisait.

— Euh, non... Je ne l'ai pas vu de mes propres yeux, avoua Hochaman, et je ne l'ai pas cru. Mais si vous pouvez monter sur le dos des chevaux et apprendre à un loup à vous suivre partout, pourquoi ne monterait-on pas aussi sur le dos des mammouths ?

— Où cela s'est-il passé ? demanda Dalanar.

— C'était peu après notre départ, loin vers le levant. Ce devait être un mammouth à quatre doigts, précisa Hochaman.

— Un mammouth à quatre doigts ? Je n'ai jamais entendu parler de ça, s'étonna Jondalar. Pas même chez les Mamutoï.

— Les Mamutoï ne sont pas les seuls à chasser le mammouth, tu sais. D'ailleurs, ils ne vivent pas assez à l'est. Crois-moi, ce sont presque des voisins en comparaison. Quand tu approches de la Mer Sans Fin, les mammouths possèdent quatre doigts à leurs pattes de derrière. Ils sont plus foncés, et parfois presque noirs.

— Evidemment, si un lion des cavernes a porté Ayla sur son dos, quelqu'un peut très bien monter sur le dos d'un mammouth, déclara Jondalar. Qu'en penses-tu, Ayla ?

— Si on les prend assez jeunes, c'est possible. Je crois que si on habitue n'importe quel animal à vivre parmi les humains quand il est bébé, on peut le dresser. On peut en tout cas lui apprendre à ne pas craindre les humains. Les mammouths sont intelligents. Nous en avons vu casser de la glace pour obtenir de l'eau.

— Et ils flairent l'eau de très loin, renchérit Hochaman. Il fait très sec dans l'est et les gens de là-bas disent : « Si tu ne trouves pas d'eau, cherche les mammouths. » C'est vrai, ils finissent toujours par en trouver.

— C'est bon à savoir, dit Echozar.

— Oui, surtout si tu voyages beaucoup, ajouta Joplaya.

— Je n'ai pas envie de voyager, fit-il.

— Pourtant, tu viendras à la Réunion d'Eté des Zelandonii, dit Jondalar.

— Oui, pour notre Cérémonie de l'Union. Et j'aimerais aussi vous revoir, assura Echozar en esquissant un sourire timide. Ce serait formidable si Ayla et toi décidiez de vivre ici.

— Oui, étudiez bien notre proposition, appuya Dalanar. Tu sais que tu es ici chez toi, Jondalar, et nous n'avons pas de Femme Qui Soigne à part Jerika. Mais elle n'est pas vraiment initiée. Il nous faut une Lanzadoni et nous pensons tous qu'Ayla tiendrait parfaitement ce rôle. Tu peux aller voir ta mère, et revenir avec nous après la Réunion d'Eté.

— Nous sommes très flattés de ton offre, Dalanar, assura Jondalar. Et nous l'étudierons avec attention.

Ayla regarda Joplaya. La jeune femme s'était refermée sur elle-même. Ayla aimait Joplaya mais elles ne parlèrent que de choses superficielles. Ayla ne parvenait pas à surmonter son chagrin devant le destin de Joplaya — elle avait failli se retrouver dans la même situation — et son propre bonheur lui rappelait sans cesse la douleur de Joplaya. Bien qu'elle eût sympathisé avec tout le monde, elle n'était pas fâchée de partir le lendemain matin.

Jerika et Dalanar lui manqueraient particulièrement, ainsi que leurs « discussions » enflammées. La femme était menue, et Dalanar la dominait de sa haute stature, mais Jerika avait une volonté indomptable. Elle dirigeait la Caverne autant que lui et s'opposait avec véhémence aux décisions qu'elle désapprouvait. Dalanar écoutait ses récriminations avec patience mais ne cédait pas toujours, loin s'en fallait. Il était très attaché au bien-être de son peuple, et portait souvent les débats sur la place publique, mais prenait finalement les décisions avec autant d'autorité que n'importe quel chef. Il ne donnait jamais d'ordre mais savait se faire respecter.

Les premières scènes publiques avaient désarçonné Ayla, mais par la suite elle avait adoré assister à leurs disputes. Elle ne prenait plus la peine de cacher son sourire en voyant la femme minuscule tempêter avec ardeur contre le géant. Mais ce qui l'étonnait le plus était leur façon inattendue d'interrompre des débats violents pour se glisser des mots doux ou parler de tout autre chose comme si de rien était, avant de s'entredéchirer de nouveau comme les pires ennemis. Une fois l'argumentation terminée, il ne leur restait point de rancune. Ils semblaient apprécier les combats d'idées, et malgré leur différence de taille, ils luttaient à armes égales. Ils s'aimaient beaucoup, plus encore, ils se respectaient.

Le temps s'était adouci et le printemps explosait lorsqu'Ayla et Jondalar reprirent la route. Dalanar leur demanda de transmettre ses meilleurs vœux à la Neuvième Caverne et leur rappela sa proposition. Ils avaient été tous deux chaleureusement accueillis, mais ce qu'Ayla ressentait pour Joplaya lui aurait rendu la vie impossible chez les Lanzadonii.

Elle n'avait pas osé en parler à Jondalar et il avait deviné sans comprendre une certaine tension entre les deux femmes, qui semblaient pourtant s'apprécier. L'attitude de Joplaya à son égard avait changé aussi, elle était plus distante et ne plaisantait plus comme avant. Mais c'était surtout ses ardentes étreintes d'adieu qui l'avaient troublé. Devant ses larmes, il avait dû lui rappeler qu'il ne partait pas si loin, et qu'ils se reverraient bientôt à la Réunion d'Eté.

Jondalar avait été profondément rassuré par l'accueil que les Lanzadonii avaient réservé à Ayla et il considérait la proposition de Dalanar avec attention, d'autant qu'il n'était pas sûr que les Zelandonii se montreraient aussi tolérants vis-à-vis d'Ayla. Pourtant, et bien qu'il aimât sincèrement Dalanar et les Lanzadonii, les Zelandonii étaient son peuple. C'était parmi eux qu'il comptait s'installer avec Ayla.

Le départ soulagea Ayla d'un grand poids. Malgré la pluie, la température était clémente, et les jours où le soleil se montrait, le spectacle était si beau qu'elle oublia vite son chagrin. Elle voyageait avec l'homme qu'elle aimait, en route vers son peuple et son nouveau foyer. Pourtant, elle balançait entre l'espoir et la crainte.

Jondalar était en pays de connaissance. Il retrouvait chaque paysage avec enthousiasme, et racontait souvent quelques anecdotes qui s'y rapportaient. Ils traversèrent une passe entre deux montagnes, remontèrent une rivière qui zigzaguait vers leur destination. Ils la quittèrent à sa source, franchirent d'autres rivières qui coulaient du nord vers le sud, gravirent un large massif surplombé de volcans, dont l'un fumait encore. En traversant un plateau, ils longèrent des sources chaudes, là où un cours d'eau jaillissait du sol.

— Je crois que nous sommes arrivés à la source de la rivière qui passe devant la Neuvième Caverne, déclara

Jondalar, qui ne tenait plus en place. Nous y sommes presque, Ayla ! Nous serons arrivés avant la nuit.

— Ne seraient-ce pas là les sources chaudes dont tu m'as tant parlé ? demanda Ayla.

— Si. Nous les appelons les Eaux Apaisantes de Doni.

— Campons ici ce soir, proposa-t-elle.

— Mais nous sommes presque arrivés ! s'écria Jondalar. Notre Voyage touche à sa fin, et je suis parti depuis si longtemps.

— C'est justement pourquoi je voudrais rester ici cette nuit. C'est la fin de notre Voyage. Je voudrais me baigner dans l'eau chaude et passer une dernière nuit seule avec toi, avant de rencontrer ton peuple.

— D'accord ! fit Jondalar en souriant. C'est vrai, qu'est-ce qu'une nuit de plus ou de moins, après tout ce temps ? et puis... j'aimerais bien retourner avec toi dans les sources chaudes.

Ils plantèrent leur tente dans un endroit où des traces d'un autre campement se voyaient encore. Ils déchargèrent les chevaux qui partirent brouter l'herbe tendre du plateau et Ayla les trouva bien agités, mais elle avait repéré des pas-d'âne et de l'oseille qu'elle alla cueillir. En chemin, elle vit des champignons et plus loin, des pommes sauvages et des pousses de sureau. Elle revint au campement, le bas de sa tunique relevé et rempli de nourriture fraîche.

— On dirait que tu prépares un festin, déclara Jondalar.

— C'est une bonne idée, non ? J'ai aperçu un nid et je vais voir si je ne trouve pas d'œufs.

— Et que penses-tu de ça ? fit-il en brandissant une truite sous l'œil émerveillé d'Ayla. Je l'avais repérée dans la rivière. J'ai effilé une tige de bois, j'ai creusé la terre pour trouver un ver que j'ai ensuite enfilé sur la tige. Le poisson a mordu si vite qu'on aurait cru qu'il m'attendait.

— Eh bien, nous avons tout ce qu'il faut pour festoyer.

— Le festin peut-il attendre ? demanda Jondalar. J'aimerais commencer par le bain chaud.

Ayla fut immédiatement troublée par la promesse qu'elle vit briller dans les beaux yeux bleus.

— Excellente idée.

Elle alla vider le contenu de sa tunique près du feu et revint se blottir dans les bras du géant.

Repus et satisfaits, détendus, ils étaient assis côte à côte près du feu et regardaient le ballet des étincelles qui montaient dans la nuit en dessinant des arabesques. Loup somnolait. Soudain, il leva la tête et dressa les oreilles. Ils entendirent au loin un long hennissement auquel Whinney répondit par un cri aigu et, bientôt, Rapide hennit à son tour.

— Il y a un cheval dans ce pré, dit Ayla en se levant d'un bond.

— C'est une nuit sans lune, Ayla. Tu ne verras rien. Attends que je fabrique une torche.

Whinney poussa un nouveau hennissement, et le cheval inconnu répondit. Ils entendirent ensuite un martèlement de sabots qui s'évanouit dans la nuit.

— Voilà, c'est trop tard, annonça Jondalar. Elle est partie. Un étalon l'a encore capturée.

— Oui, mais cette fois, je crois qu'elle est partie de son plein gré. Je l'avais trouvée nerveuse, et j'aurais dû faire plus attention. C'est sa saison, Jondalar. C'est un étalon que nous avons entendu et je crois que Rapide les a suivis. Il est encore jeune, mais il a dû être attiré par d'autres femelles en chaleur tout de même.

— Il fait trop sombre pour partir à leur recherche, mais je connais la région. Nous retrouverons leur piste demain.

— La dernière fois, l'étalon noir est venu la chercher. Quand elle est revenue avec moi, elle portait Rapide. Je crois qu'elle veut un autre petit, dit Ayla en se rasseyant près du feu. (Elle leva les yeux vers Jondalar et lui sourit.) C'est très bien, nous allons être enceintes en même temps.

Il n'eut pas l'air de comprendre tout de suite.

— Tu veux dire... vous allez être enceintes... toutes les deux ? Tu... tu vas avoir un enfant ?

— Oui, je vais avoir ton enfant, Jondalar.

— Mon enfant ? Tu es enceinte de mon enfant ? Ayla ! Oh, Ayla !

Il la prit dans ses bras et se mit à danser en tournoyant.

— Tu en es sûre ? s'inquiéta-t-il en la couvrant de baisers. Mais l'esprit est peut-être venu d'un des hommes de la Caverne de Dalanar, ou encore de celle des Losadunaï... peu importe après tout, puisque c'est la volonté de la Mère.

— J'ai passé ma période lunaire sans saigner, et je me sens enceinte, confirma Ayla. J'ai eu la nausée le matin. Oh, pas beaucoup. Je crois que nous l'avons commencé en descendant du glacier. Et c'est ton bébé, Jondalar, j'en suis sûre. Ça ne peut être celui de personne d'autre. Tu l'as commencé avec ton essence. L'essence de ta virilité.

— Mon bébé ? s'exclama-t-il d'un air émerveillé. Mon bébé est là-dedans ? demanda-t-il en posant la main sur le ventre d'Ayla. Je l'ai tant désiré ! J'ai été jusqu'à supplier la Mère.

— Ne disais-tu pas que la Mère t'accordait toujours ce que tu lui demandais ? Mais dis-moi, lui as-tu demandé un garçon ou une fille ?

— Cela m'était égal, je voulais seulement un enfant.

— Alors tu ne m'en voudras pas de préférer une fille pour cette fois ?

— Pourvu que ce soit ton bébé, Ayla... et peut-être aussi le mien.

— L'ennui, quand on piste des chevaux à pied, c'est qu'ils se déplacent plus vite que nous, dit Ayla.

— Cela ne fait rien. Je crois savoir où ils vont, et je connais un raccourci.

— Mais s'ils ne sont pas où tu crois ?

— Alors nous reviendrons sur nos pas et nous suivrons leur piste. Mais leurs traces vont dans la bonne direction. Ne t'inquiète pas Ayla, nous les retrouverons.

— Il le faut. Nous avons vécu tant de choses ensemble. Je ne veux pas laisser Whinney avec cette bande.

Jondalar la conduisit dans un pré abrité où il avait

souvent vu brouter des chevaux. Ils en trouvèrent là une multitude et Ayla repéra vite son amie. Ils s'approchèrent au bord du pré à l'herbe grasse, et Jondalar surveillait étroitement Ayla de peur qu'elle ne commette une folie. Elle siffla la jument.

Whinney leva la tête et accourut au galop, suivie par un grand étalon clair et un jeune à la robe brun foncé. L'étalon clair se retourna pour affronter le jeune mâle qui battit en retraite. Bien qu'excité par la présence des femelles en chaleur, il n'était pas encore prêt à se mesurer à un mâle dominant pour récupérer sa propre mère. Jondalar se précipita au secours de Rapide, le propulseur à la main, mais le jeune étalon avait accepté la défaite et le cheval clair rejoignit la femelle consentante.

Ayla enlaçait l'encolure de Whinney quand l'étalon se mit à ruer et à se cabrer, faisant étalage de toute sa puissance. Whinney se dégagea de l'étreinte de la jeune femme et répondit aux avances du mâle. Jondalar s'approcha, l'air inquiet, tenant Rapide par une corde grossière attachée à son harnais.

— Essaie de lui mettre son harnais, conseilla-t-il.

— Non. Nous camperons ici ce soir. Elle n'est pas encore prête à me suivre. Ils font un petit, Jondalar. Laisse-lui le temps.

— Pourquoi pas ? fit-il. Rien ne presse. Nous camperons ici le temps qu'il faudra. Il veut rejoindre la bande, remarqua-t-il en observant Rapide. Dois-je le laisser partir ?

— Oui. Ils n'iront pas loin, ce pré est assez grand. S'ils partaient, nous pourrions grimper là-haut et voir où ils se dirigent. Ça lui fera du bien de rester avec la bande, il apprendra peut-être des choses utiles.

— Tu as raison, fit Jondalar en ôtant le harnais du jeune étalon, qui, sitôt débarrassé, galopa rejoindre les autres. Je me demande si Rapide deviendra un jour un chef de bande, et s'il partagera les Plaisirs avec toutes les femelles.

Et s'il commencera des poulains dans leur ventre, poursuivit-il en aparté.

— Autant chercher un bon emplacement pour camper, suggéra Ayla. Nous devrions aussi envisager une chasse. Il y a peut-être des lagopèdes dans les arbres qui bordent la rivière.

— Dommage qu'il n'y ait pas de source chaude, regretta Jondalar. J'adore les bains chauds, on est si détendu après.

Ayla contemplait de très haut une nappe d'eau sans fin. De l'autre côté, les vastes plaines herbeuses s'étendaient à perte de vue. Elle apercevait, tout près, une prairie de montagne à l'aspect familier, bordée par une muraille rocheuse creusée d'une petite grotte. Un buisson de noisetiers en cachait l'entrée.

Elle avait peur. La neige qui tombait dehors bouchait l'entrée de la grotte, mais lorsqu'elle écarta les branches de noisetiers et sortit, c'était le printemps. Les fleurs s'épanouissaient et des oiseaux chantaient. Partout la vie jaillissait. Dans la grotte, un nouveau-né affamé pleurait.

Portant le bébé sur sa hanche, dans les plis de sa cape, elle suivait quelqu'un qui descendait la montagne. Il boitait en s'appuyant sur un bâton et portait sur son dos une chose qui saillait sous sa cape. C'était Creb, et il protégeait son nouveau-né. Ils marchèrent, marchèrent une éternité, couvrirent une distance immense, à travers les montagnes et de vastes plaines et arrivèrent enfin dans une vallée où ils trouvèrent un pré bien protégé, fréquenté par des chevaux.

Creb s'arrêta, ôta sa cape et l'étendit sur le sol. Ayla crut voir le blanc d'un os, mais un jeune cheval marron sortit en courant de la cape et se précipita vers une jument louvette. Ayla siffla, mais la jument s'enfuit avec un étalon clair.

Creb se retourna et lui fit un signe dans un langage qu'elle ne connaissait pas. Il essaya d'autres signes « Viens, nous y serons avant la nuit. »

Elle se retrouva dans le long corridor d'une caverne profonde. Une lumière scintilla au loin. C'était l'ouverture de la caverne. Elle gravissait un sentier escarpé qui longeait une muraille rocheuse d'un blanc crème, et suivait un homme qui marchait à longues enjambées.

Elle connaissait cet endroit et elle se hâta de rejoindre l'homme.

« Attends ! Attends-moi, j'arrive », cria-t-elle.

— Ayla ! Ayla ! appela Jondalar en la secouant. Encore un de tes cauchemars ?

— J'ai fait un rêve étrange, mais ce n'était pas un cauchemar.

Elle se leva, mais prise de nausée, elle s'allongea de nouveau en espérant que cela passerait.

Jondalar agita la couverture en peau devant l'étalon clair et Loup le harcela en aboyant pendant qu'Ayla glissait un harnais sur la tête de Whinney. Rapide, solidement attaché à un arbre, portait tout le matériel excepté un panier dont Ayla chargea Whinney.

Puis, elle enfourcha la jument et la poussa au galop vers l'autre extrémité du pré. L'étalon clair se lança à leur poursuite, mais plus ils s'éloignaient plus il ralentissait. Il finit par s'arrêter, se cabra et hennit vers Whinney une dernière fois avant de retourner au galop près des femelles que d'autres étalons, profitant de son absence, commençaient à courtiser. A proximité du troupeau, il se cabra de nouveau, défiant les audacieux d'un hennissement sonore.

Ayla remit Whinney au trot, puis l'arrêta pour attendre Jondalar monté sur Rapide qui arrivait au galop, Loup dans son sillage.

— Si nous nous hâtons, nous arriverons avant la nuit, dit Jondalar.

Ayla guida Whinney au côté de Rapide. Elle avait l'étrange impression d'avoir déjà vécu ce moment.

— Ainsi, nous allons toutes les deux avoir un petit, dit Ayla. Et nous avions toutes les deux un mâle la première fois. C'est bon signe. Nous attendrons la naissance ensemble.

— Il y aura beaucoup de monde autour de toi pour attendre ce moment, Ayla.

— Tu as sans doute raison, mais j'aurai plaisir à partager cela avec Whinney... Elle est plus jeune que moi, ajouta-t-elle après un long silence. Moi, je suis déjà vieille pour avoir un bébé.

— Tu n'es pas vieille, Ayla, protesta Jondalar. C'est moi qui suis vieux.

— J'ai eu dix-neuf ans ce printemps. C'est beaucoup pour avoir un enfant.

— Et moi, j'ai plus de vingt-trois ans. Et je n'ai encore jamais créé de foyer ! C'est très vieux ! Te rends-tu compte que je suis parti cinq ans ? Je me demande si on se souviendra de moi.

— Evidemment ! Dalanar n'a pas hésité à te reconnaître, et Joplaya non plus.

Et moi, je serai l'étrangère, songea Ayla.

— Regarde ! Tu vois ce rocher ? Là-bas, au coude de la rivière ? C'est là que j'ai tué mon premier gibier ! déclara Jondalar en poussant Rapide. C'était un grand cerf. Je ne me souviens pas de ce qui m'inquiétait le plus, ses andouillers gigantesques, ou la crainte de le manquer et de rentrer bredouille.

Ayla sourit mais se rembrunit bien vite. Elle n'avait pas de souvenirs, elle serait encore une étrangère et on s'étonnerait encore de son accent bizarre.

— Nous avons eu une Réunion d'Eté ici même, poursuivit Jondalar. Il y avait des foyers partout. C'était ma première Réunion après être devenu un homme. Oh, je faisais le fier, mais je n'étais pas rassuré. Je redoutais qu'aucune femme ne m'invite à ses Premiers Rites. J'avais tort : j'ai reçu trois demandes ! Ce qui m'a encore plus affolé.

— Jondalar, il y a des gens qui nous regardent là-bas.

— C'est la Quatorzième Caverne ! fit-il en agitant la main.

Mais personne ne lui rendit son salut. Au contraire, ils disparurent sous un surplomb.

— C'est à cause des chevaux, supposa Ayla.

Un pli soucieux barra un instant le front de Jondalar.

— Oh, ils s'y habitueront, affirma-t-il.

Je l'espère, souhaitait Ayla. J'espère aussi qu'ils s'habitueront à moi.

— Ayla, nous y sommes ! s'exclama Jondalar. Voilà la Neuvième Caverne des Zelandonii !

Elle regarda dans la direction qu'il indiquait et blêmit.

— C'est facile à trouver grâce à ce rocher en équilibre. Regarde, on dirait qu'il va tomber. Et pourtant, il n'y a aucun risque, à moins que tout s'écroule... Que se passe-t-il, Ayla ? Tu es si pâle, es-tu malade ?

— Jondalar, j'ai déjà vu cet endroit.

— Mais c'est impossible ! Tu n'es jamais venue.

Soudain, elle comprit. C'était la caverne qui hantait ses rêves ! Celle qui était dans la mémoire de Creb ! Ayla comprenait enfin ce qu'il essayait de lui dire.

— Je t'ai déjà dit que mon totem, le Lion des Cavernes, t'avait choisi pour me conduire là où il se sentirait en paix chez lui. Eh bien, c'est ici. Je suis enfin chez moi, Jondalar. Ton foyer est le mien.

Le visage de Jondalar s'éclaira, et il allait répondre quand un cri lui fit tourner la tête.

— Jondalar ! Jondalar !

Ils levèrent la tête vers un sentier qui menait à une falaise en surplomb, et virent une jeune femme.

— Mère ! Viens vite, criait-elle. Jondalar est de retour !

Jondalar est de retour !

Et moi aussi, songea Ayla.

Achevé d'imprimer en juin 1995
sur les presses de l'Imprimerie Bussière
à Saint-Amand (Cher)

Achevé d'imprimer en juin 1955
sur les presses de l'Imprimerie Bussière
à Saint-Amand (Cher)

POCKET - 12, avenue d'Italie - 75627 Paris Cedex 13
Tél. : 44-16-05-00

— N° d'imp. 1643. —
Dépôt légal : juin 1994.

Imprimé en France

POCKET - 12, avenue d'Italie - 75627 Paris Cedex 13
Tél. : 46-16-09-00

— N° d'imp. 1693. —
Dépôt légal : juin 199[illegible]

Imprimé en France